國際中國文學研究叢刊

第九集

東北亞漢文寫本研究的過去與未來

王曉平　主編

郝　嵐　鮑國華　石　祥　副主編

上海古籍出版社

謂譬如取人物於其懷還之 乃復封陳殃取一人焉
而為愈於不還也
以歸謂之夏州 州鄉屬也亦討夏氏所獲者也 故書曰楚子
入陳納公孫寧儀行父于陳書禮也 沒其縣陳本有
全以討亂存國為文善其復禮也
厲之役鄭伯逃歸 六年蓋在
楚未得志鄭既受盟于辰陵又徼事于晉
為明年楚圍鄭傳十年鄭及楚平既无其事辰陵
盟後鄭徼事晉又无其事傳皆將發以明經也自厲之役
鄭南北兩屬故未得志九年楚子伐鄭不以罪讓興
伐遠播厲之役志恨在厲役也皆傳上下相苞通之
義也

圖一　日本“國寶”金澤本《春秋經傳集解》

矣
舜讓天下於子州支伯子州支伯
曰予適有幽憂之病方且治之未
暇在天下也故天下大器也而不
以易生此有道者之所以異乎俗
者也
舜以天下讓善卷善卷曰余立於
宇宙之中冬日衣皮毛夏衣葛絺

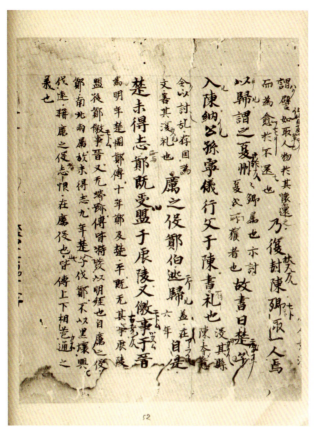

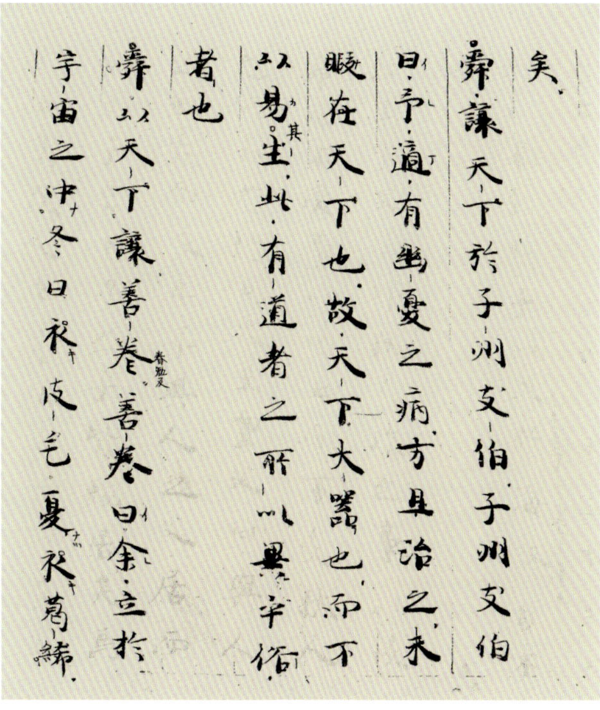

圖二　日本高山寺本《莊子》

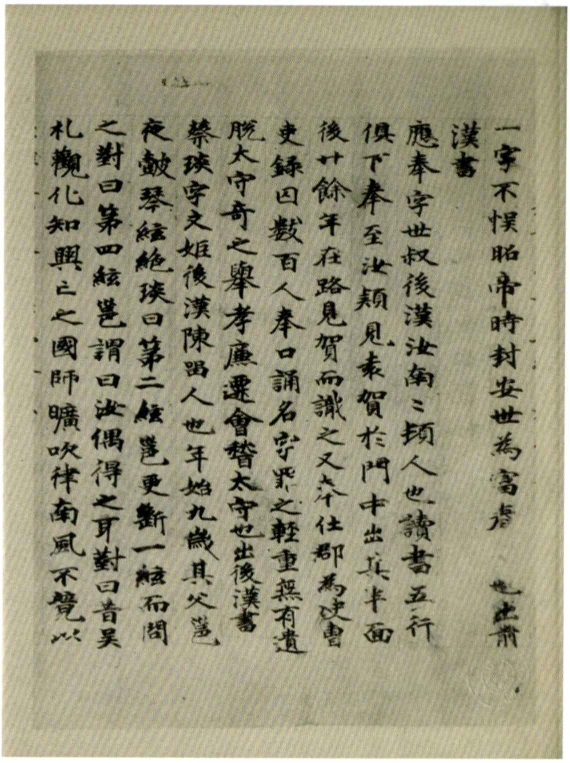
一字不悞昭帝時封安世為富春　也出前
漢書
應奉字世叔後漢汝南〻頓人也讀書五行
俱下奉至汝頴見袁賀於門中出其半面
後廿餘年在路見賀而識之又於仕郡為決曹
吏錄囚數百人奉口誦名字罪之輕重無有遺
脫太守奇之舉孝廉遷會稽太守也出後漢書
蔡琰字文姫後漢陳留人也年始九歲其父邕
夜皷琴絃絶琰曰第二絃邕更斷一絃而問
之對曰第四絃邕謂曰汝偶得之耳對曰昔吳
札覩化知興亡之國師曠吹律南風不競以

圖三　日本真福寺藏《雕玉集》

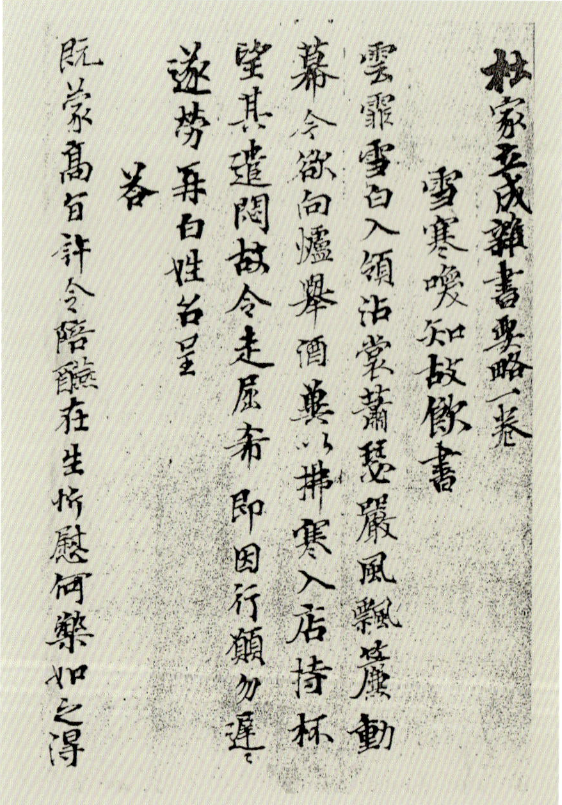
杜家立成雜書要略一卷
雪寒喚知故飲書
雲霏雪白入領沾裳蕭瑟嚴風飄簾動
幕今欲向爐舉酒冀以拂寒入店持杯
望其遣悶故今走屈希即因行願勿遲〻
遂勞專白姓名呈
答
既蒙高旨許令陪讌在生忻慰何樂如之得

圖四　日本正倉院藏《杜家立成雜書要略》

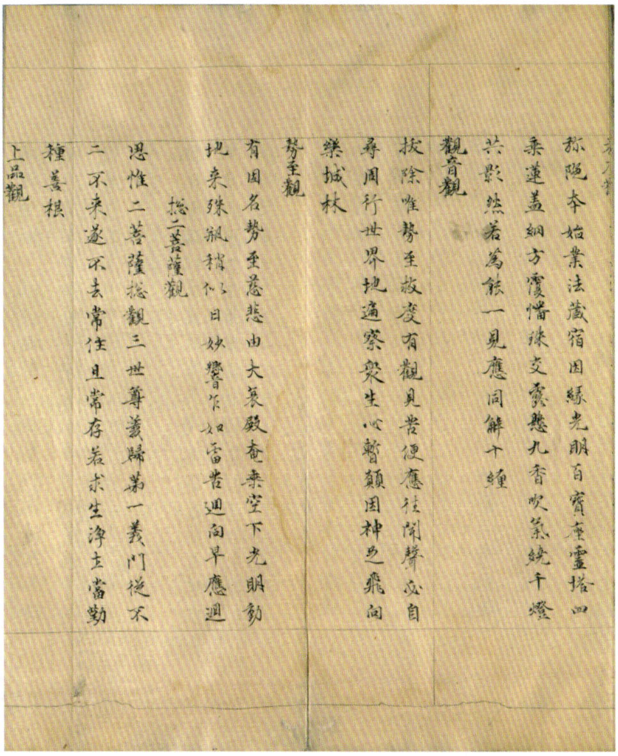

圖五　正倉院藏《聖武天皇宸翰雜集》

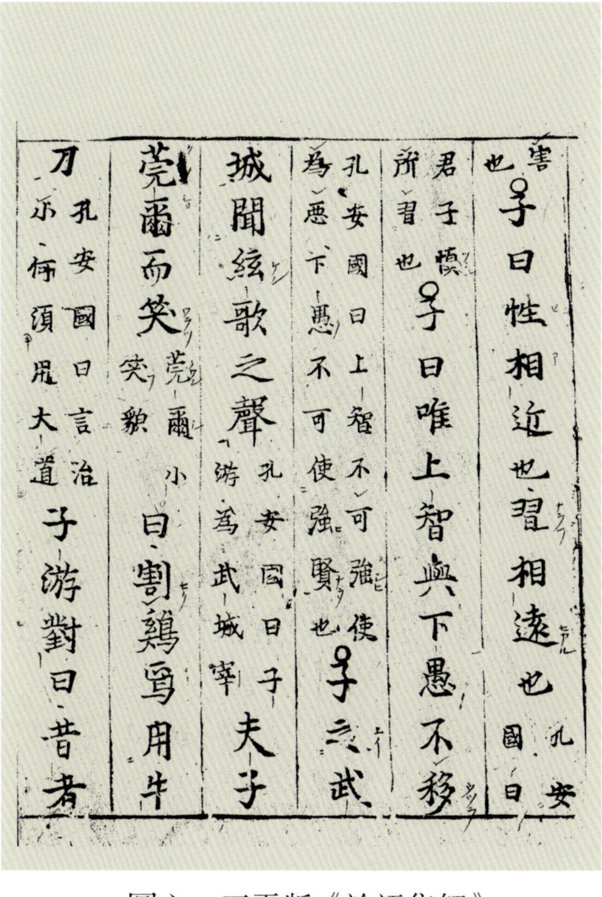

圖六　正平版《論語集解》

圖七　日本1690年刊本《遊仙窟抄》插圖

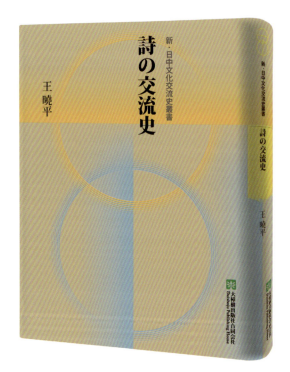

圖八　日本大樟樹出版社出版王曉平著《詩的交流史》

圖九　吳雲先生在國際學術會議上發言

圖十　20世紀90年代天津師範大學古籍整理研究所合影
（前左一爲吳雲先生，前左二爲曹聰孫先生）

圖十一　吳雲先生與夫人冀宇先生

圖十二　郝嵐與吳雲先生

目　録

"陶壇"的智者與仁者: 論吳雲先生陶淵明研究的學術貢獻[*]

鍾書林

天津師範大學文學院教授吳雲先生,是一位從事中國古代文學研究與古籍整理的知名學者。他從 20 世紀 60 年代末以來,孜孜不倦,數十年如一日,雖年屆九旬,依然筆耕不輟,直至辭世的前一天。他爲世人留下了豐富的文化遺産,在魯迅研究、建安文學研究、陶淵明研究、唐太宗研究及相關古籍整理(譯注評)等領域,均有豐碩的學術成果。筆者從大學時代起,正是從閱讀吳雲先生《陶淵明論稿》等論著,而逐漸步入陶淵明研究的學術之門。故今僅以吳雲先生陶淵明研究的學術成果和學術影響爲例,彰其學術貢獻,謹以誌紀念。

20 世紀 70 年代末以來,在陶淵明研究領域,吳雲先生在《文學遺産》等刊物發表《"陶學"百年》等學術論文二十多篇,出版有《陶淵明論稿》《骨鯁處世——吳雲講陶淵明》等著作。這些論著發表以後,均産生較大的影響,奠定了吳雲先生在當代陶淵明研究領域重要的學術地位與影響。

一、以敏鋭的學術眼光,撥亂反正,廓清迷霧,
推動新時期陶淵明研究的健康發展

吳雲先生是中國新時期陶淵明研究的重要開拓者。他於 1981 年 4 月出版了《陶淵明論稿》,這是中國新時期出版的第一部陶淵明研究專著。同年 5 月,鍾優民先生《陶淵明論集》出版。吳、鍾兩位先生的著作,開啟了新時期陶淵明研究日趨繁榮的序幕。

吳雲先生的陶淵明研究,是從魯迅先生研究領域切入的,是受到兩位恩師的影響而

---

[*] 本文係國家社科基金重大項目"陶淵明文獻集成與研究"(17ZDA252)階段性成果之一。

開啟的。這真是人生極其幸運的事情。吳先生回憶説：“我從事系統的學術研究，始於二十世紀六十年代。當時學術書只有魯迅的著作可以讀。在恩師李何林先生指導下，我於 1974 年出版了《魯迅論文學藝術遺產》(資料長編)。隨後李何林先生囑我用這批資料寫一組論文。1978 年《天津師範大學學報》第一期刊出了《魯迅論陶淵明》，我立即送給古漢語專家恩師馬漢麟先生。馬先生接過刊物翻了幾頁，並語重心長地説：‘魯迅論古代作家是魯迅的意見。你能寫出《魯迅論陶淵明》，這很好；但更重要的是要寫出吳雲論陶淵明，這才算你的學術水準。’”①吳先生受此鼓舞，從魯迅研究領域隨即進入到陶淵明研究領域。吳先生在兩位恩師的指導下，在當時那樣的艱難環境下，從魯迅到陶淵明，逐步成就自己的學術理想。這其中充滿了學術和人生的睿智。正是吳先生對學術的這份執著、勤奮與熱忱，以及幸遇兩位恩師的指點，他很快脱穎而出，成爲新時期陶淵明研究的開路先鋒。

《陶淵明論稿》的出版，既緣起于新時期之前陶淵明研究，又遠超越了此前的研究。該書的學術背景，吳先生在該書的“後記”中略有説明。

1949 年新中國成立後，不久就爆發了陶淵明研究的熱烈大討論。1953 年，上海棠棣出版社出版了張芝的《陶淵明傳論》。張芝爲著名陶學專家李長之的筆名。該書出版後，在古典文學界引起强烈反響，也意外地招來一些批評和指責。1954 年，《光明日報·文學遺產》專欄等刊物開始了對李長之《陶淵明傳論》的集中討論和大批判。到 1956 年，陶淵明大討論漸入高潮，先是一些刊物與專家參與討論，繼而參與討論的刊物和專家不斷增多。1959 年，毛澤東主席登廬山，創作《登廬山》詩，其中兩句“陶令不知何處去，桃花源裏可耕田”，由此將此前熱烈的陶淵明大討論推至高潮。此後相當長的一段時間，“桃花源”研究都是陶學研究的一大熱點。而《光明日報·文學遺產》專欄作爲核心陣地，倍受矚目。據統計，從 1958 年到 1960 年的一年半時間内，《光明日報·文學遺產》收到論文 251 篇，約 120 萬字。1961 年，中華書局出版《文學遺產》編輯部編《陶淵明討論集》。該《討論集》是對 1954 年以來陶學大討論的一次回顧和總結，主要收錄了 1958 年 12 月以來《光明日報·文學遺產》專欄曾經刊發的陶淵明討論文章，其中有不少古典文學研究名家的論文，足見此次討論的波及之廣、影響之大。

此次《陶淵明討論集》“前言”中總結指出：“在討論中談得很不夠的還有下面一些問題：例如陶淵明在文學史上究竟占有何等地位；他在文學發展上所起的作用；陶詩的

---

① 　吳雲《骨鯁處世——吳雲講陶淵明·自序》，天津，天津古籍出版社，2009 年，頁 1。

藝術風格,如對《飲酒詩》二十首、《擬古》九首、《咏貧士》七首等作品的評述分析都很不夠。這些還有待於今後再作深入的探討。"面對這一總結,吳雲先生說:"我認爲《文學遺產》編輯部指出討論得'很不夠'的問題,是值得重視的,因爲這是研究陶淵明中比較困難和頗爲重要的問題。"①吳先生頗具慧眼,他在 20 世紀 70 年代末對 50—60 年代陶淵明研究的這些反思,直接促成了他的力著《陶淵明論稿》的主體思考。如吳先生《陶淵明在文學史上的地位》《風格與陶詩》《〈飲酒〉詩二十首初探》《〈擬古〉詩九首淺論》《〈咏貧士〉七首論略》等,就是圍繞著上述反思而展開的。

　　與此同時,吳先生還注意到:以前關於陶淵明的爭議,大致集中在如何看待他的歸隱,如何評價《桃花源記》,他的政治思想主導方面是積極的還是消極的,以及他的作品是否反映了當時的社會矛盾等問題。吳雲先生爲此撰寫了《從陶淵明的歸隱看他的政治態度》《試論陶淵明的思想矛盾》《論〈桃花源記〉》《陶淵明作品中反映的社會諸矛盾》等論文②。

　　此外,吳雲先生還敏銳地意識到陶淵明散文的藝術價值,這一點他也是從閱讀魯迅的雜文和書信中獲得靈感的。因此,他寫下了《陶文的藝術性》《〈閒情賦〉散論》等篇章。

　　而上述反思與創新,在當時的歷史條件下,是極其可貴的。因此,吳先生《陶淵明論稿》的出版,以他敏銳的學術眼光,撥亂反正,廓清迷霧,推動新時期陶淵明研究的健康發展。吳先生自評《陶淵明論稿》"具有填補空白和加深研究的性質",這是極其中肯的自我評價。筆者此處僅以《陶淵明論稿》中"陶淵明年譜"爲例,略作說明(其他有待下文詳述)。

　　吳雲先生說:

　　　　過去編寫陶淵明年譜的人較多。宋代有王質、吳仁傑,清代有陶澍、丁晏、楊希閔,近代有梁啟超、古直,現代有傅東華等。這些年譜對陶淵明的生平事蹟、文章繫年等方面做出了較大貢獻,但由於時代和各方面局限,似乎都有兩個較爲明顯的缺點:(一)一般均忽略了陶淵明生活的年代政治大事的記載;(二)對陶淵明詩文的思想性和藝術性分析較少。③

---

①　吳雲《陶淵明論稿》,西安,陝西人民出版社,1981 年,頁 210。
②　同上書,頁 211。
③　同上書,頁 211。

有鑒於此,吳先生所編"陶淵明年譜","努力補前人之所缺,詳前人之所略:首先加强了政治大事的記載,以便從詳細'論世'中有助於'知人';同時,還加强了對陶詩文的思想性和藝術性的分析,以便從中看出陶淵明思想發展變化的脈絡及其藝術風格的特點"①。吳先生的上述年譜思路,確實具有填補空白的意義。

吳先生所提到的第一條,在年譜中加强政治大事的記載,以便更好地"論世""知人",這一點爲新時期以後的各年譜(不局囿於陶淵明年譜)所普遍遵從,成爲年譜撰寫中一個通例。而吳先生所倡導的第二條:在年譜中加强作家思想性和藝術性的分析,以便從中看出作家思想發展變化的脈絡及其藝術風格的特點。這一思路即使在今天仍然頗爲新穎。可能由於其駕馭難度較大,對年譜撰寫者的自身素養要求較高等緣故,所以在年譜中真正能够貫徹這一點的,並不多見。由此可見吳先生這一年譜思路的超前性、可貴性。

吳先生所編"陶淵明年譜",尊重前賢研究成果,對前人已有學術成果擇善而從,儼如一位判官,從而解決了不少以往富有争議的棘手問題,體現了該書"加深研究的性質"。今依其年譜順序,略述數端,以明其優長。

1. 陶淵明名字。陶淵明名字,從沈約《宋書》記載起,就已經難以清楚了。沈約《宋書》陶淵明本傳記載:"陶潛,字淵明。或云淵明,字元亮。"蕭統《陶淵明傳》:"陶淵明,字元亮,或云潛,字淵明。"究竟何者爲名?吳雲先生指出,應當以顔延之的意見爲准。顔延之《陶徵士誄》:"有晉徵士潯陽陶淵明",以"淵明"爲名。吳先生還提出,《陶淵明集》中的《孟府君傳》《祭程氏妹文》,均自呼其名"淵明",可作顔延之意見的佐證②。

2. 陶淵明的里居地。這也是一個争議較多的話題。吳先生認爲近人古直先生的意見比較明確、具體。古直先生《陶靖節年譜》説:"先生里居,舊説多不能憭,余嘗攻之。先生蓋少長栗里,遷居上京,再遷于南村終焉。"古直先生曾經隱居廬山③,對陶淵明的出生、生活過的地方,均有所考證,所以古直先生的説法確實更具有説服力。

3. 曾祖陶侃。《宋書》陶淵明本傳:"曾祖侃,晉大司馬。"《晉書》陶淵明本傳:"陶潛,司馬侃曾孫也。"《晉書·陶侃傳》:"使持節侍中太尉都督荆、江、雍、梁、交、廣、益、寧八州諸軍事,荆、江二州刺史、長沙郡公。"陶淵明《命子》:"桓桓長沙,伊勳伊德。天

---

① 吳雲《陶淵明論稿》,西安,陝西人民出版社,1981年,頁211。
② 同上書,頁149。
③ 詳見筆者《古直的廬山隱逸與陶淵明研究》,載《九江學院學報》,2018年第1期。

子疇我，專征南國。功遂辭歸，功寵不式。"吳雲先生説："這是陶淵明歌頌曾祖陶侃的功德，用以教誨其子。上述諸例均説明陶侃是陶淵明曾祖。有的論者對陶侃是陶淵明的曾祖的看法尚有保留，我看没有必要。"①吳先生徵引諸家史實記載，同時結合陶淵明詩文，點評僅寥寥數語，却撥亂反正，是非自明。

4. 陶淵明的生母、庶母。陶淵明《祭程氏妹文》"慈妣蚤世，我年二六。"以往年譜，多認爲此處"慈妣"是指陶淵明的生母。而清代陶澍《年譜考異》認爲是指庶母。其主要依據是《祭程氏妹文》"昔在江陵，重在天罰"。此處"天罰"是指陶淵明生母去世，當時陶淵明任職江陵，有隆安五年秋七月，赴江陵假還。而此前"我年二六"的"慈妣"是指陶淵明的庶母。陶澍的觀點，得到吳雲先生的肯定，並在年譜中得到體現。這在新時期以後的陶淵明年譜中也加以肯定下來，形成定論。

5. 陶淵明仕宦履歷的確定。陶淵明的仕宦履歷，過去史籍和陶詩的記載相對模糊，史籍和陶詩中只籠統記載陶淵明先後做過江州祭酒、鎮軍參軍、建威參軍、彭澤令。因此，以往研究者圍繞鎮軍將軍、建威將軍的身份，產生分歧。吳雲先生的"陶淵明年譜"，擇善而從，較早地解決了陶淵明仕宦履歷的分歧。

陶淵明三十五歲出仕桓玄幕僚。朱自清先生説："葉夢得謂荆州刺史自隆安三年桓玄襲殺殷仲堪，即代其任。至於篡，未授别人。淵明之行在五年，疑其嘗爲玄迫仕也。"（《陶淵明年譜中之諸問題》）朱先生的上述推斷，最早得到逯欽立先生的確定②。吳雲先生在"陶淵明年譜"也再次肯定了這點。他説："陶淵明做桓玄幕僚事，可以《辛丑歲七月赴假還江陵夜行塗口》一詩爲證。據史載公元 399—403 年這幾年中荆州刺史爲桓玄。據詩中'赴假還江陵'一語而知公元 401 年陶淵明正在荆州充任桓玄幕僚。"③鎮軍參軍，即鎮軍將軍劉裕的參軍，吳雲先生年譜採信于陶澍《年譜考異》説法；建威參軍，即建威將軍劉敬宣的參軍，吳雲先生年譜採信于梁啟超先生《陶淵明年譜》説法。因此，陶淵明先爲荆州刺史桓玄的幕僚，後爲鎮軍將軍劉裕的參軍、建威將軍劉敬宣的參軍，雖然此前逯欽立先生《陶淵明事跡詩文繫年》中也力主這樣的説法，但並没有得到學界的普遍認可。直到 1990 年，《中國社會科學》發表袁行霈先生《陶淵明與晉宋之際的政治風雲》一文，再次推定陶淵明的仕宦履歷，這一問題的分歧才最終得到解決。

---

① 吳雲《陶淵明論稿》，頁 150。
② 逯欽立《陶淵明集》，北京，中華書局，1979 年，頁 266、269。
③ 吳雲《陶淵明論稿》，頁 150。

　　陶淵明五次仕宦履歷:一仕江州祭酒,二仕桓玄幕僚,三仕爲劉裕參軍,四仕爲劉敬宣參軍,五仕爲彭澤令,至此才完全確定下來,成爲大家的共識。

　　袁先生强調説:“關於陶淵明和桓玄的關係,前人多有避諱,因爲桓玄是逆臣,論者不願把靖節先生和他拉扯到一起,這是很容易理解的。然而,陶淵明有三首詩足以證明他確實曾經投身于桓玄幕中。”“這三首詩確鑿無疑地證明了陶淵明曾經在桓玄幕中任職,而且曾爲桓玄出差到首都,看來他和桓玄並不是一般的關係,這是無庸諱言的。”又説:“郗愔以後任鎮軍將軍的不只劉裕一人,但以陶淵明的年齡推算,他只可能做劉裕的參軍。”袁先生説,陶淵明作爲劉敬宣參軍,銜命使都,亦意在斡旋,解除劉裕對劉敬宣的猜忌①。

　　由此可見,吳雲先生“陶淵明年譜”中有關陶淵明仕履的判定,承上啓下,成爲陶淵明學術史中不可忽視的一環。

　　6.《讀山海經》十三首寫作年代。《讀山海經》十三首,是陶淵明創作的一組代表性詩歌,但對於該組詩的創作年代,以往的陶淵明年譜很少關注。吳雲先生較早提出《讀山海經》十三首創作于陶淵明晚年,東晉滅亡之後。這一研究,是對以往陶淵明年譜的一次突破。他説:“該詩以史論作結,説明‘帝者慎用才’的含義,似爲慨歎晉室滅亡。其中第十一首‘巨猾肆成暴’句,顯指劉裕爲了代晉稱帝而行的一系列廢殺晉室帝王事。”②《讀山海經》十三首的創作時間,王瑶先生《陶淵明集》、逯欽立先生《陶淵明集》,均未明確交代。2003 年,袁行霈先生《陶淵明集箋注》根據這組詩第一首“衆鳥欣有托”“歡然酌春酒”等句,暫將其創作時間確定爲陶淵明歸隱初期,與《歸園田居》創作於同一時期③。由此可見,《讀山海經》十三首的寫作年代,依然是一個有待進一步深入探討的話題。而吳雲先生根據詩中“帝者慎用才”等,判定該組詩“似爲慨歎晉室滅亡”的推斷,仍具有一定的參考意義④。

　　因此,時至今日,我們再拜讀《陶淵明論稿》,仍然能够覺得它在陶淵明研究史上具有不可替代的地位和價值。該書中的很多觀點及論述,對後世產生了較大影響,並且在今天讀來,仍然覺得並不過時。

---

　　①　袁行霈《陶淵明與晉宋之際的政治風雲》,載《中國社會科學》,1990 年第 2 期。
　　②　吳雲《陶淵明論稿》,頁 150。
　　③　袁行霈《陶淵明集箋注》,北京,中華書局,2003 年,頁 395。
　　④　根據“帝者慎用才”等詩句判斷,筆者也認爲《讀山海經》十三首似創作于陶淵明晚年,詳細請參閱筆者《隱士的深度:陶淵明新探》,中國社會科學出版社,2015 年,頁 67—97。

二、善於把握陶淵明其人其詩的複雜性，
推動陶淵明生平及作品的深入閱讀

吳雲先生《陶淵明論稿》“後記”説：“在古典文學研究中，對於如何評價著名作家陶淵明，準確地衡量其作品的價值，把握他的思想變化的綫索，是一項比較困難的工作。因此，前人在評論陶淵明時，往往觀點大相徑庭，争論不休。”因此，吳雲先生特别强調，在研究陶淵明其人其詩（文）中要注意其矛盾性和複雜性。他認爲，早期陶淵明的矛盾主要表現在：“一方面他要改革政治，幹一番事業，另一方面他欲安於鄉里，過著無憂無束的田園生活。”吳先生進一步解釋説：

> 青年時代，陶淵明雖然有欲仕欲隱兩種思想的矛盾，但從他的願望來説，則希望東晉最高統治者是個明君，政治清明，他可以盡力幹一番事業。這是他早期世界觀中的主要方面。例如他的“少時壯且厲”和“猛志逸四海”等詩句，都能充分説明這一點。也就在這“少壯”時代想幹一番事業之際，那種留戀田園，追求淳真自然的思想也同時存在。他的《五柳先生傳》和中年以後追述早年思想的“少無適俗韻，性本愛丘山”（《歸園田居》）都是有力的證據，只不過後者在當時不占主導地位罷了。……由於陶淵明世界觀的矛盾，加之社會現實使他失望，他從二十九歲入仕時起，曾三次出仕，三次歸隱，這中間隱和仕的矛盾鬥争是相當激烈的。……陶淵明從二十九歲出仕，到四十一歲歸田，共十三年。這十三年仕與隱的矛盾不僅貫穿始終，而且越往後鬥争越激烈，結果是歸田思想占了上風。此種思想指導他的行動，致使徹底歸隱田園。①

這一番鞭闢入裏的細緻分析，深刻地把握了陶淵明仕隱的矛盾、徘徊，這才是真實的陶淵明。20 世紀 50—60 年代陶淵明的“標籤化”研究，以及後世對於陶淵明仕隱的簡單化研究，與之相較，都不免有雲泥之别。

吳雲先生對陶淵明辭官歸隱原因的分析，也頗具有“瞭解之同情”，深入陶淵明的心靈深處加以探討。陶淵明辭彭澤令原因，歷來説法也較多，分歧較大。

古直先生説：“先生去官原因，史傳以爲因督郵；自述則以爲因妹喪。以愚觀之，皆

---

① 吳雲《陶淵明論稿》，頁 178。

託辭也。"他認爲陶淵明辭彭澤令, "不盡關於督郵, 蓋先生少年嘗有志於用世矣", "先生所恥, 深愧平生之志", 只不過督郵、妹喪, 剛好給了他辭彭澤令的藉口。吳雲先生很認可古直先生的這一説法, 他説: "古直此説較爲深刻。淵明少時雖懷有壯志, 但當其爲官之際, 政治上發生多次篡、亂。如魯迅所云: 淵明'篡也看慣了, 亂也看慣了'。看慣之後, 却又不慣, 自己無力扭轉形勢, 於是只好歸田。"① 這是非常契合陶淵明實情的判斷。

這或正如袁行霈先生所説:

> 陶淵明出仕做官, 不到別處, 恰恰入了荆州軍府桓玄幕中, 又入了北府將領劉裕幕中, 接著又入了北府舊將劉牢之的兒子劉敬宣幕中, 這難道是偶然的嗎? 陶淵明既選擇了東晉政局最動盪的時候, 又選擇了最足以影響東晉政局的兩個軍府, 這説明他還是關注於政治, 並想在政治上有所作爲的。

> 就桓玄和劉裕這兩個人而言, 確實都不值得爲之效力。特別是當進入他們的幕府, 與他們有了較多的接觸之後, 他們的野心陶淵明不會毫無察覺, 而一旦有所察覺, 當然不願意捲入他們篡位的活動。當晉末政局開始混亂的時候, 陶淵明以爲是施展才能的時機, 想要有所作爲, 於是先後投身于桓、劉的幕中: 可是當他真的投身其中, 却又因以上緣故而急於退身了。②

古、吳、袁三位先生的表述雖然不同, 但都對陶淵明的辭官原因的複雜性, 有著獨特的思考, 並非簡單化地處理。而吳雲先生在剛剛經歷了 20 世紀 50—60 年代的陶淵明大討論熱之後, 有如此冷静而理性的思考, 更體現出他不同於凡俗的可貴, 以及他對新時期陶淵明研究的推動作用。

更令人可敬的是, 不僅僅滿足於上述的分析, 吳雲先生對此問題深有自己獨特的思考和創新。他强調説: "歷來研究陶詩的, 對於他的思想的複雜性, 往往估計不足。"有鑒於此, 吳雲先生另闢專文《貧富常交戰——詩論陶淵明的思想矛盾》深入探討。他在這篇專文中探討説, 陶淵明欲幹一番事業的願望, 決定了他不可能長期在鄉村呆下去。但剛到任没多久, 陶淵明又感到厭倦和苦痛。這從他《庚子歲五月中從都還阻風于規林》《辛丑歲七月赴假還江陵夜行塗口》等詩歌中流露出來。桓玄軍閥的野心, 使陶淵明幹

---

① 吳雲《陶淵明論稿》, 頁 178。
② 袁行霈《陶淵明與晉宋之際的政治風雲》。

一番事業的思想再度受挫。正當詩人思想猶豫之際，他的母親去世了，就借丁憂的名義，辭去了桓玄的官職，回到了故鄉①。這是吳雲先生剖析的陶淵明仕宦桓玄時的矛盾與痛苦。

但矛盾與痛苦，並未就此解除。吳先生説：“雖然陶淵明離開了桓玄，第二次在官場碰壁，但他濟世的志向有增無已。”這一時期陶淵明《榮木》詩云：“先師遺訓，余豈之墜？四十無聞，斯不足畏。脂我名車，策我名驥。千里雖遥，孰敢不至！”吳雲先生解釋説：“詩人感到自己已接近四十歲的人，再不及時建立功業，恐時不我待了。爲此他要驅車策馬再去施展抱負。這時劉裕在招兵買馬，陶淵明便又做了劉裕部下的參軍。”但是，“當陶淵明看到劉裕殘暴的真面目，仕與隱的矛盾又出現了”。這一時期陶淵明《始作鎮軍參軍經曲阿作》詩云：“我行豈不遥，登降千里餘。目倦川途異，心念山澤居。望雲慚高鳥，臨水愧遊魚。真想初在襟，誰謂形跡拘。聊且憑化遷，終返班生廬。”吳雲先生解釋説：“這説明了他的思想矛盾和變化過程。他最初出仕確有自己的理想，但已走過來的路告訴他，濟世理想不可能實現；同時他又認爲仕宦之途束縛了自己，因此他又要歸隱。”②如此種種，吳先生結合陶淵明詩歌文本，客觀真實地分析陶淵明仕隱矛盾的痛苦。

這種重視文本的研究範式，即使在今天，依然是學界所推崇的。而在 20 世紀 70 年代末，無異於學界的一股清流，推動著陶淵明學術研究的健康發展。這種深入文本客觀分析的學理精神，可以不受時空的影響，傳之久遠。

吳先生進一步將陶淵明的仕隱矛盾根源歸結于理想與現實的矛盾。他指出：“理想與現實的矛盾，是陶淵明生活經歷中最主要和本質的矛盾。”③他認爲陶淵明仕隱的矛盾，也即陶淵明儒家思想、道家思想的矛盾：陶淵明儒家政治理想“大濟於蒼生”，但他的道家思想，留戀和歸隱田園，“於是便幻想出‘桃花源’境界”。“此種‘桃花源’的社會幻想既受儒家‘大同世界説’的影響，同時還有老子的‘小國寡民’的思想痕跡。儒、道兩家思想在他創作的《桃花源詩并記》裏統一了起來。”這一論斷，頗爲獨特，啟人深思。

吳先生還留意到陶淵明藝術風格的複雜性。吳雲先生説：“個性決定風格，風格就是個性。‘風格就是人。’”④陶淵明爲人、爲文（詩）的複雜性，必然決定了他的藝術風格

①　吳雲《陶淵明論稿》，頁 41。
②　同上書，頁 42。
③　同上書，頁 46。
④　同上書，頁 94。

的複雜性。吳雲先生説:"陶淵明在中年以前,詩歌風格以樸素、自然爲主,但晚年時,有一部分詩歌突然變得時而隱曲,時而豪放","真是判若兩人","這是很值得進一步探討的。"①而在語言風格上,也顯示出獨特性,即寓驚奇於平淡之中。吳雲先生舉例説,如"平疇交遠風,良苗亦懷新","悲風愛静夜,林鳥喜晨開","這些看來似乎極平常的句子,却都是耐人尋味的'奇句'"。吳先生總結説:"陶詩語言看來像是没有加工過,實際上是有加工的。""陶詩語言技巧的真諦,就在'經意而不經意'之間,做到了使綺麗寓於樸素之中。"②吳先生的上述論述,均將陶淵明藝術風格的複雜性揭示了出來,啟發後來者進一步探索和思考。

　　吳雲先生最後還留意到陶淵明"忠晉"思想的複雜性。他認爲陶淵明確實有"忠晉"的思想,但是倘若據此便判定陶淵明是晉朝忠臣,那麼這樣的結論便將複雜的陶淵明簡單化了。吳先生認爲,僅僅抓住某些詩句,或一二事件,便匆忙下結論,判定陶淵明是忠臣,這種研究方法和結論,都是片面的,不可取的。吳先生指出,陶淵明對晉朝的態度比較複雜,當劉裕篡晉之前,陶淵明用詩文揭露晉朝政治的腐敗與黑暗,以歸隱的態度不與晉朝合作;但是當劉裕篡晉之後,他又批判劉裕,並眷懷那個曾被他憎惡的晉朝,這充分説明了陶淵明政治思想和政治態度的複雜性③。吳先生在歷史的發展演變中,辨證地看待陶淵明"忠晉"的問題。這比孤立地、静止地看待陶淵明"忠晉"的問題,顯然要更科學得多。

三、善於構建陶淵明學術史發展史的體系,
推動"陶學"學科發展

　　從 20 世紀 70 年代末開始,吳雲先生一直密切關注陶淵明傳播接受及其學科發展。圍繞這一問題,他先後單獨撰寫《陶淵明在文學史上的地位》《"陶學"百年》等頗具影響力的論文。同時,在 20 世紀 90 年代中期,學術界掀起本世紀各學科學術史的撰寫高潮,北京人民出版社主持出版《20 世紀中國文學研究》叢書共 10 卷,其中《魏晉南北朝文學研究》即由吳雲先生協助擔任主編,並完成了《20 世紀陶淵明研究》。與此同時,2009 年出版的《骨鯁處世——吳雲講陶淵明》一書,還收録他的"百年陶學史"(上、

---

① 吳雲《陶淵明論稿》,頁 90、91。
② 同上書,頁 88。
③ 同上書,頁 117。

下），全方位地展現了他在這一領域的探索與耕耘。

　　吳雲先生認爲："正確評價陶淵明在文學史上應享有的地位，是十分必要的。"他在《陶淵明在文學史上的地位》一文中指出，在唐代以後，陶淵明在文學史上地位的評述才漸漸多起來了。"唐之前，正在陶淵明生活的晉末宋初，以及他死後的百年時間，他的詩在社會上是没有多少影響，可以説是處於未被重視的階段。雖然他的朋友顏延之寫過《陶徵士誄》，讚揚了陶淵明的爲人，至於他的作品價值則很少提及。梁太子蕭統始給陶淵明以較高的評價。"揆之事實，這是非常中肯的客觀評價，體現了吳雲先生的慧眼與卓識。令人遺憾的是，時至今日，仍然有一些學者很堅決地認爲：顏延之《陶徵士誄》對陶淵明詩文的評價不低，同時也不能接受"陶淵明的詩在社會上是没有多少影響，處於未被重視的階段"的説法。其實，這是罔顧事實地人爲拔高陶淵明詩文作品在當時社會的影響。以此作爲參照，更能見證出吳先生雖然處於 20 世紀 70 年代末，但其鑒識遠超時賢的可貴。

　　吳雲先生還特別提到了"陶淵明之在當時和南北朝時期被人忽略，原因是極其複雜的，不能簡單地責怪劉勰和鍾嶸"①。針對一些學者所認爲的"劉勰和鍾嶸對陶詩持偏見，有意貶低陶淵明及其作品"，吳先生認爲"這樣看似乎不夠全面"。他分析個中原因説："劉勰和鍾嶸都是齊梁間人。蕭統編定《陶淵明集》是在梁代。在蕭統未把《陶淵明集》收集整理出來之前，他的作品是否曾廣爲流布，是否爲多數評論家所知曉，就值得懷疑。即使文集整理流布之後，在當時傳播手段落後的情況下，傳播速度和範圍都會受到限制。諸此因素的存在，我們也就很難判定劉勰和鍾嶸是否見到了陶淵明的主要作品。"②這一原因探析，從當時文集傳播的角度加以合理的推測，具有"瞭解之同情"，不厚誣古賢。

　　吳雲先生毫不諱言在陶淵明的接受與傳播中的"貶陶"現象。他關注到中國古代社會中對陶淵明評價的起與落、低潮與高潮的局面。吳先生留意到，到了唐代雖然陶淵明的地位逐漸增高，但也有貶低陶淵明的現象，如杜甫就批評陶詩"觀其著詩句，頗亦恨枯槁"（《遣興五首》）。吳先生留意到，蘇東坡有"李、杜諸人"都不如陶的説法，但針對蘇東坡的這一評價，清人吳觀文却有異議："杜老詩已獨絶千古，而謂其不及淵明，吾尤至死不服。"（《陶淵明集》批語）吳先生説："近現代貶陶的論者更不乏其人。然而，通觀歷

---

①　吳雲《陶淵明論稿》，頁 5。
②　同上書，頁 4。

代評論,貶低陶淵明在文學史上地位的,到底只是少數。"①吳先生的這一見解,頗爲睿智、通脱。既能正視歷史上的"貶陶"現象,又能客觀評價陶淵明的文學史地位。"青山遮不住,畢竟東流去。"

吳雲先生還特別提到了陶淵明接受史上一個有趣的現象:一些文人當政治失意的時候,往往用陶詩來"療傷"。吳先生提到,譬如白居易晚年時期,便用陶詩與飲酒安慰其苦悶的心靈,説陶詩"篇篇勸我飲"、"且效醉昏昏"(《效陶潛體詩十六首》);又譬如蘇東坡在政治失意後,也用陶詩來消遣解愁,蘇東坡自叙"每體中不佳,輒取讀,不過一篇,唯恐讀盡後,無以自遣耳"(《書淵明"羲農去我久"詩》)。吳先生解釋説:"蘇東坡當其思想痛苦之時,每次唯讀一篇,怕讀完了,沒有其他東西來安慰他苦痛的思想。"②

吳先生還提及説,唐代以後的歷代傑出詩人,都用詩歌表達對陶淵明的傾羨。如李白:"何時到栗里,一見平生親。"(《戲贈鄭溧陽》)杜甫:"焉得思如陶謝手,令渠述作與同遊。"(《江上值水如海勢短述》)白居易:"常愛陶彭澤,文思何高玄。"(《題潯陽樓》)陸游:"陶謝文章造化侔,篇成能使鬼神愁。"(《讀陶淵明詩》)辛棄疾:"問北窗高卧,東籬自醉,應別有,歸來意。須知此翁未死,到如今凛然生氣。"元好問:"一語天然萬古新,豪華落盡見真淳。"龔自珍:"陶潛酷似卧龍豪,萬古潯陽松菊高。莫信詩人竟平淡,二分《梁甫》一分《騷》。"③筆者之所以如此不憚繁瑣地引用,意在强調這一現象,似爲吳雲先生最早所關注。這在後世得到普遍關注,並成爲一種共識。但吳雲先生的發掘之功,不可磨滅。吳先生説:"一個詩人,能像陶淵明那樣影響衆多的著名詩人,並使之動情,發而爲詩,這在文學史上是罕見的。"④這一總結,切中肯綮地高度評價了陶淵明在中國文學史上的地位。

吳先生還特別肯定了陶淵明在文學史上的革新貢獻。他説:"陶淵明的詩取材廣,描寫的範圍廣,尤其是他能把日常生活中的事,如教子、遊玩、與友人交往、讀書的樂趣和個人嗜好等,都能在詩中反映出來。""人們對自己的兒子都是關懷的,這本來是生活中常見的事。但在陶之前和他同時代人就很少把這類所謂生活中極平常的事入詩。"這裏揭示陶詩文的生活化,在此前的陶淵明研究極少受到關注,吳先生注意到這一點,並將其彰顯出來,爲後世所重視,並形成共識。

吳先生在《"陶學"百年》《百年陶學史》等論著中,將 19 世紀末到 20 世紀末的百年

---

①　吳雲《陶淵明論稿》,頁 4。
②　同上書,頁 14。
③　同上書,頁 11—12。
④　同上書,頁 12。

歷程，劃分爲四個階段。吳先生認爲，從 1898 到 1928 年，是陶學研究的第一階段，是陶學研究從古典型向近代化的過渡時期。他重點提到陶淵明在王國維建構美學理論體系中所起的重要作用，以及梁啟超第一個運用近代觀念和方法全面論述陶淵明的學術貢獻，還有魯迅、胡適等學術大師的陶淵明研究，使這個階段的陶淵明研究呈現出不同於古典型"陶學"的新的面貌和氣象。吳先生認爲陶學研究的第二階段是 1928—1949 年，"此時期近代化科學思想和文化觀念在中國有進一步發展，而唯物史觀的傳播和運用，也使整個古典文學研究呈現深化、細密化的趨勢"。其代表性學者有朱自清、朱光潛、陳寅恪、蕭望卿等人。第三個階段是 1949—1978 年，吳先生認爲這是"古典文學研究學科統一時期，國家力求把各種思想觀點，統一到唯物史觀方面來"。此時期引人注目的是 20 世紀 50—60 年代的兩次陶淵明大討論，代表性成果有兩次討論的結集《陶淵明論集》和北京大學、北京師範大學師生集體編撰的《古典文學研究資料彙編·陶淵明卷》，以及李長之先生《陶淵明傳論》、王瑤先生《陶淵明集》、逯欽立先生校注的《陶淵明集》等。陶淵明研究第四個階段是 1978—1999 年，"其主要特徵爲研究的觀點與方法的多元化、表現形式的多樣化"。此階段成果最多，"最爲昌盛"，"致使陶淵明研究一躍而成爲'陶學'"①。吳雲先生認爲，其代表性學者有羅宗強、徐公持、葛曉音、袁行霈、龔斌、錢志熙、王鍾陵、丁永忠等。

在《陶學一百年》中，吳先生指出："改革開放近 20 年的陶學研究，在論著品質普遍提高的同時，逯欽立以其校注《陶淵明集》的功力和論文深度，成爲陶學大家；袁行霈以其哲學、美學的專長及論文的深度與新角度，使其專著《陶淵明研究》取得了較爲顯著的成就。"同時又指出："在一百年陶學研究過程中，出現了多位陶學研究成就顯赫者。他們是：梁啟超、朱光潛、逯欽立、王瑤、袁行霈。他們成爲近百年來幾位陶學研究成就卓越者。"吳雲先生還讚譽了《九江師專學報》（今《九江學院學報》）對陶學研究的促進作用。他說："該學報於 1984 年始在全國獨家開闢'陶淵明研究'專欄，主編陳忠以創造性的思維模式辦刊，精心策劃與編輯，十數年如一日，求新求變求實，使之成爲發表研陶最新成果的一塊耀眼的學術園地。"吳先生還統計說，該刊從 1984 創刊，截止 1997 年，發表陶淵明研究論文的數量約占全國同期的 16%②。當然，這一切，與該刊主編、陶淵明

①　以上均參考吳雲《"陶學"百年》，載《文學遺產》，2000 年第 3 期。
②　以上均參考吳雲《陶學一百年》，載《首屆中日陶淵明學術研討會文集》，《九江師專學報》1998 年增刊。除《"陶學"百年》《陶學一百年》外，吳雲先生還有一篇《功夫在陶外與功夫在陶內——20 世紀陶學研究論略》（載《第二屆中日陶淵明學術研討會文集》，《九江師專學報》2001 年增刊）。這三篇論文雖然題目看起來近似，但內容篇幅、側重點上均各不相同，它們共同體現了吳雲先生對 20 世紀百年陶學的不同側面的探討。

研究專家陳忠先生的努力密不可分。

在《骨鯁處世——吳雲講陶淵明》一書的"百年陶學史"中,吳雲先生將陶學研究的第四階段單獨爲"百年陶學史(下)",足見他對新時期陶淵明研究的重視。他以其睿智與卓識,將新時期的陶淵明研究劃分爲六部分:陶淵明的爲人與思想、陶淵明詩文研究、陶淵明詩的藝術風格研究、陶淵明年譜研究、陶淵明集校箋注選譯研究、陶淵明研究之研究。這一劃分總體涵蓋了此時期陶淵明研究的重要成果,體現了他對陶淵明研究學術史的整體把握。從 20 世紀 80 年代初的《陶淵明在文學史上的地位》,到 2009 年的"百年陶學史"研究,體現了吳雲先生在陶淵明傳播接受、"陶學"發展史領域内孜孜不倦的耕耘,德澤世人。

四、最早關注海外陶淵明研究成果,引領時代風氣

1981 年,吳先生《陶淵明論稿》出版,當時中國剛剛改革開放,對海外世界瞭解很有限。但《陶淵明論稿》附錄"陶淵明研究論文、專著索引編目"中,却收録了日本有關陶淵明研究的學術論著 61 種(1943—1975),西方有關陶淵明研究論著 20 餘種(1920—1975),中國港臺地區陶淵明研究著作 2 種(1959—1975),中國港臺地區陶淵明研究論文 22 篇(1959—1975),共計 105 種。雖然這個編目,是請北京圖書館閻萬鈞編制的,但是吳雲先生在《陶淵明論稿》有意識地增加這樣一個"附録",體現了他的學術眼光。正如吳雲先生的朋友王曉平先生所稱:"吳雲先生研究陶淵明,一點也不守舊,他有國際視野。"這是非常中肯的評價。在 20 世紀 80 年代初,吳先生的這一學術眼光與前沿意識,非常值得後世學習。在陶淵明研究史上,這是首次關注海外陶淵明研究,推動陶學史的發展,開創了歷史先河。

在陶淵明研究領域,吳雲先生非常重視中外的學術交流。1997 年,首屆中日陶淵明學術研討會在九江召開,吳雲先生向大會提交了會議論文,後因病未能出席。1998 年《九江師專學報》以增刊形式集中刊發《首屆中日陶淵明學術研討會文集》,其中收録了吳雲先生《陶學一百年》論文。2000 年,第二屆中日陶淵明學術研討會在九江召開,吳雲先生出席會議,並代表中方陶淵明研究專家做主題報告。2001 年,《九江師專學報》以增刊形式集中刊發《第二屆中日陶淵明學術研討會文集》,其中收録了吳雲先生《功夫在陶外與功夫在陶内——20 世紀陶學研究論略》論文。

在《陶學一百年》一文中,吳雲先生讚譽《九江師專學報》主編陳忠先生利用業餘時

間撰寫了許多研討論文，如《臺灣五十年發表出版陶淵明研究的動向》《日本發表出版陶淵明研究的情況》《韓國四十年(1954—1995)陶淵明研究概説》等論文，吳雲稱讚陳忠先生的這些論文在陶學研究領域起到了促進作用。

吳雲先生的國際視野，推動了新時期關注海外陶淵明研究的進展。如上所述，在吳先生之後，陳忠先生發表了一系列海外陶淵明研究情況與動向的論文，並首次介紹韓國四十年(1954—1995)陶淵明研究的發展概況。2000 年，吉林省社會科學院研究員鍾優民先生的《陶學發展史》出版，該書第九章以數萬字的篇幅較爲詳細地闡述了陶淵明作品在日本、朝鮮、韓國、越南、俄羅斯(含蘇聯)、歐美等國家翻譯及研究情況。這一時間，距離吳雲先生《陶淵明論稿》出版，剛好是 20 年。

2013 年，吳雲先生哲嗣吳伏生先生應閻純德、吳志良主編"列國漢學史書系"之邀，出版了《英語世界的陶淵明研究》①。這體現了他們父子兩代人對陶淵明的共同鍾愛，對陶淵明研究國際視域的共同關注。吳伏生先生早年畢業於美國布朗大學，現任教於美國猶他大學，定居美國，向西方世界講授陶淵明詩歌。他在《英語世界的陶淵明研究》"後記"中説："陶淵明是我從少年時代便敬仰的詩人。""家父吳雲是國內知名的陶學專家……我自幼便喜愛陶詩，自然離不開家庭的熏陶。如今看到兒子能夠在他耕耘多年的土地上有所收穫，他一定也會感到欣慰。"吳先生父子兩代人對陶淵明的鍾愛及其國際化的關注，必將成爲"陶壇"傳頌的一段佳話。

時至今日，海外漢籍、海外漢學已經成爲中國古代文學研究中的"預流"學問。而海外陶淵明研究的關注與推介，也正方興未艾，期待更多有志之士的探究和努力。

五、熱心"陶壇"學術成果的整理和推介，德澤後昆

吳雲先生在鑽研陶淵明詩文集、發表自己學術成果的同時，還熱心於陶淵明學界同仁學術成果的整理和推介，數十年間，所做功德無數，堪爲"陶壇"仁者，深受同仁們的敬仰和愛戴。

1980 年冬，受逯欽立先生同窗好友閻文儒先生之託請，吳雲先生在自己的教學科研之餘整理逯先生遺文，出版了逯欽立先生的遺著——《漢魏六朝文學論集》②。該書收錄逯先生《陶淵明行年簡考》《陶潛里居史料評述》《〈形影神〉詩與東晉之佛道思想》

---

① 吳伏生《英語世界的陶淵明研究》，北京，學苑出版社，2013 年。
② 逯欽立遺著、吳雲整理《漢魏六朝文學論集》"編後贅記"，西安，陝西人民出版社，1984 年。

《讀陶管見》等研陶力作,都集中展現了逯先生數十年的研陶成果。該書的整理面世,與1979年逯先生校注《陶淵明集》一起,讓世人更多地瞭解到逯先生陶淵明研究的全貌。而在當時,剛剛改革開放,吳雲先生也剛剛投入陶淵明研究領域,正處大有可爲之時,他却用不少個人精力來整理完成了逯先生的遺著。對於這一義舉,逯欽立先生的老師鄭天挺先生在《漢魏六朝文學論集·序》中感慨地説:"吳雲同志與逯欽立教授未嘗謀面,能够這樣熱心,他的品格是值得表揚的。"筆者在學生時代,曾經聽聞吳雲先生是逯欽立先生的學生,故幫助整理逯先生遺著云云。直到後來,當我閱讀到鄭天挺"序言",知曉兩人"未嘗謀面",不禁感慨萬千。從那一刻起,我便對吳先生肅然起敬,充滿著欽佩。

　　江西省社會科學院陶淵明研究專家李華先生《高屋建瓴　推瀾陶學——關於吳雲的陶學評論》開篇説:"吳雲先生是全國著名的陶學專家。他的研究專著《陶淵明論稿》問世之後,聞名遐邇,斐聲陶壇。幾十年來,吳先生不僅研陶著作成果斐然,獨樹一幟,而且還對衆多陶著書評傾注著滿腔熱情,推瀾陶學。他曾先後爲逯欽立、王瑤、李華(首都師大)、唐滿先、魏正申等五位陶學專家的六部研陶著作寫過專題評論,對陶學研究産生了很大影響,起著積極的推動作用,受到了陶壇學人的好評。"①

　　在陶淵明研究領域,逯欽立先生取得了公認的驕人成績。陶學專家吳雲先生曾經稱譽説:"近代和現代中國學術史上對陶淵明的研究,在考證、校勘、注釋和評論等四方面取得的成就之最大者,當首推逯先生。"②吳雲先生受託整理出版了逯欽立先生的遺著《漢魏六朝文學論集》,所以對逯先生的陶學貢獻瞭解得非常清晰。時隔近二十年後,吳雲先生在回顧百年陶學研究歷史時,仍然感慨地説:"冷静下來考察,發現近百年來在研陶領域中,集考證、校勘、注釋和評論四方面之成就最大者,仍首推逯欽立先生。"③僅由此可見,逯欽立先生在陶學研究史上的重要地位和貢獻。吳先生稱譽説:"逯欽立先生的《陶淵明集》以元初李公焕《箋注陶淵明集》十卷本爲底本,並以曾集詩文兩册本,焦竑藏八卷本和傳爲蘇軾筆跡的元刊蘇寫大字本等書爲校本,經過細心校勘,終於完成了這部《陶淵明集》。逯校陶集的最大功績是他給我們留下了一部完備而精確的《陶淵明集》。此集在完備、準確性方面超過了宋元以來大量版本,這就爲進一步研究陶淵明準備了最可靠的詩文全集。"④李華先生稱吳雲先生對逯先生的校勘貢獻是"深情地稱

①　李華《高屋建瓴　推瀾陶學——關於吳雲的陶學評論》,載《九江師專學報》,1996年第1期。
②　逯欽立遺著、吳雲整理《漢魏六朝文學論集》"編後贅記"。
③　吳雲《逯欽立的陶學貢獻》,載《九江師專學報》,1998年第3期。
④　吳雲《試評三十年來出版的三本〈陶淵明集〉》,載《九江師專學報》,1985年第4期。

讚"，評語是"語重情長，深中肯綮"，體現出吳先生堪謂仁者的胸襟和情懷。

陶學界同仁的一些精彩學術成果，他也總會不遺餘力地給予鼓勵和讚賞。他在《豪華落盡見真淳——讀李華〈陶淵明新論〉劄記》中，對於李華先生在朱自清先生基礎上進一步證明"赴假"即"銷假"的考證，極力讚賞，認爲這樣有力的考證，對於全篇詩意的理解具有重要意義。

對於唐滿先先生《陶淵明集淺注》，吳先生認爲"最大的特點是通俗性"。他指出："陶淵明的著作，特別是陶詩，從表面上看通俗易懂，實際上要把它真正讀懂却頗難。"這確實是一位熟諳陶詩的行家的精闢之語。所以，正是從這個意義上，他特別肯定唐滿先先生所做的普及工作："爲了讓人們讀懂，作者對詩、文、賦作了詳注；爲了讓人們讀懂，作者還把大量難懂的句子譯成白話文；爲了讓人們讀懂，作者還在每篇詩、文之後附有簡短的'說明'。尤其可貴的是在陶詩文中個別難懂之處，他不僅未採取回避態度，反而迎上去，千方百計把它注出來並譯出來。凡是認真讀過陶淵明全集的人都會明白，做到上述幾點，需積若干年的心得，付出若干年的辛勤勞動。"①在這些評述中，吳先生特別能體會作者的甘苦。

所以，李華先生稱道説，吳先生在評述中對於學界同仁的"一得之見"都會給予充分肯定，"足見吳先生的書評充滿著對同仁們的激勵與獎掖之情，表現出一代學者高尚的思想情操和開闊的學術胸懷，從而受到陶研工作者的敬仰和愛戴"②。

對於當時的一位中年學者魏正申先生，吳雲先生給予他多方面的獎掖和鼓勵。吳先生不僅爲魏正申《陶淵明探稿》寫序，還爲魏正申《陶淵明集譯注》撰寫書評。他在"序"中高度評價了魏正申先生六個方面的新見解（引文從略），並鼓勵説："上述新見解雖然不無可商榷之處，但它仍不失爲一家之言。"其"書評"題爲《厚積薄發　頗具創見的佳作——評魏正申的〈陶淵明集譯注〉》，他肯定了魏正申書中的四點新論：一是陶學學科的前沿意識；二是以"全人"述陶，將陶淵明思想分爲六階段；三是陶詩文繫年的創新；四是析義的新見解，並整體評價該書"是一部寓學術於通俗性中的佳作"。

吳先生從"陶學"學科發展史的角度，爲古賢、時哲撰寫不少述評文字，他在不斷總結前人研究成果中前進，追求創新，不斷超越。這是我們後來者應該學習的可貴品質。

他在《陶淵明論稿》"後記"中説："凡前人論述較多，而我又無新意者，就不再贅述；凡前人討論較少，又亟需作深入探討，或前人雖涉足較多，但仍有爭議者，我便講點一得

---

① 吳雲《試評三十年來出版的三本〈陶淵明集〉》，載《九江師專學報》，1985 年第 4 期。
② 李華《高屋建瓴　推瀾陶學——關於吳雲的陶學評論》。

之見。"①他同時指出：新時期的陶淵明研究"論文中和著作中出現了嚴重的重複研究現象"，甚至出現"否定前賢，抬高自己，互相吹捧，把商業界的炒作風氣也引進陶學研究領域"等怪現象②，他對此表示不無憂慮。

"哲人已逝，言猶在耳。"吳先生治學的肺腑之論與勸導後學的錚錚良言，仍然指引著我們學術的前進道路。

李華先生曾說："拜讀吳雲先生的評陶篇什，時有厚重、精當、啟人深思之感。這除了因他本人是全國知名的陶學大家，深通陶學之外，更與他重視陶學學科的建構、激勵後學以推動陶學發展的渴望密切相關。筆者正是從這個意義上，理解和感悟到吳先生高屋建瓴、推瀾陶學的博大情懷，並從中受到教益和鼓舞，正滿懷信心地展望陶學的光輝未來。"③此雖就吳先生的"評陶篇什"而言，倘若就吳先生的陶淵明研究整體而言，也完全恰切。

生命之樹有期，學術之樹常青。吳先生豐碩的學術成果，必將爲更多的後來者所關注、傳承而常駐世間，引領陶淵明研究等走向新的繁榮。

（作者爲武漢大學文學院教授，博士生導師）

---

① 吳雲《陶淵明論稿》，頁 211。
② 吳雲《骨鯁處世——吳雲講陶淵明》，頁 194。
③ 李華《高屋建瓴　推瀾陶學——關於吳雲的陶學評論》。

吳雲先生學術著作編年

董志廣　曹立波

一、著　作

《魯迅論文學藝術遺産》,天津市師範學院中文系編,陝西人民出版社,1974年。

案:此書刊行於特殊年代,雖署天津市師範學院編,實則主要由先生執筆寫成。

《魯迅論文藝遺産淺探》,陝西人民出版社,1979年。

《陶淵明論稿》,陝西人民出版社,1981年。

案:此書爲先生多年潛心研究中古文學的第一部著作,同時也奠定了先生在陶學研究領域的重要地位。在這部專著問世前,學術界尚無人對陶淵明之詩文及思想作出過如此全面而深刻的論述。

《王粲集注》(吳雲、唐紹忠),中州書畫社,1984年。

《漢魏六朝文學論文集》,逯欽立遺著,吳雲整理編撰,陝西人民出版社,1984年。

案:吳雲、逯欽立二位先生素未謀面,然出於對前輩學者的尊敬和緬懷,也爲了使先賢的研究成果嘉益後人,吳雲先生不惜耗費大量時間精力編成此集。這種高尚的學術品格曾獲得鄭天挺先生的高度讚譽(詳該書序言)。

《賈誼集校注》(吳雲、李春臺),中州古籍出版社,1989年;再版,天津古籍出版社,2010年。

案:對於這部著作的學術價值,著名學者楊翼驤於卷首序言中這樣評議:"賈誼的著作,過去雖有一些學者進行了校勘,也有人加了標點,但絕大部分的文章還無人作過注釋。吳、李二同志對賈誼著作研究有素,在掌握豐富資料的基礎上,經過兩年的辛勤勞動,除校勘和標點外又作全面而詳細的注釋,對於費解之處,採取實事求是的態度,而不强作解人,爲閱讀賈誼著作提供了極大的便利……在本書《前言》中,對賈誼的散文和賦作了細緻的分析,指出其各方面的特點,並參據歷史記載,分析了賈誼的思想,有不少精闢獨到的見解,足資研究賈誼學者參考。近幾年來……學術界與出版界大力開展古籍整理研究工作,取得了很多可嘉的成果。本書的出版,無疑是這方面的一項新貢獻。"

再版《後記》云:"《賈誼集校注》於二十世紀八十年代中期,曾由中州古籍出版社出版。其時因印數較少,很快售完。許多讀者來信向筆者求書,只好以實情相告。使筆者欣慰的事有二:其一爲游國恩等主編的四卷本《中國文學史》修訂版,筆者所著《賈誼集校注》被指定爲參考書。其二爲今年新發現了一篇重要的賈誼佚文。中央民族大學教授曹立波與其愛人於 2009 年 5 月在浙江上虞夏家埠所藏之《上虞夏家埠夏氏宗譜》一書中,發現有《汝陰侯滕公傳》,即《夏侯嬰傳》。經筆者考證,司馬遷寫《史記·夏侯嬰傳》時,參考了《汝陰侯滕公傳》,只是對原傳事蹟略有删節和文字稍有改動而已。《賈誼集校注》增訂版的問世,得到天津古籍出版社總編輯劉文君、編輯張瑋兩位先生的支持,謹此一併致謝。——作者 2009 年 10 月 28 日。"在增訂版的附錄二第 377—378 頁中,收錄此佚文《夏侯嬰傳》。

《建安七子集校注》(主編),天津古籍出版社,1991 年。

案:由於此書出版後在國內、國際影響甚廣,原出版單位於 2005 年在得到"國家古籍整理出版專項經費"資助後,又再版該書,並特邀著名學者徐公持先生爲之作序。對於該書及吳雲先生的治學與爲人,徐公持先生在《序》中有這樣的評價:"吳雲教授及其弟子們合作編撰的《建安七子集校注》,我在第一版面世時即已拜讀過,當時得到的印象有二,一是這是一部嚴肅認真的學術著作。從王粲到應瑒,從孔融到劉楨,無論是哪一位作家,其生平都受到仔細的審視,其作品都得到認真的詮解。認真做學問,這是好的學風表現。二是這本書的編者們是一個融洽無間的合作集體。……對於第二點,我很欣羨,這是由衷之言。……魏晉南北朝文學研究界有好幾位我所尊敬的學人,他們各有令我尊敬的理由。吳雲教授是其中之一。"

《漢魏六朝散文精華》(主編),中國文學出版社,1995 年。

案:此書選錄漢魏六朝時期散文名作 135 篇,各篇除詳加注釋外,均附精要評析。

《白話前四史精華》(主編),三秦出版社,1995 年。

《漢魏六朝詩三百首注》(吳雲,冀宇),天津人民出版社 2000 年。

《魏晉南北朝文學研究》(主編),北京出版社 2001 年。

案:此書爲新聞出版總署"十五"重點圖書出版規劃項目之一。

《政鑒易知錄》(主編),河北人民出版社,2003 年。

《古文觀止譯注評》(主編),長春出版社,2003 年。

《唐太宗全集校注》（吳雲，冀宇），天津古籍出版社，2004 年。

案：《唐太宗全集校注》由先生與師母合作完成，自刊印以來，已多次再版，並爲國內外各圖書館珍藏，其讀者之廣，影響之巨，非他類古籍研究成果所能比擬。唐史大家楊志玖先生給該書的評價是：體例規整完善，注釋精確詳盡（見序文）；著名學者朱一玄先生也認爲《唐太宗全集校注》的出版，不僅填補了古籍整理的一項重大空白，而且對研究唐代歷史、政治、經濟、軍事、文化、文學、書法等方面，都是頗爲有益處的（見序文）。

《20 世紀中古文學研究》，天津古籍出版社，2004 年。

《漢魏六朝小賦譯注評》，天津古籍出版社，2006 年。

《歷代駢文精華譯注評》，長春出版社，2008 年。

《漢魏六朝賦精華注譯評》，長春出版社，2008 年。

案：這部著作是在《漢魏六朝小賦注譯評》的基礎上擴展而成，其不僅選取了司馬相如的《子虛》《上林》，而且也收錄了班固的《兩都》和庾信的《哀江南》等。這樣的選錄也就決定了其注釋之難非同一般。然由於先生功力博厚，識見遐深，故致本書無論是文字訓解，詞句翻譯，抑或作品評析，藝術欣賞等都近乎完美。而且如果我們將先生對所選各賦的評析要點貫穿起來，則漢魏六朝辭賦發展史的基本脈絡已躍然而現。

《歷代駢文名篇注析》，天津古籍出版社，2008 年。

案：大略而言，漢魏六朝時期的文章演變呈現有兩大特點：一曰用字日簡，用事趨繁，二曰屬對聲韻，漸趨爲用。當講求屬對聲韻的駢文于梁、陳之際達到高峰，用事用典也成了時人謀篇運筆的重中之重。因此先生的這部《駢文注析》需將“釋義”與“釋事”兼取並用，沒有足夠深厚的文史學養顯然是完成不了這項工作的。另外，本書《前言》專論駢文之發展，所識高屋建瓴，思路縝密清晰，實可與所注之百餘篇名作互爲表裏。故絕不可將先生此作視爲一般性普及讀物，對於欲治中國古代駢文史的學者來說，該書的學術參考價值當日漸光大。

二、論　文

西漢削藩與反削藩的鬥爭，《天津師範學院學報》，1974 年第 2 期。

論《水滸》中“義”的觀念，《天津師範學院學報》，1975 年第 6 期。

古爲今用的典範——學習“魯迅文學遺產”問題劄記，《文史哲》，1976 年第 3 期。

試論魯迅分析《文學遺産》的階級觀點，《天津師範學院學報》，1976 年第 5 期。

魯迅用發展的觀點論述文學遺産,《破與立》,1976 年第 6 期。

魯迅批判地繼承文學遺産,《南開大學學報》,1977 年第 4 期。

魯迅論中國古代民間文學與民間藝術,《破與立》,1977 年第 4 期。

魯迅與屈原,《山東師範學院學報》,1977 年第 6 期。

魯迅與陶淵明,《天津師範學院學報》,1978 年第 2 期。

從陶淵明的歸隱看他的政治態度,《開封師範學院學報》,1978 年第 4 期。

嶄新的文學史著作——讀魯迅的《漢文學史綱要》,《破與立》,1978 年第 4 期。

陶淵明創作中反映出的社會諸矛盾,《天津師範學院學報》,1978 年第 4 期。

陶淵明在文學史上的地位,《天津師範學院學報》,1979 年第 2 期。

論《桃花源記》,《破與立》,1979 年第 3 期。

陶淵明《咏貧士》試析,《天津師範學院學報》1980 年第 2 期。

論陶文的藝術性,《昆明師範學院學報》,1980 年第 4 期。

論陶詩的藝術風格,《齊魯學刊》,1980 年第 5 期。

論曹操詩歌的寫實精神,《昆明師範學院學報》,1981 年第 2 期。

陶淵明《擬古詩論略》,《遼寧大學學報》,1981 年第 3 期。

論曹操的遊仙詩,《天津市語文學會 1980 年年會論文選》。

曹操在文學史上的地位,《遼寧師範學院學報》,1981 年第 6 期。

論曹操詩歌的藝術風格,《遼寧大學學報》,1982 年第 4 期。

略評新校點本《王粲集》(與唐紹忠合作),《文學遺産》,1982 年第 4 期。

試論王粲的詩賦創作(與唐紹忠合作),《天津社會科學》,1982 年第 6 期。

逯欽立遺著《漢魏六朝文學論集》編後贅記,《東北師範大學學報》,1983 年第 4 期。

丁炳啟《題畫詩絶句百首賞析》序,語文出版社,1985 年。

論唐太宗的文化業績,《遼寧大學學報》,1985 年第 4 期。

論唐太宗的詩,《天津師範大學學報》,1985 年第 5 期。

試評三十年來出版的三本《陶淵明集》,《北方論叢》,1986 年第 8 期。

簡論孔融的爲人及其創作,《蘇州教育學院學刊》,1986 年第 3 期。

建安文學研究述要(與張全生合作),《天津師範大學學報》,1988 年第 2 期。

孔融論,《中國古典文學論叢》第 7 輯,人民義學出版社,1989 年。

論唐太宗的文,《北方論叢》,1990 年第 1 期。

梁代宫體詩新論(與董志廣合作),《文學遺産》,1990 年第 4 期。

魏正申《陶淵明探稿》序，《遼寧大學學報》，1990 年第 4 期。

兩漢魏晉隱逸之風的消長及其意味（與董志廣合作），《北方論叢》，1991 年第 6 期。

董志廣《潘岳集校注》序，天津人民出版社，1993 年。

司馬遷與古希臘人的悲劇意識的比較（與董志廣合作），《齊魯學刊》，1993 年第 2 期。

豪華落盡見真淳——讀李華《陶淵明新論劄記》，《九江師專學報》，1993 年第 3 期。

厚積薄發頗具創見的佳作——評魏正申的《陶淵明集譯注》，《江西社會科學》，1995 年第 1 期。

陶學一百年，《首屆中日陶淵明學術討論會文集》，《九江師專學報》，1998 增刊號。

學術的傳世，《天津日報》，1999 年 3 月 15 日。

"陶學"百年，《文學遺產》，2000 年第 3 期。

功夫在陶外與功夫在陶内——20 世紀陶學研究論略，《九江師專學報》，2001 增刊號。

略評《中國文學史》，《文學遺產》，2001 年第 3 期。

張連科《王國維與羅振玉》序，天津人民出版社，2002 年。

20 世紀嵇康研究，《魏晉南北朝文學與文化論文集》，南開大學出版社，2002 年。

案：先生的論文反映了他一貫堅持的治學態度，即腳踏實地，不事浮華。先生能够在當今學界有如此影響力的主要原因之一，就在於其全部重要論文都有堅實的原始資料作爲依託。如先生關於曹操、孔融、陶淵明、唐太宗的論述，均是在通覽了他們的文集與相關文獻的基礎上，才開始運筆的。因此質言之，上述文章之所以被譽爲學術研究的重要階梯，當與先生的治學態度有直接關係。

二十世紀八十年代，我們相繼拜入先生門下學漢魏六朝文學。記得初入師門之時，先生在授課中即特別強調了基礎的重要性，同時給我們佈置的作業亦是精讀古籍文獻。經過一段課程的講授，先生便給我們每人分發了一部建安七子的文集，命我們各自進行斷句、校勘與注釋方面的嘗試，繼而再給予耐心且詳細的指導。由此，我們對於古籍整理便有了初步瞭解。關於具體的問題研究和文章寫作，先生希望我們能將他的治學之道一以貫之。爲此，記得先生在課上還做了一個比喻：學術研究好似鑽井取油，若想確立最爲理想的鑽井座標，必須先做大範圍的勘探調查。這實際是告誡我們：儘量多地佔有文獻資料，乃一切研究工作的重要前提。正是基於這種真知灼見，先生並不鼓勵我們研究生在讀期間汲汲於論文，而是反復強調多讀古書，勤作筆記，並時常督促，諄諄善誘。

　　經過三年嚴格而系統的學習和訓練,我們都順利畢業並取得了碩士學位。畢業後的弟子,儘管從業不同,各在一方,但都對先生懷有深深的感恩之情,也都能在生活和學術上繼續得到先生的關愛、指導與提攜。這種情況在當下學界已傳爲佳話,如著名學者徐公持先生在爲《建安七子集校注》修訂版所作的《序》中就曾寫到:"就我所知,吳雲教授與他的弟子們保持著一種十分親切而真誠的關係,歷久不渝,此誠難能可貴。……這樣一種師生關係,既是純潔的,又是親切的;它符合中國的人倫和學術傳統,同時也不違背現代人際關係理念。不過切莫以爲這樣的師生關係,是天然形成的,實際上它對師生兩方面都提出很高要求,尤其是人品上、學風上的要求。聯繫當下的師生關係,當然還不至於徹底大壞,畢竟這種關係由一定的制度和利益紐帶維繫著;但那種以道義和感情爲基礎的理想化的關係似乎不多見了。……吳雲教授及其弟子們,不在此列。或許他的弟子們本來都是高品德高素質人才,但這只能説明事情的一半;這裏肯定還不能缺少老師人格道義上的示範作用,以及作爲長者對後學的應有關愛。"誠如徐公持先生所言,我們對於恩師的敬仰與愛戴主要就緣于其高邁的人格魅力和長者風範。

　　從前已列出的具體成果不難看出,先生的一生實與學術研究相伴始終。退休三十年,著作等身,依然筆耕不輟。與弟子交流時,勸學之中免不了讓大家勞逸結合,他説事業終身事,教授只有長壽,才有條件多做學問。2017 年米壽之年,曾爲學生題寫"有書真富貴,無事小神仙",還有"耕讀傳家久,詩書繼世長"等墨寶,尋常之道理,從先生口中心中,道出寫出,諄諄教導,字短情長。

　　進入垂暮之年後,長期的心力之勞本已使先生疾病纏身,然我們每次前去拜望,最先看到的依舊是一位老人伏案工作的熟悉的背影。當有感於所見情景而黯然傷懷時,先生便常會引陶淵明的詩句來寬慰我們,並説自己早已寫好了遺囑,一旦大限之日迫近,絕不接受任何無必要的救治。記得陶淵明於臨終之際曾寫過一篇《自祭文》,並因此被友人許之以懷有"視化如歸,臨凶若吉"的超凡之韻。而先生于去逝前的一周,也同樣是應出版社之約在著書立説;兩相比較,二者精神境界是何其相似!

　　關於先生的學術經歷、研究成果、道德人品以及對弟子們的關愛提攜,仍有許多方面值得總結。由於時間所限,我們只能先將這篇《學術年譜》編寫出來,並希望借此表達對恩師的敬仰和思念之情。此文能夠刊出,我們還要向工曉平先生致以誠摯謝意。

　　若人生有靈,願先生能在另一世界讀到弟子揮淚編輯的《學術年譜》! 思念傷感之時,想起三十年前先生給我們講讀曹丕《典論·論文》時的情景:"年壽有時而盡,榮樂

止乎其身。二者必至之常期,未若文章之無窮。"可敬的先生,駕鶴西去,道德文章,傳世
流芳。

2019 年 11 月 20 日

（作者董志廣爲天津師範大學文學院副教授,曹立波爲中央民族大學教授、博士生
導師）

先父吳雲的學術道路

吳伏生

2019 年 8 月 30 日，先父吳雲（1930—2019）於天津溘然長逝。先父在天津師範大學中文系及古籍整理所任教工作多年，桃李滿天下，出版了二十餘種學術著作，是國內外知名的古代文學學者與古籍整理專家。悲痛之餘，我應父親生前同仁、朋友王曉平教授之邀，對父親的學術道路做一簡要追述，略表哀思。

父親的青少年時代是在兵荒馬亂中度過的，自然沒有什麼安心讀書的機會。大學期間又正值"三反""五反""反右"等接連不斷的政治運動，心理負擔沉重，患上嚴重失眠症，也未能認真系統地研讀較多的經典著作。父親開始從事學術研究，乃是在 20 世紀 70 年代初。當時，所謂"文化大革命"正如火如荼，幾乎所有文化典籍都被封上"四舊"的標籤，成爲禁區。由於各種原因，魯迅的著作反而通行無阻。父親上大學時便迷上魯迅，並且節衣縮食，從每月三元的生活費中擠出錢買了一套《魯迅全集》。父親在南開大學中文系讀書時曾得到著名學者、系主任李何林教授的關照與鼓勵。李何林教授從 20 世紀 20 年代便開始研究、宣傳魯迅的著作，是魯迅研究的權威學者。1972 年 4 月 7 日，父親登門拜訪李何林教授，向先生彙報自己的研修計劃，即把魯迅研究與古典文學相結合。李先生聽後，建議父親在通讀《魯迅全集》的時候，將魯迅對古代作家和作品的評論摘錄下來，分類後編一本《魯迅論文學藝術遺產》的書稿，這樣可以一箭雙雕，既滿足了父親對魯迅的鍾愛，也爲以後從事古典文學研究提供了一個視角。李先生的這一建議，爲父親在困惑之際指明了一條切實可行的道路，令父親終身受益，並永志不忘。

父親用了一年半的時間完成了《魯迅論文學藝術遺產》資料長編的整理，並很快將其內部刊印（此書 1974 年由陝西人民出版社出版）。隨後，父親又遵照李何林先生的建議，寫了一組《魯迅論文學藝術遺產》的文章（成集後此書 1979 年由陝西人民出版社出版），其中一篇題爲《魯迅論陶淵明》，發表於《天津師範學院學報》1978 年第 1 期。文章刊出後，父親攜其前往拜訪他在南開大學中文系的另一位恩師馬翰林教授。馬先生彼時因病住在軍隊醫院。他接過刊物,看了幾頁後語重心長地對父親説:"你能寫出《魯迅論陶淵明》的文章,這很好,但更重要的是要寫出吳雲論陶淵明,這才算你的學術水準。"馬先生的話給父親以深刻的啟發;正是在他的鞭策與指引下,父親走上了陶淵明研究之路。他的陶學研究文章,先是發表於國內各學術刊物,後來結集爲《陶淵明論稿》,1979年由陝西人民出版社出版。它是父親學術生涯的一個重要里程碑。

父親常常對我談起上述兩位恩師對他的教誨與指引。他曾用"臺階"來形容他自己學術生涯的不同階段。魯迅研究是第一臺階,在當時特殊歷史時期,也是不可多得、難能可貴的臺階。不僅如此,它還自然地將父親引向下一更高臺階,使得父親得以借助前賢的眼界,站在巨人的雙肩,開拓出自己的視野與見地。父親一生始終對這兩位恩師感恩戴德,銘心刻骨,並以他們爲榜樣,對自己的學生言傳身教,關懷備至。

《陶淵明論稿》之所以是父親學術生涯的一個里程碑,乃是因爲它體現了一位成熟學者的成熟觀點,雖然這些觀點多少也受到當時歷史環境的影響與限制。2009 年天津古籍出版社將此書以《骨鯁處世:吳雲講陶淵明》爲題再版,並收入其"名家講堂"系列。在此書的"自序"中,父親曾提到 20 世紀 50—60 年代曾出現過兩次關於陶淵明的討論。《光明日報·文學遺產》編輯部曾對上述討論做過總結,指出"在討論中談得很不夠的還有下面一些問題:例如陶淵明在文學史上究竟占何種地位;在文學發展史上所起的作用;陶詩的藝術風格,如對《飲酒詩》二十首、《擬古》九首、《咏貧士》七首等作品分析得都很不夠"。父親從事陶淵明研究,正是要填補上述空白。《陶淵明論稿》中的文章,如《陶淵明在文學史上的地位》《陶文的藝術性》《飲酒二十首初探》《擬古詩九首淺論》《咏貧士七首論略》以及《閒情賦散論》等,都顯然是要爲人所未爲,爲陶淵明研究拓展新的領域,提供新的見解。此書出版後在陶學界產生了很大影響。2000 年,中日第二屆陶淵明學術學者研討會在廬山召開,父親代表中方陶學研究者作主題報告。同年,他的《"陶學"百年》一文在《文學遺產》第 3 期上發表。至此,父親作爲陶學研究知名學者的地位基本確定。

20 世紀 80 年代開始,父親將重點與精力轉向古籍整理,並取得了豐碩的成果,贏得了學界的尊重。此處謹舉兩例,稍加叙述。第一例是 1991 年由天津古籍出版社出版的《建安七子集校注》。此書爲建安七子著作之第一校注本,既填補了古籍整理的一個空白,也爲魏晉文學研究提供了詳盡可靠的文本,出版以後便受到學界的好評。知名學者徐公持先生便曾將此書與趙幼文《曹植集校注》、陳伯君《阮籍集校注》、曹旭《詩品集注》一同提及,稱讚它們的"校注多數做得很精,在資料處理的細密和準確上,絲毫不讓前賢,甚至在眼界的開闊方面還有所超越"(轉引自 2005 年版《建安七子集校注》序)。正是因爲上述學術成就與價值,此書已於 2005 年修訂再版。值得一提的是,此書乃是由父親帶領他的幾位研究生一起完成。在出版後記中,父親寫道:"本書爲師生合作的結晶,歷時九載。最初的設想是用整理古籍的手段,加强研究生做學問基本功的訓練;同時也迫使我個人在這方面的能力有所提高。實踐證明,這兩個目的都達到了。"的確,父親對學生真可謂耳提面訓,無微不至。教學相長本是傳統美德,但在當今社會中,像父親那樣與學生相融無間、互敬互愛的現象已經是鳳毛麟角的美談了。徐公持先生在其爲此書所寫的序言中特別提到這一點。我本人也身爲大學教授,時常感歎自己未曾與學生建立起同樣的紐帶。捫心自問,除了時代世風不同之外,或許也是因爲自己未像父親那樣爲人師表,對學生傾心盡力。爲此,父親雖然逝去,但永遠是令我高山仰止的榜樣。

父親在古籍整理方面的另一重要成就,對我來説意義非凡,因爲這本《唐太宗全集校注》(天津古籍出版社 2004 年)是由父親與先母冀宇(1928—2008)携手完成的。母親與父親是南開大學的同學,專業是歷史。由於在中學時代加入了三民主義青年團,母親在大學和"文革"期間備受迫害和屈辱,改革開放後才被允許重新在一所中學講授歷史。有關這部著作的起因及完成過程,父親在 2014 年再版後記中做過深情描述,兹轉録如下:

> 1981 年我的科研重點轉到國學整理方面來。在選題方面,我對她(母親冀宇)説:希望選一個首創,即別人沒有做過的,經得起歷史篩選的大題目。由於她是南開大學歷史系畢業的,未費吹灰之力,張口便説出《唐太宗集校注》。其理由是:第一,唐太宗李世民把中國的政治、經濟、文化推向封建社會的頂峰,唐朝成爲當時世界頭號强國。此前對他論述的文章可以達到百篇,寫他的評傳也出過數種;然而包括唐太宗的詩、文、賦、詔令等全集一本未見。其關鍵是一個"難"字。我們二人知難而進,分工時我負責標點、校勘;其他注釋、繫年、題解均由她來承擔。由於出版社急於見書,我們只好僅注詩、論文、賦,其他詔、令等公文待再版補充。經過三年日月兼程的奮鬥,《唐太宗集校注》由陝西人民出版社 1986 年出版。
>
> 見到樣書的次日,老伴冀宇便全心投入未注的詔、令、制等一類公文的注釋。唐太宗的著作百分之七十是詔、令、制一類公文,她用數年時光完成此項任務,並堅定認爲唐太宗的著作絶不止於我們所掌握的資料。爲此,她又翻閲了與唐太宗有關的大量古

代文獻，連有關地下發掘報告也不放過。這樣經過多年努力，録得二百餘篇（條）佚文。爲了全面理解唐太宗的生活，她又用數年時間寫出《唐太宗巡遊狩獵年表》，附在原書之後。完成了《唐太宗全集校注》的任務後，書由天津古籍出版社出版，僅 2004 年一年之內就印過兩次。

的確，父親、母親攜手完成的《唐太宗全集校注》是對唐代文學、文化及政治研究的一個重要貢獻。此書長達 671 頁，書中對所收文獻都做了詳細的校勘、題解、注釋、繫年，所需功力、精力與時間，自是不言而喻；由父親執筆、總共十八頁的前言對唐太宗的政治業績及文學、文化成就做了全面的闡述。此書業已成爲研究唐代政治、文化與文學的必讀物，不僅僅爲國內外學者廣泛徵引，而且成爲中外大學圖書館的館藏。我所任教的美國猶他大學（University of Utah）圖書館便有此書。誠如著名史學家、南開大學楊志玖教授在爲此書初版所作序中所説的那樣，以往對唐太宗的認識，多來自別人的評論；現在有了父親、母親合著的《唐太宗全集校注》：

> 讀者可以看到唐太宗親自撰寫的詩賦和文章；讀他的詔令（可能由文士代筆但經他修訂同意），可以知道他怎樣處理國計民生大事；讀他的史論，可以知道他怎樣評價古人；讀他的《帝範》，可以看出他的政治見解……而讀他的詩賦，更可以瞭解他的思想情操，窺見他的內心世界。這樣，對唐太宗的認識就比較全面和深刻了。單憑史書的記載瞭解唐太宗，總是間接的、片面的，不免有隔靴搔癢之感；而讀他本人的著作，則是直接的，比較全面的，所謂如聞其聲，如見其人，備感親切。它不僅爲史學家做第一手資料用，也可供古典文學研究者閱讀欣賞和做文學史資料用。

在古典文學研究方面，父親所關注的主要是中古時期，尤其是魏晉南北朝這一階段。之所以如此，除了個人興趣外，還是因爲他長期以來講授這一時期的文學史與作品。從 20 世紀 90 年代末開始，父親用了六年時間將自己對中古文學研究的研讀與體會做了一番系統梳理，寫出了《20 世紀中古文學研究》，由天津古籍出版社於 2004 年出版。在這部著作中，父親參照徐公持先生的觀點，將 20 世紀國內中古文學研究分成四個階段："第一階段 1900—1928 年，稱爲科學的近代化初創期。此時期的一些文化先覺者，用西方近代化觀念和方法，重新審視中國的傳統文化學術，20 世紀 10 年代遂有'新文化運動'的興起。""第二階段 1928—1949 年，可稱爲近代化的發展期，或進一步的成熟期。”“第三階段 1949—1978,可稱爲學科的發展統一時期。所謂‘統一’,即指在學術思想方面實現了根本一致,此統一是在馬克思主義的唯物史觀基礎上的統一。”“第四階段 1978—2000 年即學科的多元化時期。所謂多元化,是與前一階段相對而言。學術研究由唯物史觀的大一統,走向各種思想和方法共存的局面,這是與同時期的政治經濟等方面的改革開放過程相表裏的。”按照這一歷史框架,父親便能用進化發展的眼光,對 20 世紀中古文學研究做一全面的論述。本書的體例是以主要作家爲主,以不同時期對這些作家的批評研究爲切入點,勾勒出近百年來中古文學研究的風貌。此處要順便提及的是,在此之前,父親曾主編過由北京出版社出版的《20 世紀中國文學研究》叢書中的《魏晉南北朝文學研究》卷（2001 年出版）,並承擔了書中有關陶淵明研究的寫作。

　　父親古籍整理校注的特點是要而不繁,兼顧了學者專家與普通讀者的需求。例如在校注孔融《臨終詩》（收入《建安七子集校注》）時,他首先在文下注明此詩選自隋唐時期虞世南整理的《北堂書鈔》、明代張溥所輯《漢魏六朝百三名家集》、近人逯欽立先生所撰《先秦漢魏晉南北朝詩》這些權威版本,以供學者專家進一步考核之用。在注釋“三人成市虎”一句時,父親首先指出其“語出《淮南子·説山訓》”,但並未全部引用出處原文,而只是對這一典故的意義進行了如下串解:“謂有三個人謊報市上有虎,聽者就信以爲真。”父親如此處理這一典故,顯然是更多考慮到一般讀者的需求;至於專家學者,他們自可按照提示去參照原文,進一步考察這一典故的最初用法與意義。正是這種簡要明瞭的注釋方法與策略,使得父親所注釋的文化典籍爲衆多讀者所欣賞與喜愛。21 世紀初,國內掀起了所謂國學熱,在廣大讀者當中喚起了對古代文化典籍的渴求。父親應多家出版社之請,開始編撰較爲普及的文學經典校注。不僅如此,父親在以往校注的基礎上,還將這些作品翻譯成現代漢語,其難度與耗時,自是可想而知。此處僅以父親在《漢魏六朝小賦譯注評》（天津古籍出版社 2006 年）中對張衡《歸田賦》開首四句的注譯爲例。原文爲:“游都邑以永久,無明略以佐時;徒臨川以羨魚,俟河清乎未期。”前兩句爲直接叙述,比較容易把握;儘管如此,父親還是對其中“都邑”“明略”“佐時”等詞語做了簡要的説明。後兩句分別用了兩個典故,曲折難懂。父親先在注釋中注明它們的出處,如“臨川羨魚:《淮南子·説林訓》有‘臨河而羨魚,不如歸家織網’的話”,“河清:黃河水渾濁,古代傳説,黃河水一千年水清一次。古人都以爲那是聖人出世、政治清明的象徵”。古人注書,往往止步於此,如李善所注之《文選》,便常常滿足於標出典故的出處,却較少解釋其在眼下語境中的意義與作用。父親則在譯文中彌補了這一缺陷。下面便是他對這四行的翻譯:“我到京師任職已經很久了,却沒有高明的策略輔佐當今的君主;空有輔佐君主的願望,而無法實現,等待聖人出世,政治清明,自己可以有一番作爲,但這日子難以預期。"不難看出,上述譯文對"臨川羡魚"與"河清"在本賦中的意義做出了進一步説明,使得讀者,尤其是那些一般讀者,對之一目了然。

2008至2010兩年間,父親先後在長春出版社出版了印刷考究、圖文並茂的《漢魏六朝賦精華注譯評》與《歷代駢文精華注譯評》兩本各四十餘萬字的著作。在爲後者所作的後記中,父親寫道:

> 進入二十一世紀後,我計劃完成兩項填補古典文學普及工作的任務:一爲漢魏六朝賦精品的注譯評;二爲歷代駢文精華的注譯評。我國古典文學的精華如《詩經》《楚辭》、唐詩、宋詞等均出版了注譯本,只有我計劃完成的兩項任務沒有注譯本。究其原因是一個"難"字。賦體文學多用僻字,到了六朝時的駢文多用典、對仗、韻律。駢文被後人稱爲美文,由於它多用對仗、四六,特別是藻飾、用典、韻律,人們很難讀懂。

從上述文字中,可以看到父親在治學道路上不甘固守陳轍、勇於拓新的精神與勇氣。尤其令我敬佩與感動的是,父親能够放下學者專家的架勢與成見,在晚年將自己所剩無幾的歲月與生命奉獻給文化普及這一使命與事業。正是這種胸懷,促使父親在完成上述兩本著作後又承擔起《古文觀止注譯評》(長春出版社2008年)的任務。《古文觀止》由清代學者吳楚材、吳調侯於康熙三十三年(1694)編選。父親在其注譯本中稱"該書在我國古代文化寶庫中選取上起先秦、下迄明代的散文精品222篇,作爲啟蒙讀本流傳甚廣"。的確,父親在多種場合多次提及當年在瀋陽故宮打工時,在陳家驥先生指導下學習背誦《古文觀止》的經歷。他把這一經歷視爲他學術生涯的起點,如今能够把這本文化經典傳播給當今的讀者,一定會令他倍感欣然。值得告慰的是,此書出版後便受到讀者的青睞,出版社不久便出版了一本壓縮的學生版本。父親去世前一年,徐公持先生爲北京一家出版社編輯一套中華文化典籍叢書,又將父親此書選入。新書已經付梓,只是父親不能親睹了。

父親生前,非常喜愛《論語·述而》中夫子的一段話,且不時吟咏:"發憤忘食,樂以忘憂,不知老之將至。"父親終身坎坷,出生入死,然於學業未嘗懈怠須臾。無論是流亡在外之際,戰火紛飛之時,牛鬼蛇神之日,他始終以書爲伍,"晚食以當肉,安步以當車,清净珍重以自娱"。直到去世前一天,父親還在炎熱之日編寫他最後一部書稿,《漢魏六朝文章八大家》。此書乃應徐公持先生之約,計劃收入前面提的那套叢書。也許工作得有些興奮，父親將屋中的空調下調了幾度，因此受涼，繼而發燒，隨即轉成肺炎，次日便倏然而去。每每回顧自己坎壈多故、在今人看來近似傳奇的一生，父親常常爲自己感到慶幸，因爲他最終畢竟能够從己所願，於斯文之中徜徉至老，正所謂“朝聞道，夕死可矣”。

陶淵明曾有過“死去何所道，託體同山阿”的願望。父親去世後，我遵囑將他的骨灰送到東北老家的東山，與母親一起合葬。茲再用幾句父親和我都十分欣賞認同的陶詩作爲此文的結語：“縱浪大化中，不喜亦不懼。應盡便須盡，無復獨多慮。”父親、母親安息。

2019 年 11 月 1 日記於鹽湖城家中書齋

聽吳雲先生談治學

郝 嵐

按：2019 年 8 月 30 日，吳雲教授在醫院病逝，享年八十九歲。吳先生在古籍整理方面著述頗豐，他的經歷也是特殊時代知識分子的代表。2019 年春節期間，我受邀去吳老位於天津海光寺的家中拜訪，有幸聆聽他對治學的看法，和對下一代學者的殷殷囑託，受益匪淺。謹以此文紀念吳老。

郝嵐（以下簡稱“郝”）：吳老，您好啊！身體真棒！

吳雲（以下簡稱“吳”）：你將來要比我們厲害，你今年才四十多，好歲數！我今年虛歲九十了。

一、學者都有時代局限

郝：您現在還每天讀書寫作？

吳：每天做一點，我今年有六本書要再版。你看，做學問每代人都有自己的特點和局限。我是 30 年生人，我兒子吳伏生是 50 年代生人，你 70 後，又是一代。你看看李霽野的著述，他多數都是翻譯，理論著作基本沒有。李霽野寫隨筆，翻譯他最著名的是《簡·愛》。

郝：對，我看的第一本《簡·愛》就是李霽野翻譯的。

吳：這是他最大的成績。但是在理論建樹上，他那代人，包括後來那代，都不行。那是他們時代所限。我送你一套《李霽野全集》，你可以看看李霽野的路是怎麼走，他是在魯迅的提攜下，搞未名社，搞翻譯。李霽野很不錯。

二、我 的 路

郝：聽説您的治學之路就挺曲折。

吳：別提了！我成分是"富農"，但是没飯吃，就從東北老家跑到北京我姑姑家。49年進了革命的華北大學，上了三個月學，因爲南邊要解放，響應號召參了軍、打了幾場仗撿了條命，又跑回北平投奔親戚。當時我姑姑在北大文科研究所，搞考古。她説你回來，得有個事兒幹，就在北京大學明清史料室找了個活，讓我幫人整理明清兩代檔案。每天六小時，我白天弄歷史，晚上學俄語。在那八個月，我背一百篇《古文觀止》，憑這一百篇《古文觀止》，開始寫日記。然後就憑我寫日記，自學，後來還真就考上了大學。因爲我的俄語比別人多考了許多分，占了便宜。但是數理化我没學過，數學會一點兒，靠著幾個簡單的公式，總算是没得零分。當時我滿腦子想的都是物理、化學怎麼躲過零分，但是卷子上好在有問答題，物理問答題凡是問號的我都加，化學題都減，我是蒙也要蒙一半，結果被南開大學外語系錄取了。

郝：您這個蒙題的方法也是有意思了！您竟然最初學外語的啊？

吳：錄取以後，我念了一年俄語，我一想，俄語是"大鼻子"語言，它不是國際語言。我就找了李霽野，當時他是系主任。我就説我口吃，説不了外語。後來他就寫個條，給李何林。他倆是一個村兒的。李何林同意後，我就念了中文系。其實我的學歷就是初中一年級，是經過自學，最後走進了大學。到分配的時候，把我分配到天津的業餘大學，"文革"時期我碰見了李國毅，那是我的老班主任了。他就説：你到師院來吧，就把我調到師院去教中文系，還讓我做教研室主任。去的時候古典文學唐宋明清都有人了，剩下的就是魏晉南北朝了。我就説我來吧。這也是爲什麼我説魏晉南北朝是古典文學研究一個空白。

郝：原來研究範圍也是"撞"來的！

吳：可不！那時候李何林日子不好過，我去看他，他説：我今年70歲，我有個題目完成不了，就是想把《魯迅全集》和這個全集不包括的著作，都翻一遍，要把魯迅論古代作家和作品的部分，分門別類抄出來，然後再分類，起名叫"魯迅論文學藝術遺產"。他給寄到陝西出版社去，很快就印出來了，印了9萬冊。李何林説，借著這個資料，趕快寫文章。我借著它就開始寫文章了，一下子寫了十幾篇，包括一篇《魯迅論陶淵明》。馬翰林是我的恩師，他是聞一多的得意門生。馬翰林説：吳雲啊，吳雲啊，《魯迅論陶淵明》，那代表魯迅的研究水準,不代表你的研究水準。代表你研究水準的必須是"吳雲論陶淵明"。

郝:老師給您指點了研究方向。

吳:太好了,題目有了,我就開始收集資料,用三四年時間在陝西寫了《陶淵明論稿》,第一版。後來又經過多少年加工,寫了《陶學一百年》,就是附有近一百年大專家研究陶學史的主要觀點,都集中在一起。後來 2000 年,要開陶淵明討論會,日本學者和中國學者加起來 230 人。每個國家要選出一個代表團團長,中國把我選出來了,作爲代表團團長還要做主題報告,這下我又成了陶淵明專家了。這是歷史的誤會。但是我知道,我真正的學問都在整理古籍上。你好比說現在再版的有《古文觀止譯注評》,有《歷代駢文精華譯注評》,還有這個《唐太宗全集校注》已經出了第四版了。現在是第五版了。

三、如 何 選 題

郝:您說說做學問如何選題呢?

吳:我的導師告訴我搞科研選題怎麼選,那就是要做前人沒有做過的,要具有原創性,其次就是這位作家在文學史中要有影響。必須滿足這兩點,然後經過幾年努力加工,研究整理以後,成書。如果別人再搞類似的題目,必須參考你的書。你的選題要形成一個臺階,別人要想往上攀,必須踩著你的臺階往上。然後我就按照他的建議,培養研究生搞建安七子,《建安七子》印了三版了。我的研究生每人研究一子,我研究一子。這一出版,他們每人都算有一個專著,對將來他們晉升副教授也有益處,當然,有點旁的更好。我覺得我的研究生都不是孬種,他們真的苦念書。那時候他們研究先秦的主要是《史記》《三國志》,這些古書要念,知識面要廣。所以我想來想去,要跟你談。你業務主要是現代文學嗎?

郝:我博士論文做的林紓,屬於近代,是外國的小說在近代時期的翻譯。因爲現代時期搞的人挺多的,新文化運動以後,有很多人做現代文學。然後我現在做的事其實是從晚清一直到新文化運動中間這塊的外國文學。

吳:晚清還行,這一段是比較空。

郝:相對來說還比較空。

吳:就要鑽這個空子。寫文章,著書就是鑽空子,這是孫犁說的。

郝：是。這的確挺考驗人的，第一要看你是不是目力所及够廣，你得找到這個空子。同時手得比較勤快，能够很快出活兒。之後再説水準怎麽樣，文章出來了，寫的怎麽樣，還是另一回事。

吳：是這樣。但是要看到，你缺的是古文能力，你今年才四十多，你每天要抽出點時間來。

郝：您再給我推薦點兒書吧。

吳：再讀讀《論語》《孟子》《史記》。這都是必讀的書。你要説先秦諸子太多了，孔子、孟子、老子，有這三家也就行了。然後就是史書。史書第一要通讀史書、熟讀史書。你要看，就別看譯本了，看"三家注"。你大概齊能看得懂。

郝：《史記》我可以，我看了一卷多，其他選讀的，但没有通讀。

四、"一本書主義"

吳：現在人們出書容易，但是你得愛惜自己的羽毛。你看丁玲，人怎麽樣我不評價，但是我同意一個：她的"一本書主義"。丁玲説人一生能寫成功一本書，就成了。這話没錯，但是必須寫的書能够影響大、傳世久。所以你要有代表作，代表作好比説我這唐太宗印五版了，我那版權，天津古籍出版社一下子買去六種。第一就是唐太宗，還有建安七子、漢魏六朝小賦、駢文，還有 20 世紀中國文學研究，六本書。在那出的陶淵明他説還賣，還有我吳老頭的書。出版社的人想把我這六本書的版權買下來。現在廣西師範大學出版社，把我《歷代駢文》買去了，韜奮出版社今年印的《古文觀止》，我要送給你。你最好讓你兒子也去讀，《古文觀止》能幫助一個人開闊視野，重要是熟讀，能幫你過古文關的。

郝：好，回去就開始！

吳：郝嵐，我們這也是屬於忘年交了，差一輩人了。知道你現在要静下心來讀書，替你高興！

郝：特別感謝您關心我。

吳：你回去把這些書都翻一翻，你要看看，那代人怎麽過來的，怎麽搞學問。當然了，咱們不一定能從裏邊得到多少束西，但是，路是這麽走過來的。

郝：好，我記住了。吳老，別人和您難以比擬的，一個是您的著作不斷再版，一個是學問後繼有人！不僅您的學生們都獨當一面，您的獨子吳伏生教授在美國大學做終身教授,也研究陶淵明,這真是"虎父無犬子"!

吳:我們家四口人都是南開大學畢業的。我老伴南開歷史的、我中文系、伏生兩口子是南開外語的。

郝:您真是一代更比一代强!祝您健康長壽!大作不斷!

(後記:吳先生送的《李霽野全集》和《唐太宗全集校注》還在書架上未及閱讀。那次拜訪竟成永别,想想他春節前一個又一個電話催促我"有時間一定來",似乎冥冥之中感到了時間的緊促。他對下一代學人的期待與告誡我們也應銘記在心!願吳雲先生安息!)

(作者爲天津師範大學文學院教授,跨文化與世界文學研究院院長)

漢字的跨文化審美與日本漢文古寫本的整理研究

王曉平

日本學者鈴木修次曾寫過一本《漢字再發現》,試圖解明漢字令人驚歎的表現力、情報力和經濟力的秘密。誠如他所説,"漢字啟動日本文化"（漢字が日本文化を動かしてきた）①。中國學界對日本的漢字研究深掘不多,對於日本漢字本身的研究也有待深化。不論是日本古代漢字,還是當今日本社會使用的漢字,對我們來説都有很多全新的知識。

第二次世界大戰之後,日本大量縮減漢字使用的數量,1949 年頒佈的當用漢字表、1981 年制定的常用漢字表,在字形上也力求簡化。現代中國和日本通行的字,從根本上來説,應該是同源的。這些簡化字有些就是同源同形的,如礼、双、党、旧、惨等字,兩國一致。

除了所謂"國字"（如込）屬於日本專有之外,對比日本常用漢字表,不難發現,有不少字與中國現行漢字不太相同。粗略分析一下這些不同的字形,主要包括以下幾種情況:

1. 日本採用了我國古代的俗字,而我國使用正字。如日本常用漢字揭、渇、褐、気、砕、恵、渓、稲、酔等,皆爲古代俗字,而我國使用正字或簡化字。

2. 日本採用的簡化漢字,直接或間接與日語讀音具有相關性,如釈（釋）、択（擇）、訳（譯）、駅（驛）、沢（澤）,在日語中尺與釋讀音相同,故僧侶將釋簡化爲尺,或寫成釈,由此睪旁皆簡化爲尺。新井白石《同文通考・省文》:"釈,釋也。○按:《婆娑論》釋迦作尺加,佛氏因造釈字,亦因造訳字爲譯。後人承訛,凡擇、懌、澤、驛等字,皆從尺,並非。"

---

① 鈴木修次《漢字再発見》,東京,PHP 研究所,1983 年,頁 88—141。

3. 日本採用的是日本自古以來通行的簡化寫法,如圓作円、圖作図、擴作拡、鑛作鉱。利用字内重文號的如澀作渋、壘作塁、攝作摂。

4. 偏旁或部件寫法不同,如糸,日本作糸。凡從襄者皆作襄,如壞作壊、孃作嬢、穰作穣,讓作譲、釀作醸等。

5. 簡化與日語意義相關。如罐與缶在漢語中是有區別的,但日語中兩字意義無別,故罐字的常用漢字是缶。

6. 日本採用的寫法,與我國簡化字筆劃基本相同,但也略有差異。如對作対、團作団、卷作巻。

上述第六類,是本文關注的焦點。它們筆劃的不同,與字的筆劃繁簡關係不大,而主要是字形的差異。這種差異,有些與手寫者對字形的審美觀有關係,這不是一個人一時的審美觀,而是長期書寫習慣的産物。笹原宏之在《日本漢字》一書中談到因裝飾而出現的字形,印章中的漢字有意加强裝飾性,書法中爲填充空白而乱點,如將"中"寫成"中"①。

在中國和日本,書法藝術都有很長的歷史,兩國文人審視漢字字形的眼光,都離不開彼此獨特的藝術觀。陳寅恪曾説,凡解釋一字,即是作一部文化史。這是從縱的方面説的,從漢字在不同民族間的橫向交流來看,一個字又是一部文化交流史。西方寫本學研究很重視對書體的研究②,而書體的研究至少包括兩方面的内容,一是字形,二是字體,前者主要涉及寫對的問題,後者則涉及的是審美問題,這兩個問題常常是糾結在一起的。

明治時代森立之在爲小此木辰太郎所著《楷法辨體》撰寫跋中説:"凡書文字,必以正字體爲先。體正則書雖拙可以見,體不正則書雖工不可以見。況於其兩失者乎? 故學書不可不正體也。東坡曰: 真生行,行生草,真如立,行如行,草如走。未有人能行而不能走者也。可謂一言以貫之耳。"③在字形大體不變的情況下,書手總會模仿那些自己認爲好看的寫法來寫,在寫本流傳過程中,也會形成"集體無意識"的選擇,書體與字形密不可分。今天在研究古體寫本的時候,需要考慮各種因素在書寫中的反映,其中就包括了審美因素。

---

① 笹原宏之《日本の漢字》,東京,岩波書店,2006 年,頁 38。
② ベルンハルト・ビショッフ著、佐藤彰一、瀬戸直彦訳《西洋寫本學》,東京,岩波書店,2015 年,頁 71—243。
③ 小此木辰太郎《楷法辨體》,1881 年刻本。

一、別是一家的日本書法與書論

范文瀾在談到中國書法發展時指出:"顏真卿之前,中國書體以'二王'爲正宗,顏真卿起,顏字就變法了。從顏真卿起,顏字就取代了'二王'的地位,一直到後來。都是寫顏字。""顏書代表了盛唐氣象,方嚴端正;唐朝雕塑壁畫中的婦女,都是很胖,很高大,很健美的形象,也都反映出盛唐的氣象。"①而在日本,從聖德太子、光明皇后、弘法大師等代表日本文化的名筆,都是不斷學習與鑽研王羲之、歐陽詢等中國書法,而逐漸形成了具有日本特色的書道藝術。大和時代,隨著漢字傳入日本,從朝鮮半島與中國大陸也傳去了書法藝術。平安時代假名文字發明,開始出現了擺脱模仿百濟和大唐書風的日本範兒的書道。其時先有嵯峨天皇、空海、橘逸勢三人的"三筆",後有小野道風、藤原佐理、藤原行成三人的"三跡"。從那時起,一直到江户時代的書法大家,都在不斷呼籲回歸晉唐傳統,向二王學習。

爲了理解日本的書道藝術,除了需要對日本書道史有所瞭解之外,也有必要梳理一下日本的書論。空海《性靈論》中的《敕賜屏風書了即獻表》對書法的文化價值做了最初的闡述。相傳爲藤原行成所撰《麒麟抄》,是現存最早的書法論。其後,平安時代末期藤原教長《才葉抄》、藤原伊行《夜鶴庭訓抄》等論及書法。鎌倉時代無可觀者。南北朝時代,尊圓親王的《入木抄》值得注目。江户時代教育普及,書道興盛,書道之著甚多。然而,誠如加藤周一所說,這一類書多爲談藝録,多談及技法諸事,而少涉及藝術本質論。

從空海開始,日本書家便將書法看成中華文化精髓的一部分,強調書者不能就書法練書法,而是要將書法作爲人生修養的大事來對待。在空海堪稱日本書論濫觴的《敕賜屏風書了即獻表》一文中,空海從中國書法的源流談起,明確指出書法不是單純的技術或藝術問題,不論何種書體,均是人心感物之作,是天人合一精神的體現,是與人的宇宙觀、世界觀密切相連的重大行爲。他說:

> 古人《筆論》云:書者,散也。非但以結裹爲能,必須遊心境物,散逸懷抱,取法四時,象形萬類,以此爲妙矣。是故蒼公風心,擬鳥跡而揮翰;王少意氣,想龍爪而染筆。

---

① 卞孝萱《協助范文瀾先生編寫〈中國通史〉》,《中華讀書報》2019 年 8 月 14 日。

蛇字起唐綜,蟲書發秋婦。軒聖雲氣之興,務仙風韭之感。垂露、懸針之體,鶴頭、偃波之形,騏驥、鸞鳳之名,瑞草、芝英之相,如是六十餘體者,並皆人心感物而作也。

在空海看來,種種書體,無一不是人心感物而作。和當時初唐盛行的詩病説相呼應,空海認爲書家也應該懂得除病會理之道,精通書法病理,才能成爲優秀的書法家:

> 或曰筆論筆經,譬如詩家之格律。詩有調聲避病之制,書亦有除病會理之道。詩人不解聲病,誰(詎)編詩什? 書者不明病理,何預書評?

空海主張,如同作詩要遵循古體一樣,書法也當以"擬古意爲善",而不以"似古跡"爲巧,擺脱單純模仿,以接近古代藝術精髓爲追求目標:

> 又作詩者,以學古體爲妙,不以寫古詩爲能,書亦以擬古意爲善,不以似古跡爲巧。所以振古能書,百家體別。蔡雍(邕)大笑,鍾繇深歎,良有以也。

那麼,什麼是"古意"呢? 空海將作書看成與君臣、父子、夫婦、主客、鄰里之道相通的行爲,是領會與實現社會秩序與人際關係的心靈活動。他對王羲之書法的推崇,也是源於對書法精神的這種理解。他説:

> 君臣風化之道,含上下畫;夫婦義貞之行,藏陰陽點。客主揖讓,弟昆友悌,三才變化,四序生煞,尊卑愛敬,大小次第,鄰里和平,寰區肅恭。此等深義,悉韞字字。雖功謝書池,竊庶幾雅趣。又夫右軍累功,猶未得其妙;衆藝弄沙,始會其極。自外凡庸,何解點畫之奧?

附於此文之後的七言詩,堪稱日本最早的論書詩:

> 蒼嶺白雲觀念入,等閒絶却草行真。
> 心游佛會不遊筆,不顧揚波爾許春。
> 豈謂明皇交染翰,鵠頭龍爪爲君陳。
> 祥雲濃淡御邸出,瑞草秋冬感帝仁。

·

青山翠岳見翔鳳,花苑瓊林望走驎。

更有懸針與倒韭,切思相伴竭丹宸。

龍管臨池調漆黑,烏光忽照點豪賓。

暴風驟雨莫來汙,此是君王所愛珍。

松岩數霧庵中濕,恐汙望晴經月旬。

畫虎畫龍都不似,心寒心暑幾逡巡。

　　　　　弘仁七年八月十五日　　沙門空海上表。①

　　空海的這些論述,説明日本書論從一開始便與中國書論一脈相承。他的觀點,被後人奉爲日本書法的"正道"。值得注意的是,從奈良平安時代起,日本最盛行的是二王一家,歐陽詢在平安時代也有不小影響,這種影響力雖有斷有續,但直到江戶時代,學字就學晉唐,晉唐就學二王,依然是主流書法家的選擇,顏真卿的影響遠不及此。日本書法的源流如此,是影響後人審美趣味的一個重要因素。

　　最早的書論書,尊圓親王所撰《入木秘書》,其中有"宜離邪僻而守正道"一目,宣導"風流曲折之體"。"風流"一詞本來自中國,原指先人之遺風餘韻,傳入日本後,有了多種含義,一般指高雅優美的趣味。原文爲日文,現摘譯其中一節:

　　　　不知書道,亦不聞關乎奧義之口授,勉强耽乎此道者,多不行正路,邪僻必興也。即觀舊筆跡,不習極其柔軟美麗之處,揮動達者書手之筆勢,稍瞥一眼,嚮往看似風流之罕見書風,便欲寫之。此甚不當也。如既達高位而爲之,皆自在也,如何寫之,均卓越不群。雖達此高位而損其自在筆跡,始終未得正路,却猝然招致引人注目,此甚不可。心無旁騖。若心無旁騖,遵循正路,抵達高位之後,其自在無窮之體,亦能隨心所欲。以曲折風流爲本,風流曲折則不能寫出端麗。不解何謂好書者,亦不深思曲折風流之體。雖以爲其好似風流曲折之體,而解書道奧義者觀之,即知非善。

　　在尊圓看來,境界不高的人,心想寫好,即便裝模作樣搖筆而書,結果也只能是孱弱無力,一點兒也不美。想寫得剛勁有力,在紙上使勁用力,粗暴用筆,只能寫得粗暴劇烈,那一點也不剛勁。這是錯誤之路,錯誤之想法,有礙正確的書道。他指出,不只書道

---

①　渡邊照宏、宮阪宥勝校注《三教指歸　性靈集》,東京,岩波書店,1976 年,頁 211—215。

如此,包括其他的藝術形式,醒悟佛法都是根本,因爲出現在世俗的技藝裏,管弦、音曲、詩歌等,即使所有的"道",言其邪正,都在於上述一點。要用就要取捨。所有的事情,道理没有兩個,醒悟也就是一個。因此,所有的東西,就是實相一理①。由此可見,早期日本的書法論,與佛教有著十分密切的關係。

按照安田章生的解釋,尊圓將"曲折風流"與"風流曲折"加以區別,否定前者而肯定後者,所謂"曲折風流",是有意識地追求筆緻之有趣,表現出的是小技巧,而所謂"風流曲折"則是真正抵達崇高境界而自然寫出風流的字來,那些字自然呈現出曲折情趣。有意識地追求風流,反而遠離風流,路子走對而到達自在的境界,風流自現。尊圓認爲,至高的境界,不可能靠單純外形的模仿而到位②。

根據江户初期書法家小鹽幽照回答其門人瀧幽傳提出的有關書法問題的筆録撰寫的《筆道秘傳抄》(1692 年刊)説:"手跡總似筆者之心。"江户末期書法家澤田東江(1796 年殁)的門人橋本圭橘筆録其師論書言論而撰寫的《東江先生書話》(1769 年刊),書中《書家有雅俗》,強調詩書一體,寫書要學詩,擺脱俗氣俗態。原文爲日文,兹譯爲漢語:

> 宋之黄太史謂"士大夫下筆,須使有數萬卷氣象,始無俗態,不然一楷書吏也",明之吴寬謂"書家例能文辭,不能則望而知其筆劃之俗,特一書工而已。世之學書者如未能詩,吾未見能書也"。即在彼邦,無學才者書亦不足觀。我等殊離世代而仰慕昔者,遠隔國度而學其書體,無學才者則見識不廣,其書自爲俗態,理所當然也。若未作詩文,實乃喜好書法,則閱其典型之法書,讀論譜,可探尋古人用心之趣也。③

《東江先生書話》下卷最後一節《日本之書抗衡中國》,從中國人對日本書法的理解和評價説起,突出日本書法的藝術創造,主張回歸晉唐書法:

> 本朝古昔,採納唐之禮典,經學文章詩賦,自不待言,至於書法,專學晉唐之體。《唐書·日本傳》載建中元年,使者真人興能獻方物,興能善書,其紙似繭而澤,人莫

---

① 尊圓親王選《入木秘書》,尊經閣叢刊,本編,育德財團,1939 年,頁 9—11。
② 安田章生《日本の芸術》,東京,創元社,1981 年,頁 223。
③ 國書刊行會編《日本書畫苑》第一,東京,國書刊行會,1914 年,頁 450—451。

識①。《書史會要》載宋景德三年，日本僧寂照入貢，南海商人自日本還，時國王之弟野人若愚，及左大臣藤原道長、治部卿源從英三人，持書送寂照，皆二王（羲之、獻之）之跡。而若愚章草特妙，中土能書者亦鮮能及②。《戲鴻堂法帖》載日本書跋，謂日本書如唐人，學二王之筆故也。又日本僧釋永傑，字斗南，釋中巽，字叔中，善虞永興書（《書史會要》）。又米南宮《書史》謂陳賢草書，字奇逸難辨，如日本書③（謂似和朝假名也）。此外，稱美日本書者，不勝枚舉。吾朝古代書法卓異如此。隨時事流轉，失本學末，今日所謂世人之書風，別爲一體乎？

橋圭橘編録《東江先生書話附録》，在陳述其師東江先生的主張的時候，也特別强調要分清日本書法和中國書法的差異，繼承平安時代以來日本書法的傳統：

　　日本者日本，中華者中華，風土不同，而謂之此邦之書，不及華人，乃不更事之文盲之瞭解也，總體稱近世之唐樣者，乃與長崎來之清人之書相對照之論，即便既做文學，亦有所經歷之人，若明知於不慣之事未有理會者多，則唯觀此邦近世書體，亦不論昔日有何名人，發以上議論者亦有之，此邦上代名家之書，皆淵源於晉唐之人，故後世中華人反而有所不及。迄於尊圓親王之時，上代書之遺風尚可見，其後愈加卑陋，今日不足論。言今日唐樣者，華與和之間，可見一種流風，皆棄本而學末。④

東江和他的學生，皆以除末返本爲宗旨，專注於摒棄流行、擺脱習俗之弊，追求高尚境界。

江户中期畫家柳澤淇園（1704—1758）撰《獨寢》，反對單純模仿。他認爲，寫字的時候，一心想著寫得與字帖一模一樣，正是不成熟。好好寫，以後自然就寫好了，到了不去想寫好了寫壞了，就正是真會説天然之妙。“妙之一字，出於不可得不可思議之間，在

---

① 《新唐書》列傳卷一百四十五：“建中元年，使者真人興能獻方物。真人，蓋因官而氏者也。興能善書，其紙似繭而澤，人莫識。”

② 《書史會要》卷八：“日本國於宋景德三年嘗有僧入貢，不通華言，善筆札，命以牘對。名寂照，號圓通達師。國中多習王右軍書。照頗得筆法。後南海商人船自其國還，得國王弟與照書，稱野人若愚，又左大臣藤原道長書，又治部卿源從英書。凡三書，皆二王之跡，而若愚章草特妙，中土能書者，亦鮮能及。”江户時代林鵞峰、林梅洞《史館茗話》：“若愚未詳其何人，惺窩先生以爲其平親王之匿名乎。以其時代考之，則若其然乎？景德當我寬弘午中，此時無曰源從英者，而源俊賢爲治部卿，從英蓋其草書俊賢二字之轉而誤寫者乎？”見本間洋一編《史館茗話》，東京，新典社，1997 年，頁 165—166。

③ 米芾《書史》：“陳賢《草書帖》，右六紙，字奇逸難辨，如日本書。”

④ 國書刊行會《日本書畫苑》第一，頁 473。

於玄玄之中。”①

　　江户時代的書論，可以讀到一些批評書家追奇鬥巧的言論。1801 年成書的江户末期畫家中林竹洞（1853 年，78 歲歿）所著畫論書《畫道金剛杵》反對當時追新逐異之風，説：“今時之人，唯求新奇爲事，姓也名也，亦極唐範兒，改變文字者，皆爲玩笑，而非縱貫千載之道。”②寫字之奇，則可能既包括用筆使墨之奇，也包括筆劃字形之奇。爲了追求新奇，隨意改變字的結構，違背規範寫法，也是其中之一。

　　《瀧幽傳筆　筆道秘傳抄》：“以堪稱能筆之達者爲第一而高慢，此當是誤解也。精於諸藝，達者死矣。”“達者忙於追逐衆多技巧而忘却精神，失掉深度，對於真正卓異之藝術作品而言，是爲達者，毋寧是敵手也。於書中，達筆、快筆、能筆，嚴格區別者也。”主張“摹寫非能筆”，説：“摹寫諸流而書，非我之手跡。似贋品、似野狐之妖，模仿人之形貌。”③

　　田能村竹田（1777—1834）著《山中人饒舌》談及日本書法，説：“時人學書，不論工拙，有所根柢，遠則晉唐，近則元明，旁如尊圓、近衛志津磨之屬皆然。”④他對日本熱和中國人性格不同而表現在書法中的差異，有如下論述：

　　　　本邦人性輕疾，西土人性遲緩。氣稟固既不同，故學者精察熟慮之，而静以養心。健以運腕，筆力深穩，墨氣濃厚，以遊斯藝也。倘或不然，則磨硯屢破，埋筆作塚，欲覬董巨之閫奧，豈可能得乎？⑤

　　以上這些論説，雖然没有涉及到漢字字形，但對於我們瞭解日本寫本文字的大背景是必要的知識。從南北朝到鎌倉室町時代，禪僧成爲文化的持有者，也是日本書法的守護者。許多寫本，包括中國典籍的寫本，是由他們抄寫與保存的，他們的書法和書風，自然有一定影響。到了江户時代，儒者在此基礎上創造的書道文化，也在某種程度上延續了他們的風格和趣味。

　　另一方面，江户時代文化普及程度越來越高，生存於浮世文化氛圍的各類書寫者，

　　① 柳沢淇園《ひとりね》，國立國會圖書館藏寫本。又見中村幸彥、野村貴次、麻生磯次校注《近世隨想集》，東京，岩波書店，1976 年，頁 116—117。
　　② 阪崎坦《日本畫談大觀》，東京，目白書院，1917 年，頁 131。
　　③ 安田章生《日本の芸術論》，東京，創元社，1981 年，頁 231。
　　④ 同上書，頁 580。
　　⑤ 中村幸彥、野村貴次、麻生磯次校注《近世隨想集》，東京，岩波書店，1976 年，頁 583。

將其審美情趣也投射到自己的寫本中。俗寫俗字，五花八門，充斥紙面，訛誤叢生，遂使後世解讀者疑竇頻現，苦於釋認。

據岡井慎吾《日本漢字學史》，江户時代研究漢字字形的書有《異體字辨》《正俗字例》《奇文不載酒》《正俗字辨》《小篆千字文》《俗書正訛》《省文纂考》《楷法訓體》《字系》等①。這些書，少數是研究小篆等古文字的，大部分是爲匡正當時流行的俗字而編著的。這説明，當時已有學者認識到“正字”的重要性，希望糾正俗書中湧現的訛俗現象，其中最值得注意的就是太宰春台的《倭楷正訛》和新井白石的《同文通考》。

二、奇字的審美視角

太宰春台有感於日本當時“國字盛行，俗書蜂起，訛字滋生”，撰著《倭楷正訛》。在書中分析訛俗字大量出現的原因，首先在於“世之書公爲小學師者，略知效華人而不得其實，措楷字而習行草；行草未善，而兼學隸篆八分。”而未始學楷法而唯行草是習，正是蘇軾所謂未能立而行走者。第二個原因，便是俗書工有好作奇字異體者，雖非訛舛，然爲大雅之累。第三個原因就是字有省文，字書所不載，特爲細書及勒石之用，幼學之當知，而亦有妄謬之患。太宰春台在書中列出了二百八十餘字，均爲當時常見的訛俗字。其中與當時審美習慣有關的是上述第二條中的以奇爲美。這些字例，對於寫本釋録有很重要的參考價值。從現存日本中世與近世漢文寫本來看，太宰春台所列舉的字形相當多見，不屬於某些個人一時性的誤寫，而是屬於普遍被接受的寫法，可以藉以窺察書手的審美習慣對字形的影響。

太宰春台僅羅列字例，而没有加以分類説明，這裏謹選取其中較爲主要的，略作分析。這些字反映了當時書工的審美趨向的各個方面，有些看似相互矛盾，而又有某些共性。

1. 喜斷續而棄連貫。《倭楷正訛》：“古　古　上從十，直畫串横畫，下二字仿此。”“故　故”“胡　胡”。

又原德富豬一郎藏《節用文字》（以下簡稱《節用文字》）所録奸作奵、肝作肟等。

2. 喜用力而出端。《倭楷正訛》：“分　分　上從七八之八，下從刀劍之刀。”“万　萬　曲畫不出端。”“方　曲畫不出端。”“敖　敖　左曲畫不出端，正作敖，下仿此。”

_____

① 岡井慎吾《日本漢字學史》，東京，明治書院，1940 年，頁 284。

“傲　傲”。

相反,亦有喜收手而藏短者。《倭楷正訛》:“刃　功　右從氣力之力,下同。”“幻
幼　華俗亦多作刅,非。”

《節用文字》分作分、粉作粉(ヌル)、万作万(ヨロッ)、方作方、紡作紡、放作放
(ハウ)。

3. 喜曲折而多彎。《倭楷正訛》:“結　結　右此從吉凶之吉。”“髻　髻　下從吉凶
之吉。”“誥　詰　詰難之詰,倭俗作誥,誥乃誓誥之誥。”

4. 喜餘力而加挑。《倭楷正訛》:“本　本　直畫下不挑。”“亍　干　干戈之干,直
畫上下不挑。”“斗　鬥　直畫,下不挑。”“耳　耳　有直畫,下不挑。”

《節用文字》甲作甲、科作科等。

5. 喜直下而去鉤。《倭楷正訛》:“干　于　丁於之於,亦直畫連上下有鉤。”“平
乎　直畫上至下,下有鉤。”“手　手　直畫,下有鉤。”“争　争　直畫,下有鉤,振作
争。”“事　事　直畫,下有鉤。”“丁　丁　直畫,有鉤,下五字仿此。”“汀　汀”“町
町”“釘　釘”“打　打”“頂　頂”。

《節用文字》乎作平、呼作呼(ヨハシ)、淳作淳(ヌ)、苧作苧。

6. 喜收縮而斂筆。《倭楷正訛》介作亽。

7. 喜假名而換形。《倭楷正訛》:“石　召”“昭　昭”“招　招”“沼　沼”“韶　韶”
“軺　軺”“紹　紹”。

8. 喜縱連而增豎。《倭楷正訛》:“竺　竺　從一二之一。”“直　直”“具　具　下
從六。”“真　真　下從六,正作眞。”“冥　冥　下從六。”

9. 喜抱團而虬點。《倭楷正訛》:“犭　犬　無點。”另外,尚有中國寫本常見的
“沈　沈”“枕　枕”“氏　氏　無點,下二字仿此。”“昏　昏”“紙　紙”“民　民　無點,
下二字仿此。”“眠　眠”“泯　泯”“緡　緡　右旁與昏,且之昏異。”“染　染　九無
點。”這些增加點,都寫成向心的姿態,使整個字顯得更爲緊湊。

點也用於字内部收縮。如“仰　仰　右旁中無點,下三字仿此”。“昂　昂”“抑
抑”“迎　迎”。又如“含　含　含　上從古今之今,正作含。”“貪　貪　貪　上從古今
之今,正作貪。”

多加兩點者,如“夸　誇　無點,正作誇,下六字仿此。”“洿　洿”“跨　跨”“胯
胯”“袴　袴”“誇　誇”“奄　奄　無點,下二字仿此。”“淹　淹”“庵　庵”“醃　醃”。

相反,亦有減少兩點的。如“寮　寮　與僚同,左右有點,下二字仿此”。“遼　遼”

“繚　繚”。

《節用文字》迎作迊、抑作抙等。

這種加點的字,在現今的常用漢字中也保留了一個,那就是“步”字,常用漢字寫作“歩”。

10. 喜細長而移位。《倭楷正譌》除了列出“枩　松”“楳　梅”“桃　桃”“尌　樹”等移位字之外,尚有“幺力　幻”“幼　幼”這兩個少見於中國的字。

11. 喜乚長而去乀。《倭楷正譌》:“宂　穴　穴隙之穴。”“爪　瓜　果瓜之瓜。”“爪　爪　爪甲之爪。”

《節用文字》派作沠(ワカツ)、川作⺾(カワ)、訓作訓、爪作爪(ツム)、瓢瓠作瓢匏(ナリヒサコ)、馴作馴(ナル　ナツク)等。

12. 喜横點而重文。《倭楷正譌》:“〻　二　凡文有疊字,如兢兢業業,上書本字,下書二字,作兢二業二。二古上字亦作匕,倭俗作〻,非。”

13. 喜自足而封口。《倭楷正譌》列舉了一批俗書月作日的字例;如胃作冐,謂作謂,渭作渭,膚作膚,胄作冑,胥作胥,肴作肴,膺作膺,龍作龍,散作散,徹作徹,青作青,潸作潸,甫作甫,浦作浦,補作補,輔作輔。

新井白石《同文通考》也收入了類似的很多訛俗字。如書中《誤用》“冑,俗鎧字。○冑,直又切。兜鍪也”便屬於上面這一類。根據上述字例,我們可以比較輕鬆地解讀現存寫本中的一些非規範的寫法。如慶應義塾大學圖書館藏木村正辭撰《文館詞林盛事》中的人,𠆢,畍,芥,便正是介、界、芥的俗字。

除了新井白石、太宰春台等江户時代學者所指出的這些之外,還可以繼續列舉一些:

1. 喜平衡而增筆。早稻田大學藏《詩經述》雅作雅,剎作剎,殺作殺,《漢譯竹取物語》對作対。

原德富豬一郎藏《節用文字》所録図、殺作殺。

2. 喜端正而改筆。《漢譯竹取物語》中氵多作言,如洋作詳,淺作諓,浣作誽;海作誨,浪作誏。

3. 喜圓潤而減筆。《詩經述》膂作膂。

4. 喜舒展而突圍。《漢譯竹取物語》内作内,納作纳,因作囙。

5. 喜充實而出頭。《漢譯竹取物語》久作夂。

6. 喜内斂而點到。才作才,材作材,財作財。新井白石《同文通考・訛字》:“才,才也。凡從才字,如材、財等從扌,並非。”

9. 喜外進而伸長。如与作与。

《節用文字》还可以看到常用字字形的變换,如來作来(ライ)。

另外,《倭楷正訛》還注意到當時書手的好古趣味。他説:“又有字出於古人所製,而非博士家之常用者,村學究必好之,大雅君子所不爲也。”他列舉的古字有:

兲	萸	天	墜	地	卤		西	霻	雪
仌		冰	圀	國	峕		時	旾	春
穐	秌	秋	秊	年	禩		祀	灋	法
鼎刂	貝刂	則	灮	光	歬		前	亟土	極
龢	咊	和	龡	吹	擽		拜	丆	不
苍		花	㐅	五	昚		慎	䎽	聞
桌		栗	叐	友	埜	壄	野	毆	驅
衜	衟	道							

鐮倉室町時代到江户時代的寫本中出現的古字不止這些,例如十分常見的叓,就是事的古字。其中有些是奈良時代傳入的則天造字。在中國則天造字停止使用之後,日本還有使用。

森立之説:“六朝已來,俗訛尤多,而俗訛字亦不可不知其所自也。或有增畫者,或有減畫者,或有上下倒置者,或有二字熟語冒上下偏旁而訛者。學者情不究其字原,漫然而書訛字者不少矣。”①日本俗寫與中國俗寫,源頭是一個,但也有相當多的不同之處,很難簡單概括兩者的不同。不過,從江户時代的字書和所見有限寫本的俗寫來看,姑且不去看筆劃多少,在相同筆劃數的情況下,日式俗寫更傾向於抱團、收斂、緊湊、規整、横豎分明。這僅是一種印象談。人常説字如其人,其實也會有字異其人的一面。深入研究有關問題,需要有統計學、大數據的介入。這就有待來日,然而從寫本釋録的需要來説,這方面的知識却也是不可或缺的。

三、日本漢字古寫本釋録中的奇字與奇趣

釋讀寫本需有多個視角,寫本産生時代的漢字審美趣味,也是其中一個值得參照的

① 小此木辰太郎《楷法辨體》跋。

視角。審美趣味與字形的關係，雖然看上去並不那麼直接，但也可能作用於書寫習慣，間接改變對字形準確度的認知。或許對這些習慣的分析並不能對釋録的精確性給出一個唯一的答案，但至少可以爲我們提供更多的可能性，豐富我們解決問題的路徑。有時面對懸而未決問題時，不妨從其時代的審美情趣的方向找一找線索。

平安時代漢詩集《本朝麗藻》中多用匂字，如：

> 葩飜紅袖砂風送，匂曳羅裙岸月送。（藤廣業《度水落花舞》）
> 匂同唐帝專房女，粧咲秦聲一裏兄。（江以言《花木被人知》）

日本校注本將匂訓作におひ，即顯得鮮艷；有香味。匂本匀字。《倭楷正訛》：“匂　匀”，匀即古韻字。從平安時代起，匀中的二畫便被改寫爲匕，字意也發生了變化。重文號二，有時也被寫成匕。二，看似二筆單擺浮擱，不似匕之相關性强。

在上述詩歌中，皆指花的色彩和香氣。《江都督納言願文集》1. 17《仁和寺北院供養願文》：“伏惟謬以眇少之機，忝秉帝王之重。上懼祖宗之靈，下慚元二之望。然願深利生，志切興法。扇玄風而被悉檀之匂，灑法雨而殖善根之種。”（53）底本作“匂”，右旁注：“ヒシ”。《江都督納言願文集注解》作“匂”，“注釋”：“被悉檀之匂：匂，國字。言引導衆生于成道之四種説法。2. 16：‘四悉檀風’，3. 10：‘四悉檀月’。”（179）《和漢兼作集》572 橘正通：“紫蘭懸影珠相似，紅槿濯匂錦不如。”

松井羅洲《它山石初編》“匂字”條：“皇國之俗，用匂字，訓作にほふ、にほひ等，此乃異邦所無之字，故誤認此乃前輩等俗造之國字。藤原敦光《對庭花》詩：‘當户濃匂含霜媚，入簾落蕊帶風叙。’按：此乃韻字之省文也。韻作韵，又省作均、匀。原來韻謂音之遺响。此充國訓，當云にほひ、にほふ。故言衣服顏色，有紫匂、紅匂、萌黄匂，濃色相疊加，融合淺色，此即爲匂，與餘韻之響之契合，故可書作匂。敦光卿直作香馥之義，或不甚契合。且彼邦故無韻字，周漢以前，皆只用音字，自魏晉之世始書韻字而用之。”

當我們釋録這些詩歌時，是恢復它的原形，還是保留其日本形式，自然可以根據整理本的體例要求作不同的處理，但都應該説明其來源以及在日本的形意轉化，才能有助於中國讀者對原詩的理解。

《性靈集》卷八載空海《有人爲亡親修法事願文》有一段難解的語句：

> 阿彌陀如來，示得導於六八之廣津；觀音大士，開攝化於九品之正路。早游極樂之

刹，令生運台之上云云。檀主樹罰之德，等須達云云。西洞之九千命，每人令招，蛇佶之八萬壽，各令受之云云。不入黄泉之九途，不掌焰魔之二使。直向安養之寶刹，必昇兜率之天宫。

《日本古典文學大系》校注本注釋："樹罰：古來不詳。未考。""或西洞王母之九千命，古來不詳。""或蛇佶八千歲之命，古來不詳。一本作'蛇結'（《便蒙》），高野板'蛇佶'。"①"樹罰""西洞""蛇佶"三個出處不明的詞語，使這段話格外難懂。現試解之。

"西洞"，或爲"西河"之訛。西河，乃用《神仙傳》故事，晉葛洪著，其"伯山甫"一條云：

> 伯山甫者，雍州人也。入華山中，精思服食，時時歸鄉里省親，如此二百年不老，到人家即數人先世以來善惡功過，有如臨見，又知方來吉凶，言無不效。其外甥女年老多病，乃以藥與之。女時年已八十，轉還少，色如桃花。漢武遣使者行河東，忽見城西有一女子笞一老翁，俯首跪受杖。使者怪問之，女曰："此翁乃妾子也。昔吾舅伯山甫以神藥教妾，妾教子服之，不肯。今遂衰老，行不及妾，故杖之。"使者問女及子年幾，答曰："妾已二百三十歲。兒八十矣。"後入華山去。

庾信《周譙國公夫人陸孤氏墓誌銘》："豈直西河女子，獨見銀台；東海婦人，先逢金闕。"庾信《周儀同松滋公夫人尉遲氏墓誌銘》："西河女子，值九節之菖蒲；東海婦人，得三山之芝草。"蘇軾《後杞菊賦》："庶幾乎西河南陽之壽。"西河、西河女子，喻長壽。這裏泛指道家的長壽之道。

"蛇佶"，或爲"地結"之誤。蛇俗寫作虵，易誤作地。佶，一本作"結"。日本古寫本"吉""告"多相混，已見前述。可能最初"吉"部件寫成"告"，只是起筆時爲美化而改筆，後來竟約定俗成。宫内廳書陵部藏《群書治要》寫本卷第十的奥書"建安七年十二月十三日依灑掃少尹尊閣教命詰老眼加點了"②，文中的"詰"字，即爲"詰"。平安時代三善清行撰有《詰眼文》③。詰，追問，窮極。

"糸""亻"相混亦多見。地結，密教語。十八道行法中，以地界真言師加持結成修

---

① 渡邊照宏、宫阪宥勝校注《三教指歸　性靈集》，頁375。
② 尾崎康、小林芳規解題《群書治要》（一），東京，汲古書院，1989年，頁664。
③ 大曽根章介、金原理、後藤昭雄校注《本朝文粹》，東京，岩波書店，1996年，頁327—328。

法之浄地。地結，日語讀作じけつ、中村元《廣説佛教語大辭典》：“十八道のうち、地界印をもって一定の限られて修法の浄地を加持結成すること。”地結，這裏泛指密教的修煉。

“西河之九千命，每人令招；地結之八萬壽，各令受之”，九千、八萬，皆言其多，並非確指。此句是祈願之辭，言令美人皆得長壽，而後不墮入地獄，此即“不入黄泉之九途，不掌焰魔之二使”之意，“不掌”云云就是不落入火牢兩位閻羅殿使者的手掌之中；而能昇到兜率天，此即“必昇兜率之天宫”之意。空海用典，多内外典並用，西河、地結，也屬此例。

以上僅爲筆者初步考察，是否妥當，尚待深考。不過，以往這些日本漢文研究的“古來不詳”的問題，大體只有日本學者在那裏談論。跨文化漢字研究發軔之後，就會有持有不同學術背景的學者參加進來，從不同的視角尋找解決問題的途徑。

漢字有個大家族，大家族裏住幾家，各家有各家的活法。以往是各家過各家的日子，跨文化的漢字研究，將各家聚在一起，而漢文寫本研究可以在其中建立一個朋友圈。各國學者從不同的角度，包括審美的角度來解決寫本釋録的實踐問題和理論問題，會降低難度，共用智慧，比起各過各的日子，會更熱鬧，更有滋味。

（作者爲天津師範大學文學院教授）

《扶桑集》彰考館本紕繆試解

王曉平

　　清劉獻廷《廣陽雜記》卷四説："字經三寫,烏焉成馬。"是説文本經過反復傳抄,必然出現許多誤寫,傳抄的文獻出現"郢書燕説"的情況就難以避免,這一點對於域外的漢文文獻就更是突出。日本所藏漢文古寫本多具有兩面,一面是極高的文獻價值,瀕於亡佚的文獻賴其得傳之當今,功可謂大焉;另一面則是極高的錯字率,字跡殘損加上訛誤比比皆是,滿紙難解之文。長也字,短也字,優也字,劣也字,功也字,罪也字。這就需要我們精細解讀。《扶桑集》彰考館本就是這樣的寫本。

　　《扶桑集》原十六卷,今僅存卷七和卷九,且有殘缺。爲日本長德年間(995—999)由紀齊名(957—999)編撰,其去世後由其妻獻給藤原道長。該書分類收録光孝朝以後至一條朝前七十六位詩人的作品,反映了當時詩人吟咏交遊、詩會、讀書等各方面的生活。藤原明衡(989—1066)在《雲州往來》中已説過:"《扶桑集》紕繆已多。"現存本收録了都良香、菅原道真、紀長谷雄、三善清行、大江朝綱、菅原文時、源順、源英明、橘在列等二十四位詩人的詩篇一百零四首,其中有根據《菅家文草》的注記增補的脱落詩篇若干首。

　　《扶桑集》現有彰考館藏寫本(簡稱彰本)、京都大學附屬圖書館藏菊亭家寄本(簡稱京本)、内閣文庫藏林大學頭家本(簡稱内甲本)、祐德文庫藏本(簡稱祐本)、内閣文庫藏昌平阪學問所本(簡稱内乙本)、松浦史料博物館藏本(簡稱松本)、静嘉堂文庫藏松井簡治舊藏本(簡稱静本),刻本有《群書類從》本(簡稱群本)。另外,《日本詩紀》中也收録了《扶桑集》中的詩作(簡稱詩紀本)。田阪順子以彰本爲底本並以其他各本參校的校勘本,書名作《扶桑集——校本與索引》於1985年由福岡權歌書房出版(簡稱田阪本),本間洋一《日本漢詩　古代篇》選録了部分詩作(簡稱本間本)。除群本、詩紀本、田阪本、本間本之外,其餘各種本子皆不易見。本文以田阪本爲中心,參照群本、詩紀本、田阪本、本間本,探討一下其中的筆誤字。

一、文獻價值不宜低估

彰本將《扶桑集》保存下來，平安時代中後期活躍的都良香、菅原道真、紀長谷雄等人的詩作皆在其中，爲今人解讀9世紀中日文學交流留下了寶貴的資料。後雖有詩紀本、群本等刻本行世，不過這些刻本對原文時有改動，有些改動並非合理，仍然需要對照彰本等寫本認真加以討論。茲略舉數例，先引彰本原詩，而後對照刻本與彰本，析其正譌。爲便於查找，每首詩前注明田阪順子釋錄本的編號。

例1. 彰本11源順《五歎吟并序》之序，詩紀本只收其詩，而未收序言。同類情況尚有。這些序言吐露的資訊和觀念，賴寫本而得傳。

例2. 彰本45源英明《復賦雲字》：

> 錬藥有臣又有君，君臣和合拔痾群。蓬壺未得求仙棹，紫府難窺種玉文。
> 心只辭塵行樂水，身何舐臼上飛雲。吟詩便是長生計，不信應尋元白聞。

“藥”，內乙本、松本作“茉”。

“舐”，群本作“辭”。

案：“藥”，藥的俗寫。“茉”，“藥”俗寫稍訛。“藥”是“藥”的簡筆字，現作爲日本當用漢字。據《異體字解讀字典》，“藥”簡化爲“茱”，俗寫又作“茉”“荣”“茶”。“茉”顯然是寫“茱”字丟了筆劃。故此當釋作“藥”。“錬藥”，同“煉藥”。

“舐”，群本誤，當從彰本。“舐臼”，指隨劉安升天之犬舐藥器。葛洪《神仙傳》卷四《劉安》：“時人傳八公、安臨去時，餘藥器置在中庭，雞犬舐啄之，盡得升天，故雞鳴天上，犬吠雲中也。”

“上”，內乙本、松本作“止”。“尋”，靜本作“守”。皆當從彰本。

例3. 彰本47源英明《復賦聞字》：

> 忠臣在下仰明君，何必追從遁世群。商嶺梳霜煩角綺，北山罷月見移文。
> 彈冠有別孤巖水，拋杖無留古洞雲。爭勵愚驚朝右立，表祥奏瑞耳根聞。

“罷”，內甲本、祐本、內乙本、松本、群本、詩紀本均作“擺”。

案:"角綺",同"甪綺"。漢初隱士甪里先生和綺里季的並稱。宋曾鞏《送鄭州邵資政》:"衣冠驚甪綺,賓友重鄒枚。"

"罷",各本皆誤。當從彰本作"罷月"。罷月,出《文選·孔稚珪〈北山移文〉》:"慨遊子之我欺,悲無人以赴弔。故其林慚無盡,澗愧不歇,秋桂遣風,春蘿罷月。"遣,罢遣。罷,免去,解除。"秋桂遣風,春蘿罷月",言秋桂、春蘿不需要風月來傳其香增其美。"北山罷月見移文",正指孔稚珪《北山移文》此句,贊許孔稚珪不樂世務,孤高避世。《本朝無題詩》有"煙罷月""空罷月""秋罷月"等用例,參見王曉平《〈本朝無題詩全注釋〉詩語辨正》①。

"孤",詩紀本作"弧",誤。當從彰本作"孤"。孤巖,孤立的山巖。

"勵",詩紀本作"勸",亦通。

例 4. 彰本 64 菅淳茂(菅原淳茂)《初逢渤海裴大使有感吟》:

> 思古感今友道親,鴻臚館裏□餘塵。裴文籍後聞君久,菅禮部孤見我新。
> 年齒再推同甲子,風情三賞舊佳辰。兩家交態皆人賀,自愧才名甚不倫。

"態",静本作"熊"。

案:當從彰本作"交態"。交態,猶言世態人情。《史記·汲鄭列傳》:"一死一生,乃知交情。一貧一富,乃知交態。"唐杜甫《久客》詩:"羈旅知交態,淹留見俗情。"

例 5. 彰本 104 清滋藤(清原滋藤)《〈文選〉竟宴咏句,賦'卷帙奉盧弓'》:

> 忽自煙塵起遠戎,獨收黃卷奉盧弓。辭窗更過胡山月,拋簡猶隨越竹風。
> 榜上揚名忘射鵠,蕃中擁斾罷揮虹。一文一武俱迷道,爲我邯鄲步漸窮。

"盧弓",詩紀本作"虜弓"。

案:當作"盧弓"。盧弓,黑色弓。古代諸侯有大功,則天子賜予黑色弓矢,以之象徵征伐之權。《文選》竟宴咏句,賦詩之詩題出自《文選》的詩句。此《卷帙奉盧弓》之題,正出自《文選·鮑照〈擬古詩〉之三》:"解佩襲犀渠,卷裻奉盧弓。"李周翰注:"盧弓,征伐之弓。""裻",同"帙"。詩紀本作"虜弓",則不可解。

---

①　王曉平《〈本朝無題詩全注釋〉詩語辨正》,載《東北亞外語》,2019 年第 1 期。

二、誤自有因　尋源可解

彰本紕繆既多,遂使多首詩字句難通,詩意撲朔迷離。不過,這些紕繆都不是孤立存在,很多誤字不僅在同時代寫本中不難找到,就是在敦煌寫本中也頗多同類。參照各寫本和刻本,以及其他寫本中書寫通例,大部分問題還是可以逐步解決的。

下面是解讀誤字的實例。先錄彰本原文,而後舉出可能是誤字的字加以討論。

例1. "今"誤作"令"。

7 善宗(三善善宗)《病中上尊師》:

> 被囊藥笥古書案,坐卧依依獨自憐。病殆困羸將數日,齒逾成立已三年。
> 從令名在諸生後,但悲身徂老母前。若可伯牛迥孔問,縱雖命也賴恩全。

"令",内乙本、松本作"今",詩紀本作"令"。

案: 當作"今"。從今,從今以後。此接前句説自己既病弱,又過了而立之年,再也不能與諸生並駕齊驅,只能承認排名于諸生之後,只怕還要死在老母之前了。

"悲"字,群本作"恐",詩紀本作"怨",小注:"一作恐。""怨""悲""恐"三字形近,意皆通,因只爲預感而非既成事實,似以"恐"爲佳。

例2. "千"誤作"于","堵"誤作"垣"。

8 善宗《病累》:

> 世途于險勞生久,身病彌留失趣初。七十老親當枕泣,二三兒息哭傍居。
> 環垣不是終生地^{寄居故云},口篋唯餘借債書。回首無人應附託,不知身後欲何如。

"于",詩紀作"千"。

案: 當作"千"。千險,言險厄之多。

"垣",《日本詩紀》作"堵",可從。"環堵",四面皆環著一方丈的土牆,形容狹小、簡陋的居室。《禮記・儒行》:"儒者有一畝之宫,環堵之室。"鄭玄注:"環堵,面一堵也。五版爲堵,五堵爲雉。"唐杜甫《寄柏學士林居》詩:"幾時高議排金門,各使蒼生有環堵。"此言所寄居的小屋子也不是自己的,故不是可以終老於此的地方。

"回首無人應附託",即回頭看無人可以託付。"應",猶可。此乃和習也。應、可,日語意同。附託,依附寄託。《韓非子・詭使》:"而士卒之逃事狀匿附託有威之門以避徭賦而上不得者萬數。"

例3. "獨"誤作"猶","耿"誤作"秋"。

10 都良香《秋夜臥病》:

> 臥病猶悽悽,寂然人事暌。階前無履跡,門外斷賓蹊。
> 忽歎浮生苦,寧知與物齊。形容信非實,魂魄怳如迷。
> 夜久風威冷,窗深月影低。憂秋不能寢,長短聽鳴雞。

"猶",内甲本、祐本、内乙本、松本、群木、詩紀本作"獨"。

案:當作"獨"。寫本中"猶""獨"多相混。

"秋",《日本詩紀》作"愁"。"憂愁"與"長短"相對,可通。"秋",或爲"耿"字之訛。憂耿,憂愁煩躁。語本《詩・邶風・柏舟》:"耿耿不寐,如有隱憂。"南朝梁武帝《敕答釋明徹》:"省疏,增其憂耿。"下句"雞鳴",亦出《詩・鄭風・風雨》:"風雨淒淒,雞鳴喈喈。""風雨瀟瀟,雞鳴膠膠。""風雨如晦,雞鳴不已。"在平安朝漢詩人中,都良香是喜歡用《詩經》典語詞的一位,參見拙文《〈都氏文集〉寫本〈詩經〉語詞考釋》[①]。

例4. "文"誤作"父"。

11 源順《五歎吟》序文:

> 余先人之少子也,恩愛過於諸兄。不教其和一曲之陽春,只戒守三餘於寒夜。若學師之道遂拙,恐聞父之志空拋,其歎五矣。

"恐聞父",内乙本、松本作"恐聞文"。

案:"若","苦"之訛。"父","文"之訛。苦,苦於,困擾於。這一條是說父對自己尤其愛憐,教誨自己要勤學不倦而自己却未能滿足他的期待。"學師"與"聞文"相對,前言拜師,後言聽文,實爲互文,即拜師學文。寫本"父""文"字樣多互混,此前言父親對自己尤其垂愛,故更易誤讀。

三餘,出《三國志·魏志·王肅傳》“明帝時大司農弘農董遇等,亦歷注經傳,頗傳於世”,裴松之注引三國魏魚豢《魏略》:“遇言‘冬者岁之餘,夜者日之餘,阴雨者時之餘也’。”後以“三餘”泛指空閑時間。晉陶潛《感士不遇賦》:“余嘗以三餘之日,講習之暇,讀其文。”“戒守三餘於寒夜”,指堅持利用一切空閑,寒夜中也始終堅持苦讀。“苦學師之道遂拙,恐聞文之志空抛”,則言苦於缺少學師之道,恐怕學文之志也要落空。

其詩的第二首:

> 年少昔思懷橘志,痛深今戀折葰恩。堂中縱有秋風冷,更爲誰人使席温。

案:葰,細木枝條,“折葰”蓋指慈母拿起細木枝條或竹筮去教子。《方言》卷二:“木細枝謂之杪,江、淮、陳、楚之内謂之篾,青、齊、兖、冀之間謂之葰,燕之北鄙、朝鮮洌水之間謂之策。故傳曰:‘慈母之怒子也,雖折葰笞之,其惠存焉。’”曾良:“按照文字原理,‘葰’字不應從‘艸’,而是從‘竹’旁,草不能做教訓小孩的鞭子,從有的方言稱爲‘篾’‘策’也可揣摩出來。古籍中‘艸’‘竹’二旁不別,故楊雄《方言》中的‘葰’當校作‘篾’。可以別的字書爲印證,《廣雅·釋器》:‘篾,筴也。’《集韻·東韻》:‘篾,折竹筮。’《玉篇·竹部》:‘篾,木枝細。’今一般寫作‘葰’,是‘篾’的俗體。”①

例5.“趍”誤作“移”。

19 清仲山(清原仲山)《樵隱俱在山》:

> 本自幽棲與俗離,樵夫野客有相知。遠尋曲澗柯應爛,高卧清流枕轉欹。
> 谷口負薪孤月送,洞中鬻藥片雲隨。家山縱有不才恥,在世何人□禮移。

案:“□禮移”,意難解。疑“移”或爲“趍”之訛。“趍”,同“趨”,古代一種禮節,以碎步疾行表示敬意。《論語·子罕》:“子見齊衰者、冕衣裳者與瞽者,見之,雖少,必作;過之,必趨。”禮趨,敬禮、趨走,構詞同禮敬、禮揖。此詩最後兩句,意蓋謂隱居在此山,縱然有不才的惡評,而在世間誰能給予禮貌待遇呢?

例6.“夫”誤作“天”。

21 紀納言《山無隱》:

---

①　曾良《俗字與古籍校勘七題》,載《文獻》,2007 年第 2 期,頁 153。

幽人歸德遂難逋,抽却蒿簪別草廬。虚澗有聲寒溜咽,故山無主晚雲孤。
青郊不顧煙花富,絳闕初生羽翼扶。巢許若能逢此日,何因終作潁陽天。

　　"潁",静本作"頴"。

　　案:天,其餘各本皆作"夫",據詩意與押韵來看,當作"夫"。潁陽,潁水之北。傳説古高士巢父、許由隱居於此。後因以借指巢許。《莊子·讓王》:"故許由娛於潁陽而共伯得乎共首。"成玄英疏:"潁陽,地名,在襄陽,未爲定地名也。"《後漢書·逸民傳序》:"是以堯稱則天,不屈潁陽之高;武盡美矣,終全孤竹之絜。"李賢注:"潁陽謂巢許也。"

　　"頴","潁"的俗字。《隨函録》:"頴:潁。"同書江相公《山中自述》:"商山月落秋髦白,頴水波揚左耳清。"此"頴"亦"潁"的俗字。

　　例7. "遁"誤作"道"。

　　25 江相公(大江朝綱)《山中自述》:

碧山道跡卧松楹,謝遣喧喧世上榮。龍尾舊行應斷夢,鶴頭新召不驚情。
商山月落秋髦白,頴水波揚左耳清。唯有池魚呼後至,各隨次第自知名。

　　"道",内甲本、祐本、内乙本、松本、群本、詩紀本作"遁"。

　　案:當作"遁"。遁跡,亦作遯跡,猶隱居、隱跡。《晉書·文苑傳·李充》:"政異微辭,拔本塞源,遁跡永日,尋響窮年,刻意離性而失其常然。"南朝宋鮑照《秋夜詩》之二:"遁跡趨雞史。冥心失馬翁。"

　　"謝遣",辭謝遣散。《後漢書·桓譚傳》:"不如謝遣門徒,務拋謙愍,此脩己正家避禍之道也。"宋方岳《感風謝客》詩:"呼童語之故,有客姑謝遣。""碧山遁跡卧松楹,謝遣喧喧世上榮。"是説遁跡於碧山,卧于松樹下,遠離喧鬧的人世榮華。

　　"頴",詩紀本作"頴",均爲"潁"的俗寫。《隨函録》:"頴:潁。"(60/890a)"髦",詩紀本作"鬂"。

　　例8. "貪"誤作"貧"。

　　27 藤諸蔭《奉同羽林藤校尉侍中稽山居之什》:

幽居卜築白雲間,爽籟清凉景象閑。數曲管弦侵砌水,一張屏障逼窗山。
依行栽樹庭蕪暗,隨步穿苔石徑斑。勝境更嫌遊覽遍,恐貧寂静不能還。

"貧",詩紀本作"貪"。

案:當作"貪","貪",貪愛,貪戀,捨不得。"恐貪寂靜不能還",恐怕會貪戀寂靜而不願歸去。

例9."占"誤作"古"。

28 江澄明《北堂〈文選〉竟宴,各咏句,探得"披雲臥石門"》:

> 傍山披得暮雲屯,好是貧幽臥石門。罷夢松聲當枕散,洗心泉響繞床喧。
> 柴扃日落歸溪鳥,澗戶煙消□□猿。勝地古時摘麗藻,染毫還媿謝家魂。

"貧",詩紀本、群本作"貪"。

案:當作"貪"。"貪",貪愛,貪戀。"貪幽",貪戀幽靜,與上詩"恐貪寂靜不能還"之意近。

20 藤博文《山無隱詩》最後兩句:

> 何能狼藉貪幽獨,此是相隨謁聖朝。遂罷棲遲禽獸處,應趨鳳闕爭先鳴。

"貪幽獨",貪戀幽靜獨處。"貪幽""貪寂靜""貪幽獨",皆言不願與世人交往,而好靜單居,獨處而求自在。

案:"古時",各本作"古時",疑當作"占時"。占,選擇,預測,預示。《扶桑集》35 橘在列《繼奉和右親衛源亞將見酬之詩》:"若占山居相從去,泉聲松響飽應聞。"(36)

例10."畫"誤作"盡"。

31 源英明《與野十一唱和往復之後,餘思未泄,更勒二章以代懷之二》:

> 無能白首遇休明,只合騰騰過一生。心事結風功不就,浮榮盡水字難成。
> 年荒不食明時俸,藝薄空塵別駕名。眼下飽看榮辱盡,贈君吟動鞠歌行。

"盡",詩紀本作"畫",餘各本皆作"盡"。

案:"騰騰",靜本作"勝"。當作騰騰,舒緩貌,幽閒貌。唐司空圖《柏東》詩:"冥得機心豈在僧,柏東閒步愛騰騰。"唐寒山《詩》之二六五:"騰騰自安樂,悠悠自清閒。"

“功”,詩紀本作“切”,當作“功”。

“盡”,畫字之訛。“盡”“畫”字形形近易混。“浮榮畫水字難成”,榮華富貴就像在水上寫字一樣寫不成字。“畫水”,喻徒勞無功。漢桓譚《新論》:“畫水鏤冰,與時消釋。”

例 11. “霜”誤作“箱”。

33 橘在列《右親衛源亞將軍忝見賜新詩不勝再拜敢獻鄙懷本韻》:

> 松桂晚陰一遇君,誰言鵠燕不同群。感吟池上白蘋句,泣染籍中綠竹文。
> 貌變暫藏南嶺霧,鵬搏空失北溟雲。爲君更咏《柏舟》什,莫使凡流俗客聞。

籍,内甲本、松本、内乙本、群本、詩紀本皆作“箱”。

案:原詩後注:“近曾將軍有河原院池亭之詩,詩中有‘青草湖圖波寫得,白蘋洲樣岸相傳’之句,余奉拜之次,一聞此句,感懷交至,涕泣漣如,故云。”①

“籍”,疑當作“霜”。蓋書手將“霜”上部“雨”字誤看成“竹”,誤加“竹”頭,或受下“綠竹”影響而加“竹”頭,遂失本意。

“白蘋”,水上浮草,此指注文多述詩句。“池上白蘋句”,即“青草湖圖波寫得,白蘋洲樣岸相傳”之句,“霜中綠竹文”與之相對。綠竹,菉草與萹竹。《詩·衛風·淇奧》:“瞻彼淇奧,綠竹猗猗。”毛傳:“綠,王芻也;竹,萹竹也。”陳奐傳疏:“《唐本草》舊注云:‘菉草,俗名菉蓐草。《爾雅》所謂王芻者也。’……竹,《爾雅》亦作竹,傳云萹竹,《爾雅》作萹蓄。”三國吳陸璣《毛詩草木鳥獸蟲魚疏》以爲一物。宋朱熹《詩集傳》從之,訓之綠色之竹。竹亦被視爲經霜耐寒之木。唐太宗《賦得竹》詩:“貞條障曲砌,翠葉負寒霜。”“感吟池上白蘋句,泣染籍中綠竹文”,是由源亞將軍的“白蘋”詩句,聯想到《淇奧》“綠竹”之咏,備受感動。若作“箱中”,則詩味淡薄。

貌變,《詩紀》作“豹變”。“貌”,“豹”字之訛。當作“豹變”。“豹變”與下“鵬搏”相對。“貌”,俗寫作“貇”,與“豹”形近易訛。“貌變暫藏南嶺霧”,用“豹變”與“豹霧”兩典。“豹變”,謂如豹文那樣發生顯著變化,亦喻人的行爲變好或位顯貴。《三國志·蜀志·後主傳》:“降心回慮,應機豹變。”

“霧豹”,出漢劉向《列女傳·陶答子妻》:答子治陶三年,名譽不興,家富三倍。其

---

① 《日本詩紀》,頁225。

妻諫曰，能薄而官大，是謂嬰害；無功而家昌，是謂積殃。南山有玄豹，霧雨七日而不下
食者，欲以澤其毛而成文章也，故藏而遠害。後因以“霧豹”指隱居伏處，退藏避害的人。

　　例12.“比”誤作“此”。

　　36 源英明《橘才子重見寄初二篇歎余之沈滯後一章褒余之詩章，褒歎之間，五綴
本韵》：

> 日尋筆硯甚慚君，珠玉頻連瓦礫群。兵略素無猶拙武，儒書曾學適飛文。
> 應驚謝氏生安石，自識楊家有子雲。此校才名程百里，褒詞還恐外人聞。

　　“此”，詩紀本作“比”。

　　案：飛文，揮筆成文，寫文章。宋王禹偁《對雪感懷呈翟使君馮中允同年》詩：“舉白
朱顏凝，飛文彩筆抽。”

　　“此”，疑當作“比”。“比校”，比較。《三國志·魏志·王粲傳》：“觀人圍棋，局壞，
粲覆之。棋者不信，以帊蓋局，使更以他局爲之。用相比校，不誤一道。”

　　例13.“覺”誤作“學”。

　　40 橘在列《重奉和》：

> 牆東避世似王君，欲逐浮圖羅什群。素業三千人外學，玄談八萬藏中文。
> 王充因命還論凍，摩詰將身更喻雲。不二法門皆話盡，應超獨學與聲聞。

　　“獨學”，群本作“獨覺”。

　　案：“學”，“覺”字之訛。“獨覺”，佛教語，又稱緣覺。謂無佛之世，修行功成，自己
覺悟緣起之理者。《俱舍論·分別世品》：“言獨覺者，謂現身中離稟至教，唯自悟道，以
能自調，不調他故。”亦有“獨學”一語，謂自學而無師友指導切磋。《禮記·學記》：“獨
學而無友，則孤陋而寡聞。”孔穎達疏：“謂獨自習學而無朋友，言有所疑問而無可諮問，
則學識孤偏鄙陋，寡有所聞也。”此句“獨覺”與“法門”相對，皆爲佛教語。

　　例14.“茅”誤作“第”。

　　42 橘在列《重押聞字》：

> □殊桂父與第君，伊洛逍遙自出群。□後蓮花先展偈，興來竹簡更排文。

西方欲蹈瑠璃地,上界應看碼碯雲。空有道中中道理,不憂夕死爲朝聞。

“第”,群本作“茅”。

案:“桂父”,古代傳説中的仙人。漢劉向《列仙傳・桂父》:“桂父者,象林人也,色黑而時白時黄時赤。南海人見而尊事之。常服桂及葵。”

“第”,當作“茅”。茅君,指傳説中在句容句曲山修道成仙的茅氏兄弟。唐李頎《題盧道士房》詩:“秋砧響落木,共坐茅君家。”元宋元《游三茅華陽諸洞》詩之二:“玉案清香徹夜焚,紫煙成蓋覆茅君。”

“□殊”,疑所闕爲“不”字。不殊,一樣,没有區别。“不殊桂父與茅君”是説同遊的人都像桂父和茅君一樣的仙人。

“先展偈”,詩紀本作“光展偈”。疑當作“先”。

“蹈”,詩紀本作“踏”,當作“蹈”。日本寫本“蹈”“踏”多相混。

例15.“雖”誤作“難”。

53 橘在列《又》:

水石煙霞一屬君,家資疎薄業殊群。停杯暫讀《思玄賦》,欹枕長吟《招隱》文。
風後松篁聽似雨,塵中冠蓋望如雲。難留朝市同林麓,深巷車聲漸不聞。

“難”,内甲本、祐本、内乙本、松本、群本、静本、詩紀本作“雖”。

案:當作“雖”。言雖然留在朝市而入身在山野,即所謂“朝隱”,雖居位在朝而淡泊恬退與隱者無異。

例16.“浩”誤作“皓”。

54 橘在列《余昨日奉和安才子書懷之詩,餘興未盡,重贈拙詞,才子高和,拂曉入手,不堪感吟,以和之。次韵》:

須臾不可寸心遷,懷到林泉養皓然。高鳳讀書逢雨日,梁鴻晦跡入雲年。
溪風吹木摇秋思,山月穿窗訪夜禪。早晚共尋商嶺去,去時宜咏《采薇》篇。

“皓”,内甲本、祐本、内乙本、松本、群本、詩紀本作“浩”。

案:當作“浩”。“養浩然”,養浩然之氣,出《孟子》。

例 17. "妄"誤作"忘"。

55 野相公《近以拙詩寄王十二,適見惟十四和之之什,因以解答》：

> 勝負人間爭奈何,淬將心劍戰肝魔。虛名日脚翻陽焰,忘累風頭亂雪波。
> 賤得交情探底盡,老看時事到頭多。見君行李平如砥,誰問羊腸取路過。

"忘",内甲本、裕本、内乙本、松本、群本、詩紀本作"妄",静本作"忈"。

案：當作"妄"。"妄""忘"形近,日語讀音相同,故易訛。

"妄累",虛罔的煩累,妄想。漢王充《論衡·狀留》："内累於胸中之知,外劬於禮義之操,不敢妄進苟取。""日脚",太陽穿過雲隙射下來的光綫。"風頭",風的勢頭,亦指風。"陽焰",指浮塵爲日光所照射時呈現的一種遠望似水如霧的自然景象,佛經中常用以比喻事物之虛幻不實者。此日脚與風頭相對,蓋出唐岑參《送李司諫歸京》詩："雨過風頭黑,雲開日脚黃。""虛名日脚翻陽焰,忘累風頭亂雪波",言虛名和妄想就像日脚翻映浮塵、風勢攪亂波浪一樣令人迷惘,看不清本真。

例 18. "蹇"誤作"寒","靦顏"誤作"醜頻"。

56 野相公《重酬》：

> 野人閑散立身何,自課功夫文字魔。寒步更教吹退鷁,醜頻還被敵橫波。
> 水中投物浮沈異,手裏藏鈎得失多。折軸孟門難進路,可憐騏驥坦途過。

"寒",群本作"蹇"。"頻",内甲本、内乙本、松本、群本、静本作"嚬"。

案："寒"爲"蹇"之訛。"蹇步",謂步履艱難。南朝宋謝瞻《張子房》詩："四大達雖平直,蹇步愧無良。"

"退鷁",退飛的鷁。語本《春秋·僖公十六年》："六鷁退飛過宋都。"也用以比喻身處逆境。唐許棠《獻獨孤尚書》詩："退鷁已經三十載,登龍曾見一千人。"

"醜頻""醜嚬"均難解。疑"醜頻"爲"靦顏"之訛。靦顏,猶厚顏,《晉書·郗鑒傳》："丈夫既潔身北面,義同在三,豈可偷生屈節,靦顏天壤邪!"又指面容羞愧。宋蘇舜欽《舟中感懷寄館中諸君》："靦顏於其間,汗下如流漿。""靦顏還被敵橫波",是説本已羞愧,還要遭受敵人兩邊的攻擊。與"蹇步更教吹退"相對,表達自己身處困境仍受到打擊,吐露自憐自卑的心理。

孟門,在今河南輝縣西,春秋時爲晉國要隘。《左傳·襄公二十三年》:"齊侯遂伐晉,取朝歌,爲二隊,入孟門,登太行。"杜預注:"孟門,晉門隘道。"《史記·孫子吳起列傳》:"殷紂之國,左孟門,右太行。"唐長孫佐輔《對鏡吟》:"開簾覽鏡悲難語,對面相看孟門阻。"

例19. "合"誤作"含"。

58 良春道(惟良春道)《劉大夫,才之命世者也。修國史之次,乞予詩卷,因敕四韵,題於卷後》:

> 空勞畫餅含供飢,幼學孜孜老未知。拭我古銅光不鬻,涉君溟海水難爲。
>
> 應修有國簪纓傳,那乞休官別駕詩。莫怪卷中多白眼,人生不得志多時。

"含",内甲本、祐本、内乙本、松本、群本作"合"。

案:"合""含"易互訛。59 良春道詩"酌蠡判迷量海器,磨鉛嘗合剗犀刀",群本"合"誤作"含"。合,應也。

例20. "升"誤作"舛","宫"誤作"官"。

59 良春道《野副使卓世之工文者也,常誦予詩句,枉見褒異云云。予每見子之文辭,盡怯我風塵。此絕世之大才也。夫以孔門論詩,野已入室,良未舛堂。決其勝負,豈惟伯仲之間哉!即知此華予之言,故題六韵,以寄謝之》。

> 看他詔黷苦相交,毀譽隨心變羽毛。野調又玄遭世忌,良詩尚白被人嘲。
>
> 俱游虎窟君餘力,並覓驪珠我未遭。酌蠡判迷量海器,磨鉛嘗合剗犀刀。
>
> 朝宗海口川流細,却過雷門布鼓勞。如入大官無不有,官牆數仞仰彌高。

詩題中"舛",内甲本、祐本、内乙本、松本、群本作"升"。

"大官",各本均作"大官",無異。

案:"舛","升"之誤。升,通"昇"。"野已入室,良未升堂"是説小野已經入室,我良春道却還没有昇堂。昇堂,同登堂。登堂入室,此處喻學藝造詣精絕,深得師傳。

"大官",蓋"天宫"之訛。天宫,指天帝、神仙居住的宫殿,天上的宫廷。《漢武帝内傳》:"到七月七日,乃修除宫掖,設座大殿,爲天宫之饌。"《宋書·夷蠻傳·訶羅陁國》:"臺殿羅列,狀若衆山,莊嚴微妙,猶如天宫。"

例21.“斯”誤作“期”。

60 野相公《和從弟内史見寄兼示而弟》：

　　世時應未肯尋常，昨日青林今帶黃。不得灰身隨舊主，唯當剔髮事□王。
　　承聞堂上增羸病，見説□中絶米糧。眼血和流腹絞斷，期聲音盡叫蒼蒼。

“腹”，内甲本、祐本、内乙本、松本、群本、詩紀本作“腸”。

案：“灰身”，猶言粉身碎骨。三國魏曹植《改封陳王謝表》：“茅土既優，爵賞必重，非虛淺所宜奉受，非臣灰身所能報答。”《三國志·魏志·高堂隆傳》：“臣雖灰身破族，猶生之年也。”“不得灰身隨舊主，唯當剔髮事□王”，所脱或爲“新”字。

“承聞堂上增羸病，見説□中絶米糧”，所脱或爲“腹”字。

“腹絞斷”，據文意，當作“腸絞斷”。腸絞斷，猶言腸斷，形容極度悲痛。唐白居易《長恨歌》：“行宮見月傷心色，夜雨聞鈴斷腸聲。”

“期”，詩紀本作“斯”。據文意，當作“斯”。“蒼蒼”，指天。漢蔡琰《胡笳十八拍》：“泣血仰頭兮訴蒼蒼，胡爲生兮獨罹此殃。”“眼血和流腸絞斷，斯聲音盡叫蒼蒼”，形容極度悲痛，眼睛裏流淚流血，肝腸寸斷，哭喊蒼天，其聲音極其悲傷，以至哭不出聲來。

例22.“遼”誤作“逐”。

62 藤雅量（藤原雅量）《蕃客贈答》：

　　逐東丹裴大使公去春述懷見寄於余，勘問之間，遂無和之。此夏綴言志之詩，披與得意之人，不耐握玩，偷押本韵。

“逐”，静本作“遂”，彰本、京本無，闕一字。詩紀本作“遼”。

案：“逐”，“遼”之讹。日本 18 世紀初成書的《書言字考節用集》：“遼東　レウトウ　北胡之種契丹也。”

例23.“君”誤作“大”。

64 注：

　　非唯先父之會友，兼有同年之好。紀裴公重朝自説我家有千里駒，蓋謂大焉。

“大”,詩紀本作“君”。

案:當作“君”。“君”俗寫作“尺”,與“大”形近易訛。是説“我家有千家駒”這句話正説的對方。

例24.“笈”誤作“笈”。

69 江相公《書懷呈渤海裴大使》:

煙浪雲山路幾重,十三年裏再相逢。虛聲我類羊公鶴,遠操君同馬笈龍。

雖喜交情堅似石,更憐使節古於松。兩迴入覲裴家事,饒趁芳塵步舊蹤。

案:“羊公鶴”,南朝宋劉義慶《世説新語·排調》:“劉遵祖少爲殷中軍所知,稱之於庾公。庾公甚忻然,便取爲佐。既見,坐之獨榻上與語。劉爾日殊不稱,庾小失望,遂名之爲‘羊公鶴’。昔羊叔子有鶴善舞,嘗向客稱之。客試使驅來,氃氋不肯舞,故稱比之。”後因以羊公鶴比喻名不副實的人。唐寒山《詩》之一;“恰似羊公鶴,可憐生懵懂。”陳去病《晝寢雜感》詩:“氃氋直似羊公鶴,起舞猶嫌翅力微。”

“笈”,詩紀本作“岌”。

案:作“岌”是。馬岌龍,典出《晉書》:宋纖有令名,隱居酒泉南山,太守馬岌往造,纖不見。岌歎曰:“德可仰而形不可覿,吾而今而後知先生人中之龍也。”

例25.“郎”誤作“即”。

73 江相公《冬日於文章院懷舊招飲》:

翰林懷古遇樽盈,銀艾紛紛珮響清。緩引索即心自動,閑携歡伯感先成。

鶴歸舊里歌三曲,馬至新豐嘶一聲。想得今宵杯裏趣,依然難耐□□□。

“銀艾”,《詩紀》作“銀艾”。

案:當從《詩紀》。銀艾,銀印和綠綬。漢制,吏秩比二千石以上皆銀印綠綬。後泛指高官。《隸釋·漢孟郁修堯廟碑》:“印緋相承,銀艾不絶。”《後漢書·張奐傳》:“吾前後仕進,十要銀艾。”李賢注:“銀印綠綬也,以艾草染之,故曰艾也。”“艾”,乃“艾”的俗字稍訛。《隨函録》:“艾:艾。”(59/719c/768a) S. 318《洞淵神咒經·斬鬼品》:“萬民危厄,温炁,女子死,鄧艾鬼主與劉升來行。”S. 214《燕子賦》:“口銜艾火,送著上風。”“艾”俗寫下部或作“義”,或作“又”而右旁加點。如《敦煌俗字譜》所言,“艾”字從艸,又聲,俗寫下部作"叉",已失聲符作用①。

"歡伯",《詩紀》作"勸伯",誤。當從《扶桑集》作"歡伯"。歡伯,酒的別名。漢焦贛《易林‧坎之兌》:"酒爲歡伯,除憂來樂。"唐陸龜蒙《對酒》詩:"後代稱歡伯,前賢號聖人。"宋楊萬里《題湘中館》詩:"愁邊正無奈,歡伯一相開。"

"索即","即","郎"之訛。索郎,酒名。桑落酒的別稱。亦泛指酒。北魏酈道元《水經注‧河水四》:"(河東郡)民有姓劉名墮者,宿擅工釀,採挹河流,醞成芳酎,懸食同枯枝之年,排于桑落之辰,故酒得名矣。……自王公庶友,牽拂相招者,每云:索郎有顧,思同旅語。索郎反語爲桑落也。"按,索郎切,桑;郎索切,落。宋王洋《以麴換祖孝酒》詩:"若論本是同根物,好遣枳椇換索郎。"一説,試鶯家多美酒,自己不善飲,時爲宋遷索取,試鶯恒曰:"此豈爲某設哉? 祇當索與郎耳!"因名酒曰索郎。見宋無名氏《真率筆記》。

例 26."媚"誤作"嬪","莪"誤作"我"。

76 菅三品《仲春釋奠〈毛詩〉講後,賦詩者志之所之并序》:

> 釋奠者,蓋先王所以奉聖欽賢、崇師重道之大典也。是以仲月之春,初丁之日,散苾芬於和風之砌,明德惟馨;奏鏗鏘於嬪景之庭,聲樂以正。……
>
> 聞説篇三百,蓋皆志所之。孕音凝在意,牽物散如期。
>
> 動入風雲色,抽爲草木詞。當初庭訓絶,唯咏《蓼莪》詩。

"我",内甲本、祐本、内乙本、松本、群本、静本作"莪"。

案:"嬪","媚"之訛。"賓"俗寫作"賔"。"嬪"俗寫作"嬪","眉"俗寫作"眉","媚"俗寫作"媚",兩俗寫相混,遂成誤讀。

"媚景",謂春景。《初學記》卷三引南朝梁元帝《纂要》:"春曰春陽,亦曰發生、芳春、青春、陽春……景曰媚景、和景、韶景。"唐羅虬《比紅兒詩》:"年年媚景歸何處,長作紅兒面上春。"平安時代漢詩集《本朝麗藻》卷上載儀同三司《花落春歸路》:"媚景臨歧殘雪亂,芳辰按轡晚霞深。"《文鳳抄‧雜春‧芳辰》:"芳節、美景、媚景。"

"我",當作"莪"。"蓼莪",《詩‧小雅‧谷風之什》篇名。《毛傳》;"《蓼莪》,刺幽王也。民勞苦,孝子不得終養爾。"

---

① 《敦煌俗字譜》,頁 2。

例27．"凱"誤作"飆"。

77 菅雅規《同前》：

在心爲志發爲詩，詩句何非志所之。意緒亂來誰得解，毫端書出不相欺。

《飆風》吹送酬恩日，《湛露》流傳頌德時。玄化悠悠情慮樂，咏聲自作治安詞。

案："飆"，《詩紀》作"凱"。"飆風"，同"凱風"，南風。漢班固《幽通賦》："飆飆風而蟬蛻兮，雄朔野以颺聲。"《文選·王褒〈洞簫賦〉》："故其武聲則若雷霆輘輷，佚豫以沸㥜；其仁聲則若飆風，紛披容與而施惠。"李善注："《呂氏春秋》曰：南方曰飆風。飆風長物，故曰施惠。"上引詩中的"凱風"與"湛露"相對，均爲《詩經》篇名。

情慮，内甲本、祐本、内乙本、松本、静本、群木作"清慮"。

清慮，思慮的敬詞。晉陸機《吊魏武帝文》："紆廣念於履組，塵清慮于餘香。"南朝宋顏延之《重釋何衡陽書》："故前謂自非體合天地，無以元應斯弘，知研其清慮，未肯存同。"

情慮，憂慮之情，又情思，感情，晉何劭《雜詩》："勤思終遥夕，永言寫情慮。"紀納言《〈後漢書〉竟宴各咏史得"龐公"》："襄陽高士獨推名，禄利喧喧豈亂聞。清慮遠雖生產忘，素虚遺擬子孫分。"

例28．"搏"誤作"蹲"，"换"誤作"擾"。

79 菅丞相《仲春釋奠聽講〈孝經〉，同賦資父事君》：

仲春月之初丁大昕有事于孔廟，蓋釋奠也。邊豆之事，則有司存之；苾芬之儀，則鬼神享之。禮云禮云，可名目以言矣。於是圓冠蹲節，博帶摳衣，命夫君子之儒，稽其古文之典。……

懷忠偏得意，至孝自成人。擾白何輕死，含丹在顯親。

王生猶有母，曾子豈非臣。若向公庭論，應知兩取身。

"擾"，内甲本、祐本、内乙本、松本、群本、詩紀本、菅家文草本作"换"。

案："蹲"，"搏"字之訛。搏節，抑制，節制。《禮記·曲禮上》："是以君子恭敬、搏節、退讓以明禮。"孫希旦《集解》："有所抑而不敢肆謂之搏，有所制而不敢過謂之節。"《南史·顏延之傳》："恭敬搏節，福之基也。驕佷傲慢，禍之始也。"

川口久雄《菅原文草　菅家後集》補注:"換白,出《本草·丹砂部》。姚合《病中書事》詩:'換白方錯多,迴金法不全。'王建《照鏡詩》有'換白'一語。據花房氏,白,藥。有白金砂,丹砂的一種。"①

換白,謂以白髮換取黑髮,唐姚合《病中書事寄友人》:"換白方多錯,迴金法不全。"王建《照鏡》詩:"癢頭梳有虱,風耳炙聞蟬。搖(一作換)白方多錯,迴金法不全。家貧(一作悲)何所戀,時在老僧邊。"

又,序中的"邊豆",同籩豆。籩豆,籩與豆,古代祭祀及宴會時常用的兩種禮器,竹製爲籩,木製爲豆。宋沈括《故朝散大夫右諫議大夫張公墓誌銘》:"後數歲某不幸失邊豆之助,遂壻公門下。"

例29. "侯"誤作"候","亂"誤作"亂"。

80 紀納言《陪相國東閣聽諸小侯聚學〈孝經〉一首》序:

遂命於碩學,授此小候。大化滂流,遥源斯在。諸小候或居髫亂之年,或在綺紈之服。揖以竹騎,更發叩鐘之情;聚彼草螢,始齒函杖之列。期其陶染,知幾曾參于時。

"候",内甲本、祐本、内乙本、松本、群本作"侯"。

"髫",内甲本、祐本、内乙本、松本、群本作"齠"。

案:"候",當作"侯"。寫本中"侯""候"多混用。"小侯",指皇族貴族子弟。

亂,"亂"之訛。髫亂,亦作髫齔,謂幼年。《後漢書·文苑傳下·邊讓》:"髫齔夙孤,不盡家訓。"《晉書·司馬遹傳》:"既表髫齔,高明逸秀。"唐元稹《祭禮部庾侍郎太夫人文》:"教自髫亂,成於冠婚。"

例30. "領"誤作"領","璧"誤作"璧"。

82 善相公《仲春釋奠聽講〈論語〉,賦有如明珠并序》:

貞觀十九年仲春上丁,流荇之禮即畢,函丈之儀初開。即命鴻生講述《論語》,所以傳儒風、教胄子也。説曰:前代學者多以此書喻之明珠,取圓通也。嘗試論之曰:珠之爲器,寶之至重,或割赤蚌之腹,或探驪龍之領。

聖教融通義入幽,更將光輝比隋候。瑩來不是鯨精變,學得還如象罔求。

---

①　川口久雄校注《菅家文草　菅家後集》,東京,岩波書店,1978 年,頁 644。

誰覓漢濱尋潤岸，唯□璧水記圓流。手中愛玩心中映，豈類神驚盷暗投。

"盷"，内甲本、祐本、内乙本、松本、群本、静本作"盼"，詩紀本作"眄"。

案："領"，"頷"之訛。"驪珠"，寶珠。傳説出自驪龍頷下，故名。《莊子·列禦寇》："夫千金之珠，必在九重之淵，而驪龍頷下。"唐温庭筠《蓮浦謡》："荷心有露似驪珠，不是真圓亦摇盪。"

"璧水"，指太學。南朝梁何遜《七召·治化》："璧水道庠序之風，石渠啟珪璋之盛。"宋吳自牧《夢粱録·學校》："古者天子有學，謂之成均，又謂之'上庠'，亦謂之'璧水'，所以養育成天下之士類，非州縣學比也。"

"神駕"，猶聖駕，皇帝車駕的美稱。《南史·褚炫傳》："今節候雖適，而雲霧尚凝，故斯翬之禽，驕心未警。但得神駕遊豫，群情便可載驩。"

"暗投"，猶明珠暗投，比喻有才能的人得不到賞識和重用。唐宋之問《和姚給事寓直之作》："暗投空欲報，下調不成章。"唐李白《留别賈舍人至》詩之一："遠客謝主人，明珠難暗投。"

"盷"，疑當作"眄"，寫本中"盼""盷""眄"多相混。

例31．"抵"誤作"拉"。

83 源順《夏日陪右親衛源將軍初讀〈論語〉各分一字 探得迷字 爲勾體》

康保三年夏，右親衛源將軍招翰林藤學士初讀《魯論語》，時人以爲不恥下問，能守文宣王之遺訓焉。何則？俗人未必賢知，以爲《論語》者，幼學之書也，不足於晚學。不知其先聖微言圓通如明珠之義矣。將軍閣下，職列虎牙，雖拉武勇於漢四七將；學抽麟角，遂味文章於魯二十篇，所謂"泛愛衆而親仁"，"行有餘力則以學文"，蓋將軍之謂乎？

案："拉"，當爲"抵"字。"抵"草書作"拉"，與"拉"形近易訛。抵，比得上，比，相當。"武勇"，指武勇的人。漢荀悦《漢紀·高帝紀二》："今大王誠能反其道，任天下武勇，何所不誅？""麟角"，鳳毛麟角之省。南宋王應麟《困學紀聞》第十三卷："學如牛毛，成如麟角，出蔣之《萬機論》。"

例32．"埏"誤作"挺"。

87 江相公《〈漢書〉竟宴咏史得楊雄》：

遠揖清風滿綠編，尋來遺跡感何專。巫山舊宅孤雲宿，蜀郡新門一子傳。

賓客交遊耽旨酒，文章滋味□甘泉。階墀執戟秋霜重，天禄披書曉漏懸。

生白室虛唯席月，草玄庭靜漫鋪煙。憐君三代官無徙，不用才名聒八埏。

“挺”，詩紀本作“埏”。

案：當作“埏”。八埏，八殯。《漢書・司馬相如傳下》：“上暢九垓，下泝八埏。”顏師古注引孟康曰：“埏，地之八際也。言德上達於九重之天，下流於地之八際。”唐柳宗元《代裴行立謝移鎮表》：“道暢八埏，威加九域。”“八埏”一語，多見於平安時代漢詩文。《本朝文粹》二《應停止敕旨開田並諸院宮買取田地舍宅等事》：“八埏之地有限，百王之運無窮。”《江都督納言願文集》卷一《公家被供養東寺塔願文》：“五智灌頂之水，被八埏而普霑。”

例 33.“峴”誤作“硯”，“離”誤作“雖”。

92 紀納言《〈後漢書〉竟宴各咏史得龐公》：

襄陽高士獨推君，禄利喧喧豈亂聞。清慮遠雖生産忘，素虛遺擬子孫分。

逃名始得身巢穴，晦跡終辭世垢紛。應是幽棲家不定，暮歸唯宿硯山雲。

“硯”，群本、詩紀本作“峴”。

案：當作“峴”。峴山，指湖北襄陽縣南的峴山，西晉羊祜鎮襄陽時，常登此山，置酒吟咏。《晉書・羊祜傳》：“祜樂山水，每風景。必造峴山，置酒言咏，終日不倦。”

“雖”，各本皆作“雖”，意難通。疑“雖”爲“離”之訛。遠離，遠遠離開。又爲佛教語，謂達到超脫生死境界之法。南朝梁慧皎《高僧傳・誦經・釋慧皎》：“（慧彌）年十六出家，及具戒之後，志修遠離。”

“清慮”，思慮的敬詞。南朝宋顏延之《重釋何衡陽書》：“故前謂自非體合天地，無以元應斯弘，知研其清慮，未肯存同。”“清慮遠離生産忘”，就是遠離思慮，忘掉生産。

例 34.“舟”誤作“丹”。

93 菅三品《北堂〈漢書〉咏史得路温舒》：

文華政理被人聞，鉅鹿雄才路長君。露澤青蒲留鳥跡，煙村碧草從羊群。

漢朝丹泛心中水,山邑官尋眼外雲。惆悵春風棠樹蔭,芳聲遠播子孫分。

“丹”,詩紀本作“舟”。

案:當作“舟”。“舟”“丹”形近易訛。95 紀在昌《北堂〈漢書〉竟宴咏史得蘇武并序》:“胡庭遂是丹心使,漢闕還爲白髮翁。”“丹”,静本作“舟”。

例 35.“戴”誤作“載”,“暇”誤作“假”,“有方”誤作“在妨”。

95 紀在昌《北堂〈漢書〉竟宴咏史,得蘇武并序》:

> 廿一年春,以其有人望之德,兼拜尚書左少丞。管轄在職,僶俛從事。機密之勤,載星無假;誘進之道,兼日在妨。

“載”,内甲本、祐本、内乙本、松本、群本作“戴”。

案:當作“戴”。戴星,頂着星星。喻早出或晚歸。唐王績《答馮子華處士書》:“或時與舟人漁子方潭並釣,俯仰極樂,戴星而歸。”“假”,“瑕”之訛。

“假”,“暇”字者訛。暇,没有空閒。“誘進”,誘導進取,誘導進用。《史記·禮書》:“誘進以仁義,束縛以刑罰。”

“兼日”,連日。漢王充《論衡·感虛》:“寒步累時,則霜不降;温不兼日,則冰不釋。”“在妨”,不通,或爲“有方”之訛。“在”“有”日語多相混,“方”“妨”日語讀音相同。有方,有得,得法。《莊子·人間世》:“有人於此,其德天殺。與之爲無方,則危吾國;與之爲有方,則危吾身。”陸德明《釋文》引李頤曰:“方,道也。”

“機密之勤,載星無暇;誘進之道,兼日有方”,是説對重要而秘密的事情和誘導進取的事情,都辛勤爲之,且做得完美無缺。

例 36.“日”誤作“月”。

97 江相公《澄明、重光一度及第,不勝欣喜,書詩相賀》:

> 幸遇明時恩不訾,並名拔萃兩家兒。人言窗雪將三葉,桂許門風各一枝。
> 忽見撫駒嘶破櫪,更憐養筍透疎籬。老牛蹄□漏無月,舐犢歡餘涕似糜。

“月”,内本、祐本、内乙本、松本、静本、群本、詩紀本作“用”。

案:作月、作用,皆難通。疑爲“日”之訛。無日,無一日,猶言天天。《左傳·昭公三十二年》：“我一二親昵甥舅，不遑啟處，於今十年。勤成五年，余一人無日忘之。”“漏”，遺忘，遺漏。《荀子・修身》：“難進曰偍，易忘曰漏。”“老牛蹄□漏無日，舐犢歡餘涕似縻”，是説做父母無一日不疼愛兒子並爲之付出，在兒子及第之時，不禁老淚橫流。

　　例37.“欣”誤作“助”。

　　99 江相公《余近賀菅秀才登科，不勝助喜，敢綴老爛酬和之詞，韻高調奇，情感難抑，重以吟贈》。

　　“助”，詩紀本同。

　　案：“助喜”，不辭。疑“助”乃“欣”之訛。“欣”字草書如“以”“欣”“欣”“欣”等，與“助”字草書形近。

　　欣喜，歡喜，高興。《左傳・哀公二十年》：“諸夏之人，莫不欣喜。”南朝宋鮑照《轉常侍上疏》：“欣喜感悦。不敢僞讓。”“不勝欣喜”爲賀信套語。

　　例38.“韋”誤作“婁”。

　　103 江相公《贈筆呈裴大使》：

> 我家舊物任英風，分贈兼歡意欲通。縱不研精多置牖，猶勝伸指漫書空。
> 毫含婁誕松煙綠，管染湘妃竹露紅。若訝本從何處得，江淹枕上曉夢中。

　　“婁”，詩紀本同。

　　案：“婁”，底本作“韋”，疑“韋”之訛。俗寫“韋”“婁”形近。韋俗寫作“韋”。敦煌P.2524《語對》：“絶脂韋。”據柏書房《異體字解讀字典》，日本俗寫“婁”作“婁”，“韋”作“串”，形近易訛。

　　“韋誕”，即“韋誕”。韋誕（179—253），三國魏京兆人，書法家、製墨家。《三輔決録》曰：“韋誕奏：蔡邕自矜能書，兼斯、善之法，非得紈素，不妄下筆。工欲善其事，必先利其器用。張芝筆、左伯紙，及臣墨，皆古法。兼此三具，又得臣手，然後可以盡徑丈之勢。”又，王僧虔《論書・韋誕傳》：“誕字仲將，京兆人，善楷書。”

　　韋誕，字仲將。善書，師法張芝、邯鄲淳，諸體皆能，尤精大字，魏室寶器銘題皆出其手。書寫講究工具材料，善製墨。《初學記》卷二十一《墨》第九引韋仲將《墨方》曰：“合墨法，以真朱一兩，麝香半兩，皆搗細；後都合下鐵臼中，搗三萬杵，杵多愈益。不得過九月。”韋仲將，即韋誕。韋誕事，見於平安時代其他詩文所引者，如《天德三年八月十六日鬥詩略記》：“又木工頭小野道風者，能書之絶妙，義之之再生，仲將獨步。施此屏風，書彼門額，處處莫不靈，家家莫不珍，仍爲一朝之面目，爲萬古之遺美。"①仲將，即韋誕。文中的"靈"字，當爲"寶"字。寫本中"寶""靈"多相混。

"松煙"，《初學記》卷二十一《墨》又引曹植《樂府》詩曰："墨出青松煙，筆出狡兔翰。古人感鳥跡，文字有改判。"故"毫含韋誕松煙緑"，是説書寫使用的是韋誕製造的好墨。

"訝"，若解作"驚訝"，雖勉强可通，却略欠通暢。竊疑"訝"乃"語"字之訛。"語""訝"俗寫、草書皆形近。全詩寫贈筆，故皆用與筆相關的典故。最後兩句，用江淹事。鍾嶸《詩品》："初，淹罷宣城郡，遂宿冶亭。夢一美丈夫，自稱郭璞。謂淹曰：'我有筆在卿處多年矣，可以見還。'淹探懷中，得五色筆授之。而後爲詩，不復成語，故世傳江淹才盡。"《南史·江淹傳》："淹乃探懷中得五色筆一以授之。爾後爲詩絶無美句，時人謂之才盡。"

"若語本從何處得，江淹枕上曉夢中"，是説如果要説起這支筆是從哪裏來的，它就是江淹夢中那支使人妙筆生花的筆。

（作者爲天津師範大學文學院教授）

---

① 東京大學史料編纂所編『大日本史料』第一編之十，東京，東京大學，1937 年，頁 568—569。

古代寫本中誤書或被塗改文句的識讀與利用

——以法藏敦煌文書 P. 3633 爲例

楊寶玉

古代寫本，尤其是手稿類寫本中常會留有一些誤書或被塗改的文句，這無疑增加了校録該寫本的難度，但是，如果對這些字跡善加分析利用，很可能也會有益於該寫本的深度整理與深入研究。敦煌藏經洞所出文書製作於公元 4—11 世紀，絕大部分爲寫本，可集中、全面地反映寫本時代的文獻特徵，值得認真剖析。故今特以非常典型的法國國家圖書館藏敦煌文書 P. 3633 爲例，對上述情況試做探討，不當之處，敬祈專家學者教正。

一、P. 3633 的寫作背景與現存狀況

自晚唐以迄五代初期，實際統領敦煌及其周邊地區的係漢人張氏家族。該家族原本以歸義軍節度使的形式世代傳承，至唐末五代之際，在任節度使爲張承奉。唐朝末年，中原戰亂不斷，唐廷疲弱乏力，已無暇顧及處於西部各少數部族包圍之中的歸義軍政權。朱梁取代唐朝之後，政權不穩，統治重心東移，對西部地區更是鞭長莫及，歸義軍也不可能再藉助中原聲威而對周邊部族政權形成號召力。恰於此時，歸義軍的東鄰甘州回鶻政權却日益强大，實力氣勢均遠遠凌駕於歸義軍之上，並對歸義軍構成了嚴重威脅。時移世異，形勢所需，在這一特定歷史背景下，張承奉"窮則思變"，遂效做中原割據政權，自稱金山白衣天子、白衣帝，建立了獨立王國——西漢金山國（習稱金山國）。此舉使敦煌在繼李暠的西涼之後第二次，也是最後一次成爲京畿，因而金山國時期無疑是敦煌歷史上的一個非常特殊而又重要的時期，同時，金山國及其後繼——敦煌國——又是在五代時期的河西地區真實存在了數年的獨立王國，自然是敦煌地區史和晚唐五代

史重要的研究對象。

但是，傳世史書中有關金山國的記載非常少，僅新舊《五代史·吐蕃傳》所記"沙州，梁開平中，有節度使張奉，自號'金山白衣天子'"①，北宋邵雍《皇極經世書》卷六下所記"己巳……張奉以沙州亂"②兩條，總共不足三十個字，以致不少學者都不知道該國的存在。這樣，敦煌文書中存留的有關金山國的記述便彌足珍貴，而這當中內容最豐富、史料最集中的幾件文獻即抄存於本文將引以爲例的法藏敦煌文書 P. 3633。

P. 3633，雙面書寫而成，一面所存爲《龍泉神劍歌》《西漢金山國左神策引駕押衙兼大內支度使銀青光禄大夫檢校國子祭酒御史中丞上柱國清河張安左生前邈真讚并序》（以下簡稱《張安左邈真讚》），另一面所抄爲《辛未年七月沙州百姓一萬人上回鶻天可汗狀》（以下簡稱《上回鶻天可汗狀》），它們與抄寫於 P. 2594v+P. 2864v 的《白雀歌》共同構成了金山國史研究的史料主體，故歷來備受學界關注。

然而，P. 3633 所存《龍泉神劍歌》《張安左邈真讚》等乃是草稿，不僅訛文誤字較多，勾填改抹、錯位洇染之處亦夥，加之卷紙上端破損嚴重，約三分之一行的行首的一至十數個字殘缺，其他一些關鍵部位也時有紙殘字損現象，致使該卷校録整理工作的難度驟增，不同學者所做録文差異頗大，而建立於各異録文基礎上的對史料本身及相關史事的解讀也隨之歧見迭出，異説紛陳，原本就困難重重的金山國史研究遂愈顯艱難。

在進行晚唐五代宋初歸義軍政權與中央關係研究時，筆者即遇到了上述問題，經長期反復努力，現已主要根據該寫本完成了《金山國建立時間再議》③《敦煌文書 P. 3633 校注與相關金山國史探究》④《金山國時期肅州地區的歸屬》⑤等文，在録文校注和史事解讀方面均提出了自己的一些看法，而這當中頗受益於對該寫本中誤書與被塗改文句等的識讀校録與辨析利用。下面即對相關經驗教訓進行歸納總結，並以此爲例具體探討古代寫本中誤書或被塗改文句的識讀與利用問題。

────────

① 分載於《舊五代史》卷一三八（北京，中華書局，1976 年，頁 1840）、《新五代史》卷七四（北京，中華書局，1974 年，頁 915）。梁太祖朱全忠之父名朱誠，"誠"與"承"發音相同，後漢隱帝名劉承祐，故傳世史書中的"張奉"係爲避諱而省"承"字，實即敦煌文書中的"張承奉"。

② 文淵閣《四庫全書》本，上海，上海古籍出版社影印，1987 年，册 803，頁 738。

③ 拙文《金山國建立時間再議》，載《敦煌學輯刊》，2008 年第 4 期。

④ 拙文《敦煌文書 P. 3633 校注與相關金山國史探究》，載《中國社會科學院歷史研究所學刊》第 9 集，北京，商務印書館，2015 年。

⑤ 拙文《金山國時期肅州地區的歸屬》，載《絲綢之路研究集刊》第一輯，北京，商務印書館，2017 年。

二、雙面書寫狀況與卷紙正背關係推斷及
例外現象成因分析

如所周知,對於呈現卷子或單葉紙片形式而雙面書寫的寫本,我們需要首先推斷哪一面是正面,哪一面是背面,因爲這直接影響對寫本上抄存的各文獻的成文先後次序等問題的理解。

一般説來,敦煌文書各收藏館通常將書寫較爲工整的一面斷爲正面,這確實與敦煌文書紙張使用的常見情形一致。具體到 P. 3633,因《上回鶻天可汗狀》所在的那一面卷面整潔,行款規範,字跡工整,遂很自然地被判斷爲了正面,自王重民《金山國墜事零拾》①與《伯希和劫經録》②,至黃永武《敦煌寶藏》第 129 册③、目前學界普遍使用的《法藏敦煌西域文獻》第 26 册④,乃至多位學者的相關研究論著等,均沿用此説,而這便意味著《上回鶻天可汗狀》成文在先,《龍泉神劍歌》與《張安左邈真讚》在後,根據各文獻研究相關問題時也將受此成文先後推算的影響。

問題是,筆者在認真解讀文書内容後會發現上述判斷與卷紙的真實使用情況恰恰相反。二十世紀八十年代,敦煌研究院的李正宇先生發表《敦煌文學雜考二題》一文⑤,其中的第二題即爲《〈龍泉神劍歌〉作者考》。根據晚唐五代時敦煌當地利用廢紙抄寫文書的一般情況及對該卷兩面内容性質的分析,李先生對該號文書的正、背關係進行了完全相反的推定⑥。筆者認爲其説甚是。至於該寫本爲何與慣例相悖,李先生則未予論及。

筆者以爲,P. 3633 的與衆不同值得深究,因爲它恰恰可以啟發我們去探尋該卷所存各件文書之間的關係及其抄集緣由。筆者的推論是: P. 3633 保存的《龍泉神劍歌》是已經過反復修改的詩歌草稿,其謄清稿後來當被上呈於金山國主張承奉,此草稿便成爲了作者張文徹手中的紀念。其後,因要爲宗人張安左撰寫邈真讚,張文徹又以詩後餘

①　王重民《金山國墜事零拾》,原載《國立北平圖書館館刊》第 9 卷第 6 期,1935 年,後收入氏著《敦煌遺書論文集》,北京,中華書局,1984 年,頁 85—115。

②　王重民《伯希和劫經録》,載《敦煌遺書總目索引》,北京,中華書局,1983 年,相關文句見該書頁 291。

③　黃永武《敦煌寶藏》第 129 册,臺北,新文豐出版有限公司,1985 年,頁 380—383。

④　上海古籍出版社、法國國家圖書館編《法藏敦煌西域文獻》第 26 册,上海,上海古籍出版社,2002 年,頁 156—160。

⑤　李正宇《敦煌文學雜考二題》,《敦煌語言文學研究》,北京,北京大學出版社,1988 年,頁 92—99。

⑥　顏廷亮《敦煌西漢金山國文學考述》(蘭州,甘肅人民出版社,2009 年)贊同李先生的觀點,並進行了更細緻的論述。因顏先生所論甚爲周備,本文不再贅述,請參該書頁 60—61。

紙擬就《張安左邈真讚》草稿並進行修改，該草稿便也被留存下來。換言之，P. 3633 正面（此係就卷紙實際使用情況而言）所存文字均屬草稿。而根據 P. 3633 的書寫狀況可知，另一面所書性質上屬於降狀的《上回鶻天可汗狀》却是抄件，其初稿當是用其他紙張草擬的，謄清後也應上呈。撰擬降狀時，與金山國榮辱與共的作者難免憶及數月前撰作《龍泉神劍歌》時的慷慨激昂，對比之下形成的反差必定令作者悲涼滿懷，感慨無限。降狀非一般文書，按照常理，撰作者應會留副以備萬一，是故作者遂特意在同涉金山國史事的《龍泉神劍歌》舊作背面抄録了狀文。正因爲狀文是抄件而非草稿，所以 P. 3633 詩歌一面字跡潦草，塗改嚴重，而晚成的狀文却卷面整潔，行文順暢。

於此，筆者認爲在推論寫本正背關係時以下幾點應予注意：

其一，凡事皆可能有例外，需具體問題具體分析，寫本内容解析往往比寫本形式觀感更重要。

其二，遇舊有成説與客觀實況相矛盾時，需説明情況，並採取妥善的解決方式。就本節所涉問題而言，筆者以爲應首先辨明是非，爲進一步正確研究該寫本打下基礎，同時，在需以諸如“P. 3633”或“P. 3633v”等不同編號形式進行區別表述時，還應採用已被各館藏目録、圖録等固定下來的舊有標注方式，以免造成混亂令讀者困惑。

其三，例外之事必有特殊之因，而這些特殊之因中往往隱含著重要的研究綫索，進行深入剖析後很可能會有意外收穫，故值得我們付出努力。

三、大段塗抹及特殊符號與他處補書
文句應補入位置推論

在 P. 3633 所存各文獻中，最難辨識的就是《龍泉神劍歌》。該詩最初寫爲 42 行，後第 26—28 行被塗抹，而全詩末句之後又新起一行補寫了 7 行詩句（書寫成 3 段，共 16 句）。關於這 7 行詩句，長期以來，學界一直視其爲《七言詩三首》或曰《雜詩三首》，並與《龍泉神劍歌》分開，進行單獨整理與研究①。

但是，經過認真辨析之後，筆者認爲，所謂《七言詩三首》實際上就是 16 句對原詩的

---

①　儘管顏廷亮《〈龍泉神劍歌〉新校并序》曾懷疑這些詩句“大約是其作者擬補入《龍泉神劍歌》而又未及補入者”，但是，顏文仍然“兹姑作獨立成篇之三首詩置之，不校補於《龍泉神劍歌》中”，顏先生更没有探討這些詩句應補入位置問題。見氏著《敦煌文學概説》，臺北，新文豐出版公司，1995 年，頁 291。顏先生的另一篇文章《敦煌西漢金山國文學文獻三題新校并序》（《社科縱横》1995 年第 1 期）亦單獨校録了這些詩句，該文中的“三題”係指《敦煌社人平詘子一十人創於宕泉建窟一所功德記》（P. 2991v）、《宰相兼御史大夫臣張文徹上啟》（S. 5394、P. 5039）、《七言詩三首》（P. 3633）。

補寫詩句,應據內容文意與韻律特點分別補入相應位置。至於應補入何處,以下兩處應可以考慮。

其一是原卷第25—26行稱頌張舍人的"自從戰伐先登陣,不懼危亡□一身"之後。該處原本寫有3行(即上文所言最初所寫第26—28行)共約8句詩,後均被塗抹,其中部分文字尚依稀可辨,爲"賊人東來天始明,□□新勅(?)便出城。頭上先□□□□,□□□□□□□□。身着明□鐮子甲,□馬揮槍一□□。便呈(?)今時(?)□□□,左右盤槍□□□"。可知這些被塗詩句講的是賊人剛剛侵入疆界時,金山國某軍將躍馬揮槍迎敵應戰的情景。依理,作者將內容豐富的這幾行文字塗掉,應是爲了用更恰切的詩句代替它們,但此處已無足夠空白,將新句補寫於全詩之後自爲必然之選。今考詩後補寫的"匈奴初到繞原泉,白馬將軍最出先。慕容膽壯掾山刀,突出生插至馬前。問情款,説由緣,然後□□□三段,發使西奔上進牋",所言正是慕容氏於金山國東界最先應戰並遣使者西向回朝報信之事,內容吻合,從詩句數量上看,與前述被塗詩句也大體相當。因而將這些詩句填補於"不懼危亡□一身"之後或許正得其所。

其二是原卷第31行"急要名聲便(遍)帝鄉"之後。該處原本畫有一"○",應是作者特意圈畫留下的記號,爲位置標定。此前"堪賞給,早商量,寵拜金吾超上將,急要名聲便(遍)帝鄉"等句講的是如何應對"今年回鶻數侵疆,直到便橋列戰場"險惡局勢的建議,即希望當此用人之際,金山國主張承奉能夠以重賞籠絡人心。此後"軍都日日更英雄,□□東行大漠中。短兵自有張西豹,遮收過後與羅公",是爲後續戰役應採用戰術及怎樣運兵遣將而獻策。兩相比對,前者似言猶未盡,難以與後者順暢應接。而詩後補寫的"超握(?)首願(須?)呂万盈,部署韜鈐按五兵。有心不怕忘身首,願盡微軀留一名",所言卻正是提拔軍將以充分利用他們戰勝入侵之敵的建言,其體式結構及內容主旨均可與"○"前後詩句契合且能起到承上啟下的作用。因而,筆者傾向於將該段補寫詩句填補於此處。

至於詩後補寫的"鄭塢、栗子兩堡兵,義師神祐□能精。壓(?)背四衝回鶻陣,毅勇番生羅俊誠"一段,從內容和用韻情況看,似乎可補於原詩第24行"當鋒入陣宋中丞"之後,不過,目前筆者對此尚無定見。

於此,筆者認爲,當遇到塗抹嚴重而上下文文意又欠連貫的寫本(尤其是稿本)時,我們應留意該寫本是否有於他處更正或補寫現象,並充分利用寫本中的各類提示符號儘可能查考出相關位置。至於校錄時針對這些特殊情況的具體處理方法,似可將補寫文字先照原樣錄於原書寫位置,以充分展示該寫本原書寫次第和給讀者獨立評判的機會，但亦應於校録者推論出的應補入位置以校記形式説明，以提示讀者並提升釋讀工作的完整性和準確性。

四、被塗改文句史料信息辨析與利用

一般説來，勾填改抹頻繁的稿本常會使整理者感到困擾甚至厭煩，因而專注於最終定稿而忽視删改痕跡的做法既十分常見又很容易被理解和接受，只不過，這樣做是否有可能會錯失重要信息呢？

P. 3633 正是這樣一件寫本。還以《龍泉神劍歌》爲例，其書寫字體爲行書，前半段字跡尚稱規範，後半段則相當潦草，塗抹、删改處極多，帶有明顯的隨想隨寫，不時修改補充的草稿特徵。筆者在校注該卷過程中刻意過録了全部尚可辨識的被塗文字，所獲甚豐，今僅以一事略作説明。

前已言及，P. 3633 所存《龍泉神劍歌》對於金山國史研究具有特別重要的意義，故而其創作時間的考定也就關係到了衆多金山國史事的定年。關於該詩的寫作時間，以前學界因認爲其與《上回鶻天可汗狀》所寫戰事爲同一次，故推論兩者作於同年同月，只是不同研究者在具體日期推算上還存有一些不同看法：盧向前《金山國立國之我見》認爲寫於《上回鶻天可汗狀》同時或稍後，即辛未年七月①；榮新江《金山國史辨正》認爲“《上回鶻可汗狀》當寫於七月廿六日至月底之間。大致同時成文的《神劍歌》也應作於七月末”②；顏廷亮《敦煌西漢金山國文學考述》更加具體地推定爲“當是辛未年(911)敦煌曆的七月二十五日”③。於此，筆者已通過對《龍泉神劍歌》與《上回鶻天可汗狀》所記戰事進程的仔細推演，論證了詩歌與狀文所寫並非一事，而是相差幾近一年④，那麼據《上回鶻天可汗狀》末尾所題“辛未年七月日沙州百姓一萬人狀上”推論詩歌寫作時間的作法便不再可行，我們還應從詩歌本身重新尋找答案，而該寫本中一些被塗抹文字的殘跡正可爲我們提供寶貴綫索。

除多處行文措辭當留意外，《龍泉神劍歌》所言“一從登極未逾年”尤堪細究，不僅

---

① 盧向前《金山國立國之我見》，原載《敦煌學輯刊》，1990 年第 2 期，後收入氏著《敦煌吐魯番文書論稿》，南昌，江西人民出版社，1992 年，頁 171—200。

② 榮新江《金山國史辨正》，原載《中華文史論叢》第 50 輯，上海，上海古籍出版社，1992 年，後主要觀點又收入氏著《歸義軍史研究——唐宋時代敦煌歷史考索》，上海，上海古籍出版社，1996 年，頁 219。

③ 前揭顏廷亮《敦煌西漢金山國文學考述》，頁 40。

④ 詳情請參前揭拙文《敦煌文書 P. 3633 校注與相關金山國史探究》。

這一詩句本身對推定寫作年代十分重要,相關殘跡更耐人尋味:其中的"未"字原本寫爲"始",後被塗掉,而這"未""始"二字恰恰分別將該詩創作時間與張承奉"登極"(即稱帝建國)之間的上下時限牢牢鎖定了,説明相距剛好爲一年左右。關於金山國的建立時間,筆者已據上引新舊《五代史·吐蕃傳》《皇極經世書》的有關記載,及張氏歸義軍最後一次入奏活動①、金山國年號使用情況②等等,論證了金山國創建於己巳年(909)③,那麽,據"一據登極未逾年"及"始"字殘跡可知《龍泉神劍歌》當撰作於差不多一年後的 910 年,再從詩中"金風初動"一語和據相關詩句對戰事進程的推算看,具體時間則應爲當年七月中下旬或再稍晚些時候。

　　以上所舉僅爲比較典型的例證,其實,從誤書或被塗改文句中我們可以獲得的研究綫索自然遠不只這些。無可否認,稿本删改嚴重很可能與作者思緒有欠連貫有關,不過,也可能是其精益求精的寫作方式所致。筆者認爲,寫本識讀是頗能考驗整理者細心與耐心程度的工作,或許不厭其煩纏可以加深我們對作者與作品的瞭解,使我們體味到與先賢神交的樂趣,而也只有建立在文獻深度整理基礎上的凝神諦思纏可以幫我們撰做出可信可據的深入研究成果。

　　2019. 9. 30
　　(作者爲中國社會科學院古代史研究所研究員)

---

　　①　關於該次入奏的相關情況,請參楊寶玉、吳麗娛《歸義軍朝貢使張保山生平考察與相關歷史問題》,《中國史研究》2007 年第 4 期。
　　②　詳情請參拙文《P. 2094〈持誦金剛經靈驗功德記〉題記的史料價值》,載《甘肅社會科學》2009 年第 2 期。
　　③　詳情請參前揭拙文《金山國成立時間再議》。

日本文永間寫本《春秋經傳集解》
所附釋文考略[*]

馮先思

日本宫内廳書陵部藏文永年間寫本《春秋經傳集解》三十軸,係金澤文庫舊藏(下文簡稱"金澤本"),乃現存《春秋經傳集解》早期寫本中最爲完整的一部,其主體抄寫於日本文永初年,約當南宋末咸淳年間(元忽必烈前至元年間)。此書捲軸裝,形制古雅,經注文本來源較早,所附釋文是否也有較早來源,還有待進一步研究。

對於流傳時間跨越千年的古籍來説,校勘的一個重要目的是梳理其文本演化的序列,給出不同時代文本變化的規律,從而對版本來源不明的文本加以斷代。那種試圖通過現有文本追溯作者原稿面目的努力,恐怕是難以完成的奢望。所以,我們與其追求文本的"原貌",倒不如好好梳理一下作爲經典著述的《經典釋文》在文本演變過程中,如何被改造,這些改造背後又透露出怎樣的觀念。這種校勘目標的設計,雖然與傳統習慣有一定距離,却不妨作爲一次嘗試,來看看文本的變異帶給我們什麽樣的信息。

《經典釋文》一書,今存宋元刻《經典釋文》一部原係清代宫廷舊藏,從鈐印來看,當爲元明官書,此本雖係宋刻元修①,然此刻魯魚豕亥之誤頗多,其文本不盡可據。錢謙益絳雲樓曾藏宋刻《經典釋文》一部,葉林宗曾據以迻録,而錢藏原本毁於大火,葉鈔本今亦不知所蹤。無論是宋刻元修本《經典釋文》,還是葉抄本的底本,雖皆稱宋本,實際上其板片大多爲元代修補,刊刻較爲草率。從臧鏞迻録的葉鈔本異文來看,可謂謬誤滿紙②。通志堂本《經典釋文》的校刊者有鑒於此,即在參考傳世經書所附釋文的基礎上,對底本明顯的誤字予以改動。所改不盡完美,後盧文弨又校訂一次,也有刻本傳世。

---

* 本文爲廣東省社科規劃項目"清儒《經典釋文》批語輯録與研究"(GD16CTS02)、中國博士後科學基金第 65 批面上資助項目(2019M650017)的階段性成果。

① 王利器對此書流傳源流有詳細考證,參《經典釋文考》一文,載王利器《曉傳書齋集》,上海,華東師範大學出版社,1997 年,頁 9—75。

② 臧庸校記參見上述國家圖書館、上海圖書館藏多種《經典釋文》批校本。

陸德明給《左傳》所作釋文，除了《經典釋文》所收録的之外，還有附經而行者。這種附經釋文最早的版本爲宋本，據張麗娟《今存宋刻經書注疏版本簡目》統計，有十八種之多，其數量超越了其他各經。特別是日本尊經閣文庫所藏興國軍學刻本所附的單行《春秋左氏音義》，是傳世唯一單行本。清人所見撫州本《春秋經傳集解》尚存音義，後失傳。顧之逵、何煌等有校本傳世。這些釋文附經而行，或插入正文，或附在書後，保存了宋代面貌，可校訂宋本《經典釋文》之處頗多。此外元明刊本《左傳》亦間有《釋文》附經而傳，其版本則更爲豐富。

《經典釋文》在清初被重新發現之後，即收入《通志堂經解》，廣爲流傳。這可視爲近四百年來《經典釋文》的第一個印行的版本，盧文弨所刻《經典釋文》則爲第二個，此書另有《經典釋文考證》別行，其校勘意見不盡與所刻《經典釋文》意旨一致①。此外還有阮元《十三經註疏校勘記》亦對《釋文》予以校勘，亦可視爲《經典釋文》的一種校勘成果。此外如浦鏜、山井鼎、陳樹華、錢坫等人著述也涉及了《釋文》校勘。乾嘉諸儒批校《經典釋文》者甚多，今存其批語者二十餘家，出版者僅法偉堂一家②。黃焯《經典釋文彙校》在參考清儒校勘成果上③，結合自己多年批讀《經典釋文》之勤，勒成一編，這可視爲校勘此書的第三本專著。黃校最初由其弟子賀庸繕録，中華書局據以影印④。

上述二十餘種《左傳釋文》的版本以及清人多家批校本，爲我們建構了一個異文演變的資料庫，若能善用之，必能從中看到時代嬗變之痕跡，由此也可以紬繹出版本異文與時代的對應標本，因此給未知年代的文本加以斷代，也就存在了可能。

（一）保留俗字，保存寫本時代的用字習慣

1. 杌：五忽反。檮杌，四凶之一。杜云：頑凶無儔匹之皃。（卷十五第一葉，867 頁）

案：皃，通志堂本、盧文弨本、宋版《左氏音義》並作“貌”，金澤本作“皃”。貌，俗省作皃。杌，宋刻《經典釋文》作“杌”形，通志堂本、盧文弨本改作“杌”。《儒藏》本校勘記（663 頁）云“杌，原作柮，今據通志堂本改”。案張涌泉《敦煌俗字研究》，“杌”即

---

① 例如本文“可證盧文弨之誤改”一節第四例。
② 《四部叢刊》影印通志堂本附孫毓修撰校勘記三卷，實即參考清儒批語，並録宋本、通志堂本差異而成，未超出清儒批校範圍。
③ 黃焯《彙校》之前有蜀中大儒趙少咸撰《經典釋文集註》，惜書成之後即散亂，今僅存不足四分之一，已經影印出版。
④ 黃坤堯等曾據黃校本更爲補校，成書《新校索引經典釋文》（學海出版社）。

“杬”之俗寫,與“柡”字俗寫同形①。金澤本經文作“杬”,釋文別出“檮杬”,列於天頭,其字形作“**杬**”。

2. 君之名子:如字。或弥政反。(卷十五第九葉,883 頁)

案:又音反切上字,宋刻《經典釋文》作“弥”,通志堂本、盧文弨本改作“彌”,與宋版《左氏音義》同。金澤寫本、龍山書院本作“弥”,與“弥”字形相近。弥,不見於字書,黃焯校以爲“弥”乃譌體(153 頁)②。《儒藏》本(614 頁)作“弥”,不確。弥即“弥”之訛。張涌泉認爲敦煌寫本“爾”多作“尒”,偶或作“尔”,但絕無作“尔”者③。金澤本字形作“**尒**”,乃寫本時代之用字習慣。

（二）文本優於宋本《經典釋文》

1. 之乘:繩證反。車乘也。一云兵車。(卷十五第一葉,867 頁)

案:兵車,宋刻《經典釋文》、通志堂本同,盧文弨《考證》云:“一云‘丘乘’。舊作‘一云兵車’,譌。今從浦氏鏜校改。”阮元、黃焯並以盧改爲非。(《彙校》152 頁)宋版《左氏音義》作“兵乘”,金澤本、龍山書院本等並同。乘爲有兵士之車,隱公元年“帥車二百乘”杜預注云:“古者兵車一乘,甲士三人,步卒七十二人。”乘又引申爲兵車上之士卒,隱公元年“具卒乘”,杜預注云:“乘,車士。”孔穎達疏(襄十三年“率其卒乘官屬”)云:“從車曰卒,在車曰乘。”陸德明釋“之乘”,既曰“車乘”,則“一云”之釋義當與之不同,“兵車”與“車乘”語義不殊,自當以作“兵乘”爲宜。陸以“車乘”“兵乘”區分,正本杜預之説。

2. 馬膺:於稜反。(卷十五第九葉,883 頁)

案:反切下字,宋刻《經典釋文》作“移”,通志堂本改爲“稜”,黃焯《彙校》云“北宋本作‘陵’,是也。”(153 頁)宋版《左氏音義》、龍山書院本、盧文弨本皆作“陵”。盧校蓋據註疏本改。金澤寫本作“烝”。膺、陵、烝皆三等開口蒸韻,稜爲一等開口登韻,通志堂本所改不確。

3. 那處:那又作明,同。乃多反。下昌呂反,又昌慮反。(卷十五第十七葉,899 頁)

案:“又作”字,宋刻《經典釋文》作“明”,通志堂本作“**胭**”,盧文弨本作“**明**”,宋

---

① 張涌泉《敦煌俗字研究》(第二版),上海,上海教育出版社,2015 年,頁 504。
② 黃焯《經典釋文彙校》,影印中華書局本,武漢,武漢大學出版社,2008 年。下文引用同此版本。
③ 張涌泉《敦煌寫本文獻學》,蘭州,甘肅教育出版社,2011 年,頁 662。

版《左氏音義》作"䎶"，龍山書院本作"䎲"，黃焯引顧之逵云"睸乃聤之誤"，顧之逵凡見兩宋本，皆作"聤"（155頁）。金澤寫本正作"聤"（聤）。宋版《左氏音義》之"䎲"即"聤"之譌。

4. 二嫡：都歷反。（卷十五第五葉，875頁）

案：都，宋刻《經典釋文》、宋版《左氏音義》同，通志堂本、盧文弨本改作"丁"。《經典釋文》凡音嫡二十次，有十七此反切作"丁歷反"，兩次作"都歷反"（本處及《毛詩·國風·江有汜》，218頁），一次直音爲"的"（《左傳·僖八年》，1226頁）。金澤寫本、龍山書院本皆同作"丁"，盧改是，宋版《左氏音義》殆經宋人改動。

5. 湔也：音薦。王音贊。一音箭。又音賤。（卷十六第四葉，925頁）

案：賤，宋刻《經典釋文》本、通志堂本、盧文弨本同，宋版《左氏音義》、龍山書院本、金澤寫本作"牋"。湔、薦、贊、箭、牋皆精紐，賤爲從紐，疑作"賤"非。

6. 鞞：補頂反。鞛：布孔反。鞞鞛，刀削之飾。（卷十五第八葉，882頁）

案：鞞，宋刻《經典釋文》、通志堂本、盧文弨本同，宋版《左氏音義》、金澤寫本、龍山書院本作"鞸"①。興國軍本《春秋經傳集解》經文作"鞞"，而金澤寫本、龍山書院本經文作"鞸"。上圖藏宋纂圖互注本《春秋經傳集解》②經文作"鞞"，《釋文》作"鞸"。鞞，《說文》訓爲"刀室也"，《集韻》音補頂反。鞸，《廣韻》以爲即"韠"之俗字（音卑吉切），《說文》"韠，韨也"，即蔽膝。《毛詩註疏》南宋刻本《瞻彼洛矣》"鞞琫有珌"，附《釋文》"鞞，字或作琕，補頂反。《說文》云，刀室也。"宋刻《經典釋文》同。南宋刻《毛詩註疏》經文作"鞸"，《釋文》作"鞞"。唐石經經文作"鞞"。南宋刻《增修互註禮部韻略》"鞞"引《詩》作"鞸"，又引《釋文》"字或作琕"。可見義爲刀室之"鞞"又作"鞸"。

7. 婁盟：力具反。本又作屢，音同。（卷十五第十一葉，888頁）

案："婁盟，本又作屢"，宋刻《經典釋文》、通志堂本、盧文弨本同，宋版《左氏音義》、金澤寫本、龍山書院本作"屢盟，本又作婁"。金澤寫本、龍山書院本、興國軍本《春秋經傳集解》經文作"屢"，黃焯引英倫藏本斷片亦作"屢"（154頁），故宋版《左氏音義》引經文如此。

（三）與龍山書院本同

1. 而烝：之丞反。（卷十五第十葉，885頁）

案：反切下字，宋刻《經典釋文》、通志堂本、盧文弨本作"丞"，宋版《左氏音義》、龍

---

① 兩鞸字皆然。
② 《中華再造善本·唐宋編》影印此本。

山書院本、金澤寫本皆作"承"。

2. 鄑：子斯反。（卷十五第十三葉，891頁）

案：鄑反切下字，宋刻《經典釋文》、宋版《左氏音義》、盧文弨本作"斯"。龍山書院本、金澤寫本俱作"斯"。通志堂本改爲"靳"。黄焯《彙校》引段玉裁説"斯字是"（154頁）。莊十一年又音"鄑"，黄校引陳奐説，莊元年杜預注："鄑，北海都昌縣西有訾城。"莊十一年杜預注云"鄑，魯地也"，《説文》云"鄑，宋魯間地也。"蓋本有兩鄑，一在紀國（莊元年），一在宋魯之間（莊十一年）。黄焯引《集韻》鄑字釋"宋魯地"者音"即刃切"，篇韻多本釋文，疑陸元朗書本不作"子斯反"（155頁）。黄兩處意見不同，疑而未定。《類篇》鄑字有兩音，一將支切，一即刃切，皆釋爲"宋魯地"，其説本兩歧，似亦未可據以疑陸。《儒藏》本《經典釋文》據通志堂本改爲"靳"（620頁），非。

3. 在櫟：音歷。或音書灼反。（卷十五第十三葉，892頁）

案：灼，宋刻《經典釋文》、宋版《左氏音義》同，通志堂本、盧文弨本改爲"約"，龍山書院本、金澤寫本俱作"灼"。

4. 子般：音班。林作班。（卷十七第十三葉，993頁）

案：林，宋刻《經典釋文》作"牀"，通志堂本改作"林"，盧文弨從山井鼎説，補"字"字，作"《字林》作班"。此於文例不合，盧改非是。宋版《左氏音義》作"亦"，何焯校本（撫州本）亦作"亦"，阮元以作"亦"是，黄焯校從阮説（166頁）。"牀"字不見於字書，蓋剜補時合"本亦"二字爲一字。金澤寫本經文作"子班"，字旁釋文云："本亦作般，同。"龍山書院本經文、釋文與金澤本同。《儒藏》本從通志堂本作"林"（686頁），失之。

5. 靳之：居覲反。戲而相媿曰靳。服云，恥而惡之曰靳。（卷十五第十五葉，896頁）

案：媿，宋刻《經典釋文》作"婢"，宋版《左氏音義》、通志堂本、盧文弨本皆作"媿"。"戲而相媿曰靳"乃引杜預注，龍山書院本釋文脱此句。金澤本"靳"字左下旁注反切，另有出文列於書眉，作："靳，居覲反。脹（服）云，恥而惡之曰靳。"金澤寫本亦無杜注語。《儒藏》本作"婢"，誤。

6. 徧舞：音遍。（卷十五第十七葉，900頁）

案：徧舞，宋刻《經典釋文》、通志堂本、盧文弨本、《儒藏》本同。宋版《左氏音義》作"舞徧"。舞徧乃杜預注文，龍山書院本、金澤寫本注文皆作"舞徧"。莊二十年有"徧舞：音遍"（卷十五第十七葉，900頁），蓋涉前文而誤。

7. 耄：至報反。八十曰耄。（卷十五第五葉，875頁）

案：至，宋刻《經典釋文》、通志堂本同，盧文弨本改爲"莫"，宋版《左氏音義》作

"毛"。案耄、莫、毛爲明母,盧所改是。金澤寫本、龍山書院本皆同作"毛"。《經典釋文》音耄(耄)凡九見,其中六次音"莫報反"(《尚書·大禹謨》,149頁;《尚書·微子》,171頁;《尚書·吕刑》,149頁;《毛詩·大雅·行葦》,364頁;《毛詩·大雅·板》,371頁;《毛詩·大雅·抑》,376頁;《左傳·昭元年》,1068頁),《尚書·吕刑》音"毛報反。《切韻》莫報反"(197頁),《周禮·秋官·司儀》:"諸侯毛:毛謂鬚髮也。劉本作耄,音毛。"(530頁)

8. 般庚:步干反。本又作盤。(卷十五第十六葉,897頁)

案:干,宋版《左氏音義》作"丹",此版爲補版。龍山書院本、金澤寫本亦作"丹"。莊二十二年"鑿"字反切(卷十五第十七葉,900頁),宋刻《經典釋文》作"步干反",龍山書院本同,宋版《左氏音義》亦作"步丹反",金澤寫本①、《四部叢刊》影印宋巾箱本《春秋經傳集解》亦作"步丹反"。

9. 覆:扶又反。注及下同。伏兵也。(卷十五第六葉,878頁)

案:宋刻《經典釋文》出字作"覆",宋版《左氏音義》出字作"三覆",黄焯引何焯校亦作"三覆"。"伏兵也",宋刻《經典釋文》、宋版《左氏音義》、通志堂本、盧文弨本、《儒藏》本同。龍山書院本、金澤寫本皆無此三字,蓋此三字與杜預注同,附釋文本避複而删。

10. 嚴邑:五銜反。本又作巖。(卷十五第三葉,871頁)

案:嚴邑,宋刻《經典釋文》、通志堂本、盧文弨本同,宋版《左氏音義》作"巖邑"。"本又作巖",宋刻《經典釋文》、通志堂本、盧文弨本同,宋版《左氏音義》作"嚴邑"。案,"嚴邑",金澤寫本、興國軍本、龍山書院本《春秋經傳集解》經文皆作"巖邑",故三本釋文皆作"巖邑",下"本又作巖",三本皆作"本又作嚴"。

11. 公謫:直革反。責也。王又丁革反。謫譴:遣戰反。(卷十五第十三葉,891頁)

案:謫,宋刻《經典釋文》、宋版《左氏音義》同,通志堂本、盧文弨本改爲"讁",《儒藏》本《經典釋文》從通志堂本。龍山書院本、金澤寫本經注、釋文並作"讁"。"謫、讁"字通,各存其異可也。

(四) 文本與龍山書院本不同

1. 于洮:他刀反。(卷十五第十八葉,902頁)

案:他,宋刻《經典釋文》、宋版《左氏音義》、金澤寫本、《四部叢刊》本同,通志堂

---

① 金澤寫本此處有兩個讀音,一爲字旁所注讀音"步丹反",一個書頁眉所引此條釋文全文,音作"步干反"。

本、盧文弨本作"徒"，龍山書院本亦作"徒"。洮，在《刊謬補缺切韻》中屬透紐，其反切上字當以作"他"爲是。

2. 虢叔：瓜百反。國名。（卷十五第三葉，871 頁）

案：百，宋刻《經典釋文》、通志堂本、盧文弨本、金澤寫本同。宋版《左氏音義》作"伯"，與龍山書院本同。《尚書音義》音虢皆作"寡白反"（《禹貢》158 頁，《説命上》169 頁）。又《君奭》篇釋曰："虢：寡白反。徐公伯反。"（189 頁）《左傳音義》（通志堂本）音虢皆作"瓜百反"（隱公第一，871 頁；襄公傳二十九年，1055 頁；昭公元年，1065 頁；昭公二年，1087 頁）。《爾雅音義》音作"寡伯反"（釋詁，1596 頁）。百、伯音韻地位相同，形近易譌。《尚書音義》經宋人修訂，其反切下字作"伯"，蓋即宋人所改。宋版《左氏音義》作"伯"蓋亦經宋人改動者。

3. 桀紂：直久反。（卷十五第十五葉，895 頁）

案：久，宋刻《經典釋文》、通志堂本、盧文弨本同，宋版《左氏音義》作"友"。龍山書院本作"久"，金澤寫本作"九"。《經典釋文》凡音紂十四次，反切下字，一次作"丑"，五次作"九"，六次作"久"，兩次作"又"。

4. 齊侯送姜氏：本或作"送姜氏于讙"。（卷十五第九葉，884 頁）

案：讙，宋刻《經典釋文》本、通志堂本、盧文弨本同，宋版《左氏音義》、龍山書院本作"驩"。金澤寫本無此條釋文，經文作"齊侯送姜氏于讙"。讙爲魯地，越刊八行本《春秋左傳註疏》經文亦作"讙"。此傳經文作"九月，齊侯送姜氏于讙"。陳樹華《春秋經傳集解考正》云："《水經注》引傳作'齊侯送姜氏於下讙'。"①

（五）金澤本據晚出版本改動

1. 子狐：音胡。交質：音致下同。（卷十五第四葉，873 頁）

案：宋刻《經典釋文》、宋版《左氏音義》、通志堂本皆先"子狐"後"交質"，盧文弨本乙，《儒藏》本《經典釋文》從盧説乙（609 頁）。龍山書院本與宋版《左氏音義》同。金澤寫本於"子狐"、"交質"有乙文符號，是金澤本本與宋本同，後人據晚出版本改。覈諸經文，理當先"子狐"後"交質"，然宋本所據或爲較早來源，其所據經文或與今本不同。

2. 沚：音止。本又作沚。亦音市，小渚也。（卷十五第四葉，873 頁）

案：沚，宋刻《經典釋文》、通志堂本、盧文弨本、金澤寫本同，宋版《左氏音義》作

<hr>

① 　陳樹華《春秋經傳集解考正》，《續修四庫全書》（第 142 册）影印國家圖書館藏清鈔本，頁 96。

“洔”。細察其版刻痕跡，似有剜改之跡。蓋其原文本作“時”，而興國軍本《春秋經傳集解》經文作“泜”，故改從“氵”，而未及剜改“寺”旁。龍山書院本《春秋經傳集解》經文作“泜”，故其釋文作：“泜：音止。亦音市。本又作時。”金澤本經文作“時”，尚存《經典釋文》所摘經文之舊，然其所附“釋文”與龍山書院本同。

（六）承上省文例

1. 之椽：直專反。榱也。圓曰椽，方曰桷。《說文》云，周謂之椽，齊魯謂之桷。（卷十五第十二葉，889頁）

案：“周謂之椽”，宋刻《經典釋文》、宋版《左氏音義》、通志堂本並同，盧文弨本改作“周謂之榱”，《儒藏》本《經典釋文》復據盧本改。盧文弨《考證》云“舊作‘周謂之椽’，案《說文》云‘榱，秦名爲屋椽。周謂之榱。’今依本書改正。”段玉裁改今本《說文》“周謂之榱”爲“周謂之椽”，謂：“今依《左傳》桓十四年音義、《周易·漸》卦音義正。”（《說文解字注》卷六第三十四葉）王筠與段玉裁改同，所據則爲《太平御覽》引文，並云：“《左傳》‘宋伐鄭，以大宮之椽歸，爲盧門之椽。’宋鄭皆在豫州，與周室近。”（《說文解字句讀》卷十一第二十四葉）《儒藏》本《經典釋文》據盧校改作“榱”（619頁）。古本所引，互有異同，不必據今本《說文》改《經典釋文》，各存其異可也。金澤本無“榱也”，“周謂之椽”省作“周謂之”，無由斷定其字作“榱”抑或是“椽”。金澤本釋義中若與出字同，往往而省，故此處“周謂之”當爲“椽”，與宋本釋文同。

（七）旁注漢字不盡爲釋文例

桓公傳十五年“鄭伯患之”，金澤本“鄭”右下有小字“厲公”。《釋文》例不注此類，且所注在左旁。故此當非《釋文》，乃讀其書者所加。

綜上所述，日本宮內廳書陵部藏寫本《春秋經傳集解》乃後世學習《左傳》者所加，其文本與現存各本《釋文》不盡相同，其來源可能較爲複雜，經過了學習者的有意選擇，既保存了早期文本，於義爲長；又混入晚期文本，尤其是與南宋以後坊刻本所附音義之文本（龍山書院本爲代表）相同之處頗多。也就是説，這一寫本受到南宋刻本的影響。這對於我們理解日本藏古鈔本的文本來源有一定意義，由此也看到寫本與刻本文本互動的複雜性。同時我們也看到十三世紀的日本讀書人，在學習《左傳》之時，就已經注意參考從中國舶來的經書文本，由此也可略窺中國書籍如何影響日本閱讀經典。

參考文獻

經典釋文,哈佛大學藏通志堂本。

經典釋文,盧文弨刊本。

經典釋文,宋刻元修本,上海古籍出版社,1985 年。

經典釋文,《儒藏》精華編,北京大學出版社,2017 年。

春秋左氏音義,日本尊經閣藏宋刻本。

春秋左傳集解,日本宮内廳書陵部藏古鈔本。

春秋左傳集解,《中華再造善本》影印宋刻龍山書院本。

春秋左傳集解,《中華再造善本》影印上海圖書館藏宋刻巾箱本。

春秋左傳集解,《中華再造善本》影印上海圖書館藏宋刻本。

黄焯: 經典釋文彙校,武漢大學出版社,2008 年。

（作者爲北京師範大學人文和社會科學高等研究院講師）

金澤文庫舊藏本《本朝續文粹》及其整理研究[*]

孫士超

《本朝續文粹》(以下簡稱《續文粹》)收録平安時代後期漢詩文 232 篇,編撰體例沿襲《本朝文粹》,被視爲《本朝文粹》的續篇,與《本朝無題詩》《朝野群載》一起,成爲了解平安後期漢詩文的一部重要漢詩文詞華集。然《續文粹》成書後,非但不像《本朝文粹》一樣受到歷代儒者學人的追捧,反而飽受"冷落",其表現之一便是《本朝文粹》早在寬永六年(1629)就有了活字本,而《續文粹》直至明治二十九年(1896)才有活字版,比《本朝文粹》的活字版晚了二百多年。隨著内閣文庫收藏金澤文庫舊藏本的複製、公開,《續文粹》開始受到學界關注,山岸德平、佐藤道生等對《續文粹》的成立、構成和撰者等進行了詳細考述①,一些諸如文體研究方面的成果也不斷問世。文獻整理方面,在明治二十九年活字本基礎上,圖書刊行會本、《校注日本文學大系》本等整理本相繼出現。這些整理本各具特色,又不同程度地存在一些脱漏、錯訛之處。隨著《續文粹》寫本的不斷公開,有必要對《續文粹》的版本進行進一步梳理並進行仔細校勘,糾正現有整理本的粗疏之處。

筆者對《續文粹》的版本進行了重新梳理並對金澤文庫舊藏《續文粹》寫本進行了底本式校勘整理,現基於具體的整理工作,對《續文粹》的版本特徵以及《續文粹》寫本整理的範式和原則等問題略作説明。

一、《本朝續文粹》成書及構成

《本朝續文粹》全書共十三卷,收録自後一條天皇寬仁二年(1017)至崇德天皇保延

---

* 本文爲國家社科基金重大項目"日本漢文古寫本整理與研究"(14ZDB085)、國家社科基金一般項目"唐代科舉文化影響下的日本古代試律試策文學研究"(16BWW025)階段性成果。

① 山岸德平《〈本朝續文粹〉解説》,載《日本漢文學研究》,東京,有精堂,1972 年,頁 122—129;佐藤道生《〈本朝續文粹〉解題》,載《日本漢學研究》2010 年第 3 號,頁 1—16。

六年(1140)之間約 120 年間的漢詩文作品 232 篇,其中文章占絶大部分,詩僅 4 首。主要作者有藤原敦光(1064—1144)、大江匡房(1041—1111)、藤原明衡(989—1066)等40 位。

《續文粹》所收作品中,標註有確切創作時間者,最晚爲藤原敦光於崇德天皇保延六年(1140)七月十三日作《辭准後表》,當然,由於《續文粹》所收作品中不記確切創作時間者亦不在少數,因此,尚不能判斷保延六年爲時代最晚作品,但《續文粹》成書於保延六年之後不久,這已經成爲學界的共識。山岸德平氏據此進一步推斷《續文粹》應當成立於保延六年至近衛天皇天養年間,即 1140 至 1144 年之間。

《續文粹》(內閣文庫藏金澤文庫舊藏本)共分十三卷,其文體分類和排列順序基本沿襲《本朝文粹》,各卷具體構成和所收篇數(文體後標註阿拉伯數字爲篇數)如下:

卷一:賦 5、雜詩 4(古調 3、越調 1);

卷二:詔 2、敕答 4、位記 1、勘文 1;

卷三:策問 12、對策 12;

卷四:表 19(賀表 2、辭表 17);

卷五:表(辭表)9、辭狀 15;

卷六:奏狀 13;

卷七:書狀 6、施入狀 5;

卷八:序 27(譜序 1、詩序 26);

卷九:序(詩序 18);

卷十:序 24(詩序 6、和歌序 18);

卷十一:詞 1、贊 11、論 1、銘 4、記 7、牒 1、都狀 1、定文 1;

卷十二:祭文 1、咒願文 2、表白 2、願文 8;

卷十三:願文 14、諷誦文 1。

從上面統計可知,《續文粹》所收文體要比《本朝文粹》少,比如《本朝文粹》卷一"雜詩"中的"字訓""離合""三言""江南曲",卷二中的"敕符""官符""意見封事",卷八中的"書序"以及卷十二中的"起請文""奉行文""禁制文""怠狀""落書"等文體,《續文粹》中均沒有收錄。當然,《續文粹》所收"施入狀""都狀""定文"等三種文體,亦不見於《本朝文粹》。另外,在卷數、所收作品數等方面,二者亦有差異,與《文粹》十四卷相比,金澤文庫本《續文粹》爲十三卷,少了一卷,而且所收作品數亦僅相當於《本朝文粹》的二分之一多一點。

關於《續文粹》的撰者,《本朝書籍目録·類聚部》有“《續文粹》,十四卷,季綱撰”之記載。松下見林在元禄十三年(1700)所作《本朝續文粹序》中引用了《本朝書籍目録》的這一説法:“《日本書籍目録》載《續本朝文粹》十四卷,季綱撰。按:季綱姓藤原,所謂南家儒者也。”①需要指出的是,松下見林當初是受京都書肆之邀,爲《續文粹》加點並作序以備刊行之用的,後因種種原因,該集並未刊行,但松下見林所作之序却被廣爲傳抄,流傳甚廣。松下見林的這一觀點,亦爲學界所接受,後來,尾崎雅嘉《群書一覽》,岡本保孝《難波江五》等均視《續文粹》撰者爲藤原季綱。

藤原季綱,生卒年不詳,爲文章博士藤原實範之子。季綱作爲平安後期儒者而負有盛名。天喜四年(1056)以文章生身份應詔參加“殿上詩合”,可見其詩文才能當時已頗受天皇賞識,同年,對策及第(《朝野群載》卷十三《請殊蒙天裁因准先例給方略宣旨令課試文章生正六位上藤原季綱狀》②),歷任備前守、越後守,至從四位上大學頭。其文亦收於《朝野群載》,另有詩文見於《本朝無題詩》。山岸德平徵引《中右記》康和四年(1102)九月十一日條“故季綱所撰之檢非違使廳日記十一卷,令見給,且又……”,又同十四日條“故越後守季綱朝臣所撰,檢非違使廳日記十一卷,可見給者,仍從院,件書持參内……”,認爲“故季綱”之記載證明至少在康和四年九月,季綱已經去世,因此,他認爲藤原季綱爲《續文粹》撰者的説法不足爲信,並考證認爲《續文粹》應當爲藤原敦光後人或其門人弟子所撰③。目前,學界對山岸德平氏這一“式家儒者所撰”説基本持認同態度。佐藤道生在認可山岸氏説法基礎上,從藤原明衡與藤原季綱個人交往以及《文粹》與《續文粹》編撰意圖等方面,對《本朝書籍目録》所記進行了補充,詳細考證了藤原季綱作爲《續文粹》撰者的可能性④。

二、《本朝續文粹》的主要版本

2.1　《本朝續文粹》的主要寫本

内閣文庫所藏金澤文庫舊藏本《續文粹》爲鐮倉時代寫本,是已知現存最早的古寫本全本,爲金澤文庫創始者北條實時(1224—1276)於文永九年(1272)所抄寫。該寫本

---

① 松下見林《〈本朝續文粹〉序》,《本朝續文粹》,京都,山田聖華房,1896年,頁1。
② 《朝野群載》卷十三,《史籍集覽》第十八輯,頁284。
③ 山岸德平《〈本朝續文粹〉解説》,頁235。
④ 佐藤道生《〈本朝續文粹〉解題》,頁8—10。

曾於慶長七年（1602）轉爲德川家康所有。家康去世後，作爲“駿河御文庫”本收藏於紅葉山文庫。昭和三十年（1955）該寫本被指定爲“重要文化財”。

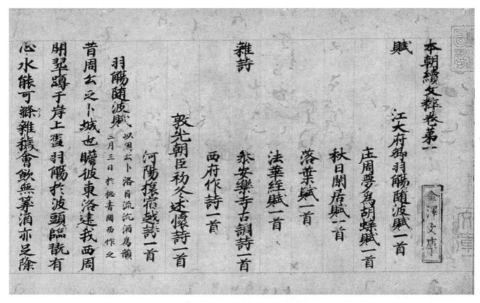

圖1　內閣文庫藏金澤文庫舊藏本《本朝續文粹》卷第一

現存金澤文庫舊藏本《續文粹》爲卷子本，共十三卷，十三軸。內文抄寫於“烏絲欄”①內，墨界十五字，筆體“遒勁古雅”，內文附朱、墨兩筆“乎古止（ヲコト）點”（卷九只附墨色校記，不見朱色“乎古止點”，卷十三朱色“乎古止點”和墨色校勘符號均無）、句點、旁訓，並偶有校異的注記，表明該寫本經異本和加點本校異，每卷首尾附有“金澤文庫”墨印。卷一之卷尾附有北條實時於文永九年（1272）所寫識語（圖2）：

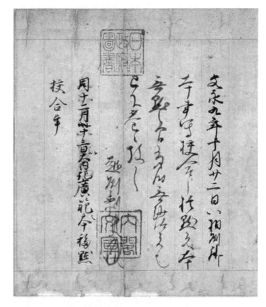

文永九年十月廿三日以相州御
本書寫校合了於點者本

圖2　金澤文庫舊藏本《本朝續文粹》卷一識語

① 古籍版本用語，謂書籍卷冊中，絹紙類有織成或畫成之界欄，紅色者謂之朱絲欄，黑色者謂之烏絲欄。“烏”形容其色黑，“絲”形容其界格之細。

　　無點之間當時無沙汰者也

　　已下卷卷放之

　　　　　越州刺史（花押）

　　同十二月以十三日以大内記廣範之本移點校合畢

　　據此識語可知,該本據北條實時相州御本——時宗本所寫,並校異、移點於大内記廣範本。由於《續文粹》在編纂成立直至明治時代的六七百年間均以寫本流傳於世,因此原文中存在不同程度的誤記、脱漏情況,給後世閱讀和研究造成一定困難。金澤文庫就藏本作爲已知現存最古的全本,其在《續文粹》的校勘整理中自然具有不可替代的價值。

　　除了上述内閣文庫所藏金澤文庫本外,據筆者考察,現存的各種《續文粹》寫本尚有不下 17 種:

　　1. 慶大圖書館所藏脇阪本。近世寫本,十四卷七册,每册兩卷和綴,朱表紙大開本,31×21 cm,八行十七字,附"乎古止點"和訓讀符號。

　　2. 静嘉堂所藏本(圖 3)。共十二册。茶色表紙,每頁八行十七字。卷首附"松阪學問所""紀伊國古學館之印"。第三卷尾附朱筆"以私本校合了""小中村清矩""慶應元年八月朔日功訖"等字樣,部分附"乎古止點"。

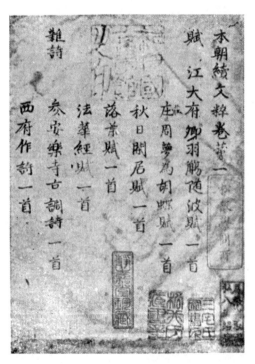

圖 3　静嘉堂藏松井本《續文粹》卷第一目録

　　3. 東大國文本居藏本。内、尾、外見"本朝續文粹"書名,十三册。

　　4. 富山市圖書館藏山田孝雄藏本。江户中期寫本,十三卷六册,附"□□藏書"印記。卷第一、二 47 帖,卷第三、四 68 帖,卷第五、六 72 帖,卷第七至九共 82 帖,卷第十、十一 61 帖,卷第十二、十三 73 帖。

　　5. 石川縣圖書館藏川口文庫藏本。袋綴綫裝本,共十三卷四册,阪仲文筆。

　　6. 刈穀圖書館藏村上文庫本。内、尾、外見"本朝續文粹"書名,十三册。

　　7. 蓬左文庫藏本。内、外、帙外見"本朝續文粹"書名。六冊。

8. 神宮文庫藏本（甲）。内、尾、外見"本朝續文粹"書名，七冊。

9. 神宮文庫藏本（乙本）（圖4）。内、尾、外見"本朝續文粹"書名，十三冊。

10. 陽明文庫藏本。内、目錄、尾、外見"本朝續文粹"書名，十三冊。

11. 三手文庫今井似閑藏本。内、目錄、尾、外見"本朝續文粹"書名，七冊。

12. 關西大學圖書館藏長澤文庫藏本。卷一至十三，十三冊。

13. 大和文華館藏本（圖5）。卷一至十三，四冊，現存膠片，共423幀。

14. 山口縣圖書館藏本。七冊。

15. 佐賀縣圖書館蓮池鍋島藏本。江户時期寫本，闕卷三、四。

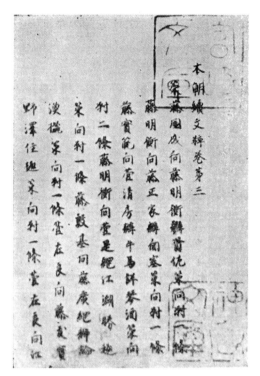

圖4　神宮文庫本（甲）《續文粹》卷第三首

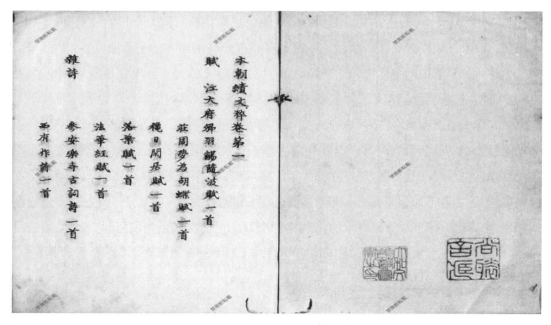

圖5　大和文華館藏《本朝續文粹》卷第一目錄

16. 鹿兒島大學玉里文庫本（圖6）。册子本，卷一至十三，共六册。

圖6　鹿兒島大學玉里文庫藏《續文粹》卷第一目録

17. 津市圖書館有造館藏本。江户後期寫本，橫刷毛目表紙，袋綴裝，十三卷五册。

以上所列十七種寫本，大多抄寫於江户時期，這是因爲直到明治二十九年，《續文粹》刊本才得以問世（後述），也就是所，在整個江户時期，《續文粹》仍然主要以寫本形式流傳，這也是我們今天所見《續文粹》寫本多爲江户時期寫本的主要原因。

上述所列寫本中的奈良大和文華館藏本（13）和鹿兒島大學玉里文庫藏本（16）都屬於江户時期寫本，二者已經有了複製本，其中大和文華館藏本内附“大和文華館圖書印”，鹿兒島大學玉里文庫藏本内附“鹿兒島大學附屬圖書館藏書印”以及“校本”等字樣，且正文前附《續文粹》作者及官職等。與鹿兒島大學玉里文庫藏本不同，大和文華館藏本正文前没有作者、官職等記録，從寫本特徵看，兩個寫本均爲每頁八行豎寫，每行十七字。從字體來看，雖然二者不如金澤文庫本字體整齊、美觀，但也書寫規範、大方。與大和文華館藏本相比，鹿兒島大學玉里文庫藏本的書寫略顯潦草。正如在其正文前所附“校本”兩字所示，鹿兒島大學玉里文庫藏本正文中偶有校異注記，而大和文華館藏本則没有校勘附記。

2.2　《本朝續文粹》的主要刊本

明治二十九年刊本（圖7）。早在寬永六年和正保四年，《本朝文粹》就有了木活字本(林道春序言本)和松永昌易校訂本,而二百多年後的明治二十九年九月,京都書肆聖華房菅原德長氏以菅氏本(卷首有"菅家原本"字樣)爲底本所刊印木活字版,該活字本通常稱被爲"菅家本"。該本爲已知《續文粹》的最早刊本,共十四卷七册,卷末附菅原德長"古書多以寫本傳,魯魚風鳳不一而足,然不可漫改,姑存疑以俟識者是正"①之識語。

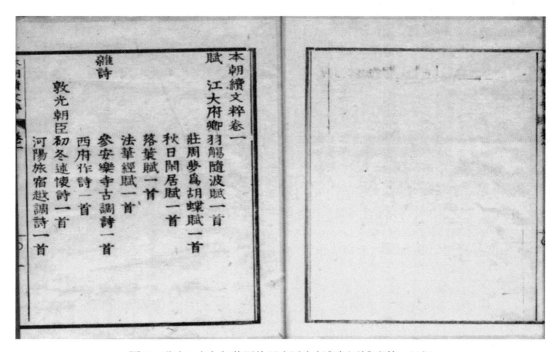

圖7　明治二十九年菅原德長木活字版《續文粹》卷第一目録

　　國書刊行會本(圖8)。繼明治二十九年木活字本後,大正七年(1918)四月,國書刊行會刊行了《文粹》與《續文粹》的合訂本,該本《續文粹》以金澤文庫舊藏本爲底本,並校以其他流通本,但訛誤、脱漏仍然不少,因此,該本並非是一個十分完備的善本。

　　《校注日本文學大系》第二十四卷所收本。該本以明治二十九年刊本爲底本,由國民圖書株式會社於昭和二年(1927)刊行,該本的最大特點是以"頭注"形式加入了佐久節氏的簡注。該版問世後廣泛流行於世,成爲《續文粹》的重要流通本之一。

　　《新訂增補國史大系》所收本。吉川弘文館昭和十六年(1941)刊《新訂增補國史大系》第二十九卷下收入《文粹》與《續文粹》合訂本。其中《續文粹》以金澤文庫就藏本爲

---

①　菅原德長《〈本朝續文粹〉跋》,載《本朝續文粹》,京都,山田聖華房,1896年。

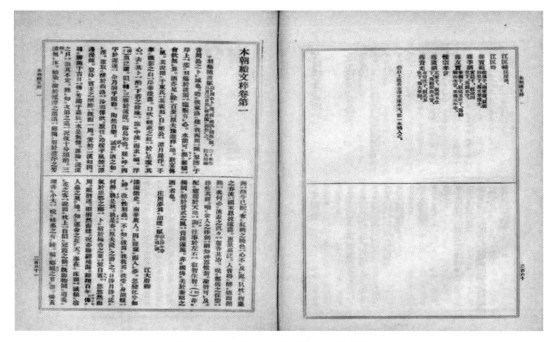

圖 8　國書刊行會本《本朝續文粹》卷第一

底本，同時參校了其他諸多寫本和活字本，是目前《續文粹》整理本中校勘較爲完備的一個刊本。

　　以上四個刊本前三者屬於明治二十九年刊本系統，而國史大係本則以金澤文庫本爲底本，屬於金澤本系統，這兩個系統的整理本文字校勘各具特色，但均不同程度地存在一些訛誤、脫漏等現象。下節就《續文粹》的重要寫本、刊本在文字校勘方面所存在的問題進行分析考察。

三、金澤文庫本《本朝續文粹》校勘整理相關問題

3.1　《續文粹》流通本的特點與存在問題

　　如前所述，《續文粹》存在國書刊行會、《校注日本文學大系》（以下稱"文學大系本"）以及《新訂增補國史大系》（以下稱"國史大系本"）等三個主要流通本。其中國史大系本《續文粹》以金澤又庫舊藏本爲底本，參校本有尾張德川黎明會藏本、水戶德川家編集《本朝文集》所收本以及明治二十九年刊東坊城德長氏校訂活字本等，並校之以《日本紀略》《扶桑略記》《本朝世紀》《中右記》《朝野群載》《本朝麗藻》等諸多典籍，同

時以"頭書"形式標出"據何本改"、"據何書補"等,可以説是目前三個流通本中校勘最爲詳細的一個版本。

國史大系本的最大特點就是盡可能地保存了底本的原貌。試舉一俗字的例子來説明這一問題。卷十二《白河法皇八幡一切經供養願文》(下簡稱《供養願文》)"整萬乘臨幸之儀"一句中的"整"字,底本作"憗",國史大系本亦録作"憗",而其他版本則校訂爲"整"。同樣的問題還存在下面這一俗字用例中,同願文"繼嗣益廣,以承皇統"一句中的"統"字,底本作統,國書刊行會和文學大係本均校訂爲"統"字,只有國史大系本直接録作"統",顯然輯録者把該字誤録爲"左糸,右上點下死"的結構,從俗字的角度很容易判斷出該字應爲"統"字的俗寫體。

當然,我們不能據此認爲國史大系的輯録者不了解俗字的用法,也許這正説明了輯録者的初衷,即最大限度地與底本保持一致。當然這一策略,也給今天的讀者和研究者造成了一些困難。因爲録本過於"忠實"於底本,對一些俗字、訛俗字等原文照録,且很多並不在"頭書"等注記當中加以説明,自然會造成理解上的困難。但是也恰恰是這一特性,賦予了國史大系本在《續文粹》重新整理中的重要參考意義。

與國史大系本相比,國書刊行會和文學大系本對底本俗字、訛俗字等進行了一些校訂,但並不全面,尤其是在斷句方面,這兩個版本存在較多錯誤,如"初冬十月下旬二日,便於祠壇展以齋席"的斷句就明顯不妥,而國史大系本"初冬十月,下旬二日,便於祠壇,展以齋席"的句讀則更爲合理。類似的例子還有很多,在此不再一一舉例。

在《續文粹》的三個寫本當中,金澤文庫本作爲書寫年代最古的全本,是目前所知可信度最高的一個善本,這恐怕也是後來的校録本多選擇其作爲底本的原因所在。

至於大和文華館和玉里文庫所藏本,前面已經指出,二者當屬於不同系統的本子。比如在對俗字的處理方面,二者就明顯不同。仍以卷十二《供養願文》"繼嗣益廣,以承皇統"一句中的"統"字爲例,玉里文庫本作統,而大和文華館本作則作統。將《敦煌俗字典》中"統"字寫法與二者比對,就能發現與玉里文庫本基本相同,這一點恰好也可以與其前面所附"校本"字樣相印證,表明其在俗字校訂方面獨具特色。

通過以上分析,可以明確的是,由於金澤文庫本書寫年代最古,保留內容最全,也最適合作爲重新整理《續文粹》的底本使用。而另外兩個江户時期寫本所具有的重要參校價值也是不容置疑的。至於通行本,如前所述,國史大系本無論從其對底本的忠實程度還是校異情況來看,都是一個較好的參校本,而同屬明治二十九年刊本系統且校訂較爲粗疏的國書刊行會本和文學大系本的參校價值要相對弱一些。

3.2　金澤文庫舊藏本的整理範式及原則

在金澤本《續文粹》整理中,首先要準確把握寫本文字周圍的一些特殊符號,例如句點、圈發符號等;其次是準確判斷寫本中大量使用的俗字;第三,從出典論的角度,徵引書證也是有效整理日本漢文寫本重要方法。下面結合實例進行詳細説明。

3.2.1　準確把握寫本中的句讀與圈發符號

在金澤文庫、玉里文庫和文華館本三個寫本中,金澤文庫本爲現存最早的寫本全本,其與其他兩個寫本的不同之處在於内文附有句讀、旁訓等圈發符號。而玉里文庫和文華館本則没有句讀點等圈發符號。其中玉里文庫本偶有校異注記出現,如在"先帝傳以九五之位"一句中"五"字右側標注"本作百"字樣。再如"依彼十部依彼十部專讀之功"一句中,"依彼十部"右標注"四字衍乎"。需要指出的是,寫本中的句讀點以及圈發符號等千差萬別,在校勘時需要特別注意。與刊本不同,寫本在抄寫過程中,經常會出現脱漏,抄寫者或者後人會參校其他本子進行補充,如卷十二願文上藤原敦光《鳥羽院參御熊野山願文》中"仍極妙極奇,匪雕匪刻"一句,原文中第一個"匪"後闕"雕匪"二字,校勘者在第一個"匪"字後加上兩個"小橢圓點",並在右邊補以"雕匪"二字。同願文"列仙之所窟宅也"句中"列"字下同樣標注兩個小橢圓點,並在右側補以"仙"字。但是,需要指出的是,這樣的校勘符號在古代的寫本中是不一致的,同樣以補闕字之點爲例,大和文華館本則以字下圓圈標注,如卷十二《供養願文》"併遊覺苑"一句"併"字後標注圓圈而在右下方補以"遊"字。而在大念佛寺抄本《毛詩二南殘卷》中,同樣的符號則以字下小圓點標出①。這就要求對於不同的寫本要做不同的分析,避免出現誤讀。

3.2.2　重視對寫本中俗字的校勘

在金澤文庫本《續文粹》的整理中,正確處理俗字至關重要。前面已經指出,無論是寫本還是通行本,都不同程度的存在俗字誤讀的情況。因此,有效利用俗字通例研究成果進行俗字校勘就顯得十分重要。

《續文粹》卷十二《供養願文》"繼嗣益廣,以承皇統"中的"統"字金澤文庫本原文作統,而國史人系本則直接録作"統",顯然,録者把該字看做了"左糹,右上點下死"

---

① 王曉平《大念佛寺抄本〈毛詩二南殘卷〉釋録》,載《國際中國文學研究集刊第二集》,上海,上海古籍出版社,2013 年,頁 44。

的結構。考之中國字書,均不收録該字。《説文解字》有"死"部,但不見"統"字。考之
《敦煌俗字典》可知,"統"的俗寫體爲"統",與大和文華館本 統,玉里文庫本 統
的寫法相同,據此可判斷,此處當爲"統","繼嗣益廣,以承皇統"的説法正確。

"自爾占每年沽洗之候,整萬乘臨幸之儀"一句中"整"字,金澤文庫本作"愸",國史
大系和國書刊行會本照録,而文華館本、玉里文庫本以及文學大系本均作"整"。《正字
通・心部》:"愸,俗整字"。《干禄字書》:"愸整,上俗下正。"《敦煌俗字典》亦收録該
字。《敦煌變文集・降魔變文》:"愸裹衣服女心意,化出威稜師子王"。P. 2965《佛説生
經》:"遣其太子,千百騎乘,皆使嚴愸。"《雙恩記》:"他也愸頓威儀。"

"律管遞奏,傳雅音於雲門"一句中"遞"字,金澤本作 遆。遆爲"遞"的俗字。
《敦煌俗字典》收録該字。《雙恩記》:"因此街坊人衆,遆互相我傳,裝裹衣裳,供給
茶飯。"

"唯須永永奉飾法樂,生生方持加護"一句中"飾"字,金澤本作 餙,國史大系、文
學大系本録作"餙"。《敦煌俗字典》: 餙 爲"飾"的俗字。並引胡適藏卷《降魔變文》:
"不向園來數日,倍加修飾勝長時。"按:"飾"字《敦煌變文集》録作"餙",不確。由此可
以判斷,此處當爲"飾"。

從以上所舉俗字例子不難看出,在金澤文庫舊藏本《續文粹》整理中,正確處理俗字
至關重要。這要求整理者應該掌握俗字知識。需要特別指出的是,一些日本古代寫本
中大量用字與敦煌俗字相近,因此,正確掌握敦煌俗字也是整理日本古寫本所必備的知
識之一。

3.2.3　書證與《續文粹》文字校勘

在金澤舊藏本《續文粹》整理中,單從俗字的角度,並不能解決所有問題。因爲寫本
情況複雜,存在訛誤、簡化、省筆等情況,這些也都在後來的録本中不同程度地存在。對
於這種情況,有時候我們可以借助於中國典籍,以出典論的觀點進行判斷,往往能收到
意想不到的結果。《供養願文》"緑耳馳蹄,驅麇鹿以雨血;青骹在臂,逐雉兔而風毛"一
句中的"骹"字,玉里文庫、國書刊行會、文學大系本均録作"鶻",而金澤文庫、國史大
系、大和文華館本則作"骹"。《説文解字》:"骹,脛也。從骨,交聲。口交切。"《爾雅・
釋畜》:"四骹皆白,驓。"郭璞注:"骹,膝下也。"《龍龕手鑒》:"骹,苦交反。脛近足近處
也。與跤同。"而對於"鶻"字,《説文解字》:"鶻,鶻鵃也。從鳥,骨聲。古忽切。"《爾
雅・釋鳥》:"鶻鳩,鶻鵃。"郭璞注:"似山雀而小,短尾,青黑色,多聲,今江東亦呼爲鶻

鵻。"郝懿行《爾雅·義疏》:"《左·昭十七年》疏引舍人曰:鵻鳩,一名鶻鵃。今之斑鳩也。"漢張衡《東京賦》:"鶬鶊秋棲,鶻鵃春鳴。"單憑以上字書對二字的解釋,很難判斷究竟是"青骹"還是"青鶻"。如果從出典論的角度進行考察,這一問題便可迎刃而解。晉張載《榷論》:"青骹繁霜,縶於籠中,何以效其撮東郭於轉下也。"《文選·張衡〈西京賦〉》卷二:"青骹摯於溝下,韓盧噬於緤末。"薛綜注:"青骹,鷹青脛者。"《文選·潘安仁〈射雉賦〉》卷九:"奮勁骹以角槎,瞵悍目以旁睞。"徐爰注:"骹,脛也。"唐章孝標《少年行》:"手抬白馬嘶春雪,臂竦青骹入暮雲。"結合以上出典,就不難判斷,"青骹"乃爲一種青腿的獵鷹,從而可以判斷,金澤等諸本是正確的。

　　還有很多可以借助於出典論觀點對《續文粹》進行的整理的例子。再如"赤縣誇雍熙之化,蒼生恣歡娛之情"一句中,金澤本系統作"懸",文學大系、國史大系本作"縣"。"赤懸"語意不通。《史記·孟子荀卿列傳》:"中國名曰赤縣神州";《梁書·元帝》:"斯蓋九州之赤縣,六合之樞。"按《洞玄靈寶諸天世界造化經》:"其黃曾天下,凡有九州,皆以小海環之,流通昆侖大海。我今教化之處,名曰赤縣小洲,中爲九州,法彼大洲者也。"即天下共有九大洲,中原爲九大洲中的一個洲,名爲赤縣,赤縣又分爲九個州。赤縣之九州即禹之序九州。據此出典,即可判斷此處當做"縣"。

3.3　底本式整理與校勘記撰寫

　　"底本式"整理是文獻整理的基礎,其目的在於描述底本原貌,直觀反映出底本與參校本的文字差異。基於對金澤文庫舊藏《續文粹》的整理,筆者認爲,校勘記撰寫要充分考慮以下幾個方面:

　　第一,中國文獻學與日本文獻學不盡相同,體現在文獻整理中的校勘記撰寫方式,兩國亦有區別。整理工作者首先要熟稔兩國文獻學,尤其是寫本文獻學之異同,做到二者融會貫通,取長補短,踐行"一字一句一標點都要中國式,不能中日混雜,不能不倫不類,說的都是專業話"這一日本漢文古寫本整理的總原則。

　　第二,正確處理寫本原件中的特殊文字和符號。日本漢文古寫本,文字周圍均不同程度地分佈著各種特殊文字和符號,只有正確把握這些符號,才能瞭解日人誦讀漢文經典的獨特方法和爲了創造這些方法所付出的艱苦努力。校勘記中應該儘量保留這些文字和特殊符號。這也是日本漢文寫本整理不同與我國寫本的特殊之處。

　　第三,校勘記以"文字校訂"爲主,校注合一。文字校訂包括對底本文字的訛、脫、衍、倒和錯簡等情況進行校勘和考證辨析,並寫入校勘記。對原文史實考證和重要詞語的注釋等需要注釋的部分從簡,不再專門撰寫注釋部分,而採用校勘、注釋相結合的方式。

第四,引據書證。對於日本歷史上律令官人用漢字創作的漢文寫本,要注意從日本典籍和中國典籍兩方面徵引書證。這是因爲,在日本古代漢文化發展過程中,由於各個時期的漢文接受水準不同,律令官人對中國典籍的接受狀況和理解水準也不一樣,這也反映在其漢文創作中,一方面表現出其努力學習中國漢文,在修辭、用典等方面與中國典籍一致的特徵;一方面又體現出與中國漢文的異質性,即"和習"性。因此,在校勘這些漢文寫本文字時,應該兼顧到日本和中國兩方面的書證,既兼顧到"繼承性",又兼顧到其"異質性",這也爲寫本研究打下了基礎。

第五,引用前人研究成果,要注明出處。寫本整理是一個動態的過程,隨著新材料的不斷發現和研究工作的持續開展,可以爲文字校勘源源不斷地提供新的資料。在校勘記撰寫過程中,要注明所引用參考文獻的出處,以體現出寫本整理的學術規範性。

第六,校勘記中不對不同意見進行討論和駁斥。校勘記撰寫不同於學術論文,除了要有明確的判斷外,應體現出簡介、明瞭原則。因此,如若對於所引參考文獻持有不同意見甚至批駁意見,不易在校勘記中體現,但是,可以寫成專文進行討論,這也是從校勘走向研究的必然階段。

當然,由於書寫年代、流傳範圍、傳抄程度各不相同,每個寫本都有其獨特的"個性",寫本整理應當根據每個寫本具體的"物質"特徵進行不同的處理,從這個意義上說,校勘記撰寫也不能一成不變、墨守成規,在日本漢詩文寫本整理過程中,創造性地吸收中日寫本文獻學各自的特點,融會貫通、發揮各自所長,撰寫出分屬各個寫本的獨一無二的校勘記,是我們的使命。

(作者爲河南師範大學副教授)

《百年中外文學學術交流史論》緒論

鮑國華

迄今爲止的一百年，是中國現代學術發生的一百年，也是中外學術頻繁交流的一百年。縱觀一百年來的中國學術史，最突出的特色就是中國的學術研究始終處於中外學術的交流之中，在交流中生成，亦在交流中嬗變。從晚清開始直至今日，大規模引進西方學術成果，與中國本土的學術理念相融會，一直是學術發展的主流。因此，百年來的中國學術史實質上就是一部中外學術交流的歷史。正是在百年來國門打開的背景下，中國的學術發展不再處於自我封閉的狀態中，而獲得了來自域外的理論參照，在中外學術（連同其背後的思想文化觀念）的碰撞與磨合中，中國學術的既有觀念獲得了新的理解與闡釋，既有的研究思路與範式也得以重新整合，逐步建立以科學實證觀念爲樞軸，以細密的學科分野爲外在形式的現代學術體系，並在此體系下開展和推進了各學科門類的研究。同時，由於中國在現代學術發展中的後進地位，不可避免地造成了學術交流中的"後發展"困境，其具體表現爲譯介國外成果多，引入國外學説多，效法國外模式多，而能够得到國際學術界普遍認可的成果、學説則相對較少（以理論研究爲甚）。而在當下的全球化浪潮中，國際學術交流日趨緊密而頻繁，已經成爲各學科研究的常態環節。因此，回顧並梳理百年來的中外學術交流史，在此基礎上理性地分析中國學術研究在國外學術研究的影響下嬗變發展的歷程，對明確中國學術研究在國際學術界中的地位、思考中國學術之於國際學術的使命、引導中國學術繼續前行而言，已經是一項急迫而必需的工程了。

一

1919 年，王國維先生爲祝賀前輩沈曾植先生七十壽辰，撰寫《沈乙庵先生七十壽序》一文,提出"國初之學大,乾嘉之學精,道咸以降之學新"①。王國維先生的上述論斷,旨在概括有清一代學術之流變,其評價道咸(1821—1861)以降的學術變革,對近百年來的中國學術也頗爲適用。從晚清民國迄今,西學東漸成爲中國學術之新流,並日漸成爲主流。毋庸置疑,中國的現代學術體系是在這一百年左右的時間裏,受域外影響而逐步建立起來的。除了學科建制、研究體系等外在因素基本是域外(尤其是西方)模式的翻版之外,支撐中國現代學術研究的學説信仰、研究範式等内在因素也基本取自域外。晚清以降,面對"三千年未有之大變局"(李鴻章語),對域外學術思想的接受,與漢末魏晉及唐代不同之處,就是始於被動,終於主動。始於被動,體現在晚清至民初,是指在鴉片戰爭後,中國的國門被西方列强的堅船利炮打開,域外學術思想隨之湧入,中國面臨變亦變、不變亦變的危局,面對域外學術思想,也就陷入接受亦接受、不接受亦接受的困境,不可避免地呈現出强烈的被動性。雖有所謂"中學爲體,西學爲用"之説,但大抵是被動之中的自我心理調適。事實上,"體"之不存,才是時人不願面對、却又不得不面對的真實狀況。終於主動,是指從新文化運動爆發至今,中國學人在危機之中迸發出巨大的潛能,在接受域外學術思想的過程中,逐漸重樹信心,由被動轉向主動,最終實現了對中國學術主體的重建。這一由被動到主動的重建過程,可以用北京大學前校長、教務長蔣夢麟先生的兩部著作《西潮》《新潮》來加以概況。在蔣夢麟看來,"《西潮》是寫由西方來的外力影響了内部的變動;《新潮》是寫内部自力的變動而形成了一股巨大潮流。雖然這種新潮的勃起,也可以説是受了西潮的激動,不過並不完全是受外來的影響,而是由内部自己發展起來的。'五四'前後北京大學學生羅家倫、傅斯年等發刊一本雜誌,也叫《新潮》,當時英文譯爲 *The Renaissance*,就是代表我國文化復興的意義。"②上述論斷,頗合於百年來中外學術交流的歷史軌轍:一方面是在域外學術思想的刺激下,觸發中國學術既有的潛力和生機,形成所謂"西潮"之影響;另一方面,則是中國學術在其自身的生成演進過程中,對域外學術思想的主動選擇,促成所謂"新潮"之誕生。縱覽百年來的中外學術交流史,域外與中國、西潮與新潮之間③,並非單純的影響與被影響,或所謂"衝擊—回應"模式所能概括,而是一個彼此間由不盡平等、到日趨平等的對話過

① 王國維:《沈乙庵先生七十壽序》,《王國維全集》第 8 卷,杭州,浙江教育出版社、廣州:廣東教育出版社,2010年版,頁 618。
② 蔣夢麟:《西潮·新潮》,長沙,嶽麓書社,2000 年,頁 274。
③ 百年來的域外學術思想,不能簡單地等同於"西潮"。所謂"西潮"只是特定歷史階段内中國學人對歐美學術思想的概稱,不能代表域外學術思想之全部。同樣,所謂"新潮"也不是百年來中國學術的唯一主題,而僅僅是中國現代學術思想生成演進的路徑之一。

程,體現出"互爲主體性"之關係。百年來中國學術思想之生成,固然受到"西潮"之滋養,也難以從根本上斷絕綿延數千年的中國傳統學術思想之血脈。事實上,百年來中國學術思想之"新",恰恰是本土與外來這兩股力量逐漸形成合力的結果。如果把中國傳統學術思想比喻成一條自上而下的縱坐標,把域外學術思想比喻成一條自西向東的橫坐標,百年來的中國學術思想就是在這兩條坐標的交匯處延伸出的一條新坐標、一個學術思想的新維度,其突出之處在於世界性。中國不再、也不能再自外於世界,繼續沉浸於"天朝上國"的迷夢裏;也不再、並不該再將自身視爲世界以外的"他者",急切地融入一個陌生而似乎又危機重重的環境中。以上兩種思路,看似背道而馳,其内在思路却有著驚人的一致性——將學術思想判然兩分爲我與你、中與西,或傳統與現代、野蠻與文明,而又著力強調其間的差異性和不可調和性等特質。這顯然是一種二元對立的思維模式。百年來中國學術思想的價值在於,在避免一元、突破二元的基礎上,努力實現一種多元性的思維與建構方式。對百年來的中國學術思想而言,世界本就是存在的,而中國就是世界的組成部分,這是無可爭辯的事實(當然還可以進行更爲多元的理解和闡釋)。因此,世界性就是百年來中國學術思想的先天特質,在世界文化視野中考察百年來中國的學術思想,應該是研究者的一個先在的視角。也就是説,在中外交流的視野中審視百年來中國學術思想的世界屬性,應該成爲學術研究的初心與常態。這不僅涉及如何"中國"、怎樣"學術"之類具有原初意義的學術命題,也會推動諸如經典學人與學術文本的研究視角和方法、學術體制與學術生成之關聯、以及中外古今新舊雅俗等具體研究思路的有效推進。

　　縱覽百年來的中外文學學術交流史,以下幾組關鍵詞不容忽視,即古今、中外、新舊、雅俗。對這幾組關鍵詞的不同取捨,使百年來的中國學術流派衆多、立場各異、聚訟紛紜。可以説,這幾組關鍵詞引領著百年來中國學術之風潮,維繫著百年來中外文學學術交流之命脈。

　　前文曾將古今、中外這兩組關鍵詞,比喻成兩大坐標。事實上,古今和中外在各成體系的同時,也存在明顯的相通性。中外學術思想的交流,在古代中國可謂源遠流長、影響至深,而域外的學術思想也有古今之分。在百年來的中外文學學術交流史上,古今與中外元素的獨特之處在於,原本歷時性存在的古今學術思想(包括域外學術思想中的古今),共時性地呈現於百年學術的版圖之中。也就是説,域外學術思想並没有按照其產生的先後次序進入中國,也没有按照中國本土學術思想產生的先後次序一一若合符節,展開順向的碰撞與融合,表現爲古内有今、中内有外、古内有外、今内亦有外的獨特形態。雙方原有的學術思想譜系均被打破,在彼此的重疊與倒錯中實現了全新的組合。這一古今、中外元素的獨特存在方式,使百年來中國對域外學術思想的接受,在難以避免的被動性中又隱曲地呈現出極其微妙的主動性,從而造成百年來中外文學學術交流過程中,彼此間的創造性誤解不斷出現:域外學人試圖在中國學術思想資源中尋找域外(即尋找自身,獲得認同),中國學人則努力在域外學術思想感召下發現中國:在《詩經》中尋找"寫實",在楚辭中感受"浪漫",在唐傳奇中發現"虛構"。出發點的不同和價值立場的差異,既形成對話與交流過程中難以調和的障礙,又在始料不及之中造就了碰撞與磨合的另類機緣。

與古今、中外相比,新舊、雅俗元素的意義則更爲顯豁。首先,新舊之爭貫穿於百年來的中外文學學術交流史。晚清民族危機的困局,使學術思想文化代變而代勝的進化論觀念在中國獲得了普遍的接受。從嚴復到胡適,幾代學人都成爲這一觀念的忠實擁護者和堅定鼓吹者。於是,新與舊由原本互爲主體的二元共存狀態,被悄然置換爲彼此不相容的二元對立關係。新勝於舊、唯新是尚成爲百年來絕大多數中國學人的集體無意識,並在中外學術思想交流的背景下,進一步被置換爲古與今、中與外、反動與進步、野蠻與文明。對進化的偏執,其中既有面對危機的無奈選擇,也有尋求富強的策略考慮。體現在文學研究中,主要是對科學主義的崇尚,以及對俗文學的高度關注。前者與對進化論的高揚相表裏,後者則逐漸促成百年來中外文學學術交流史上的一大宗尚,即由經入史、由雅入俗的俗文學研究。受域外學術思想的啓發,中國學人努力運用科學方法重新估價本土文學資源,借此推動中國文學研究的現代變革,面對中國古代經學和史學的統治地位,試圖通過將傳統經典的世俗化,達到去神聖性的目的,促使經學退隱和史學轉型。在文學研究領域,則借助俗文學觀念和視角,重構經典秩序、文類等級和文學史格局。例如,作爲經典的《詩經》被視爲民歌之集成,白話文學的地位得以凸顯,小説、戲曲由邊緣走向中心,歌謠、俚曲進入學術視野,都使俗文學研究成爲百年來的中國文學研究中最大膽也最具活力的新領域和新宗尚。於新舊之中擇其新,於雅俗之中取其俗,最終以新革舊,以俗化雅,百年來中國學人的學術理想,以實現民族復興的理想爲前提,又以域外學術思想爲參照,其理論視野之深度與限度,均源於此。

二

本書旨在考察百年來的中外文學學術交流史,從構成學術研究體系的各個環節,諸如學人、著作、觀念、體制、機構等入手,力圖全面梳理和分析百年來中外文學學術交流史的諸多層面,借此描繪出百年來中外文學學術交流的整體歷史圖景,從而建立這一學術領域的基本研究範式,並促進學術史研究的進一步延展和深入。同時,在研究過程中注重挖掘和整理出此前未受關注的新史料,以拓寬這一領域的理論視野和學術空間。

百年來中外文學學術交流史的一個突出特點,亦即突出意義在於,通過中外學術交流,重新定義了文學概念的內涵與外延。文學與文學研究在百年來得到了前所未有的價值轉換,學貫中外的幾代學人的重視和推崇,對這一轉換起到了至爲關鍵的作用。晚清學人在西學東漸的大背景下,重新審視了傳統中國"文以載道"的理念,既對"文"進行了全新的思考,又對"道"予以全新的定位,使文學成爲思想啟蒙與文化傳播的重要載體。新文化運動興起後,新一代學人則逐漸將純文學觀念納入學術視野,使之進入現代大學教育體制和出版體制,成爲學術研究對象,並建立起具有學科屬性的中國文學研究體系與格局。文學成爲中國學術研究領域中的一大顯學,吸引了大批傑出學人投入其中,是百年來中國學術史上的一個突出現象,甚至可以作爲一個文化事件來解讀。一方面,文學與文學研究的價值轉換,是百年來中國學人實現其思想文化主張的需要。幾代學人通過激揚文學與文學研究的生命活力,使之成爲顛覆傳統文化的思想資源,力圖借此建立新的思想文化秩序。另一方面,隨著純文學觀念的逐漸確立並深入人心,又反過來影響並規約了中國學人對"文學"的理解與想像的圖景,改變了既有的文學常識。文學與文學研究也不僅作爲讀書人的一項技藝,而逐漸與經學、史學相頡頏,從學術邊緣走向中心。文學家與文學研究者的地位亦因此獲得空前提高。百年來的中國學術史上,因文學研究而名世者,其數量遠超前代。可見,中國文學與文學研究的價值轉換,其意義不僅在於對中國文學學科的奠基,還在於中國學人努力將文學納入學術研究的視野,採用外來之文學史這一研究體式,並重構中國既有之文學理論和文學批評體系,預示並最終實現了一種新的思想認同與文化選擇。文學成爲學術,其影響不限於單一學科內部,還包括對學術理念與範疇的重新建構,對學術等級秩序的重新調整,以及對一種新的思想旨趣與文化宗尚的倡導和發揚。以上成績的取得,實有賴於百年來的中外文學學術交流,及其間中外文學學術思想的碰撞磨合。綜上可知,百年來的中國學術史,既是一段思想新變的歷程,又是一部中外學術交流的歷史。

考察百年來的中外文學學術交流史,關注代表學人與學說的你來我往、相互啟發,或重要研究領域的你爭我奪、相互砥礪,自是題中應有之義。然而,百年來中外文學學術交流史的研究範疇和意義,絕不能僅限於表面的人事往還,還應注重跨越文學領域的一些更爲深層的因素，諸如教育、出版、翻譯等。上述因素對百年來中外文學學術交流史的意義，可謂深入肌理。

先説教育。百餘年前引入的歐美大學理念和學制，逐漸促成現代中國的大學學制之建立，特別是國文門（中文系）的出現，使文學逐漸成爲大學教學與研究的對象，其學術和思想地位得到了有效提升。百年來的中國學人，絕大多數都有在大學任教的經歷，儘管相互間立場不同，理路各異，但在注重文學的審美和社會功能上，却達成了共識，並都借助大學教育和學術生産方式，承載其文學研究觀念。這不僅使文學得以登堂入室，蔚爲大觀，還培養了以之爲研究對象的新一代學人，實現了學術的薪火相傳。京師大學堂—北京大學、東南大學—中央大學、北京師範大學、清華大學、輔仁大學、燕京大學、西南聯合大學、復旦大學、中國人民大學、香港大學、臺灣大學等知名學府，均借助自身的教學與研究體制，對文學予以不同的定位和考察，推動文學研究的不斷深入。而現代大學教育本身就是中外學術交流的産物和載體。

再説出版。同樣在百餘年前，以機器印刷爲主要方式的現代出版業、連同報紙雜誌等出版物引入中國，中國現代出版業得以興起。這對傳播新思想、發動新學術起到了關鍵作用。百年來的中國學人大都注重借助現代出版業，發行其學術著作，傳播其學術觀念，出版機構也希望通過刊行知名學人的著述，擴大自身的影響力。無論是歷史最爲悠久的商務印書館，還是與之競爭的中華書局和泰東圖書局，還是後起的亞東圖書館、北新書局、文化生活出版社、良友書局、現代書局、生活書店等等，還是中華人民共和國成立後創辦的人民出版社、人民文學出版社、生活·讀書·新知三聯書店、譯林出版社，以及各大學出版社等等，都先後出版了大量的文學原典和研究著作，特別是經由學人參與的原典刊行，引導讀者以新的趣味和眼光閱讀中外文學，重新繪製了中外文學的經典化圖景，並由此重構了學人和廣大讀者眼中的文學觀念。

復説翻譯。翻譯爲百年來的中國文學研究增添了中外學術交流的底色。縱覽百年來的中國學術，可謂翻譯在先，撰著在後。百年來的中國學人通過譯介國外學術著作，既促成西學東漸之大潮，又實現彼此間的對話交流。百年來的文學與文學研究譯著，其數量不低於、甚至可能高於中國學人的撰著。百年來的傑出學人，如梁啟超、王國維、魯迅、周作人、胡適、傅斯年、陳寅恪、葉公超、梁宗岱、李健吾、朱光潛、馮至、徐梵澄、錢鍾書、王佐良、季羨林、金克木、查良錚、吳興華等，不僅在文學研究領域成績斐然，在翻譯領域也卓然成家，而且其翻譯成就絕不在撰著之下。對外國文學原典和理論著作的譯介，爲百年來的中國文學與文學研究提供了理論資源，並在此基礎上確立了文學研究的範疇、格局和方法。近年來成果卓著的漢籍外譯工程,實現了翻譯由"引進來"到"走出去"的轉變,展現出中國學術的新向度。

　　有鑒於此,本書力圖從中外文學學術交流的視角出發,考察百年來中國文學研究之興起與新變。首先通過史料梳證,釐清百年來中外文學學術交流的基本狀況,還原其歷史現場,展現其歷史原貌,從而建立百年來中外文學學術交流的歷史叙事,全面考察學術交流對中國文學和文學研究的觸發與形成作用,及其間中外學人的對話與論爭,全面凸顯中外學人或中國學人之間文學研究的不同立場與取徑之間的互動關係。在此基礎上,從世界學術的大背景出發,深入探討一些傑出學人、經典著作和重要研究機構的學術觀念和理論意識之於文學與文學研究的意義,文學作爲觀念和史料的功能,文學教育、出版、翻譯等關鍵因素,以及中國傳統學術的現代轉型等諸多問題,最終建立中外文學學術交流與百年來中國文學研究之間的學術譜系和關聯。

　　百年來的中外文學學術交流史,總體上引進大於輸出,中外學術事實上一直未能處於平等對話的狀態。這基於中國作爲"後發展"國家的困境,但缺乏真正的平等對話,總是處於求師與受教狀態,不利於中國學術的發展。20 世紀末至 21 世紀初,中國學界提出的"奉獻説",體現出對中外學術交流中域外對中國這一單向流動的强烈不滿,力圖糾正中國對域外學術思想缺乏深入思考而一味模仿的錯誤傾向。如何正視百年來中外學術相互碰撞與融合的複雜歷程,努力尋求與域外學術開展平等的理性對話的途徑,就越來越引起學者的關注。因此,本書也力圖在史料梳理和個案考察的基礎上,進行及時的理論探索和總結,借此尋求在中外文學學術交流過程中實現平等對話的必要性和可能性,並在此基礎上對中外文學學術交流史的前景做出展望。

　　(本文作者爲天津師範大學文學院教授,文學博士)

俄羅斯對新時期中國文學的研究

——以《中國精神文化大典》文學卷爲依據

李明濱

俄羅斯科學院遠東研究所所長季塔連科院士（М. Л. Титаренко）主編的《中國精神文化大典》（Энциклопедия《Духовная культура Китая》）自 2006 年至 2010 年相繼推出 6 卷本，東方文學出版社出版。其特點符合俄國漢學的"百科全書"傳統，内容全面、精確、方便查閱。

2009 年 6 月 12 日，在俄羅斯國慶日，主編季塔連科等榮獲俄羅斯國家獎①。2013 年 3 月 23 日習近平主席首次訪俄，高度讚揚説：俄羅斯科學院出版的《中國精神文化大典》，全面詮釋了中國五千多年博大精深的文化，集中體現了俄羅斯漢學研究的成果②。

一、該卷所列新時期中國文學家

2008 年推出的《大典》文學卷詞條中收錄中國新時期文學家 40 位：阿城、北島、王安憶、王蒙、王朔、鬼子、古華、顧城、格非、林白、李洱、李陀、路遥、劉心武、劉震雲、莫言、孫甘露、蘇童、鐵凝、方方、馮驥才、韓東、韓少功、殘雪、蔣子龍、賈平凹、錢鍾書、張愛玲、張抗抗、張賢亮、張潔、張承志、池莉、朱文、諶容、二月河、郁秀、余華、閻連科、姚雪垠，資料截至 2003 年。

另外列有文學思潮 6 個詞條，即傷痕文學、反思文學、尋根文學、改革文學、新寫實和先鋒小説，其中每條也都寫入若干位作家。不過，他們只是在詞條中被提及姓名，並未單列詞條，例如札維多夫斯卡婭所撰先鋒小説詞條中列舉代表作家馬原、格非、余華、

① Указ Президента Российской Федерации от 8 июня 2011г. №742//Российская газета, 10 июня 2011г.
② 杜尚澤、施曉慧、林雪丹、謝亞宏：《"文化交流是民心工程、未來工程"——記習近平主席會見俄漢學家、學習漢語的學生和媒體代表》，《人民日報》2013 年 3 月 25 日。

孫甘露、蘇童、葉兆言、洪峰等 10 人中只有四人單列詞條。

在綿延數千年的中國文學史上,《大典》專列詞條的作家共有 230 多人,而短短幾十年當代文學中就有 40 位作家單列詞條,足見編者對當代文學的偏重。所列詞條顯示了編者對新時期中國文壇進行了全面系統考察:

(1)理清文學思潮更替的脈絡,選出各自代表作家入典。

(2)重點突出當代文壇的實力派作家,由他們與文學思潮的作家構成當代文學興盛的局面。

(3)其他非現實主義文學流派的新現象,也未被忽視,而是加以列入,增光添彩。用作家名典來表示更顯得面與點結合,有研究深度,也使得文學圖景鮮明。因爲文學時代和文學思潮、流派的劃分畢竟是要以名作家爲標誌的,這樣也可免去用一般的綜述文章使人有混沌一片、見林不見木之感。以下按三類分別照錄大典所收入的代表作家詞條。

(一) 文學思潮更替類

當代文壇在 1979—1982 年出現傷痕文學、反思文學,1984 年有了"現代派"露面,不久即有尋根文學、鄉土文學相接續,文學景象多樣紛呈,各有代表作家加以顯示。

(1) 傷痕文學和反思文學

劉心武

劉心武,1942 年出生於四川成都,在中學時代就開始給報社投稿。1958—1966 年曾發表 70 多篇文章。1961 年中等師專畢業後開始在北京的中學任教,多年擔任班主任。1975 年發表他的第一部小説《醒來吧,弟弟》,1977 年發表《班主任》,"文革"多年以後給他帶來廣泛的聲譽。作者寫了一系列的中篇、短篇小説,極爲真實、生動、細緻地描寫了感人的情節。他的長篇《鐘鼓樓》獲全國第二屆茅盾文學獎,他的幾十篇短篇、中篇都譯爲俄文、英文、法文、日文等多國的文字。翻譯爲俄文的有熱絡霍夫采夫翻譯的《班主任》(1982)、《我愛每一片綠葉》(1983)、《相會在蘭州》(1985)、《公共汽車咏歎調》(1988)、《框住幸福》(1983)等。研究文章有齊賓娜寫的論文《論劉心武的小説》。

　　　　　　　　　　　　　　　　　　　　　　　熱絡霍夫采夫

馮驥才

馮驥才,1942 年出生於天津,青年時代當過專業的籃球隊員,也當過商販、工人,也曾任美術教員。1977年同人合著歷史長篇小説《義和拳》,後來由歷史題材轉向揭露"文革"現實的"傷痕文學"。他豐富的生活經歷使他作品的題材多樣化,具有廣闊的藝術眼界,深刻的心理洞察力,高度的文學技巧。馮驥才多次獲得文學獎,他創作短篇、中篇和長篇,同時也寫詩歌,而且舉行畫展。中篇小説《啊!》(1979)使他聞名全國。他的優秀作品有短篇《高女人和她的矮丈夫》(1982)、《感謝生活》(1984)、《神鞭》(1984)、《意大利小提琴》(1981)等。馮驥才是中國作協理事,天津作協的副主席。

　　翻譯成俄文的作品有《高女人和她的矮丈夫》(1984)、《啊!》(1985),還有《雕花煙斗》《書桌》《快手劉》,這三部作品都在1987年翻譯,《曠世奇人》在2003年被翻譯。研究文章有柯洛波娃論文《馮驥才作品中揭露"文革"題材的特點》(2004)、柯洛波娃《當代中國散文作家馮驥才的早期創作》(2006)、柯洛波娃《中國當代作家馮驥才創作中的故城的主題》(2006),載於"遠東文學研究"國際學術研討會會議論文集。

熱絡霍夫采夫

王　蒙

　　王蒙,1934年生於北京,是中國近幾十年來最著名的作家。王蒙出生於知識分子家庭,1948年加入中共地下黨,1955年開始發表作品。1956年發表小説《組織部來了個年輕人》使之名揚全國。1957年就被劃爲"右派",開除黨籍,派去"勞動改造",1978年平反,從1979—1980發表中短篇小説《春之聲》《海的夢》《夜的眼》《布禮》,這些小説採用了意識流的手法,在媒體上引起了支持新流派的反響,因此也被批判爲"違反傳統"。王蒙很努力創作,在2003年以前在國內外出版作品155種,包括在法、日、德、意、美、俄出版,而且多次獲得優秀作品獎。人民文學出版社出版王蒙作品集23卷。王蒙的基本體裁是寫知識分子和党的工作者、富裕的上層人的生活,描寫承認個性的自我價值,脱離保守和教條主義的思潮的運動。王蒙的寫作手法最爲鮮明地表現在其短篇小説中,他的創作充滿意識流手法,小説篇幅短小,充滿諷刺意味和主觀色彩。他的創作對中國當代文學有很深的影響,因此在2002年王蒙創作研究所成立。王蒙作品在文化和社會上的特殊作用被重視,文化部和教育部組織國際研討會,中國作協和中國海洋大學在2003年9月舉行王蒙創作50周年慶祝活動。王蒙在1985—2003是中共中央委員,1986—1989擔任文化部長,現今爲中國作協副主席,並出任中國作家協會名譽副主席,擔任中國海洋大學文學院院長。王蒙的主要作品有:長篇小説季節系列《戀愛的季節》《狂歡的季節》《失態的季節》《躊躇的季節》、中篇小説《布禮》《深的湖》。王蒙作品譯成俄文的有《組織部來了個年輕人》《活動變人形》《春之聲》《青春萬歲》《雜色》《山坡上向上的脚印》《湖光》《加拿大的月亮》等。2005 年舒盧諾娃作副博士,學位論文《中國作家王蒙作品和散文中的創作個性和創作理念》。

索羅金、托羅普采夫

(2) 尋根文學

韓少功

韓少功,1953 年出生於湖南長沙,"文革"時在農村度過 6 年,1974 年開始創作,當時在一座小城的文化宮工作。1978 年入湖南師範大學中文系,畢業後 1982 年當編輯,1984 年調入湖南作協,1987 年成爲湖南省作協的副主席。1988 年到海南島生活,1999 年創辦了《天涯》雜誌,成爲主編。1978—1985 這時期其創作的短篇和中篇小説是現實主義的,屬於傷痕文學和反思文學,兩部小説——《西望茅草地》《飛過藍天》分別於 1980 和 1981 獲得全國優秀作品獎。他早期的作品的代表作是《月蘭》(1979),寫了一個善良的農村女人的不幸死亡。她爲了一家人免於餓死,把雞放到公家地裏,被判定爲小資産階級的行爲。

1985 年韓少功寫了《文學的根》,表示要尋找中國文明之根,此後他被公認爲新的文學思潮"尋根文學"的領袖。他最著名的作品《爸爸爸》(1984)、《女女女》(1986),作者選擇了一種不同尋常的題材,與中國古代短篇作品有關,也同拉美魔幻現實主義有關。1996 年出版《馬橋詞典》,描寫公元前湖南省所在的楚地,尋找儒學的景觀,爲此他引起了國外評論家的關注。翻譯成俄文的作品有《西望茅草地》(1987)、《月蘭》(1988)。

胡吉雅托娃

莫 言

莫言,1955 年出生於山東高密,11 歲在"文革"期間停學。1976 年參軍,後得到提幹,在軍隊受到教育,1984 年到解放軍藝術學院學習,後到魯迅文學院研究生班學習。他 1981 年開始文學創作,1986 年加入中國作協,1997 年從軍隊轉業,成爲報紙的編輯。早期作品有《民間音樂》,作品使用現實主義手法,採取第三人稱叙事。從 80 年代中期開始他的寫作方法開始多樣化。在 1985 年引起讀者注意的是作品《透明的紅蘿蔔》,主人公是一個農村的孤兒,有敏感的内心世界。1986 年在《人民文學》發表中篇《紅高粱》,該作品使他獲得年度優秀中篇小説獎。由 1988 年張藝謀導演的電影《紅高粱》更使他的作品名揚世界,此部電影 1987 年獲柏林電影節金熊獎。小説用不大的篇幅描寫

1930 年代在抗日戰爭背景下一個家庭的動人故事。1987 年出版《紅高粱家族》,是由一個主人公聯繫起來的一系列中篇,融合了神話、傳說和誇張怪誕的故事。《紅高粱》之後評論界把莫言同尋根文學聯繫在一起。這是 1980 年在中國廣泛流行的文學流派。作家也承認他的作品受到了威廉·福克納、加西亞·馬爾克斯和派翠克·懷特的影響。莫言的作品有幾部長篇,幾十部中篇和大量的短篇。其中有作品集《透明的紅蘿蔔》《爆炸》《天堂蒜薹之歌》《十三步》《酒國》《豐乳肥臀》等,他作品的許多故事情節都發生在高密農村。他的作品已經翻譯成英、法、德、意、西、日、韓、俄等多國文字。

胡吉雅托娃

王安憶

王安憶,1954 年生於南京,她是劇作家王嘯平和著名女作家茹志鵑的女兒,1970 年中學畢業後被派到安徽農村從事勞動再教育,1972 年到徐州工作,1975 年開始文學創作,1978 年到上海《兒童時代》雜誌編輯部工作並初次發表作品,1980 年到中國作家協會文講所學習。1983 年參加美國愛荷華大學"國際寫作計劃"文學活動。從 1987 年開始成爲專業作家,她發表短篇小說 60 多部,中篇小說 30 餘部,7 部長篇小説以及大量的隨筆。1981 年她的《本次列車終點》獲全國優秀短篇小說獎。1982 年她的中篇小說《流逝》獲獎,1985 年其中篇小說《小鮑莊》獲獎,1996 年王安憶的長篇小説《長恨歌》獲得茅盾文學獎。王安憶現任上海作協主席,她的作品多次被譯成外文在國外出版。在俄國出版的有《本次列車終點》《桃之夭夭》《老康回來》《叔叔的故事》《海上繁華夢》等。國立俄羅斯阿穆爾國立大學教師 Д. В. 利沃夫在 2007 以論文《中國當代女作家王安憶的生活與創作》獲副博士論文。

熱洛霍夫采夫

(3) 鄉土文學

賈平凹

賈平凹,1953 年出生於陝西丹鳳縣,童年在農村度過,1972 年入西北大學中文系,畢業後當編輯。1973 年在西安發表處女作,1980 年加入中國作協,1983 年開始完全從事創作,1978 年短篇小說《滿月兒》獲全國文學獎。賈平凹是一個高產的作家,寫過大量的短篇、中篇和長篇,他熟悉西北農民的語言,作品飽含地方色彩,反應了改革促進農民的覺醒,因而常常處於評論界關注的中心。賈平凹開始是作爲地域性的作家,因此被視爲尋根文學的流派。作家很深入地瞭解農民的民間文化。賈平凹信仰佛教。他的長篇《浮躁》(1987)在美國獲獎。他的長篇《廢都》(1993)引起爭議,但是在中國現代文學中獲得讀者群體不同尋常的讚賞,這部小説屬於仿古典文學的幻想小説,他涉及到以往文學作品所未涉及的方面。但是作家並不熱衷於自然主義的細節的描寫,他描寫了權力階層人物之間的隱形關係。譯爲俄文的有《商州山》《金洞》《摸魚捉鱉的人》《小白菜》《祭父》《樹佛》等。研究文章有熱絡霍夫采夫 1996 年所撰論文《賈平凹長篇小説〈廢都〉中的佛教思想》,還有 2001 年韓丹星在聖彼得堡所寫副博士學位論文《現代作家賈平凹的創作》。

熱絡霍夫采夫

路 遥

路遥,1949 年出生於生於陝西榆林清澗縣,童年是在貧窮的山村度過的,中學未上完,便於 1969 年在村裏勞動,在農村學校當教師,1973 年上了延安大學中文系,開始寫作。他的短篇《驚人動魄的一幕》和中篇《人生》獲得全國優秀中篇小説獎,1991 年《平凡的世界》獲得茅盾文學獎。他的作品用感傷的筆調生動地描寫他所熟悉的山村的農民生活,對美好生活的嚮往,有強烈的地方色彩。他的作品《人生》已經於 1988 年被謝曼諾夫翻譯。

熱絡霍夫采夫

(二)實力派作家類

編者強調,當代文壇的主力是實力派作家,書中列舉了 10—20 位代表,其中又分列寫歷史、反映現實的兩大勁旅。

(4) 寫歷史的實力派作家
二月河

二月河,原名凌解放,1945 年出生在山西省昔陽縣,中學畢業後參軍,1978 年復員入南陽市委,後擔任河南作協副主席,是中國《紅樓夢》學會河南理事。他寫過大量研究《紅樓夢》的文章。二月河 40 歲開始文學創作。描寫清朝皇帝的三部曲,共 13 册,包括《康熙大帝》《雍正皇帝》《乾隆皇帝》。1999 年完成的《雍正皇帝》獲得河南省文學獎,並被拍成電視系列片,從此享譽國內外。二月河的創作滿足了讀者對於描寫歷史故事的日益增長的需求,這種需求從 80 年代末就開始了。在 90 年代二月河用創作保存了歷史現實真實性,精心選擇情節,同時突出了人物的性格。正如他自己所説:"之所以選擇這幾個清朝皇帝來寫,是因爲他們爲民族國家的統一作出了重大貢獻。"二月河的小說從敘事風格和結構的形成都和傳統的章回小說類似。二月河保持著中國歷史小說主要作家的地位,他的書被大量印行,在國外也大量傳播,他的名聲經久不衰。

札維多夫斯卡婭

姚雪垠

姚雪垠,1910 年出生於河南鄧縣,1999 年去世。他 40 年代的長篇小說一直没有再版過。1957 年被定爲"右派",他開始創作長篇小說《李自成》,這部小說寫了 42 年,直至臨終時刻。小說分卷出版,1963、1976、1981 出版前 3 卷。第二卷獲得茅盾文學獎。後這個年邁的作家被聘爲作協顧問。他的作品集出版 22 卷,其中有 10 卷是小説《李自成》。小説《李自成》對於 90 年代的中國歷史小說有重大的影響,到現在還被讀者特別關注和歡迎,把他當做 20 世紀重大歷史事件的記錄。研究文章有熱絡霍夫采夫的論文《中國文學家評論中國歷史小說》(2002)及《中國當代作家創作的特點——以姚雪垠和他的小説〈李自成〉爲例》。

熱絡霍夫采夫

(5) 寫現實的實力派作家

包括改革文學、四個現代化建設、新時期新的人際關係等。

蔣子龍

蔣子龍,1941 年出生於河北,1958 年初中畢業,入天津重型機械廠工作,兩年後參軍,1965 年復員回工廠,擔任車間支部副書記,車間副主任。60 年代中期就寫了好幾部短篇,1975 年根據現實經歷寫了小說《機電局長的一天》,爲此在 1976 年受到批評。1979 年發表中篇《喬廠長上任記》,成了改革文學的發端。他的創作在 1980 年代的前半期位列前茅,《喬廠長上任記》之後他又寫了《一個工廠秘書的日記》,又寫中篇《赤橙黃綠青藍紫》獲文學獎。1980—1984 年他寫了如下中篇和短篇:《開拓者》《喬廠長後傳》《弧光》《拜年》《修脚女》《鍋碗瓢盆交響曲》《悲劇比没有劇要好》《燕趙悲歌》,這些作品被編成《蔣子龍短篇小説集》和《蔣子龍中篇小説選》。蔣子龍是描寫工人生產題材的能手,他創造了一系列的令人難忘的人物形象,有企業領導人、工人、職員,改革開放時代的"新時期的新英雄"。他和以往 50 年代中國的生產題材的小說不同,他對題材有更寬更深的挖掘,他筆下的人物形象更爲生動。在描寫改革的作品中,他透過表面進入更深的境地。蔣子龍翻譯成俄文作品的有《喬廠長上任記》(1985)、《拜年》(1988),

李福清的論文《論當代中國中篇小説及其作者》中就提到蔣子龍。

捷米多

諶　容

諶容，1935 年出生，1951 年由於家庭生活困難没有讀完中學就去書店當售貨員，後又到《工人日報》工作。1954 年入北京俄語學院，畢業後當廣播電臺編輯，後來被派下鄉當四年農民。1973 年回北京任中學教師，1979 年發表第一部長篇《光明與黑暗》，後就開始成爲專業作家。1980 年出版中篇《人到中年》描寫普通醫生的困難的生活處境，引起巨大的反響，給作家帶來了廣泛的聲譽，在 1980 年獲得文學一等獎。1980 年中篇《太子村的秘密》再次得獎。諶容善於從普通生活元素中挖掘嚴肅的社會思想，她的主人公是陽光和简單的，他們是活生生的人，能引起讀者的同情。翻譯成俄文的有《人到中年》（1985）、《減去十年》（1988）、《太子村的秘密》（1989）、《讚歌》（1995）。

熱絡霍夫采夫

張　潔

張潔，1937 年生於北京，是個經濟師，1960 年畢業於中國人民大學計劃統計系。從小就幻想文學創作。1979 年加入中國作協。她創作了大量的短篇、中篇，還有幾部長篇，多次獲得全國文學獎和國際文學獎。1972 年 2 月被美國文學院選爲文學院士。她的作品翻譯成 10 幾種外文，包括俄文。現任北京市作協副主席。她 1978 年發表了傷痕文學作品《從森林裏來的孩子》，立即顯露了她的文學天賦，當年獲得全國優秀短篇小説獎。隨後又有幾部短篇：《有一個青年》（1978）、《誰生活得更美好》（1979）、《愛是不能忘記的》（1979），《愛是不能忘記的》被認爲是拉開了中國現代女性文學的序幕。張潔第一個躍出了題材的禁區，從而在文化界引起了熱烈的討論。

張潔這些特點表現在 80 年代一系列的中篇小説中，如《祖母綠》《方舟》。新千年開始她用 10 年創作完成了 3 卷本的《無字》。《無字》表現了一個家庭中四代女性的命運的故事，這部長篇 2002 年獲得老舍文學獎，2005 年獲得茅盾文學獎。在中國現代文學史上她是"改革文學"的一顆耀眼的女星，她寫了一部表現"四個現代化"題材的長篇《沉重的翅膀》，小説 1981 年發表在《十月》雜誌，然後修訂出版單行本，獲得茅盾文學獎，翻譯成德文，並且獲得聯邦德國文學獎金。1989 年在蘇聯出版俄譯本。在國外的媒體上這部小説被稱爲第一部的政治小説，因爲她的題材已經超出純粹經濟改革而涉及意識形態和政治改革問題，表現了在國務院的一個部裏改革派和保守派的鬥爭，因此激起巨大的社會反響。張潔在以後的中篇和短篇中，如《條件尚未成熟》（1983）、《他有什

麼病》(1986)、《脚的騷動》(1989)、《最後的高度》(1989)、《柯先生的白天和夜晚》
(1991)——它們集中描寫了現代社會的病態,如人生活的價值問題,人的使命問題,人
的孤獨和死亡問題。總的説來張潔的創作還是遵循現實主義的方法,體現人道主義的
理想。她採取了當代的題材。她在描寫人物形象的時候,總是力求表現外部環境社會
意識對個人的影響,表現人的精神世界和道德價值。張潔的藝術方法是悲劇性的,她感
興趣的是性格、命運和事件的複雜,把她的主人公塑造成受難的理想主義者。

　　她翻譯成俄文的有《條件尚未成熟》(1988)、《沉重的翅膀》(1989)、《最後的高度》
(1995)、《她吸的是帶薄荷味兒的煙》(2007)、《魚餌》《假如它能够説話》。研究文章有
傑米多的論文《在人道主義的浪峰中——張潔的早期小説》。

傑米多

鐵　凝

　　鐵凝,1957 年生於河北趙縣。父親是畫家,母親是音樂教師,13 歲寫出第一部短
篇。中學畢業後在 1975 年到農村工作 4 年,在農村她寫了幾部有名的小説,如 1975 年
發表的《夜路》《喪事》等,1979 年成爲專業作家。鐵凝的出名是因短篇小説《哦,香
雪》,這部小説在 1983 年獲全國優秀短篇小説獎,在這部作品裏她準確地反應了 80 年
代初期中國社會的狀況,强烈地渴望變革,希望改革的方針下達。小説裏體現出她對普
通民衆的關心和對農民狀況的憂慮。

　　主要作品有《哦,香雪》(1982、1991 年搬上銀幕),中篇《没有鈕扣的紅襯衫》(1983
年,1985 年搬上銀幕),《永遠有多遠》《村路帶我回家》(1981 年,1987 年搬上銀幕),長
篇小説《無雨之城》《大浴女》,出過 5 卷本的作品集。

　　鐵凝 1975 年加入中國共産黨,2002 年成爲中共中央候補委員,1982 年加入中國作
協,2006 年當選中國作協主席。她很積極從事社會工作。翻譯爲俄文的作品有《哦,香
雪》《馬路動作》《永遠有多遠》(2007)。研究文章有科列茨 2004 年發表論文《鐵凝創作
中的各代主人公的共同問題》。

科列茨

古　華

　　古華,1942 年生於湖南嘉禾縣,1961 年冬結業於郴州農業專科學校。14 歲農業專
科學校畢業後就在農場勞動。1962 年開始創作,在 1962 年後開始參加作協組織,並開
始到全國旅遊,在訓練班接受培訓,認識了一些中國當代著名作家和學者。古華的第一
部作品没有成功,但是在 80 年代他出版《中短篇小説集》,然後出版長篇小説《芙蓉

鎮》，得到讀者廣泛的讚賞，因此獲得茅盾文學獎。他的許多作品帶有自傳色彩，描寫湖南農村的生活。他的作品《芙蓉鎮》1986 年由莫斯科大學謝曼諾夫譯爲俄文，由熱絡霍夫采夫寫序和後記。他的小說《貞女》（1992）、《爬滿青藤的小屋》（1988）也被謝曼諾夫譯爲俄文。

熱絡霍夫采夫

張抗抗

　　張抗抗，1950 年出生於杭州，從小喜愛文學，中學畢業後 1969 年自願到黑龍江國營農場，在國營農場和伐木場從事宣傳工作，1972 年發表處女作。接著發表長篇《分界綫》。中篇《淡淡的晨霧》在 1981 年獲第一屆全國優秀中篇小說獎。張抗抗的一些作品獲得廣泛的肯定，如中篇《北極光》，短篇《夏》，長篇《隱形伴侶》（1986）。張抗抗是廣受歡迎的青年作家，她寫的是青年人的題材，描寫以往紅衛兵一代，寫當代的大學生，寫愛情。她善於心理描寫，刻畫出主人公的内心世界和精神面貌。如今是黑龍江省作協的副主席，居住在哈爾濱。翻譯爲俄文的作品有《夏》《北極光》。

熱絡霍夫采夫

張賢亮

　　張賢亮，1936 年生於南京，生於一個舊官宦之家，母親出生於有教養的貴族階層，對他有深刻的影響，父親是一個大企業家，對兒子的教育毫不關心。1949 年新中國建立後他的家庭受到清算，1952 年父親被捕押送北京監獄，全家來到北京。1955 年父親死後張賢亮在中學停學，和母親及妹妹一道遷移西部，在銀川的一所幹部學校當教員。張賢亮受當時政治氣氛的影響，例如奉行“百花齊放”的方針，全心投入文學創作，1957 年他在《延河》雜誌上發表詩歌。張賢亮長詩《大風歌》（1957）給他帶來了名聲，也造成致命的影響，在“反右派”鬥爭的壓力下，才 20 出頭的張賢亮在 1958 年 5 月被投入勞改營和監獄。後他發表短篇小說引起地方領導注意，於是在 1979 年 9 月他得到正式平反。因爲他早年創作經驗，被請到寧夏回族自治區的文聯工作，在新時期文壇佔領先鋒位置。20 世紀 80 年代達到名望和創作的巔峰——小說《靈與肉》（1980）、《肖爾布拉克》（1983）、《綠化樹》（1984）獲得全國文學獎。頭 10 年爲張賢亮帶來榮譽的還有下列作品：中篇《邢老漢和狗的故事》（1980）、《土牢情話》（1981）、《河的子孫》（1983）、《男人的一半是女人》（1985），長篇《男人的風格》（1983）、《早安！朋友》（1987）、《習慣死亡》（1989）。張賢亮選擇了敏銳的立場來配合新時期，用作品描繪 20 世紀 60—70 年的中國知識分子的厄運。從 1981—1983 年作家改變創作觀念，變爲宣傳改革，把人的命運和感情放到第一位,表現深刻的心理描寫。張賢亮積極參與社會生活,使得他當選爲中國政治協商會議的委員,加入共産黨,並擔任寧夏回族自治區文聯和中國作協的領導職務。1980 年又舉行了作家和外國人士的會見,這時張賢亮也開始遊歷全國,還到過西歐和美國。

在 90 年代張賢亮開始寫政論小説,此時期出版了幾部文集,《邊緣小品》(1994)、《小説編餘》(1996)、《追求智慧》(1997),有一本書《小説中國》(1997)也給張賢亮帶來了作爲政論小説家的聲譽,小説《我的菩提樹》(1993)、《青春期》(1999),發展了其自傳性的題材。90 年代張賢亮除了繼續創作,還從事企業經營,建立了鎮北堡西部影城。

張賢亮創作的演變表現爲不僅是題材的多樣性,而且有藝術的實驗性,特別喜歡勞改營題材。中國新的色情文學的發展也同張賢亮有關。他用現代主義的方法來描寫的長篇小説《習慣死亡》,他根據日記達到了文獻性的真實的是小説《我的菩提樹》,而作者帶有傳記色彩的小説是《青春期》,因此作者最大的貢獻是他詳細地描寫了一些婦女形象和受苦受難的知識分子,張賢亮的創作展示了 1980—1990 中國文學發展的階段和傾向。至今張賢亮有 9 部小説搬上銀幕,27 部小説譯成外文。他的作品譯爲俄文的有《苦泉紀事》(1987)、《靈與肉》(1988)、《男人的一半是女人》《1990》《土牢情話》(1993)等。研究論文有 2003 年羅季奧諾娃的副博士論文《張賢亮的創作》。

羅季奧諾娃

池　莉

池莉,1957 年出生於湖北,中學畢業後就被派遣下鄉,在農村學校任教,後來又到武漢接受醫學教育當了醫生,接著又到武漢大學中文系學習。1981 年開始發表作品。她是武漢市作協副主席,湖北省作協理事。她創作短篇、中篇、詩歌、電視劇劇本。其中成就最高的是她的現實主義中短篇,描寫豐富的生活細節和現代很鮮明的人物形象。1988 年中篇《煩惱人生》獲得全國優秀中篇小説獎。短篇《月兒好》被翻譯成日文,選入《中國當代作家作品集》。20 世紀 80 年代初池莉描寫的是本時代有文化修養的青年。她文學成熟的比較晚,她高舉"新寫實主義"的旗幟,變成這個流派最重要的女作家。這個時期她的成就在於集中描寫了家庭生活和日常的生活重擔。90 年代轉向描寫城市生活,反應了同時代青年的精神的追求和對理想的期盼以及家庭生活現實細節的衝突。現代社會的人的商業化和青年人的精神追求是不可調和的矛盾,他們唯一的出路就是離婚,池莉認爲這是一種悲慘的結局。所以池莉筆下的天賦聰慧的姑娘,她們拒絶出嫁,以此來回避庸俗的生活。池莉被公認爲修辭能手。她生動地描寫人物對話,掌握湖北俗語。她的小説如行雲流水，自然、真切地打動讀者。同時她也有具有鮮明的諷刺天賦。她崇尚新現實主義，使她能敏鋭洞察到生活的細微變化。她的作品有四卷本，被選爲武漢文聯主席。研究文章有傑米多論文《武漢市和她的居民——以中國當代女作家池莉的作品爲據》。

熱絡霍夫采夫

劉震雲

劉震雲，1958 年生於河南延津縣，居住在北京，1973—1978 在部隊服役，1982 年北京大學中文系畢業，隨後分配到《農民日報》工作。是作協北京分會的會員，1988 年在魯迅文學院上研究生班。劉震雲 1982 年開始創作。他的中篇小説有《一地雞毛》（1991），《官場》（1992），《單位》（1992），1996 年四卷本的作品集出版，使他成爲 90 年代最有名的作家之一。在這些作品中劉震雲用諷刺的形式反映了市民和小公務員的生活和他們很平庸的存在。有三部描寫他故鄉的長篇《故鄉天下黄花》（1991）、《故鄉到處流傳》（1993）、《故鄉麵和花朵》（1999），這些作品讓人看到劉震雲的創作向描寫農民生活和農村風土人情的轉變。他的中篇小説《温故一九四二》（1993）描寫在作者故鄉在 1942 年發生的悲慘恐怖的事件。劉震雲 2003 年的一部長篇小説《手機》獲獎，《塔鋪》獲 1987 年—1988 年全國優秀短篇小説獎。

札維多夫斯卡婭

（三）非現實主義各流派

大典編者注意到，當代文壇創作複雜多樣化的傾向，而收録非現實主義的多種流派，包括朦朧詩、意識流、新現實主義、先鋒小説、"文壇痞子"、商業文學直至"美女作家"等。

格　非

格非，1964 年出生於江蘇鎮江丹徒，1985 年在上海華東師範大學中文系畢業，留校工作。1997 年獲得當代文學博士學位。任教於北京清華大學，是作家協會的會員。1986 年出版小説《追憶烏攸先生》，1987 年出版中篇《迷舟》。他的小説有實驗小説的特點。他的主要作品有《敵人》《雨季的感覺》《邊緣》《欲望的旗幟》。出版 3 卷本的作品集《格非文集》，著名的中篇《褐色鳥群》1988 年出版，充分體現了格非創作的特點：象徵主義、抽象化、多層次的構思和結構主義的初始化。格非也注意採用歷史題材，比如作品《大年》《青黄》《馬玉蘭的生日禮物》，格非長篇《欲望的旗幟》描寫知識分子各人之間的關係問題。

札維多夫斯卡婭

余　華

　　余華,1960 年生於浙江杭州的一個醫生家庭。在海鹽長大,居住在北京,1977 年中學畢業。後到海鹽縣工作。第一篇代表作《星星》,1984 年發表在《北京文學》,獲得該年雜誌優秀作品獎。隨後進入北京魯迅文學院進修深造。他的小說《十八歲出門遠行》標誌著余華轉向現代主義。在 80 年代末中短篇小說有:《四月三日事件》《河邊的錯誤》《一九八六年》《現實一種》——余華的這些作品描寫人類心理活動的最極端的狀態,展現了剝離和荒謬。中篇小說《難逃劫數》《世事如煙》《此文獻給少女楊柳》這些作品滲透著審美主義和對宿命的反感。他的小說《古典愛情》《鮮血梅花》很像才子佳人的古典小說,但是余華有意破壞這種題材的規律。他的作品 1987—1994 編成四卷本的作品集,在 1994 年出版。

　　中篇小說《在細雨中呼喊》(1991)、《活著》(1992)、《許三觀賣血記》用現實主義手法描寫,表現普通人悲劇性生活的主題。作者得出這樣的結論:爲活著而活著。余華長篇裏經常出現死亡,也沒有高潮,表示最終都沒有重生的希望。2000 年余華出版文集《内心之死》《高潮》。

　　余華的作品翻譯成多種世界文字出版,有日、俄、韓、意、德、法、美等。譯爲俄文的有《許三觀賣血記》(2007)。

札維多夫斯卡婭

蘇　童

　　蘇童,1963 年生於蘇州,1980 年入北京師範大學,1986 年到南京成爲《鍾山》雜誌的編輯,1991 年加入省作協。從 80 年代末以來創作的成果較爲豐碩,有 5 部長篇《米》《我的帝王生涯》《妻妾成群》《紅粉》《一九三四年的逃亡》,14 部中短篇《罌粟之家》等。蘇童創作屬於先鋒派小說,90 年代後起其創作風格發生變化,選定歷史題材,注重心理描寫,刻畫内心深處細膩的感情,包括違反人的本性的感情。他的作品在臺灣、日、美、法、意等地區和國家出版。作者曾獲得《小説月報》的優秀作品獎。翻譯成俄文的有《妻妾成群》(2007)。

札維多夫斯卡婭

北　島

　　北島,原名趙振開,1949 年生於北京,中國當代詩人。1969 年中學畢業後當過建築工人和雜誌編輯,現今定居美國。在 20 世紀 80 年代末在美國組織流亡協會,他是朦朧詩歌的創建者和代表性詩人,但是該詩派在中國詩壇也就是曇花一現。1978—1980 創辦《今天》雜誌,但僅出版 6 期就被查禁了。在 1976 年開始寫詩。在青年時代經歷了兩次慘劇,一次是他的近友遇羅克被"四人幫"槍斃,另一次小妹因去救援一名落水兒童而死亡,這些對其詩歌創作都有影響。1979 年在詩刊發表《回答》,署名北島,引起了社會對朦朧詩派的認可。1980 年 5 月批評家謝冕著文肯定了該新詩派的産生。北島出版了一系列的詩集,包括在國外以英文出版的詩集,1985—1986 其詩選獲優秀詩歌獎。北島的詩晦澀難懂,思想朦朧,激起年輕人對詩歌的興趣,很受年輕人的歡迎。此外他還出版過北歐詩人詩歌和散文集的翻譯,散文集有《歸來的陌生人》。他的中篇小説《波動》受到批判,北島的詩是"文革"後年輕一代思想復蘇的産物,其特點是熱愛自由,追求反抗,詩人本人也被稱爲覺醒青年的象徵。

熱洛霍夫采夫

顧 城

顧城,1956 出生於北京,1969 年到山東農村,1974 回京,1977 年開始寫詩,1980 年獲得《星星》雜誌獎。出版兩部詩集,還出版兩部長詩《我是一個任性的孩子》《我的墓地》。1983 年在瑞士出版詩集,1987 年出國。1993 年新西蘭寓所殺妻後自殺。他的作品總計有 500 多部,包括短詩、長詩、文章、雜記和故事。詩歌的基調基本上屬於朦朧詩派,因此批評界不止一次地掀起了爭議,但是他的詩在 90 年代的青年讀者中很有市場。翻譯成俄文的有《時間之河上的橋》。

熱絡霍夫采夫

閻連科

閻連科,1958 年生於河南貧農家庭。1978 年參軍,1985 年河南大學政教系畢業,1991 年解放軍藝術學院畢業,1979 年開始文學創作。

他的創作有 7 部長篇小説,著名的有《日光流年》《堅硬如水》《情感獄》《受活》等,還有 10 幾部短篇,其中有《和平寓言》《朝著東南走》《耙耬天歌》。《閻連科作品集》出版了 5 卷本,還有小説選《褐色桎梏》。他的《黃金洞》被授予魯迅文學一等獎,《年月日》獲魯迅文學獎二等獎。他共獲得 20 種文學獎,他早期的作品是寫農民出身的士兵,他用現實主義的風格來表現普通農民的生活,尋找他們心靈的歸宿。後來的作品開始採用寓言、神話、傳説等幻想色彩的體裁,表現窮鄉僻壤農民生活的沉重和悲慘。他最近的幾部小説《日光流年》《受活》用荒謬的幻想的手法來表現對絕望的人的理解。所以閻連科近期作品被認爲是現代主義的。

札維多夫斯卡婭

王　朔

　　王朔，1958 年生於北京，當代作家，出生於軍人家庭，中學畢業後在海軍服役，以後在機關工作。1978 年發表處女作，1992 年出版 4 卷本的作品集，1998 年又出一本王朔選集。他創作的範圍基本是短篇和中篇的小説，還有作品集《無知者無畏》。

　　王朔的創作在現代中國文壇是一種非常有趣的現象，他在 80 年代中期到 90 年代初的短篇小説在國內引起非同尋常的反響，瞬間成爲最廣爲人知的作家，變成了中國文壇的一陣熱潮。他的主人公尖刻的語言、無情的諷刺，及戲劇性的幽默，使其成爲了一部分人的崇拜者，也成了另一部分人的諷刺的對象。他的中篇小説有《頑主》《一半是火焰，一半是海水》《一點正經没有》《玩的就是心跳》等，因此批評界把他叫做文壇的痞子，批評他的主人公是令人不能容忍的形象和對知識分子的嘲笑。最憤怒斥責他的是香港作家金庸。王朔一直從事文學活動，一開始就聲稱自己是作家，他也最熱衷於賺錢，寫了好多可以拍成電影電視的作品，所以批評界批評他是追求利潤的市場作家。王朔的語言風格是高度掌握中國口語的典範，因此在翻譯其作品時有相當的困難，他自己聲稱自己的作品富有韻律適合高聲朗讀。他的作品像一個多棱鏡，使讀者看到一個矛盾的世界，抒情的憂傷、溫柔的語調、無情的諷刺和粗俗的話語混合在一起，是理想主義和浪漫主義的結合。王朔作品描繪了自"文革"以來至現在北京生活生動的畫卷。這些不能完全地反映舊制度已經過去，而是反映出北京社會主義制度和市場經濟一種複雜的結合。王朔敏感地看到了在 80 年代中期中國社會的明顯變化：私營企業的增長，人們成批的下海經商以及日益增長的富裕階層。他的主人公是退伍軍人、小企業家、流浪者、靠玩牌度日的無業遊民，還有一些美麗、浪漫多情的少女、以及罪犯、黑幫。1984 年出版的中篇小説《空中小姐》，1985 年出版的他與沈旭佳戀愛中兩人合寫反映他們感情生活的《浮出海面》，還有 1987 的《橡皮人》，所有這些都是描寫新的城市階層，而且是以往官方文學從未關注過的。王朔創作的多面性，還表現在他能够滿足廣大讀者對浪漫的愛情故事的需求。在王朔的小説中常常出現作者自傳式的基調，有兩篇小説即 1991 年《動物兇猛》、1999 年長篇小説《看上去很美》，這兩部小説以深入人心的抒情和心靈上的坦誠叙述童年和少年時代，往往可以看出作者本人當年的身影。他回憶童年恐怖、幻想、愛情、眼淚，以及成年後的失望和痛苦，儘管在故事的背後隱藏的是文化大革命的政治運動，但是童年、少年和青年是用另一種眼光來看待這些現象的，因此王朔這些作品的價值是用新的眼光看待 60、70 年代那些大規模的悲劇事件。爲此王朔借用了某些西方作家的手法,公開承認其受到莫里亞克、普希金的影響,但是他也高度評價中國古典文學,並作爲自己學習的榜樣,比如曹雪芹的《紅樓夢》。

王朔有許多作品被搬上熒幕,如電影《陽光燦爛的日子》1994 年被搬上銀屏,導演姜文被邀請參加戛納電影節,他的作品被翻譯成多國語言,在很多國家出版。王朔作品被譯爲俄文的有《一半是火焰,一半是海水》。在 2006 年第二屆"遠東文學問題"國際學術研討會論文集收入札維多夫斯卡婭的文章《王朔:作者的聲音和自我驅動的戰略》。

札維多夫斯卡婭

郁　秀

郁秀,1974 年出生於上海,1993 年就讀深圳大學,1995 年到美國留學,1999 年加州州立大學畢業。16 歲寫出長篇小説《花季·雨季》,根據個人的生活體驗用坦誠的筆調描寫一位花季少女性成熟時期的狀況,在中國取得巨大的商業成就,印數超過 100 萬册。小説獲得 4 種全國性的獎項,並拍成電影,在電視、廣播播出,甚至還有供盲人閱讀的書籍版本。2000 年郁秀出版第二部長篇《太陽鳥》,寫她在美國學習的時代,内容反映了中國女大學生在國外的生活狀況。評論界認爲她用極其誠懇的筆觸來描寫,帶有自傳性質。《太陽鳥》在南京就印了 20 萬册。郁秀在中國被公認爲美女作家,和留學生文學、商業文學的代表。在青年階層中擁有固定的讀者群。2006 年她定居在美國加州。熱絡霍夫采夫論文《當代文學中的文學傳統》中提到作家郁秀。

熱絡霍夫采夫

二、作家詞條的撰寫者

詞條撰寫者共 10 位:阿力克謝·熱洛霍夫采夫、弗拉基斯拉夫·索羅金、謝爾蓋·托羅普采夫、尼娜·捷米多、阿納斯塔西亞·柯洛勃娃、葉卡捷琳娜·札維多夫斯卡亞、格列布·科列茨、加琳娜·尤蘇波娃、尼娜·胡吉亞托娃、奧克山娜·羅季昂諾娃。

前 6 人來自遠東所,其餘分屬東方學所和彼得堡大學等單位,皆爲成就卓越者,代表了當今俄羅斯研究中國當代文學的水準。不僅寫文學思潮條目的柯洛勃娃、札維多夫斯卡婭、胡吉亞托娃已是年輕一代的後起之秀,即便論老一代的熱洛霍夫采夫,他與同研究所的女漢學家尼娜·捷米多合作,長期爲遠東所編的《中華人民共和國年鑒》撰寫文學部分,已具權威性。兩人合寫了 1995—1996 年、1999 年、2000 年、2004—2005 年四卷。

熱洛霍夫采夫(Желоховцев А. Н. , 1933—　)

閱歷豐富,瞭解中國國情深廣,曾到北京師範大學(1966)、南洋大學(1971—1975,新加坡)進修,在遠東所長期從事中國當代文學和中俄文學關係研究,著述在 100 種以上。本典所列 40 位當代中國作家中,他一人就獨自撰寫了 15 位。他思想敏銳,記得我 1999 年去莫斯科時,同他論及我 90 年代赴深圳大學參會,得到郁龍余教授惠贈其愛女的成名作《花季·雨季》,她顯係文壇新秀之翹楚。熱氏聽後當即感到應加以重點介紹,以爲國際文壇更廣知曉,便要求我盡速寄去所有相關資料。不久以後,果然見他寫入了一作家條目——郁秀,内容翔實,斷語也貼切。

捷米多(Демидо Н. Ю. , 1962—　)

主要研究中國當代文學。1985 年畢業於莫斯科大學亞非學院,1989—1990 年在位於大連的遼寧師範大學進修。歐洲漢學協會理事。1986 年起入科學院遠東研究所工作,發表論文和譯作 30 多種。有《中國 1995 年文壇現況》(1996)、《90 年代中國短篇小説反映社會問題和新視角》(1996)、《中國當代的生產題材小説》(1997)、《中國"現實主義"小説所寫的當代城市》(2000)。以及論馮驥才、池莉的小説(1999、2001)等。譯作白樺的《跳龍門》(2002)等。

札維亞洛娃(Завьялова О. И. , 1947—　)

1971 年畢業於列寧格勒大學,先後獲副博士(1975)、博士(1991)學位。主要研究漢語語言和文字,有方言、東幹學研究的論文多篇,以及《普通話水準測試》和《論可蘭經》的漢譯等著作。

札維多夫斯卡婭(Завидовская Е. А. , 1978—　)

2001 年畢業於國立莫斯科大學。到中國文化大學(臺北, 1998)和復旦大學(1999—2000)進修。2005 年獲副博士學位,其論文題爲《後現代主義與中國當代小説》。曾發表論文多篇,有《1980 年代末至 1990 年代的中國文學發展之路》(2004)、《從民族傳統到全球化、從現實主義到後現代主義:中國當代小説的發展之路》(2004)等。

柯洛勃娃(Коробова А. Н. , 1972—　)

1997 年畢業於聖彼得堡大學東方系,曾在天津外國語學院進修(1992—1993),2003 年起在遠東所任職。發表論文多篇,有《馮驥才"文革"小説題材特點》(2004)、《中國當代小説作家馮驥才的早期創作》(2006)等。

羅季昂諾娃(Родионова О. П. , 1976—　)

1998 年畢業於布拉戈維申斯克(伯力)大學,今在聖彼得堡大學東方系任教。2013 年以論文《中國當代作家張賢亮的創作》獲副博士學位。

索羅金(Сорокин В. Ф. ,1927—2014)

遠東所資深研究員,早年以研究魯迅和元曲的論著先後獲副博士(1958)和博士(1979)學位。畢生致力於研究中國現代文學和古典戲曲,晚年從事了當代文學的翻譯和研究。譯著有錢鍾書的小説《圍城》和王蒙、劉心武等作家的短篇小説。

托羅普采夫(Торопцев С. А. ,1940—　)

遠東所高級研究員。1963 年畢業於莫斯科大學,曾來北京大學(1962—1963)和北京電影學院(1987—1988)進修。以論著《中華人民共和國的電影製片事業(1949—1989)》獲博士學位(1991)。著有《中國電影史略》(1979)、《臺灣的電影製片事業》(1998)、《太白寫照——李白的詩歌生涯》(2002)。在當代文學中以譯著《王蒙詩選》(1988)著稱。《大典》中的王蒙詞條就是他與索羅金合撰的。

俄羅斯對新時期中國文學的研究成果,當然還有其他一些文章,散見於別的雜誌和文集之中,未及彙編。本文只是選擇一部典型巨著,作爲代表加以評析而已。

(作者爲北京大學俄文系教授、俄羅斯學研究所所長)

勃留索夫詩體移植帶給我們的啟示

谷 羽

瓦列里·雅科夫列維奇·勃留索夫(1873—1924),是俄羅斯白銀時代傑出的詩人,象徵主義詩派的領袖,也是著名的詩歌翻譯家。他通曉十幾種外語,既翻譯西方詩歌,也翻譯東方詩歌;在他的詩歌創作當中,既借鑒西方詩歌的藝術形式,也注重東方詩歌的藝術特徵。

談到詩歌翻譯,他有一段論述:"詩歌翻譯應當做到行對行,詩句對詩句,最好能保留原作所有的藝術手段,盡可能再現所有的辭彙。"這種理念十分接近詩體移植的主張。

一

勃留索夫雖然不懂漢語,但 1914 年創作了一組《中國詩》(*КИТАЙСКИЕ СТИХИ*)。請看其中的三首和相應的漢語譯文:

1

Твой ум — глубок, что море!

Твой дух — высок, что горы!

組詩第一首是雙行詩,像對句,又像一副對聯,對仗工整嚴謹。詩句採用三音步抑揚格。在以雙音節詞和多音節詞為主的俄語當中,能寫出這樣簡潔的對句,可見勃留索夫駕馭詩歌語言能力的高超。這首詩高度接近中國詩的簡潔凝練,翻譯成漢語可以逼近原作的節奏與形式:

1

你的智慧——深似海!

你的精神——高如山！

組詩第三首是四行詩,前兩行採用四音步抑揚格,後兩行四音步揚抑格,押交叉韻,韻式爲 abab,形式接近我國古詩的絕句。翻譯成漢語,每行四頓,與原作一樣押交叉韻,韻式也是 abab。

3

Ты мне дороже, чем злато,
Чем добрый взгляд государя.
Будь любви моей рада,
Как кормщик, к брегу причаля.

3

我覺得你比黃金珍貴,
勝過君主恩寵的視綫。
願我的愛帶給你欣慰,
像舵手終於停泊靠岸。

組詩第五首也是四行詩,但詩行內穿插了對話,把蠢人與智者加以對比,頌揚了後者的遠見卓識,詩句依然押交叉韻。

5

Глупец восклицает : "Ломок
Стебель памяти о заслугах !"
Мудрый говорит : "Буду скромен,
И меня прославят речи друга !"

5

蠢人喊叫:"搗毀
記載功勳的枝幹!"

智者説道:"謙卑,

友人將把我稱讚!"

透過以上三首詩,不難看出勃留索夫對中國文化和詩歌相當瞭解。第一首詩無疑是對中國精神文化的高度讚美。總體而言,三首詩似乎是對中國古詩絕句的借鑒與模仿。節奏鮮明,具有顯而易見的中國風格,詩人把"中國詩"寫到這樣的水準,令人敬佩。

二

勃留索夫通曉日語,他翻譯日本的俳句和短歌,自己也創作俳句和短歌。無論翻譯或創作,都嚴格遵循日語詩的規範,俳句用五七五的句式,短歌用五七五七七的格式。先看一首有名的日本俳句和對應的俄語譯文(詩行後面標出的是音節數,下同):

О, дремотный пруд!　　　　5

Прыгают лягушки вглубь,　　　7

Слышен всплеск воды...　　　5

翻譯成漢語,依然可以保持原來的節奏:

哦,夢幻池塘!　　5

青蛙跳進水中央,　7

噗通一聲響……　　5

再看兩首勃留索夫模仿創作的《短歌》(詩行後面的英語字母表示韻脚,下同):

Вижу лик луны,　　　　　5　　　a

Видишь лунный лик и ты,　　7　　　a

И томят мечты:　　　　　5　　　a

Если б, как из зеркала,　　　7　　　b

Ты взглянула с вышины!　　7　　　a

仰望一輪月，	5	x
你也是個望月人，	7	a
相思苦在心：	5	a
但願明月化明鏡，	7	x
你在鏡中笑吟吟。	7	a

Это ты, луна,	5	a
Душу мне томишь тоской,	7	b
Как мертвец бледна?	5	a
Или милый взор слезой	7	b
Омрачился надо мной?	7	b

可是你，姑娘，	5	a
面色蒼白如月亮，	7	a
使我心憂傷?	5	a
還是目光珠淚盈，	7	b
帶給我無限悵惘?	7	a

　　透過上面引用的俄語詩歌，無論翻譯，還是創作，只要涉及俳句或短歌，勃留索夫無一例外地遵循日語俳句和短歌的節奏與範式，這一點堅持得十分徹底。詩人執意讓他的譯詩和創作具有透明性，即通過作品能聯想或意識到原作的藝術特徵。勃留索夫的創作態度，是對原作的尊重，也是對讀者的尊重。而這種詩體移植的作法，對於俄語詩歌形式的多元化，無疑會發生積極的促進作用。

三

　　俄羅斯詩人歷來喜歡波斯詩歌，其中的"嘎札勒"（Газели）詩體尤其受到他們的鍾愛。純藝術派詩人費特（1820—1892），寫過一首詩《東方曲》，採用的就是"嘎札勒"詩體。勃留索夫也不例外，嘗試用這種詩體進行創作。

　　"嘎札勒"具有鮮明的藝術特色，兩行構成一個詩節，韻式有隔行押韻的，也有隨節換韻的不同格式。詩人勃留索夫 1913 年寫的一首《仿波斯歌謠》，採用了“嘎札勒”詩體，詩句採用六音步抑揚格，每行 13 個音節，韻式爲 aa aa，一韻到底：

В ту ночь нам птицы пели, как серебром звеня,
С тобой мы были рядом, и ты любил меня.

Твой взгляд, как у газели, был вспышками огня,
И ты газельим взглядом всю ночь палил меня.

Как в тесноте ущелий томит пыланье дня,
Так ты, маня к усладам, всю ночь томил меня.

Злой дух, в горах, у ели, таится, клад храня.
Ах, ты не тем ли кладом всю ночь манил меня?

Минуты розовели, с востока тень гоня.
Как будто по аркадам ты вел, без сил, меня.

Пусть птицы мне звенели, что близко западня:
В ту ночь любовным ядом ты отравил меня!

我國西北地區流行的“花兒”與“信天遊”，跟波斯的“嘎札勒”有相似之處，很可能是波斯的這種詩體流傳到新疆，維吾爾族詩人也採用這種形式寫詩，然後又流傳到西北甘肅、陝西一帶，某些音樂元素融入了當地的民歌。

勃留索夫這首詩譯成漢語，也可以逼近原作的節奏與音韻：

那一夜鳥兒唱著銀鈴似的歌兒，
你和我肩並肩挨著坐，你愛我。

你的目光像羚羊，火一樣閃爍，

整個夜晚你羚羊的目光燒灼我。

像在狹窄的洞窟裏忍受著酷熱，
你讓我通宵快樂，不斷折磨我。

山上的精靈把寶貝隱藏在洞穴，
啊，你就像精靈，一直引誘我。

東方霞光紅似火，玫瑰色時刻，
隨你走過長廊，渾身無力的我。

鳥兒在陷阱邊唱歌，提出告誡：
那一夜你用愛的毒汁坑害了我。

四

　　勃留索夫的詩歌創作從西方詩歌吸取了更多有益的營養。比如他對但丁《神曲》連環三韻體的借鑒，就是成功的例證。請看詩人 1900 年創作的《但丁在威尼斯》：

Данте в Виниции

По улицам Венеции, в вечерний	a
Неверный час, блуждал я меж толпы,	b
И сердце трепетало суеверней.	a
Каналы, как громадные тропы,	b
Манили в вечность; в переменах тени	c
Казались дивны строгие столпы,	b
И ряд оживших призрачных строений	c

Являл очам, чего уж больше нет,　　　　　　d

Что было для минувших поколений.　　　　　c

И, словно унесенный в лунный свет,　　　　d

Я упивался невозможным чудом,　　　　　　e

Но тяжек был мне дружеский привет…　　　d

В тот вечер улицы кишели людом,　　　　　e

Во мгле свободно веселился грех,　　　　　f

И был весь город дьявольским сосудом.　　e

Бесстыдно раздавался женский смех,　　　f

И зверские мелькали мимо лица…　　　　　j

И помыслы разгадывал я всех.　　　　　　　f

Но вдруг среди позорной вереницы　　　　j

Угрюмый облик предо мной возник.　　　　h

Так иногда с утеса глянут птицы,-　　　　j

То был суровый, опаленный лик.　　　　　　h

Не мертвый лик, но просветленно-страстный.　i

Без возраста - не мальчик, не старик.　　h

И жалким нашим нуждам не причастный,　　i

Случайный отблеск будущих веков,　　　　　k

Он сквозь толпу и шум прошел, как властный.　i

Мгновенно замер говор голосов,　　　　　　k

Как будто в вечность приоткрылись двери,　l

И я спросил, дрожа, кто он таков.　　　　k

　　Но тотчас понял: Данте Алигьери.　　　l

　　連環三韻體在節奏和音韻方面,具有鮮明的藝術特色,每節三行,一三兩行押韻,第二行的韻腳,與下一個詩節的第一行和第三行押韻,以此類推,形成 aba bcb cdc ded……奇特的連環三韻體,最後一個詩節只有一行,韻腳與上一個詩節中間一行尾韻相同。這種音韻嚴謹的格律對詩歌譯者提出了高難度的挑戰,既考驗譯者的能力,也考驗其耐心。

　　現在依據俄語原作,遵循音韻節奏逼近其藝術形式,翻譯成漢語詩如下:

　　　　但丁在威尼斯

　　　黄昏時刻,沿威尼斯街道,　　　　　　a
　　　我在人群當中信步遊蕩,　　　　　　b
　　　滿懷景仰的心兒開始亂跳。　　　　　a

　　　運河就像寬闊的街衢一樣——　　　　b
　　　引向永恒;莊嚴的石柱　　　　　　　c
　　　竟與撲朔迷離的幽靈相像。　　　　　b

　　　於是一系列玄虛的古建築,　　　　　c
　　　重新復活,在眼前浮動,　　　　　　d
　　　它們曾讓往昔的古人嘆服。　　　　　c

　　　我就仿佛置身於月光之中　　　　　　d
　　　為難得一見的奇觀沉醉,　　　　　　e
　　　但友好的問候使我心沉重……　　　　d

　　　傍晚的街道人流如同潮水,　　　　　e
　　　罪惡在昏暗中作樂尋歡,　　　　　　j
　　　主宰整座城市的竟是魔鬼。　　　　　e

女人放蕩的笑聲接連不斷，　　　　　　j

野獸似的嘴臉頻頻搖晃，　　　　　　　f

我能够猜透所有人的欲念。　　　　　　j

突然，有一張憂鬱的面龐　　　　　　　f

出現在卑劣的人流當中，　　　　　　　h

目光與山崖上的鳥兒相像——　　　　　f

那是一張肅穆的火紅面孔，　　　　　　h

洋溢著激情，生氣勃勃，　　　　　　　i

不老不少，難以判斷年齡。　　　　　　h

漠視我們貧乏可憐的生活，　　　　　　i

像未來世紀的一道閃光，　　　　　　　k

他從嘈雜人群中凜然走過。　　　　　　i

人群的喧囂突然一聲不響，　　　　　　k

像一扇門洞開通向永恒，　　　　　　　l

他是誰？我問，聲音緊張。　　　　　　k

我忽然明白：他就是但丁。　　　　　　l

五

　　複踏，即重複，是詩歌創作重要的藝術手段。詞語重複，詩句重複，並不罕見。

　　有一種詩體叫做"龐杜姆體"，又叫"班頓體"，起源於亞洲的馬來亞，後來流傳到歐洲，引起了法國詩人雨果（1802—1885）的重視，嘗試用這種詩體寫作，逐漸產生了影響。其他民族也有詩人採用"龐杜姆體"進行創作。勃留索夫1895年寫了一首詩，題目爲《創作》，採用的就是"龐杜姆"詩體。

Творчество

Тень несозданных созданий

Колыхается во сне,

Словно лопасти латаний

На эмалевой стене.

Фиолетовые руки

На эмалевой стене

Полусонно чертят звуки

В звонко-звучной тишине.

И прозрачные киоски,

В звонко-звучной тишине,

Вырастают, словно блестки,

При лазоревой луне.

Всходит месяц обнаженный

При лазоревой луне...

Звуке реют полусонно,

Звуки ластятся ко мне.

Тайны созданных созданий

С лаской ластятся ко мне,

И трепещет тень латаний

На эмалевой стене.

　　"龐杜姆"詩體,通常每節四行,第一節最後一行,在第二個詩節第二行重複出現,第二個詩節的第四行,在第三個詩節的第二行重複出現,以此類推,最後一個詩節的最後一行,與第一個詩節的最後一行重複。也就是說,第一個詩節的最後一行,重複三次,其他詩行大多都重複兩次。漢語譯作可以再現這些藝術特色:

　　創作

未創作的作品之影，
在睡夢中輕輕搖晃。
蒲葵葉子呈現鏈形，
映在瓷磚砌的牆上。

紫羅蘭的一雙手掌，
映在瓷磚砌的牆上，
睡意朦朧勾勒音響，
在寂靜中起伏回蕩。

透明的涼亭一座座，
在寂靜中起伏回蕩，
膨脹的斑點在閃爍，
沐浴著藍色的月光。

裸體的月牙兒升起，
沐浴著藍色的月光，
聲音飛翔半含睡意，
正親切地向我飛翔。

完成作品的神秘感，
正親切地向我飛翔，
看蒲葵的影子抖顫，
映在瓷磚砌的牆上。

　　除了勃留索夫這首《創作》採用"龐杜姆"詩體，俄羅斯白銀時代的古米廖夫、維·伊萬諾夫、霍達謝維奇等詩人，也都採用這種詩體進行創作，他們之間仿佛形成了默契，似乎不寫出一首形式複雜的"龐杜姆"詩，不足以顯示個人的藝術修養與才華。

六

　　十四行詩,又稱商籟體,最早起源於意大利,詩人彼得拉克(1304—1374)就以創作十四行詩聞名遐邇。以後十四行詩流傳到法國、德國、英國。莎士比亞(1564—1616)除了創作劇本,也寫出了獨具特色的十四行詩。俄羅斯的普希金(1799—1837)創作的詩體小說《葉甫蓋尼·奧涅金》就包含了四百多首十四行詩,全部用著名的奧涅金詩節寫成。

　　在俄羅斯詩人看來,寫作十四行詩,是他們的基本功和必修課。勃留索夫自然不能例外。

　　下面介紹這位象徵派詩人寫於 1897 年的一首十四行詩。

ACCAPГAДOH

	音節	音步	韻式	
Я - вождь земных царей и царь, Ассаргадон.	12	6	a	м
Владыки и вожди, вам говорю я: горе!	13	6	b	ж
Едва я принял власть, на нас восстал Сидон.	12	6	a	м
Сидон я ниспроверг и камни бросил в море.	13	6	b	ж
Египту речь моя звучала, как закон,	12	6	a	м
Элам читал судьбу в моем едином взоре,	13	6	b	ж
Я на костях врагов воздвиг свой мощный трон.	12	6	a	м
Владыки и вожди, вам говорю я: горе!	13	6	b	ж
Кто превзойдет меня? кто будет равен мне?	12	6	c	м
Деянья всех людей - как тень в безумном сне,	12	6	c	м
Мечта о подвигах - как детская забава.	13	6	d	ж
Я исчерпал до дна тебя, земная слава!	13	6	d	ж
И вот стою один, величьем упоен,	12	6	e	м
Я, вождь земных царей и царь - Ассаргадон.	12	6	e	м

　　十四行詩，並非把十四行詩隨意羅列在一起就成，而是有嚴謹的音步、音節、詩行、詩節、韻律、韻式等多種內在因素的要求與規定。這首詩，採用了六音步抑揚格，每行 6 音步，第二、四、六、八、十一、十二等六行，每行 13 個音節，其餘詩行都 12 個音節。俄羅斯詩歌韻腳還分陰性韻與陽性韻，陰性韻重音落在倒數第二個音節上，陽性韻重音落在最後一個音節上。陰性韻舒緩，陽性韻強烈，陰性韻與陽性韻穿插交織，構成音韻的頓挫起伏。

　　翻譯這樣的十四行詩，必須顧及這些藝術元素，而不可隨意翻成七長八短的自由詩。我的翻譯採用每行六頓，對應原作的 6 音步，前面兩個詩節偶行押韻，第三個詩節和最後兩行押相鄰韻和對韻。這樣就大致反應了原作的節奏和韻律。

　　　伊薩哈頓

　　　我是王中王，我是大帝伊薩哈頓。　　　　　　x

　　　君主與酋長，告訴你們：大難來臨！　　　　　a

　　　當我執掌權柄，西頓人起而反抗，　　　　　　x

　　　我摧毀了西頓，石頭入海已沉淪。　　　　　　a

　　　我的旨意傳遍埃及，被奉為法律，　　　　　　b

　　　我目光一掃決定了埃蘭人的命運，　　　　　　a

　　　仇敵的屍骨為我威嚴的王位奠基，　　　　　　b

　　　君主與酋長，告訴你們：大難來臨！　　　　　a

　　　誰敢居我之上？誰還敢分庭抗禮？　　　　　　c

　　　幻想功勳只不過是孩童們的嬉戲，　　　　　　c

　　　平民萬眾不過是遊魂在夢中沉迷。　　　　　　c

　　　人世間的榮耀啊，我要暢飲見底！　　　　　　c

　　　　傲然獨立，威名赫赫，磊落胸襟，　　　　　a

　　　　我是王中王，我是大帝伊薩哈頓！　　　　　a

七

　　勃留索夫，不僅翻譯日本的俳句、短歌，波斯的"嘎札勒"，意大利的連環三韻體，馬來亞的"龐杜姆"，還翻譯過其他詩體，比如八行雙韻體、十九行雙韻體等等，限於篇幅，這裏不再一一例舉論述。

　　俄羅斯白銀時代的傑出詩人，耗費極大的精力進行詩體移植，帶給我們有益的啟迪。他的詩歌翻譯，讓讀者意識到世界各民族詩歌形式的豐富多彩；詩體移植，有助於本民族的詩歌創作與借鑒。

　　詩體移植，也反映了詩人對外國詩人與作品的高度尊重，對本國讀者的尊重，同時體現了詩人對本民族語言的充分自信。外國有的詩體，他們都可以移植到俄羅斯詩歌的花園裏來。

　　漢語詩歌傳統悠久，漢語簡潔靈活，是最適合寫詩和譯詩的語言，俄羅斯詩人和翻譯家能够做到的，難道我們中國詩人和翻譯家做不到嗎？

　　有些譯者把外國嚴謹的格律詩譯成自由詩，時間已經很久了，這樣的翻譯，誤導讀者，讓他們以爲原作就是自由詩，實際上却並非這樣。面對俄羅斯詩人勃留索夫的創作與翻譯，難道不值得我們的詩歌譯者認真反思與借鑒嗎？

2019. 6. 23

（作者爲南開大學外語學院教授）

中國古典詩詞在英國的譯介與研究

熊文華

詩歌是中國古典文學中的一個重要門類，也是文化和藝術水準的標識。廣義的中國古典詩歌是指按一定格式押韻的文體或文章，如《詩經》《楚辭》、樂府、唐詩、宋詞。《三字經》和《百家姓》雖然不是詩歌，但是朗誦或咏唱時能産生鏗鏘和諧感，其韻文特色總與民間音樂聯繫在一起，文人墨客筆下“詩詞曲賦”並提由此産生。

16 世紀歐亞新航道開闢，西歐商人、傳教士和觀光客紛紛東來，隨後便出現了中國文化西傳的熱潮。19 世紀英國與中國的交流從物資延伸到文化，由於中國文學涵蓋著中國社會生活和文化傳統的方方面面，很快就成爲包括英國在内的西方世界認知中國的重要途徑。1917 年倫敦大學亞非學院的創建，爲培育和造就漢學人才提供了更好的條件，並出版了一批批重要著述。

1945 年 12 月 6 日錢鍾書在題爲“中國詩學”的講座中説，16 世紀英國學者喬治·普頓漢（George Puttenham，1529—1590）曾從一位到過遠東的意大利友人處瞭解到中國古典詩詞如何押韻並能拼出各種文字圖案，在 1589 年出版的《英國詩學》（*The Art of English Poesie*）中向英倫讀者介紹了中國古詩格律，並選譯了其中兩首詩歌。

一、英倫三島漢學文獻中的《詩經》《楚辭》

英國漢學家威廉·瓊斯（William Jones，1746—1794）通曉英語、拉丁語、俄語、梵語、漢語和藏語等 20 多種語言。他通過比利時傳教士翻譯《中國哲學家孔子》的啟示得以認讀《詩經》中文原本。孔子所引用的漢典詩句使他眼界大開。1774 年他在《亞洲詩歌集解》（*Poeseos Asiaticae Commentariorum*）中談及《詩經·衛風·淇奥》，後來又在《關於中國人的第二部經書》中將《淇奥》《周南·桃夭》和《小雅·節南山》譯成拉丁文。他在亞洲學會做過一次關於《詩經》的演講，認爲任何民族、任何時代、任何地區詩歌都無不受到重視，寫詩時都會採用相同或相近的意象。

　　1891 年英國出版了兩部英譯《詩經》，一部的譯者爲香港聖約翰大教堂牧師威廉・詹寧斯（William Jennings），書名爲《詩經：中國經典詩歌》（*The Shi King: The Old Poetry Classic of Chinese*）；另一部的譯者爲阿連璧（Clement Francis Ronmilly Allen, 1891—?），書名爲《詩經》（*The Book of Chinese Poetry*）。早先英國梵文學家威廉・瓊斯（William Jones）曾分別將《詩經》譯成拉丁文散文體和韻文體，然後轉譯成英語。19 世紀 60 年代理雅各（James Legge, 1815—1897）將《詩經》全部英譯，並加以詳盡注釋。1871 年他又在倫敦出版了《詩經》305 篇韻體英譯。

　　《楚辭》是中國文學中的浪漫主義經典。1840 年後有多部《楚辭》英譯本在英國問世，包括 1879 年香港《中國評論》第二卷發表的莊延齡（Edward Parker）《離騷》英文全譯本。1959 年英國牛津出版社推出了學者霍克斯（David Hawkes, 1923—　　）的《〈楚辭〉——南方的歌》，收錄了屈原、宋玉、東方朔、王褒和劉向等人的作品。霍克斯是 1948—1951 年北京大學的研究生，曾從《楚辭》的作者及其時代考證角度研究並撰寫博士論文。1959 年他在自己博士論文的基礎上英譯了《楚辭》全文，一時間在漢學界爭相傳閱，盛況空前。

　　1867 年翟理思（Herbert Allen Giles, 1845—1935）被調派到英國駐華使館任職，歷時二十餘年。翟理思是西歐翻譯和研究《楚辭》專家中貢獻突出者之一。1884 年他在上海出版的《古文甄選》中選譯了《楚辭》中的《卜居》《漁夫》和《九歌・山鬼》等篇章。1915 年倫敦和紐約出版的《儒家學派及其對手》中收錄了由他英譯的《東皇太一》《雲中君》和《國殤》。

　　英國漢學家理雅各的《楚辭》譯本在西方漢學界產生過較大影響。1895 年他在《亞洲皇家學會雜誌》第 27 卷上發表了《〈離騷〉及其作者》，文中選譯了《離騷》《國殤》和《禮魂》等篇。1923 年他的《古文甄選》兩卷本修訂版也補錄了《國殤》和《禮魂》。

　　1909 年英國漢學家和詩人朗西洛特・克蘭默-賓（Launcelot Alfred Cranmer-Byng, 1872—1945）在倫敦出版了中國古詩選譯集《玉琵琶》（*A Lute of Jade*），譯文重點爲《離騷》。1947 年班恩將自己翻譯的《離騷》納入了《白駒集》。1976 年英國神甫唐安石（John Turner）翻譯了《九歌・山鬼》，收錄在香港出版的《漢詩金庫》一書中。

　　英國漢學家偉烈亞力（Alexander Wylie, 1815—1887）1867 年在上海推出力作《中國文學劄記：附歷史源流簡介和中國文獻西譯記略》。

　　英國漢學家韋利（Arthur David Waley, 1889—1966）精通漢語、滿文和梵文，對中國文化、藝術和思想研究有許多獨到之處。1918 年他的代表作《漢詩 170 首》由倫敦康斯特布林出版社出版,是西方第一部公開出版的漢詩英譯集。1919 年他又出版了《中國詩增譯》,其中選譯了屈原的《大招》。該詩在描述四方兇險怪異的同時,極力稱頌楚國任人唯賢,政治清明,國勢強盛。全詩文字醇古,風格淡雅。1955 年韋利出版的研究專著《〈九歌〉——中國古代巫文化研究》,是西方漢學界第一部對屈原《九歌》整體性譯介的重要專著。英國漢學界對《楚辭》的研究視角獨特,研究面寬,歷史悠久。

二、不列顛學界文案中的唐詩宋詞

唐詩英譯史可以上溯到 1815 年。雖然當時多半以單篇或者組詩形式面世,但是却以豐富的内容,多彩多姿的形式和獨特的魅力贏得了學界的認可,影響迅速擴展到英國文藝界。其中大衛斯(John Francis Davis,又譯德庇時,1795—1890)1870 年編撰的《漢文詩解》(*The Poetry of the Chinese*)是綜述中國詩歌概況的專著,第一部分介紹從《詩經》到清詩中國詩歌的發展情況,對中國古詩的行列、對仗、節奏和韻律作了簡要介紹;第二部分從賞析角度對中國詩歌的内容、風格和内涵進行了深入解讀。

把唐詩全面介紹到英國漢學界並對唐詩在英國和美國傳播與研究產生重要影響的當推翟理思。19 至 20 世紀交替期間,翟理思先後出版了《古今詩選》、《中國文學史》和《古文甄選》第二版,掀起了歐洲學院派翻譯、研究、解讀唐詩的第一個高潮。他的韻體直譯法自成一家風格。

1919 年弗萊徹(William John Bainbrigge Fletcher,1879—1933)編撰的《英譯唐詩選》(*Gems of Chinese Verse*)和《英譯唐詩選續集》(*More Gems of Chinese Verse*)出版發行,是斷代唐詩英譯專集的里程碑,是西方世界最早的一部英譯唐詩專著。他從 1908 年起在中國工作和生活了 25 年,先後擔任英國駐上海和廣州領事,熱愛中國文化,長期研究中國古詩,卸任後受聘執教于廣州中山大學,直至去世。他的兩部唐詩選譯由上海商務印書館首印,然後在英美兩國發行,後來又分別再版了六次和四次。《英譯唐詩選》選譯了李白詩歌 36 首,杜甫詩歌 45 首,其他 56 位詩人詩歌 100 首,共計 181 首。《英譯唐詩選續集》選譯李白詩歌 17 首,杜甫詩歌 30 首,其他 28 位詩人 58 首,共計 105 首。弗萊徹創作詩歌《致李白和杜甫》(*To Li Po and Tu Fu*),分別印在兩部詩集的扉頁,以表對偉大詩人的敬意。

維克多·鮑瑟爾(Victor Bowser)的《中國詩歌精神》(*The Spirit of Chinese Poetry*,

1929)以英譯唐詩爲論述選題,以李白等文學大家的詩作爲譯例資源,聚焦於唐詩抒情主題的分析以及中西文化異同的比較,一馬當先地提出了對漢字偏旁思維的解讀。他認爲可把每一個漢字視爲一首詩,中國詩歌之精華盡在漢字之中。欣賞漢詩的秘密在於"看"而非"聽",用漢字寫出的詩歌,其聯想魅力遠非西方文字所能媲美。漢字在詩中爲讀者所提供的除了韻律和節奏之外還有浮想聯翩的圖形功效,而西方拼音文字在具體語境中只有語音效果而無其他。鮑瑟爾從漢字結構切入漢詩研究是一個獨特視角和新選題,後來美國詩人龐德(Ezra Pound)、艾米•洛維爾(Amy Lowell, 1874—1925)和弗洛倫絲•艾斯珂(Florence W. Ayscough, 1878—1942)等人的漢字結構分解實踐獲得成功。

詩人朗西洛特•克蘭默-賓譯著的中國古典詩歌《元宵節》(*A Feast of Lanterns*, 1916)和《玉琵琶》(*A Lute of Jade: Being Selections from The Classical Poets of China*, 1917)在西方學術界受到廣泛歡迎。他在上述漢詩譯著的《導言》中説,研究中國古典詩歌必須追溯到中國道家思想,道家注重人與自然的和諧,中國詩人和藝術家幾乎都是道家的隱士,神秘的大自然就是他們的神龕。他們心如止水,月光在上映照,白雲漂浮,落花片片,此情此景,足以釋懷於萬般困頓之中。中國人的祖先崇拜對於他們的藝術創作影響很深,把過去的歷史與傳説寫入詩歌之中,就像杜甫的詩歌中總有前代詩人的身影和聲音,而李白則借用舊主題發揮靈感創作新詩篇。

20世紀下半葉英國漢學家霍克斯對中國古典詩歌在英國的譯介和研究做出了傑出貢獻。1959年他出版了《楚辭選譯》(*The Songs of the South: An Anthology of Ancient Chinese Poems by Qu Yuan and Other Poets*, 1959)。他的《杜詩初階》(*Little Primer* of Tu Fu, 1967)也是有關杜甫及其詩作的重要譯本。

倫敦大學亞非學院終身教授葛瑞漢(Angus Charle Graham, 1919—1991)在中國古典詩歌翻譯方面成果豐碩,《紅樓夢》中的詩詞翻譯是他的中國詩詞英譯的重要組成部分。他的其他譯著還有《晚唐詩》(*Poems of the Late Tang*, 1965)和《西湖詩選》(*Poems of the West Lake*, 1987)等。

詞的非正式名稱爲"長短句",興于盛唐,繁衍於五代,極盛于兩宋,綿延于金、元、明、清。宋詞進入英語國家學術領域大約始于20世紀初,到20世紀30—50年代英國和美國等英語國家的學者對於宋詞研究尚停留在做功諜的譯介階段。隨著中外學術交流的深入,華人學者的大規模參與,工具書的出版配套,特別是1900年敦煌藏經洞被打開,曲子詞引起海內外學者的關注,中國詞學研究也從此揭開新的一頁。英美等國學者邁步進入宋詞研究領域,通常借助於中西詩歌的類比,然後以西方文藝理論爲依託,對咏物詞或演雅詩進行研究。因爲創作者可按照詞牌提供的曲譜填詞,不可譯的成分較多,長短句的風格又爲填詞提供了超想像的自由度,對於過分自信者的譯作評價爲"得失參半"的情況也不言過其實。

三、音步與聯想構成翻譯難題

一般説來,詩歌的翻譯難度超過小説和散文,因爲用詞數量、類別、組合和音韻受到所屬語言規則的嚴格約束,源語和目標語的語法和文化背景的巨大差别,難免導致接受美學、語言思維和習慣聯想的困惑孳生。

唐初中國近體詩已基本成形,"音步"相當於現在所理解的節奏單位。通常漢詩單音步代表一個漢字,雙音步代表兩個漢字。漢詩中一個音節(漢字)或多個音節(詞)組合可以形成"頓"。在照顧到語意和音節完整前提下,四言漢詩可用 2—2 兩頓句式;五言漢詩可用 2—2—1 或 2—1—2 三頓句式;七言漢詩則用 2—2—2—1 四頓句式,或者 2—2—1—2 四頓句式。

因爲英語是屈折語,多數詞語由多音節構成,其音步是重讀音與非重讀音的特殊性組合。一個英語音步的音節可能爲兩個或三個,但是不能少於兩個或者多於三個,而且其中一個必須重讀。英詩以音論步,而非以詞論步。英詩的尾韻 a-b-a-b,或 c-d-c-d,與漢語律詩"一三五不論,二四六分明"的規則頗爲接近。莎士比亞式十四行詩有七個韻脚,最後兩句對仗,與漢詩格式相差甚遠。

漢語屬於孤立語,有大量雙音節詞,典故的運用可擴大時空意境,留下了現象空間。許淵沖認爲,唐詩的"韻律之美",最重要的是押韻。由於唐詩不是五言就是七言,不是兩句一韻,就是十個字或十四個字一韻。而譯詩每行的音節往往是十二個,兩行一韻就要隔二十幾個音節才有一韻,用韻的密度大大低於原詩,所以很難達到原詩韻律同樣的效果①。

譯詩中一詞多義的現象很普遍,容易產生歧義。例如"君君臣臣父父子子"(《論語·顏淵》),四個漢字,各自重複一次。第一、第三、第五和第六個漢字爲動詞,第二、第四、第六和第八個漢字爲名詞。整個短語的意思是:爲君爲臣爲父爲子,都必須嚴格按

---

① 許淵沖《談唐詩的音譯》,載《翻譯通訊》,1983 第 3 期。

標準行事。字詞語義和語法功能的這種轉換，在古漢語和現代漢語中都時有所見。

　　很多文化詞在中英互譯時找不到對等詞，容易被誤譯。例如詩句"面壁十年圖破壁"中的"面壁"（語出已故周恩來總理的《無題：大江歌罷掉頭東》），如果把它譯爲"face a wall"，英語國家的讀者可能無法理解，句中借高僧達摩面壁的典故，喻中華男兒面壁思痛，立誓發奮圖强，爲國增光。那些最能體現中華文化精華的語彙，容易使人産生聯想，使抽象事物形象化，不可疏忽。

　　（作者爲北京語言大學教授）

俄羅斯《中國精神文化大典》
"金瓶梅"詞條譯注[*]

[俄]А. И. 科布傑夫　著　李逸津　譯

　　譯者注：《中國精神文化大典》是俄羅斯科學院遠東研究所組織俄羅斯主要東方學研究中心(莫斯科、聖彼得堡、新西伯利亞、烏蘭烏德、符拉迪沃斯托克)的漢學家們集體編著的一部目前俄羅斯最詳盡的關於中國從古代到現代精神文明的百科全書式詞典，由東方文學出版社於 2006—2010 年分六冊出版。其中 2008 年出版的第三卷上，收錄了由俄羅斯科學院東方學研究所研究員、哲學博士 А. И. 科布傑夫①撰寫的《金瓶梅》詞條，概要介紹了該書作者、版本、外國譯本以及續作等情況，並對《金瓶梅》的故事梗概和思想內容做了介紹和點評。這個詞條既是對《金瓶梅》一書的闡釋，又是對世界範圍內"金學"的概略介紹，同時也是對以往俄蘇《金瓶梅》研究的總結。這裏全文譯出，以供研究者參考。

　　《金瓶梅》——"金色花瓶中的梅花"，是中世紀中國最偉大的最具原創性、神秘性和醜聞的著名小說之一，它可能由一位隱藏在目前尚未發現的假名"蘭陵笑笑生"下的作者最初在 16 世紀創作的，因此有四百多年的歷史。它還有一個補充(或替代)的名字"第一奇書"。《金瓶梅》被列入傳統史上最傑出的小說"四大奇書"之一，其餘三部是《三國演義》《水滸傳》和《西遊記》，以後又加進了《紅樓夢》。

　　這部由一百回組成的約一百萬字的市井色情小說描寫的是發生在 1112—1127 年

　　* 譯自俄羅斯科學院遠東研究所編《中國精神文化大典》第 3 卷，莫斯科，俄羅斯科學院東方文學出版公司 2008 年版，頁 501—508。

　　① 阿爾覺姆·伊戈列維奇·科布傑夫(Артём Игоревич Кобзев，漢名科雅瓊，1953—　)，出生於莫斯科一個詩人家庭。1975 年畢業於莫斯科大學哲學系。自 1978 年起任當時的蘇聯科學院(現俄羅斯科學院)東方研究所研究員、高級研究員。1998 年起任莫斯科物理科學與技術學院人文科學系主任，歷史學教研室主任(1998—1999)和文化學教研室主任(1999)。2004 年起任俄羅斯科學院東方學研究所中國意識形態與文化部主任，2011 年起主持俄羅斯科學院東方學研究所中國部工作。

的、與小説《水滸傳》情節有關的事件,這是在中國傳統文化繁榮期的宋代(公元 10—13 世紀)。它寫作於明代(14 至 17 世紀)後期,當這種文化在其發展過程中達到了極限時,如同在 12 世紀一樣,正處於崩潰的邊緣,這總體上決定了《金瓶梅》是古典主義與頹廢特點的有機結合。

儘管在此期間有這樣一些創作了累累碩果的思想家和作家,如王艮(1483—1541)、何心隱(1517—1579)、李贄(1527—1602)和徐渭,這些人被公開稱爲瘋子和淫棍,並統治著極爲多樣的知識領域,一些《金瓶梅》的高調粉絲是老一代中國博學家。17 世紀初根據未發表的小説手稿,學者們相互衝突。有人拒絕把它刻印出來,而把它束之高閣(如沈德符,1578—1642),甚至還有人建議把它燒掉(如董其昌,1555—1636),認爲它絶對不雅。《金瓶梅》被正式列入禁書名單是在清朝(1644—1911),定期發佈專門的禁書法令(1687、1701、1709、1714、1724、1725、1736 等年)。在 1869 年江蘇總督不僅禁止出版小説本身,還包括它的續作。直到今天,它的全本刊印在中華人民共和國差不多依然被禁止。

儘管所有現代中國人都知道這個由三個字組合的標題“金瓶梅”,他們幾乎没有誰手中能拿到作品本身,而不是它的改編本或節本。到今天圍繞《金瓶梅》一書的框架,專家學者們創立了“金學”(關於《金瓶梅》的學問),一個龐大的研究和索引文獻庫正在探索建設中,出版量巨大,爲它編纂了幾部詞典。然而,在中華人民共和國獲得小説的完整版、未受到質疑的文本還是有限制的,這不僅是對廣大一般讀者,對專家也是如此。

到目前爲止,還没有找到《金瓶梅》的署名權。在這樣的條件下,被鑒定的至少有三種類型①的存在使小説的真實文本變得複雜,它的原始版本本身不僅在文本,而且前言、注釋、插圖,還有作者名字、全部作品以及各回的標題都存在著不同。

作者的小説手稿似乎並没有保留,而在今天,專家們擁有它的各種版本的十五種樣本,其問世時間是在 1617 年至 17 世紀末。

中國第一號“猥褻文學”以刻本的形式發行,直到現在比之更古老的手抄本仍不詳。在造成這種情況的一般文化原因中有複雜的事態,實際上也有經濟因素。《金瓶梅》手抄本的費用可能超過房子或僕人的價格一個數量級。在它於 17 世紀初第一次問世時,

---

① 《金瓶梅》的版本,大體上可分爲兩個系統,三個類型。一個是詞話本系統,即《新刻金瓶梅詞話》,也稱萬曆本(因刊印在萬曆年間而得此名);另外一個是崇禎本系統,即《新刻繡像批評金瓶梅》,也稱崇禎本(因刊印在崇禎年間而得此名)或繡像本(因書中含有 200 幅繡像插圖而得此名)或評改本;還有一個類型是張竹坡批評本,即《張竹坡批評第一奇書金瓶梅》,也稱張評本或第一奇書本,其實它本屬於崇禎本系統,但它又與崇禎本有區別,所以獨成一類型。

有證據證明其印刷極其有利可圖。

　　第一部（没被保存下來）的刻本看來問世於 1610—1611 年間的蘇州，這是它的第一批讀者和評論者之一的沈德符在《萬曆野獲編》，按字面意思就是"關於在萬曆時代（1573—1619）任意獲得的文集"中提到的。他在那裏注意到原文中没有袁中道改寫的第 53—57 回，可它們却出現在後來其他帶有（蘇州）方言的（僞）作者的版本中。專家們認爲，小説的這一部分，特別是第 53—54 回，直到今天都有明顯的插入語①。長澤規矩也②（1948）和孫楷第③（1957）經過研究，認爲《金瓶梅》的作者是保存了 17 世紀 15 個版本的高官作家李開先（1502—1568），其中包括 17 世紀一個手寫文本，習慣上分爲三組，其中第一組是小説的最早和最長的版本，而稍後第二和第三組是縮寫和仔細編輯的。

　　第一組由三個屬於詞話——"一個帶有詩句（音樂）的史詩叙述"類別的版本組成。其中最古老的，幾乎完整的（10 卷和 20 册），在 1917 年或 1918 年發現於山西省，1931 年（1932 年？）由北京圖書館購買。在 1933 年，用户進行了照相製版，複製了 100（120）本，並對第 52 回中丢失的三頁做了技術修復。並附有來自其他版本的 200 幅插圖。1957 年在北京它被重印了 2 000 册。第三次影印和少量複製本是在 1989 年，仍然是中國特藏的稀缺珍本之一。帶有一系列淫穢怪事圖像的這個文本構成了大量現代版本的基礎。而它的原本在二戰以後於 1975 年由美國轉運到臺灣。

　　在這個版本中，基本文本前面有三個序言，由八個字和四個字組成的兩個詩體題詞，以及目録。在第一個詩行的標題和小説的目録中，有"新刻"字樣，説明存在著更早的版本。第一篇序缺少其他版本都有的假名"欣欣子"（快樂的人，快樂的哲學家），他宣稱《金瓶梅》是蘭陵笑笑生寫的。一些專家認爲，這兩個是同一個人，蘭陵現在是山東省的嶧縣，在小説裏大量使用了山東的會話，按魯迅的説法，其所有對話都是這樣寫的。B. C. 馬努辛（1974）傾向於在這個化名中看到一個象徵性的含義："醉酒的自由思想，快樂的婚姻"，因爲如同勃艮第④和香檳⑤一樣的蘭陵，以使其居民上酒癮而知名。採用芮

---

　　①　沈德符《萬曆野獲編·卷二十五詞曲·金瓶梅》云："然原本實少五十三回至五十七回，遍覓不得，有陋儒補以入刻，無論膚淺鄙理，時作吴語，即前後血脈，亦絶不貫串，一見知其贋作矣。"
　　②　長澤規矩也（1902—1980），字士倫，號静庵，神奈川人，日本著名文獻學家。
　　③　孫楷第（1898—1986）字子書，敦煌學家，古典文學研究專家、敦煌學專家、戲曲理論家、教授。民盟成員，河北滄州王寺鎮人，1928 年畢業於北京師範大學國文系。
　　④　勃艮第（Burgundy）位於法國中部略偏東，地形以丘陵爲主，屬大陸性氣候，被稱爲"地球上最複雜難懂的葡萄酒產地"。
　　⑤　香檳（Champagne），法國北部地名，生産發泡酒。

效衛①(1981)之後類似的方法,可以設想和標記出在中國最著名的蘭陵人、曾經統治和被埋葬在這個城市的哲學家荀子②(見第 1 卷③),他寫過關於人類邪惡本質的論文(其藝術證明就是在《金瓶梅》中描述的各種墮落),並在自己生命終結時宣稱自己瘋了。"笑笑生"這個假名還出現在與《金瓶梅》同時期的晚明色情圖集《花營錦陣》④第 22 幅版畫中,這本書由高羅佩⑤(1951)出版和翻譯。

　　第二個序言"跋"署了一個假名"廿公"(用綫條畫成的二十;二十歲的大公),可能隱藏在這個名字後面的是袁宏道(1568—1610),他在《觴政》(宴會的規則)中把小説定性爲"非經典的經典"(逸典)⑥,其中傳記的作者被稱爲嘉靖時代(1522—1566)的"鉅公"⑦,恰恰符合沈德符的《萬曆野獲篇》中對"大名士"的描述⑧。

　　第三個序言的署名是一個化名:"東吳弄珠客",東吳也就是蘇州,猜測大概是馮夢龍在萬曆丁巳年的最後一個冬月,也就是公元 1617 年的 12 月 28 日到 1618 年的 1 月 26 日寫的⑨。

　　其他版本第一組在日本,以原始和不完整的形式保存。接下來最接近原文的是在三百年後,即 1933 年出現的。在三個世紀的時間間隔中,另一個顯著不同的版本占主導地位,它是第二個版本,數量最大的一組出版物,其出現一般被推及到明王朝統治的最後時期即崇禎時期(公元 1628—1644 年)。它們的特點是劃分爲 20 卷,並在標題中

---

① 芮效衛(1933—2016),原名戴維·托德·羅伊,男,美國學者,芝加哥大學榮譽退休教授,專門研究中國文學。因花 40 年時間將《金瓶梅》譯成英文出版而一舉成名。
② 荀子(約前 325—前 238)名況,戰國末期趙國(今山西南部)人,先秦著名思想家。荀子早年遊學於齊,學問博大,曾三次擔任當時齊國"稷下學宫"的"祭酒"(學宫之長)。後受楚春申君之用,爲蘭陵(今山東蘭陵縣蘭陵鎮)令。晚年從事教學和著述。
③ 即《中國精神文化大典》第 1 卷,下同。
④ 《花營錦陣》是明朝晚期無名氏創作的木刻版畫,全套共二十四圖,描繪了各種男女交歡姿勢與場景,每圖搭配的豔情詩混合了文學語言和通俗口語,讀來詼諧幽默,充分顯示當時淫穢的性文化及社會風貌。其第 22 圖署有"笑笑生"一名。
⑤ 高羅佩(1910 年 8 月 9 日—1967 年 9 月 24 日),原名羅伯特·漢斯·古利克,出生於荷蘭札特芬,荷蘭職業外交官、漢學家、外交家、翻譯家、小説家。高羅佩畢業於萊頓大學,通曉 15 種語言,曾被派駐泗水、巴達維亞、東京、重慶、華盛頓、新德里、貝魯特、大馬士革、吉隆玻等地,歷任秘書、參事、公使、大使等職務。高羅佩儘管仕途一帆風順,但他的業餘漢學家成就使他流芳後世。荷蘭人對中國的瞭解,在一定程度上也應歸功於他對中國文化的傳播。高羅佩的偵探小説《大唐狄公案》(Celebrated Cases of Judge Dee)成功地造成了"中國的福爾摩斯",並被譯成多種外文出版,在中國與世界文化交流史上留下重重的一筆。1967 年 9 月 24 日,高羅佩在海牙辭世,享年 57 歲。
⑥ 袁宏道《觴政》:"傳奇則《水滸傳》《金瓶梅》等爲逸典。"
⑦ 《金瓶梅·跋》云:"金瓶梅傳爲世廟時,一鉅公寓言,蓋有所刺也。"
⑧ 沈德符《萬曆野獲編》卷二十五《詞曲·金瓶梅》:"袁中郎《觴政》以《金瓶梅》配《水滸傳》爲逸典,予恨未得見。……聞此爲嘉靖間大名士手筆,指斥時事,如蔡京父子則指分宜,林靈素則指陶仲文,朱酺則指陸炳,其他各有所屬云。"
⑨ 萬曆詞話本《新刻金瓶梅詞話》之《金瓶梅序》落款爲:"萬曆丁巳季冬東吳弄珠客漫書於金閶道中。"

出現了自我定義的"新刻""繡像"和"批評"①,韻文文本的儘量減少,和按照鄭振鐸的觀點,能够爲中国南方居民懂得的山東方言對話比較多,日常生活描述、戲劇性對話和作者自白的減少,各章節標題和情節綫索的更加有序。還有另一個序言,其中一般提到愛情,而不是女性在古代將軍——公元前 3 世紀的劉邦和項羽的命運中的作用②。以及另一個不同的開端,其中的叙述並不是以復述小説《水滸傳》的另一部全本(120 回)第二十三至二十七回的人物武松的故事③開始的。主人公西門慶本人及與其相關的情節是在《詞話》的第十至十一回中出現的④。

據説這個縮寫版的編輯是李漁,這是由他的筆名回道人(回歸道之人)所證實的,在詩歌和小説名下(即夾有詞曲的章回小説,也就是"詞話"——譯者)附有 101 幅插圖(其中 99 回每回一幅,最後一回是兩幅)的"詞"20 卷本。《新刻繡像批評金瓶梅》保存在北京圖書館(此指首都圖書館——譯者),也有時直接稱第三組爲"李笠翁先生(即李漁)著"⑤。在俄羅斯科學院中國刻板基礎收藏(1695)的七個舊版中稱作者是李笠翁(目録卡片 1973 年第 2098、2099 號)。

最著名的是第二個版本——36 卷,帶有 200 幅插圖(每回兩幅),來自馬廉⑥的收藏,存放在北京大學圖書館。就這個版本,鄭振鐸整理出最新《詞話》的前 33 回,並於1935—1936 年在上海出版。它們後來在臺北再版,名爲《金瓶梅詞話》(1960)。由鄭振鐸繼續的這項工作,直到 1937 年日本大轟炸時終止。1989 年,北京大學影印出版了馬廉藏書的副本,這本書採用内部封閉銷售,首先在價格上難以置信,大約合 150 美金,這在當時相當於幾個月的平均工資。其次,只對職稱不低於教授的專家,即文藝學和語文學家。這一年山東的出版社齊魯書社以成套方式出版了這個版本。

---

① 指崇禎本《新刻繡像批評金瓶梅》。

② 東吴弄珠客《金瓶梅序》:"余友人褚孝秀偕一少年同赴歌舞之筵,衍至《霸王夜宴》,少年垂涎曰:'男兒何可不如此!'褚孝秀曰:'也只爲這烏江設此一著耳。'同座聞之,歎爲有道之言。若有人識得此意,方許他讀《金瓶梅》也。"

③ 指《水滸傳》第二十三回《王婆貪賄説風情　鄆哥不忿鬧茶肆》至第二十七回《武松威震平安寨　施恩義奪快活林》,這五回專講武松故事。

④ 指不是源於《水滸傳》情節的西門慶本人故事,在《金瓶梅》第十回《義士充配孟州道　妻妾玩賞芙蓉亭》和第十一回《潘金蓮激打孫雪娥　西門慶梳籠李桂姐》才出現。

⑤ 回道人原係吕洞賓别名,因字拆開即爲吕字。首都圖書館藏本《新刻繡像批評金瓶梅》第一百回圖後有"回道人評",而在李所著小説《十二樓·歸正樓》和署名"李笠翁先生著"的《合錦回文傳》也出現了"回道人評"和"回道人題贊"的字樣。

⑥ 1931 年冬天,北京琉璃廠一家古書鋪子在山西介休買到一部萬曆刻本《新刻金瓶梅詞話》,他們以 2 000 塊銀元價格賣給當時的北平圖書館,1933 年 2 月,北大教授、也是當時孔德學校圖書館的館長馬廉先生集資,抄配影印了 104部。大概因爲馬先生是北大教授,又主持了萬曆詞話本刊印事宜,便誤傳如此。有人研究過,萬曆本現存有 3 個完整本和一個 21 回殘本,原本收藏在臺北故宫博物館和日本。《金瓶梅》的另一個版本系列——崇禎本系列保存更多,有人統計過,目前發現的明刻《新刻繡像批評金瓶梅》就有 14 個流傳本,北大圖書館倒是有一部——本來是馬廉教授收藏本。

　　第三組包括基於縮編的第二個版本,並附有廣泛的注釋和張竹坡(張道生,1670—1698)的點評文章(總數超過十萬字),他在小説中看到了複雜的象徵結構,反映了未來在虛空變換的世界(歡,梵文瑪雅)中苦難的概念和與這種孝道(孝)的矛盾性概念的衝突。在 20 世紀的最後四分之一年代,原始評論和傑出人物張竹坡成爲進一步研究的對象,不只是中國學者(侯忠義和王汝梅,1985 年;吳敢,1987 年)①,還有西方學者(D. T. 羅伊,1977 年、1990 年;Д. Н. 沃斯克列辛斯基,1994 年)。特別有刺激性的是由他的弟弟張道淵在 1721 年寫的他的傳記在 1984 年被發現。(俄譯本把 Д. Н. 沃斯克列辛斯基寫的兩篇引言放到一起②;D. T. 羅伊的英譯本還包括小説《讀法》的大部分。)第一部類似的帶有《第一奇書》書名、不分卷的版本問世於 1695 年,特別是在序言(俄譯文爲 Д. Н. 沃斯科克辛斯基 1994 年譯)中出現了被認爲是張潮(1650—約 1703)的皋鶴堂謝頤的簽名③。

　　那裏説小説的作者是著名高官和作家王世貞(1526—1590),是對宋起鳳在 17 世紀 70 年代的《稗説》裏第一個提出的假設④,亦即對沈德符用“大名士”暗示的那個人的確認。由此直至 20 世紀初一直流行一個傳説,王世貞寫這本書帶有一個具體目的,即嘲笑甚至要殺死(在其頁面上浸透毒藥)害死自己父親的大官嚴世蕃(1513—1565,仿佛被帶入了西門慶的形象),當朝權貴嚴嵩(1480—1565,其原型是蔡京)之子,或者是著名文學家和學者唐順之(1507—1560)⑤。按照這個傳説,小説的寫作時間應該是在 16 世紀 60 年代。

　　兩個帶有作者名字李漁的類似的版本即香港八卷本重印於 1975 年。帶有作者考證的 20 卷再版本由在茲堂出版,於 1981 年在臺北發行⑥。帶有 200 幅插圖的這一版本的 36 卷本“本衙藏版”於 1987 年由齊魯書社以成套形式出版了縮編本。

---

　　①　侯忠義、王汝梅《金瓶梅資料彙編》,北京,北京大學出版社,1985 年;吳敢《張竹坡與金瓶梅》,天津,百花文藝出版社,1987 年。

　　②　Д. Н. 沃斯克列辛斯基 1994 年爲伊爾庫茨克出版的俄譯《金瓶梅》第一卷、第二卷分別撰寫了附錄《長篇小説與同時代人》、《長篇小説與注釋家》。

　　③　《皋鶴堂第一奇書金瓶梅·第一奇書序》:“《金瓶梅》一書,傳爲鳳洲門人之作也,或云即鳳洲手。然麗麗洋洋一百回内,其細針密綫,每令觀者望洋而欷。今經張子竹坡一批,不特照出作者金針之細,兼使其粉膩香濃,皆如狐窮秦鏡,怪窘温犀,無不洞鑒原形,的是渾《豔異》舊手而出之者,信乎爲鳳洲作無疑也。……今天下失一《金瓶梅》,添一《豔異編》,豈不大奇!時康熙歲次乙亥清明中浣,秦中覺天者謝頤題於皋鶴堂。”

　　④　清初宋起鳳《稗説》(卷三)明確斷言《金瓶梅》是王世貞“中年筆也”。

　　⑤　傳説王世貞之父王抒曾家藏一幅《清明上河圖》,被唐順之告訴了嚴嵩。嚴命唐去王家代爲索取。王叫人畫了一幅贋品送去。唐順之識破此係假畫,嚴嵩因此嫉恨王抒,後尋隙將其斬首,王世貞因此恨唐順之。唐生活腐敗,且喜讀色情作品,王便投其所好,杜撰出《金瓶梅》一書,派人將刻本送給唐順之,事先將毒藥浸透紙頁。唐讀書時習慣用手指沾吐沫翻書,遂中毒身亡。

　　⑥　即《皋鶴堂批評第一奇書金瓶梅》在茲堂本,臺灣里仁書局 1981 年影印出版。

　　總的來説,根據一些專家(例如小野忍,1963)的意見,縮編本是冗長版本處理後的結果。根據其他人(例如 P. D. Hanan, 1962; J. Wrenn, 1964),兩種都分別是從丢失的原始版本中衍生出來的。在 1979 年發現的謝肇淛的跋(俄譯由 Д. H. 沃斯克列辛斯基 1994 年譯出)裏説,可能這個手稿是由 20 卷幾百萬字組成的①。

　　在《金瓶梅》存世的將近四個世紀期間内,它在中國出版了不下 40 次。對此還可以添加十多種外語譯本的清單,開始滿語翻譯是在 1708 年(俄譯中文序言説署名是一個假名穀穀或穀旦②,見 Д. H. 沃斯克列辛斯基 1994 年文章③),完成它的是一個有血緣關係的親王,康熙皇帝(1622—1722)的一個弟弟,他還奠定了蒙文翻譯的基礎④。小説還被從中文轉譯成日語、越南語和馬來語。《詞話》版本首次被幾乎全譯成日文是由小野忍和千田九一完成的⑤(東京,1959—1960 年),幾次再版爲三卷本⑥和十卷本,還有岡本隆三完成的四卷本(東京,1971 年)⑦。西方第一個譯本是法文譯本(喬治·蘇利埃·德·莫朗的《金蓮》,1912 年)⑧,全然是縮寫和平實的,但又成爲其中包括英譯本的一系列西方譯本的基礎(《西門慶傳奇》,紐約:1927 年;《西門的後宫》,紐約:同年;《愛之塔,西門與其六個妻妾的風情故事》,北好萊塢:1968 年)。還有出自卓越的德國翻譯家

---

　　①　謝肇淛在《金瓶梅跋》中説:"書凡數百萬言,爲卷二十,始末不過數年事耳。"

　　②　穀旦,意指晴朗美好的日子,舊時常用爲吉日的代稱。《金瓶梅》滿文譯本序末署"康熙四十七年五月穀旦序",説的是時間,不是人名。

　　③　Д. H. Воскресинский: Роман и современники. // Цзинь Пин Мэй т1. Иркутск, 1994. Д. H. 沃斯克列辛斯基《長篇小説與同時代人》,《金瓶梅》(俄譯本),第一卷,伊爾庫茨克,1994 年。又載 Д. H. 沃斯克列辛斯基《中世紀中國的文學世界(中國古典白話小説)》,莫斯科,俄羅斯科學院東方文學出版公司,2006 年,頁 444。

　　④　1708 年,附有滿文序言的《金瓶梅》滿文譯本出版,這是根據張竹坡評點本翻譯的,但做了一些删改,其序言頗有學術價值。關於譯者其説不一,認爲是和素、徐元夢的説法最爲著名,不過翻譯無疑是受到滿洲貴族支持的。徐元夢,字善長,舒穆禄氏,滿洲正白旗人。康熙十二年(1673)進士,五十二年(1713)擢内閣學士。其間曾因違旨被治罪。假如徐氏中進士時是二十多歲,到康熙五十二年,已是六十歲左右的老人,加之人生坎坷,《金瓶梅》卷帙浩繁,他參與翻譯的可能性不大。和素,字存齋,滿洲人。有學者認爲和素是《金瓶梅》譯者,主要依據有二條。其一,和素是康熙朝著名的翻譯家,曾參與翻譯過許多著名漢籍;其二,努爾哈赤第二子代善之後、宗室昭槤在其《嘯亭續録》"翻書房"條中説:"有户曹郎中和素者,翻譯絕精,其翻《西廂記》《金瓶梅》諸書,疏節字句,咸中紫肯,人人爭誦焉。"

　　⑤　小野忍(1906—　　)早年畢業於東京帝國大學文學部,專攻中國哲學和文學,1940 年曾來華居住五年,自 1946 年起先後任國學院大學、東京大學的講師、副教授、教授等職,參與或主持了《中國古典文學全集》《增訂中國古典文學全集》《世界大百科事典》《大現代世界百科事典》等書的中國文學部份的編譯工作。除《金瓶梅》外,尚譯有《西遊記》。千田少一(1912—1965),1934 年畢業於東京帝國大學中國文學科,曾與竹内好、武田泰淳等一起創辦"中國文學研究會",參與《中國古典文學全集》的編譯,尚譯有《今古奇觀》。

　　⑥　小野忍、千田九一譯《金瓶梅》,東京,平凡社,1962 年。

　　⑦　岡本隆三,日本當代作家,1916 年(大正五年)生於静岡,東京外國語學院中文系畢業,曾在東京農業大學、立正大學、明治學院、横濱國立大學任教,現專事著述。主要著譯有《長征》《中國革命長征史》《中國歷史五千年奇趣録》《新西遊記》《完譯金瓶梅》《魯迅選集》《老舍作品集》《中國故事名言事典》《星火燎原》(編譯)等。《完譯金瓶梅》,精裝 4 册,東京講談社 1971 年出版。

　　⑧　西方最早的譯本是法漢學家巴贊(Bazin aîné),題爲《武松與金蓮的故事》,其内容實爲小説第一回,收入 1853 年法國巴黎出版的《中華帝國歷史、地理與文學綜論》一書。喬治·蘇利埃·德·莫朗譯本題名爲《金蓮》,由法國巴黎夏龐蒂埃與法斯凱爾出版社 1912 年出版。

弗朗茨・庫恩（1884—1961）筆下的根據 1695 年版譯出幾乎一半的節本①，1930 年在萊比錫出版。它是如此成功，以至於被重印多次，並被譯成英語、法語、荷蘭語、意大利語、瑞典語、芬蘭語和捷克語，而帶有 P. 拉威格涅（Lavigne）寫的前言的英譯本（B. 米奧爾，1939）②，P. 拉威格涅寫的前言的法譯本（波列特・簡-比埃爾，Porret Jean-pierre，1949）③也不止一次地被再版。出自崇禎本的德文譯本是第一個全譯本，起初是兩卷本，由奧托和亞瑟・祁拔兄弟 1928 和 1932 年在哥達④出版。但是出版被中斷了，6 卷本形式（帶有一卷注釋）的版本問世是在蘇黎世（1967—1983）。規模明顯較小，但仍比庫恩本大了兩倍，幾乎完全是英文（帶有拉丁文的淫穢段落）的四卷本是克萊門特・埃傑頓於 1939 年在倫敦出版的⑤。其中使用了 1924—1930 年在倫敦大學教漢語的老師提供的諮詢意見。在 1972 年紐約再版時，拉丁語中暗藏的不協調在喬治・M・富蘭克林的幫助下改譯成英語⑥。第一部五卷本帶有注釋的英譯《詞話》的出版計畫由普林斯頓大學的美國漢學家 D. T. 羅伊（芮效衛）完成，此前已經出版了三卷（1993 年、2001 年、2006 年），他贊成早期研究者和注釋家張竹坡提出的《金瓶梅》作者是戲劇家湯顯祖（1550—1616）的論據⑦。

在俄羅斯，根據 Б. Л. 李福清的説法，Г. О. 蒙澤列爾（1900—1959）在 1950 年就著手翻譯這部小説，但他過早死去了。當時接替這些工作的是 B. C. 馬努辛（1926—1974），1969 年 11 月 7 日完成了西方第一部差不多是全譯的規模爲 100 個印張的《詞話》。這部兩卷本著作附有李福清寫的序言，並有 Л. П. 思切夫參加，通過蘇共中央文學總局和中國學部的審查之後，帶有節選的片斷縮減了三分之二，出版社編輯 C. B. 哈爾霍娃的釋義也用了一半。在譯者去世三年之後才得以問世。1977 年和以後以縮編本形式再版於 1986 和 1993 年、1998 年（一卷本）。在 1994 年出版的 A. И. 科布傑夫主編的《中國

---

① 弗朗茨・庫恩（Franz Kuhn），這個節譯本於 1930 年在德國英澤爾出版社出版。庫恩是德國知名度較高、翻譯中國文學名著最多的漢學家，他的節譯本題爲：《金瓶梅——西門慶和他的六個妻妾的故事》。

② 1939 年同時出現了兩部英譯本，一是由米奧爾（Bernard Miall）自上述德文本轉譯而來的《金瓶梅：西門慶與其六位妻妾的冒險史》（*Chin P'ing Mei*：*The Adventurous History of His Men and His Six Wives*）。該譯本雖然篇幅不大，但可讀性甚強。另一個譯本是埃傑頓（Clement Egerton）的《金蓮》（*The Golden Lotus*），譯者雖然根據崇禎本（或竹坡本）直接譯成英文，但同樣經過大幅刪節和壓縮，將原書 100 回減至 50 回，且將"不雅"的內容一概譯成拉丁文。

③ 波列特・簡-比埃爾譯《西門慶與六位女子的故事》，巴黎，Guy le prat 出版社，1949 年。

④ 祁拔兄弟譯本《金瓶梅》第一卷（第一至第十回）於 1928 年在哥達恩格哈德-萊赫出版社出版。四年後，1932 年又出版了第二卷（第十一至二十三回）。

⑤ 克萊門特・埃傑頓譯四卷本《金蓮》1939 年在倫敦出版。

⑥ 克萊門特・埃傑頓（Clement Egerton）的《金瓶梅》英譯本分別於 1954 年和 1972 年由紐約格羅夫出版社和帕拉岡出版社出版。

⑦ 芮效衛在其論文《湯顯祖創作〈金瓶梅〉考》（載《〈金瓶梅〉西方論文集》，上海古籍出版社，1987 年）中也認爲《金瓶梅》作者是湯顯祖。

色情》中再版和補充了試印章節之後,開始完整出版馬努辛的帶有留下空白和詳細說明的學院派附錄,以及本國與外國作者的注釋與研究的譯本。可是,部分地由於該項目的一個參與者 B. C. 塔司京①的去世,這項工作在第三卷上停止了,只涵蓋了大約五分之三的文本。由於這一悲劇,應該承認領先的還是西方語言的譯本。《詞話》的全譯本還是帶有 R. 艾田蒲②爲以《聖經》和《古蘭經》開頭的《世界經典之心》寫的序言的,A. 列維(雷威安)③精美的兩卷本法文譯本(1985 年)。

《金瓶梅》是最高級的世界精品,這本書可以與《荷馬史詩》、《神曲》、《卡剛都亞和龐大固埃》(《巨人傳》)、莎士比亞戲劇、《堂吉訶德》、《戰爭與和平》、《卡拉馬佐夫兄弟》等並列。從中國作品體裁的觀點,也就是認爲自己是小說、長詩和戲劇的綜合來看,甚至能夠和上述任何一部西方精品競爭。嚴格來說,《金瓶梅》作爲長篇小說的體裁資格是有條件的。這是一種複雜程度最高的綜合形式,是最簡單的區分,是大量詩歌文本(數量超過一千首,按類別和規律程度形成自己的等級,在韻律散文中達到極限)、戲劇對話(規定單個章節的結構,並附有必要的評論)和散文(最大幅度地從日常生活描述到復述佛教經典和科學論文)的嚴格組織的組合。

從一方面說,缺少西方經典長篇小說的心理學。但另一方面——則是東方長篇小說的道德純粹主義。《金瓶梅》客觀描寫的"行爲主義"④風格創造了一種自相矛盾的現代主義意識。用現代詞語來說,可以稱《金瓶梅》是第一部百章"肥皂劇",章就是"回",完整對譯"回"這個詞就是"重複的行動"。"金瓶梅"中的大部分詩歌都是用音樂表達的,伴隨著與旋律對應的引文。此外,對詩歌體裁的引用包含在《金瓶梅詞話》這一書名本身之中。這個多層面的文本同時獨特地起著宋、明時代,也就是整個公元第一個千年和第二個千年上半期⑤,在社會經濟和文化任何方面的中國社會生活實際情況的科學指南作用。

以自己關於"美好時代終結"的展示來警告明朝,《金瓶梅》是中國第一部作者自著

---

①　伏謝瓦洛德·謝爾蓋耶維奇·塔司京(Всеволод Сергеевич Таскин,1917—1995),出生於後貝加爾州普里鎮,卒於莫斯科州別爾采。蘇聯漢學家,翻譯和學術編輯。

②　艾田蒲(Rene Etiemble,1909—　)法國著名的漢學家,知名作家和當代西方最傑出的比較文學與比較文化學者,巴黎大學中西比較文學講座的主持人,學貫中西的作家與社會學教授。

③　雷威安(André Lévy 1925—2017),法國著名漢學家,生於中國天津。譯有《金瓶梅》《西遊記》《聊齋志異》等中國古典文學名著。

④　行爲主義(Behaviorism)是美國現代心理學的主要流派之一,也是對西方心理學影響最大的流派之一,形成於 20 世紀初期。行爲主義強調運用自然科學的實證方法,對社會政治生活的過程作系統的、經驗的和因果的解釋。

⑤　宋朝(960—1279)、明朝(1368—1644)。關於《金瓶梅》反映的年代,學術界衆説紛紜,大致無外乎嘉靖朝、隆慶朝、萬曆朝三説,其中吳晗先生提出的萬曆朝之説,幾乎爲大多數學者所承認。此外還有學者認爲是在正德(1505—1521)年間。

的小説,也就成爲第一部文學創作高級形式的完全是原創的形象,神秘形象問世在時間上與莎士比亞、塞萬提斯等那些新歐洲文學使徒的作品相一致。就像這些光榮的名字一樣,與其相關的還有作者身份問題。一方面,它的不知名作家被稱爲他那個時代的"名士"和"古老的學者"或"老儒者"(老儒),在它可能的創作者中間有 16—17 世紀中國最偉大的文學家。而從另一方面直接説出了關於未知作者的反對意見,他是社會下層階級的代表,並且是希望成爲作者的被稱爲平民的人,盲説書人劉守(劉九)①。

這一角色的候選名單現在涵蓋了約 40 個名字,其中包括王世貞、李漁、李贄、徐渭、李開先、湯顯祖、沈德符、賈三近(1543—1594)、屠隆(1542—1605)、馮夢龍、謝榛(1495—1575)、李先芳(1510—1594)等知名人士。在這種情況下,一些專家(潘開沛,1954 年②;徐朔方,1984 年③)認爲《金瓶梅》不是一個天才的獨創,而是一個創作集體——各種文本的企業集團的産品,使用了後來經有教養的作家們處理過的流浪藝人的音樂。

如同經常發生在中國文學中的一樣,小説的標題並不是唯一的。它以"第一奇書""四大奇書第四種""八大文學傑作之一"④"多妻鑒"等稱號而聞名。但是,當然,它的主要名字——神秘曖昧的《金瓶梅》,甚至可以辨認出一種基於象形文字的雙關語、同音異義詞:"今評梅(國禎,1542—1605)⑤。"在小説的正文中,人們可以看出一點作爲它的三個女主角的名字——金蓮、瓶兒和春梅縮寫的解釋這一書名的辭彙基礎。例如在回顧全文的詩中,瓶兒和春梅被用雙音節詞"瓶梅"來概括⑥。

對《金瓶梅》標題的這種解釋在早在 1614 年就有袁中道在閲讀了未發表的一半手稿時就表述了⑦。同樣的觀點也反映在弄珠客的序言中,他認爲這三位女主角是被作爲

---

① 戴鴻森在《我心目中〈金瓶梅詞話〉的作者》(載《讀書》,1985 年第 4 期)一文中提出此説。據李開先《瞽者劉九傳》記載,劉九在嘉靖年間即已去世,時間上無著《金瓶梅》的可能。

② 潘開沛在 1954 年 8 月 29 日的《光明日報》"文學遺産"欄發表《〈金瓶梅〉的産生和作者》一文,提出"集體創作"説。

③ 徐朔方在《中華文史論叢》1984 年第 3 期上發表《〈金瓶梅〉成書新探》,認爲《金瓶梅》是世代累積型的集體創作"。

④ 日本曾出版《中國的八大小説》,東京,平凡社,1965 年。

⑤ 梅國禎,明代官員。字克生,號衡湘,湖北麻城人。少雄傑自喜,善騎射。萬曆十一年進士,任固安知縣,還任御史,曾平定西北叛亂。卒贈右都御史。著有《梅司馬遺文》《燕臺集》《性理格言》等,《明史》有傳。1982 年,美籍華裔學者馬泰來先生在《中華文史論叢》上發表《麻城劉家和〈金瓶梅〉》一文,認爲"金瓶梅"即"今評梅"之諧音。

⑥ 《金瓶梅》結尾詩有句云:"樓月善良終有壽,瓶梅淫佚早歸泉。"

⑦ 袁中道(1570—1623),字小修,湖北公安人,袁宏道之弟。其萬曆四十二年(1614)作《遊居柿録》云:"往晤董太史思白,共説諸小説之佳者。思白曰:'近有一小説,名《金瓶梅》,極佳。'予私識之。後從中郎真州,見此書之半,大約模寫兒女情態俱備,乃從《水滸傳》潘金蓮演出一支。所云'金'者,即金蓮也;'瓶'者,李瓶兒也;'梅'者,春梅婢也。"

惡習、罪惡和放蕩的化身被標記在題目中的①。

可是，充斥在《金瓶梅》頁面上的全是指令性的體現者，在它的主人公中間有西門慶和他的女婿陳敬濟，爲什麼却特別直接給女性授予頭銜？爲了解釋主人公甚至所有男性的奇怪之處，需要認識，劃分出比名字最初所具有的簡單主格語義更多的意義，把女性起源"陰"（參見第一卷"陰陽"條）概括爲普遍的破壞之源。接下來，我們應該假設由構成它們的象形文字的特殊含義所賦予的金蓮、瓶兒和春梅名字的頂級意義，揭示了相同的三個類別——"惡習""罪惡"和"放蕩"。

潘金蓮的名字貫穿著一個關於女性纏足習俗起源的歷史佚事。齊朝的統治者東昏侯（498—501年）命令在地上鋪滿用黃金製作的蓮花瓣，以便他的寵妃潘妃在它們上面跳舞。此時他興奮地喊道："步步生蓮花。"②因此，就出現了把被捆綁的女人的脚稱爲"金蓮"的説法，它在傳統中國被認爲是最誘人的性對象之一。瓶兒這個名字的直接含義是"瓶子"，顯然與邪惡的象徵與這個罪惡"容器"不可避免的邪惡有聯繫，這個罪惡是通往地獄的洞。最後，在雙音詞春梅中，象形文字"春"（春天）是決定所有猥褻的情色領域的主要術語之一。而"梅"（李子、杏、烏梅）——是浪漫的産生感情的象徵——春天梅花盛開，因此敞開了性欲、賣淫，連同其可恥的結局——梅毒硬下疳的"開花"。

因此，三個完整的女性名字能够象徵性地傳達極端性濫交的概念，這成爲一種致命的罪。但是，似乎是象形文字金、瓶、梅的三位一體意味著不是指同一惡習的三個品種或兩面，而是三個不同的缺陷，即貪婪、醉酒和好色。明確證實這一點可以用一個詩意的關於癡迷的四個羅曼斯（詞）的《金瓶梅》題詞來説，即"酒""色""財""氣"③。

顯然，這裏出現了第四個元素，首先是四言詩結構造成的正式結果。但是，用具有實質内容的觀點來看，與"傲慢是萬惡之母"這一論點類比的最後的"羅曼斯"可被視爲更高層級的結構要素，即一種獨特的概括，特別是它被加上具有最普遍身心醫學、甚至

----

①　東吳弄珠客《金瓶梅序》云："如諸婦多矣，而獨以潘金蓮、李瓶兒、春梅命名者，亦楚《檮杌》之意也。蓋金蓮以奸死，瓶兒以孽死，春梅以淫死，較諸婦爲更慘耳。"

②　《南史·齊紀下·廢帝東昏侯》："（東昏侯）又鑿金爲蓮華（花）以貼地，令潘妃行其上，曰：'此步步生蓮華（花）也。'"

③　《金瓶梅詞話》開篇有《四貪詞》："酒：酒損精神破喪家，語言無狀鬧喧嘩。疏親慢友多由你，背義忘恩亦是他。　切須戒，飲流霞。若能依此實無差。失却萬事皆因此，今後逢賓只待茶。色：休愛綠鬢美朱顏，少貪紅粉翠花鈿。損身害命多嬌態，傾國傾城色更鮮。　莫戀此，養丹田。人能寡欲壽長年。從今罷却閑風月，紙帳梅花獨自眠。財：錢帛金珠籠内收，若非公道少貪求。親朋道義因財失，父子懷情爲利休。　急縮手，且抽頭。免使身心晝夜愁。兒孫自有兒孫福，莫與兒孫作遠憂。氣：莫使强梁逞技能，揮拳捵袖弄精神。一時怒發無明穴，到後憂煎禍及身。　莫太過，免災迍，勸君凡事放寬情。合撒手時須撒手，得饒人處且饒人。"又《金瓶梅》第一回曰："單道世上人，營營逐逐，急急巴巴，跳不出七情六欲關頭，打不破酒色財氣圈子。"

宇宙論意義的象形字"氣"。"氣"(此處俄譯爲 пневма,源自古希臘醫學和哲學術語"普紐瑪",指"氣"、"精氣"——譯者)的意思,在這裏表達的不只是個別的傲慢或憤怒的惡習,按照道家經典作家莊子(公元前 4 世紀,見第 1 卷)的説法,"滑心"也是一種普遍的精神道德缺陷①。這也正是明代最偉大的哲學家、《金瓶梅》得以出現的智力前提的創造者王陽明(1472—1529,參閱第 1 卷)的意思,他曾斷言:"傲者衆惡之魁。"②

《金瓶梅》的所有内容都是愛神與塔納托斯③之間不可分割的聯繫的完備例證。關於作爲血親復仇武器的小説起源的象徵性的傳説。這個傳説順便以自己的方式解釋了到目前爲止原始手稿的缺失。與這個悲劇象徵性的死亡相一致,鄭振鐸的手稿和直到今天没有完全公開出版的 B. C. 馬努辛的著作,在 1974 年就預言:"在《金瓶梅》之上幾個世紀以來一直懸著一個詛咒。"

關於試圖續寫《金瓶梅》的最早證明由沈德符再度提出,他早在 17 世紀初就注意到了。還有一本書也是"大名士"寫的,並且帶有類似結構下的主人公,以及某程度也是多義的書名《玉嬌李》或者《玉、嬌、李》(《像玉一樣迷人的李子》或者《孟玉樓、李嬌兒、李瓶兒》)④,可是這本書很快就失傳了,没有延續到我們今天。(還有另一本更晚和不止一次在西方翻譯的小説有類似的題目,只是最後一個字不同,爲《玉嬌梨》⑤或者《玉嬌梨⑥》——《像玉一樣美麗的梨》或者《白紅玉吸引盧夢梨進入愛情》)。但是已經在 1661 年出現了丁耀亢(1599—1669)的作品,它有明白的標題《續金瓶梅》(64 回)。這部書在 1665 年被禁止,其作者被監禁了 4 個月。後來,匿名作家們從中還創作了兩個續篇:《隔簾花影》⑦(48 回,17 世紀末,F. 庫恩的德文和法文譯本,1956、1962 年),帶有可能是由化名四橋居士的人寫的序言。避開了在女真族的金與漢族的宋、滿族的清與漢族的明之間鬥爭的政治上的危險。還有《金屋夢》(60 回,1912 年),也明顯地暗示《紅樓夢》,是某位化名夢筆生的人創作的,他核校了兩個過去的文本,減少了關於宗教報應的段落。所有這三部帶有精確刪節了淫穢之處的小説曾於 1988 年在濟南出版了

---

① 《莊子·天地》:"趣舍滑心,使性飛揚。"唐成玄英疏:"趣,取也。滑,亂也。順心則取,違情則舍,擾亂其心使自然之性馳竟不息,輕浮躁動,故曰飛揚也。"

② 語出王陽明《傳習録·下》:"謙者衆善之基,傲者衆惡之魁。"

③ 塔納托斯,希臘神話中死亡的擬人化神。

④ 沈德符《萬曆野獲編》卷二十五:"中郎又云:'尚有《玉嬌李》者,亦出此名士手。"

⑤ 又名《雙美奇緣》,描寫明正統年間才子蘇友白與宦家小姐白紅玉(又名無嬌)、盧夢梨爲了愛情經歷了種種磨難最終大團圓的故事。

⑥ 此處俄譯文爲大寫的"Ли",指書中人名盧夢梨的"梨"字。

⑦ 《隔簾花影》是《金瓶梅》續書的一種,中國古代十大禁書之一。它是丁耀亢《續金瓶梅》因時忌和誨淫遭禁毁後的另一種續書,約刊於清康熙年間。小説爲避免丁氏《續金瓶梅》的命運,對原書人物及情節,尤其是《續金瓶梅》中的大量有關時政的事蹟作了改動,以因果輪回寫世事之滄桑,但亦有部分内容涉及到床幃秘事。

兩卷本。著名的日本作家曲亭馬琴(1767—1848)①以《新編金瓶梅》的書名再創作了關於自己同胞故事的小説。

（譯者爲天津師範大學文學院教授）

①　曲亭馬琴是日本江户時代最出名的暢銷小説家。1814年,其所著讀本小説《南總里見八犬傳》在日本刊行,據説"書賈雕工日踵其門,待成一紙刻一紙;成一篇刻一篇。萬册立售,遠邇争睹",成爲日本歷史上第一個靠稿費生活的職業作家。

我與中俄文學關係研究

李逸津

　　眼下"海外漢學"熱悄然興起，不僅許多外語專業人士以此爲新的學術發展方向，中文、歷史，甚至經濟學、政治學、社會學等專業的學者，也有不少人躋身海外漢學研究。國内許多高校和科研院所，也紛紛成立"海外漢學"或"國際中國學"等研究機構，召開了不少這方面的學術會議，國家也批准了一系列與這一領域研究相關的科研立項。作爲一個自 20 世紀 90 年代初就涉足中俄文學關係研究的參與者，看到自己爲之努力的學術領域有了新的同志，有了被社會呼應和認可的學術潮流，自然是十分欣喜。不過，我始終不認爲自己是在研究俄羅斯漢學。因爲在我看來，海外漢學是一個十分寬廣的學術領域，不僅是文學，還有哲學、歷史、地理、政治、經濟、文化，甚至軍事、宗教等等，所有一切外國人研究中國這些領域問題的學術，都屬於"海外漢學"的範疇。而我所做的工作，不過是研究俄羅斯如何引進介紹和研究中國文學的情況，所以我總説自己從事的是"中俄文學關係"研究。

　　説起我進入這個學術領域，實在是很偶然，甚至帶有被動、誤闖的成分。20 世紀 80年代末，長期緊張的中蘇關係出現解凍，蘇聯方面自 1985 年戈爾巴喬夫上臺之後，推出一系列旨在改善中蘇關係的舉措，其中包括雙方互派 600 名高等學校教師進行學術交流。我自己早在 60 年代上小學時就學過俄語，以後從初中到高一"文革"開始之前，又學了 4 年俄語。70 年代末報考研究生，爲了應付外語考試，還是選擇了俄語。研究生學習期間，俄語成爲研究生公共外語課程，又跟專業老師學了一年俄語。以後考慮到評職稱還要考外語，又參加了學校爲青年教師晉升職稱組織的俄語輔導班。自己還訂閱過一些俄語普及讀物，甚至買過一些俄文原著練習翻譯。有了這些積累和儲備，當學校通知各系選拔赴蘇訪學教師的時候，我毫不猶豫就報了名，並且通過了學校内部的初選。然後就是到北京參加出國人員外語水準測試（BFT）。1987 年春天第一次考試没過，但瞭解了考試門路。到秋天再考，得了 84 分，超出非專業人員及格綫 2 分，被批准參加國家教委委託上海外國語大學主辦的出國外語強化培訓班。這樣 1988 年上半年到上海培訓,考試合格,下半年就被派到蘇聯列寧格勒國立赫爾岑師範學院(現名俄羅斯國立赫爾岑師範大學)去做"訪問學者"(俄文名稱叫"進修生"──стажёр)。

　　我自己是中文系教師,在學校裏教文藝理論和古代文論,到俄羅斯學什麼? 學中國古代文論? 那真成了錢鍾書先生在《圍城》裏諷刺的"學國文的人出洋'深造'聽來有些滑稽"了,所以我只能選新中國建國之初從蘇聯引進的"文藝理論"。想到當時國內正在反思長期影響我國文藝理論教學和文藝路綫政策的蘇聯文論體系,研究如何創建有中國特色的社會主義文藝理論。到這套理論的源頭去做追根溯源的探尋,實地考察其課堂教學與文藝工作實踐,與教師、學者和文藝工作者直接對話,瞭解其現實發展與爭議質疑,自認爲是很實際,也是很急需的吧? 於是我就在填報進修選題時寫了"蘇聯高等學校文藝理論教學現狀評估"。此時我還根本没想到研究什麼"蘇聯漢學"。

　　還是到臨出發的前一天,我到系裏去跟領導、同事們道别,在樓門前遇到古漢語教研室的隋文昭老師。隋老師問我去蘇聯的事,同時提醒我説:"列寧格勒可是蘇聯重要的漢學研究基地,你到那裏應該考察一下他們漢學資料收藏和最新的研究狀况。"這話對於當時的我來説,可謂醍醐灌頂、茅塞頓開,這時我才在自己的進修計畫裏加上了考察蘇聯漢學的内容。

　　到達列寧格勒赫爾岑師範學院語文系之後,系裏指派葉甫蓋尼・阿列克謝維奇・卡斯丘辛副教授做我的學術導師。别看他是副教授,但擁有正博士學位,這在當時的蘇聯高校非常難得,所以課程表上他的名字前頭,標有兩個俄文字母"Д"(Доктор 博士加 Доцент 副教授)。導師不懂中文,派他做我的導師,一是因爲當時赫爾岑師院語文系裏只有他一個人在教文藝理論,同時也因爲他出生在哈薩克斯坦,其博士論文研究的是中亞民間動物故事和傳説,用當時系秘書小姐的話來説:"算是和你們中國沾點邊吧!"導師早年畢業於莫斯科大學,是蘇聯著名文學理論家、波斯彼洛夫學派創始人 Г. Н. 波斯彼洛夫①教授的學生。在這樣一位導師指導下研究蘇聯文學理論問題,自然十分榮幸。但我還是想試著貼近自己在國内原來的研究方向,以便揚長避短,易出成果。與導師接觸不久,我就提出想寫一篇介紹中國古代文論的論文,將來就算作我的進修總結報告。導師很爽快地答應了,並親自幫我修改。這樣我就寫出了平生第一篇俄文論文《什麼是"氣"──論中國古代文學理論的一個概念》(Что такое ЦИ? ──Об одном из

---

① 根納季・尼古拉耶維奇・波斯彼洛夫(Геннадий Николаевич Поспелов,1899—1992),蘇聯著名文藝學家、文學理論家,自 1960 年至 1977 年任莫斯科大學文學理論教研室主任。其所提出的"藝術的意識形態本性"理論,對我國新時期之初關於藝術本質的大討論産生過較大影響。

понятии древнекитайской теории литературы），這也算是我在中俄文學交流研究方面的處女作吧。

　　赫爾岑師院裏没有東方學科，也没有懂漢語的人和漢籍藏書，所以在這裏根本談不上考察什麽“蘇聯漢學”。幸好我在中國駐列寧格勒總領館組織的出國留學人員集會上，認識了當時在列寧格勒大學東方系教漢語的來自北京語言學院的劉鐮力（原名劉蓮麗，“文革”時改的這樣一個革命化名字）老師。劉老師是 60 年代天津南開大學中文系的畢業生，又和我當時所在系黨總支書記的愛人是同班同學，找到了幾個共同點，這就一下子拉近了我們之間的距離。劉老師是個熱心人，當即向我提供了幾位列大東方系漢學家的名單。經她介紹，我得以拜訪和諮詢了著名漢語翻譯家尼古拉·斯別什涅夫（漢名司格林）[①]、著名中國古典文學和戲曲研究專家列夫·緬尼什科夫（漢名孟列夫）[②]、古漢語研究專家謝爾蓋·雅洪托夫[③]等老一代學者，還有當時在東方系讀研究生並兼任教學秘書的一位記不清是叫“維拉”還是“列娜”的小姐。這位小姐當時正跟司格林教授攻讀中國當代文學，她向我介紹了中國當代文學作品在蘇聯翻譯和研究的情況，還幫我複印了一批從圖書館借來的中國新時期文學作品的俄譯本。當時正值戈爾巴喬夫計劃訪華，蘇聯掀起了一場不大不小的“中國文學熱”，許多中國新時期文學作品在蘇聯被翻譯介紹。這使當時與中國隔閡 20 多年、並對中國改革開放抱有極大新鮮感的蘇聯讀者産生了濃厚的興趣。記得當時在列寧格勒涅瓦大街書店裏出售新版《中國當代短篇小説選》（*Современная новелла Китая*）[④]的時候，我也是擠在排隊大軍中才搶到了一本。這種盛況，今天是看不到了。

　　就這樣，我在列寧格勒零零散散地搜集了一些俄譯中國文學方面的資料，當時也没想到要幹什麽，回國後有什麽用。不成想，我 1989 年 8 月底回國，本系王曉平老師找到我，説他和當時任中文系主任的夏康達教授領銜，申報了一個國家社科基金項目“20 世紀國外中國文學研究”，已經把我列入課題組成員名單。過不多久，他又找到我説，中國社會科學院文學研究所的周發祥先生約他申報的一個國家社科基金項目“中國古典文

---

　　① 尼古拉·阿列克謝耶維奇·斯別什涅夫（Николай Алексеевич Спешнев, 1931—2011），出生於北京，在中國生活到 16 歲，是俄羅斯漢學界著名的中國通。生前爲俄羅斯國立聖彼得堡大學榮譽教授，俄羅斯聯邦高等學校功勳工作者。

　　② 列夫·尼古拉耶維奇·緬尼什科夫（Лев Николаевич Меньшиков, 1926—2005），現代蘇聯新漢學奠基人 В. М. 阿列克謝耶夫的學生，東方學家、漢學家、翻譯家，自 1955 年起任蘇聯科學院東方學研究所列寧格勒分所研究員。

　　③ 謝爾蓋·葉甫蓋尼耶維奇·雅洪托夫（Сергей Евгеньевич Яхонтов, 1926—2018），列寧格勒國立大學東方系副教授，漢學家，歷史比較和普通語言學家。

　　④ С.霍赫洛娃《中國當代短篇小説選》，集體翻譯，莫斯科，藝術文學出版社，1988 年。

學在世界"也獲批准,但原定參加項目的社科院一位懂俄語的研究員因病退出,請我也參與這項工作。這樣,我一下子介入了兩個國家級社科基金項目的研究工作,壓力實在是不小。現在想來,也是我自己無知膽大,充滿自信,遇事不怵頭、不怯陣的性格使然,當時竟一口答應下來。曉平老師雖只比我大一歲,差不多算是同年,但他學業精進,科研起步很早,到我倆 1987 年一起去北京參加出國人員外語選拔考試的時候,他已經出版了一部專著《近代中日文學交流史稿》①,評上了副教授職稱。這在今天年輕一代博士、教授們看來可能不算什麼,但在我們當年却是了不起的成績。此時他正要去日本訪學,自然又能深入庫藏,淘到不少資料。而我已從蘇聯回來,當時匆匆帶來的那點資料肯定不够,面對如此龐大的科研計畫,真是一頭霧水,確實感到了"書到用時方恨少"啊!

怎麼辦? 只能再去當時的北京圖書館淘材料了。曉平兄爲了幫我完成任務,借給我一本北京大學李明濱先生贈予他的《中國文學在俄蘇》②,這是我見到的介紹中國文學北播俄羅斯最早的一部著作,當時可以説就是我的學術路綫圖和指南針。按照李先生著作的指引,我到北京圖書館複印了第一批資料,有現代蘇聯新漢學的奠基作、B. M. 阿列克謝耶夫的《中國論詩人的長詩——司空圖〈詩品〉》(*Китайская поэма о поэте-Стансы Сыкун Ту*,彼得格勒,A. Ф. 德列斯列爾印刷所,1916 年)、И. C. 李謝維奇的《古代與中世紀之交的中國文學思想》(*Литературная мысль Китая на рубеже древности и средних веков*,莫斯科,科學出版社 1979 年)、K. И. 戈雷金娜的《19 至 20 世紀初中國的美文學理論》(*Теория изящной словесности в Китае* XIX-*начала* XX *в.*,莫斯科,科學出版社 1971 年)等等,此外還複印了蘇聯自 1970 年以後歷年出版、在北圖有館藏的《遠東文學研究的理論問題》《中國: 社會與國家》以及學術討論會論文集裏有關中國文學的一些重要文章。當時我的指導思想就是"韓信將兵,多多益善",因爲我們未來要寫的"中國文學在俄羅斯的傳播與研究",内容實在是包羅萬象,古典、現代,詩、詞、歌、賦,小説、戲劇、神話傳説、散文、筆記,只要在俄羅斯有翻譯和研究,就都是我要搜羅的文獻。那時我四十歲出頭,正值壯年,在系裏也算是中青年骨幹教師,教學工作繁重,只能利用每年春節剛過,正月初五到十五這段寒假還没過完,北京相對清静的時間,到北京圖書館招待所住下,慢慢翻看、複印需要的資料。早上進圖書館翻卡片櫃,填索書單,交借閱臺。拿到書以後,翻閱查找自己需要的部分,再送複印室複印。當時圖書館規定一次只能借五本書,取書、複印都需要等待,所以一整天下來,最多能取還兩次,看到十本書。有時不順利,借出來的書不適用,或

① 王曉平《近代中日文學交流史稿》,長沙,湖南文藝出版社,1987 年。
② 李明濱《中國文學在俄蘇》,廣州,花城出版社,1990 年。

是想要的書籍庫裏找不到,還看不了這麼多。忙活一整天,最後在暮色蒼茫中拖著疲憊的身軀,捧著一大摞複印材料離去。

這樣的日子,大約持續了四五年。那時研究中俄文學關係的人還不多,經常是我到北圖再度索取去年看過的某本書時,該書借閱卡上記錄的還只有我的名字,中間再没有別人看過。估計裏邊書庫工作人員看借閱卡,就能知道去年那個人又來了。資料到手,真正的重頭戲還在後頭。我是非俄語專業出身,平時作爲公共外語和出國前突擊培訓學的那點兒俄語,只能應付一般生活交際,用來讀專業性很强的文學研究著作,那真是杯水車薪,不敷一用。没辦法,只能借助詞典硬啃。從 1990 年開始動手翻譯資料,到 1998 年第一批書稿交付出版社,我前後翻爛了兩本厚厚的《大俄漢辭典》。有些老一代俄羅斯漢學家的著作,用的還是舊俄文字母,需要對照新舊俄文字母表去辨認;遇到措辭艱深冷僻的著作,甚至需要一個詞一個詞地查字典。而自己當時做講師已過五年,晉升高級職稱迫在眉睫,像這樣慢吞吞的工作節奏,出成果要等到何時? 形勢逼得我不能等集體項目全部完成,必須先打短平快,凑够一篇文章的材料就及時成文,及時發表。我自己讀研究生時學的是古代文論,而俄羅斯漢學家研究這方面内容的著作,當時國内翻譯介紹的還不多,即便介紹也比較簡略。像李明濱先生《中國文學在俄蘇》一書中對阿列克謝耶夫司空圖《詩品》研究的介紹,就是如此。於是我決定以此爲突破口,先翻譯評論這方面的著作。經過三年多的奮鬥,我在 1994 年《天津師大學報》第 2 期上發表了我在俄蘇漢學—文學研究領域的第一篇論文《〈文心雕龍〉在俄羅斯》,同年 9 月在《天津外國語學院學報》第 2、3 期合刊上,發表了《中國古代文論研究在俄羅斯》,次年在《齊齊哈爾師範學院學報》1995 年第 3 期上,發表了《俄羅斯漢學家對〈文賦〉的接受與闡釋》。這一年還在《河北師院學報》第 1 期上,發表了《前蘇聯中國新時期文學研究述評》。這幾篇文章的發表,使我得以晉升爲副教授,也從此奠定了我後半生學術生涯的基本走向。

現在回過頭來看,我當時發表的那幾篇文章,實在十分淺薄,基本上可以説是翻譯材料的堆積。其中唯一可以自我肯定的,是我憑自己以前所學中國古代文論方面的知識積累,對俄蘇漢學家翻譯研究中國古代文論的著作,作了一定程度的文本分析和點評。這在當時純俄文專業出身學者的著作中尚不多見。以後到 1999 年,中國社會科學院文學研究所編纂的《中國文學年鑒(1995—1996)》,全文收錄了我撰寫的《中國古典文論在俄蘇》①;我爲合作專著《國外中國古典文論研究》撰寫的"司空圖《詩品》研究舉

---

① 　中國社會科學院文學研究所《中國文學年鑒(1995—1996)》,北京,作家出版社,1999 年,頁 633—639。

要”一節①，被俄羅斯著名漢學家李福清院士錄入其爲 2008 年再版的 B. M. 阿列克謝耶夫《中國論詩人的長詩—司空圖〈詩品〉》一書編寫的《現代司空圖作品研究文獻目錄》②。進入 21 世紀，一些研究中俄文學交流的碩士、博士論文和專著中，也有人引用我當年對阿列克謝耶夫《詩品》研究所作的翻譯和評論。説明我對這門學術的發展，也做出了自己的貢獻，當年的辛勞没有白費，這是我最爲欣慰的。

　　1999 年，我獲批國家教育部公派訪問學者，第二次來到蘇聯解體後改名爲聖彼得堡的列寧格勒，進聖彼得堡國立大學語文系進修。這時我已經在國内與學界友人合作，出版了《國外中國古典文論研究》《國外中國古典戲曲研究》③和《二十世紀國外中國文學研究》④三本專著，再到俄國，面對俄羅斯漢學家們，有了一些可作自我展示和平等對話的資本了。當時我提出想改派到東方系，但中國駐聖彼得堡總領館教育領事王英老師對我説：“你是中文系副教授，到他們東方系進修什麽？給他們講課還差不多，還是別改了吧？”於是維持原計劃到了語文系。

　　這次出發前，經過數年學術合作已經建立起深厚友誼的周發祥先生特意從北京給我打來電話，他此時擔任社科院文學所比較文學研究室主任，囑咐我多搜集一些俄羅斯比較文學研究方面的最新情況，所以我去語文系也算重任在肩，不是“打醬油”瞎混。

　　到了聖彼得堡大學語文系，我才知道俄羅斯大學裏並没有“比較文學”這門課程，他們的叫法是“比較文藝學”（Сравнительное литературоведение）或“歷史比較文藝學”（сравнительно-историческое литературоведение），其内容被定義爲研究各民族文學之間的相互聯繫，以及不同國家文學的相似性與區別性，屬於文學史的一部分，因此劃歸文學史教研室。而俄羅斯這門學術分支的創始人亞歷山大·尼古拉耶維奇·維謝洛夫斯基（Александр Николаевич Веселовский，1838—1905）恰恰是沙皇時代聖彼得堡大學的功勳教授，他的代表作《歷史詩學》（Историческая поэтика）現在已經被譯成中文，由天津百花文藝出版社出版。我到聖彼得堡大學語文系，還真算拜對了山門。語文系指派給我的學術導師是俄羅斯文學史教研室主任奧斯柯里德·鮑里索維奇·穆拉托夫教授（Аскольд Борисович Муратов，1937—2005），這位老先生是俄國傑出的文藝學家，專

　　①　王曉平、周發祥、李逸津《國外中國古典文論研究》，南京，江蘇教育出版社，1998 年，頁 365—370。
　　②　B. M. Алексеев：*Китайская поэма о поэте Стансы Сыкун Ту*（*837—908*）．Москва：изд. Фирма《Восточная литература》РАН．2008. c. 677. B. M. 阿列克謝耶夫《中國論詩人的長詩——司空圖〈詩品〉》，莫斯科，俄羅斯科學院東方文學出版公司，2008 年，頁 677。
　　③　孫歌、陳燕穀、李逸津《國外中國古典戲曲研究》，南京，江蘇教育出版社，2000 年。
　　④　夏康達、王曉平主編《二十世紀國外中國文學研究》，天津，天津人民出版社，2000 年。本人撰寫俄蘇部分。

攻 19 世紀俄羅斯文學史。但讓他來指導我這個憑"半吊子"俄語來到俄國，而且並非研究俄羅斯文學的進修生，實在也是大材小用。老先生借給我兩本 1926 年列寧格勒出版的介紹維謝洛夫斯基生平事蹟和學術思想的小冊子，以後就很難找到他了。看著手裏這兩本書脊磨損、紙頁熏黃的小書，估計其文物價值大於文獻價值，我實在有些誠惶誠恐，小心翼翼，生怕弄丟或弄爛。據同來的中國俄語界人士說，國內早有翻譯介紹維謝洛夫斯基學説的著作發表，不必在俄國啃這種老古董，於是我匆匆摘譯了一半左右，就把它們完璧奉還給穆教授了。

我心中實際的興奮點，還是在俄羅斯漢學—文學研究。這次很幸運地結識了此時正在東方系司格林先生門下讀研究生的華僑學者韓丹星女士。其實我與她應該説早就認識，1989 年我第一次在赫爾岑師院進修時就見過她。她當時是國內東北師大地理系教師，帶著 6 歲的女兒來列寧格勒看她的俄國姨媽。那時和我在一起的有東北師大俄語系的于延春老師，與韓丹星的媽媽是同事，他倆在食堂裏見面説話，我在一旁聽著，但她可能不記得我。後來我第二次來俄羅斯之前，也是第一次出國結識的老朋友、清華大學的李剛軍老師給我來信，説有個中國研究生需要賈平凹研究方面的資料，我便複印了一些有關文章給他寄去了。到了彼得堡之後我才知道，我所寄材料給的就是這位韓丹星。這樣，我倆以文結緣，也就成了朋友。經韓老師牽綫搭橋，我得以認識了當時擔任東方系中國語文教研室主任的 E. A. 謝列布里亞科夫[①]教授，並參加了東方系爲慶祝中華人民共和國成立 50 週年舉辦的學術研討會。又經謝教授介紹，認識了當時在俄羅斯科學院東方學研究所彼得堡分所工作的瑪麗娜·克拉夫左娃（漢名瑪麗）[②]，再以後又通過他們的輾轉介紹，以及我天津師大中文系過去的學生、現在莫斯科攻讀碩士學位的古紅雲女士的幫助，結識和拜訪了 E. A. 托爾奇諾夫（漢名陶奇夫）[③]、譚傲霜[④]、A. M. 卡

① 葉甫蓋尼·亞歷山大洛維奇·謝列布里亞科夫（Евгений Алексадрович Серебряков，1928—2013），生於列寧格勒，1950 年畢業於列寧格勒大學東方系。1954 年以論文《中國偉大詩人杜甫的愛國主義與人民性》獲語文學副博士學位。1973 年以論文《陸游的生平與創作》獲博士學位。1950 年後在列寧格勒大學東方系任教，長期擔任中國語文教研室主任。

② 瑪麗娜·葉甫蓋尼耶夫娜·克拉夫左娃（Марина Евгеньевна Кравцова，1953—　），出生於列寧格勒。1975 年畢業於列寧格勒大學東方系。自 1975 年至 2003 年在俄羅斯科學院東方學研究所聖彼得堡分所工作。1983 年以論文《沈約的詩歌創作》獲語文學副博士學位。1994 年獲語文學博士學位，論文題目《中國傳統詩歌藝術美學經典的形成》。2003 年 9 月調入聖彼得堡大學哲學系東方哲學與文化教研室任教授，2004 年 9 月起爲該教研室主任。

③ 葉甫蓋尼·阿列克謝維奇·托爾奇諾夫（Евгений Алексеевич Торчинов，1956—2003），蘇聯-俄羅斯宗教學家、漢學家、佛學家、中國哲學與文化史家。1994 年獲哲學博士學位，聖彼得堡大學哲學系教授，聖彼得堡佛館佛學講師及名譽主席。《宗教學》雜誌編委會成員。

④ 譚傲霜（1931—2017），具有中國血統的俄羅斯漢學家，畢業於北京大學中文系。1995 年獲語文學博士學位，2000 年 10 月起任莫斯科大學亞非學院教授。在漢語研究、漢語教學及教材編寫方面成績卓著，爲俄羅斯漢語教學和漢語推廣做出了重大貢獻。

拉別契揚茨(漢名高辟天)①、Г. А. 特卡琴科②等知名漢學家,從他們那裏獲得了許多關
於當代俄羅斯漢學—文學研究情況的最新資訊。

　　這一年在聖彼得堡大學我還結識了同住在瓦西里島謝甫琴科街 25 號聖彼得堡大
學研究生和外國留學生宿舍樓的 А. А. 羅季奧諾夫(漢名羅流沙)③和他的妻子 О. П. 羅
季奧諾娃(漢名羅玉蘭)④,他倆當時還都在讀研究生。這是一對對中國和中國人民懷
有友好感情的小夫妻,我們之間建立起如俄國人所說的"互相幫助"(俄語:помогать
друг другу)的合作關係。我向他們請教俄文方面的問題,他們向我諮詢中國文學。流
沙的研究題目是老舍,玉蘭研究張賢亮。我們之間的這種忘年交友誼一直延續到今天。
現在他倆已經是在俄羅斯漢學界享有一定名氣,並且在工作崗位上挑大樑的中年學者
了,他們對我後來的研究工作,也提供了許多具體的幫助。

　　除了向俄羅斯漢學家當面諮詢和請教,搜集俄羅斯漢學—文學研究資料最基本的
途徑當然還是購買圖書和複印資料。聖彼得堡大學東方系所在的大學河岸街 11 號樓
一層半地下室的書店,以及大學主校區北面不遠的俄羅斯科學院聖彼得堡分院圖書館,
就成了我經常光顧的地方。在我進修的那一年裏,幾乎書店裏所有新上架的中國文學
翻譯和研究方面的著作,都被我盡數收入囊中。此外,位於涅瓦大街、鑄造廠大街和瓦
西里島上的幾處舊書店,也成了我淘書的好地方。要知道,在俄羅斯買舊書有時比新書
還貴,並且俄國政府規定 40 年代以前出版的舊書算文物,不許出境,買書的時候還要看
好年代。我在這些地方買到的一些有重要參考價值的好書,如 К. И. 戈雷金娜的《太
極——中國 1—13 世紀文學與藝術中的世界圖畫》(*Великий предел: китайская модель*

---

　　① 阿爾傑米·米哈伊洛維奇·卡拉別契揚茨(Артемий Михайлович Карапетьянц,1943—　),生於莫斯科,譚傲
霜的丈夫。蘇聯-俄羅斯中國語文學家、版本學家和中國哲學史家。自 1966 年起爲莫斯科大學亞非學院教師。
　　② 葛里高利·亞歷山大洛維奇·特卡琴科(Григорий Александрович Ткаченко,1947—2000),出生於莫斯科,
1965 年進入莫斯科大學東方語言學院(現爲亞非學院)中國語文教研室學習。1970 年大學畢業後到軍隊服役。1972—
1974 年在政治新聞通訊社(АПН)遠東總編室工作。1974—1976 年在蘇聯科學院東方學研究所工作。1982 年以論文
《作爲文學文獻的〈呂氏春秋〉》獲莫斯科大學語文系副博士學位。1984 年回到東方學研究所,從 1991 年起成爲俄羅斯
科學院哲學研究所東方哲學部研究員。自 1995 年起俄羅斯國立人文大學(РГГУ)東方語言教研室主任,並在 1996—
1999 年間兼任人文大學歷史與文化人類學所長。
　　③ 阿列克賽·阿納托里耶維奇·羅季奧諾夫(Алексей Анатольевич Родионов,1975—　),出生於布拉格維申斯
克,1992—1997 年在布拉格維申斯克師範大學漢語教學專業學習。1998—2001 年在俄羅斯國立聖彼得堡大學研究生班
學習,師從俄羅斯當代著名漢學家、漢語翻譯家尼古拉·斯別什涅夫(司格林)教授。2001 年以論文《老舍與中國 20 世
紀文學中的國民性問題》獲語文學副博士學位。現任俄羅斯聖彼得堡國立大學東方系副教授、系常務副主任,聖彼得堡
俄中友協副主席,歐洲漢學協會副理事長,俄中兩國互譯 50 部文學作品工作小組成員。
　　④ 阿克薩娜·彼得羅夫娜·羅季奧諾娃(Оксана Петровна Родионова,1976—　),出生於布拉格維申斯克。
1993—1998 年在布拉格維申斯克國立師範大學外語系學習,主修漢語、英語和中文翻譯。1999—2003 年在科學院遠東研
究所做研究生,師從俄羅斯當代著名漢學家 В. Ф. 索羅金教授。2003 年以論文《當代中國作家張賢亮的創作》獲語文學
副博士學位。現任俄羅斯國立聖彼得堡大學東方系漢語教研室副教授。

мира в литературе и культуре Ⅰ－ⅩⅢ*вв.* 莫斯科,科學出版社,1995 年)、И. Г. 巴蘭諾夫的《中國人的信仰和習慣》、(*Верования и обычаи китайцев*,莫斯科,螞蟻出版社,1999 年)、В. А. 魯賓的《古代中國的個性與政權》(*Личность и власть в древнем китае*,莫斯科,俄羅斯科學院東方文學出版中心,1999 年)、С. А. 謝洛娃的①《俄羅斯白銀時代戲劇文化與東方藝術傳統(中國、日本、印度)》(*Театральная культура серебрянного века в Росси и художественные традиции Востока: Китай. Японния. Индия*,莫斯科,俄羅斯科學院東方學研究所,1999 年)等等,尤其那本在舊書店裏淘到的《中國色情》(*Китайский эрос*,莫斯科,正方出版聯合體,1993 年),回國後從中取材,助我寫成了好幾篇得以在核心期刊發表的重要文章。直到最近,《重慶三峽學院學報》發表了我的一篇《俄譯中國古代豔情小說中的性民俗與性文化解讀》,許多材料還是取自那本《中國色情》。一年出國搜集的資料,讓我用了十多年,甚至國內某知名作家在舉辦中俄文化論壇展覽時,還借用過我收藏的俄譯漢籍作爲展品。直至我退休之後,仍有學界朋友邀我參與國家級重點科研項目,每年還能在國內外學術刊物上發表兩三篇論文,用我的一位當過出版社編輯的同事的話來説,這叫"抓住了活魚",充分説明了在學術研究中佔有第一手資料的重要。

　　2000 年秋天回國後,我申報並主持了天津市"十五"社科規劃項目"20 世紀俄羅斯漢學—文學研究",並承蒙天津師範大學和文學院領導的支持,成立了由我任所長的"天津師範大學當代俄羅斯漢學研究所",組織本校學術力量,有計畫地開展對當代俄羅斯漢學的研究工作。以後我這個所又與王曉平教授主持的"比較文學與比較文化研究所"合併,於 2009 年成立了天津師範大學國際中國文學研究中心,承擔了國家級重大社科項目"20 世紀中外文學學術交流史"的研究。有團隊的協作,有項目的規劃,我的工作更有目標,也更有動力。自 2009 年之後,我在 8 年時間裏在國內外學術刊物和學術討論會上累計發表了俄羅斯漢學—文學方面的研究論文七十多篇,六十餘萬字,出版了兩部個人學術論文集:《兩大鄰邦的心靈溝通——中俄文學交流百年回顧》(哈爾濱,黑龍江人民出版社,2010 年)和《文化承傳與交流互讀》(哈爾濱,黑龍江人民出版社,2016 年)。這些零星瑣碎的成績,在方家耆宿或年富力强的學界新秀看來,可能微不足道,但

---

　　①　斯維特蘭娜·安德烈耶夫娜·謝洛娃(Светлана Андреевна Серова,漢名謝雪蘭,1933—　　),出生於莫斯科。其父二戰時在蘇軍總政治部工作,參加過出兵東北的戰鬥,並且跟中國人學習過漢語。受父親影響,她 1951 年中學畢業後即入東方學院學習漢語,1957 年畢業。後又進國際關係學院學習,獲歷史學博士學位。現任俄羅斯科學院東方學研究所主任研究員。

畢竟是個人心血的結晶,難免敝帚自珍,聊以自慰。撫今追昔,感慨萬端,拉拉雜雜陳述如上,也希望能對後生學子起一點鼓舞和激勵作用。

回顧自己涉足中俄文學關係研究近三十年的歷史,我總結出以下四點體會,供有志於此道的後生學人參考:

其一,要堅持不懈、持之以恒,有甘於寂寞、安於坐冷板凳的精神。中外文學關係研究是新興學科,可資借鑒的前人成果較少,且要求兼通中文和外語,需要披沙揀金,自己去開發研讀原始資料。這就需要時間,需要下笨功夫。期望抄近道,走捷徑,短期見效,早出成果,十分困難。我當年第一次回國投入研究工作,花了四年時間,才寫出第一篇論文,這就大大拖慢了自己晉升職稱的速度。所以,必須有爲學術獻身的精神和定力,不受暫時成敗的干擾,心無旁騖,執著專一,才能最終取得成果。

其二,要讀書,也要讀無字書。搞中外文學關係研究的人,肯定要出國,要接觸國外社會和文化語境。那就要把握住機會,廣交學界朋友,尤其是外國漢學家,同他們保持密切的聯繫,及時瞭解對方最新的學術動態。尤其現在有了互聯網這個便利條件,與遠隔千山萬水的外國友人聯繫,只是電腦鍵盤敲幾秒鐘的時間。我近幾年寫的一些文章,就是利用俄國漢學家朋友提供的最新材料完成的。交友,就要真誠,就要有許多功利目的之外的人與人之間相互暖心的溝通。宋代詩人陸游説"汝果欲學詩,功夫在詩外",今天做學問也是如此。爲什麽外國朋友能對你有求必應? 你自己平時就要維護這個關係,不能急來抱佛腳,用時才燒香。與外國漢學界人士保持長期穩定良好的友誼,是從事中外文學關係研究一門必不可少的"詩外功夫"。

其三,研究國外漢學,尤其是外國人的中國文學研究,一方面要克服盲目自大,認爲外國人研究中國文學全是"門外文談",不可能有什麽超過中國的真知灼見的偏見;另一方面也要防止崇洋媚外,奉外國人意見爲金科玉律的"文化殖民"心理。早在 20 世紀 90 年代,國內理論界就有學者提出了文藝理論上的"失語症"的問題。外國人的一些"新術語""新學説""新見解",在某些人看來就是"現代意識",就要全盤吸納,這是另一種需要克服的傾向。在中外文學關係研究中,我們必須堅持自己的文化自信,要站在馬克思主義世界觀和方法論的高度,科學地批判地吸收借鑒外國人對中國文學的分析評價。要用我們自己對祖國文學的深刻理解,及時糾正和批駁外國人對中國文學的誤讀和曲解。也只有這樣,我們才能在世界漢學—文學研究論壇上彰顯一個文化大國的風範,真正贏得國外漢學家對我們的敬重。

其四,要堅持我國歷來奉行的對待外來文化的"洋爲中用"原則。海外漢學本質上屬於外國學，研究國外中國文學研究，是要摸清中國文學流播海外的底數，研究外國人對我們中國文學如何譯介、如何評價，最終爲中國文學走向世界服務。所以，我們的立足點是中國，要站在中國需要的立場上，有選擇地觀察和研究外國學術的走向。我們不能被外國人牽著鼻子走，而要積極地引導和扶助外國人對我們的研究。隨著中國綜合國力的强大，國際地位的提高，實際上外國人更加關注的也是現代中國的實際情況，對這方面的話題更感興趣。所以，我們做中外文學關係研究的學者，要密切關注外國對中國文學最新動向的研究，及時報導和評論他們這方面的研究成果。這也是國內學術期刊最願意發表的題目，是有志於此道的青年學子們的成功之路。

作於 2017 年 10 月 10 日，69 歲生日之際

（作者爲天津師範大學文學院教授）

《一個青年的夢》在中國的接受研究*

陳瀟瀟

　　一部文學作品在本國國內是否受到歡迎、譯介至國外是否具有影響力,除去文學作品的内部因素,意識形態、主流詩學、歷史語境等文學外因素也很可能具有決定性作用。翻譯對文學作品的對外傳播起到了推動作用,是文學傳播不容忽視的一環,由此翻譯研究、翻譯批評也就與文學的傳播和接受緊密相連。近年來翻譯批評的研究範式逐漸從模仿論、行爲論轉向文化論,包括翻譯、文學在内的人文研究打破了傳統的專業研究疆界,出現了文化學轉向,人們越來越多地從文化層面考察文學的受容,展開翻譯批評。在文化學視域下考察譯介動機、考察翻譯文學對社會意識形態的建構和支撐,以客觀科學的學術態度還原歷史,有助於加深人們對社會文化歷史的理解。本文擬通過對翻譯文學的文學外因素、翻譯的重寫(Rewriting)以及創造性叛逆現象的解析,探究日本"白樺派"作家武者小路實篤的《一個青年的夢》在中國和日本兩國的接受呈現極大差異的原因,進而解析文學、翻譯、社會、文化之間相輔相成、互爲動因的連動關係。

一、《一個青年的夢》在中日兩國的受容差異

　　二十世紀初是中國新文學的發生時期,各種流派、題材的日本文學作品被廣泛譯介至中國。就單行本在中國的發行種類而言,翻譯得最早、最多的並非在日本文學史上享有"文豪"美譽的森鷗外與夏目漱石,而是白樺派作家的作品。魯迅翻譯的《現代小説集》中"有10篇屬於白樺派,占全書篇數的三分之一"①。而衆多白樺派作品中,被介紹得最多的則是武者小路實篤的戲劇。"武者小路是魯迅注意到的第一個白樺派作家,魯

　　* 本文係四川外國語大學研究生科研創新項目重點項目"武者小路實篤《一個青年的夢》基於文化學的譯介研究"(SISU2018YZ02)的階段性成果。

　　① 孫立春《中國的日本近現代小説翻譯研究》,天津師範大學博士論文,2008 年,頁 23。

迅翻譯的《一個青年的夢》,是'五四'以後翻譯的第一部白樺派作家的作品,也是中國介紹的第一部白樺派的文學作品。"①

武者小路實篤在青年時期深受託爾斯泰人生觀、戰争觀的影響,他的早期作品提倡人道主義、反對戰争,他創作的戲劇和提倡的新村運動在中國享有很高的知名度。《一個青年的夢》是他於 1916 年創作的反戰多幕劇劇本,共四幕。内容以一個青年的夢中經歷爲綫索,描寫了青年在夢中隨"不識者"來到了各國戰死者亡靈召開的和平大會,他聽到亡靈的對話、哭訴和反戰演講,同時也看到了象徵列强的德大、俄大、法大、奧大、英大、日大在所謂的愛國心的唆使下鼓吹軍備和戰争的表演。最後青年在和平女神對人類追求和平的呼聲中被"不識者"從夢境擲回現實。

1916 年正是日本向中國提出二十一條的時候,在日本積極推行軍國思想的歷史背景下,《一個青年的夢》從反戰立場展開了對國家主義者的批評,諷刺武士之勇,甚至表現出從天皇御制裏發現非戰思想的願望,與當時致力於對外擴張的國家主義背道而馳,它"構成了對軍國主義意識形態的'反動',這種'反動性'具體表現爲國家觀、生命觀、戰争觀的對立"②,因此該作品在日本的接受度和認可度都相對較低。與之大相徑庭的是,兩年後該作品被譯介至中國却受到了空前的追捧,"實篤精神"作爲一種時代精神在中國得到大力宣揚。武者小路實篤在 1922 年回顧自己的創作歷程時提及《一個青年的夢》,"寫了那個劇本,以爲能够促使世間的人們進行些許的反省,但劇本並沒有那樣的力量,撒下的種子也許在陌生的地方生根發芽了"③。這"陌生的地方"就是中國。《一個青年的夢》在中國生根發了芽,其反戰題材、戲劇體裁順應了中國歷史發展的需求,對中國社會產生了積極的影響。

作爲最早譯介至中國的白樺派作品,該作品宣揚的人道主義、和平主義理念與新文學運動時期的主流意識形態相契合,倍受周作人、魯迅、蔡元培、陳獨秀的推崇,在中國得到了廣泛宣傳,以至於宣揚"實篤精神"成爲"五四"時期强化主流意識和主流詩學的途徑之一。《一個青年的夢》"反映了'五四'時期魯迅文學啟蒙思想的一個重要的側面"④。它的"翻譯、宣傳與當時中國的社會主義思潮、無政府主義思潮發生了關聯","影響到了'五四'新文學的基本理念","對'五四'時期與'五四'之後的中國發生了廣

① 趙歌東《從魯迅譯〈一個青年的夢〉看〈呐喊‧自序〉》,載《東嶽論叢》,2006 年第 1 期,頁 112。
② 董炳月《"國民作家"的立場——中日現代文學關係研究》,北京,三聯書店,2006 年,頁 85。
③ 武者小路實篤《某男》,東京,新潮社,1923 年,頁 12。
④ 王向遠《二十世紀中國的日本翻譯文學史》,北京,北京師範大學出版社,2001 年,頁 94。

泛而深遠的影響"①。

筆者整理了《一個青年的夢》譯介到中國的經緯,如下表。

1918 年 5 月	周作人在《新青年》4 卷 5 號上發表了介紹文章《讀武者小路君所作〈一個青年的夢〉》,將《一個青年的夢》介紹到中國。
1919 年 8 月	魯迅將《一個青年的夢》翻譯成中文,發表在《國民公報》,連載至 10 月 25 日。11 月,譯稿又分四次發表于《新青年》。
1924 年 7 月	陳碫翻譯武者小路實篤《一個青年的夢》第三幕第一場,命名爲《某畫家與村長》,發表在《小説月報》第 15 卷第 7 期。
1931 年 11、12 月	孫俍工創作六幕劇《續一個青年的夢》。

除了魯迅、周作人、蔡元培、陳獨秀等思想主將對《一個青年的夢》極力推崇外,孫俍工(1894—1962)也深受武者小路實篤《一個青年的夢》的巨大影響。他創作的"許多作品一直與《一個青年的夢》保持著深層的、散在的'互文性'"②。1931 年,時任復旦大學中文系主任的孫俍工在聽到"九一八"事變發生的消息後,於 9 月 29 日憤然結束了在日本京都的訪問,回國後在 1931 年 11 月 23 日至 12 月 23 日一個月時間内,以實篤提倡的反戰思想爲主題,摹仿《一個青年的夢》創作了六幕劇《續一個青年的夢》。在《續一個青年的夢》的《自序》裏他寫道:

> 我往昔嘗讀武者小路先生著的《一個青年底夢》,没有一次不唏噓流淚的。人類不幸而有慘無人道的戰爭,人類何幸而又有這反對那慘無人道的戰爭的作家武者小路先生。武者小路先生在這一部書裏以悲天憫人的胸懷,用藝術表現的手腕,把戰爭發生的原因,及戰爭發生以後直接間接人們所受的荼毒,實表現無餘了。故我底感佩有如此。
>
> ……
>
> 一個青年底夢,終竟成爲一個夢麽? 世界人類真没有一個人認識和平女神底美的麽? 世界人類真没有一個人把真心獻給于和平女神的麽? 怎麽了? 連産生這作品的日本民族也輕視這作品底價值麽?③

孫俍工在閱讀武者小路實篤的《一個青年的夢》時受到了不少觸動,對武者小路實

---

① 董炳月《"國民作家"的立場——中日現代文學關係研究》,頁 92、93。
② 同上書,頁 95。
③ 孫俍工《續一個青年底夢》,上海,中華書局,1934 年,頁 1、2。

篤的反戰精神、人道主義大加褒揚。《續一個青年的夢》採用了《一個青年的夢》的叙事結構，可以説是對《一個青年的夢》的再創作。董炳月在著作《"國民作家"的立場——中日現代文學關係研究》裏對《一個青年的夢》和《續一個青年的夢》之間的延續性、互文性、異同作了詳實的剖析和説明，他提出兩部作品出現了"重心的轉換——《一個青年的夢》中的國家對個人的壓迫，在《續一個青年的夢》主要表現爲國家對國家的壓迫——具體説就是日本對中國和朝鮮的壓迫"，還指出《續一個青年的夢》不僅是對《一個青年的夢》的續寫，還是對魯迅譯作的續寫①。《續一個青年的夢》是《一個青年的夢》的讀者在特定的歷史環境下，對武者小路實篤原作的"創造性叛逆"，是基於原作的再創造，亦是翻譯文學的再生。

《一個青年的夢》在中國的感染力可見一斑，甚至到一百多年後的今天，仍被納入中國歷史研究、新文學研究的視野。這部作品在中國和日本的影響力因兩國主流意識形態的差異形成了強烈的對比，在日本因違背了國家主流意識形態及社會集體叙述而受到冷遇，而在中國卻由文學内部因素與文學外部因素形成的合力被推上了至高位置。該作品在中國的譯介和宣傳順應了當時中國的社會主義思潮和無政府主義思潮，對促進主流意識構建具有積極功用；從文化學的視角分析孫俍工創作的《續一個青年的夢》，可以將其視爲接受者和接受環境的一次"創造性叛逆"，抑或可以説上述的文學翻譯及對翻譯文學的再創作都是基於原作的"Rewriting"（"重寫"或"改寫"）②，它們延長了原作的生命，拔高了原作的歷史地位，擴大了原作的社會影響力。

二、文化學視域下的翻譯與"重寫"

解構主義翻譯的先驅者本雅明在《譯者的任務》中強調了翻譯對延長原作生命所具有的不可忽視的作用，提出翻譯是介於兩種語言和文化之間的閲讀和闡釋，安德列·勒菲弗爾在《翻譯、改寫以及對文學名聲的操縱》（*Translation*，*Rewriting and the Manipulation of Literary Fame*）中指出"翻譯、編撰史料、編選文集、評論和編輯都是一個重寫的過程，這一過程從根本上是相同的"，而"翻譯是最引人注目的一種重寫……也是

---

① 董炳月《"國民作家"的立場——中日現代文學關係研究》，頁 99—106。
② Rewriting 有兩種譯法："重寫"和"改寫"，用於翻譯批評時學界似乎没有做清晰的區分。邱進、胡文華、杜鳳剛在《Rewriting："改寫"還是"重寫"——兼評對勒菲弗爾理論的相關誤讀》（《東北大學學報》，2014 年第 9 期）中提出"將'rewriting'譯爲'重寫'更有助於研究者抽象出其超出翻譯或比較文學領域的更普遍的哲學意義"。

最具有潛在影響力的一種重寫,因爲翻譯能够爲作者和(或)作品在元文化之外的地方展現形象"①。

　　傑里米·芒迪對勒菲弗爾的"重寫"理論做了詳細的介紹。文學傳播到其他國家需要藉助于翻譯這項工作,而翻譯這一過程完成了一次譯者對原文學文本的再創作。由此,翻譯與文學被緊密聯繫起來。文學系統受制於兩個主要因素,如下圖所示,(1)內圓表示居於文學系統内部的專業人士,包括批評家和評論家,學者和教師,以及對詩學起決定作用的譯者本人。這些人在一定程度上決定了主流詩學;(2)外圓表示存在于文學系統外部的贊助行爲(patronage),這種行爲在某種程度上決定了意識形態。該圖明示了文學系統内外的制約因素以及與贊助行爲相關的三要素(意識形態要素、經濟要素、地位要素)。傑里

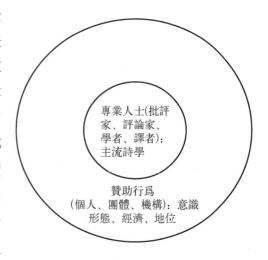

専業人士(批評家、評論家、學者、譯者):主流詩學

贊助行爲(個人、團體、機構):意識形態、經濟、地位

米·芒迪進而指出勒菲弗爾認爲:"贊助行爲在控制意識形態方面行使了很大的權力,而專業人士則在決定主流詩學方面有著很大的影響力。"②

　　《一個青年的夢》在中國的翻譯、傳播和發展恰好詮釋了這幅關係圖。文學作品是"經典"還是遭到抵制?除去文學内部因素外還與主流意識形態、主流詩學息息相關。具體來説,《一個青年的夢》在日本遭到類似於"抵制"的待遇,而在中國的譯介和傳播過程中却被抬高至"經典"的地位,無疑是由兩國意識形態和主流詩學的差異所導致的。

　　　　機構用某時期的主流詩學作爲尺度來衡量新近的文學生産,從而强化,或者説,至少是設法强化了該時期的主流詩學。於是,某些文學作品出版後不久就被抬高至"經典"的地位,而另一些作品却遭到抵制;主流詩學發生變化後,最初遭到抵制的某些作品又在後來上升到經典作品才享有的崇高地位。③

　　主流詩學歸根結底在很大程度上受到主流意識形態的影響,翻譯行爲及翻譯文學

①　André Lefevere, *Translation*, *Rewriting and the Manipulation of Literary Fame*, London and New York, Routledge 1992, 9.
②　傑里米·芒迪《翻譯學導論:理論與應用》,李德鳳等譯,北京,外語教學與研究出版社,2016年,頁183,184。
③　André Lefevere, *Translation*, *Rewriting and the Manipulation of Literary Fame*, 19.

此時作爲一種宣傳手段,通過對原作的"重寫",發揮著統一思想、推動社會思想發展的功用。《一個青年的夢》此時來到中國,也就具備了令其"生根發芽"的養料。

三、《一個青年的夢》的"重寫"與傳播

《一個青年的夢》經過無數人的"重寫",發揮了它在日本國內無法發揮的思想引領作用,這個案例將翻譯的功用發揮到了極致。《一個青年的夢》的内容符合主流詩學(包括批評家、評論家、學者、譯者在内的專業人士)的審美和目的,同時符合主流意識形態,因此文學系統内、外因素和贊助機構形成的合力共同推動了《一個青年的夢》在中國的廣泛傳播,令其歷史地位和影響力遠遠高於在日本本土。

1. 重寫理論視域下文學系統内外的制約因素

由上圖可以看出文學系統内部制約因素主要指主流詩學的力量,這涉及到包括批評家、評論家、學者、譯者在内的專業人士的影響因子。1918 年 5 月周作人在《新青年》四卷五號上發表《讀武者小路君所做〈一個青年的夢〉》,第一次將該作品推介到中國,令該作品在中國具有了知名度。

> 我們看見日本思想言論界上人道主義的傾向日漸加多,覺得是一件可賀的事。雖然尚是極少的少數,還被那多數國家主義的人所妨礙,未能發展,但是將來大有希望。武者小路君是這派中的一個健者,《一個青年的夢》,便是新日本的非戰論的代表。①

在此基礎上魯迅于 1919 年將《一個青年的夢》譯成中文,令該作品在中國具備了被閱讀的可能性。魯迅在《一個青年的夢·譯者序》裏寫道:

> 《新青年》四卷五號裏面,周啟明曾説起《一個青年的夢》,我因此便也搜求了一本,將他看完,很受些感動:覺得思想很透徹,信心很强固,聲音也很真。我對於"人人都是人類的相待,不是國家的相待,才得永久和平,但非從民衆覺醒不可"這意思,極以爲然,而且也相信將來總要做到。……《一個青年的夢》很可以翻譯。但當這時候,不很相宜,兩面正在交惡,怕未必有人高興看。晚上點了燈,看見書脊上的金字,想起日

---

① 董炳月《"國民作家"的立場——中日現代文學關係研究》,頁 78。

間的話,忽然對於自己的根性有點懷疑,覺得恐怖,覺得羞恥。人不該這樣做,——我便動手翻譯了。①

　　有過留學日本經歷的周氏兩兄弟對《一個青年的夢》的推介和傳播起到了積極的作用。這在 1919 年中國被侵略的時期也極具必要性。1916—1919 年正值日本與中國簽訂"二十一條"、國內愛國情緒高漲的時期,反帝反封建的"五四運動"將反對戰争、反對侵略、維護主權的呼聲推向高潮,此時在日本問世的反戰作品《一個青年的夢》對侵略國來説是一種批判和諷刺,中文譯本在此時出版的合時宜性毋庸贅言。周作人從"非戰"的角度宣傳《一個青年的夢》、魯迅從超越國籍的層面肯定該作品中期求"人類相待、永久和平"的思想,他們作爲專業人士對《一個青年的夢》展開推介和翻譯,有效地吸引了中國讀者的目光,爲該作品在中國的傳播奠定了基礎。

　　再看文學系統外部的贊助力量。蔡元培、陳獨秀都對《一個青年的夢》持肯定意見,在《新青年》第 7 卷第 3 號中接連發聲。蔡元培提出應該像武者那樣盡力唤醒更多的人,不但要唤醒本國的人,也要"去敲對方的門",盡人類的義務,他在《武者信與詩附記》中指出,"現在中國人與日本人的感情,是壞極了,這因爲日本對中國的態度,的確很不好。但我們並不是説:凡有住在日本的一部分的人類,都是想借了中日親善的口頭禪,來侵略中國的。武者先生與他的新村同志,都抱了人道主義,決没有日本人與中國人的界限是我們相信的";"不但這一類的人,就是現在盲從了他們政府,贊成侵略主義的人,也一定有覺悟的一日,真心與中國人携手,同兄弟一樣"②。陳獨秀也很認同武者心目中期待的那個超越國籍的"肯爲人類做事的人",希望兩國青年拿出真心來和武者相接觸。新文化運動主導者陳獨秀、民主主義革命家蔡元培等主將人物對"實篤精神"的認同、對武者小路實篤非戰思想、人道主義、理想主義、世界主義、多元文明觀的宣揚,無疑對該作品在中國的宣傳起到了推波助瀾的作用,文學系統內部的專業人士和文學系統外部的贊助力量、主流意識形態形成合力,全方位奠定了《一個青年的夢》在中國的重要地位。

　　由此,眾多中國讀者得以閱讀它並受到啟發,甚至對其加以改編和重寫。外國文學、翻譯、翻譯文學、對翻譯文學的再創造,構成了無數條相互交織的射綫,以《一個青年的夢》原作品爲基點向四面延展並發揮著各自的功用,對推動社會發展、促進意識形態

①　魯迅《魯迅全集》12 卷,東京,學習研究社,1985 年,頁 253、254。
②　蔡元培《武者信與詩附記》,《新青年》,1920 年第 7 卷(3),頁 50—52。

的建構、加强反戰思想起到了不可估量的作用。實篤精神中“人人都是人類的相待”這種超越國籍、從全人類出發的大局觀扎根中國、得以壯大和發展,甚至輻射到當今社會。甚至可以説,我國提出的“人類命運共同體”亦是對這種精神的升華。

2. 重寫理論下翻譯文學的功用

文學作品經翻譯成爲翻譯文學,被國外讀者閲讀,經歷了一個翻譯者和閲讀者“重寫”和“創造性叛逆”①的過程。當它引起讀者的共鳴,讀者根據自身需求在該作品影響下進行再創作的時候,原文學文本與翻譯文學、基於翻譯文學的二次創作就構成了緊密相連又有所區別的關係。當這些文學及衍生的文學對社會産生影響時,就實現了它的社會功用、文化功用和政治功用。什麼樣的文學會被翻譯和傳播,與文本的選擇、題材的篩選、歷史和社會的需求密不可分。一個作品譯介至另一個國家並得到廣泛宣傳,除去主流意識形態動因,還與文學體裁緊密相關。

勒菲弗爾提出,文學手法和對文學職能的看法會影響主流詩學,“文學手法”包括體裁、象徵、主題、叙事情節等系列因素。從體裁和主題來看,《一個青年的夢》的白話文體、話劇體裁、反戰象徵、人道主義和理想主義主題、超越國籍的“人”的理念都是該作品吸引國人的亮點,時逢中國正在大力推行白話文運動和戲劇改革,《一個青年的夢》的白話文文體、戲劇體裁充分符合了當時中國的主流詩學,成爲該作品作爲範本被廣泛宣傳、受到好評的一大動因。

白話文運動、戲劇改革等看似發生在中國内部的事件,亦與日本發生著緊密交織的聯繫,《一個青年的夢》在中國推行白話文、開展戲劇改革過程中起到了範本的作用。日本從明治初期推行“言文一致”運動②,這對中國的白話文運動具有一定的啟示作用。日本的言文一致運動早在 19 世紀末已初具規模,留學日本的黄遵憲、梁啟超“在詩歌‘革命’的取向上注意到了當時日本文學‘言文一致’的重要動向”③。黄遵憲“倡言改編中國言文不合的狀況,提出語言通俗化的主張”④,他在《日本雜事詩》第六十六首詩後自注裏,特別介紹了日本推行言文一致的背景與過程,並在《日本國志·學術志》中提

---

①　“創造性叛逆”最先由法國文學社會學家埃斯卡皮在《文學社會學》中提出,也有“創造性的背叛”的提法。謝天振教授將埃斯卡皮的“創造性叛逆”作了進一步闡發,加入了對文化語境的考慮,詳細闡述了譯者的創造性叛逆現象、讀者和接受環境的創造性叛逆現象。他認爲“翻譯文學不可能等同于外國文學”、“翻譯文學應該在譯入語境裏尋找它的歸宿”(謝天振《譯介學》代自序,江蘇,譯林出版社,2013 年,頁 3)。

②　言文一致運動發端於日本明治初期,二葉亭四迷、山田美妙、尾崎紅葉等作家率先嘗試在作品中運用接近口語的語句,之後逐漸普及爲當今的口語。

③　李怡《日本體驗與中國現代文學的發生》,北京,北京大學出版社,2009 年,頁 77。

④　何德功《中日啟蒙文學論》,北京,東方出版社,1995 年,頁 101。

出了漢字從簡、言文複合的見解。隨後 1896 年梁啟超在《沈氏音書序》裏也探討了中國文字脫離於語言變化所帶來的嚴重問題,二人的論說在戊戌維新時期風行一時,"催生了裘庭梁的著名論文《論白話爲維新之根本》,在維新時期的白話文運動中,此文可謂是綱領性的文件"①。在此背景下,使用白話文文體、行文自由的日本文學《一個青年的夢》自然引起了人們的關注,如日本評論家臼井吉見所指出的那樣,"武者小路實篤作品的文體,通俗易曉,語句短小俐落,文筆明快舒展,富有幽默感,在嚴密的意義上,集'言文一致'口語之大成,表現形式自由奔放,'爲自山田美妙和二葉亭四迷以來的文章歷史,帶來了革命'"②。集口語之大成、具有示範作用,這些要素讓《一個青年的夢》進入中國更顯得符合時宜,對中國白話文運動的推進發揮著促進和催化的功用。

不僅如此,當時的中國正在大力推行戲劇改革,作爲話劇劇本《一個青年的夢》又增加了一條在中國廣爲傳播的理由。二十世紀初大量的中國留日學生在全盛時期的日本新派劇中感受到近代戲劇的魅力,他們努力尋找著建設中國近代戲劇的範本。從中國最早具有影響力的話劇團體——1907 年成立於日本的春柳社——到"五四"時期中國現代劇的誕生、繁榮,中國戲劇持續發生著嬗變。"五四"時期對易卜生"社會問題劇"的引入帶來了現代話劇的誕生和第一次繁榮。留日回國的陳獨秀等人對國內的戲劇改良運動給予了高度的評價,陳獨秀認爲"唱戲一事,與一國的風俗教化,大有關係,萬不得不當一件正經事做","戲園者,實普天下人之大學堂也;優伶者,實普天下人之大教室也"③。運用白話文文體、戲劇題材的《一個青年的夢》無疑從各個方面都符合了中國新文化運動主導思想的要求,來到中國後從各個方面都成爲範本並受到推崇,兼具了意識動因、社會動因、傳播動因和接受動因,順應了歷史發展的潮流,具有劃時代的先鋒性。該作品從文體、内容、語言等方面促進了"五四"時期的建設,正如董炳月指出的那樣,《一個青年的夢》"在邏輯的層面上具有超前性與合理性,體現出"五四"時期中國思想界的豐富性與開放性"④。它全面發揮著翻譯文學的文化功用、白話文文學和戲劇文學的範本作用,對主流意識形態的構建起到了助推作用。翻譯、文學的外部環境的改變促使人們展開對文學作品的翻譯"重寫"、創作"重寫",援用法國學者羅貝爾・埃斯卡皮

---

① 李怡《日本體驗與中國現代文學的發生》,頁 78。
② 臼井吉見《『白樺』の文學運動:武者小路実篤を中心として》,《人間と文學》,東京,筑摩書房,1957 年,頁 166。
③ 陳獨秀《開辦〈安徽俗話報〉的緣故》,原載《安徽俗話報報》,1904 年第 1 期。三愛《論戲曲》,原載《安徽俗話報》,1904 年第 11 期。
④ 董炳月《"國民作家"的立場——中日現代文學關係研究》,頁 92。

和中國學者謝天振的觀點,可以説這是一種"創造性叛逆"現象①。中國對《一個青年的夢》的譯介和傳播,盡顯接受者和接受環境的創造性叛逆,中國爲它提供了滋養發展的土壤,在賦予作品"創造性"的同時,也逐漸遠離了原著作者所預想的接受環境。"重寫"和"創造性叛逆"恰到好處地解釋了《一個青年的夢》在中日兩國受容相去甚遠的原因,文學、翻譯、社會、文化之間密不可分,他們互爲動因、相輔相成。

結　語

《一個青年的夢》的譯介和傳播於中國意識形態的合目的性,促使權力載體(人、機構)對其進行大力宣傳、重寫,令該作品得以在中國再生,並引起中國社會的廣泛共鳴。作爲一個典型的文學案例,這不是簡單的文字轉換、文學譯入,而是一種歷史語境下的文化建構。在"五四"時期新文學運動過程中,它順應了中國社會變革的潮流,符合主流意識形態,在給中國帶來啟蒙的同時又成爲構成中國新文學的因素。中國對《一個青年的夢》的翻譯、接受、改編以及孫俍工創作的《續一個青年的夢》,無疑是一種"重寫"。尤其是《續一個青年的夢》更是對原作的"創造性叛逆",是對翻譯文學的再創造,是再生的新文學。翻譯文學和在翻譯文學基礎上的再次改編,都賦予了文學新的職能,文學、翻譯、翻譯文學在受社會影響的同時也影響著社會,這可以看作是翻譯和文學基於文化學的功用。楊義對翻譯的創造性和再生性做了如下總結。

> 文學翻譯的文化姿態,決定著對翻譯功能的認知。翻譯文學的創造性,異于文學創作的原創性而帶有再生性的特徵。翻譯是一種有目的性的文化行爲,它往往在尋找文化對應物或心靈共鳴物。……翻譯文學的創造性是雙語境挪移的嫁接型的創造性。②

從文化學視域展開翻譯批評,考察翻譯文學發生、傳播、嬗變過程中的各個環節,有

---

① 埃斯卡皮認爲"翻譯具有的現時性特點,它在設想和設想的實現中重新引進了讀者所處的歷史環境,我們可以看到一種經常發生的現象:某部古典名著的譯本取得了世界範圍内的廣泛成功,而在本國中,讀者大衆相對來説對它並不太感興趣"(羅貝爾·埃斯卡皮《文學社會學》,于沛譯,杭州,浙江人民出版社,1987年,頁127);謝天振指出"翻譯的效果與接受者和接受環境有很大的關係。在源語環境裏明明是正面的東西,到了譯入語環境裏却變成了反面的東西了。在源語環境裏是反面的東西,經過翻譯到了譯入環境裏却變成了正面的東西了。這就是翻譯中的接受者和接受環境的創造性叛逆。"(謝天振《譯介學》,南京,譯林出版社,2013年,頁126)

② 楊義《文學地圖與文化還原——從叙事學、詩學到諸子學》,北京,北京師範大學出版社,2011年,頁101。

利於提升對翻譯功能的認知,拓展翻譯批評和比較文學研究的維度。一部文學作品在特定的社會中是否具有影響力、受到推崇,文學外因素甚至可能高於作品本身的文學内因素,概言之:社會意識形態決定主流詩學,與此同時社會集體叙述、主流詩學對作品接受度的決定性作用亦不容忽視,這是翻譯的"重寫"理論帶給我們的啟示。正如楊義所述:"每一個有精神追求的時代,都按照自己的取向和方式去理解和選擇世界文學。20 世紀的中國文學就是在翻譯文學經典型和現實切要性的理解張力的伴奏中,追求自己的形態,完成自己的宿命。"①

（作者爲四川外國語大學研究生院博士生,重慶交通大學外國語學院講師）

---

① 楊義《文學地圖與文化還原——從叙事學、詩學到諸子學》,北京,北京師範大學出版社,2011 年,頁 101。

直面詩篇的難解之處
——從與戴震比較的視角看翁方綱《詩經》學特色*

[日]種村和史　著　萬麗莉　譯

一、序　言

　　清代乾嘉年間翁方綱(1733—1818)在文學、藝術、學術等領域都留下了傑出的業績。他的《詩經》研究成果彙編於《詩附記》①這一劄記體著作中。劉仲華②、段雅馨③、彭成錦④已對此著作做過詳細分析。筆者在上一稿中也就他的類淫詩解釋作過相關考察⑤。

　　劉仲華指出,翁方綱《詩經》研究的特色是重視詩篇大意,避免主觀臆測⑥。筆者在上一稿中提到翁方綱"在《詩附記》中評價先學的《詩經》解釋時常用'拘泥'一詞,批判這些解釋過度依賴了詩篇的字句或者《序》《傳》《箋》,所成之説并無道理"⑦,重視"不必拘泥"。這也可以説與"得其大意"是一個態度。那麼翁方綱的這種解釋態度從何而來?

　　"得其大意""不必拘泥",是一種對《詩經》詩篇不求甚解的態度,這也就意味著他認爲詩篇中存在著妨礙徹底理解的"難懂"的部分。而詩篇中爲何存在難懂之處? 劉仲

　　* 本文是平成三十一年度(2018)慶應義塾學術振興資金個人研究的成果。原載於中國社會文化學會會報《中国——社会と文化》第34號,2019年7月。

　　① 本稿以其手稿本爲文本,引用時標注的是文本複寫本的頁碼。

　　② 劉仲華《漢宋之間:翁方綱學術思想研究》(《清史研究叢書》),北京,中國人民大學出版社,2010年。

　　③ 段雅馨《翁方綱〈詩附記〉研究》,臺灣師範大學國文學系教學碩士班碩士論文,2013年。

　　④ 彭成錦《翁方綱〈詩附記〉手稿及其海外流佈研究》,臺灣師範大學國際與僑教學院國際漢學研究所碩士論文,2011年。

　　⑤ 拙稿《簒奪者に献げる讚歌——類淫詩説を廻る朱熹・嚴粲と戴震・翁方綱との関係》,載慶應義塾大學日吉紀要《中國研究》第12號第7節,2019年3月。"類淫詩""準類淫詩"等詞語是筆者爲了分析《詩經》中所收録的歌頌叛逆者的詩歌而作的。

　　⑥ 同上,參照劉著第3章第4節,《主張讀〈詩經〉要得其大意》。

　　⑦ 同上,拙稿,2019年3月,頁62。

華指出,詩篇成書久遠,資料匱乏,因此難以完全弄清詩句的具體所指①。毫無疑問這是很重要的一個原因。但是,除此之外就別無他因了麼? 翁方綱認爲詩篇中又有哪些難讀之處?

這些疑問正是把握翁方綱《詩經》學特色的關鍵所在。同時,也爲考察翁方綱的《詩經》學在《詩經》解釋學史上的定位提供了重要的研究視角。

分析翁方綱如何思考詩篇的難懂性這一問題時,筆者試將其與同時代人物,清朝考據學代表學者戴震(1724—1777)的《詩經》學進行對比。翁方綱作爲將漢學和宋學進行折衷的學者廣爲人知,而戴震也很大程度上受到宋代《詩經》學的廣泛影響,筆者對此曾作過考察②。通過對兩者進行比較,可以將其作爲探討被稱爲“漢宋兼采”的學問方法包含著何種多樣性的案例。同時,還爲探討當時將考據學作爲重要工具的《詩經》學的學者自己能發展的學術空間有多廣這個問題提供了重要素材。

本稿將帶著這些問題意識,“拘泥”於考察翁方綱所提出的《詩經》的難懂性。另外,本稿在問題性上,多使用和先學成果一樣的事例和資料,盡最大可能通過探討得出獨立的新觀點。

二、詩的内部與外部——重視意味之位相

劉仲華和段雅馨都認爲翁方綱《詩經》學的特色是重視《小序》,同時還尊重朱熹的《詩經》解釋,指出這正是其經學特色“漢宋兼采”態度③的表現。但是,朱熹在執筆《詩集傳》時排除《小序》,著有《詩序辨説》(下文簡稱爲《辨説》),對《小序》進行了具體而尖銳的批判④。在朱熹意識裏,其自身的《詩經》學是在批判《小序》以及以《小序》爲根本的漢唐《詩經》學基礎上得以成立的。翁方綱是如何做到同時尊重這兩種對立的《詩經》學的? 當然翁方綱并非是墨守《小序》抑或朱熹解釋中的某一方,而是保持獨立思考,甚至有時會毫不猶豫地加以正面批判。對於他而言,先學在學術價值上,應當無差別對待,并加以冷靜研讀,自由取捨。這是事實。但是在一種經説中,常常將《小序》和

---

① 同前,劉著,頁 139。
② 拙稿《振り捨てきれない遺産——戴震〈毛鄭詩考正〉における宋代詩経学の引用の意義》,載慶應義塾大學日吉紀要《中國研究》第 10 號,2017 年 3 月。此稿已出版有中文版《戴震詩經學與宋代詩經學關係論考——以《毛鄭詩考正》所引宋人注釋爲綫索》,《中國典籍與文化論叢》,南京,鳳凰出版社,第二十輯,2018 年 12 月,頁 68—107。
③ 同上,劉著,頁 121、129。同上,段著,頁 159。另外,吉田純《翁方綱の経学——“乾嘉の學”における“宋學”と“漢學”》,載《清朝考証学の群像》第 4 章,創文社,2006 年。
④ 朱熹的解釋事實上很大部分參照了《小序》,這是另外一個問題。

朱熹説兩説作爲正確説法而運用於自己的解釋中,這亦是事實。鑒於此,他又是如何將《小序》和朱熹説融合到一起的,自然也是必須要思考的問題。

就此問題,劉仲華分析了翁方綱是如何做到對《小序》和朱熹説進行"調停"的①。筆者在上一稿中,也如劉氏一樣考察了他是採取何種方法將兩種學説融合到一起的②。本節以此爲基礎,考察這種方法會得出何種解釋,又是何種認知爲該方法提供了支撐。

《邶風·雄雉》③序云:

> 《雄雉》,刺卫宣公也。淫亂不恤國事,軍旅數起,大夫久役,男女怨曠,國人患之而作是詩。

同時,《集傳》中對本詩首章解釋如下:

> 婦人以其君子從役于外,故言雄雉之飛,舒緩自得如此,而我之所思者,乃從役於外,而自遺阻隔也。

翁方綱將《小序》和《集傳》之説進行折衷,認爲:

> 蓋《序》説特述此詩之所由起,而所謂國人患之者,即使國人陳詩爲怨曠者言之,亦奚不可。今以朱傳爲主,而以《序》説志其緣起,又何嘗不相通邪?(《詩附記》卷一,頁四六)

乍一看來,上述説法似乎尊重了朱熹的解釋。但是朱熹在《辨説》中云:

> 《序》所謂大夫久役,男女怨曠者,得之。但未有以見其爲宣公之時,與淫亂不恤國事之意耳。兼此詩亦婦人作,非國人之所爲也。

---

① 朱熹的解釋事實上很大部分參照了《小序》,這是另外一個問題。劉著,頁130。
② 拙稿2019年3月,頁67。另外,劉仲華已使用過《小序》和朱熹説的"調停"一詞。上一稿中疏忽而漏記。此處作一補記。
③ 此例同上,段著頁58中作爲翁方綱推崇《詩序》的例子被舉出,筆者在上一稿中也有涉及,本稿在此基礎上進行詳細考察。

　　明確否定了《小序》的説法。朱熹認爲本詩當爲婦人所作,否定了《小序》中"國人
患之而作是詩"一説,指出該詩只不過是婦人表達個人感慨,并非帶有"刺宣公"這一明
確政治批判意圖而作。而翁方綱對此表示無視。

　　朱熹對《小序》批判的著眼點主要有兩點。第一,《小序》中所寫内容并不能一一從
詩中品讀出來,因此不能對其盲從。也就是説將詩句中根本品讀不出來的内容作爲解
釋依據,這是完全無效的。第二,詩的叙事者和作者是一致的。這兩點都是基於從詩篇
中品讀出來的内容和信息在詩句中都應有所表達的考慮。換言之,這是一種排除外部
因素,在詩篇内部完成對《詩經》解釋的態度。

　　而翁方綱認爲《小序》説明了本詩的創作原由,是正確解釋詩篇不可或缺的外在信
息。他進一步指出,本詩的詩句内容雖是妻子思念丈夫,事實上是詩人模仿女性的口吻
而作,這就否定了將詩的叙事者和作者直接對應的想法。和朱熹的認知完全不同,翁方
綱雖然指出朱熹之説和《小序》并不矛盾且同意朱説,但實際上是變了一種方式對朱熹
説展開了批判①。翁方綱對本詩《小序》和朱説的折衷,是將朱熹的意圖進行抽象取捨,
僅利用了對自身有用的部分。

　　和朱熹不同,翁方綱認可詩篇外部的存在。換言之,詩篇并非僅僅以其内部意味就
此完結。翁方綱認爲,《雄雉》這一詩篇是以君王的淫亂無度,長年征伐,夫婦別離等現
實狀況爲依據創作出來的。而且其作者(國人)將衛宣公的惡政給人們帶來的痛苦,通
過一對夫婦的悲劇加以描述出來。爲給讀者留下鮮明的印象,特佯裝大夫之妻的口吻
進行創作。通過這種創作背景以及作者的修辭,可以看出本詩同時包含了詩句所要表
達的内容和當時的社會狀況,主人公(或叙事者)的情感和作者的意圖這兩種位相的差
異。但是,《小序》和朱熹説分別聚焦於詩篇外部或者内部的一方進行解釋,未將位相不
同的要素進行整合進而從整體上加以把握和解釋。本詩的"難懂"并未由此就得以消
解,而仍然擺在翁方綱眼前。在這一過程中他認爲爲全面理解本詩,不僅要考察詩句,
《小序》的信息也同樣不可或缺。《小序》中所説的内容和朱熹所品讀出來的内容,所處
立場不同,兩者應當共存。

　　關於詩篇的多重意味,翁方綱認爲除此之外還有其他理由。《唐風·蟋蟀》序云:

―――――――――

　　①　翁方綱屢次對改變原意的朱熹説進行過批判。比如《鄭風·出其東門》,《小序》中提道:"出其東門,閔亂也。
公子五争,兵革不息,男女相弃,民人思保其室家焉。"《辨説》對其表示明確否定:"五争事見《春秋傳》,然非此之謂也。
此乃惡淫奔者之詞,《序》誤。"《詩附記》中將二者折衷爲:"此篇訓義悉以朱傳爲正。然惡淫,即閔亂也。《序》義何可盡
廢。"(卷二,頁一〇八)。

《蟋蟀》刺晉僖公也。儉不中禮,故作是詩以閔之。欲其及時以禮自虞樂也。

對此,朱熹在《辨説》中提道:《小序》所言"刺僖公"大概僅僅是由"僖"①這一謚號而來。("但所謂刺僖公者,蓋特以謚得之"),認爲實屬無稽之談。他在《集傳》中又云:

唐俗勤儉,故其民間終歲勞苦,不敢少休。及其歲晚務閑之時,乃敢相與燕飲爲樂……然其憂深而思遠也,故方燕樂,而又遽相戒曰……蓋其民俗之厚,而前聖遺風之遠如此。

翁方綱在解釋本詩時,亦考慮到意味位相上的差異,由此《小序》和朱熹説才得以同時成立。

平心而論,就詩論詩,自以朱傳爲正解。其《序》説以爲刺僖者,當日國史繫詩之旨云爾,未敢謂其無所本也。然其義亦未嘗不反復相生也。奚可執一而論邪?(《詩附記》卷二,頁一二四)

翁方綱從本詩中品讀出來的兩種意味位相,包括詩句本身所表現出來的意味,以及保管本詩的國史中所表現出來的對現實社會的道德關懷意味。這兩者可以説是詩篇本來意味和後起意義的重合。本詩植根於堯古都之風俗,將平民質樸敦厚之氣質淋漓盡致地展現出來。但國史保管本詩於朝廷之時,君王僖公過度儉約,導致古之和風麗俗逸失。在此背景下,贊譽古之淳風美俗的詩篇就帶有了對現今風俗展開尖鋭批判的性質。也就是説,本詩被賦予了現實意義,通過《小序》首句"刺僖公"得以表現出來。鑒於此,翁方綱對《小序》和《集傳》進行了折衷。

《雄雉》中意味的多重性,是通過探討詩篇産生的背景而出現的。也就是説,《雄雉》具有"作詩之意"和詩篇所表現出來的意味這兩種位相。而《蟋蟀》收集了民間所咏的詩篇并由朝廷進行保管,而從這個過程中被挖掘出來的社會意義就成爲一個重要問題。也就是説,《蟋蟀》具有"作詩之意"和"用詩之意"兩種位相。

這兩首詩在多重性內容上有所差異,但是并非僅靠詩句本身意味就可以完結。它與誕生詩篇的場域的歷史背景,抑或詩篇發揮道德意義的現實社會狀況等外在因素之

---

① 《逸周書·謚法解》中所言"有過爲僖"(黃懷信等《逸周書彙校集注》下册,上海,上海古籍出版社,1995 年,頁 753)。

間的關係上，或許還包含有其他意味，在這點上兩者是相通的。翁方綱認爲詩篇具有多重意味，他從這一視角出發，爲朱熹所排除的從詩句中無法品讀出來的意味找到了依據，肯定了《小序》的存在意義，使其與朱熹的解釋得以同時成立。

翁方綱的詩篇意味多重性的這一認知，在《詩經》解釋學史上具有何種地位？首先從同時代的《詩經》學這一視角進行考察。《唐風·綢繆》各章末句云：

> 見此良人。　［首章］
> 見此邂逅。　［第二章］
> 見此粲者。　［終章］

都是歌咏遇到理想伴侶後的喜悦之情。《小序》關於本詩云：

> 《綢繆》，刺晉亂也。國亂則婚姻不得其時焉。

對此，《集傳》云：

> 良人，夫稱也。國亂民貧，男女有失其時而後得遂其婚姻之禮者。詩人叙其婦語
> 夫之詞。［首章］
> 此爲夫婦相語之詞也。［第二章］
> 此爲夫語婦之詞也。［終章］

正如"詩人叙"一説所提示的，朱熹認爲本詩并非由叙事者所作，而是由第三者詩人而作。從《雄雉》中亦可得出，朱熹在大多數情況下，將詩篇的作者和叙事者視作同一人，而在本詩中却認爲作者和叙事者分别是不同的人物。這可能是因爲本詩中：

> ［首章］妻──［第二章］夫·妻──［終章］夫

章節不同，叙事者也不同的緣由。這大概是采用了王安石的看法①。

---

① 《毛傳》本詩首章"良人，美室也"，第二章"邂逅，解説之貌"，終章中"三女爲粲。大夫一妻二妾"。也就是説漢唐《詩經》學和朱熹的解釋不同，三章中的"良人""邂逅""粲者"都是指男主人公的意中人，本詩是從單一視角而咏。朱熹的解釋淵源是王安石的《詩經新義》，"言女子之失時也。［首章］以失時也，故思不期而會焉。［第二章］言男子之失時也。［終章］"。

對此，翁方綱云：

> 此詩朱傳於文義爲順。即揆諸《序》說刺時之意，亦不相悖。（《詩附記》卷二，頁
> 一二八）

正如段雅馨所言，翁方綱一方面對《集傳》的解釋——該詩將男女邂逅理想伴侶的
心情如是表達出來——表示肯定，另一方面這與《小序》的説法並不矛盾，爲了表現其政
治意圖——對時勢混亂導致民衆連獲得幸福婚姻也變得困難起來的批判——此詩正是
爲此而作的，并試圖將兩説融合到一起①。在此他也認爲同時存在著詩句中所表現出來
的内容以及與此相異的作者的意圖，即基於本詩的意味多重性這一認知而進行立論。

但是，這也很難説是充分吸取了朱熹的真意。關於本詩序，朱熹在《辨説》中云：

> 此但爲婚姻者相得而喜之詞，未必爲刺晉國之亂也。②

朱熹對“刺晉之亂”這一詩序持懷疑態度。翁方綱試圖對《小序》和《集傳》進行折
衷，和《雄雉》一樣，只采用了朱熹之説對其有用的部分。

同時戴震在《毛詩補傳》（以下簡稱爲《戴補傳》）中關於本詩云：

> 毛詩序：“刺晉亂也。國亂，則昏姻不得其時焉。”朱子曰：“此但爲昏姻者相得而喜
> 之辭。”余曰：三章皆男女意中所自言，而必不可以出諸口者也。詩人述其意如是爾。
> 歌之者所以使上之人聞之也。

戴震反對朱熹之説，其言説似乎與翁方綱完全相反，但考慮到事實上翁方綱是用一
種隱微的方式對朱熹説有所微詞，可以看出戴震、翁方綱對朱熹所持態度是一樣的。

朱熹認爲本詩詩句都是描述覓得理想伴侶的夫婦互相表達喜悦之情的内容，實際

---

①　《毛傳》本詩首章“良人，美室也”，第二章“邂逅，解説之貌”，終章中“三女爲粲。大夫一妻二妾”。也就是説漢
唐《詩經》學和朱熹的解釋不同，三章中的“良人”“邂逅”“粲者”都是指男主人公的意中人，本詩是從單一視角而咏。朱
熹的解釋淵源是王安石的《詩經新義》，“言女子之失時也。「首章」以失時故，思不期而會焉。［第一章］言男子之失
時也。［終章］”。段論文，頁157。
②　從其他角度來看的話，朱熹説似乎給了翁方綱以誤讀的餘地，事實上也有不確鑿之處。因爲他儘管在《辨説》中
説“未必爲刺晉國之亂也”，然而《集傳》中却説“國亂民貧”。在提及作詩者所處的局勢時，對這種環境爲本詩創作帶來
何種影響却置之不理。而翁方綱爲填補這一空子，其結果自然就有了《詩附記》中的説法。

上只是詩人模仿他們的口吻所作。然而作者爲何認爲有必要模仿他們的口吻進行創作，通過模仿其口吻又想表達什麼，針對這些疑問朱熹并未給出任何説明。戴震和翁方綱二人在出場人物和作者的關係上繼承了王安石和朱熹之説，進一步推測出作者的意圖。他們認爲夫婦喜悦之情的背後，還有對爲政者將國家陷入危難之中，導致男女連體味婚姻幸福都變得困難起來的批判。兩者均將詩句和其外部意味位相的差異表達出來，在超越朱熹的解釋這一點上，認知方法論是一致的①。

詩篇具有多重意味這一認知，北宋歐陽修在《本末論》中曾提到過②，後來的學者們又將其發揚光大③。尤其是南宋嚴粲在尊序意識基礎上，爲超越朱熹《詩經》解釋的邊界而對其非常重視，筆者曾就此作過論述④。另外，還探討過嚴粲對戴震《詩經》學的影響⑤。翁方綱也和戴震一樣，頻繁引用嚴粲的學説⑥。翁方綱也爲克服朱熹的《小序》批判，有過詩篇意味的多重性這一認知，從這點來看嚴粲的《詩經》學對翁方綱的影響應該很大。

與此同時，即使兩者在詩的不完整性和作爲其補充的《小序》上具有共同認知，但翁方綱的看法與嚴粲也有很大差異。根據筆者考察，嚴粲的想法是——作爲僅存於本來的具體狀況和人際關係中的溝通工具，詩篇具有將對方引導到道德層面上的性質。出於咏給對方聽的考慮，詩篇通過模糊内容邊界，采用反語等修辭表現手法，其結果是導致第三者對事情原委摸不著頭腦。《小序》爲將此傳達給讀者，通過國史作了附録⑦。

與此相比，翁方綱認爲《小序》對詩篇的作用中，詩篇裏有詩人考慮到所咏對象而導致的意味欠缺以及意味不透明等因素而《小序》對其進行補充的情況并不多見。换言之，和嚴粲（以及戴震）相比，并没怎麼增加詩篇的道德性及教訓性等要素。由此可見，翁方綱將《詩經》作爲歷史客體進行考察的傾向較强，而對《詩經》在交流上所發揮的作用，以及其教化意義并不怎麼關心。

嚴粲認爲《小序》經由孔子之手，作爲儒教教化工具，具有了全人類普遍道德意義上的教訓作用。而翁方綱認爲《蟋蟀》序通過國史將該詩中所藴含的當時的道德意義講述

---

① 《詩附記》晚於《戴補傳》四十多年成書，但《戴補傳》作爲戴震的未定稿未得以刊發。他已發行的《詩經》注釋書《毛鄭詩考正》中未收録本説。由此看來，翁方綱在本詩上參考戴震之説的可能性并不大。詳見同上，拙稿，2019 年 3 月第 1 節。

② 參照拙著《詩経解釈学の継承と変容——北宋詩経学を中心に据えて》第 3 章，研文出版，2017 年。

③ 參照拙著，第 15 章。

④ 參照拙著，第 16 章。

⑤ 參照拙稿《同情と配慮のレトリック——戴震〈毛詩補伝〉に見られる嚴粲詩経学の影響》，《日本宋代文學學會報》第 3 集，2017 年 5 月。

⑥ 參照拙稿，2019 年 3 月，第 1 節。

⑦ 同上，頁 739。

出來,但也僅僅是僖公治理國政這一個別狀況中所具有的意義。由此,翁方綱認爲《小序》爲詩篇誕生之時,抑或是詩篇由朝廷保管之時的歷史背景提供了補充信息,而嚴粲認爲《小序》中包含的人類普遍道德和教訓的性質并没有那麽明顯①。

三、走向更廣的外部——超越作爲經典的《詩經》

《鄭風·山有扶蘇》《小序》云:

> 山有扶蘇,刺忽也。所美非美然。

其第二章云:

> 不見子充,乃見狡童。
> 《傳》:"子充,良人也。狡童,昭公也。"

其中所見"狡童"之語,《毛傳》認爲指示鄭昭公忽,對此《正義》云:

> 毛以爲……我適忽之朝上,觀其君臣,不見有美好之子充實忠良者,乃唯見此壯狡童昏之昭公……下篇刺昭公而言"彼狡童兮"。是斥昭公,故以狡童爲昭公也。

《正義》企圖説明本詩中的"狡童"之語指代昭公忽,提及和本詩同收録於《鄭風》中的《狡童》詩。《狡童》首章云:

> 彼狡童兮,不與我言兮,維子之故,使我不能餐兮。
> 《傳》昭公忽,勇猛又聰慧。
> 昭公,有壯狡之志。憂懼不遑餐也。

---

① 　與此相關,翁方綱很可能對孔子編纂《詩經》的一般説法持懷疑態度。《召南·野有死麕》《詩附記》中的頭注中,有"聖人未嘗刪詩一層俟統論之"(卷一,三五頁)(但《詩附記》中没有將該問題作爲'統論'的説法),《正義》提到《小雅·天保》《詩附記》中,從《鹿鳴》到《伐木》共六篇都是由"聖人示法義取相成","聖人示法,亦概言經義大指如此。非定指孔子刪詩之事"(卷四,一九八頁),看來他不認爲孔子爲了將《詩經》作爲天下教化的工具,進行了精心編纂。關於該問題留作今後考察。

　　《山有扶蘇》和《狡童》詩都是刺昭公忽之詩,因此兩詩中出現的"狡童"一詞應當指代同一對象。《狡童》詩中的"狡童"一詞明確指代昭公忽,自然《山有扶蘇》中的"狡童"一詞也應指代忽——《正義》中對毛公的思考作出了如上推斷。此處所采用的解釋方法論是,歌咏某一歷史事象的一聯詩歌中出現的詞語的意思是一致的。

　　對此,翁方綱云:

　　　　傳以狡童指昭公,疏謂因下篇所斥而云,亦可謂失當矣。(《詩附記》卷二,頁一〇〇)

　　　　《狡童》之文,箕子《麥秀》之歌最爲典據。此則更不煩疏解矣。若必援上篇狡童以實之,則言各有當,不必相牽耳。(《詩附記》卷二,頁一〇一)

　　此處採用了與《毛傳》《正義》不同的解釋理念和方法論。翁方綱認爲詩篇具有各自固有的文脉,因此即使同一詞語,其内涵意義也未必相同。他反對《毛傳》《正義》的説法,要去掉《詩經》詩篇間的關聯,認爲彼此獨立存在,其表現也有各自固有的内涵及意境。我們可以推測,翁方綱在此認知基礎上認爲《山有扶蘇》中"狡童"一詞并非指示昭公忽,而是指其寵臣。

　　但是,割斷《狡童》詩和《山有扶蘇》間的關聯,是不是就減少了考察詩句意味的依據呢? 而其結果是陷入主觀臆斷的解釋中,有可能喪失説服力呢? 翁方綱是如何迴避這點的?《詩附記》《狡童》中,備受矚目的是"《狡童》之文,箕子《麥秀》之歌最爲典據"一説。他所列舉的是投降於周朝的殷朝遺民箕子所作的《麥秀》之歌。

　　　　麥秀漸漸兮,禾黍油油,彼狡僮兮,不與我好兮。

　　《史記·宋微子世家》對箕子作此歌的始末提道:

　　　　其後箕子朝周,過故殷墟,感宮室毀壞,生禾黍,箕子傷之,欲哭則不可,欲泣爲其近婦人,乃作《麥秀》之詩以歌咏之……所謂狡童者,紂也。殷民聞之,皆爲流涕。[1]

---

[1]　《史記》第 5 册,北京,中華書局,1982 年第 2 版,頁 1620。

《麥秀》歌表達了導致殷王朝滅亡的暴君商紂的批判,將亡國之恨融於其中,而《狡童》詩批判了使鄭國陷入混亂的昏君昭公忽。兩者主題相似,而且還同樣有句子表達"狡童(狡僮)"將自身疏離於外。翁方綱著眼於此,得出此歌正是《狡童》詩出典的結論。

此處用到了著眼於與《詩經》以外的詩歌文學關聯性的方法。也就是説,解釋《詩經》詩篇時,翁方綱又不能僅將視野限定在《詩經》或者儒教經典這一框架中,應將關注範圍擴大到經典之外的全體文學中,關注表現方式,從中找出類似的用例,并思考與其相關性的態度。他爲何如此重視表現方式呢? 大概是因爲其思想上有相通性吧。處境相同的人會抱有相似的感情,其結果是表現方式也類似。他的方法論正好是以這一認知爲基礎的。

但是,《狡童》詩中狡童對自己冷酷的句子的確和《麥秀》詩有共通之處,而僅從詩本身來看,并非和《麥秀》詩一樣都能感覺到對政治現狀的絶望與感慨。比如,朱熹認爲《山有扶蘇》《狡童》詩都是無德女性寫給私通對象的淫詩,兩詩中的"狡童"一詞都是該女性向戀人調情時的稱呼①。光看詩辭,這種解讀也許能夠成立。儘管如此,翁方綱到底是以什麽爲依據,找出《狡童》詩和《麥秀》詩之間意境的類似性呢?

其依據大概就是《狡童》詩的《小序》。他接受"刺忽也"這一《小序》的説法,從其視角出發來解釋詩句,作者的疏離感和對君王的責難之念才涌現出來,自然也就出現了與《麥秀》相同的憂國之情。也就是説,爲更好地理解本詩,《小序》是捕捉作者想法不可或缺的要素。

這種解釋態度,和戴震大有不同。關於《鄭風·山有扶蘇》,《戴補傳》的《戴氏篇義》》(《戴補傳》中,各詩的注釋末尾,詩題下方,是戴震關於詩篇的全部內容、作詩意圖、作詩原委,以及與此相關的歷代學説的意見。將此部分暫稱爲《戴氏篇義》——下同)云:

> 刺權寵也。言朝無良臣,但見狂狡也。

關於《狡童》詩,《戴氏篇義》云:

---

① 《山有扶蘇》《集傳》云:"淫女戲其所私者曰……狡童,狡獪之小兒也。"《狡童》《集傳》云:"此亦淫女見絶而戲其人之詞。"朱熹由於認爲兩詩都是淫詩,没和歷史上的某一事件聯繫起來,因此未涉及"狡童"一語具體所指的問題。

刺權寵也……或曰權臣專政必朝樹私黨,雖有憂國之賢者,不與共言事、不與共食禄。蓋賢人不得在君側而言其憂深如此。毛詩序:“刺忽也。”亦傳其事而亡其義也。

戴震將《山有扶蘇》和《狡童》兩詩放到《鄭風》詩篇這一框架中,認爲兩詩中的“狡童”一詞意思一樣。通過《鄭風》這一框架,“狡童”一詞將兩詩與同一歷史事件聯繫起來進行考察。這和翁方綱“言各有當耳,無牽合之”是完全相反的態度,而和《毛傳》《正義》的方法論則類似。

但是,戴震認爲《狡童》的《小序》“其事雖傳,其義已亡”,未抓住詩之本意,因此不贊同此説。這點也和翁方綱形成對照。他指出《小序》“刺忽”的説法并不正確,而獨自考察了兩詩的創作意圖,認爲是“刺權寵”之詩。而且和《毛傳》《正義》認爲“狡童”之語代指昭公忽不同,所指應是昭公忽手下握有權柄的狡猾寵臣。也就是説戴震雖然承認兩詩是在相同歷史背景下創作出來的,因此其語義也應當是一樣的,但其具體意味則需通過自身考察來獲得,拒絕將《小序》之説作爲認知的前提。

而翁方綱一方面將兩詩作爲獨立作品來看待,并排除其意味上的關聯,另一方面爲把握詩篇的創作背景,他認爲《小序》也非常關鍵。(本節)通過比較翁方綱和戴震的解釋產生過程,弄清楚了他們分別使用了漢唐《詩經》學方法論中的不同部分,同時還各自加入了不同的新思考和方法論,形成了具有自身特色的解釋①。

四、《詩經》詩篇作爲古詩的曖昧性

從“古詩”的角度重新審視和考察詩篇的態度,對於翁方綱的《詩經》解釋具有重要意義。本節將對此進行詳細考察,以期探討他的《詩經》解釋的基本認知。

翁方綱在解釋《狡童》詩時,從思維和感情的表現類型上出發,在《麥秀》歌中尋找出典。《詩附記》對《王風·兔爰》解釋中,有關於依此態度進行考證的典型例證。本詩首章云:

---

① 另外,提一下翁方綱和朱熹解釋的關係。朱熹認爲兩詩都是淫詩,具有無名女性所作戀歌的一般特性,因此没有必要去設想是同一作者所作,因此也没有必要去思考“狡童”一詞具體是不是指示同一人物。另外,也没有參與過“狡童”一詞具體所指的討論。對此,翁方綱不認同朱熹將兩詩認定爲淫詩的結論。但是將《狡童》詩和不同時代的《麥秀》詩聯繫起來,由此表達對陷國家於危難和滅亡的昏君的憤怒之情,具有普遍意義。雖然有春秋鄭國這一具體歷史對象,但關於所咏内容比起具體性,更偏向於普遍性的解釋。在此意味上,他和朱熹的淫詩説具有相同的性質。

我生之初,尚無爲。①

對此翁方綱提道:

以愚度之,所謂"我生之初",天下尚無事者。只是概論中國諸侯之不臣,未有若此時構怨連禍之甚,則雖屆東遷之始而尚不至於傷敗若此。此説正與《序》文桓王失信,諸侯背叛相合耳。且於尚無爲,尚字尤有味也。陸務觀生於北宋末,戎馬倥偬之際,而其詩曰,宣和七年冬十月,尚是中原無事時。即此尚無爲之義矣……蔡文姬《十八拍》亦云"我生之初尚無爲,我生之後漢祚衰",尤足相證,豈亦必其生於東漢盛時耶?(《詩附記》卷二,頁九〇至九一)

翁方綱認爲,從目前的困境中回想,總覺得往昔是好時光,《兔爰》就是歌咏這種意境的詩歌,因此詩中使用"尚"一詞,意味著"和現今相比尚可",相對地將往昔情景表現了出來②。翁方綱解釋的依據是南宋陸游詩和後漢末蔡琰詩這種後世的詩歌。以後世的詩爲參照,可以看出翁方綱認爲詩人以什麼爲鋪墊進行創作并不是主要問題,重要的是置身於同樣背景下時,人們會做何種考慮,以及如何通過語言進行表達,這可以叫作"思維和表現生態"。他將《狡童》詩的"出典"認爲是《麥秀》,不單是指出了措辭上的繼承關係,還需要依靠思維和表現生態。

從思維和表現類型來考察詩篇意味的方法,就是不要被束縛在經典這一框架裏,需要將《詩經》的詩篇放入廣泛的詩歌文學範疇中進行考察。他認爲詩篇的意味無法通過經學老套的觀點和方法全部表現出來。那麼他爲何會持有此種想法呢?

《王風·黍離》首章云:

知我者謂我心憂,不知我者謂我何求。悠悠蒼天,此何人哉!

對此,《詩附記》中云:

---

① "尚無爲"在《傳箋》中解釋爲"祈禱不被征兵去服軍役"。對此,《集傳》中"尚、猶"的訓讀　樣,解釋爲"方我生之初天下尚無事"。翁方綱遵從朱説。

② 清陳啟源《毛詩稽古編》對《集傳》云"爲此詩者,蓋猶及見西周之盛"評論到,如果本詩是東周平王時之詩的話,天下平安就必須追溯到西周宣王時代。如果作者生於此時的話,今應當八九十歲,而服軍役出征就非常不合理。上述引用是翁方綱對此進行反駁之語。其中他認爲詩人的措辭不可能是"泥",批判了陳啟源的穿鑿附會。

“此何人哉”，諸家皆解作致此者何人。惟李氏樗以爲久留於此者何人。是作詩者自謂也。愚按，李説是矣而言之不詳。蓋詩意渾而難明，然既云周大夫行役，則自傷自問，迷離惝怳，不可得而究詰矣。即後人賦詩，至神光離合處，尚曰難以言詮，況古詩人之詩耶？然必欲質實解之，則周大夫觸目此地，自叩何人。亦悲痛之至，忠孝之思所鬱結爲此語者也。較之年後追咎於致此之人者，其厚薄必有能辨之者矣。（卷二，頁八六）

翁方綱將本詩解讀爲“古詩人之詩”，認爲“詩意渾而難明”。從“渾而難明”這種説法中可以看出翁方綱認爲“渾”正是導致詩篇難懂的源泉。

“渾”是翁方綱使用的高頻詞[1]。對他而言，所謂的古詩就是難以明確把握其意味的詩。這種“難懂”之處，并不是因爲作詩的背景不明，也不是因爲解明詩句意味的資料逸失等後發的原因所導致的，而在於詩篇本身的内在本質。他認爲《詩經》的詩篇在本質上具有不可解釋的要素。

他經常將先行《詩經》學者之説批判爲“拘泥”[2]，也可以與此聯繫起來進行考慮。比如他在《詩附記》中關於《静女》云：

大約古詩之意多有寄託，難以指實者，不能盡以後人文義度之也。如必執跏躕不見之詞而歸併《關雎》輾轉不得而疑之邪？此所當觀其大而勿泥其詞者也。（卷一，頁五五）

在此他亦將《詩經》中的詩置於古詩的位置，認爲其具有“難以指實”的性質，批判先行解釋陷入“拘泥”的弊端是因爲不理解《詩經》的這一本質，而偏偏以爲通過對語句進行精密考證從而能够得出一種客觀的確定的解釋。正如劉仲華所言，應該通過捕捉“大意”，也就是避免過度刨根究底。

他推崇《小序》的理由也在於他把握這類詩篇的特征。《詩附記》關於《衛風·芄蘭》云：

古詩美刺，蓋不必若後世之詩指稱顯白者。故凡《序》所言爲某人某事而作，苟非按之文義事證的有搘挂者，究當以《序》爲據也。若《芄蘭》之言，刺惠公自不應疑之。

---

① 根據筆者的調查，《詩附記》中“渾”一詞共有 46 例。除單字用例之外，還有“渾括”“渾言”“渾圓”“渾概”等熟語，在詩篇或者先行解釋評語中頻繁使用。

② 同上，拙稿，2018 年 3 月。

（卷二，頁八〇）

《詩附記》關於《曹風·蜉蝣》解釋也可以看作是這個態度的一個表現：

> 朱子改刺昭公爲刺時人①。義亦相通。弟詩本咏歎之辭，非如史傳之文得所指實。安能必於本篇中確有所考而後信乎？《序》既云昭公，則即是可考耳。凡讀詩序皆如此。（卷三，頁一五七）

詩篇本來具有一定曖昧性，在此認知基礎上最值得信賴的資料就是《小序》，因此如果没有確鑿依據證明其需要重新探討，翁方綱認爲應該對其採取信任的態度。《小序》之説的正確性并非可以客觀地、有理有據地加以論證，但因其完成時間較早，且并無其他可依據的好資料，因此應當選擇信任。在這種意義上，翁方綱對《小序》的尊重可以説是實用主義②。

將《詩經》的詩篇看成古詩，且著眼於其性質加以解釋的方法，早就見於歐陽修。《詩本義》卷八《何人斯》論中云：

> 古詩之體，意深則言緩，理勝則文簡。然求其義者，務推其意理及其得也，必因其言據其文以爲説，捨此則爲臆説矣。

從古詩的視角對《詩經》詩篇進行解釋，這和翁方綱的認知有重複之處③。舒緩而簡潔的詩句中蘊含著深刻的思想和道理，這一點也和翁方綱的認識相類似。但是和翁方綱不同，歐陽修没有認識到詩篇本身具有曖昧性，且不是通過實證的、符合邏輯的考察就可以充分解釋的。他更主張以"意"來解釋的同時還主張以"理"來解釋，信賴邏輯思考。另外歐陽修還提出"經義固常簡直明白"（《詩本義》《鄭風·相鼠》論），將《詩

---

① 《蜉蝣》序云："蜉蝣，刺奢也。昭公國小而迫，無法以自守，好奢而任小人，將無所依爲。"朱熹在《辨説》中云："言昭公，未有考。"首章《集傳》云："此詩蓋以時人猶玩細娛而忘遠慮者，故以蜉蝣爲興而刺之……《序》以爲刺其君，或然，而未有考也。"朱熹雖説并未全面否定《小序》之説，正如翁方綱所言，因爲無法考證，不從《小序》。

② 同上，參考拙稿，2019 年 3 月，第 7 節以及其注釋(44)(45)。另外，翁方綱和《小序》一樣，以《毛傳》的成書年代較早爲由，如果没有確實應該否定的不合理之處，也找不到可以信賴的證據的話，就姑且先不用提證據而遵從其説。同上，參照注(44)。

③ 《正義》中爲對字句訓詁提供參考，有引用古詩的用例（《魏風·葛屨》《小雅·正月》），但没有將《詩經》詩篇放到古詩範圍內進行考察。

經》的意味解釋爲"經義"，且可以通過理性得以理解，和翁方綱的認知形成鮮明對比。如此看來，翁方綱的想法受到了歐陽修的影響，但由此也產生一定分歧，走上了和歐陽修不同的解釋認知之路。

戴震思想中明顯看不到將詩篇作爲詩歌文學進行把握的想法。《戴補傳》中可見《戴氏篇義》關於《召南·野有死麕》小字注的記錄：

> 此詩舊説不可通。因讀《神女賦》得其解。宋玉所賦之神女，其猶在此下與？

關於本詩，《戴氏篇義》云：

> 于《野有死麕》見女子有不可犯之容也……"如玉"者，悦其色之美。"脱脱"者，敬其度之莊……畏其自持之嚴也。其吉士好色而不至于淫，其女子含貞一而不可犯干。詩于善兼之矣。

根據戴震的解釋，《野有死麕》是對兼具美貌與優雅氣質的女性的贊歎和愛慕，迫切想表達對其欽慕之意，又被她賢良淑德打動，擔心萬一遭到拒絕，内心就打了退堂鼓。這一點和戰國楚宋玉的《神女賦》（《文選·賦癸·情》）有相通之處。對於本詩的内容，還有人將其解釋爲是無德男性企圖將女子據爲已有，女子對此表示抗争[1]。從道德角度出發，歷代都有過各種各樣的議論，而戴震不滿足於此，注意到《神女賦》中實現了道德維護與戀情表達的共存，認爲本詩也可以解釋爲此。從這種意義上來看，也是古詩表現手法在《詩經》解釋中發揮作用的例子。

但是，這個例子中所存在的問題是，如何在不違背道德的情況下而品讀出戀情。從中可以明白，（戴震）追求將詩篇作爲經典之一，也就是説將《詩經》作爲教化工具加以解釋。在不能割裂《詩經》詩篇的經典性這一點上，和翁方綱的解釋態度存在差異。

五、作爲古詩的詩篇的深度

關於翁方綱將《詩經》的詩篇作爲古詩來把握的解釋方法，有應該注意的地方。這

---

[1]　從漢唐到宋代，關於《野有死麕》解釋的多樣性變遷，拙稿《より深く潜水しより自由に遊泳するために——嚴粲詩経学における小序尊重の意義　その二》，參照慶應義塾大學日吉紀要《中國研究》第 11 號第 6 節，2018 年 3 月。

是將詩篇作爲古詩來看待,但并非是將融入詩篇中的思考、表現手法以及所描繪出來的世界作爲單純的,單一的模式來看待。相反,像上節所提到的《黍離》解釋,在《詩附記》中經常可以看到作爲古詩的詩篇表現之深,韵味之廣的例子,或者贊成先行解釋的例子。

因此,將詩篇認定爲古詩和將詩篇意味理解爲"渾"是可以兩立的。對於他而言,古詩中的"渾"這一特征,不能被理解爲負面的妨礙正確解釋的因素,而應該作爲滋生詩篇豐富性和韵味的源泉受到重視。作者及叙事者的無法複製的思想和願望,以及被重重遮蔽的心理,這些用語言根本無法表達的世界中包涵了很多詩句表現(或者説裹挾在詩句表現的殼中而隨波逐流),他認爲正是"渾"的狀態。

將《詩經》詩篇理解爲此的旁證是"虛擬""豫擬"等術語所蘊含的解釋。"虛擬""豫擬",指的是詩篇中所描述的内容并非是詩人的親身體驗及所見所感,而是作者通過想象或者預測出來的虛構表達。翁方綱認爲詩篇中除事實之外,還創造出了虛構的複雜的詩歌世界。

例如,《邶風·擊鼓》中描寫了出征的丈夫咏給妻子的詩歌,其中第三章云:

爰居爰處? 爰喪其馬? 于以求之? 于林之下。

本章描寫了敗戰後與夥伴走散,身在何處亦不明了,戰馬亦不知所去的仿徨失措的士兵形象,對此翁方綱認爲:

第三章,朱傳指實事。歐陽氏之説,則虛擬言之。若合後二章看,則歐陽説是。(《詩附記》卷一,頁四四)

翁方綱將朱熹和歐陽修之説進行了比較。《集傳》云:

賦也……於是居,於是處,於是喪其馬,而求之於林下,見其失伍離次,無鬥志也。

認爲本章描寫的是事實,而歐陽修在《詩本義》中云:

亦未知於何所居處,於何所喪其馬。若求與我馬,當於林下求之。蓋爲必敗之計也。

他認爲是虛構。對此,翁方綱未采用朱熹解釋,而贊同歐陽修之説。即此處所描寫的是出征作者(或叙事者)預料軍隊勢必敗北,意識到難以逃脱戰死沙場而和妻子生離死别的命運。通過這種解釋,不僅描寫出了士兵因與妻子永别而産生的悲慟之情,還交織著對自己命運走向盡頭的恐懼,將士兵的萬千思緒鮮明地描寫了出來。翁方綱贊同歐陽修認爲本章是"虛擬"的定位,這與他將詩歌的表現世界理解爲有深度而微妙的想法密切相關①。

我們再來看一下段雅馨也分析過的《衛風·氓》的例子。詩中描寫了和男子私奔離家出走,但因男子變心遭遇虐戀而逃回娘家的寂寞心境。其終章云:

> 及爾偕老,老使我怨。

對此,翁方綱認爲:

> 此婦爲人所弃,本無事實可證。其云年老見弃者,疏説也。……嚴氏《詩緝》,不主年老説。愚按,嚴説是也。《鄭箋》曰:"我欲與女俱至於老,老乎汝反薄我,使我怨也。此《箋》"老乎","乎"字極有斟酌。蓋此章及爾偕老,正是未老之時。老使我怨,老字乃放活言之,非果至於老也。總角又是老字反襯耳。(《詩附記》卷二,頁七七)

《氓》的女主人公被不忠丈夫所抛弃時,到底是尚年輕還是已年老,這是問題所在。《正義》認爲是已經年老,朱熹也持同樣解釋。本詩終章《詩集傳》云:

> 言我與女本期偕老,不知老而見弃如此,徒使我怨也。

但是,嚴粲不以爲然。《詩緝》就本詩終章云:

> 六章述其怨而自解之辭。言始也將與汝偕老,今我未老而已見弃。若我從爾至老,其彼暴戾必有甚者,愈使我怨也……舊説以老使我怨,爲今老而見弃。據此詩言

---

① 翁方綱贊同歐陽修解釋的理由除此之外,他還認爲歐陽修的説法可以把詩篇的構成進行合理説明的。《擊鼓》由五章構成,歐陽修和朱熹都認爲首章和第二章中時描寫臨出征時士兵們不安的情緒描寫,第四章和終章是和妻子訣别時的描寫。考慮與其關係時,朱熹的解釋是插入了第三章戰敗後的描寫,因此叙述不連貫。而歐陽修的解釋是全章全部是出征前的心理描寫,增加了全文統一感。

"總角之宴"，則此婦人始笄便爲此氓之婦。又言"自我徂爾,三歲食貧"。又言"三歲

爲婦",是止及三年便見弃,不應便老也。

翁方綱贊成嚴粲的解釋。以此爲依據,他認爲如果年輕時未遭遺弃,年老後受到虐

待,其後果可能會更加不堪。因此對遭到抛弃而受傷的心靈表示安慰,將女性的這一心

理刻畫得更加有深度。

從上述例子可以看出,"虛擬""預擬"這種看法,是和試圖走進并理解詩篇中的作

者以及登場人物的内心這種解釋態度密切相關的①。詩篇就是古詩這一認知,并非是僅

僅追求原始表現以及單純感情的態度。作者將深邃的思想通過深刻的表達體現出來,

最終使得翁方綱形成了對複雜意味世界的解釋態度。換言之,可以説翁方綱的《詩經》

解釋表現出對詩篇文學性的極度關心②。

六、和戴震《詩經》學的比較

上文以詩篇意味的曖昧性、多重性的認知爲中心,考察了翁方綱《詩經》解釋的特

色。關於其在《詩經》解釋學史上的地位或者與同時代《詩經》學的關係,筆者尚未進行

詳細考察,暫留作今後課題。作爲該研究的基礎,首先探討與他同時代并有過接觸的戴

震《詩經》學的關係。關於兩者認知的異同,到上節爲止對注意到的點都已作了提示。

本節以此爲基礎,總結一下兩者的關係。

翁方綱和戴震都認爲詩篇不僅僅包涵了從詩句表達品讀出來的意味,還包括隱藏

在其中的意味。換言之,翁方綱和戴震都認識到詩篇意味具有多重性。但是應該注意

的是,兩者所認爲的意味多重性有所差異。

筆者曾對戴震所提出的意味多重性作過相關考察③。現將其總結如下——詩篇本

來是作者面向具體背景下的特定對象,爲贊美或者批判他(們)、她(們)而作,具有很强

---

① 除此之外,還有使用"虛擬""豫擬"這一認知的例子。《小雅·采緑》《詩附記》中云:"'薄言歸沐',《鄭箋》《朱
傳》皆謂沐以待君子。不如李氏、嚴氏云,庶幾其夫之歸而後沐也。篇中兩個'薄言'皆虛擬。"(卷五,頁三二一)《邶風·
泉水》《詩附記》中云:"諸姑伯姊即是歸寧中所必及之事。出宿飲餞即是歸寧時所預擬之想。"(卷一,頁五三)

② 饒有興味的是,翁方綱關於《氓》的終章的解釋——其繼承了嚴粲説——戴震亦持相似的解釋。本詩終章《戴補
傳》中云:"震按,'及爾偕老',信誓之辭也。'老使我怨',猶言偕老之謂何,今乃使我怨矣。蓋三歲而見弃,故詰前約誓
之言。反,反覆也。'不思其反',謂約誓之時,惻怛申信,不思其後之反覆。'反是不思',謂反覆至是,曾不早思。"戴震
未將"老"解釋爲實際情形,而是新婚燕爾的夫婦之間的誓言。他的解釋很大程度上也受到了嚴粲之説的啟發。

③ 參照拙稿,2017 年 5 月。

的個別性和具體性。爲實現首尾呼應，詩人在各種修辭上下足了工夫。比如，爲規諫君王而作的詩中，爲在不惹怒龙颜的情況下使其接受諫言，採取了迂迴表達、轉移描寫對象的手法以及反語等修辭手段。由此，詩篇中就産生了詞和意有出入的現象①。也就是説於戴震而言，詩篇意味的多重性是作者有意創造出來的。正如上一稿中所考察過的，和嚴粲一樣，戴震在解釋類淫詩時，采用了準類淫詩説的解釋——即作者站在讀者的反面，以逆反者的口吻進行創作②。這也和戴震的認知是一致的。

對此，翁方綱認爲詩篇意味的多重性不是作者有意創作出來的，而是詩篇本身所具有的特徵。他將此解釋爲《詩經》詩篇是"古詩"的緣故。根據翁方綱之説，古詩這種詩體具有曖昧性，作詩的背景以及作者的感情都不能完整地表現出來。因此如果僅僅依賴詩句本身的話，就不能得以很好地理解。換言之，戴震認爲作者對於詩篇充分發揮了支配作用，而翁方綱的認知中，詩篇具有自身的生命力，超出了作者本身的意圖。

上述關於意味多重性認知上的差別，反映了兩者對《詩經》詩篇存在意義上的認知差異。也就是説，反映了他們是在多大程度上意識到詩篇的道德性和政治性并對其作出解釋的差異。

戴震將詩篇解釋爲作者向特定對象傳達具體意見以及感情的例子相當多。他認爲作者想向對方傳達的是，道德層面的信息或者政治上的意見③。作者創作的目的是爲發揮教導作用，在不惹怒對方的前提下表達自己的想法和意見。爲達到目的，使用了反語等修辭表現。和翁方綱不一樣，他認爲詩篇難讀是出於作者的意圖，并非是詩篇本來就具有難讀性而導致很難解釋清楚。對於後學者而言詩篇變得難懂起來，原因在於主要相關資料逸失。戴震雖然認識到正確理解作詩之意是極其困難的，但一定存在一條可到達之路，而且通過正確、透徹的考證和分析，可以準確把握其中大部分意味④。

他的這種認知很大部分來源於嚴粲。嚴粲的刺詩解釋，認爲詩篇重視互動，作者似乎是向君主這一特定人物諫言，多使用反語解釋詩句的方法。在這一點上，嚴粲和戴震

①　《衛風·碩人》《戴氏篇義》中云："余讀《碩人》之詩而知詩之爲辭與作詩人之意，誠不可一概論也。是詩辭若美莊姜，而意則閔之。"《衛風·考槃》《戴氏篇義》中有"或曰，一詩而美刺異其説，何也？余白，皆是也。美也者，詩之辭也；刺也者，詩之意也。"《陳風·宛丘》《戴氏篇義》中有"意主於君，而辭則言所從之大夫"等。

②　同上，拙稿，2019 年 3 月。

③　以下本小節中關於戴震認知的記録，參照同前，拙著第 16 章，2017 年，以及同前，拙稿，2017 年 5 月。

④　《戴東原集》（《戴東原先生全集》，據《安徽叢書》本影印，大化書局，1978 年）卷十《毛詩補傳序》中，雖有"作詩之意，前人既失其傳者，非論其世，知其人，固難以臆見定也"，其解明之道"余私謂詩之詞不可知矣，得其志則可以通乎其詞。作詩者之志愈不可知矣，斷之以'思無邪'之一言，則可以通乎其志"，認爲"姑以夫子之斷夫《三百》者，各推而論之，用附於篇題後"，表示出了"蓋字義名物，前人或失之者，可以詳核而知，古籍具在，有明證也"的樂觀態度。

之間有明確的學問繼承關係①。

　　同時,筆者在上一稿中分析了翁方綱的類淫詩解釋。和朱熹一樣,他用類淫詩説來解釋類淫詩,認爲類淫詩是壞人對自己的頭目恬不知恥地加以贊美而作成的詩。通過這一解釋,否定了"詩人爲發揮教化作用,而采用違背自己心意的'刺'的手法",得出"和朱熹所理解的一樣,'刺'是爲批判而批判"的這一結論②。由此可見,他對嚴粲、戴震采用反語表達來品讀詩句是持否定態度的。筆者在第二節中使用了"位相的差異"這一表現形式,説明了翁方綱對詩篇多重性的認知,而這種多重性并不是指詩辭表現和作者意圖完全相反。翁方綱認爲詩句無法完全表達出來的各種内容,隱藏的各種感情和思想,這些積累産生出詩篇多重性。

　　筆者在上一稿中認爲翁方綱"對嚴粲(以及戴震)支撑準淫詩説的'言外之意'持否定態度"。另外,《詩附記》中"言外"這一詞僅可見於《齊風・猗嗟》中,而且他所謂的"意在言外"是"'在文章表現這一行爲中,其措辭不由作者的意志控制,處於半意识狀態'"下的意味,在此認知下批判嚴粲的解釋爲"拘泥",因此"嚴粲的'言外之意','作者出於對對方的考慮,不表現真意,取而代之的是通過詩句表現之外的修辭法'這一意圖下,其性質差異很大"③。翁方綱認爲《詩經》詩篇是古詩這一想法,尊重"渾括",將解釋目標放在"得其大意"上,具有親和性。

　　戴震認爲《詩經》是儒教經典,是教化工具,重視詩篇的政治意識和道德意識。同時,翁方綱雖然不否定把《詩經》作爲經典的意義,但是在經典性認識對解釋帶來的影響上不如戴震那麼大,而更加重視詩篇的文學性。對於翁方綱將《詩經》放在古詩的範疇進行解釋上而言,爲説明道德教訓性而使用反語表現,未免顯得過於迂闊。

　　劉仲華認爲:

　　　　翁方綱主張解讀《詩經》既要依據訓詁,但又要超越訓詁,要靈活理解文章的意蘊。這一點倒是與朱熹"以詩説詩""感物道情"的路數是一致的。④

---

① 同前,拙著第16章。拙稿2017年5月。
② 同前,拙稿2019年3月,頁50。
③ 《戴東原集》(《戴東原先生全集》,據《安徽叢書》本影印,大化書局,1978年)卷十《毛詩補傳序》中,雖有"作詩之意,前人既失其傳者,非論其世,知其人,固難以臆見定也",其解明之道"余私謂詩之詞不可知矣,得其志則可以通乎其詞。作詩者之志愈不可知矣,斷之以'思無邪'之一言,則可以通乎其志",認爲"姑以夫子之斷夫《三百》者,各推而論之,用附於篇題後",表示出了"蓋字義名物,前人或失之者,可以詳核而知,古籍具在,有明證也"的樂觀態度。拙稿2019年3月,頁63。
④ 同前,劉著,頁138。

　　以此爲參考,翁方綱對作者從反語表現等意圖出發的修辭技巧中進行分析持否定態度,這也來源於朱熹。的確,朱熹解釋詩篇時,主張從詩句中進行解釋①,對此,翁方綱認爲僅靠這種解釋態度,是無法完全理解的。詩句中人物内心的裂縫和情感以及與作詩的情況相關的所有事項中,或無法一目了然地得以明確表現出來,還存在著一些隱秘之處。爲把握這一點,朱熹所排斥的《小序》或者《毛傳》等信息就顯得非常必要。但是,就詩句中所表現的内容而言,和嚴粲及戴震相比,翁方綱不會事先假定意味的歪曲。他認爲詩人没有隱藏其創作意圖或者故意歪曲其意思,忠實表達意思更佳。這可以説是和朱熹的解釋態度相類似。由此可見,他在受到朱熹解釋理念影響的同時,還對其矯枉過正的地方加以修正,在認識到詩篇具有本質曖昧性的基礎上,對其加以進一步解釋。

　　進一步考慮的話,翁方綱和戴震,以及他們和朱熹、嚴粲關係的背後都可以看到歐陽修的影子。正如第四節所提到的,歐陽修將《詩經》的詩篇解釋爲古詩範疇,并舉出了論述"古詩之體,意深則言緩,理勝則文簡"的例子。這一態度和翁方綱是一樣的。同時認爲作者真切表達詩句這一看法,和上文中朱熹、翁方綱的解釋態度也相類似。歐陽修認爲"經義固常簡直明白",詩篇的難解之處很大原因在於資料的散逸②。他認爲詩篇意味本質上是可以理解的,這種樂觀主義和戴震的態度也具有相關性。

　　如此一來,宋代《詩經》學各大家所提倡的解釋態度,發展出各種多樣性的同時,還傳遞給了使用清朝考據學方法論的《詩經》學者。

七、小　　結

　　在第二節中,考察了翁方綱對《小序》和朱熹説兩方面的重視。他對《小序》和朱熹説的態度,根據評價的軸心不同,其見地也隨之改變。以朱熹説爲主來看的話,并非是全面吸收了朱熹的意圖,更應該説是以反對朱熹真實意圖的方式,和《小序》一起,作爲自己言説的論據。以《小序》爲主來看的話,對他而言《小序》的主要作用是作爲分析詩篇産生之初的歷史狀況,或者後人所品讀出來的詩篇的歷史意義的補充材料。由此可

---

① 　同前,參照拙著第 14 章,2017 年。
② 　比如,《詩本義》《大雅·生民》論中,對本詩中后稷誕生的詩句意味表示闕疑,但同時又云:"然則《生民》於詩,孔子之所録也。必有其義。蓋君子之學也,不窮遠。以爲能闕所不知,慎其傳以惑世也。闕焉而有待可矣。毛、鄭之説,余能破之不疑,《生民》之義,余所不知也。故闕其所未詳。"本質上并非不可解,通過不斷考察,對後世學者終有一日會弄明白表示出樂觀的態度。

以看出《小序》本身所具有的教化性質,以及作爲道德指針的補充信息而被抽象取捨。

鑒於此,可以説翁方綱是在詩篇意味具有多重性這一解釋認知基礎上,以《小序》和朱熹説爲素材進行了重組解釋。

翁方綱對宋代《詩經》學既加以利用,又有反駁之處,由此構築起了自身的《詩經》解釋理念和方法論。他所參照的宋代《詩經》學不僅僅包括朱熹的《詩經》學,諸如嚴粲的影響也很深刻,甚至還可見歐陽修的影子。這同樣適用於戴震。但是雖然戴震和翁方綱都受到了宋代《詩經》學的影響,但兩者各具特色。這可以説是"漢宋兼采"的多樣性之一。

另外有一點還需贅述。本稿中所舉出的兩者的特色,筆者并非主張只見於此二人身上,或者是由他們所創設的。筆者之意在於將翁方綱和戴震兩位學者進行比較,探討十八世紀後半葉的《詩經》學雖具有考據學基礎,但表現形式又不一樣;同時又明確了其受到宋代《詩經》學的多種深遠影響。其影響的多樣性,表現在多位學者以各種形式對宋代《詩經》學的成果加以發揚光大,但其中對翁方綱和戴震的影響尤爲深刻。

比如,爲分別弄清楚翁方綱和戴震采用古詩認知的《詩經》解釋方法具有何種來歷,有必要廣泛涉獵南宋、元、明、清各代的《詩經》學。筆者已注意到的一個例子是,將詩篇放入古詩這一範疇内的認知,歐陽修已經探討過。由此可知翁方綱很大程度上受到了此前《詩經》學者們的影響。根據筆者的初步考察,比如清代陳啟源的《毛詩稽古編》中有多處關於"古詩"的用例①。但是本稿中未能對此進行考察。另外比如針對翁方綱和戴震的《小序》認識,如果不認真探討其學術上的淵源關係,就無法接近歷史真相,這也暫留作今後課題。因此本稿的論述僅僅是停留在概念的假説上了。

參考文獻

● 唐·孔穎達等奉勅撰《毛詩正義》(簡稱《正義》)。

《十三經注疏附校勘記》(嘉慶二十年江西南昌府刊本景印)第 2 册,臺灣藝文印書館。

《十三經注疏》整理本第 4 至第 6 册,北京大學出版社,2000 年。

另外,利用臺灣"中研院"漢籍電子文獻(Scripta Sinica)瀚典全文檢索系統 2.0 版所收的《十三經注疏》進行字句檢索,史語所漢籍全文資料庫計劃製作。

● 北宋·王安石《詩經新義》(簡稱《新義》)。

程元敏輯,《中華叢書 三經新義輯考彙評(二)——詩經》,臺灣編譯館,1986 年。

---

① 《文淵閣四庫全書電子版——原文及全文檢索版》中可見 18 處例子。

● 南宋·朱熹《詩集傳》(簡稱《集傳》)。

《四部叢刊廣編》04,靜嘉堂文庫藏宋本影印本。

《朱子全書(修訂本)》第1冊,上海古籍出版社、安徽教育出版社,2010年。

● 南宋·嚴粲《詩緝》。

明趙府味經堂刊本影印本,臺灣廣文書局,1970年。

● 清·戴震《毛詩補傳》,《安徽古籍叢書　戴震全書(修訂本)》第1冊,黄山書社,2010年。

● 清·翁方綱《詩附記》,《柏克萊加州大學東亞圖書館校抄本叢刊　翁方綱經學手稿五種》第三種,上海古籍出版社,2006年。

●《文淵閣四庫全書電子版——原文及全文檢索版》,上海人民出版社,迪志文化出版有限公司。

（作者爲日本慶應義塾大學商學部教授,譯者爲四川師範大學全球治理與區域國別研究院助理研究員）

中越鬼門關詩辨析[*]

曹良辰　嚴　明

一、唐籍記録的鬼門關

“鬼門關，十人去，九不還。”這首《鬼門關諺》收録在《全唐詩》卷八百七十七，因其始見於唐人記載，故而被稱爲“唐諺”[①]。唐代杜佑（734—812）所撰《通典》最早記録了這首《鬼門關諺》：

> 容州，今理北流縣。秦屬象郡，二漢屬合浦郡，隋爲合浦、永平二郡地。大唐平蕭銑後，置銅州，貞觀八年改銅州爲容州。（州有容山。）或爲普寧郡。州南去十餘里，有兩石相對，狀若關門，闊三十步，俗號鬼門關。漢伏波將軍馬援討林邑蠻，路由於此，立碑，石龜尚在。昔時往交趾，皆由此關。其南尤多瘴癘，去者罕得生還，諺云：“鬼門關，十人去，九不還。”[②]

由此可知，鬼門關的地點在唐代容州，即如今的廣西北流。而無論鬼門關之名還是鬼門關諺，在唐代已經傳播人口。而唐籍中對廣西鬼門關的記載源於《通典》，後世的史部地理類著作多襲其説。

然而鬼門關唐諺雖最早出於《通典》，鬼門關一詞却最早見於初唐沈佺期之詩。沈佺期（約656—約716）於神龍元年（705）被流放驩州（今越南乂安省），途經鬼門關，作有《入鬼門關》一詩：

　　* 本文爲國家哲社科重大項目“東亞漢詩史”（批准號：19ZDA295）中期成果，上海師範大學中國語言文學創新團隊成果。
　　① 《全唐詩》，卷八百七十七，清文淵閣《四庫全書》本。
　　② 杜佑《通典》第四册，卷一百八十四，北京，中華書局，1988年，頁4941。

昔傳瘴江路，今到鬼門關。土地無人老，流移幾客還。自從別京洛，頹鬢與衰顏。夕宿含沙裏，晨行岡路間。馬危千仞谷，舟險萬重灣。問我投何處，西南盡百蠻。①

今本《沈佺期詩集校注》引《舊唐書·地理志》所載，認爲沈佺期所過鬼門關在今廣西省北流縣②。

古代越南使臣在前往中國朝貢的途中大多吟詩紀行，其中就有不少直接描寫鬼門關或間接提及鬼門關的詩篇。這些詩中描繪鬼門關的地貌環境，透露出險惡氛圍，其所用驚恐語言，與唐諺"十人去，九不還"的基調頗爲吻合。如乾隆五十四年（1789）西山朝使臣阮偲第一次朝貢時所作《過鬼門關》：

陰曀騰空殺氣漫，村翁指是鬼門關。迷蒙嵐色千岩隱，嗚咽泉聲一派寒。竹架新橋通客徑，樹含古廟鎮群山。仗吾忠信無夷除，兩袖清風任去還。③

嘉慶十八年（1813）阮朝使臣阮攸所作《鬼門關》：

連峯高插入青雲，南北關頭就此分。如此有名生死地，可憐無數去來人。塞途叢莽藏蛇虎，布野煙嵐聚鬼神。終古塞風吹白骨，奇功何取漢將軍。④

道光四年（1824）阮朝使臣黃碧山所作《過鬼門關》：

嚴險關頭戒鬼門，行人過此兩無言。泡從泉湧開蛟室，嵐逐山□隱樹根。十去歌殘留此地，三年譯報又征轅。仰祈相吉凭靈廟，長想而翁矍鑠存。⑤

道光二十七年阮朝使臣阮攸所作《鬼門天險》：

連峯壁立壑湍奔，險要郊墟有鬼門。勢扼疊山重水裏，諺傳千去十還言。地留古

---

① 連波、查洪德《沈佺期詩集校注》，鄭州，中州古籍出版社，1991年，頁152。
② 同上。
③ （越）阮偲《華程消遣集》，《越南漢文燕行文獻集成》第8冊（以下簡稱《集成》），上海，復旦大學出版社，2010年，頁114。
④ （越）阮攸《北行襍録》，《集成》第10冊，頁13。
⑤ （越）黃碧山《北遊集》，《集成》第11冊，頁259。

廟談遺事，天限雄關壯我藩。明將石形雖妄説，可堪千古戒貪殘。①

阮偍説鬼門關殺氣瀰漫，全賴自己一身正氣而能平安往返，阮攸則直言鬼門關是惡名遠揚的生死地，兩詩都突出了鬼門關山勢險峻、瘴氣瀰漫的恐怖特點。而黄碧山“十去歌殘留此地”以及阮攸“諺傳千去十還言”，明顯受到唐諺影響。詩題下有注云：“舊關名，近有伏波靈廟，廟前深溪橫路，水惡山險，行者驚怖。昔有句云：‘靈矣鬼門關，十去九不還。’其戒途歟。”②阮攸之詩也自注曰：“按《寰宇記》，鬼門，北人方言‘鬼門關，十人去，九不還。’”③

宋代《太平寰宇記》中不僅記載有“鬼門關，十人去，九不還”之句，同時較之《通典》，還多了一首傳爲唐代李德裕（787—850）貶崖州、途經鬼門關所作的詩：

　　鬼門關，在北流縣南三十里，有兩石相對，其間闊三十步，俗號爲鬼門關。漢伏波將軍馬援討林邑蠻，路由于此，立碑，石龜尚在。晉時趨交趾，皆由此關。其南尤多瘴癘，去者罕得生，諺云：“鬼門關，十人去，九不還。”唐宰相李德裕貶崖州，日經此關，因賦詩云：一去一萬里，千去千不還。崖州在何處，生度鬼門關。④

此詩另見於《唐詩紀事》，題名爲《流崖州至鬼門關作》：“一去一萬里，千知千不還。崖州何處在？ 生度鬼門關。”字句略有不同，作者則標爲楊炎（727—781）⑤。楊、李二人生平頗爲相似，都曾作過宰相，晚年亦都貶死崖州（今海南島）。然而李德裕《會昌一品集》（《摛藻堂四庫全書薈要》本）、《李文饒集》（《四部叢刊》景明本）中都不見此詩，只在《李衛公集別集》卷四中有一首《謫嶺南道中作》⑥，此詩在清代金鉷所著《（雍正）廣西通志》中另題爲《鬼門關》。楊炎則無詩集傳世，但《通典》作者杜佑素與楊炎交好。杜佑在大曆十四年（779）作過容管經略使，地點就在容州。及“楊炎入相，徵入朝”⑦。而建中二年（781）盧杞爲相，楊炎被貶崖州，未至而賜死途中。杜佑亦在建中三年被貶

①　（越）阮偍《星軺隨筆》，《集成》第 16 册，頁 96。
②　（越）黄碧山《北遊集》，《集成》第 11 册，頁 259。
③　（越）阮偍《星軺隨筆》，《集成》第 16 册，頁 96。
④　樂史《太平寰宇記》第 7 册，卷一百六十七，北京，中華書局，2007 年，頁 3191。
⑤　計有功《唐詩紀事》，卷三十二，北京，中華書局，1965 年，頁 504。
⑥　李德裕《會昌一品集》，《李衛公集別集》卷四，《摛藻堂四庫全書薈要》集部第 19 册，臺北，世界書局，1988 年，頁 161。
⑦　劉昫《舊唐書·杜佑傳》，卷一百四十七，北京，中華書局，1975 年，頁 3981。

爲饒州刺史,興元元年(784)又調任嶺南節度使,容州離其治所很近,可謂故地重遊。筆者認爲杜佑之所以撰寫《通典》時給鬼門關記上一筆,恐怕並不僅是對當地環境熟悉,還因爲鬼門關對於他來説是個特別的地方,楊炎這位往而不返的故人曾在此賦詩,所以他才給廣西鬼門關記上一筆。故《太平寰宇記》成書雖然早於《唐詩紀事》,但這首鬼門關詩很可能是楊炎的作品。而就這首詩本身來説,正是它和鬼門關唐諺在越南文人間的流傳,才影響了越南使臣的詩作,催生出"十去歌殘留此地""諺傳千去十還言"的悲涼詩句。

　　乾隆五十五年(1790)北使的西山朝使臣段浚作有《諒山惡行》,詩中也提及鬼門關,有"又不見安南惡窟號鬼門,十出無還曾流傳"①之句,顯然也化用了鬼門關唐諺,然而詩中卻説鬼門關在安南境内。阮朝使臣李文馥在道光二十一年(1841)行經諒山作《諒山道中》詩,後注曰:"諒山一轄,自古素稱嵐瘴,日至巳午,昏霧尚未散,鬼門關處,尤爲最惡。北去南來者,以爲戒途。有歌云:'鬼門關,鬼門關,十人去,一人還。'關在支棱社。"②以上兩首詩題爲"諒山",又言及安南,指的是越南諒山省。諒山與廣西接壤,唐時稱諒州,屬安南都護府管轄。清代時期,越南阮朝使臣把進入鎮南關稱爲入關,此時他們才完成官方手續正式進入清朝境内。使臣詩集大多按行程先後編排,而鬼門關詩都列於描寫鎮南關的詩之前,這也透露出越南使臣筆下的鬼門關是在越南境内,而非廣西的鬼門關。

二、越南鬼門關位置考

　　越南阮朝使臣的朝貢路綫圖表明,他們筆下鬼門關的具體地點在鎮南關以南的越南諒山省温州。道光二十一年阮朝使臣李文馥從河内啟程前往鎮南關的路綫大致如下:

　　河内公館—珥河—北寧省—北美站—諒江府—北芹站—北和站、鬼門關—桄榔屯—虎牢祠—諒仁站—諒枚站—文淵州—鎮南關。③

　　這條路綫清楚表明越南使臣筆下的鬼門關在鎮南關之外。反觀明清時從廣西進入

①　(越)段浚《海翁詩集》,《集成》第7册,頁55。
②　(越)李文馥《使程遺録》,《集成》第14册,頁240—241。
③　(越)李文馥《使程誌略艸》,《集成》第15册,頁5—11。

越南的道路，明代李文鳳①在《越嶠書》中記録了三條進入越南的路綫，其中一條便是從廣西憑祥州出發，從南關隘②進入，其後路綫依次爲文淵州坡壘驛、脱朗州、諒山府、温州北、鬼門關、温州南：

> 從憑祥州入者，由州南關隘一日至交之文淵州坡壘驛，復經脱朗州北，一日至諒山衛，又一日至温州之北險徑，半日至鬼門關，又一日經温州之南新麗村……③

此處的"温州"即明永樂時期短暫統治安南時設立的丘温縣，阮文超《大越地輿全編》説温州"屬明曰温縣"④。然而當時的諒山府七州五縣只有丘温縣而無温縣，所以"丘温縣"即所謂"温縣"，越南後黎朝時改稱"温州"，阮朝時期沿用。嘉慶九年，阮朝使臣武希蘇作有《鬼門關廟》詩：

> 路入枝稜過畏天，拜瞻神像自巍然。劬勞績著旋車日，矍鑠神留上馬年。管甚珠犀成貝錦，永將銅柱莫山川。雲臺太室今何在？萬古崇祠屹翠巔。⑤

詩中"枝稜"是温州下面的一個社，越南鬼門關就在枝稜社，這在詩題后的詩注中有説明："廟在諒山温州枝稜社，奉馬伏波將軍。康熙二十二年（1683），欽使周燦來，錫封名畏天關。使臣有事往來，例有謁見致祭。"⑥周燦是陝西臨潼人，康熙二十二年使安南時曾路過越南的鬼門關。王士禛《池北偶談》中也提及此事，并録有周燦《易鬼門關曰畏天關》詩："衣冠文物重南疆，何事關名太不祥。題曰畏天思此義，萬年帶礪控炎荒。"⑦由周燦詩可知更名的原因，是覺得當時廣爲流傳的鬼門關名不吉利，而改題"畏天"是要提醒安南人敬畏北方的天朝。清人湯彝《盾墨》一書記載了畏天關與鎮南關之間的距離："出鎮南關二百里，有畏天關，巉刻險峻，一徑盤空，僅容兩騎下，臨深谿，稱第一要害。"⑧

---

① 李文鳳，字廷儀，明嘉靖十一年（1532）進士。
② 關於南關隘和鎮南關的區別，《廣西通志》記載：鎮南關，（憑祥土州）州西南四十五里。南關隘：州南四十里，東北至鎮南關十里。（《廣西通志》，卷一百二十五，南寧，廣西人民出版社，1988年，頁3617。）
③ 李文鳳《越嶠書》，卷一，明藍格鈔本。
④ （越）阮文超《大越地輿全編》，越南國家圖書館藏阮朝成泰庚子本。
⑤ （越）武希蘇《華程學步集》，《集成》第9册，頁194。
⑥ 同上。
⑦ 王士禛《池北偶談》，卷三，北京，中華書局，1982年，頁71。
⑧ 湯彝《盾墨》，卷三，清道光刻本。

越南鬼門關附近有東漢伏波將軍馬援的神廟，阮偍、阮攸所謂“古廟”、黃碧山所稱“靈廟”，都是指馬援廟，而廣西鬼門關附近却並沒有伏波廟的記載。所以鬼門關唐諺本是描述廣西鬼門關的，但當它流傳於越南使臣群體中，由於鬼門關這一共同的名字以及馬援廟的緣故，許多人都誤以爲鬼門關唐諺是描寫越南鬼門關的。阮攸雖由《太平寰宇記》得知鬼門關唐諺，但還是未區別中越的兩處鬼門關。

直到道光二十九年，阮文超北使清朝時才意識到中越邊境有兩處鬼門關的事實。他經過越南鬼門關作有《諒山道中》詩，並對越南鬼門關和廣西鬼門關的具體位置詳加考辨。其詩曰：

> 溫州別有鬼門關，山勢雲連疊疊環。母窖中峰獨北轉，枝溪分水自西還。伏波名剩空城裏，柳孽尸傳卧石間。尚處林棲成樂土，崎嶇行得馬閒閒。①

此詩有注曰：

> 溫州枝稜亦名鬼門關，溪山間有□城，傳爲馬伏波所築。或云援由合浦隨山開道千餘里，兵未嘗由諒山，鬼門關當在欽州。虎牢祠前有覆尸石、髑髏石，傳爲柳昇。今考史載，黎察、黎受伏斬柳昇，乃在馬鞍山。又考《通志》，廣西北流縣西，顛崖邃岩，兩峯相對，路出其中，名鬼門關。元改魁星關，今爲桂門關。縣南馬援營，石柱遺跡在焉。《漢書》（按：應爲《後漢書》）二徵稱兵略嶺外六十城，合浦、九真、日南皆應援進兵，隨山開道，抵浪泊、西里間，戰連捷。二徵謀退，追擊於禁谿，獲之，由海道盡取九真、日南餘黨。《漢書》原注：禁谿縣，今峰州新昌縣。《通志》：浪泊在容縣之容江，今梧州之容縣與鬱林州之北流縣壤相接，在漢皆爲交趾郡。《晉書》（原作“地書”）載葛洪求爲交趾勾漏令，而勾漏今爲鬱林州之北流縣，足徵也。據《漢書》及《通志》，則援所由鬼門關，當在今鬱林州之北流縣。②

阮文超北使之時，頗爲關注一路地理。其觀點是雖然馬援曾帶兵到交趾，但他是從浪泊、即所謂廣西容江渡海，所以並未由陸路到過越南諒山鬼門關。筆者認同阮文超的馬援“未嘗由諒山”和“援所由鬼門關，當在今鬱林州之北流縣”的結論，然而阮文超認

---

① （越）阮文超《方亭萬里集》，《集成》第 16 册，頁 178。
② 同上書，頁 179—181。

爲“浪泊”在廣西梧州容縣，應該是有誤的。據《後漢書·馬援傳》:“軍至合浦而（段）志病卒，詔援并將其兵。遂緣海而進，隨山刊道千餘里。十八年春，軍至浪泊上，與賊戰，破之，斬首數千級，降者萬餘人。援追徵側等至禁谿，數敗之。”①《後漢書》明確交代馬援軍隊由合浦沿海岸綫千餘里方到浪泊，然後交戰，既然從合浦行“千餘里”，浪泊又怎麼可能還在廣西容縣？而“緣海而進”，自然也就不會經過處於内陸的越南鬼門關。《清文獻通考》也稱:“浪泊，一名西湖，在交州府東關縣，馬援所謂‘吾在浪泊、西里間’者是也。”②越南社會科學委員會編著的《越南歷史》一書中，亦稱浪泊在越南河北省仙山:“馬援的大軍水陸配合，首先集中在合浦（廣東），然後進入浪泊（河北省仙山）地區。”③而對於馬援是否到過越南鬼門關，《越南歷史》中提到了一種民間流傳的説法:“有的傳説講:馬援的軍隊剛到合浦，就遭到聖天夫人的軍隊突然襲擊。馬援被迫撤退，率軍北上進佔蒼梧（廣西），後來偷偷地派軍隊越過鬼門關（支棱隘），南下到陸頭地區，接著又北上到浪泊。”④

　　除了廣泛流傳的馬援事跡，越南鬼門關還與明朝將領柳升（越南漢籍大多將“柳升”記作“柳昇”）有關。阮文超詩中“柳孽尸傳卧石間”中的“柳孽”，是對明永樂、宣德年間兩征安南的柳升的蔑稱。柳升，字子漸，位至安遠侯，永樂初年曾征安南，宣德二年（1427）再往安南平亂，遇襲戰死。“尸傳卧石間”指鬼門關附近巨石傳説是柳升魂魄所化。越南使臣的在描寫鬼門關時，也往往提及柳升之事以及柳升石的傳説。如乾隆五十八年北使吳時任《諒山道中二首》其一説“神劍尚留明將石，鬼門空鎖漢祠煙”⑤，“明將石”即指越南鬼門關不遠處的柳升石。嘉慶十四年北使吳時位亦作《柳昇石》詩，詩題後注曰:

　　　　去鬼關數里，在桄榔屯、虎牢祠間，有石五六片僵卧道左，中一石如人形，無頭而肢體悉具。俗傳黎太祖斬明將柳昇於此，一靈不散，融結爲石。按其時我國内附，明人郡縣我國，魚肉我民，幸有太祖起而争之，自鬼門之役而明人不敢正眼交南，統紀始復明。⑥

　　①　范曄《後漢書》，卷二十四，北京，中華書局，1965 年，頁 838。
　　②　《清文獻通考》，卷二百九十六，清文淵閣《四庫全書》本。
　　③　越南社會科學委員會編著、北京大學東語系越南語教研室譯《越南歷史》（第一集），北京，北京人民出版社，1977 年，頁 63。
　　④　同上。
　　⑤　（越）吳時任《皇華圖譜》，《集成》第七册，頁 111。
　　⑥　（越）吳時位《枚驛諏餘》，《集成》第 9 册，頁 248—249。

這裏的黎太祖即越南後黎朝的建立者黎利，"鬼關""鬼門"都指越南鬼門關，可以看出阮朝時期的越南使臣已經很習慣使用"鬼門關"這一別名。然而對於這場"鬼門之役"，越南史書《大越史記全書》中記載的伏擊柳升之處在支棱隘，柳升殞命的具體位置在支棱隘附近的馬鞍山，即阮文超詩注中所謂"黎察、黎受伏斬柳昇，乃在馬鞍山"：

> 乃命黎察、黎仁澍、黎冷、黎列、黎受等領精兵一萬、象五隻、先潛伏於支棱隘以待之。先是黎榴守坡壘關、見賊至，退守隘關。賊又爭進，榴又退隘關，退屯支棱。賊又進兵，攻逼支棱……二十日，柳昇督大軍，追至伏處……斬柳昇於馬鞍山及賊衆一萬餘級。①

但在《明宣宗實錄》中，柳升遇伏的地點記作鎮夷關，具體位置在鎮夷關附近的倒馬坡：

> 總兵官安遠侯柳升等師至交趾隘留關，黎利及諸大小頭目具書遣人詣軍門，乞罷兵息民，立陳氏之後，主其地。升等受書不啟封，遣人奏聞，時賊於官軍所經之處悉列柵拒守，官軍連破之，直抵鎮夷關，如入無人之境，升意易之……至倒馬坡，獨與百數十騎先馳度橋，既度而橋遽壞，後隊阻不得進，升所履皆淖泥地，賊伏兵四起，升中鏢死，從升者皆陷没。②

實際上述所稱支棱隘、鎮夷關都是越南鬼門關從前習用的名字，三個名稱都指同一個地方。但在元明清三代，中越兩國的史書記載中並不統一，這涉及到這幾個名字之間的流變歷史，並與中越之間的曲折歷史有密切相關。武希蘇説鬼門關廟"在諒山温州枝稜社"，阮文超説"温州枝稜亦名鬼門關"，所以越南鬼門關因在"枝稜社"，而有支棱隘之名。現今的越南枝稜社在越南語中寫作"Xã Chi Lăng"，支棱隘則作"Ải Chi Lăng"。武希蘇、阮文超所記載的"枝稜"二字，《大越史記全書》中使用的"支棱"二字，都是"Chi Lăng"的諧音漢字，而在越南其他漢籍中"Chi Lăng"還有多種漢字寫法。按筆者目前所見，"Ải Chi Lăng"（支棱隘）的使用頻率遠高於鬼門關，而且出現的年代也更早，所以筆

---

① （越）黎僖撰，陈荆和编校《校合本大越史記全書》（中）。本紀卷十，东洋学文献センタノ第44輯，東京，東京大学東洋文化研究所附属東洋学文献センター刊行委員会，1985年，頁542。
② 《明宣宗實錄》，卷三一，臺北，"中研院"歷史語言研究所，1962年，頁797—798。

者認爲"Ải Chi Lăng"(支棱隘)是越南鬼門關的本名,而鬼門關這一別稱是後起之名,也是受到中國文學、史籍記載影響而出現的。

三、越南鬼門關名稱流變

唐代安國尚未立國,其地屬安南都護府管轄,至宋代始脱離而獨立。越南鬼門關的地理位置在唐代的諒州,筆者認爲在當時的諒州並没有鬼門關這一地名,在宋元及明初,即相當於越南的丁、前黎、李、陳四朝期間,都是以"Chi Lăng"這一越南語的諧音漢字來記録,即"支棱隘"或"支棱關"來稱呼越南鬼門關這一地名,而鬼門關這一名稱是在明代永樂年間之後才見諸史籍記載。

前文提及初唐沈佺期被貶驩州途中所作《入鬼門關》是最早的鬼門關詩,而沈佺期所經過的鬼門關無疑是在廣西容州,而不可能指越南鬼門關。這可以從沈佺期現存詩作推得他的流放路綫:沈佺期經過廣西容州鬼門關(《入鬼門關》)後,一路行至安海(今廣西東興各族自治縣)(《寄北使》),安海之地已近海邊,所以他由安海行海路到龍編(今越南河内東北部)(《度安海入龍編》)①,龍編的位置已在諒州以南。所以沈佺期經過的鬼門關必定是廣西容州鬼門關,而不在諒州。況且,沈佺期貶謫驩州後得赦,最終重新回京做官,在與人談及貶謫之行,斷不會將鬼門關在容州還是諒州弄錯。沈佺期死後幾十年,杜佑編撰《通典》,新舊《唐書》亦多襲之,後世注家但凡言及廣西鬼門關,多引新舊《唐書》。如韓愈詩《寒食日出遊》中"念君又署南荒吏,路指鬼門幽且夐",《五百家注昌黎文集》認爲"鬼門"在容州北流縣南三十里。② 韓愈未曾到過廣西鬼門關,但友人貶官廣西邕州,韓愈已想其艱難,故以此言之,可見廣西鬼門關之名在唐代已被文人熟知。故此無論《通典》的記載,還是唐人鬼門關詩,都明確指廣西鬼門關,所以唐代也就不會有交趾地區有鬼門關的記載。

宋代時候的越南本土著作今已難見。但在後世的《大越史記全書》及《欽定越史通鑒綱目》中,都記有"支陵江"或"支棱江"這一地名。北宋太平興國六年(981),宋太宗命侯仁寶由陸路攻交趾,雖然北宋水軍在白藤江大勝,後卻因侯仁寶中詐降計戰死而收

---

① 關於沈佺期由海路進入驩州一事,可以參見查洪德《沈佺期年譜》之"神龍元年"(連波、查洪德校注《沈佺期詩集校注》,頁225)。

② 韓愈《五百家注昌黎文集》,卷三,清文淵閣《四庫全書》本。

兵。《大越史記全書》稱：“宋兵退，復至支陵江，帝令士卒詐降，以誘仁寶，因擒斬之。”①
其後載有作者黎文休對這場戰役的評點，時在陳朝年間即宋咸淳八年（1272）。而阮朝
史書《欽定越史通鑒綱目》記載這場戰役：“仁寶率前軍以進，孫全興頓兵不行，仁寶累
促之。至支稜江，帝令人詐降誘仁寶，擒斬之。”②並且對“支稜”一詞注云：“社名，屬長
慶府，溫州爲諒山界首。支稜江，支稜社江也。”③所以無論是“支陵”或是“支稜”，仍是
“Chi Lăng”一詞的諧音漢字。“陵”和“稜”的一字之差，顯然是與《大越史記全書》兩百
多年間的幾次編纂增補有關。按此書卷十收錄後黎朝開國元老阮廌（1380—1442）的
《平吳大誥》，此文爲黎太祖於宣德二年擊敗明朝軍隊而作，堪稱實錄。文中稱：“本月
十八日，柳昇爲我軍所攻，計墜於支稜之野。本月二十日，柳昇爲我軍所敗，身死於馬鞍
之山。”④所以“支稜隘”的記載很可能就出於阮廌《平吳大誥》中的“支稜之野”，而“支
陵江”記載則是越南陳朝時期、即宋咸淳八年以前的寫法，這説明“Chi Lăng”這個名稱
在越南歷史上的使用十分久遠。南宋祝穆《事文類聚》雖然説：“交趾有鬼門關，其南多
瘴癘，去者罕得生還，諺曰：鬼門關，十人去，九不還。唐李德裕貶崖州經此，賦詩云：一
去一萬里，千人千不還。崖州在何處，身度鬼門關。”⑤然其叙事與《太平寰宇記》大同小
異，且李德裕是貶崖州而非交趾，所以從路綫上講他不可能跑到唐朝時期的諒州境內。
並且在祝穆的另一部著作《方輿勝覽》中，鬼門關分別在鬱林州和容州條目中出現，因此
祝穆記載李德裕到過交趾鬼門關是訛傳不確的。

元代以降，在黎崱《安南志略》中出現了“Ải Chi Lăng”（支稜隘）的又一寫法——
“支凌隘”：“十三日庚戌，陸師至禄州分道，右丞程鵬飛、參政索羅吞兒由支凌隘，王大
軍由可利隘……”⑥這是元軍進兵安南的路綫，其中一路大軍途經支凌隘。黎崱本是越
南陳朝人，在與元朝軍隊的戰爭中隨彰憲侯陳鍵一同降鎮南王脱歡，入元時間在至元二
十二年（1285）。降元後他們遭到陳朝軍隊伏擊，陳鍵中箭而死，黎崱抱著陳鍵尸體的出
逃路綫是先出支凌隘，後出丘温，對此他記載：

　　戰不利……遂與崱等率衆降附。鎮南王嘉賞，四月，遣明望、昔班伴彰憲等入見。

① （越）黎㐲撰，陳荆和編校：校合本《大越史記全書》（上），本紀卷二，東洋学文献センタノ第 42 輯，東京，東京大学東洋文化研究所附属東洋学文献センタノ刊行委員会，1984 年，頁 188。
② （越）潘清簡《欽定越史通鑒綱目》，卷一，越南國家圖書館藏阮朝建福元年本。
③ 同上。
④ （越）黎㐲撰，陳荆和編校《校合本大越史記全書》（中），本紀卷十，東洋学文献センタノ第 44 輯，頁 548。
⑤ 祝穆《事文類聚》，前集卷三十一，清文淵閣《四庫全書》本。
⑥ 李文鳳《越嶠書》，卷五，明藍格鈔本。

驛至支凌寨,彼兵攻急,官軍夜戰突出。伴使遇彰憲麾戰勢逼於馬上。崱抱屍馳數十里,出丘溫瘞之。屬吏被殺幾半。崱隨班闕會同館使,引望大明殿宴。①

“丘溫”即前文所提諒山府溫州,比較李文鳳《越嶠書》中入安南“又一日至溫州之北險徑,半日至鬼門關”的路綫,可知“支凌隘”即越南鬼門關。

元世祖至元二十九年,禮部郎中陳孚出使安南,他進入安南境内連作《交趾境丘溫縣》《二月初三日宿丘溫驛,見新月正在天心,衆各驚異,因詩以記之》《交趾支陵驛即事》三詩,故而陳孚入安南的路綫是先丘溫,后支陵②,與黎崱出安南先支凌、後丘溫的路綫其實是一致的,故知“支凌”“支陵”二字相通,陳孚與黎崱經過的是同一個關隘。

然而彼時支棱隘(越南鬼門關)的別稱尚爲老鼠關。黎崱《安南志略》:“十二月二十一日甲子,師次安南界,分道……西由丘溫縣進……二十七日庚午,大軍擊破,退守諒江州;又敗走,獲船數十艘。西兵破支凌隘(清文淵閣《四庫全書》本作“之陵隘”),即老鼠關。”③既然黎崱已經提到了“Ải Chi Lăng”(支棱隘)有老鼠關的別名,如果當時那裏還流傳有鬼門關這一別名,黎崱理應提到才對。

對於老鼠關這一別名,陳孚也有兩首詩提及,第一首是記叙越南風物的《安南即事》詩,其中有“鼠關林翳密,狼塞澗縈紆”之句。陳孚自注云:

> 丘溫東南行十數,陟岡度嶺。西南行,兩山間初所見黄茅修竹,既而深林茂樹,水闊不數尺,然周遭百折,或百步一涉,或半里一涉,凡六七十。復度一嶺,夾道皆古木蒼藤,有巨石挺出,篁竹叢薄,最爲嶮,名老鼠關。④

在《交趾支陵驛即事》中陳孚提到了“支陵”,這裏又提到了“老鼠關”這個名稱,如果當時“Ải Chi Lăng”(支棱隘)除了老鼠關還有鬼門關的別名,陳孚也應該提到才對。鑒於黎崱、陳孚兩人經過老鼠關前後不過七年,且路綫相同,故知在元代支棱隘確有老鼠關的別名,而無其他別名。歸國途中,陳孚再次經過老鼠關,作《老鼠關》一詩:

---

① (越)黎崱著,武尚清點校《安南志略》,北京,中華書局,2000 年,頁 436。
② 陳孚記作“支陵”,與《大越史記全書》卷二所記相同,可以看作是宋代時期的記法流傳至元代。
③ (越)黎崱著,武尚清點校《安南志略》,頁 87。
④ 陳孚《陳剛中詩集》,卷二,明鈔本。

春風又送使旌還，笑掬清波洗瘴顏。從此定知身不死，生前先過鬼門關。①

　　雖然此詩中提到鬼門關，但筆者並不認爲這代表元朝時"Ải Chi Lăng"（支棱隘）有鬼門關這一別名。陳孚詩中提到鬼門關只是一種修辭語言，即化用了《流崖州至鬼門關作》中"生度鬼門關"之句，把來時經過的老鼠關比作"十人去，九不還"的鬼門關，以此表達自己經過老鼠關時心中忐忑不安、有去無回的心情，而不是說老鼠關也叫鬼門關。今人楊天保《地名·歷史·觀念——基於嶺南鬼門關稱謂流變史的文化學解讀》一文，以爲老鼠關乃廣西鬼門關的戲謔之稱，斯誤矣，蓋不知老鼠關其實在安南。② 由此可見，葛兆光先生倡導的"從周邊看中國"的研究視野及方式，對於國內的文學與歷史研究，是很有幫助的。

　　至元末明初，安南陳朝詩人范師孟作有《支稜洞》一詩，詩中只有"支棱關險與天齊"之句，而不見鬼門關的名稱：

　　　千里巡邊殷鼓聲，藩城蠻寨一醯鷄。澗南澗北紅旗轉，軍後軍前青兕啼。溇瀨谷深於井底，支棱關險與天齊。臨風跃馬高回首，禁闕峉嶤雲氣西。③

　　范師孟生卒年不詳，但曾於至正五年（1345）北使元朝。他又有《和大明使余貴》《和大明使題珥河驛》等詩，通過《和大明使題珥河驛》起句"新朝使者日從容"判斷，"新朝使者"指的是洪武初年派往越南的明朝使臣，故此判斷范師孟的活動時代是元末明初。此詩題下有注云"蓋爲諒江鎮經略時作"，諒江就在諒山附近，所以這首詩是范師孟在地方做官時的作品，他對支棱關是很熟悉的。彼時諒山鬼門關尚稱支棱關，亦不見鬼門關的稱謂。

　　有明一代，越南"Ải Chi Lăng"（支棱隘）先後以雞陵關、雞靈關、雞翎關、鎮夷關等名見諸記載。永樂四年（1406），由於朱棣命黃中等人送回安南繼位的陳朝王孫陳天平（《大越史記全書》作陳添平）半路被殺，遂成爲明軍征安南的導火綫，"雞陵關"之名因此首次出現在了《明太宗實錄》中：

---

　　① 陳孚《陳剛中詩集》，卷二，明鈔本。
　　② 楊天保文見《廣西民族研究》2007 年第 2 期，頁 160。
　　③ （越）裴輝璧《皇越詩選》，卷二，越南漢喃研究院圖書館藏。

是日，安南胡奎(按《大越史記全書》作胡季犛)劫殺其前國王孫陳天平。時鎮守廣西都督僉事黃中等以兵五千護送天平至丘溫，奎遣陪臣黃晦卿等以稟餼迎候及牛酒犒師……中以爲實，遂徑進度隘留、雞陵。將至芹站，山路險峻，林木蒙密，軍行不得成列，且遇酒潦。忽伏發大呼劫天平，遠近相應，鼓噪動山谷，寇且十餘萬。①

這裏黃中入境的路綫依次是隘留、雞陵、芹站，其中"隘留""雞陵"即是隘留關、雞陵關，黃中一行在經過雞陵關後遇伏不敵。乾隆六十年，阮偍第二次使清時所作《題鬼門關》詩題下的注文與之相合："按陳末胡季犛篡國，陳天平(原作陳平添)往求明兵來援，胡兵拒截在此。明兵失其歸路，乞交納陳添平而還。"②

同年七月，朱棣派成國公朱能任總兵官征安南，並告知西平侯沐晟："總兵官成國公朱能等以今日師行，期十月上旬由廣西憑祥進兵，入坡壘、雞陵。"待安南平定，朱棣改安南爲交趾，黃福受命赴任，其入交趾路綫是坡壘關、丘溫堡、隘留關、雞靈堡：

二十一日早起，馬前進，是日午未至坡壘關……二十二日早行，午過丘溫堡……二十三日早行，午過隘留關……暮至雞靈堡。二十六日早行，暮至隘龐關，宿于陳都司營。二十七日早行，晚至芹站堡，宿于張都司營。③

而李文鳳《越嶠書》又有"雞翎關"這一寫法："探得賊境自坡壘關起，由隘留關、雞翎關至芹站，山路險峻，溝澗深廣，林木蒙翳。"④比較黃中、朱能、黃福、李文鳳四人的路綫，可知"雞陵""雞靈""雞翎"三詞相通，都是"Chi Lăng"（支棱）的諸多諧音寫法。而所謂雞靈堡，永樂四年進兵安南時有記載："十月十二日，大軍次雞翎關置堡。"⑤設堡的目的就是儲存糧食以自足，這在永樂八年交趾按察司僉事劉有年的上奏中可見一斑："交趾各衛宜仿雲南例，三分守城，七分屯田，屯各立堡，有警則入堡以待調發，既不妨農，亦不失用，而邊有蓄積，民免轉輸。"⑥

永樂五年，明朝將雞陵關改名鎮夷關⑦。永樂九年："改交趾諒山府雞陵縣爲鎮夷

①　《明太宗實錄》，卷五十二，臺北，"中研院"歷史語言研究所，1962 年，頁 781。
②　(越) 阮偍《華程消遣集》，《集成》第八册，頁 179。
③　(明) 黃福《安南水程日記》，清《說郛邊事叢集》本。
④　李文鳳《越嶠書》，卷十，明藍格鈔本。
⑤　同上。
⑥　《明太宗實錄》，頁 1370。
⑦　同上書，頁 955。

縣,雞林遞運所爲鎮夷遞運所……以瘴癘,徙交趾鎮夷關於松嶺高爽之地。"①不僅雞陵關改名鎮夷關,雞陵縣改爲鎮夷縣,雞陵關似乎還由於原址"瘴癘"過盛而變更位置,遷移到遠離"瘴癘"的"高爽"處。此後不久,"Ải Chi Lăng"(支棱隘)的鬼門關別名始見記載。《安南志原》卷二提到:"鎮夷關,在鎮夷縣,舊名雞陵關,極幽險,亦名鬼門關,通廣西路。"②該書原題作者是明末清初的高熊徵,張秀民先生《永樂〈交趾總志〉的發現》一文則認爲,《安南志原》除總要部分外,其餘三卷都是《交趾總志》的内容,故而書名當作《交趾總志》爲妥,並推測該書成於永樂十七年左右,作者可能是明朝選派到交趾的地方官員。③ 筆者認同張秀民先生的觀點。基於這種判斷可知,《安南志原》對於越南鬼門關的記載要早於《越嶠書》,而且其記載的鎮夷關應該是遷移到"松嶺高爽之地"的新鎮夷關。但由於前面已經提到元代的"Ải Chi Lăng"(支棱隘)並不見有鬼門關的別名,而永樂十七年左右在《安南志原》中忽然出現了鬼門關的別名,不知是否與明朝統治期間將鎮夷關遷移到"松嶺高爽之地"有關。但可以肯定的是,在明軍撤出安南,安南重新控制了"Ải Chi Lăng"(支棱隘),"Ải Chi Lăng"(支棱隘)的老鼠關別名就不復記載,而鬼門關之名逐漸在後黎朝流行,直至阮朝。

　　明永樂年間雖已有越南鬼門關的記載,但其影響流傳的範圍很小。從目前的資料來看,一直要到明嘉靖時期,越南鬼門關才復見記載。《大越史記全書》只記有支棱隘,《明宣宗實錄》中除了使用鎮夷關一名,也用支棱關名稱:"掌交趾布政司事工部尚書黃福還,至廣西之龍州。初柳升既死,福奔回至支棱關,爲黎利守關者所獲。"④正德五年(1508),明使魯鐸出使越南途中作有《山行》一詩,首句"南下支陵石徑開",⑤仍言"支陵"而不説鬼門關。嘉靖年間,李文鳳《越嶠書》繼《安南志原》後記載了越南鬼門關,但同時也使用元代黎崱《安南志略》中的"支凌隘",《明太宗實錄》中的"鎮夷關",以及丘濬(1421—1495)《平定交南録》中"雞翎關"等名稱⑥。因此張秀民先生指出《越嶠書》的成書是:"蓋以黎氏《志略》爲藍本,而增入明初至嘉靖間事。"⑦黎崱《安南志略》並未記載鬼門關之別名,而明初至嘉靖間記載鬼門關別名的,只有《安南志原》(《交趾總志》)而已。

　　在清康熙年間,即後黎朝晚期,對安南鬼門關的記載已經很流行,鬼門關的別名風

---

①　《明太宗實錄》,頁 1466。

②　Léonard Aurousseau,E. Gaspardone 編《安南志原》,法國遠東學院,1932 年,頁 137。

③　張秀民《永樂〈交趾總志〉的發現》,載《蘭州大學學報(社會科學版)》,1981 年第 1 期,頁 54。

④　《明宣宗實錄》,頁 856。

⑤　魯鐸《魯文恪公文集》卷五,《使交稿》,明隆慶元年方梁刻本。

⑥　丘濬《平定交南録》,清《説郛邊事叢集》本。

⑦　張秀民《安南書目提要》,載《北京圖書館館刊》1996 年第 1 期,頁 60。

頭儼然蓋過其本名"Ải Chi Lăng"(支棱隘),不僅在越南本國使臣群體間廣爲流傳,也被前往安南的清朝使臣,如康熙七年的李仙根、康熙二十二年的周燦所知曉。

四、結　論

綜上所述,越南鬼門關的名稱流變已清晰可辨。唐代時安南地區並無鬼門關之名,至南宋末期始以"支陵"稱謂"Chi Lăng"地名。由於此關在安南"Chi Lăng"地區,元代有支凌隘的記載,並出現老鼠關的別名。在明代,則以雞陵、雞靈、雞翎等稱之。永樂九年改關名爲鎮夷關,並似乎遷移了鎮夷關原址,老鼠關之名漸隱,而鬼門關之名在永樂十七年見諸記載。在明中後期至清康熙二十二年這段時間,即相當於越南後黎朝時期,鬼門關之名稱逐漸流行並成爲俗稱。康熙二十二年,越南鬼門關雖然改名畏天關,但無法遏制鬼門關名稱在越南使臣中流行。可以説鬼門關三字不僅蘊含著頑強的生命力,背後更隱藏著深刻的歷史與文化内涵。而源於唐代的鬼門關諺,則在漢籍以及漢文化的對外傳播中,潛移默化地影響著越南使臣的漢詩創作,並在越南鬼門關別名的流行中產生了一定的影響。

附表：越南鬼門關名之流變

年　　代	"Chi Lăng"關隘名	別　名	來　　源
宋咸淳八年以前	支陵隘/關		(越·陳朝)黎文休《大越史記》
元至元二十二年	支凌關	老鼠關	(越·陳朝)黎崱《安南志略》
元至元二十九年	支陵隘	老鼠關	(元)陳孚《陳剛中詩集》
元末明初	支棱關		(越·陳朝)范師孟《支棱洞》詩(《皇越詩選》)
明初	雞陵關		《明太宗實録》
明永樂五年	鎮夷關		《明太宗實録》
明永樂十七年	鎮夷關	鬼門關	(明)《安南志原》(《交趾總志》)
明宣德二年	鎮夷關、支棱關 支棱關		《明宣宗實録》 (越·後黎朝)阮廌《平吳大誥》
明正德五年	支陵關		(明)魯鐸《山行》一詩
明嘉靖年間	支凌隘、鎮夷關、雞翎關	鬼門關	(明)李文鳳《越嶠書》
清康熙二十二年	畏天關	鬼門關	(越·阮朝)武希蘇《華程學步集》

(作者嚴明爲上海師範大學人文學院教授,曹良辰爲上海師範大學人文學院研究生)

《游燕堂集》百首中國紀行詩箋釋

趙 季

《中華大陸紀行詩》一百首,是已故韓國著名學者淵民李家源先生 1987 年赴中國大陸的二十五天内所作。本文注解箋釋了全部詩歌,指出了詩歌主旨、主要内容和藝術手法。

《游燕堂集》是淵民李家源先生的第五本漢詩文作品集,其自序云:

棄惜雞肋,蒐愧叢雜,古今操觚家之通患也。余前所蒐刊者,概無能出此區蓋焉。一年一薰,薰與年積,自乙丑至己巳,五年之間所蒐者,復成叢林,乃抱惜蒙愧而刊之,題之以《游燕堂集》。嗚呼!今余犬馬之齒,居然吃了七十四個饅頭矣。鬢華半雪,筇扶而行,輦載而走,然猶能不廢本業,開帳授徒,臨池寫字,張燈著薰,復有時凌雲蕩海,歷訪四國。自念少虞清羸,老愁肥鈍,而賴天之靈,保有今日,精思其故,亦不無自修而致之者也。粵在青歲,驅遣睡魔,不溺聲色,中年以後,止酒斷棋,五經真脘,嘿嘗其蔵,百家奇書,嗜之如飴,咬菜吃茶,淡泊名利,四體較健,神思未昧也。丁卯秋因中國孔子基金會之邀,迤到北京,先赴山東之曲阜,參與儒學國際學術研討會,發表《曰若稽古孔子》一篇論文於闕里賓舍,因遍覽孔家文物,登泰山高臺,回至濟南,上黄河大橋,觀大明湖、七十二泉諸處,復登空路至西安,歷攬名勝,指不勝僂,而秦始皇之驪山,楊玉環之華清池,得感最多。復回到北京,搜尋暫不卸脚,而故宮與萬里長城,實爲天下壯麗之觀。費更二十有五日,賦得《中華大陸紀行詩》諸體一百首,感慨淋漓,至此而曩之所謂愧者,或可少瘳也歟?乃别字洌上工作之室以"游燕之堂",集乃籤之以堂號。此實爲癡淵第五之漢詩文集,而於李家源全集,則爲第二十七輯也。庚午上元日,李家源淵翁自撰。

從先生《自序》中可以看出,先生對於中國之行極爲興奮,對於在中國大陸創作的一百首漢詩,尤爲得意,"費更二十有五日,賦得《中華大陸紀行詩》諸體一百首,感慨淋漓,至此而曩之所謂愧者,或可少瘳也歟?"認爲改變了"棄惜雞肋,蒐愧叢雜,古今操觚家之通患"。

《游燕堂集》體例是"乙丑(1985)至己巳(1989),五年之間所蒐者",包括《譜石齋藁(乙丑)》《和陶吟館藁(丙寅)》《古稀藁(丁卯)》《懷村欲居之室藁(戊辰)》《淵翁工作之室藁(己巳)》。《古稀藁》是先生1987年所作之漢詩文,《中華大陸紀行詩》就是《古稀藁》中詩歌的主體。以下就其百首漢詩進行箋釋分析(每首前的阿拉伯數碼是筆者所加)。

《中華大陸紀行一百首并序》:"余以孔子基金會之邀①,公曆八月二十五日離京②,暮泊香港之海港酒店。二十七日下午二時四十分着北京市,解裝於後門酒店。自北京歷山東省之濟南市至曲阜縣。自曲阜復歷濟南至陝西省之西安市。自西安復回至北京。自北京復回至香港。九月十八日歸國抵家。乃夏曆七月二十六日也。得諸體詩一百首,題之以《中華大陸紀行》。"

《暮泊香港二絕》:

1. "雲航窗闢漾薰風,萬户香江削玉叢。自是一年重到地,英旗獵獵尚游空③。"
【箋釋: 時香港尚未回歸,英國花旗獵獵飄揚,故先生感慨繫之。】

2. "燕京公路三千里④,一水盈盈聞棹歌⑤。知是香江非鴨水⑥,如何紆曲此經過?"
【箋釋: 首爾市至北京直綫距離不過三千華里,跨國鴨綠江即可直達。時大陸未與韓國建立外交關係,只得紆曲經香港到北京(首爾市至香港2 000公里,香港至北京2 000公里,合計八千餘華里)。先生在這裏不僅感慨祖國分裂爲南北,也慨歎中國與香港的分離。其盼望統一的心情溢於言外。】

《初到北京》:

3. "天安門外一翱翔,洞闢人民大廣場。遺像堂堂毛主席,萬人皆仰在中央。"【箋釋: 此咏天安門廣場與毛澤東紀念堂。】

---

① 中國孔子基金會: 是由國家撥款作爲啟動資金支援的全國性乃至國際性的學術基金組織。旨在通過募集基金,組織或支援國內及海外儒學研究,爲弘揚中國優秀傳統文化、建設有中國特色的社會主義精神文明服務,爲增進海內外華人團結、促進各國文化交流服務。基金會於1984年9月在國務院原副總理谷牧指導下經中共中央批准在山東曲阜市成立,後遷至北京。1996年8月經中央領導批准由北京轉會濟南,秘書處受中共山東省委領導。谷牧曾長期擔任名譽會長。

② 京: 此指韓國首都首爾特別市。

③ 英旗: 英國國旗。

④ "燕京"句: 謂燕(北京)距離京(韓京首爾市)陸路三千華里。

⑤ "一水"句: 謂中國與朝鮮半島一水相鄰,棹歌相聞。

⑥ 香江: 香港灣附近有溪水甘香可口,海上往來的國際水手經常到這裏來取水飲用,久而久之,甘香的溪水出了名,這條小溪也就被稱爲"香江"。

《中華大陸雜感十絶》:

4. "東夷西漢弟難兄①,文物中華樹得成。邈矣黃農嗟忽没②,愁雲如海少清明。"【箋釋:清明指清明的政治。慨歎幾千年來朝鮮半島和大陸多災多難。】

5. "夢寐神州六十年,祇憑文字意牽連。神州及到情何若? 不耐望洋一喟然。"【箋釋:先生時年七十周歲,而六十年中,只借文字瞭解繫念中華。及其實到之後,頓生望洋興歎之感。】

6. "無兒無店又無盗③,人說三無果不誣。貨不私藏開外户,大同之義不模糊④。"【箋釋:燕巖以前往來遼野之使,皆曰遼野無兒童、無酒店、無盗賊。先生見大陸無盗竊之徒,故讚之謂"大同"。】

7. "清家文物昔昌明,権得華儒埋不平。天下名書成大匯,爭來北學湊燕京。"【箋釋:前三句似指清代考據及纂修《四庫全書》事,末句指朝鮮正祖時北學清朝文化事。此詩是先生緬懷朝鮮北學派事跡。】

8. "吾邦先輩藹如雲,唐癖燕顚大喜欣⑤。考據詞章稱實學,漁洋詩律震川文。"【箋釋:此詩謂朝鮮學者對中國文化之喜好。後二句專言清代學術,考據、詞章、實學,皆清代文化學術之大端。王士禛詩,歸有光文,乃明清文學之翹楚。】

9. "燕巖俶儻卓出群,虎叱許生感慨文⑥。德保深沈真無類⑦,實翁談屑揚清芬⑧。"【箋釋:此先生盛讚朝鮮朴趾源、洪大容之漢文小説。】

10. "憙譚實學我生平,漢宋兼治乃稱情。今不古如無足信,後余來者莫漫驚。"【箋釋:先生自言喜談實學,漢學、宋學兼治,且申今定勝古之説。】

11. "燕翁用甓莫驚奇,木石材難事可悲。韓國紅松羅馬石,得來何處想當時。"【箋釋:燕翁即燕巖朴趾源。此詩似咏燕巖所用之硯。】

---

① 東夷:此指朝鮮半島之人。西漢:此指位於朝鮮半島西邊的中國人。弟難兄:二句謂中朝(韓)人民關係密切,共同建設中華文化。語出《世説新語·德行》:陳元方子長文有英才,與季方子孝先各論其父功德,爭之不能決,咨於太丘,太丘曰"元方難爲兄,季方難爲弟"。

② 黃農:黃帝與炎帝(神農)。

③ 無兒無店又無盗:燕巖朴趾源以前往來遼野之使,皆曰遼野無兒童、無酒店、無盗賊。

④ 二句語出《禮記·禮運》:"盗竊亂賊而不作,故外户而不閉,是謂大同。"

⑤ 唐癖燕顚:嗜唐如癖,嗜燕如狂。喻朝鮮學者耽好中華文化。

⑥ 燕巖:朴趾源(1737—1805),朝鮮末期學者、詩人、小説家,"北學派"代表人物。著有漢文短篇小説《虎叱》《許生傳》。

⑦ 德保:洪大容(1731—1783),朝鮮末期哲學家、自然科學家,實學派北學論的主要代表。字德保,號湛軒。朝鮮漢城人。

⑧ 實翁:洪大容小説《毉山問答》中之虛擬人物,滔滔談論,其主旨謂:"嗚呼哀哉! 道術之亡久矣。孔子之喪,諸子亂之。朱門之末,諸儒泪之。崇其業而忘其真,習其言而失其意。正學之扶,實由矜心。邪説之斥,實由勝心。救世之仁,實由權心。保身之哲,實由利心。四心相仍,真意日亡。天下滔滔,日趨於虛。"

12.“大同之義不偏枯,萬古真真豈我誣? 心物併行兼德利,平和乃至展宏圖。”【箋釋:此詩讚中國和平發展之鴻圖。】

13.“從古悲歌此地多,干霄俠氣怒荷荷。燕雲薊樹生秋氣,當世誰爲大狹邪?”【箋釋:此詩前二句感歎燕趙自古多悲歌慷慨之士,後二句讚燕薊平原廣大。】

《望白塔》:

14.“燕翁先我敲奇想,絕叫人間好哭場。狂笑一聲驚野魅,元來哀樂兩相當。”【箋釋:燕翁乃燕巖朴趾源。此白塔指北海白塔。其他俟考。】

《曠野》:

15.“曠野兮茫茫,草樹兮蔓長。羌節序兮三秋,風温温兮春陽。行人稀兮曠墟落,風吹草低兮見牛羊。超十億兮人民,幾萬里兮雄疆。嗟黃農兮忽没,何龍象兮顛連①。翳巨軀兮頹痺,叫阿 Q 兮涕泗滂。五噫歌兮歌正長,遥復遥兮尚未央。祖蹟兮聖神,歷史兮流芳。宜遺産兮守護,亦聖學兮弘揚。何同室兮相殘,何外寇兮來攘? 既兵亂兮沈陸,復强梁兮四人幫。嗟大道兮難行,亦無望兮小康。四海之人兮皆同胞,縱異族兮曷無傷。翳環球兮平和,凡夫夫兮所望。矧韓華兮唇齒,不我與兮胥淪亡。駕言出游兮荒野,仰蒼旻兮久回皇。”【箋釋:前三聯描述中國華北大地的曠莽風貌。四聯言中國地大人多。五至七聯言炎黃之後皇帝專制,致使中國國家衰弱,阿 Q 衆多。八九聯言中國文化流芳百世,當守護弘揚。十至十二聯言當代中國内戰外侮,加之以“文革”“四人幫”猖狂橫行,大道難行,小康無望。十三十四聯謂世界和平乃全球人民所期望。十五聯言中韓唇齒相依,不聯合則兩傷。末聯扣《曠野》之題,仰視蒼天,彷徨不已。全詩憶古撫今,感喟良深,期望廣遠。】

《無兒歎》:

16.“幼有所長拙且壯,不然而羸悴凄涼。如今三無兒最憐,縱得美名虛孟浪。此非大同真義然,請君更爲一商量。”【箋釋:中國於 1971 年就開始推行計劃生育政策,1982 年把計劃生育確定爲基本國策並寫入憲法。1980 年 9 月,黨中央發表《關於控制我國人口增長問題致全體共産黨員、共青團員的公開信》,提倡一對夫婦只生育一個孩子。】

《莫笞驢》:

17.“莫笞驢,莫笞驢,倭倭欸段是何辜②。牽車運蹇非其力,譬如泰山負諸嶇。此

---

① 龍象:喻指皇帝。
② 欸段:馬行遲緩貌。此指驢行緩慢。

地縱非驢瘦嶺①,日黃腹飢將顛塗。"【箋釋:此詩似見路上鞭笞毛驢者有感而發。】

《代田父答》:

18. "今世何世君知麽,曾經大亂萬事跎。國土瘡痍人民苦,苦茶荒秌淚滂沱。驢乎服勞奚暇憐,田事委積嶺途峨。在昔詩人跨款段,載酒往聽黃鸝歌。已屬鴻荒時代事,君莫驢哀漫費哦。"【此詩擬鞭笞驢子之農民口吻,以答作《莫笞驢》之詩人。前三聯言目前生活之苦,後二聯言詩情畫意之往事已矣,詩人切莫膠柱鼓瑟浪費感情。】

《闕里賓舍②》:

19. "潭潭闕里迎賓舍,三日團圞四國英③。孔學重明從此始,大同之論任縱橫。"【箋釋:此詩乃先生參加 1987 年曲阜儒學國際學術討論會所作。顯示了先生對儒學復興的高度信心。】

《曲阜次高適〈魯郡途中遇徐十八錄事〉韻》:

20. "我居古宣城④,世稱東魯鄉。我今訪此地,千古感懷長。童年讀其書,悊言沁肺腸。少昊渺難藉⑤,孔林鬱相望。升堂嗟未及⑥,回皇祇自傷。鳳去不復返⑦,人猶仰太陽。歸去孔學齋,(余嘗自署讀書之室曰"弘宣孔學之齋",孔達生爲余書扁⑧)餘景好自強。願學時聖者⑨,可止亦可藏。"【箋釋:前三聯回憶,自幼學習孔子之書。四至六聯敘寫當前瞻仰孔林之感受。末二聯言歸國後意願,餘生當自強不息。】

《孔林》:

21. "古柏千章蜿聚龍,穹碑萬笏列如峰⑩。人天大道開成得,聖骨崢嶸厚土封。"

---

① 驢瘦嶺:祝穆《方輿勝覽》卷六十:"瘦驢嶺,黃魯直詩'老馬飢嘶驢瘦嶺,病人生入鬼門關。病人甘作五溪卧,老馬猶嘶十二閑。'《劍南詩藁》:嶺在施黔間。前輩或用作驢瘦嶺,蓋誤也。故雜感詩有'艱危寧度瘦驢嶺,奔走莫隨肥馬塵'之句。"

② 闕里賓舍:位於孔子故里曲阜市闕里街 1 號,右臨孔廟,後依孔府,賓舍占地 2 萬平方米,建築面積 13 200 平方米。賓舍擁有儒家文化特色客房、國際會議廳。始建於 1983 年 5 月,1985 年 9 月試營業,1986 年 4 月 17 日正式開業。

③ 三日團圞四國英:1987 年 8 月 31 日至 9 月 4 日,由中國孔子基金會和新加坡東亞哲學研究所聯合在山東省曲阜市召開了第一次儒學國際學術討論會。來自四大洲 13 個國家和地區的 120 餘位儒學者聚集一堂,切磋學術,共敘友誼,實事求是地探討儒家思想的演變及其影響,評價其功過得失,這樣的大型儒學學術討論會在新中國建國以來還是第一次。三日,當指 9 月 1 日至 3 日正式開會時間。四國,似指中國、韓國、日本、新加坡。

④ 宣城:在韓國慶尚北道安東市陶山面。

⑤ 少昊:姬姓,名玄嚚、己摯,太昊之子,上古部落首領。曾遷都曲阜。

⑥ 升堂:語本《論語·先進》:"子曰:'由也升堂矣,未入於室也。'"

⑦ 鳳:喻指孔子。語本《論語·微子》:"鳳兮鳳兮,何德之衰也。"邢昺疏:"知孔子有聖德,故比孔子於鳳。"

⑧ 孔達生:孔德成(1920—2008),字玉汝,號達生,孔子第 77 代孫,襲封 31 代衍聖公(最後一代衍聖公),後成爲大成至聖先師奉祀官,曾任臺灣大學、臺灣師範大學、輔仁大學、東吳大學、中興大學教授。

⑨ 時聖:語出《孟子·萬章下》:"孟子曰:'伯夷,聖之清者也;伊尹,聖之任者也;柳下惠,聖之和者也;孔子,聖之時者也。'"謂孔子爲識時務之聖人。

⑩ "古柏"二句:孔林作爲孔子家族墓地,位於山東曲阜城北 1.5 公里處,有樹 10 萬多株,以柏、檜、柞、榆、槐爲主。又有碑石如林。

【箋釋:一二句描繪孔林景物,三四句言孔子德配天地道冠古今的偉業。】

《孔廟四絕①》:

22. "蕭蕭金聲玉振坊②,欞星門外久回皇③。夜深月黑如相語,漢代石人豪俠郎④。"【箋釋:此詩描繪金聲玉振坊、欞星門、甬相圃東漢石人。"夜深月黑如相語"本紀曉嵐《閱微草堂筆記‧如是我聞》"夜深翁仲語,月黑鬼車來",而無恐怖之感。】

23. "德侔天地超前聖,道冠古今啟後人⑤。眇末一辭烏敢贊,海山寥廓仰蒼旻。"【箋釋:此詩紀欞星門內二坊。"眇末"是先生自謙語。末句言連大海高山都像仰望蒼天一樣仰望孔子。】

24. "杏壇北望大成殿⑥,金碧輝煌逗五雲。二十八龍雕石柱⑦,天工神威壯無垠。"【箋釋:此詩讚歎大成殿之壯麗輝煌。】

25. "名亭清鎖十三碑⑧,幾個皇酋恣製爲。贔屭不僵神力大,漢蒙文字太離奇。"【箋釋:此詩咏十三碑亭。】

《次郭沫若〈游孔廟〉韻》⑨:

26. "東家何事太遑遑⑩,西老當年欺日光⑪。删述諸經垂億載⑫,兼通六藝啟多

---

① 孔廟:此指曲阜孔廟,位於曲阜市中心鼓樓西側 300 米處,是祭祀孔子的祠廟。

② 金聲玉振坊:進孔廟的起點,明嘉靖十七年(1538)建,三間四柱式石坊,石鼓夾抱,四根八角石柱頂上飾有蓮花寶座,寶座上各蹲踞一個雕刻古樸的獨角怪獸"辟天邪",俗稱"朝天吼"。兩側坊額淺雕雲龍戲珠,中間坊額填色四個大字"金聲玉振",筆力雄勁,爲明代著名書法家胡纘宗所題寫。

③ 欞星門:孔廟大門。建於清乾隆十九年(1754),六楹四柱,鐵梁石柱,柱頂端屹立四尊天將石像,下石鼓抱夾。

④ 漢代石人:東漢雕刻。在今山東曲阜孔廟甬相圃。共有大型圓雕兩尊。東尊雙手側捏長劍,高 2.3 米,寬 0.73米。軀下有"府門之卒"四字。西尊腰懸短劍,拱手肅立,高 2.5 米,寬 0.8 米,軀下刻"漢故樂安守麃君亭長"等字。雕刻渾厚雄偉。原在曲阜城東南十五里的張曲村,乾隆五十九年(1794)移置孔廟。1953 年移入孔廟南院,建亭保管。

⑤ "德侔"二句:孔廟欞星門內有東西二坊,東題"德侔天地",西題"道冠古今",明嘉靖二十三年(1544)建,山東巡撫曾銑手書。建築爲木構,三間四柱五樓。

⑥ 杏壇:相傳是孔子講學之所,在大成殿前的院落正中。

⑦ 二十八龍雕石柱:孔廟的主體建築大成殿擎檐石柱有二十八根,高 5.98 米,直徑達 0.81 米。兩山及後檐的十八根柱子淺雕雲龍紋,每柱有七十二團龍。前檐十柱深浮雕雲龍紋,每柱二龍對翔,盤繞升騰,似脫壁欲出,精美絕倫。

⑧ 名亭:指十三碑亭。位於孔廟大成門前,亭分南北兩排,北排五亭,南排八亭,稱十三碑亭。其中金代碑亭兩座,元代碑亭兩座,清代碑亭九座,保存了唐、宋、金、元、明、清及民國時期所設立碑刻 57 塊。碑文內容多是歷代皇帝對孔子追諡加封的詔誥、拜廟祭祀的祭文和修建孔廟的記錄,碑文有漢、滿、蒙古文多種,真草隸篆各體。

⑨ 郭沫若《游孔廟》:1959 年 2 月,郭沫若參觀曲阜寫了《游孔廟》:"當年轍跡苦棲遑,廟貌千秋更有光。志學敏求能不厭,因材施教實多方。詩書禮樂精華在,思孟顏曾俎豆旁。今日自然時代異,斯民懷念勝前王。"

⑩ "東家"句:事本《史記‧孔子世家》:"孔子適鄭,與弟子相失,孔子獨立郭東門。鄭人或謂子貢曰:'東門有人,其顙似堯,其項類皋陶,其肩類子産,然自要以下,不及禹三寸。纍纍若喪家之狗。'子貢以實告孔子。孔子欣然笑曰:'形狀,末也。而謂似喪家之狗,然哉!然哉!'"

⑪ "西老"句:似指孔子問禮於老子事,見《莊子》外篇《天地》《天運》《天道》諸篇。欺日光,指貶斥孔子。

⑫ "删述"句:本明陳鳳梧《孔子贊》:"道冠古今,德配天地。删述六經,垂憲萬世。統承羲皇,源啟洙泗。報德報功,百王崇祀。"

方①。德侔天地巍如帝,瞻忽顏曾宛在旁②。莫謂元人疏此學,文宣尊以大君王③。"【箋
釋：此詩雖步韻郭沫若,末二句反其意而用之。】

《杏壇》：

27. "夫子琴歌弟子書,緇林歸後杏壇於④。春風一座噓無盡,想得當年尚宛如。"
【箋釋：前聯叙述孔子杏林授徒,後聯想象當年弟子如坐春風之景象。】

《孔府⑤》：

28. "三路清排衍聖家⑥,亭台文物瓓雲霞。同天并老尊榮大,十供商周亦孔家⑦。"
【箋釋：此詩咏孔府。】

《憶孔尚任⑧》：

29. "不省窗前白雪飄,桃花扇子不停搖。如癡如醉沈冥想,侯李艷情寫得嬌⑨。"
【箋釋：此詩似爲參觀孔林内之孔尚任墓即事之作。】

《魯寶齋⑩》：

30. "舊拓新珚片片精,唐碑尼硯最關情⑪。青蚨萬葉君無惜,飽了歸裝自在行⑫。"

---

① "兼通"句：本《史記・孔子世家》："孔子以詩書禮樂教,弟子蓋三千焉,身通六藝者七十有二人。……自天子王
侯,中國言六藝者折中于夫子,可謂至聖矣。"
② "瞻忽"句：本《論語・子罕》："顏淵喟然歎曰：'仰之彌高,鑽之彌堅。瞻之在前,忽焉在後。夫子循循然善誘
人,博我以文,約我以禮,欲罷不能。既竭吾才,如有所立卓爾,雖欲從之,末由也已。'"
③ "莫謂"二句：元大德十一年(1307)武宗加封孔子爲"大成至聖文宣王"。
④ "夫子"二句：《莊子・漁父篇》："孔子游於緇帷之林,休坐乎杏壇之上。弟子讀書,孔子絃歌鼓琴。"
⑤ 孔府：位於山東省曲阜城内、孔廟東側。是世襲衍聖公的後代居住的府第。洪武十年(1377)始建,弘治十六年
(1503)重修,占地240畝。
⑥ 三路：孔府九進庭院,三路佈局。主體部分在中路,前爲官衙,有三堂六廳,後爲内宅,有前上房、前後堂樓、配
樓、後六間等,最後爲花園。東路即東學,建一貫堂、慕恩堂、孔氏家廟及作坊等。西路即西學,有紅萼軒、忠恕堂、安懷堂
及花廳等。
⑦ 十供商周：即"商周十器"：木工鼎、册卣、犧尊、亞尊、伯彝、蟠夔敦、寶簠、饕餮甗、夔鳳豆、四足鬲。原爲宮廷所
藏商周時期的青銅禮器,清高宗於乾隆三十六年(1771)賞賜孔府。
⑧ 孔尚任：墓在於孔林東北部,距孔林北牆約150米,封土東西8.43米,南北7.70米,高3.13米。墓前石碑圓
首,雕二龍戲珠,碑文正收"奉大夫户部廣東清吏司員外郎東塘先生之墓"。清雍正十三年(1735)四月立石。墓前有石
供案。
⑨ 侯李艷情：孔尚任創作的傳奇《桃花扇》是描寫南明興亡的歷史劇。全劇以侯方域、李香君的悲歡離合爲主綫,
展現了明末南京的社會現實。同時也揭露了弘光政權衰亡的原因,歌頌了對國家忠貞不渝的民族英雄和底層百姓,展現
了明朝遺民的亡國之痛。
⑩ 魯寶齋：成立於1982年,是集書畫經營、文房用品、裝幀裝裱、收藏、展覽等爲一體的綜合性文化企業,研發出以
以"楷木雕、尼山硯、原碑拓片"爲曲阜三寶的特色文化産品,是曲阜對外文化交流的重要視窗。
⑪ 唐碑：唐代書法碑帖。尼硯：即尼山硯,中國名硯之一,因其石產於孔子誕生地曲阜尼山而得名。是曲阜獨有
的優秀傳統工藝品,世代相傳綿延至今。尼山硯石,色呈柑黄,有疏密不匀的黑色松花紋,石面細膩,撫之生潤。製作硯
臺下墨利,發墨好,久用不乏。尼山硯古樸大方,一方硯石,巧用自然,略加點綴,情趣盎然,深受國内外用户的喜愛。爲
魯硯重要品種之一,與楷木雕刻、碑帖一起被稱爲"曲阜三寶"。
⑫ 二句言不惜重金購買唐碑尼硯而歸。青蚨,錢之代稱。事本《太平御覽》卷九五〇引漢劉安《淮南萬畢術》："青
蚨還錢：青蚨一名魚,或曰蒲,以其子母各等,置甕中,埋東行陰垣下,三日後開之,即相從。以母血塗八十一錢,亦以子血
塗八十一錢,以其錢更互市,置子用母,置母用子,錢皆自還。"

【箋釋：此詩爲先生參觀魯寶齋並購物之即事。】

《漢代司南模型》：

31. "磁杓搖搖銅地盤，定時要看指南端。樂浪遺制漢人造①，四大發明永不刊。"

【箋釋：此詩似爲先生購買司南模型即事。】

《邸陵續歌敬用孔子原韻②》：

32. "登彼泰山，有陵有阪。雲海萬里，我來自遠。夫子有歌，自悼屯遭。轍環天下，任重如山。嗟余蔑學，疆陸雖連。邈矣門墙，攀之無緣。白首今來，兵禍滋延③。千古永慨，秋澗潺湲。"【箋釋：此詩似先生見泰山石刻孔子《邸陵歌》有感而和。前四聯言孔子，後四聯自言。】

《〈泰山吟〉次李白韻》：

33. "迤迤泰山路，何年斫石開。李白高吟處，詩魂去不回。峰剩太古雪，壁留千年苔。松濤何淅瀝，澗韻亦清哀。雨逗天傾處，風勁石扇推。忽驚雲梯斷，蒼空起轟雷。玉女渺無跡，隱約見仙臺。登高一振衣，長嘯下山來。颯颯風生腋，豪氣凌八垓。奚須引素手，細傾流霞杯。題詩溯遺響，媿乏天仙才。壯游遍天下，吾豈匏繫哉！"【箋釋：此詩次韻李白《泰山吟·其一》，然不是僅僅步韻，而是緊扣李白詩予以回應。可見作者讀李白詩引發了創作靈感。以下括弧中是淵民先生詩："四月上泰山，石平御道開。(迤迤泰山路，何年斫石開)六龍過萬壑，澗谷隨縈回。馬跡繞碧峰，於今滿青苔。(峰剩太古雪，壁留千年苔)飛流灑絕巘，水急松聲哀。(松濤何淅瀝，澗韻亦清哀)北眺崿嶂奇，傾崖向東摧。洞門閉石扇，地底興雲雷。(雨逗天傾處，風勁石扇推)登高望蓬瀛，想像金銀臺。(玉女渺無跡，隱約見仙臺)天門一長嘯，萬里清風來。(登高一振衣，長嘯下山來)玉女四五人，飄飄下九垓。(颯颯風生腋，豪氣凌八垓)含笑引素手，遺我流霞杯。(奚須引素手，細傾流霞杯)稽首再拜之，自愧非仙才。(題詩溯遺響，媿乏天仙才)曠然小宇宙，棄世何悠哉。(壯游遍天下，吾豈匏繫哉)"】

《到處古碑成林三絕④》：

---

① "樂浪"句：樂浪郡治遺址位於朝鮮平壤南郊大同江南岸土城里的臺地上，平面不規則，東西約長 700 米，南北約長 600 米。1935 年和 1937 年在城址東部發現柱礎石、甬路、井和下水道等建築遺跡。城址内出土的漢代遺物相當豐富，歷年采集所得的有磚瓦、封泥、陶器和銅鐵器等。

② 《邸陵歌》：《泰安縣志》卷十載孔子《邸陵歌》："登彼邸陵，剡峛其阪。仁道在邇，求之若遠。遂迷不復，自嬰屯蹇。喟然回顧，題彼泰山。鬱確其高，梁甫迴連。枳棘充路，陟之無柯。將伐無柯，患滋蔓延。唯以永嘆，涕隕潺湲。"

③ 兵禍滋延：似指朝鮮戰爭只是停戰，尚未完結。

④ 古碑成林：泰山有 2 200 餘處碑碣石刻，琳琅滿目，形式包括碑碣、摩崖、楹聯、經幢、墓誌等，内容包括封禪祭祀、御製詩文、修建記事、經刻、造像記、名人遺事、墓誌銘、詩文、題景詠物、對聯等，岱廟、經石峪、紅門宫等處尤多。

34. "萬壑幽搜過眼森，穹碑立立列瑯琳。神州自是碑林國，碑也者悲感慨深。"【箋釋：此是先生登泰山見古碑衆多之興感。"碑也者悲"道出内心無限感慨。】

35. "舊拓叢殘新拓奇，歸裝飽了字盈笥。中華文物都籠去，唐癖痼深不可醫。"【箋釋：先生夙喜碑帖，此次登泰山飽購拓片而歸。】

36. "拙摹贋本鬱盈箱①，魚目驪珠混楛良。誤得英髦還幾輩，摩挲古拓感懷長。"【箋釋：此乃先生對買到拙劣摹本和假冒贋本的感慨。】

《曲阜雜事四絕》：

37. "名菜佳肴豐且旨，燕窩熊掌尤稱美②。家風禮俗耀千秋，天下人皆尊孔氏。"【箋釋：此乃先生品嘗孔府菜即事。】

38. "魯酒濃醇誰謂薄③，嘉名三正又三香④。清泉老窖傳工藝，饗得神天福未央。"【箋釋：此乃先生飲孔府家酒即事。】

39. "五千餘笏名碑字，擦扑精工古法傳⑤。吾未媻門金石學，離奇觸目自生憐。"【箋釋：此乃先生欣賞書法拓片工藝即事。】

40. "手杖楷雕久擅名⑥，尼山石硯琢之精。文章助發煙霞氣，仗爾脩程自在行。"【箋釋：此乃先生購買楷雕手杖、尼山硯之即事。三句回應二句，四句回應首句。】

《濟南上黄河大橋二絕》：

41. "黄濁知非天上來⑦，一清之語可疑哉⑧。滔滔東去何時返，李白吟邊秋葉哀。"【箋釋：先生見黄河濁浪翻滾，歎河清之難俟。】

42. "雲舫窗開俯闞時，黄龍一物蜿蜒奇。張槎不返逗秋雨⑨，銀漢迢迢烏鵲悲⑩。"【箋釋：此詩似在飛機上俯瞰黄河，如黄龍蜿蜒。末二句聯想張騫乘槎窮尋河源，及牛

---

①　拙摹：拙劣的摹寫碑帖。贋本：此指造假碑帖。
②　"名菜"二句：孔府菜是中國飲食文化重要組成部分，起源于宋仁宗寶元年間，用於接待貴賓、上任、生辰家日、婚喪喜壽時特備，包括熊掌、燕窩、魚翅等山珍海味。
③　"魯酒"句：事本《莊子·胠篋》："魯酒薄而邯鄲圍。"陸德明《釋文》："許慎注《淮南》云：'楚會諸侯，魯、趙俱獻酒于楚王，魯酒薄而趙酒厚。楚之主酒吏求酒于趙，趙不與。吏怒，乃以趙厚酒易魯薄酒，奏之。楚王以趙酒薄，故圍邯鄲也。'"
④　"嘉名"句：孔府家酒以"三香""三正"聞名。"三香"指聞香、入口香、回味香。"三正"指香正、味正、酒體正。
⑤　擦扑：拓碑帖的兩大類主要方法擦墨拓法、扑墨拓法。
⑥　手杖楷雕：稱爲"曲阜三寶"之一的楷雕，是用孔林中獨有的楷木雕刻的中國傳統工藝品。楷木木質堅實而柔韌，有直性無橫絲，不暴折，木紋直，色成金黄，折枝爲杖，天然曲曲，狀似龍蛇，稍加雕琢，就成古雅耐用的手杖。
⑦　"黄濁"句：李白《將進酒》："君不見黄河之水天上來，奔流到海不復回。"此處反用之。
⑧　"一清"句：王嘉《拾遺記》卷一："又有丹丘千年一燒，黄河千年一清，至聖之君，以爲大瑞。"
⑨　張槎：陳耀文《天中記》卷二引《荆楚歲時記》曰："漢武帝令張騫使大夏，尋河源，乘槎經月，而至一處，見城郭如州府，室内有一女織，又見一丈夫牽牛飲河。騫問曰：'此是何處？'答曰：'可問嚴君平。'織女取搘機石與騫而還。後至蜀問嚴君平，君平曰：'某年某月，客星犯牛女。'搘機石爲東方朔所識。"
⑩　"銀漢"句：事本《西京雜記》："織女渡河，使鵲爲橋，故是日人間無鵲。至八日，則鵲尾皆秃。"

女鵲橋相會事。】

《七十二泉》：

43.“七十二泉曲曲奇①，真珠趵突最清悲②。五龍黑虎難爲弟③，蕭瑟泓崢不可思。”【箋釋：此乃先生參觀濟南泉水即事。】

《大明湖二絕》：

44.“荷花十里大明湖④，煙水樓臺即畫圖。齊魯青山青未了⑤，一城秋色不模糊。”【箋釋：此詩咏大明湖荷花與全景。】

45.“金風傲舞風流樹⑥，雨沐風梳不耐清。四面荷花三面柳，(清人劉鳳誥⑦有“四面荷花三面柳，一城山色半城湖”之句。)劉君先我得真情。”【箋釋：此詩用元好問風流樹典故及劉鳳誥大明湖聯語，可見先生對中國詩文諳熟於心。】

《李清照紀念堂⑧》：

46.“華光月影宜相照⑨，玉骨冰肌未肯枯⑩。(此二句堂楹一聯，其辭頗婉約，故仍用之。)絕妙閨房生麗句，綠肥紅瘦字明珠⑪。”【箋釋：此詩四句三處用李清照原詞典故，可見先生對李清照之讚賞。】

---

① 七十二泉：“濟南山水甲齊魯，泉甲天下。”(元·于欽《匯波樓記略》)。金代曾有人立“名泉碑”，列舉濟南名泉七十二處。

② 真珠：即珍珠泉。濟南諸泉中排名第三。泉水清澈如碧，一串串白色氣泡自池底冒出，仿佛飄撒的萬顆珍珠，故名。趵突：即趵突泉。濟南諸泉之冠。曾鞏《齊州二堂記》：“自(渴馬)崖以北，至歷城之西，蓋五十里，而有泉湧出，高或至數尺，其旁之人名之曰趵突之泉。”

③ 五龍：即五龍泉，濟南名泉之一，亦稱五龍潭。相傳五龍潭昔日潭深莫測，每遇大旱，禱雨則應，故元代有好事者在潭邊建廟，內塑五方龍神，自此便改稱五龍潭。黑虎：即黑虎泉。此泉爲一天然洞穴，內有一巨石盤曲伏臥，上生苔蘚，黑蒼蒼如猛虎深藏，泉水從巨石下湧出，激湍撞擊，再加半夜朔風吹入石隙裂縫，酷似虎嘯，故名。

④ 大明湖：濟南三大名勝之一，位於舊城區北部。湖面四十六公頃(690 畝)，公園面積八十六公頃(1 290 畝)，湖泊約占百分之五十三。

⑤ “齊魯”句：本杜甫《望岳》“齊魯青未了”。

⑥ 金風傲舞：此指柳之在秋風中搖曳多姿。風流樹：語本元好問《結楊柳怨》：“長樂坡前一杯酒，鄭重行人結楊柳。可憐楊柳千萬枝，看看盡入行人手。輕煙細雨綠相和，惱亂春風態度多。路人愛此風流樹，無奈朝攀暮折何？朝攀暮折何時了，不道行人暗中老。素衣今日洛陽塵，白髮明朝塞城草。柳色年年歲歲青，關人何事管離情。春風誰向丁寧道？折斷長條莫再生。”

⑦ 誥：底本訛作“誥”。按劉鳳誥嘉慶六年(1801)任山東學政，與山東巡撫鐵保曾在鐵小滄浪宴飲，興致勃勃，劉氏即席賦聯“四面荷花三面柳，一城山色半城湖”。鐵保即席書丹。此聯石刻至今嵌在大明湖西廊壁洞門兩側，已成爲形容濟南古城風貌的名聯佳句。

⑧ 李清照紀念堂：位于濟南趵突泉公園內漱玉泉旁，1959 年始在原丁公(丁寶楨)祠處闢建而成。

⑨ “華光”句：語本李清照《蝶戀花·上巳召親族》：“永夜懨懨歡意少。空夢長安，認取長安道。爲報今年春色好，花光月影宜相照。　隨意杯盤雖草草。酒美梅酸，恰稱人懷抱。醉裏插花花莫笑，可憐春似人將老。”

⑩ “玉骨”句：語本李清照《瑞鷓鴣·雙銀杏》：“風韻雍容未甚都，尊前甘橘可爲奴。誰憐流落江湖上，玉骨冰肌未肯枯。　誰教並蒂連枝摘，醉後明皇倚太真。居士擘開真有意，要吟風味兩家新。”

⑪ 綠肥紅瘦：語本李清照《如夢令》：“昨夜雨疏風驟，濃睡不消殘酒。試問捲簾人，却道海棠依舊。知否，知否？應是綠肥紅瘦。”

《濟寧李太白紀念館石像二絕①》：

47.“天仙謫降李青蓮,被酒哦哦仰顧天。蓋世英風猶可想,高居此地兩十(平聲)年②。”【箋釋：此詩乃爲紀念館前李白仰天長吟之石像而作,故云“被酒哦哦仰顧天”。】

48.“甫云白也詩無敵,雋逸清新已詡雄③。千載詩壇雙璧在,唉余落落溯英風。”【箋釋：此詩表現先生對李白、杜甫的景仰。】

《自濟南搭機向西安》：

49.“雲舫小如紅豆殼,欲隨李白上青天。俯瞰曠野畦畛滅,齊魯青山一夢娟。”【箋釋：雲舫,飛機也。不但欲隨李白上青天,且將齊魯青山留在悠長的夢境中。此乃先生戀戀不捨山東之懷也。】

《大雁塔三絕④》：

50.“群雁高飛一雁遲,翩翩落羽大驚奇⑤。唐皇建塔追冥福,慈母深恩不耐思⑥。”【箋釋：此詩追溯雁塔及慈恩寺由來。】

51.“玄微經籍藏層閣⑦,秀麗褚家擅二碑⑧。畫面綫條風力勁,唐人工藝現神姿⑨。”【箋釋：此詩讚歎大雁塔的文化價值。】

52.“曲江重宴成佳會⑩,雁塔題名非偶然⑪。藹藹李唐新進士,墨乾石雕世喧傳。”

---

①　李太白紀念館：位於濟寧市區中心古運河北岸的太白樓上。其前身是濟寧市博物館,1958年建,後改現名。

②　“高居”句：李白於開元二十四年(736)攜家來任城(即今濟寧)寓居並雲遊東魯,前後達二十三年,留下大批膾炙人口的詩篇。

③　“甫云”二句：語本杜甫《春日憶李白》：“白也詩無敵,飄然思不群。清新庾開府,俊逸鮑參軍。渭北春天樹,江東日暮雲。何時一尊酒,重與細論文。”

④　大雁塔：位于唐長安城晉昌坊(今陝西省西安市雁塔區)的大慈恩寺内,又名“慈恩寺塔”。

⑤　“群雁”二句：傳說當初佛教有大乘與小乘兩大派,小乘佛教不忌葷腥。有一天,一座小乘寺院的和尚買不到肉做飯。這天正好是菩薩佈施日,天空一群大雁飛過,一個和尚仰面望著雁群自言自語：“今日僧房無肉吃,大慈大悲的菩薩一定不會忘記今天是什麼日子。”話音未落,領頭的大雁便折翅墜地。於是全寺和尚大驚失色,領悟出這大雁分明是菩薩化現,他們在大雁墜地處建造石塔,從此戒絕葷腥,改信大乘佛教。因此,佛塔又稱雁塔。

⑥　“唐皇”二句：唐貞觀二十二年(648),太子李治爲追念其生母文德皇后(即長孫氏)祈求冥福,報答慈母恩德,奏請太宗敕建佛寺,賜名“慈恩寺”。

⑦　“玄微”句：唐永徽三年(652),玄奘法師爲供奉從天竺帶回的佛像、舍利和梵文經典,在長安慈恩寺的西塔院建造了一座五層磚塔。

⑧　“秀麗褚家”句：大雁塔基座底層南門洞兩側嵌建碑石,西龕是由右向左書寫,唐太宗李世民親自撰文、時任中書令的大書法家褚遂良手書的《大唐三藏聖教序》碑,東龕是由左向右書寫,唐高宗李治撰文、褚遂良手書的《大唐三藏聖教記》碑,人稱“二聖三絕碑”。“二聖”指的是兩位皇帝,三絕指首先是唐太宗李世民撰《序》和太子李治撰《記》之威名;二是玄奘及聖教讚揚玄奘法師西天取經弘揚佛法之偉業;三是當朝宰相初唐書法家褚遂良書寫之神名。

⑨　“畫面”二句：大雁塔下四門洞的石門楣、門框上,還保留著精美的唐代綫刻畫。除此之外,南門的券洞兩側還嵌有“玄奘負笈圖”和“玄奘譯經圖”。

⑩　“曲江”句：唐時考中的進士,放榜後大宴會於曲江亭,謂之曲江會。因爲宴會往往是在關試後才舉行,所以又叫“關宴”;因舉行宴會的地點一般都設在杏園曲江岸邊的亭子中,所以也叫“杏園宴”;以後逐漸演變爲詩人們吟誦詩作的“詩會”,按照古人“曲水流觴”的習俗,置酒杯於流水中,流至誰前則誰飲酒作詩,由衆人對詩進行評比,稱爲“曲江流飲”。至唐僖宗時,也在曲江宴中設“櫻桃宴”專門來慶祝新進士及第。

⑪　雁塔題名：王定保《唐摭言·慈恩寺題名游賞賦詠雜紀》：“神龍以來,杏園宴後,皆於慈恩寺塔下題名,同年中推一善書者紀之。他時有將相,則朱書之。”

【箋釋: 此詩追溯曲江宴會及雁塔題名舊事。】

《小雁塔①》:

53. "纖檐苔老綠鱗鱗②,薦福寺中小塔身。遜與慈恩居少弟,坤轟餘級尚輪囷③。"

【箋釋: 此詩叙寫小雁塔密檐結構,位於薦福寺,比大雁塔稍遜,雖地震之餘,尚高大壯碩。】

《未央宮遺址④》:

54. "長樂未央古瓦當,長生無極好文章⑤。一頭(瓦當亦稱瓦頭)非是尋常物,人有拾之大吉羊⑥。"【箋釋: 此詩言未央宮漢瓦當。】

《半坡遺址二絶⑦》:

55. "滻河東畔日黄昏,原始叢林氏族魂。母系典型看歷歷⑧,行人指點半坡村。"

【箋釋: 此爲半坡遺址即景。】

56. "方家考定六千年,人鬼荒亡皆陳跡。掘得黄泉資究掔,陰風一陣驚韓客。"【箋釋: 此爲半坡遺址感觸。】

《西安碑林⑨》:

---

① 小雁塔: 位于唐長安城安仁坊(今陝西省西安市南郊)薦福寺内,又稱"薦福寺塔",建于唐景龍年間,與大雁塔同爲唐長安城保留至今的重要標誌。

② "纖檐"句: 小雁塔是密檐式磚結構佛塔,由地宮、基座、塔身、塔檐等部分構成,塔身爲四方形,青磚結構。原爲十五級,約 45 米高,

③ 坤轟: 地震。明嘉靖三十四年(1556)大地震,塔頂被毁掉兩層,現存十三層。

④ 未央宫遺址: 位於陝西省西安市未央區漢長安城遺址西南部的西安門裏,建于漢高祖七年(前 200),毀于唐末戰亂,存世 1 041 年,是中國歷史上使用朝代最多、存在時間最長的皇宮。

⑤ "長樂"二句: 未央宫遺址内出土的文字瓦當有"長生無極""長樂未央"字樣。

⑥ 吉羊: 通"吉祥"。

⑦ 半坡遺址: 6 000—6 700 多年前新石器時代仰韶文化聚落遺址,位於陝西省西安市滻河東岸,占地面積約 5 萬平方米。

⑧ "母系"句: 半坡遺址是一處母系氏族公社聚落。遺址發掘出房屋 45 座、圈欄 2 處、200 多個窖穴、陶窑遺址 6 座、墓葬 250 座(其中成人墓葬 174 座、幼兒甕棺 73 座),出土生產工具和生活用品約 1 萬件。生產工具主要有石斧、石錛、石鏟、石鋤、矛頭、箭頭、魚叉、魚鈎、紡輪、骨針等。還有石製研磨器(包括磨臼和磨石,是研磨顏料的工具),還發現了粟類等糧食作物。生活用具主要爲彩陶器,種類有鉢、碗、盆、盂、盤、杯、罐、缸、甑、釜、鼎、甕等。在 1 只陶罐裏還保存著炭化了的菜籽,係屬於白菜、芥菜一類的種子。在彩陶器上多繪有各種圖形,器物表面多飾有繩紋、綫紋,還繪有人面、魚、鹿、植物等花紋,紅底黑紋。在一些陶鉢的口沿上還刻有各種符號,有二三十種之多,這些符號可能是中國文字的起源。

⑨ 西安碑林: 位於陝西省西安市碑林區三學街十五號,是第一批全國重點文物保護單位(石刻類第 1 號)、國家一級博物館、國家 AAAAA 級旅遊景區。是收藏中國古代碑石時間最早,收藏名碑最多的漢族文化藝術寶庫。

57. "草真篆隸總琳琅①，森列名家耀李唐②。幢弄石經生怪氣③，昭陵六駿復龍驤④。"【箋釋：此詩乃西安碑林觀感，讚歎各體碑刻、經幢、浮雕。】

《灞橋⑤》：

58. "春風翠柳如含怨，雪霽天寒客把尊⑥。一自秦皇來送後（王翦伐荊，始皇自送至此橋），幾人到此黯銷魂。"【箋釋：後聯感慨此橋自始皇送人以來，代代離人相別之痛。】

《華清池悼憶楊貴妃故事四絕》：

59. "芍藥花開催羯鼓⑦，霓裳舞罷奏清平⑧。曲終裊裊餘微諷，疇識天仙感慨情⑨。"【箋釋：此詩言貴妃寵幸時。】

---

① "草真篆隸"句：西安碑林於北宋二年（1078）爲保存《開成石經》而建立。九百多年來，經歷代徵集，擴大收藏，精心保護，入藏真草篆隸碑石近三千方。現有六個碑廊、七座碑室、八個碑亭，陳列展出了共一千零八十七方碑石。

② "森列"句：西安碑林保存的名碑中，以唐碑最爲突出。唐代是中國書法藝術的繁榮時期，期間名輩出，流派紛呈，真、草、隸、篆，百花争妍。它上承魏晉六朝之餘韻，下開五代宋元之先河，是中國書法數千年歷史長河中光彩奪目的篇章，在中國傳統文化史上具有先鋒的一頁，深刻地影響著後來中國乃至東亞、東南亞書法藝術的發展道路。如唐玄宗《石臺孝經》、虞世南《孔子廟堂碑》、歐陽詢《皇甫誕碑》、褚遂良《同州三藏聖教序碑》、薛稷《信行禪師碑》、顏真卿《多寶塔碑》《顏勤禮碑》、柳公權《玄秘塔碑》《大唐回元觀鐘樓銘》、張旭《斷千字文》等。

③ 幢弄石經：經幢是古代的一種宗教石刻（刻著各種圖案、佛像、佛號、經咒或佛經的多棱石柱子），創始並盛行于唐。西安碑林的《梵漢合文陀羅尼經幢》最著名。經幢呈八面柱形，翻蓮座，缺頂。高 144 厘米，每面寬 12 厘米，幢身八面均刻文字。其上是用古尼泊爾文與漢文各一行對照合刻的經文，故又稱此爲"中尼合文經幢"。雖然幢文多剝蝕，大多不能辨認。但是，結合《不空和尚碑》考證，此幢文是由唐代名僧、西域和尚大辯正廣智三藏法師不空，奉詔譯的佛教密宗"陀羅尼真言經"。在唐代宗大曆九年（774）不空和尚滅度後，梵文由海覺書寫的。

④ 昭陵六駿：此指陝西禮泉縣唐太宗李世民陵墓昭陵北面祭壇東西兩側的六塊駿馬青石浮雕石刻。每塊石刻寬約 2 米，高約 1.7 米。"昭陵六駿"造型優美，雕刻綫條流暢，刀工精細、圓潤，是珍貴的古代石刻藝術珍品。六駿是李世民在唐朝建立前先後騎過的戰馬，分別名爲"拳毛騧""什伐赤""白蹄烏""特勒驃""青騅""颯露紫"。爲紀念這六匹戰馬，李世民令工藝家閻立德（閻立本之兄）和畫家閻立本，用浮雕描繪六匹戰馬列置於陵前。其中"颯露紫""拳毛騧"二駿於 1914 年被盜運美國賓夕法尼亞大學博物館，其餘四駿現存碑林。

⑤ 灞橋：在中國陝西省西安市灞橋區境內灞河水道上，春秋時期秦穆公稱霸西戎，將滋水改爲灞水，並修了"灞橋"。灞橋一直居於關中交通要衝，它連接著西安東邊的各主要交通幹綫。

⑥ "春風翠柳"二句：隋代在灞橋兩邊廣植楊柳。唐朝灞橋上設立驛站，凡送別親人好友東去，一般都要送到灞橋後才分手，並折下橋頭柳枝相贈，冬天則把酒話別。

⑦ 催羯鼓：《羯鼓錄》：嘗遇二月初，詰旦，巾櫛方畢。時當宿雨初晴，景色明麗，小殿亭前，柳杏將吐，（唐玄宗）覘而歎曰："對此景物，豈得不爲他判斷之乎！"左右相目，將命備酒，獨高力士遣取羯鼓。旋命之，臨軒縱擊一曲，曲名《春光好》。神思自得。及顧柳杏，皆已發拆，指而笑之，謂嬪嬙內官曰："此一事，不喚我作天公，可乎？"皆呼萬歲。

⑧ "霓裳"句：事本樂史《楊太真外傳》：天寶四載七月……於鳳凰園册太真宮女道士楊氏爲貴妃，半后服用。進見之日，奏《霓裳羽衣曲》。……先，開元中，禁中重木芍藥，即今牡丹也。得數本紅紫淺紅通白者，上因移植于興慶池東沉香亭前。會花方繁開，上乘照夜白，妃以步輦從。詔選梨園弟子中尤者，得樂十六色。李龜年以歌擅一時之名，手捧檀板，押衆樂前，將欲歌之。上曰："賞名花，對妃子，焉用舊樂詞爲？"遂命龜年持金花箋，宣賜翰林學士李白立進《清平樂》詞三篇。承旨，猶苦宿醒，因援筆賦之。……龜年捧詞進，上命梨園弟子略約詞調，撫絲竹，遂促龜年以歌。妃持玻璃七寶杯，酌西涼州葡萄酒，笑領歌，意甚厚。上因調玉笛以倚曲。每曲遍將換，則遲其聲以媚之。妃飲罷，斂繡巾再拜。

⑨ "曲終"二句：事本《長恨歌》："七月七日長生殿，夜半無人私語時。在天願作比翼鳥，在地願爲連理枝。天長地久有時盡，此恨綿綿無絶期。"

60.“花想容時睡海棠①，枉將雲雨惱明皇②。華清宮殿今何在③，空使騷人感緒長。”【箋釋：此詩前聯從唐玄宗角度，寫其懷念貴妃。後聯抒發作者之感懷。】

61.“馬嵬坡上劍光寒④，萬事蹉跎不復完。鴛血模糊魂未返，香亭無處倚欄干⑤。”【箋釋：此詩言馬嵬坡貴妃身死，寓惋惜之意。】

62.“千古悲涼長恨歌⑥，華清池畔一高哦。破荷無語秋天莫，嗟爾環兮奈若何⑦。”【箋釋：此詩乃先生即景生情，華清池畔，高吟“長恨歌”，秋暮殘荷，痛悼美人。】

《秦始皇陵四絕⑧》：

63.“萬古英雄秦始皇，三兼五過太誇張⑨。黃農忽没猶天意，詎講神仙不死方⑩。”【箋釋：此詩言秦始皇是統一中國的英雄，但批判其追求不死的荒唐愚昧。】

64.“碧海童男嗟不返⑪，驪山春草綠年年⑫。荆卿事後阿房炬⑬，萬世傳之一瞬亡⑭。”【箋釋：此詩諷刺始皇遣徐福率童男童女入海求仙事，結果身埋驪山，萬世之業，一旦而滅。“亡”失韻，疑字訛。】

65.“穿及黃泉壯墓宮，百官奇器列林叢。煌煌魚燭成不夜⑮，夜臺千年樂融融。”【箋釋：此詩言史籍記載始皇陵内部之豪華。】

---

①　花想容：語本李白《清平調》“雲想衣裳花想容”。睡海棠：語本宋代詩人王鎡《睡海棠》：“費盡胭脂撚得成，楊妃醉後越娉婷。定應夢著三郎事，吹老春風不肯醒。”

②　“枉將”句：語本元代鄭畋的《馬嵬坡》：“玄宗回馬楊妃死，雲雨難忘日月新。終是聖明天子事，景陽宮井又何人。”

③　華清宮：唐代封建帝王游幸的别宮，後也稱“華清池”，位於陝西省西安市臨潼區。

④　“馬嵬坡”句：事本樂史《楊太真外傳》：十五載六月，潼關失守，上幸巴蜀，貴妃從。至馬嵬……上入行宮，撫妃子出於廳門，至馬道北牆口而别之，使力士賜死。妃泣涕嗚咽，語不勝情，乃曰：“願大家好住，妾誠負國恩，死無恨矣。乞容禮佛。”帝曰：“願妃子善地受生。”力士遂縊於佛堂前之梨樹下。

⑤　“香亭”句：反用李白《清平調》其三“名花傾國兩相歡，長得君王帶笑看。解釋春風無限恨，沉香亭北倚闌干”。

⑥　長恨歌：白居易歌詠李楊愛情的長篇古詩。

⑦　“嗟爾”句：語本項羽《垓下歌》：“雖不逝兮可奈何！虞兮虞兮奈若何！”

⑧　秦始皇陵：中國歷史上第一位皇帝嬴政(前259—前210)的陵寢，中國第一批世界文化遺産、第一批全國重點文物保護單位、第一批國家AAAA級旅游景區，位於陝西省西安市臨潼區城東5千米處的驪山北麓。

⑨　三兼五過：語本《史記·秦始皇本紀第六》：“自繆公以來，稍蠶食諸侯，竟成始皇。始皇自以爲功過五帝，地廣三王，而羞與之侔。”

⑩　不死方：語本《史記·秦始皇本紀》：“因使韓終、侯公、石生求仙人不死之藥。”

⑪　“碧海”句：事本《史記·秦始皇本紀》：“齊人徐市等上書，言海中有三神山，名曰蓬萊、方丈、瀛洲，仙人居之。請得齋戒，與童男女求之。於是遣徐市發童男女數千人，入海求仙人。”

⑫　驪山春草：此指驪山秦始皇陵之草。

⑬　荆卿事：指荆軻刺秦事。阿房炬：阿房宫始建于秦始皇三十五年(前212)，遺址位於今陝西省西安市西咸新區灃東新城王寺街道，總面積15平方千米。《史記·項羽本紀》：“項羽引兵西屠咸陽，殺秦降王子嬰，燒秦宮室，火三月不滅。”

⑭　萬世傳之：語本《史記·秦始皇本紀》：“朕爲始皇帝，後世以計數，二世、三世至於千萬世，傳之無窮。”

⑮　“穿及”三句：語本《史記·秦始皇本紀》：“始皇初即位，穿治驪山，及並天下，天下徒送詣七十餘萬人，穿三泉，下銅而致椁，宮觀百官奇器珍怪徙臧滿之。令匠作機弩矢，有所穿近者輒射之。以水銀爲百川江河大海，機相灌輸，上具天文，下具地理。以人魚膏爲燭，度不滅者久之。”

66. "三所穹隆兵馬坑,掘來陶俑宛如生①。黃昏山寂行人少,如聞啾啾鬼泣聲。"【箋釋: 此詩咏兵馬俑。】

《西安賓館吟示內從姪丁中堂範鎮》:

67. "憶昔臺灣余有句,與君攜手上燕臺。第待神州寧靖日,燕臺楚樹恣吾游。如今成讖真奇事,豪興千秋浩莫裁。"【箋釋: 此先生豪興遄飛之作。游覽大陸多年夙願一旦成真,喜何如之。】

《贈尹歡州絲淳②》:

68. "高麗名學子為師,覃究恝言到不疑。號以歡州無個好,香江秋夜一呼之。"【箋釋: 此詩乃善意調侃尹絲淳之作。】

《又走筆岡田武彥博士③》:

69. "安詳豈弟岡田子④,桑域學人稱老師⑤。一笑燕臺重遄日⑥,羈愁兩忘在天涯。"【箋釋: 此喜與岡田武彥在大陸重逢之詩。】

《天安門》:

70. "'中華人民共和國萬歲,全世界人民大團結萬歲'。玉座紅臺大莊嚴,一十九字嵌精麗。仰觀飛檐翹瓦畫棟雕梁之金碧輝煌,俯臨金水河白玉橋之碧波溶漓。此是新中國象徵之物,嗚呼! 胡然而民胡然而帝⑦?"【箋釋: 此讚頌天安門之詩。】

《紫禁城》:

71. "屋宇九千餘間,周圍宮牆三公里。四角矗立角樓,風格綺麗清美。外朝內廷分兩局,外朝三殿並列峙。實為最大壯觀,皇帝行典都在是。內廷諸宮與花園,並皆佳侈。帝視政務,皇后皇子居其裏。載天奉神唯虔,游玩道具是庋。午門之後方形廣場,彎曲橫貫金河水。單拱白玉橋,壯麗無比。明清二代之建築藝術,亦云偉矣。"【箋釋: 此詩風格奇特,絕類散文。】

---

① "三所"二句:秦始皇兵馬俑陪葬坑坐西向東,三坑呈品字形排列。最早發現的是一號俑坑,呈長方形,坑裏有8 000多個兵馬俑,四面有斜坡門道。一號俑坑左右兩側各有一個兵馬俑坑,稱二號坑和三號坑。二號坑有陶俑陶馬1 300多件,戰車80餘輛,青銅兵器數萬件。三號坑共可出土兵馬俑68個。

② 尹絲淳: 1936年生于忠清南道。1961年高麗大學文學院哲學系畢業。1964年該大學研究生院文學碩士畢業。1975年獲該大學研究生院哲學博士學位。1979年至今任該大學哲學系教授。1987年始任儒教學會副會長、會長。主要論著有《退溪哲學研究》《東洋思想和韓國思想》等。

③ 岡田武彥: 日本儒學家。1909年生於日本兵庫縣姬路市,2004年逝世。著有《王陽明與明末儒學》《續東洋之道》等。

④ 豈弟: 平和樂易。

⑤ 桑域: 故鄉,故國。此處似指日本,即扶桑之域也。

⑥ 遄: 同"迣"。

⑦ "胡然"句: 活用《詩經·庸風·君子偕老》:"胡然而天也! 胡然而帝也!"

《魯迅故居四絕①》：

72.“綠林書屋魯翁居,老虎尾巴稱不虛②。曠世風惊今寂寞,西城秋日午風噓。”
【箋釋：此詩爲魯迅故居即事。】

73.“此有魯翁工作室,規模窄窄才容膝③。鎔爐熱火鑄新型,語皆驚世情瑟瑟。”
【箋釋：感慨魯迅於蝸居之中寫出驚世之作。】

74.“我曾韓譯阿Q傳,有時讀之得感多。何物龍鍾阿氏子④,可憐可笑莫奈何。”
【箋釋：此先生自言讀譯《阿Q正傳》之感受。】

75.“叫做天然唐氏子,丐余爲寫魯翁詩。天南消息憑余問,一瓣心香臺(臺静農)老師⑤。”【箋釋：此詩可分兩截。前聯言有唐天然者請淵民先生手書魯迅詩;後聯言臺静農託先生打聽魯迅故居消息。】

《琉璃廠四絕⑥》：

76.“古董畫書無盡藏,名聞天下琉璃廠。侈余眼福叫奇哉,括盡千金疇謂蕩。”【箋釋：先生酷嗜古董,到此眼界大開,傾盡千金以購。】

77.“梯航萬國湊燕京⑦,捨此奇觀非博雅。鴻爪無痕悲雪泥,翩翩幾輩來過者?”
【箋釋：慨歎如今來北京者往往不到琉璃廠,非博雅君子也。】

78.“吾邦學者饒唐癖,唐研唐豪綦愛惜⑧。笑殺蘭亭十襲蠅⑨,六橋勤向星原索。”
【箋釋：前聯言朝鮮韓國學者酷喜中國造之筆硯。後聯俟考。】

79.“遽不耐離步步遲,難逢嚴陸我心悲⑩。後余來者將何若,嫋嫋金風撩客思。”

---

① 　魯迅故居：位於阜成門内門口西三條21號。爲三開間小四合院。魯迅1924年5月至1926年8月住在這裏,房間内的陳設均維持原樣。

② 　老虎尾巴：魯迅北屋後面接出的一間小屋子便是魯迅的卧室兼工作室。北京民間稱爲“老虎尾巴”。卧室北面是兩扇大玻璃窗,窗下橫放著一張簡陋的小木板床,東牆下放著一張老式的三屜桌,坐在桌前,可以從視窗眺望後面園子裏的景物。

③ 　“此有”二句：魯迅的卧室兼書房面積僅8平方米。

④ 　龍鍾：潦倒貌。

⑤ 　臺静農：1903年—1990年,本姓澹臺,字伯簡,原名傳嚴,改名静農,安徽霍邱(今六安市葉集區)人。著名作家、文學評論家、書法家。早年係“未名社”成員,與魯迅往過甚多。曾先後執教於輔仁、齊魯、山東、厦門諸大學及四川江津女子師範學院,後爲臺灣大學教授。

⑥ 　琉璃廠：位於北京和平門外的一條著名文化街,西至西城區的南北柳巷,東至延壽街,全長約800米。它起源於清代,當時各地來京參加科舉考試的舉人大多集中住在這一帶,因此在這裏出售書籍和筆墨紙硯的店鋪較多,形成了較濃的文化氛圍。大多數外國人來京旅游都要到這裏游覽購物。

⑦ 　梯航：“梯山航海”的省語,謂長途跋涉。

⑧ 　唐研唐豪：中國生産的硯臺和毛筆。

⑨ 　蘭亭十襲：此指王羲之《蘭亭集序》被珍視。

⑩ 　嚴陸：清代文人嚴誠、陸飛。朝鮮洪大容在乾隆三十年(1765)隨朝貢使臣出使清朝,到達北京後與清人嚴誠、潘庭筠、陸飛建立了密切的交流關係。他們之間的交流詩文由嚴誠的友人朱文藻先後編輯爲《日下題襟合集》和《日下題襟集》。

【箋釋：此詩言戀戀不捨琉璃廠，回想乾隆年間朝鮮文人洪大容與中國文人的交往如此深厚，慨歎我則無緣遇此，不知後來者如何。】

《頤和園①》：

80. "造園藝術集羣成，宛若天開構置精。水緑山青無限景，瑶花金碧畫中明。"【箋釋：此詩言頤和園美景如畫。】

《明十三陵②》：

81. "繁華壯麗十三陵，無數明家天子崩。地下瓊宮長不夜，秋霜氣勢尚稜稜。"【箋釋：此詩咏十三陵之壯麗。】

《萬里長城二絶》：

82. "昨日雲航俯瞰之，今朝登望我心夷。青天一豣非無路，窄窄塵寰詎戀悲。"【箋釋：此詩言登萬里長城後胸懷蕩然而小天下。】

83. "萬里長城曲曲奇，颭颭寫我腹中詩。太湖爲硯匡廬筆，城有盡時乃已之。"【箋釋：此詩可謂豪情萬丈，以太湖爲硯，以廬山爲筆，寫宏大之詩篇，詩與長城等長萬里。】

《長城行》：

84. "嘻嘻戲偉哉壯哉，此是萬里長城也。延鶩六萬七千里，自古雄名轟天下。高低起伏八達嶺，隘爲咽喉延爲頸。行時飛騰復紆餘，一條青龍雲海騁。粤自春秋戰國代，燕趙防胡固北塞。嬴皇雄略統六王，亡秦者胡不可貸。笞卒鞭石起大役，神媧補天猶云窄。安知大禍起蕭墙，萬世雄圖壞一夕。兩漢魏晉賴而安，唐宋明清各鬱盤。如今登場新武器，魚艇排空飛爆彈。萬古雄威尚未亡，倚重不第此東方。遠西英英豪健客，俯瞰仰瞻感歎長。我亦登臨恣一吟，衝霄逸氣橫古今。夷猶竟日渾忘返，秋聲瑟瑟動高吟。"【箋釋：前四聯狀長城雄偉之勢，五至九聯述長城之歷史。十至十二聯言在當今時代長城亦不失威武，甚至西方人亦瞻仰感歎。末二聯抒發自己登長城引發的衝霄豪情。】

《大觀園三絶③》：

---

① 頤和園：中國清朝時期皇家園林，前身爲清漪園，坐落在北京西郊，距城區15公里，占地約290公頃，與圓明園毗鄰。它是以昆明湖、萬壽山爲基址，以杭州西湖爲藍本，汲取江南園林的設計手法而建成的一座大型山水園林，也是保存最完整的一座皇家行宮御苑。

② 明十三陵：坐落于北京市昌平區天壽山麓，總面積一百二十餘平方公里，距離天安門約五十公里。十三陵地處東、西、北三面環山的小盆地之中，陵區周圍群山環抱，中部爲平原，陵前有小河曲折蜿蜒。自永樂七年（1409）五月始作長陵，到明朝最後一帝崇禎葬入思陵止，其間230多年，先後修建了十三座皇帝陵墓、七座妃子墓、一座太監墓。

③ 大觀園：位于北京市西城區南菜園西街，是以影視拍攝服務爲主，兼具觀光旅遊、文化娛樂、休閒度假等功能的綜合性旅遊區，興建於1984年。園内主要景點由瀟湘館、沁芳橋、櫳翠庵等多處影視拍攝景觀組成，占地面積13萬平方米，是一座再現中國古典文學名著《紅樓夢》中"大觀園"景觀的仿古園林。

85.“繁華如夢大觀園，演出《石頭》逗藝魂。紅學已成新舊派①，萬邦學者總翩翩。”【箋釋：此詩由大觀園之繁華聯想紅學之發展繁榮。】

86.“紅學宣揚此有家，亭臺花石任橫斜。我從曲徑通幽處②，（奇石叢纍，鬼雕天成，豁然成竇，迤迤穿入，側壁刻有唐人詩“曲徑通幽處”五字。）恣賞清秋情更奢。”【箋釋：此先生遊覽大觀園景點“曲徑通幽”之即事。】

87.“古日吾邦譯此書，珍藏樂善清齋裏③。倏成古語讀之難，易以今言吾何已。”【箋釋：淵民先生曾影印出版韓譯《紅樓夢》並作序。後聯似言當時翻譯之韓語現在讀之猶同古語，還要翻譯成當代韓語，任重道遠。】

《欲訪李卓吾墓未果》：

88.“儒教叛徒李卓吾④，三遷其墓事嗚呼⑤。我邦怪物蛟山子⑥，其事何其甚似乎。”【箋釋：此詩由李卓吾聯想到朝鮮許筠的異端思想。】

《秋風感別曲二首》：

89.“卿卿復卿卿，此去何時回。空房冷如鐵，溫抱戀君懷。莫向臨邛去，莫近西子湖⑦。空陸數萬里，去平安來平安，萬事不模糊。不然幻此身，竟爲石望夫。”【箋釋：此詩代婦人懷念夫君。】

90.“達士非無淚，不爲兒女啾。爲寄平安字，瑟瑟香江秋。離奇數十行，夜深不耐愁。飲馬長城窟，幽吟華清池。驅車上河梁，千古蘇李悲。秋風將大起，游子竟何之。”【箋釋：此詩答婦人。】

《余憙吟古詩今世絕少知之者》：

---

①　“紅學”句：紅學即研究《紅樓夢》的學問，橫跨文學、哲學、史學、經濟學、心理學、中醫藥學等多個學科。清代學者運用題詠、評點、索隱等傳統方法研究《紅樓夢》，被稱爲舊紅學。“五四”運動前後，王國維、胡適、俞平伯等人引進西方現代學術範式研究《紅樓夢》，紅學作爲一門嚴肅學問自此正式步入學術之林，被稱爲新紅學。
②　曲徑通幽：位於北京大觀園南端，是一條羊腸小徑，運用“藏景”手法而建的假山小路，大觀園之景被假山所擋，只有穿過羊腸小徑，才能看到大觀園內的風光，體現中國古典園林建築特色。
③　“古日”二句：韓國首爾市昌德宮樂善齋建成於憲宗十三年（1847），由後宮金氏居住，後兼做王妃圖書室。其中藏有韓國語翻譯本《紅樓夢》117 回（佚 24、54、71 三回）。
④　李卓吾：李贄（1527—1602），號卓吾，又號篤吾、宏甫，別號溫陵居士，福建晉江（今泉州）人，明代著名的思想家、史學家、文學家。明嘉靖三十一年（1552）考中進士。先後任國子監博士、禮部司務、雲南姚安知府。十二年移居麻城龍潭湖上芝佛院，研究佛經。二十九年因反對儒家經典而遭迫害。次年春，以“敢倡亂道、惑世誣民”罪名入獄，自刎於獄中。
⑤　三遷其墓：李卓吾墓址原位於通州城北馬廠村，有碑記 2 座，僅存萬曆四十年（1612）詹軫光所立青石碑，方首、方座，通高 2.51 米，焦竑書“李卓吾先生墓”。碑陰爲詹軫光書《李卓吾碑記》《吊李卓吾先生墓》詩二首。碑于民國初斷爲三截，1926 年復立，建碑樓。1953 年遷墓至通惠河北畔大悲林村南，建碑塚，復建碑樓，嵌“遷建碑記”。“文化大革命”初碑樓被毀，1974 年修復。1983 年墓遷至現址通州區衛星城西海子公園。
⑥　蛟山子：朝鮮許筠（1569—1618），朝鮮王朝中期文臣和政治人、詩人、小說家。出生江原道江陵，本貫陽川許氏。字端甫，號蛟山、惺所，又號白月居士。他接觸宣傳天主教，屬於儒家思想的異類。
⑦　“莫向”二句：臨邛有卓文君當壚賣酒，西湖有錢塘名妓蘇小小。故言“莫去”。

91.“盈天地者皆文字,字以生文吾有神。含咀群英靈滿腦,發言成句意咸春。六經古日恒茶語,白話今時誇漢人。莫恨無知諒自好,知知知樂也爲真。”【箋釋:頸聯似以今日漢人只説白話爲憾。】

《離燕之前夕聯吟四絶》:

92.“吾非燕趙悲歌士,竟夕如何感慨爲。雲舫明朝歸去矣,青天一雁故遲遲。”【箋釋:故遲遲,有戀戀不捨之意。】

93.“好太王碑清一讀①,白頭絶頂去攀登②。兩皆夙願蹉跎了,延佇悵望雲外山。”【箋釋:此詩遺憾未能了此二願。】

94.“敦煌文字聞靈奇,西子湖邊可鏡眉。回首天涯無限思,清娟一夢亦何遲。”【箋釋:此詩言未能去敦煌、西湖,亦是憾事。】

95.“不如歸去洌江涯③,梅屋晴窗漫賦詩。倘余天假清閒隙,游記一編寫得奇。”【箋釋:先生預想歸國後若有閒暇,當寫大陸行之游記。】

《歸泊香港之灣景國際賓館二絶④》:

96.“高卧香江百尺樓,詩魂裊裊逗清秋。前宵忽作歸家夢,頖樹冽雲不耐愁⑤。”【箋釋:歸國在即,夢到故鄉韓國的家園和學校。】

97.“兀坐細傾數碗茶,夜深電視繢雲霞。也知熱演《紅樓夢》⑥,個個登場十二釵。”【箋釋:時上演 1987 版《紅樓夢》。】

《集古堂購得景刊好太王碑帖》:

98.“好太王碑稀舊拓,獲之豈愛萬青蚨。景而糣者猶爲寶,净入歸裝堪自娱。”【箋釋:此詩言重金購得裝裱之影印好太王碑拓帖,視之如寶,納入歸囊。】

《離香港》:

99.“宿宿湖山三度宵,離歌孤唱復今朝。長程萬里歸無恙,身逐雲鴻上碧霄。”【箋釋:詩言在灣景賓館曾宿三夜,今朝又將離去。所幸身體無恙,將登機穿雲而歸也。】

《十八日歸國薄暮抵家》:

---

① 好太王碑:《國岡上廣開土境平安好太王碑》是高句麗 19 代王碑刻,位於吉林集安市洞溝古墓群禹山墓區東南部太王鄉大碑街,係洞溝古墓群中著名碑刻,發現於清末。
② 白頭絶頂:長白山頂。
③ 洌江:此指韓國首爾市之漢江。
④ 灣景國際賓館:坐落于灣仔商業中心區,面對維多利亞港之美景,毗鄰香港會議展覽中心、演藝學院及藝術中心。
⑤ 頖:即頖宫。此指大學,先生時在檀國大學任教。
⑥ 紅樓夢:此指 1987 版電視連續劇《紅樓夢》。

100."一月不歸家,庭中梧葉落。今夕翩仙返,恍如遼東鶴①。山妻笑而迎,兒孫來雀躍。問有何壯觀,姁姁説大略。囊中有何物,煌煌古碑拓。亦有數袂書,十襲瑰寶若。方物好頒貽,細玉與丸藥。縱有百篇詩,胡寫還自愕。明朝吾友至,一讀恣歡謔。夜深游仙枕,秋夢逗寥廓。"【箋釋:首聯即景。二聯比喻。三至七聯寫實。八九連自謙胡寫大陸紀行百首,只足歡謔而已。末聯言就枕休息,而夢中尚夢見大陸寥廓江山也。】

（作者爲延邊大學講座教授）

---

① 遼東鶴:託名陶潛《搜神後記》卷一:"丁令威,本遼東人,學道於靈虚山。後化鶴歸遼,集城門華表柱。"

中日《荆楚歲時記》整理研究概覽

白潔妮

引　言

《荆楚歲時記》由南北朝梁宗懍（約 501—565）撰，是記録中國古代楚地（以江漢爲中心的地區）歲時節令風物故事的筆記體文集，對中國歲時文化的傳播和發展産生了重要影響。《荆楚歲時記》流傳至今，原本已經佚失，僅有幾大現行本留存於世。中日學者對《荆楚歲時記》的現行本進行了不同程度的整理和研究工作，包括版本整理、復原與輯佚等幾個方面，研究成果之顯著，爲《荆楚歲時記》的進一步研究做出巨大貢獻。但是各大學者之間的研究成果又都各有優勢與缺點，筆者認爲很有必要對各大研究成果進行整合對比，以利後人繼續研究。

《荆楚歲時記》全書共 37 篇，記載了自元旦至除夕的 24 節令和時俗。《荆楚歲時記》涉及民俗和門神、木版年畫、木雕、繪畫、土牛、彩塑、剪紙、鏤金箔、首飾、彩蛋畫、印染、刺繡等民間工藝美術以及樂舞等，這些民俗、民間工藝美術傳自遠古，延續後世。其中如門神、彩蛋畫、土牛、木版年畫等民間工藝美術，至今仍在城鄉流傳。《荆楚歲時記》既是對荆楚地區歲時活動的記録，也是作者對自身及其家族親歷社會生活的記録。

《荆楚歲時記》成書以後，促進了歲時節令文化的交流。在宗懍之後不久，隋杜公瞻就爲宗懍書作注，並有意識地將《荆楚歲時記》所記南方風俗與北方風俗進行比較。後來，《荆楚歲時記》和杜公瞻的《荆楚歲時記注》一起流傳，人們習慣上仍將其稱作《荆楚歲時記》，從而使南北朝後期中國南北方的歲時風俗薈萃於一書之中，對中國歲時文化的傳播和發展産生了重要影響。

《荆楚歲時記》成書於 6 世紀後期，由於本書寫定於北朝，因此其最初流傳的範圍大概限於北朝，自然它也就首先爲北朝學者所注意。《荆楚歲時記》是南人客居北方的叙舊之作，流傳是通過民間傳播的方式，因而成書之後流傳範圍有限。在隋朝時期的流傳主要就是通過杜公瞻爲《荆楚歲時記》做的注流傳。到了唐朝，《荆楚歲時記》已經有了較大的影響，成書于唐武德七年（624）的《藝文類聚》不僅在書中列出與“天”“地”“州”“郡”並行的“歲時”門類，而且對《荆楚歲時記》多徵引，其後徐堅的《初學記》（成書于唐玄宗年代）亦在“歲時”部分中大量引用《荆楚歲時記》的有關節俗的内容。傳至元代後，《荆楚歲時記》就開始消失匿跡了，只有陶宗儀的《説郛》中引録 8 則。由此看來，《荆楚歲時記》大概就在宋元易代的動盪時期逸失。到了明代中後期，一些文人墨客開始對逸失的名著進行整理，其中就包括《荆楚歲時記》，現存的明代輯佚本主要是有《廣漢魏叢書》系統本、《寶顔堂秘笈》系統本，《麓山精舍叢書》系統本，除此之外，明代還有《澹生堂餘苑》本，此本世人罕見，國内已不存在。

　　《荆楚歲時記》成書後促進歲時節令文化的交流不僅限於國内，而且遠傳海外，日本在奈良初期此書就已傳入，天平勝寶五年（753）日本人曾參照《荆楚歲時記》寫成風俗記事的勘奏文；公元 10 世紀日本惟宗公方（明法博士）就曾引用此書著《本朝月令》；而且《日本國見在書目録》雜傳家部中記録了“《荆楚歲時記》一卷”。

一、《荆楚歲時記》版本源流梳理

　　對《荆楚歲時記》的版本進行整理可知，《荆楚歲時記》一共有二十種叢書本，而這二十種叢書又可以分成三個系統：明何允中《廣漢魏叢書》本、明陳繼儒《寶顔堂秘笈》本、清陳運溶《麓山精舍叢書》本。

　　關於《廣漢魏叢書》系統本，又分爲以下幾種：主要是《廣漢魏叢書》明萬曆本，另有清嘉慶本、《湖北先正遺書》本、《增訂漢魏叢書》本、《舊小説》本，以上這些本子都源於《廣漢魏叢書》本。除此之外《説郛》委宛山堂本、《五朝小説》本、《五朝小説大觀》本也與《廣漢魏叢書》明萬曆本類似，到底哪個是祖本，因年代太過久遠，已經無從考究，習慣上統一歸爲《廣漢魏叢書》系統本。這裏需要説明一點，也有部分學者把《荆楚歲時記》的《廣漢魏叢書》系統本稱爲《説郛》系統本。因爲《説郛》本出於元代陶宗儀之手，比《廣漢魏叢書》早，明代何鏜寫《廣漢魏叢書》本時，《荆楚歲時記》的内容應該是參考《説郛》本。但是考慮到《廣漢魏叢書》本的影響較大，而且元代的《説郛》已經遺失，現存的元代《説郛》的輯本——涵芬樓明抄本《説郛》本，僅收集《荆楚歲時記》8 條内容，而明末清初陶珽對涵芬樓明抄本《説郛》本重新編輯而成的《説郛》委宛山堂本與《廣漢魏叢書》類似，所以這裏就統一歸結爲《廣漢魏叢書》系統本。關於《寶顔堂秘笈》系統，有

《寶顔堂秘笈》萬曆本,另外民國石印本、《四庫全書》本這兩個本子也是源於《寶顔堂秘笈》萬曆本。關於陳運溶的《麓山精舍叢書》系統,只有一個本子,即《麓山精舍叢書》本,此本是由《藝文類聚》《初學記》《太平御覽》三書采輯而成。

　　以上三個本子,雖都是從前人各類著作中輯録出來,但是他們之間還是有優劣之分。陳運溶的《麓山精舍叢書》雖然有 75 條之多,但影響較小,對其研究的學者也相對較少,足以説明其内容没有太大研究價值。《廣漢魏叢書》輯録最簡,僅 37 條,《寶顔堂秘笈》有 48 條。諸本中以《寶顔堂秘笈》本和《廣漢魏叢書》本較爲通行,影響較大。《廣漢魏叢書》本字跡清楚、邏輯清晰、層次分明,而且錯誤也比較少,但是脱漏較多。而《寶顔堂秘笈》本雖然内容較多,但整體來看臆誤也較多。從條目和篇幅看,《寶顔堂秘笈》包含 48 條,約 7 129 字,但是誤收宋人詩一首,《廣漢魏叢書》包含 37 條,約 5 108 字,雖然内容較《寶顔堂秘笈》本少,但是有些内容是《寶顔堂秘笈》本所没有的。從篇幅上看前者多出後者兩千字。從叙事上看,《寶顔堂秘笈本》較爲周祥,《廣漢魏叢書》則顯得删節太多導致内容不完整。同時,《寶顔堂秘笈》本受到日本相關學者的重視。以上兩個版本也有共同的缺點:1. 内容有遺漏。2. 各條未注出處。3. 注文與正文混淆。4. 體例與原文不符。對《廣漢魏叢書》本和《寶顔堂秘笈》本的内容進行對比研究的話,其實不難發現這兩個本子的錯誤之處十分相似,這不可能是個巧合,只能説明這兩個本子是有一定淵源的。總體上可以看出《廣漢魏叢書》本是有參考《寶顔堂秘笈》本之嫌的,詳細比較兩個本子的内容的話,可以發現《廣漢魏叢書》本的内容或是直接照搬《寶顔堂秘笈》本的内容,或是參考引用其他相關書籍的内容後,《寶顔堂秘笈》本的内容進行補足或者删減,或是把《寶顔堂秘笈》本的内容和其他相關書籍的内容拼接合成。那麽要想深入探究這兩個本子的關係,首先就要對《寶顔堂秘笈》本的内容進行研究。

　　就《寶顔堂秘笈》本的缺點來説,對《寶顔堂秘笈》本的内容進行整理研究可以發現其中的一些内容(包括《廣漢魏叢書》本中的一些内容),只能在《寶顔堂秘笈》本中查找到,無法在其他相關書籍查到相關内容,獨此一份的内容是否有可信力有待商榷,除此之外,《寶顔堂秘笈》本還輯録了出現在其他書籍中的但尚未確定證實是出自《荆楚歲時記》的内容。所以究其根本還是存在不少訛誤,可以説《寶顔堂秘笈》本中的部分内容的真實性還是需要進一步探究和證實,但因爲年代久遠,原本遺失,這項工作會相當頭疼和棘手。

　　探究完《寶顔堂秘笈》本,接著對《廣漢魏從書》本與《寶顔堂秘笈》本做一對比。雖然《廣漢魏叢書》本的内容和《寶顏堂秘笈》本的内容有一定淵源,但《廣漢魏叢書》本也有它自己的優缺點。首先關於優點:《廣漢魏叢書》本删除了《寶顏堂秘笈》本中的衍文,同時不可否認雖然很少,但是《廣漢魏叢書》本確實輯録了一些佚文。説到缺點:因爲是再輯録,肯定少不了有很多遺漏以及本文和注釋的混淆,同時因爲其只包含 37 條,内容太過簡略導致其表意不明。而且部分引經據典未標明出處。同時如上所述,《廣漢魏從書》本中的部分内容只能在《寶顏堂秘笈》本中找到,在其他書籍中無從考證。

由此可見,並不是説《寶顏堂秘笈》本和《廣漢魏叢書》本互相抄襲,只能大膽猜測在明代之前就有一個和《寶顏堂秘笈》系統本相類似的善本流傳,但是這個善本肯定也有不少混淆、脱落、錯誤等,後人對這個善本進行補訂、增删、校正等形成了一個新的傳本,我們稱之爲 A 本,然後後人又對這個 A 本進行删節輯録,就形成了今天的《廣漢魏叢書》系統本。當然這只是一種猜想,以此來解釋目前二本流傳至今的原由,具體情況是否如上所述還有待進一步考證。

以上是對現存的《荆楚歲時記》的三大系統的一個綜合評價與描述。除了以上三個現存的本子,還有《澹生堂餘苑》本和日本抄本。日本學者藤原佐世在著録的《日本國見在書目録》中載有日本抄本一卷本①。至於《澹生堂餘苑》本,國内已不復存在,國外情況也未知,所以無從考究。

二、中日研究現狀分析

國内外當代學者對《荆楚歲時記》的比較有影響力的研究成果,按時間排序依次是日本學者守屋美都雄、中國學者姜彦稚、中國學者宋金龍。

首先關於守屋美都雄的研究成果,守屋美都雄從以下幾個方面對《荆楚歲時記》進行了研究:1. 書名考證,2. 版本探究,3. 版本評價,4. 復原和輯佚。其底本選擇爲《寶顏堂秘笈》本,同時參考《藝文類聚》《初學記》《太平御覽》等其他相關書籍。守屋美都雄之所以只參考《寶顏堂秘笈》本,而忽略其他《荆楚歲時記》版本,是因爲他在著作中首先否定了陳運溶的《麓山精舍叢書》本,認爲其毫無疑問是後人的輯本,沒有太大的研究價值②。然後他對《荆楚歲時記》的現存版本進行了對比研究和評價批判,提出《荆楚歲時記》的現行本中,《寶顏堂秘笈》系統本和《説郛》系統本内容上具有相似性,但《寶

---

① 藤原佐世《日本國見在書目録》,北京,中華書局,1991 年,頁 39。
② 守屋美都雄《荆楚歲時記的書志學研究下》,東京,日本國立國會圖書館,1954 年,頁 112。

顔堂秘笈》系統本收録内容更全,所以最終得出結論:《寶顔堂秘笈》本優於《説郛》本,是一個值得肯定的善本①。同時他還提出《荆楚歲時記》原名應該叫《荆楚記》,"歲時"二字應該是後人加上去的,他還推測是杜公瞻在給《荆楚歲時記》作注的時候把"歲時"二字加上去的。在《荆楚歲時記》復原和輯佚部分中,守屋美都雄以《寶顔堂秘笈》本爲底本,廣泛查閲從唐代到清代的相關資料,復原48條,輯佚54條。

姜彦稚在1986年就發表了自己對《荆楚歲時記》的研究成果。前段時間,中華書局又對姜彦稚的研究成果進行重編刊印,足以看出我國對《荆楚歲時記》的重視。姜彦稚主要從以下幾個角度對《荆楚歲時記》進行了論述:1. 作者介紹;2. 復原與輯佚;3. 版本考究。姜彦稚的研究成果中底本選擇爲《廣漢魏叢書》明萬曆本,輔助參校:陳繼儒《寶顔堂秘笈》本、陶宗儀《説郛》本、陶珽《説郛》本、《四庫全書》本、《增訂廣漢魏叢書》本、《四部備要》本、《五朝小説大觀》本、《湖北先正遺書》本、陳運溶《麓山精舍叢書》本。同時參考《藝文類聚》《初學記》《太平御覽》等其他相關書籍,參考十種刊本,引書34種,内容明晰,輯本豐富。姜彦稚在版本考究部分説明了其底本選擇理由:他認爲現存的《荆楚歲時記》版本分爲兩個系統,一是《廣漢魏叢書》系統,一是《寶顔堂秘笈》系統。同時姜彦稚指出,雖然《寶顔堂秘笈》系統比《廣漢魏叢書》系統收集内容多,但是其中的訛誤不少,而且《寶顔堂秘笈》系統没有《廣漢魏叢書》系統影響大流傳範圍廣。除此之外,《廣漢魏叢書》系統本子衆多,其中《廣漢魏叢書》明萬曆本雖然脱漏不少,但是訛誤甚微,在《荆楚歲時記》的版本系統中可稱爲善本,佔據主角位置,所以姜彦稚選擇《廣漢魏叢書》明萬曆本作爲底本②。在其復原和輯佚部分中,將《廣漢魏從書》本的37條擴展到77條。他在版本考究中,輯録了載有《荆楚歲時記》部分内容的歷代古籍以及《荆楚歲時記》的各大現存本,對本書的參考版本和引書也有涉及。

宋金龍在1987年發表的《荆楚歲時記》研究成果:1. 作者與注者介紹;2.《荆楚歲時記》的流傳與版本探究;3.《荆楚歲時記》的價值;4. 復原與輯佚。其研究是選擇陳繼儒的《寶顔堂秘笈》本爲底本,《廣漢魏叢書》本做補充,同時輔助參校以下各本:《四庫全書》本、《增訂漢魏叢書》本、《五朝小説》本、《五朝小説大觀》本、《湖北先正遺書》本、《四部備要》本、《舊小説》本、陶宗儀《説郛》本、陶珽《説郛》本、陳運溶《麓山精舍叢書》本。同時參考《藝文類聚》《初學記》《太平御覽》等其他相關書籍,參考12種刊本,

① 守屋美都雄《荆楚歲時記的書志學研究下》,東京,日本國立國會圖書館,1954年,頁4—26。
② 姜彦稚《荆楚歲時記》,長沙,嶽麓書社,1986年,頁123—129。

引書多達 45 種，取材廣泛，内容考證嚴謹①。宋金龍在其著作中將陶宗儀的《説郛》本單列出來作爲一個獨立系統，使得《荆楚歲時記》的現存版本分爲四個系統。關於其底本選擇的理由如下：《荆楚歲時記》的諸版本中，《寶顔堂秘笈》本和《廣漢魏叢書》本較爲通行，影響也較大。《寶顔堂秘笈》本較《廣漢魏叢書》本，收集内容較多，内容周祥，而《廣漢魏叢書》本的内容則顯得删節不完。除此之外，《寶顔堂秘笈》本還受到日本學者的重視②。綜上所述採用《寶顔堂秘笈》本作爲底本。在流傳過程部分中，宋金龍對《荆楚歲時記》在國内的流傳情況作了大概叙述，簡單概述了載有《荆楚歲時記》的各種文獻，對《荆楚歲時記》的現存版本也有涉及，對版本的共同缺點進行了簡單評價。在復原和輯佚的部分中，以《寶顔堂秘笈》本爲底本，復原 48 條，輯佚部分細分爲：“元日”“人日”“立春”“正月十五日”“正月末日”“晦日”“二月八日”“春分日”“社日”“寒食”“三月三日”“四月”“四月八日”“五月五日”“夏至”“六月伏日”“立秋”“七月七日”“七月十五日”“八月十四日”“秋分”“九月九日”“十月一日”“十一月冬至”“十二月八日”“臘”“歲除”“閏月”這幾大歲時模組。

三、中日勘校之成果比較

對比以上三位學者各自的研究成果，首先守屋美都雄是功不可没的。在他的研究成果中：1. 書名考證，2. 版本探究，3. 版本評價，這三部分的研究成果可以説獨成一家之説。4. 復原和輯佚，這一部分是全部研究成果的重心，也是其研究成果中價值最大的一部分。他首先對《荆楚歲時記》進行復原和輯佚，前無古人，而且他的復原和輯佚是在以《寶顔堂秘笈》本爲底本，參考從唐代到清代的相關書籍的基礎上完成的，旁徵博引，取材廣泛，具有一定的説服力。同時也是受守屋美都雄的啓發，進入二十世紀八十年代後中國學者開始重視《荆楚歲時記》並著手研究，其中就包括姜彥稚和宋金龍。但是就其底本和參考書目來説，還是有一些不足之處。上文説到他的研究成果中的前三部分(1. 書名考證，2. 版本探究，3. 版本評價)只能是自成一説，没有特別有説服力的證據證實。在第四部分復原和輯佚中，守屋美都雄直接借用他前三部分的研究成果，認爲陳運溶的《麓山精舍叢書》肯定是後人的輯本，没有參考價值，而對比《廣漢魏叢書》

① 宋金龍《荆楚歲時記》，太原，山西省人民出版社，1987 年，叙例頁 1—5。
② 同上書，校注説明頁 2。

本與《寶顏堂秘笈》本後，認爲《廣漢魏叢書》本在一定程度上有借鑒《寶顏堂秘笈》本的嫌疑，因而其直接以《寶顏堂秘笈》本爲底本，不參校《荊楚歲時記》的其他版本，不得不説這樣似乎太過草率導致其研究成果不嚴謹。

姜彦稚的研究成果從以下幾方面入手：1. 作者介紹，2. 復原與輯佚，3. 版本考究，相對比守屋美都雄的研究成果，多了作者介紹部分。但是其第 3 部分的版本考究中，只是簡單對《荊楚歲時記》的現行版本進行了叙述，然後簡單一句話指出《寶顏堂秘笈》本中訛誤較多，但是並没有給出相關證據或者輔助説明，對影響較大的《廣漢魏叢書》本和《寶顏堂秘笈》本也没有深入探究版本内容以及各版本之間的關係和優劣，與守屋美都雄的研究成果相比，缺少版本評價的内容，版本探究也没有守屋美都雄那麼深入，只是浮於表面。憑藉《寶顏堂秘笈》本中訛誤較多這一點直接選擇《廣漢魏從書》本作爲底本，在底本選擇上似乎没有太大説服力。在第二部分中，底本選擇爲《廣漢魏叢書》本，輔助參校《荊楚歲時記》其他十種現行版本，引用書籍 34 種，可以説取材方面較廣泛嚴謹。總體來看内容清晰明瞭，有一定參考價值。在整本書中，對《荊楚歲時記》的引用書目和注者復原和輯佚所參考的書目進行了總結，單獨作爲一部分列出來，條理清晰，方便讀者閱讀和查看。

那麼宋金龍的研究成果又是怎樣一種情況呢？宋金龍先生從以下四方面進行研究：1. 作者與注者介紹，2.《荊楚歲時記》的流傳與版本探究，3.《荊楚歲時記》的價值，4. 復原與輯佚。相對守屋美都雄的研究成果，除了第二部分中的版本探究這一小部分外，前三部分都是守屋美都雄著作中所没有的。相對比姜彦稚的研究成果，第一部分加入了注者杜公瞻的介紹，第二部分多了《荊楚歲時記》的流傳部分，同時加入有關《荊楚歲時記》價值這一部分。與前面兩位學者的著作相比，宋金龍的研究成果更加全面涉及範圍更廣。尤其是有關《荊楚歲時記》價值這一部分，筆者覺得加入很有必要，不僅可以突出《荊楚歲時記》的重要性，更能強調現在我們研究《荊楚歲時記》的重要性。在其版本探究中，除了對《荊楚歲時記》的現行本作簡單叙述外，對《荊楚歲時記》現行中影響較大的《廣漢魏叢書》本和《寶顏堂秘笈》本這兩大版本的缺點進行了總結，雖然比姜彦稚先生的版本探究稍微深入一些，但是同樣没有給出具體的説明。而且就其底本選擇理由來看：1.《寶顏堂秘笈》本收録内容較多，内容周祥，《廣漢魏叢書》本的内容則顯得删節不完。2.《寶顏堂秘笈》本受到日本學者的重視。第一個底本選擇理由不得不説太表面化，和姜彦稚的底本選擇犯了同樣的錯誤，只是從表面去研究《荊楚歲時記》的現存本，並没有深入探究版本的内容以及各版本之間的關係和優劣。從第二個底本選擇理由來看，似乎宋金龍在對《荆楚歲時記》研究中應該參考了守屋美都雄的研究成果。這也就和我們上文提到的守屋美都雄的研究成果對中國學者研究《荆楚歲時記》具有一定的啓發作用相互呼應了。在"4. 復原和輯佚"部分中，宋金龍先生以《寶顔堂秘笈》本爲底本，復原 48 條，分 28 個代表性時節進行輯佚，這種輯佚方式清晰明瞭，讓讀者一目了然。同時，和姜彦稚先生的著作類似，宋金龍在其著作中也加入了《荆楚歲時記》引用書目和復原輯佚參考引用書目，便於讀者閱讀。總體而言，相對於守屋美都雄先生和姜彦稚先生的研究成果，宋金龍的研究成果從内容排版上更加便於讀者閱讀，文章構成上更加合理，讓讀者一目了然。

　　總之，《荆楚歲時記》是我國歲時文化的重要文獻，更是我國優秀傳統文化的組成部分，我們没有理由不去深入挖掘、整理和研究，國内有姜彦稚、宋金龍等一批優秀學人都在爲中華文化的傳承和發揚貢獻著力量。歲時習俗作爲一種民俗化的生活原則和觀念引導，自古以來起著社會化教育的作用，對人的社會行爲起到很大的規範、警示和指導作用。所以《荆楚歲時記》是中國的，也是人類的，如引言中所述《荆楚歲時記》成書後不久就傳入了日本。而且日本還將該書和《玉燭寶典》的歲時文化本土化，編寫了日本的歲時文化典籍《年中行事秘抄》和《本朝月令》等。日本在傳承和發揚著歲時文化成果，直至今日仍將其運用到社會發展中，如祈禱男孩健康成長的"男孩節"、"中元節"等都成爲商業活動的重要部分。中日學者理應共同協作，秉承"學術乃天下之公器"的理念，借鑒對方的研究成果，追思先哲、光大歲時文化。

　　（作者爲天津師範大學外國語學院研究生）

加藤明友與陳元贇

陳可冉

引　言

　　明末遺民陳元贇(1587—1671),名珦,字義都,號芝山,又號既白山人,浙江餘杭人。元贇流寓東瀛五十餘載,是明清之際中日文化交流史上的重要人物。他在文學、書法、拳術、陶藝等衆多領域對當時的日本産生過影響。其與日僧元政(1623—1668)合著的《元元唱和集》(1663年刊)是見證十七世紀中日文人交遊的經典之作。

　　陳氏旅居江户期間,與潛心儒學、雅好詩文的文人大名加藤明友(1621—1683)結下了一段難能可貴的師生情誼。由於此前學界對明友的重視程度尚不够充分,前人論及陳元贇的生平事跡時,往往對元贇與明友的交遊情況語焉不詳。近年來,筑波大學附屬圖書館藏《錦囊全集》《東海集》等加藤家舊藏寫本文獻的研究價值引起了中日兩國學者的關注。伴隨著文獻整理工作的推進,加藤明友與陳元贇交遊方面的諸多細節逐漸浮出水面。本文擬在先行研究的基礎之上,通過實際的文獻調查和原典資料的精讀,進一步考察二人與同期文壇動向之間的關聯,以冀對後續相關領域的研究有所裨益。

一、加藤明友其人

　　加藤明友字子默,初號敬義齋,後號勿齋,是日本江户時代前期典型的文人大名。明友的祖父加藤嘉明(1563—1631)作爲驍勇善戰的武將,先後爲豐臣秀吉(1537—1598)、德川家康(1542—1616)立下汗馬功勞。憑藉嘉明的赫赫戰功,加藤家曾擁有陸奧會津藩四十萬石的封地。後因明友父親加藤明成(1592—1661)繼任藩主後與家臣生隙,引發内訌,致使會津藩的領地於寬永二十年(1643)被幕府悉數没收。同年,三代將軍德川家光(1604—1651)念及舊情,特下賜加藤家領地一萬石,明友遂成爲石見吉永藩初代藩主。天和二年(1682),加藤明友再次因先祖餘烈和自身的勤勉得到幕府褒獎,加增食邑一萬石,移封近江水口藩。此後僅過了一年,明友於天和三年病故,享年六十三歲[①]。

加藤明友與當時的儒學首領林氏父子有奕世之交。其號敬義齋的"敬義"二字,正是幕初大儒林羅山(1583—1657)親自爲明友選定的。爲此,羅山專門撰寫了一篇《敬義説》(《羅山林先生文集》卷二十七)來解釋二字的由來和寓意。林家第二代儒宗林鵝峰(1618—1680)在萬治元年(1658)十月寫給明友的書信(《鵝峰林學士文集》卷二十七《謝勿齋藤君》)中也特別强調了彼此之間非比尋常的特殊關係。

> 就思君之於余輩雖有良賤之殊,然有通家之契。我先考宦遊年久。故幸被識於故左典厩,而蒙吏部少卿之眷遇,而與君交際相厚。君待先考以師禮,故能接余輩,且延及春信。然則彼此三世之交,豈尋常哉?[②]

"左典厩"即是明友祖父加藤嘉明。"吏部少卿"指明友的父親加藤明成。"春信"是鵝峰長子林梅洞(1643—1666)的本名。如鵝峰所言,兩家是不折不扣的"三世之交"。加藤明友既是出身貴胄的幕府大名,同時也是林家的親炙弟子。正因如此,林氏諸儒的詩文集中保存有大量涉及明友的內容。鵝峰次子林鳳岡(1644—1732)曾對明友的爲人作出了如下一番總體的評價:

> 惟公幼而好學,長而覃研。説經談理,洛閩流傳。好史信古,唐虞道懸。升降騷壇,文英摛藻。遊戲墨城,巨筆如椽。彤弓盧矢、紫電清霜,武庫森森連影;縹囊緗帙、黄卷牙籤,書樓軸軸成編。朝繙暮繹,春誦夏絃。多才多藝,文武兼全。邵德茂行,可以勵俗。清量卓識,孰以差肩? 友朋稱其信義,宗族歸其精專。[③]

此文作於貞享元年(1684)三月十七日,是鳳岡在明友歿後百日之際所撰祭文(《鳳岡林先生全集》卷百十《祭故江州水口城主加藤公文》)中的一段。所謂蓋棺定論,鳳岡

---

① 新井白石《新編藩翰譜》第三卷,東京,新人物往來社,1977 年,頁 472—486。
② 本文中,林氏諸儒詩文集的原文皆引自内閣文庫林家舊藏本。標點係筆者添加。另,《鵝峰林學士文集》卷八十《前拾遺加藤叟耒》(萬治四年二月作)亦云:"余先人羅山子與典厩及叟至子黙執奕世之交。余亦曾於叟有眷遇之厚。況與子黙金蘭之志既有年。"
③ 末句"友朋"二字本作"友明",今改。

追思故人,認爲明友平生篤於儒術,長於詩文,精於翰墨,富於藏書,堪稱"多才多藝,文武兼全"。有鑒於此種文體的性質及其慣常的寫作套路,其中或許也包含了部分溢美之辭。但不管怎麽説,作爲風流儒雅的將門之後,活躍在江户前期文壇的加藤明友無疑是值得我們特別關注的一位重要人物。

萬治元年八月十一日,鵝峰弟林讀耕齋(1624—1661)應邀拜訪明友。是日之遊,始於辰時,止於子時。兩日之後,讀耕齋作長文《辰子遊》(《讀耕林先生文集》卷十六)以記其顛末。文中有如下一段描寫,詳述了加藤家的藏書狀況,似可以此想見明友的爲人與個性。

> 主人開書棚之户,余歷視之。《四書集注大全》《五經集傳大全》《周禮》《左傳》《小學》《家禮》《近思録》《伊洛淵源録》《延平答問》《朱子文集》《語類》《真西山集》《心經注》《讀書録》《史記》《漢書》《楚辭》《杜詩集注》《韓昌黎集》《元白長慶集》《翰墨大全》、法帖數部等,牙籤璨璨,紙隅無捲摺。凡主人之藏書甚多,唯是席間一棚之所撐載而已。

二、加藤家舊藏寫本文獻

加藤明友的文學創作在日本漢文學史上所具有的特殊價值,最早是由著名漢學家神田喜一郎發現的。神田先生在其名著《日本填詞史話》中,把加藤明友定義爲日本"填詞的復興者"①。也就是説,自平安時代中期兼明親王(914—987)之後,詞的創作在日本經歷了長達六百餘年的斷絶,而加藤明友正是江户時代第一個"繼絶學",重新開始作詞的日本人。神田博士的論考,主要以林氏一族的傳世文集爲依據,通過梳理明友與林家諸儒的詩文唱酬,推證出加藤明友在日本近世填詞史上的先驅地位。受制於資料方面的局限,神田先生當年未能親見明友本人的詞作,並以此爲一大憾事②。

近年來,隨著加藤家舊藏寫本《錦囊全集》《東海集》逐漸爲學界所知悉,明友的生平及其在日本漢文學史上的突出貢獻也變得愈發明朗。在此方面,伊藤善隆《野間三竹

---

① 神田喜一郎《神田喜一郎全集》第六卷《日本における中国文学Ⅰ——日本填詞史話 上》,京都,同朋社,1985年,頁73。
② 《日本における中国文学Ⅰ——日本填詞史話 上》,頁80。

年譜稿》①、中尾健一郎《包孕近世前期詞作的江户文壇——以林門和加藤勿齋爲中心》②以及村越貴代美《加藤明友與詞》③等日本學人的考證取得了令人矚目的研究成果,爲近世前期的日本漢文學文壇研究提供了衆多可資參考的寶貴綫索。

明友的一生親歷了加藤氏從盛極一時,轉而家道中落的全過程。原本四十萬石領地的豪郡世子,因一場家門的變故,不得不作爲區區一萬石采邑的"入門級"大名,度過了人生的大半時光。自寬永二十年至天和二年,加藤明友雖做了近四十年的吉永藩藩主,但他本人親自前往封地僅有兩次④。換言之,他的大半生涯基本都是在江户度過的。

加藤家的江户別邸雅號"芝園",位於今東京都的芝浦一帶。沉湎於詩文的明友每每於公務之暇,與相知的文士名流一道,在自己精心佈置的園林中醉風吟月,舞文弄墨。可以説,加藤氏的芝園就是當時頂級的文藝俱樂部。林鳳岡在《題芝園詩卷後》(《鳳岡林先生全集》卷九十五)中云:"大夫每聚詩稿,累卷連軸,備文房之具,爲燕閒之適也。"由此可知,明友平日里收存了大量的詩稿,其目的是爲了自己閒暇時欣賞把玩。這些墨跡想來多半是明友與一衆雅友悠遊園林時乘興揮毫的閒適之作。各種詩文、題跋的真跡經裝裱過後"累卷連軸"地收藏於明友的文房之中。

鳳岡提到的這些"詩稿",大概是特指卷軸裝的真跡文稿。此種詩卷到底有多少傳存至今,尚不得而知⑤。而現藏於筑波大學附屬圖書館的兩部寫本《錦囊全集》《東海集》則很可能是明友當年置之案頭,隨時翻看取用的册子裝詩文稿本。兩部書的全卷書影雖已在筑波大學附屬圖書館的網站上予以公佈,但目前僅有黑白圖像,且有些地方拍攝的畫質也不甚清晰。爲此,筆者專門赴筑波大學進行了實地的文獻調查。試將此二書的大致情況做一簡要的介紹。

※《錦囊全集》　索書號　ル294—146　外題"錦囊集""錦囊集　第二"
一函、寫本二册,第一册 27.5×18.5 cm,第二册 27.3×18.2 cm

　　大致依先後順序逐年收録加藤明友的自作詩文,兼收部分詩友的唱和之作,另

---

① 伊藤善隆《野間三竹年譜稿》,《湘北紀要》,2008(29),頁 1—16。
② 中尾健一郎《近世前期の詞作をとりまく江户文壇——林家と加藤勿齋を中心に》,『風絮』,2015(12),頁26—91。
③ 村越貴代美《加藤明友と詞》,《風絮》,2018(15),頁 75—79。
④ 《加藤明友と詞》,頁 78。
⑤ 目前,加藤家舊藏真跡詩卷雖然下落不明,但同時代的文人大名如松平忠房、鍋島直條等人的類似藏品在今島原松平文庫及福岡市立博物館等處均有收藏。

有少量和歌。記録約始於明友十六歲之年,即寬永十三年(1636),止於天和三年(1683)八月二十九日所作之詩。全書共計 33 000 餘字,基本反映了明友一生的創作歷程。

※《東海集》　索書號　ル294—145
四函、寫本九册,27.0×18.0 cm
　　依先後順序逐年收録加藤明友周邊儒者、文士的詩文,含部分自作,另有少量和歌、和文。始於慶安元年(1648),終於天和三年。全書共計 253 000 餘字,堪近世前期文壇研究的資料寶庫。

《錦囊全集》《東海集》所收的海量信息爲近世前期的漢文學文壇研究提供了不可多得的原始材料。正是得益於二集的收存之功,加藤明友的詩文有幸得以完整傳世。神田先生早年間所未見的明友的填詞作品也因二集的出現而重見天日①。伴隨著相關寫本整理工作的推進,明友的交遊關係以及當時的文壇面貌變得愈發清晰起來。借助《錦囊全集》中相關記載,我們可以大致勾勒出加藤明友與陳元贇之間鮮爲人知的深厚交誼。

三、明友與元贇

1. 書法
　　針對加藤明友與陳元贇的交遊關係,前人略有一些零星片段的論述。小松原濤在《陳元贇的研究》中提到,明友曾經請元贇爲自己手書了一部《朱子家訓抄》,且該書於寬文二年刊行於世②。另據神田喜一郎考證,元贇還爲明友抄寫過周敦頤的《通書》③。事情的原委見於林鵝峰的《通書首章跋》④。

　　　勿齋藤子默好理學,曾使明人陳元贇寫《通書》全部。既書第一章、二章,其三十八

---

① 《近世前期の詞作をとりまく江戸文壇——林家と加藤勿斎を中心に》,頁 28—31。
② 小松原濤《陳元贇の研究》,東京,雄山閣出版,1962 年,頁 272—273。
③ 《日本における中国文学 I ——日本填詞史話 上》,頁 81。
④ 載於《鵝峰林學士文集》卷百一。神田氏的論考將此文的出處誤記爲"《鵝峰文集》卷百二"。

章不及執筆而元贇物故。子默不耐嘆息,遺念之餘,跋其餘紙而又請加余語。(中略)子默裝潢而藏之,豈唯惜彼墨痕而已哉? 其意之所寓,余亦知之。壬子九月

此文作於壬子年,即寬文十二年(1672)。前一年,元贇離世,未能爲明友完整抄録共計四十章的《通書》。這件事令明友頗感遺憾。鵝峰在跋文中著重强調了明友對理學的執著追求,認爲"子默裝潢而藏之"的目的並不是單純爲了保存元贇的墨跡,而是另有一番潛心向學的深意。應該説,憑林鵝峰對加藤明友的了解,鵝峰所言絶非虚辭。明友對理學的愛好也的確可以從其它很多地方得到佐證。但話又説回來,不可否認的是,雅好收藏的明友其實對元贇的書法也是非常看重。明友對時人書法的品評見諸林鵝峰《國史館日録》寬文六年(1665)十二月六日條①的轉述。

是日,明友語卜幽曰:"近世能書之名,鷹峰光悦、吉田素庵、石清水僧昭乘也。以某眼見之,則三人共不及狛庸。今存者,明人元贇及長崎道榮之外,無及狛庸者。世人未多知之而已。"

這段文字主要表述了明友對鵝峰門生狛高庸(1593—1686)書法水平的推崇。高庸集伶官、儒者、詩人、書法家四種身份於一身,是當時文壇上的一位奇才②。在明友看來,現今日本近世書法史上赫赫有名的本阿彌光悦(1558—1637)、吉田素庵(1571—1632)、松花堂昭乘(1582—1639)等人的筆力都位於狛高庸之下。寬文年間,日本國内在世的書法家中,唯有陳元贇和林道榮(1640—1708)二人能够與高庸相提並論。由此亦可以看出元贇書法在明友心目中的地位。這一點大概也是明友多次向元贇求字,希望得到其墨寶的重要原因。如上文所述,明友對元贇手跡的渴求一直持續到元贇的晚年。

2. 詩文

當然,明友與元贇的交往顯然並不局限於書法這一個層面。在文學創作方面,近期已有日本學者指出加藤明友之所以於慶安二年(1649)開始對填詞産生興趣,其原因很

---

① 山本武夫校訂,史料纂集《国史館日録》第二,東京,続群書類従完成会,1997 年,頁 41—42。

② 關於狛高庸的人物考證,詳見陳可冉《狛高庸生平交遊考》,載《日語學習與研究》,2018 年第 1 期,頁 31—39;以及《狛高庸年譜稿》,載《日本學研究》,2018 年第 2 期,頁 193—219。

可能是受到了陳元贇的影響①。《錦囊全集》中收錄有一首元贇的逸詩,大約創作於寬永二十年(1643)。其詩曰:

題芝濱歸命山寺金粧五大木佛

丈六金身若個胎,蓮花幻出五如來。

婆娑世界扶桑國,歸命靈山彼岸隈。

竪指各撐忉利起,趺跏列坐鐵圍開。

一雙啤嘛攔門少,四大天王作隸儓。

值得注意的是,"芝濱"同時也是明友芝園的所在之處,此詩或許正是元贇赴芝園雅集途中所作。如果真是這樣的話,元贇與明友的交往大致可以追溯至寬永末年。檢《錦囊全集》可知,明友與元贇的詩文唱酬主要集中在正保元年(1644)至萬治元年(1658)的十餘年間。其中,正保元年至三年的明友詩稿上頻繁出現元贇批改點竄的記錄。加藤明友在詩文的題目、序跋處稱呼陳元贇時,除直呼其名外,多用"陳先生""陳子""陳秀才""元贇先生""元贇秀才"等語,顯示出明友在師事元贇的前提下,與元贇保持著亦師亦友的親密關係。

元贇旅居江戶期間,屢屢造訪明友的海濱宅邸。二人或遊園賞月,或扣舷放歌,或飲酒作詩,呈現出一派逍遙自在的快活景象。《錦囊全集》中有如下一首作於正保四年七月十六日的七言絶句:

柏林翫月　七月既望

柏林滴露夜方涼,倚椅閑吟世慮忘。

皓皓月華齊萬里,碧空高掛吐清光。

丁亥七月既望,陳子來。醉吟罷,將歸而登小山。乃與咏《柏林翫月》之詩。陳子已成。予一二三之句漸成,未成全篇。陳子告歸。予謂陳子曰:"一二三之句已如此,終句未成。請先生補焉。"陳子應聲而即書"碧空高掛吐清光"之句,微笑而去矣。

① 《加藤明友と詞》,頁83。

多虧明友在跋語中説明了此詩的寫作經過，我們這才知道《柏林翫月》乃是明友與元贇當日合力創作的一首絶句。頗有幾分詩話意味的這段跋語把兩個人物形象——思詩不就的學生和提筆立成的老師，描寫得活靈活現。寥寥數語，充分體現了明友對元贇的景仰，讀來令人莞爾。

3. 書籍出版

除詩文唱酬及創作上的指導之外，元贇還在明友的請託下，參與了江戶前期的書籍出版活動。前述《朱子家訓抄》的刊行已是一例明證。此外，野間三竹（1615—1676）《席上談》（萬治二年刊）的出版也與元贇和明友之間的交誼密切相關。具體的來龍去脈見於《錦囊全集》中收録的如下兩封信函：

與元贇　戊戌中夏望日

　　久絶書音，遺恨多多。足下起居如何？今春亦江府失火，不可勝言。雖然，予宅無恙矣。近三竹袖《席上談》一冊來，請足下作序文。雖憚里程之遠，因其求之切，乃附的便以希弄健毫爾。

　　追啟：足下之來於江城，未知何時哉？相逢開襟懷，予之所願也。

示元贇　己亥孟秋晦日

　　去歲以靜軒所編之《席上談》覓足下之序，乃靜軒素志也。今茲季夏上浣，秀才書序以達於東武，幸甚！以便須寄靜軒，想其可以喜焉。實不見秀才已經年，瞻望不少。何日同席開鬱陶？時維金氣將寒，自重！

加藤明友與野間三竹的交往大致始於萬治元年。當年四月下旬，兩人互通書信[1]。明友在四月二十九日的手簡《再答閒閒子》（《錦囊全集》所收）中邀請三竹與林讀耕齋一道來訪面晤。

　　余之於足下及讀耕，交情俱已熟矣。欲相會於此，而同叙雅懷者久矣。足下首肯，讀耕亦點頭，余固喜焉。然則來月九日、十一日、十三日，此三日之中，午後過予海濱之小堂，幸甚！

---

① 《野間三竹年譜稿》，頁 7。

　　由此看來，萬治元年五月的這次雅集大概是二人的初次會面。有意思的是，僅僅
數日之後的五月十五日，明友便提筆修書，向元贇索序（書簡《與元贇》）。可見三竹
此番登門拜訪並不是"空手而來"，而是隨身帶來了近著《席上談》的抄本，希望以明
友爲介，請元贇爲其作序。所謂"功夫不負有心人"，三竹的計劃最終如願以償。《席
上談》刊刻出版之際，卷端果然出現了落款爲萬治二年六月一日的元贇序文《席上
譚叙》①。

　　參看同年七月末日的明友書翰《示元贇》可知，元贇所作的序文於當年六月上旬寄
抵江户，並通過明友轉送給了三竹。從明友去信求序，到元贇作序返函，整個過程歷時
一年有餘。有別於作詩時下筆立成的氣勢，元贇《席上譚叙》的寫作進度似乎顯得有些
拖沓。如信中所言，此時的明友"實不見秀才已經年"。雖然天各一方，但元贇終究還是
念及舊情，接受明友的請托，爲三竹的著述題寫了長篇的序文。

　　耐人尋味的是，萬治二年八月，陳元贇在與元政初次見面的時候就談到了《席上談》
的出版。這顯然與他本人爲該書作序的經歷是分不開的。按照小松原先生的觀點，元
贇《席上譚叙》所產生的連鎖反應直接促成《元元唱和集》於次年付梓印行②。可以説，
三竹、明友、元贇、元政之間的人際關係，直接催生了《席上談》《元元唱和集》等刻本的
問世。這樣的事實，從一個側面再次印證了近世前期文壇交遊與書籍出版的緊密
關聯③。

餘　論

　　如上所述，自寬永年間初次作詩以來，明友數十年如一日，筆耕不輟地記錄下自己
文壇交遊的點點滴滴。他把自作的詩文、友人唱酬的作品以及自己聽聞、寓目的文壇佳
作都一一收錄於《錦囊全集》和《東海集》。明友對詩文收藏的興趣和執著，爲後世留存
了大量能夠生動反映當時文壇動向的第一手資料。相信隨著研究的不斷深入，包括明
友與元贇的交遊在内的近世日本漢文學史及中日文化交流史上的諸多史實將會以更加
完整的姿態呈現於世人面前。

　　《東海集》卷九收錄了林家門人岡泰創作的《卧龍梅詩并序》，其序文如下：

---

① 《陳元贇の研究》，頁74；《野間三竹年譜稿》，頁7。
② 《陳元贇の研究》，頁75。
③ 參見陳可冉《〈本朝一人一首〉出版始末考》，載《中國詩歌研究》，2018年第2期，頁236—248。

　　　　壬戌孟春,花方盛開,公召僕逍遥乎花下。(中略)日已暮矣,相與昇堂秉燭以觀舊題其中有藏諸琅函以成三大軸者,皆林家名父子及六六山人、野竹洞之所著也。大醫野子苞作跋,簡潔可喜。且聞有日野亞相弘資卿親書之倭歌,偶未見之矣。因嘆曰:"公自壯歲好文而執交於海内之名士,總幾多人乎? 而二十餘年來,凋落而殆盡矣。今也,姓名在此卷而身存者纔二三輩耳。惟不朽之盛事所以遺於紙墨者,蔚乎不消磨,可謂美也。"公領之再三,且曰:"子亦爲吾賦之。"(中略)僕藐爾末學,謾題於諸公之後,何爲不類之甚哉! 他日追想嚴旨,敢賦唐律兩篇以獻之。

　　"壬戌孟春",即天和二年(1682)正月,明友芝園中的"卧龍梅"正值盛開。岡泰應邀遊園賞花,並與主人一道展觀近世名公的詩文題咏。岡泰經眼的三大軸詩卷,收儲於"琅函"之中,卷中所録詩文皆出自林氏父子、石川丈山(1583—1672)、人見竹洞(1638—1696)、野間三竹等名家之手。只可惜"姓名在此卷而身存者纔二三輩",不免令二人頗爲感傷。明友當即慫惠岡泰亦題詩於卷尾。岡泰自忖人微才薄,本不敢承命,然盛情難却,後日"追想嚴旨",乃作《卧龍梅詩》二首以答謝主人。

　　通過岡泰的作品,我們一方面可以進一步瞭解明友平日里收集、庋藏、展玩當代詩文墨跡的具體細節,另一方面也可以從中一窺彼時園林題咏的蘊籍風雅。芝園中號稱"卧龍梅"的一株梅樹可謂明友家中的"鎮宅之寶"。以林氏父子爲首,明友周邊的文人墨客,但凡到過芝園,無不對"卧龍梅"有所歌咏。有意思的是,"卧龍梅"曾經有一别名叫"眠玉梅",而爲其命名的人正是陳元贇。

　　正保三年(1646)春,明友所作咏梅詩①的小序曰:"虚白堂前有此日先生名眠玉梅。先生賦七言,予亦題一首。"次年正月九日,明友復作《孟春九日賞卧龍梅》,其詩注云:"予謂陳子曰:'眠玉梅亦可謂卧龍梅。'陳子笑曰:'可也。'乃共賦絶句。""眠玉梅"也好,"卧龍梅"也罷,總之,芝園中這株飽經滄桑的老梅年復一年地默默見證了明友與元贇的交遊。也許正是因爲這一層關係,明友常常通過咏梅來表達自己對元贇的思念。現摘録正保四年正月所作二首於下,以代小結。

春日懷陳秀才

遠寺鯨音穿霧來,紙窗窗外對紅梅。

---

① 自此以下的詩文皆出自《錦囊全集》。

溶溶虛白堂中月,只有暗香伴酒杯。

賦憶舊遊和陳秀才之韻

昔日梅花花下遊,對花忽駭一年週。

紅顏憔悴知何去,老樹依然共白頭。

（作者為四川外國語大學日語學院教授）

中井履軒解經方法舉隅

——以《論語逢原》爲例*

張士傑

《論語》傳日之後，在知識層中久爲研讀，不過直到鎌倉時代（1192—1333）末期也還停留在解讀何晏《論語集解》的水平上①。然而，江户時代（1603—1868）情況發生變化。學養積澱近千年，加之社會穩定、文風興盛等外部因素的作用，《論語》學陡然隆盛。大家輩出，學派迭興，講讀之風更盛，研究水平超邁前代。朱學成爲官方學術，《集注》通行於官學、藩校。古學興，主張追古義、徵於古文辭，批判宋儒之弊，但也有過正之嫌，或有偏頗之失。於是，折中考據學應運而生。

折中諸家之學不一而同，但大體上共通於對朱學與古學的調和。一般認爲，折中學無甚發明，成就不大。不過，若在《論語》學的史學脈絡上看，折中之學的出現不能不説是學術演進的趨勢使然，是其内在理路上的一個必然的學術文化現象。而且，就解經的方法來説，其中既可見與中國經學的聯動，也可見日本特有的異質。又且，就注解的内容而言，也頗見穩妥得當的持論。

中井履軒所撰《七經逢原》即是頗具代表性意義的一種。其中，《論語逢原》"蓋其白眉也"②。以中井履軒《論語逢原》爲孔道，察其解經之法，可見其爲學的特質與成績，亦可見江户中期經學、《論語》學學術演進的態勢。

一、尊經之意與求原之旨

《論語逢原》是《七經逢原》中的一種。履軒將《論語》列爲七經之一，足見其對《論

---

* 本文係國家社科基金重大招標項目"域外《論語》學研究"（16ZDA108）的階段性成果。

① ［日］武内义雄《論語の研究》，收入《武内義雄全集》第 1 卷，東京，角川書店，1978 年，頁 40。

② ［日］關儀一郎編《日本名家四書注釋全書》（《論語》部卷第 4）"解題"，東京，東洋圖書刊行會，1925 年，頁 3。

語》的推崇與重視。不過,書中可見多處對於原文的懷疑,指出存在錯字、脱字、錯序等問題,並試圖加以修正。可見,履軒的尊經並不意味著將之奉爲具有絶對權威性的、不可作一字改易的神聖經典。其實,履軒之尊《論語》爲經,是有其特别用意的。

首先,《論語》之作爲"經"是具有相對性與雙重涵義的,既是對原文本的確定,也是對《論語集注》之作爲注釋性文本的定位。查諸全書,往往可見經注並提,言經如何如何、注如何如何。顯然,其解經思維中往往有意識地區分《論語》和《論語集注》。這種有意區分既説明二者關聯之緊密,也折射出撰者區别於朱注的意圖。關聯與區别之間,反射出當時學術語境的大體和經學風尚的變動。朱熹《集注》是當時《論語》流佈於日本的主要形式。江户時代,在幕藩體制之下,朱學居於主導地位,占據《論語》詮釋的主流,幕府的官學、諸藩的藩校都以朱注爲唯一指定的教材。借力於此,朱注《論語》流行於列島,在武士階層以及識字群體之間廣爲閲讀。事實上,爲日本識字群體所廣泛閲讀的,與其説是《論語》,莫不如説是《論語集注》。除去少數儒者,大部分《論語》的閲讀者、學習者都要依據朱注去理解原文,這樣所產生的理解也定然因朱注的得失而隨之得失。在這樣的文化背景之中,講讀《論語》則不能無視朱注。尤其是設館講學的情況下,更不宜越過《集注》專攻原文本。因此,履軒以《集注》爲底本注釋《論語》,實在也是一種基於文化背景的必然選擇。

二者之關聯顯然已見,如《日本名家四書注釋全書》所收《論語逢原》的"解題"中所言:"對朱熹集注逐條精細辨駁。"[①]誠然,此一斷語確實抓住了《逢原》最爲重要的特徵,即朱注的辨駁。不過,這一特徵實質上也只是履軒《論語》解經之學的表徵。其實質性學術意義並不停留於駁朱,也不僅是駁朱。實際上,與其説是駁朱,莫若説是辨朱。從形式上看,《論語逢原》采用《論語集注》爲底本,對其中的注解闡釋以及所據文獻、所納觀點學説予以辨析,議其是否允當偏失,察其有無過與不及,判其是非得失,斷其可從抑或當削,其當者是之,不當者則予以修正。探其實,審其要,不難發現這諸般工夫全賴一條準繩,亦皆繫於一個宗旨,即追究原意,推尋正解。質言之,辨朱是爲"逢原"。辨朱是形式,求原是實質;辨朱是手段,求原是旨歸。

從這種意義上説,履軒之尊《論語》爲經具有相對性,是在將朱注定性爲注釋性文本的邏輯中,將《論語》視爲經;是在和朱注的對比中,明確爲《論語》定性爲原文本。這應當是尊經的最爲切要的意義。

---

① ［日］關儀一郎編《日本名家四書注釋全書》(《論語》部卷第 4)"解題",東京,東洋圖書刊行會,1925 年,頁 3。

其次,尊《論語》爲經,既是確定《論語》的原文本地位,也是明確《論語逢原》之作爲注釋性文本的定位。《論語逢原》書名中的"原"字,用意應當正在於此,即《論語》本意。"逢"字在日語中兼有"逢""會"的意思,既可表示偶然的相逢,也可表示主動的、積極的會見。中井履軒所用應當是後者,即主動、積極地追求《論語》原意,是求原。求原不是求古,其學術任務既不能止步於辨朱和剔除宋學,也不能泥古,不能以古爲原。這樣一來,就必須越過宋儒、漢儒,不能將朱子學與古學簡單折中,而是直指經典本文,在經典本文中尋求正解。在求原的主旨之下,作爲注釋性文本,必須以經典原文爲准繩,不能偏離於此,不能過度闡釋,也不能文外生意,所據文獻必要信實,所引學說必要緊貼原文,所作解釋必要允當,過與不及也都被視爲失當。

不過,求原是不具備純粹意義的,一定具有某種前提性因素。履軒的求原,是在辨朱基礎之上的求原,是以辨朱爲手段的求原。反而言之,朱注恰恰爲履軒准備了前提要件,提供了可資辨析的標靶,同時也是履軒解經無法繞過的必由之路。事實上,無論古學,還是折中學,雖然都具有懷疑和反對朱學的精神與事實,但同時也都天然地與朱學相關聯。無論名義上怎樣主張尚古與求原,爲學的取徑上無疑都是對朱學所作闡釋的再闡釋、反闡釋。實質上,所謂古絕非原原本本的古,而是宋學之上的古;所求之原,無論怎樣復歸如初,無論怎樣求得孔子本意與原文本意,都是經由朱學的求原。中井履軒的求原,即是如此。

二、重視内部疏證

爲求原文本意,履軒對《集注》所據文獻和所采學說多有稽考,以辨析其是否信實,可否憑據。綜觀全書,可知其對《史記》《孔子家語》《易傳》以及宋儒觀點頗爲懷疑,多持否定觀點,而於《春秋》《孟子》則懷有信實態度。這大概並非出於是古非宋的主觀意向,而是由其追尋孔子本意、正解原文本意的指向性解經原則所規定的。因爲年代越是接近,則其中言辭語句越是可能具有較爲近似的用法與意義。當然,從這個意義上説,相較於年代相近的不同文獻而言,同一文獻理應具有更好的參照意義。實際上,履軒也正是比較注重在文獻内部尋求可資佐證的材料,力圖實現文本的内部疏通,以相互印證。

例如,《里仁》篇"吾道一以貫之"章下,履軒注道:

當初曾子與同門諸子在側講義，略有意思，而有未達者，故夫子呼而告之也。夫子豈無端緒，突然發是語哉？若"賜也非爾所及"章，"子貢一貫"章，參考之可也。記者不録前語者，蓋不足録也。且古文簡故。①

履軒推測孔子此語應當不是突然憑空説來，而理應有其緣起，於是推想當時境況，並明確提到兩則參考，用來佐證《里仁》篇"吾道一以貫之"也必然不是突兀出現，而有其語境和因由。不過，此一類擧的用意與作用並不僅止於此。稍加觀察，不難發現三章之間存在意義上的内在關聯，應是有意擧出關聯章句以求疏通文義。其一"賜也非爾所及"出自《公冶長》篇，前有子貢之語"我不欲人之加諸我也，吾亦欲無加諸人"（《論語·公冶長》）；其二"子貢一貫章"出自《衛靈公》篇，原文爲："子曰：'賜也！女以予爲多學而識之者與？'對曰：'然，非與？'曰：'非也。予一以貫之'"（《論語·衛靈公》）。從意義上看，兩例都與此章相通。前者子貢之言與孔子對"仲弓問仁"的回答"己所不欲，勿施於人"（《論語·顔淵》）意義相同，而與本章曾子所解"忠恕"的恕道内涵相通。後者"予一以貫之"則在句式和文義上都如出一轍。履軒擧此兩例，用意不僅在於説解因由緣起，更應是在《論語》内部作疏通印證。

三、明辨專論泛論

人之所言，大抵皆有當時當事之情形境況。孔子之言應當也是如此。不過，《論語》所記多限於孔子之言本身，而未就其因由予以記述。這在客觀上成爲某些條目難解、歧解的一個原因。因此，如能弄清發話緣起，則於正確解讀原文本意有很大效用。履軒便有此類努力，有其注重考辨孔子之言是通論，抑或是針對某人某事的專論，並以之尋求原文正解。

《論語》中孔子關於同一問題往往會因人而異地作出不同的回答。這説明那些孔子之言的確是有其針對性的，因此必要追究因由緣起才有助於獲得准確的解讀。例如，《爲政》篇"孟武伯問孝"一章中關於"父母唯其疾之憂"的注釋，古今多有歧解。聚訟的焦點大抵在於是父母憂子之疾，還是子憂父母之疾。其實，無論哪一種説法，放在孝與親情的邏輯鏈條上都可言之成理。不過，若是兩存其説，則無益於正解原文。關於此，履軒注道：

① ［日］關儀一郎編《日本名家四書注釋全書》（《論語》部卷第 4）"解題"，東京，東洋圖書刊行會，1925 年，頁 74。

父母愛子,無所不至。他可憂者,莫不憂,而不比於憂疾之尤切。武伯生於富驕,縱欲不自檢節,每自招疾病之人矣。苟不除此一路,欲爲孝而無由已,故告之以此也。若禀受虛弱,自多病者,孔子亦必不以此爲教矣。①

此章所論問題的核心無疑在於孝,議論孝的問題點在於憂疾。不過,履軒將首要解決的問題放在孟武伯身上,從出身與生活情況作出推測,認爲他縱欲傷身,由此明確此章中對於孝的回答並非通論,而是專對於孟武伯而言的。如此,即可明了此章之義,而且關於是父母憂子抑或是子憂父母這一聚訟,也可以容易作出裁斷。反之,如果誤認此章爲通論,則必將憂疾作爲孝的通用解釋。這樣雖然也講得通,但是,此處所言並非是要對孝作出一個概念性的闡釋,而是對一個案例所作的具體問題具體分析。畢竟,憂疾只能是一個具體的描寫性表述,而不能以偏概全,也無法作爲孝的内涵意義而出現。

又如,《泰伯》篇"曾子有疾"章"君子所貴乎道者三"一節之下,履軒注道:

此數語皆就敬子身上而言,蓋切中於其病者矣,不當作通教。注學者所當操存,大泛失文意。

敬子之爲人,蓋容貌威儀辭令之弗類焉,而屑屑於禮之末節者矣。故曾子言如此。②

可知,履軒認爲此章中關於君子所貴之道並非通論,而是切中孟敬子而言的。所言"君子"也並非通論君子德行,而是以地位言,用來指稱孟敬子的,大概意在勸勉。與前例相類,曾子也如孔子一般因人設教,是在瞭知孟敬子缺點基礎之上作出有針對性的解答,以教諭對象脱離非道而趨近於道。質言之,是教之以成爲君子的路徑,而非泛論君子之道,也並非對君子所貴之道作出概念性的闡釋。

四、依據人情常理

觀《論語》所記,可以大概觀想孔子教學之時情景以及師弟言行之間情狀。如面對子路質疑之下的"天厭之、天厭之"之類的發誓,"盍各言爾志"之類的交流,聞知子路、

---

① ［日］關儀一郎編《日本名家四書注釋全書》(《論語》部卷第4)"解題",東京,東洋圖書刊行會,1925年,頁32。
② 同上書,頁152—153。

顏回之死時的悲痛等等，皆可以之推想得出當時情景，知道孔子是一個有感情、有溫度的、生動的人。如此孔子的言行，照理也絕不應刻板、教條地加以標簽化、概念化、臉譜化的解讀，而應當可以以常情常理去推論，以求得符合原文本意的正解。履軒明白此一道理，能以"常人之情"揣摩原文，推尋本意。《論語逢原》中，即透露出此一種解經思路與方法。

履軒以人情人心推斷文意，頗能有所得，既能加深對文義的理解，也有溫度，令人動情，發人同感。例如關於父子互隱一節的注解即是緊扣"愛親之心"這一親情要素，對直與不直作出明確推斷，並對直的表層意義與內涵意義作出合理解析。履軒注曰：

> 好直者之爲直也，往往自枉其性。故其所爲似直，而不直在其中矣。夫直躬者，豈無愛親之心哉？愛親，必願救親矣。今沽直而不顧其親，是戾其情。故言無詐欺，而不直存焉。爲父隱者，言有詐欺，而不失其情，故直存焉。①

葉公和孔子在關於"直"的看法上存在明顯分歧，葉公認爲"子證之"是爲"直躬者"，而孔子認爲父子互隱是爲"直在其中"。若是各執一詞，則難於判斷孰是孰非。不過，履軒之判斷直與不直，首要是抓住人情人心這一關鍵。從愛親之心出發加以推論，則清楚地判斷出"子證之"中的子的所爲是"枉其情"的，甚至可以推測其之所以"不顧親"很可能是爲"沽直"，即爲邀買名聲而"戾其情"；同理，父子互隱的言行是不直，但這一不直是因爲人的真性情使然，因此這一表層的不直其實隱含著內涵意義層面的直。顯然，前者是表面之直掩藏著不直之心，而後者是表面不直伏藏著心理、情理之直。當然，履軒的推論並無事實的佐證。不過，原文中孔子所言其實也是順承葉公之語虛設而成的。如此，履軒以常人之情理推察原文之義也未嘗不可，何況這一推論過程將好直——爲直——不直的邏輯鏈條辨析得較爲透徹，將直與不直的判斷從言語和行爲的表層推向心理與性情的深層，從而在內涵意義上實現對孔子本意的准確理解與講釋。

履軒以常理推斷文意往往有得，從而獲得對原文的正確理解，又能以此爲據對章旨文義作出進一步的推論與理解。例如他在《泰伯》篇"舜有臣五人"章中"三分天下有其二，以服事殷，周之德，其可謂至德也已矣"一節之下，作注道：

---

① ［日］關儀一郎編《日本名家四書注釋全書》（《論語》部卷第4）"解題"，東京，東洋圖書刊行會，1925年，頁263。

　　　三分有二,亦大概言之耳。當時叛殷而來,必綿綿不絕者,豈有量定州界之理哉? 注三州六州,襲鄭玄之謬。

　　　天與之,人與之,可以取而取焉,武王是也。救民於塗炭之中,稱之爲德。不亦宜乎? 文王則可以取而不取,故稱之爲"至德"也。至也者,謂出乎常德之上也。雖文王之聖,時未可取而不取。則至字無所可用也。注其旨微矣,可厭。①

　　可見,履軒没有停留於原文的表述本身,而是將"三分有二"作動態的分析,得出結論認爲是"大概言之"。論斷的依據並非史料文獻,而是據於常理的推論,即"三分有二"的表述雖然貌似一個静態的結果,但這一静態的結果事實上牽連著一個動態的過程,在這個離殷附周的歷史進程中,"三分有二"實際上應該只能是其中的一個橫切面。這一基於常理的推斷,雖然缺少文獻史實的明證,但讀來合理,應是妥當的。而且,在推定"三分天下有其二"的文意之後,順便指出量定州界的刻板與錯誤,以及朱注之錯解由來。

　　不僅如此,履軒又由此出發,在對"德"與"至德"的區分中,揭示章旨文義。他將焦點聚集於"至"字,在對文王與武王的對比分析中,裁定文中所言"至德"歸於文王,但同時也明確肯定武王之有德。而且,又以假設的方式作反向的推論,認爲"未可取而不取",則"至"字便無著落,從而將"至德"是稱文王的觀點坐實。這一推論其實也是建立在常理之上的。總之,履軒依據常理對原文本意作出合理推斷,並以之推解章旨文義。這是履軒解經方法的一個特點。

五、發 微 以 知 著

　　《論語》中最小的語義單位是字。一字雖小,却極有可能關乎重要意義,因此於字句之中發掘微言大義者代不乏,乃至專務於解釋一字一詞之義中日皆有之,如陳淳撰《北溪字義》,如日本伊藤仁齋作《語孟字義》等等。如仁、道、禮、命等字關乎孔學大義,當然不可不辨。不過,一些無關大義的微小之字有時也可能關系到章旨文意之是正,而不能忽視。履軒在《論語逢原》中,往往有因一字之明辨,而能見微知著。此處以二三例,觀察履軒解經之細密。

---

① ［日］關儀一郎編《日本名家四書注釋全書》（《論語》部卷第4）"解題",東京,東洋圖書刊行會,1925 年,頁 161。

例如關於"佾"字,履軒解爲"佾字從人從八肉,是八人爲佾之明證。《春秋傳》女樂二八"①,可知其以字形尋求文字本意,又援引文獻爲佐證,見解也合理。又如,關於"權"字的注釋亦頗有得,"可與立,未可與權"節下論道:

> 權者今之法馬也,非往來取中之秤錘。是章權之義,取其隨物之輕重而應之也。程説知輕重能權輕重,並未得正意。……權衡之用,猶尺也。長短在於物,而器應之。道猶衡也,禮猶古秤之錘也……錘者死物,懸錘以待物。……權者活物,輕重隨物而應。皆以衡之平爲期也。……蓋授受不親,禮也;援之以手,權也。違經禮,而適乎事宜者,爲權也。……若夫後世權變權術,是違禮而濟其欲者。既失經,又失權,而道之不平,亦已大甚。……器之權,所以平衡。人之權,所以正道。②

其中,履軒認爲權實爲砝碼,指明程説之混淆權與錘,論定權字的真正意義在於應物以得宜,並以"授受不親"爲例説解權之與經、禮的關係,又辨明此章中以"適乎事宜"之權與後世權變權術的本質性區別。

再如,《里仁》篇中"吾道一以貫之"之下的曾子所言"唯"字,雖然作爲應答之聲而看似字義輕微,但在履軒的分析中却見出一定的重要性。其注爲:

> 唯是應諾之聲,無有淺深,不當作悟處。
>
> 曾子瞭其意,故稱唯。他門人不解其意。下文問答所由起,故記者録之。亦記載之法已。若無下文問答,是唯必弗録也。
>
> 唯元不足記者,不得珍重褒揚。注應速無疑,泥甚。渾然一理,用處體一等,皆空論,不可從。③

顯然,履軒對於此一"唯"字,既不過分推重,也未忽視略過。朱注之失,其一在於過重,大概是要凸顯曾子之資質聰慧,而臆測其回答之迅速,反倒失於牽強做作;其二在於憑此一個"唯"字,又牽扯出一大堆義理發揮之論。履軒則樸實把握原文,務求去除虛泛,而指明朱注"皆空論"不實之言,並下斷言"不可從"。所謂"空論"並非是説朱熹胡

①　［日］關儀一郎編《日本名家四書注釋全書》(《論語》部卷第4)"解題",東京,東洋圖書刊行會,1925年,頁47。
②　同上書,頁180—181。
③　同上書,頁74。

編濫造，而是指憑空作出無關的發揮。所言“不可從”也不是是非之判斷，而是就作爲注釋性文本的定位來看，是不符合於原文本意的“文外生意”，不可以作爲原文的注釋。

　　履軒對此一“唯”字的解釋是“應諾之聲”，這一定位是樸實而准確的。同時，他也指明此字關乎“下文問答所由起”，即其重要性在於承上啟下。作爲應諾之聲，此字表明聽者之領受。若無此一字，則不知曾子是否明白了孔子所言之“吾道一以貫之”。作爲連接上下文之詞，此字也是他人追問的緣起。若無此字，則在場旁人理應不知曾子是否明了孔子之意。有此一字，便有門人之問，便有了“忠恕而已矣”這一曾子對於“夫子之道”的解釋。由此可見履軒解經功夫之細微，於此一語義輕微的應答之字，既指明朱注之失於過分推重與過度發揮，又點明其在章中不可或缺的作用。

　　（作者爲大連外國語大學日本語學院、比較文化研究基地副教授）

孔安國注與日本古代文學

——以《令集解》爲中心

趙俊槐

引　言

據《漢書·藝文志》等記載，西漢碩儒孔安國曾爲《古文尚書》作傳，獻之於朝廷，並著有《古文孝經孔氏傳》《論語孔氏注》等。孔安國、鄭玄等經學家對經典儒學作品的注解對中國影響深遠。

孔注、鄭注①對日本的影響同樣十分巨大。古代日本於七世紀末開始全面學習大陸的政治經濟文化體制，除派遣遣隋使、遣唐使並從大陸和朝鮮半島引進人才以外，大量購入書籍就成爲重要的手段。正如《舊唐書》記載，凡被派遣至唐的遣唐使，在歸國之際均將“所得錫賚，盡市文籍，泛海而還”②。成書於九世紀末的《日本國見在書目録》記載了大約一千五百多部中國典籍，大約是當時中國所有書籍的一半，這還是在藏書豐富的冷泉院發生火災，相當大一部分書籍毀於大火之後著録的存書目録。據研究，在日本開始全面學習大陸後的短短一百多年間，當時幾乎所有的中國典籍（儒、佛典籍等）都已經被引入日本。但僅僅引入還不夠，還需要學習、消化和吸收，所以如何閱讀這些引入的書籍就成了一個關鍵的問題。起初無疑是歸化人或者留學歸國人員以音讀方式教授，後來則漸漸變成以訓讀方式教授和閱讀爲主，但無論是音讀還是訓讀，可以肯定的是都必須借助注釋書。川口久雄認爲“平安時代的人們是把《史記》和它的注一起閱讀的”③；《令集解·考課令》規定“《孝經》《論語》共三條，皆舉經文及注爲問”，可見除“經

---

① 本文中的“孔注”“鄭注”指孔安國、鄭玄所作注釋的簡稱。
② 《舊唐書》卷一九九上《列傳》第一四九《日本傳》。
③ 川口久雄著，王曉平譯《〈源氏物語〉裏的孝與不孝——從與〈史記〉的關係談起》，載《天津師範大學學報》，1994年第6期。

文”外,《孝經》《論語》的注釋也要作爲考試內容。可以想見,古代日本人閱讀其他中國典籍時也借助了注釋。一種典籍往往有多種注釋,由於歷史、文化背景的差異,日本文人偏愛的注釋也多與中國有所不同。

以《孝經》《論語》《古文尚書》爲例,今文《孝經》有鄭玄注、馬融注、唐玄宗御注等,《古文孝經》則有孔安國注;《論語》則有鄭玄注、孔安國注、馬融注、賈逵注、何晏注等;《古文尚書》則有鄭玄注、孔安國注、王肅注等。在古代中國,無論是《孝經》,還是《論語》《古文尚書》,鄭玄的注釋都具有很大的影響。就《孝經》而言,在《御注孝經》以前,《孝經鄭注》是影響最大的一種注本,而孔注則不受重視,這從敦煌出土了數種《孝經鄭注》而不見《古文孝經孔氏傳》這一點可見一斑。但在同時期的日本,則是另外一種情形。《孝經》《論語》《尚書》等以孔注爲重,孔安國不曾做注的《三禮》等則以鄭注爲重。誠如喬秀岩、葉純芳指出的那樣,“孔傳①能在日本盛行不衰,是在不同文化背景、歷史環境下造成的,不能與中國的情況相提并論”②。但喬先生主要是從傳日《古文孝經孔氏傳》(以下簡稱《孝經孔傳》)抄寫本的盛行與流傳的角度進行論述的,並未涉及《孝經孔傳》對日本文學的具體影響。關於孔安國注釋的研究很多,與日藏本《孝經孔傳》的真偽及回流中國問題相關的研究也不在少數,但涉及孔安國注釋與日本文學關係的研究在現階段尚未見到。本文以《令集解》這本引用了大量孔注的律令條文注釋書爲中心,兼以日本平安朝物語文學爲考察對象,試討論孔注對日本文人及平安朝物語文學的影響。

一、《令集解》中的孔注的文獻學價值

八世紀初期,日本以唐律令爲藍本編纂了日本歷史上第一部真正意義上的法典《大寶律令》,後來又做了修訂,編成《養老律令》。爲了讓律令條文通俗易懂,日本官方和民間曾對兩種律令做過注釋,後由平安時期的惟宗直本將各種注釋整理在一起,編成《律集解》和《令集解》。《律集解》現已不存,只存《令集解》。《令集解》雖然屬於法令範疇,但令文的注釋者在做注時並不拘泥於題材,而是廣泛搜羅各種相關記載以解釋令文中的詞彙和語句,如解釋“孝子順孫”時引用了《禮記》《吳書》《孝子傳》《先賢傳》《古

---

① 喬先生這裏指《古文孝經孔氏傳》。
② 喬秀岩、葉純芳《小小的學術妄想——〈孝經述議復原研究〉編後記》,載《孝經述議復原研究》,武漢,崇文書局,2016 年,頁 525。

文孝經》《魏徵時務策》《尚書大傳》等，解釋"金銀珠玉皮革羽毛錦"則引用了《春秋左傳》《春秋左傳正義》《説文解字》等，諸如此類，不一而足。

《養老律令・學令》規定："凡教授正業：《周易》，鄭玄、王弼注；《尚書》，孔安國、鄭玄注；《三禮》《毛詩》，鄭玄注；《左傳》，服虔、杜預注；《孝經》，孔安國、鄭玄注；《論語》，鄭玄、何晏注。凡《禮記》《左傳》，各爲大經；《毛詩》《周禮》《儀禮》，各爲中經；《周易》《尚書》，各爲小經。通二經者，大經内通一經，小經内通一經，若中經即併通兩經。其通三經者，大經、中經、小經各通一經。通五經者大經並通。《孝經》《論語》皆須兼通"。

雖然此處的規定《令集解》可能仿照了唐令①，但與《唐六典》等記載的唐令條文不盡相同，可見《養老律令》的編纂者根據日本當時的情形做了修訂，也説明上文所列中國典籍及注釋獲得了當時日本貴族和知識分子的認可。《日本國見在書目録》中均可見以上《學令》中所列書籍，説明當時的日本文人有條件接觸到這些典籍，甚至可能很熟悉，否則不可能有針對性地對"唐令・學令"中的書籍做出修訂②。

《學令》雖然規定《論語》採用鄭玄、何晏注，《孝經》《尚書》採用孔安國、鄭玄注，但在引用的 35 處《論語》注中，孔安國的《論語孔氏注》多達 12 處，其他則是皇侃注 12 處、鄭玄注 3 處、馬融注 3 處、包咸注 3 處、何晏注 2 處，而《孝經》《尚書》除有限的幾例鄭玄注以及劉炫的《述議》等外，更是幾乎全部採用了孔安國的《古文孝經孔氏傳》③（孔傳19 處，鄭玄注 1 處，劉炫《孝經述議》3 處）和《尚書孔氏傳》④（孔注 48 處，鄭玄注 3 處，王肅注 1 處，劉炫《尚書述議》2 處）⑤。姑且不論這些孔注的來源⑥，如此大量地引用，無疑説明令文注釋的編撰者十分偏愛孔注。

《令集解》中所見數量衆多的孔注，具有重要的文獻學價值。《尚書述議》《孝經述議》《論語孔氏注》均已亡佚，《令集解》中保留的孔注爲輯佚、復原這幾種注本提供了重

---

① 如《唐六典》卷二十一《國子監》："諸教授正業：《周易》，鄭玄、王弼注；《尚書》，孔安國、鄭玄注；《三禮》《毛詩》，鄭玄注；《左傳》，服虔、杜預注；《公羊》，何休注；《穀梁》，范甯注；《論語》，鄭玄、何晏注；《孝經》《老子》，並開元御注。舊令：《孝經》，孔安國、鄭玄注；《老子》，河上公注。其《禮記》、《左傳》爲大經，《毛詩》《周禮》《儀禮》爲中經，《周易》、《尚書》、《公羊》、《穀梁》爲小經"。

② 《日本國見在書目録》中可見"唐永徽禮百卅卷、唐開元令百五十卷"的記載。

③ 以下簡稱《孝經孔傳》。

④ 以下簡稱《尚書孔傳》。

⑤ 本文僅以"論語""孝經""尚書"爲關鍵字進行了搜索整理，可能還有一些引用了該三部典籍的注釋但未提及書名的情況。

⑥ 《日本國見在書目録》中可見孔安國注《古文尚書》、鄭玄注《尚書大傳》，孔安國、鄭玄注《孝經》，鄭玄、何晏、皇侃等注《論語》，令文注釋者可能直接參考了《見在録》中所見書籍，也可能間接引自其他集解類書籍。現階段日本研究者傾向于認爲《令集解》中的引文直接來自相應的中國典籍。

要的材料和參考。如果可以認爲《令集解》中的引文均直接來自相應的中國典籍,那麼引文字詞的不同又爲傳日抄本系統的相關研究提供了寶貴的綫索。如高田宗平經過分析《令集解》所引《論語義疏》"五常"條與其他日本古典典籍所引《論語義疏》該條内容的異同,認爲日本古典典籍所引《論語義疏》與舊鈔本、敦煌本分屬不同的抄本系統①,這就爲梳理《論語義疏》的抄本系統及其流傳提供了重要參考。除此之外,《令集解》成書於九世紀中期,其中收録的《古記》的編撰時間可以追溯到八世紀前半期,包括《古記》在内的幾種令文注釋所引孔注無疑在校勘、復原孔安國注釋方面具有重要的參考價值。

二、《孝經孔傳》《論語孔氏注》中的 "顔淵"與日本古代文學

1.《孝經孔傳》、《論語孔氏注》中的"顔淵"與《令集解》

《令集解》由於是律令條文注釋書,所以除法律專業的研究者以外,並未引起國内學者的注意。日本學者雖然從文學角度對《令集解》做了不少研究,但主要集中在以下幾個方面:(1) 抄本流傳梳理研究;(2) 所收幾種注釋的編撰年代及特點研究;(3) 引文與中國典籍的關係研究②。可見,《令集解》中的引文尚未引起學者的足夠重視,或者引文僅僅被作爲孤立的、偶然的引用加以考察,其内在邏輯、編撰者的意圖等尚未引起注意。以孔注爲例,《令集解》中的"古記""令釋""穴記""讚記"等頻繁地引用孔注,這無疑説明編撰者十分偏愛孔注,而且這種偏愛不是没有原因或者偶然的,而是有著深刻的意圖和内在邏輯的。

《令集解·户令》解釋"好學篤道"時,多次引用了孔注,原文如下:

> 謂:"好學者,秀才明經等類。篤道者,兼行孝悌仁義等道。何者惣而言之,一謂之道,別而名之,即謂之孝悌仁義禮忠信故。然則孝悌仁義……凡此四者,人之高行,故舉爲稱首也。" 釋云:"好學,謂通二經以上者;篤道,謂通二經者。……或云:'孝悌仁義忠信,惣名稱道,然則不必好道也。……'……" 跡云:"好學,謂通二經以上

---

① 高田宗平《淺論日本古籍中所引〈論語義疏〉——以〈令集解〉和〈政事要略〉爲中心》,載《域外漢籍研究集刊》,第 15 輯,北京,中華書局,2018 年。
② (1) 以石上英一、水本浩典爲代表;(2) 以井上辰雄、森田悌、荆木美行、宫部香織、中村友一等爲代表;(3) 以井上順理、穀口昭、小島憲之、東野治之、黑田彰、高田宗平、高橋均等爲代表。

人。……篤道，謂雖不通經，而仁義禮智信之道具……。" 穴云 ："……篤道，謂存行五教是，但此人不必學習所得，假顔淵自然不待痾而悟人也。" 朱云 ："……篤道，謂篤於五常道也，孝悌仁義忠信六，惣稱道也。" 古記云 ："好學篤道，謂通二經以上者，行異於他人，假令繫髮積雪穿壁刺股之類。《論語》：'哀公問："弟子孰爲好學。"孔子対曰："有顔回者好學，不遷怒，不弐過，不幸短命死矣。今也則亡，未聞好學者也。"'子夏曰：'日知其所亡，月無忘其所能，可謂好學已矣。'孔安國曰：'日知其所未聞也。'子夏曰：'博學而篤志。'孔安國曰：'広學而厚識之也。'一云：'好學，謂通二經以上者。《論語》："子曰：'君子食無求飽，居無求安，敏於事而慎於（言），就有道而正焉，可謂好學也已矣。'"孔安國曰："敏，疾也。"……'" 讚案 ："好學篤道者……《孝經注》孔安國曰：'惣而言之，一謂之道，別而名之，則謂之孝悌仁義禮忠信也。'……穴云：'案，篤道，謂自存行五教人也，不必學而得，仮如顔淵不待論而悟之類。'私案，相須之説多難也。"①

　　《令集解》按"謂"（《令義解》）、"釋云""跡云""穴云""朱云""古記云""讚案"的順序收錄了先行注釋書對"好學篤道"的注釋（引文中方框處）。據以上引文可知，各注釋基本都借助了《孝經孔傳》和《論語孔氏注》。《日本書紀》記載，《論語》連同《千字文》一起由博士王仁于五世紀前半期帶入日本。雖然傳日時間值得懷疑，但至少在《日本書紀》成書的八世紀初期，日本文人和貴族階級是很重視《論語》的。另據奈良正倉院所藏《讀誦考試曆名》記載，有一位名叫"丹比真人氣都"的女性在考試中誦讀了《毛詩》《論語》《孝經》，這幾部書籍在當時日本的受歡迎程度可見一斑②。

　　"謂"即《令義解》是《養老律令》的官方注釋書，在《令集解》中均被置於各注釋書之首。孔安國在釋《古文孝經》時説"孝者，人之高行"，關於"至德要道"則解釋説"是以總而言之，一謂之要道，別而名之，則謂之孝弟仁誼禮忠信也"。《令義解》釋"篤道"一詞時則説"篤道者，兼行孝悌仁義等道。何者，惣而言之，一謂之道，別而名之，即謂之孝悌仁義禮忠信故。然則孝悌仁義……凡此四者，人之高行，故舉爲稱首也"，這裏明顯引用了《孝經孔傳》。除官方注釋書《令義解》以外，其他注釋也基本引用或化用了孔注，詳見表一。

————————

① 本文使用了鷹司家本電子版《令集解》，並同國史大系本、國圖藏本做了對校。筆者添加了標點符號，並修訂了"居""君"、"刺""叛"之誤，（）中的字爲筆者據《論語》增補。
② 王曉平《中日文學經典的傳播與翻譯（上）》，北京，中華書局，2014 年，頁 108。

表一　孔注與各注釋相關內容對照表

	孝經孔傳	孝經孔傳	論語孔氏注
孔注	孝者,人之高行(《古文孝經孔氏傳·序》) 是以總而言之,一謂之要道,別而名之,則謂之孝弟仁誼禮忠信也。(《開宗明誼章第一》)	夫子敷先王之教於魯之洙泗,門徒三千,而達者七十有二也。貫首弟子顏回、閔子騫、冉伯牛、仲弓,性也至孝之自然,皆不待論而寤者也。其餘則悱悱憤憤,若存若亡,唯曾參躬行匹夫之孝。(《古文孝經孔氏傳·序》)	子夏曰:"日知其所亡,月無忘其所能,可謂好學也已矣。"孔安國曰:"日知其所未聞也。" 子夏曰:"博學而篤志。"孔曰:"廣學而厚識之。" 子曰:"君子食無求飽,居無求安,敏於事而慎於言,就有道而正焉,可謂好學也已矣。"孔安國曰:"敏,疾也。"
令義解	篤道者,兼行孝悌仁義等道。何者,惣而言之,一謂之道,別而名之,即謂之孝悌仁義禮忠信故。然則孝悌仁義……凡此四者,人之高行,故舉爲稱首也。		
釋云	孝悌仁義忠信,惣名稱道,然則不必好道也。		
跡云		篤道,謂雖不通經,而仁義禮智信之道具。	
穴云		篤道,謂存行五教是,但此人不必學習所得,假顏淵自然不待寤而悟人也。	
朱云	篤道,謂篤于五常道也,孝悌仁義忠信六,惣稱道也。		
古記云			孔安國曰:"日知其所未聞也。" 孔安國曰:"広學而厚識之也。" 孔安國曰:"敏,疾也。"
讚案	好學篤道者,……《孝經注》孔安國曰:"惣而言之,一謂之道,別而名之,則謂之孝悌仁義禮忠信也。"	穴云:"案,篤道,謂自存行五教人也,不必學而得,仮如顏淵不待論而悟之類。"	

通過表一可知,《令集解》每種注釋都援用了孔注。《令義解》、"釋云""朱云""讚案"引《孝經孔傳》解釋了什麼是"道","跡云""穴云""讚案"則以《孝經孔傳·序》中的"貫首弟子顏回、閔子騫、冉伯牛、仲弓,性也至孝之自然,皆不待論而寤者也"爲依據,解釋了"學"與"道"的關係,認爲"道"乃天生,並非"學習"而得。孔安國説"顏回、閔

子騫、冉伯牛、仲弓"四人在"孝"的德行方面"不待諭而寤","跡云""穴云""讚案"則將"不待諭而寤"的德行範圍擴大到《孝經孔傳》中的"道",即"孝悌仁義禮忠信"。另外,孔安國認爲"孝"性自然,不需要別人教育,在《令集解》中則特別強調了"不必學習所得"。"跡云"認爲"篤道"即"雖不通經,而仁義禮智信之道具",也是在説"雖然不學習經典,但具備仁義禮智信的德行",無疑也是在強調"道"的"不待諭而寤"這一特徵。

"穴云"説"顏淵自然不待寤而悟人","讚案"也説"顏淵不待諭而寤",特別強調了"顏淵",這一點值得注意。"古記"在解釋"好學"一詞時,引用了《論語》中的一段話,即"哀公問:'弟子孰爲好學。'孔子對曰:'有顏回者好學,不遷怒,不弐過,不幸短命死矣。今也則亡,未聞好學者也。'"(見上述引文),也是以"顏回"爲例。這樣一來,《論語》中"好學"的顏回,與《孝經孔傳》中"不待諭而寤"的顏回,在《養老律令》各注釋的潤色及《令集解》的編排下,成爲一位既"好學"又"篤道"的聖人。

另外,《論語·先進》篇中説,"德行:顏淵、閔子騫、冉伯牛、仲弓;言語:宰我、子貢;政事:冉有、季路;文學:子游、子夏",認爲顏淵、閔子騫、冉伯牛、仲弓以"德行"見長,但孔安國在《孝經孔傳》中説"顏回、閔子騫、冉伯牛、仲弓,性也至孝之自然,皆不待諭而寤者也",明確將顏回等四人定義爲"孝子"。顏回作爲孔子的得意門生,深得孔子器重,被後世譽爲"亞聖"。後世文獻中有關顏回的記載不少,但除《孝經孔傳》外,鮮見以顏回爲"孝子"的記載。《令集解》將以《孝經孔傳》中的顏回爲事例的注釋與以《論語》中的顏回爲事例的注釋編排在一起,塑造了一個"好學""篤道""性孝自然"的全新的顏回形象,講述了一個情節豐滿的"聖人顏回"的故事。這一方面説明各注釋書的編撰者十分熟悉甚至喜愛孔注,另一方面也説明《令集解》的編排並非簡單羅列,而是有著深刻的意圖。

2.《孝經孔傳》與日本平安朝物語文學

《宇津保物語》大約成書於十世紀中期,是日本歷史上第一篇長篇物語。該物語是在古代日本文人和貴族階級經過長達幾個世紀的中國文學、文化浸潤後,在中國各種孝子故事的影響下撰寫而成的一部日本本土孝行故事。主人公俊蔭天資聰穎,生性孝順,爲了盡孝而一路向西,在秘境中獲得靈琴,並得到阿彌陀佛的讚美,爲家族的崛起奠定了基礎。

在描述俊蔭的聰慧時,文中寫道"俊蔭十分聰慧,父母覺得他異於常人,因而故意不教他讀詩書,也不教他爲人處世的道理,想看看他長大了會怎麼樣。俊蔭雖然年紀尚幼,個頭却不矮,也很聰明伶俐"①。主人公天資聰穎,父母却不讓他學習,也不教他爲人處世的道理,這無論如何都很讓人費解。如上節所述,如果我們知道平安時期的日本文人十分熟悉甚至偏愛孔注,這個問題就好解釋了。《宇津保物語》是一部孝子物語,物語中處處可見《孝經》及中國各類孝子故事影響的痕跡,可以說,物語作者在有意識地搜羅並閱讀了眾多與"孝"相關的書籍、記載後,才寫出了這部以"孝"爲主題之一的長篇物語。既然《令集解·户令》"好學篤道"條所收各注釋的編撰者如此熟悉《孝經孔傳》《論語孔氏注》等孔注,孝子物語《宇津保物語》的作者似乎沒有理由不熟悉《孝經孔傳》。也就是說,物語的作者正是因爲受《孝經孔傳》的影響,才刻畫出了一個"不待諭而寤"的天資聰慧的俊蔭形象。值得注意的一點是,在《孝經孔傳》中顏回被描述爲一個"性孝自然"的孝子,這對於搜羅各種孝子故事以撰寫一部本土孝子故事的物語作者來說,尤其具有借鑒意義。

　　《源氏物語》在日本文學史上的地位在這裏毋庸贅言。主人公光源氏在各方面都被刻畫得極其優秀,正如名字中的"光"字所表現的那樣,是一個閃閃發光的存在。這樣一位閃光的主人公,自然是聰敏異于常人的。在描述光源氏的聰慧時,文中寫道"規定學習的種種學問,自不必說,就是琴和笛,也都精通,清音響徹雲霄。這小皇子的多才多藝如果一一列舉起來,簡直如同說謊,教人不能相信"②。"規定學習的種種學問"③原文爲"わざとの御学問",根據《新編日本古典文學全集》的注釋,指的是正式的學問,包括閱讀經書及漢詩文製作等學問在内。檢《大辭泉》等字典,"わざと"有"正式であるさま、本格的に"的意思,例句則舉了《源氏物語》上述語句。但"わざと"的本意是"有意地、故意地","正式"、"特別"等含義應爲引申義。如果從本來的意思來解讀"わざとの御学問",則應該理解爲"故意去做的學問",也就是需要學習才能獲得的學問。如果存在需要"故意去做的學問",那就應該存在"不用故意學習而得的學問",這就不得不讓人聯想到《孝經孔傳》中孝子顏回的"不待諭而寤",以及《令集解·户令》"好學篤道"條描繪的"好學""篤道""性孝自然"的顏回故事。

　　當然,至《源氏物語》時期,"わざとの御学問"可能已經成爲表達"正式學問"的固

---

　　①　筆者譯。原文爲"その子、心のさときこと限りなし。父母、「いとあやしき子なり。生ひ出でむやうを見む」とて、書も読ませず、いひ教ふることもなくて生ほし立つるに、年にもあはず、たけ高く、心かしこし"(新編日本古典文學全集本)。
　　②　豐子愷譯本。原文爲"わざとの御学問はさるものにて、琴笛の音にも雲居をひびかし、すべて言ひつづけば、ことごとしううたてぞなりぬべき人の御さまなりける"。
　　③　林文月本也譯作"規定學習的各種學問"。

定説法,作者紫式部未必直接受到了《孝經孔傳》的影響,但這種表達方式的出現恰恰説明當時的知識階層已經普遍具有一種認識,即學問包含"學習所得的學問"與"非學習所得的學問"。如果可以認爲這種普遍的認識與《孝經孔傳》中的"不待諭而寤"的影響有關的話,那就説明《孝經孔傳》普遍影響了日本文人,並進而影響了日本文學作品主人公的描述方式。

《宇津保物語》與《源氏物語》中主人公的相關描寫也許並非來自《孝經孔傳》,而是間接來自《令集解》。如前所述,《令集解》的編纂者惟宗直本在選擇注釋時,並非簡單摘録和羅列,而是有取有舍,在排列方法上也頗具匠心。經巧妙編排而成的全新的顏回故事,無疑對後世的文人會產生一定的影響,但《令集解》中的注釋均明確標明了引文來源,以上物語相關人物描寫受到的影響無疑仍然來自《孝經孔傳》。

三、《孝經孔傳》《尚書孔傳》與日本古代文學

《令集解·賦役令》"凡孝子順孫"條在解釋何爲"孝子"、何爲"順孫"時,引用了包括《禮記》《先賢傳》《孝子傳》《雜抄》《韓詩外傳》等在內的多種典籍記載的孝子、順孫故事,如高柴、顏悌、曾參、原谷、劉殷、伯禽等。被引孝子中,除伯禽以外,其餘幾人的孝行故事在《孝子傳》等典籍中多有記載,唯有伯禽,其作爲孝子順孫的故事鮮見於典籍。但在《令集解》中,伯禽在注釋編撰者的編排下成爲一個典型的"孝子""順孫",原文如下:

> 古記云:"孝子,謂《孝經序》曰:'顏回、閔子騫、冉伯牛、仲弓,性至孝也。唯曾參躬行匹夫之孝,故夫子告其誼。於是,曾子喟然知孝之爲大也。'《韓詩外傳》曰:'曾子曰:"吾嘗仕爲吏,禄不過鍾釜,……"'順孫,謂《孝子傳》云:'孝孫原谷者楚人也。……'" 桑案:"《魏徵時務策》云:'義夫彰於鄰欠,節婦美于恭薑。孝子則曾參之徒,順孫則伯禽之輩。'順孫,猶承順于祖考之孫也。《毛詩·皇矣》篇毛注曰:'慈和遍服曰順也。'《孝經孔氏注》云:'承順祖考爲孝也。'《周書·諡法》云:'孝,順也。'伯禽,此文王之孫,即周公之元子也。《魯頌·閟宫》篇曰:'成王告周公曰:"叔父,建爾元子,俾侯于魯。"'《箋注》云:'成王告周公曰:"叔父,我立女首子伯禽,使君於東,加賜以土田山川附庸之國,令專統之也。"'又《維天之命》篇曰:'文王受命,七年五代之。'箋注云:'阮也,徂也。此三國犯周,而文王伐之。於是文王造征伐之法,乃至於子武王

用之，伐殷紂而有成功也。'《尚書·大誥》曰：'武王崩，子成王立。三監及淮夷並叛之。周公相成王。將黜殷。'《孔氏注》云：'**三監，管、蔡、商。淮夷徐奄之屬皆叛周，即周公相成王，皆黜殷也。**'《尚書·文侯之命》篇曰：'魯侯伯禽宅曲阜，徐夷並興。'《**孔氏注》曰：'徐戎、淮夷並起，爲寇于魯東。魯侯伯禽征之。乃孔子叙《書》，以有魯侯伯禽治戎征伐之備。**'即連帝之事，此自文王、武王至於周公，有継代之道。即周公之子伯禽，承順祖考之道，有征伐之志，安救其人民，定安其社稷，故謂伯禽爲順孫也。又《尚書大傳》曰：'周公之子伯禽，與成王之子康叔，並二人朝乎成王，見乎周公，三見而三笞伯禽。見失爲人子之禮，故笞之。伯禽語康叔曰："吾見乎公，三見而三笞之，其故何也？"康叔有駭色，語伯禽曰："有商子者，賢人也，與子見之。"於是康叔與伯禽見商子曰："吾二子朝乎成王，見乎周公，公三見而三笞之，其説何也？"商子曰："南山之陽有木，名曰橋，小枝上掩爲橋；南山之陰有木，名曰梓，二子盍相往観焉。"於是二子如言，而往観乎南山之陽見橋，実喬喬而仰。往南山之陰見梓，晉然実而俯也。晉，進貌也；喬喬，殺上貌也。二子反以告商子。商子曰："橋者，父道也；梓者，子道也。"二子者，明日見乎周公，入門而趨，登堂而跪。周公迎扎其首而勞之曰："汝安見君子乎？"二子以実対之，周公曰："君子乎，商子也。"'扎，撫也。言康叔、伯禽並二子見於商子，而既識于孝順之禮也。輩，猶徒也。《論語·先進》篇曰：'何晏注曰："先進、後進，謂士先後之輩。"皇侃疏曰："輩，猶徒也。"''"①

該條採用了《令義解》、釋云、穴云、古記云、桑案等注釋，本文只選取了與本文相關的"古記云"和"桑案"（見引文中方框處）。"古記云"釋"孝子"開頭即引用了"孝經序"，這裏的"孝經序"即《孝經孔傳·序》。值得注意的是，"古記"以"孝經序"指稱《孝經孔傳·序》，説明當時的知識分子普遍將《孝經孔傳》作爲《孝經》的注釋書來閱讀，甚至在一般場合《孝經》可能即指《孝經孔傳》。

　　"桑案"以《魏徵時務策》中的"義夫彰於邠欠，節婦美于恭姜。孝子則曾參之徒，順孫則伯禽之輩"爲開端，並引《孝經孔傳》《周書》《毛詩》《尚書》等記載，講述了一個孝子、孝孫伯禽的故事。"桑案"主要爲了釋"順孫"一詞。首先引《毛詩·皇矣》解釋了何爲"順"，接著又引《孝經孔傳·序》説明"承順祖考"即爲"孝"②，又引《周書》解釋了

---

　　① 據國史大系本《令集解》做了校訂，修訂了"之"與"也"，"語"與"誥"，"云"與"土"等誤。標點符號由筆者添加。

　　② 現存《孝經孔傳》中不見該文。

“孝”與“順”意思相同,即“順孫”即“孝孫”之意。接著“桑案”交代了人物,“伯禽,此文王之孫,即周公之元子也”,又引《周書》《毛詩》《尚書》及相關注釋分別交代了有關伯禽的事蹟。令人驚訝的是,注釋引文的排序有著明確的目的,即“交代伯禽出身”→“伯禽被派治理魯國”(箋注)→“文王造征伐之法,武王用之,伐殷”(箋注)→“三監叛周,周公相成王征伐”(《尚書孔傳》)→“魯侯伯禽征伐三監”(《尚書孔傳》)→“文王、武王、周公有繼代之道,伯禽承順祖考,平叛有功,故謂順孫”,通過排列各類引文編排了一個完整的順孫伯禽故事,不可謂不巧妙。“桑案”注釋者僅靠引文能偶組成一個故事,如果對相關記載、尤其《孝經孔傳》《尚書鄭注》《尚書孔傳》不是十分熟悉的話,是不大可能做到的。還有一點值得關注的是,該故事的成立完全依賴於《孝經孔傳》中的“承順祖考爲孝也”這句話。換言之,“桑案”編撰者正是受這句話的啓發,廣泛搜集伯禽相關記載,才“創作”出順孫伯禽故事這一段日本歷史上第一則孝子順孫故事的。

順孫伯禽故事一旦成立,對日本後世文學就不可避免會產生影響。前文提到,《宇津保物語》是在《孝經》《孝經孔注》《孝子傳》及各類中國孝子故事影響下成立的日本第一部長篇孝子物語,作者熟悉與“孝”有關的各類記載。物語中有兩位最重要的主人公,外祖父俊蔭和外孫仲忠,外孫繼承外祖父遺志實現了家族的繁榮。作者一開始就將兩位主人公設定爲“祖孫”關係,且以“繼承外祖父”遺志爲整部物語重要的叙述綫索,這與《令集解》中的順孫伯禽故事的叙述邏輯具有高度一致性。

《源氏物語》的主人公光源氏自比周公的情節,想必熟悉該物語的讀者都很印象深刻。在《賢木》卷中,光源氏於無聊中吟詩,衆人都極口誇讚,光源氏得意之極,吟誦道“我文王之子,武王之弟”,作者紫式部評論說“這自比實在很確當,但他是成王的何人,沒有繼續誦下去”①。紫式部以光源氏爲周公,以光源氏的私生子(冷泉天皇)爲成王,無疑是熟悉周公相成王的故事的。紫式部豐富的漢學知識來自她精通漢學的父親,從孔注在當時日本知識圈內的受歡迎程度來看,其父和紫式部對周公、伯禽的相關記載應該不會陌生,《令集解》中的順孫伯禽故事甚至可能也在其知識範圍之內。在順孫伯禽故事的結尾,“桑案”總結道“即連帝之事,此自文王、武王至於周公,有継代之道。即周公之子伯禽,承順祖考之道,有征伐之志,安救其人民,定安其社稷,故謂伯禽爲順孫也”,即伯禽承順文王、武王、周公之志,故謂“順孫”。此處的“連帝之事”“繼代之道”無疑指的是周公之子伯禽繼承文王、武王遺志攻伐三監之事,並非指伯禽爲“帝”。據《尚

① 原文爲“「文王の子武王の弟」とうち誦じたまへる、御名のりさへぞげにめでたき。成王の何とかのたまはむとす。そればかりやまた心もとなからむ。”〈賢木〉(新編日本古典文學全集本,頁143)

書正義》,孔注原文爲"諸侯之事而連帝王,孔子序《書》以魯有治戎征討之備","桑案"
將其省略作"連帝之事",對於異域文人來說,將之誤解爲"帝王相續"也不是没有可能。
《源氏物語》中,光源氏仰仗私生子冷泉天皇成爲事實上的太上皇後,冷泉天皇與朱雀院
一起去看望光源氏的情節描寫與《令集解》中所載成王與康叔一起覲見周公的場景頗有
相似之處(見以上引文)。光源氏無法成爲天皇,其私生子却即天皇位,並一心欲行孝于
光源氏,這一"連帝之事"未必不是紫式部對孝子伯禽故事的化用。

結　語

《令集解》雖是令文注釋書,但引文不拘題材,排列也並非簡單摘抄和羅列,體現了
注釋者豐富的漢學知識。《令集解》大量引用孔注,充分説明古代日本文人對孔注的重
視和偏愛。再結合平安朝物語中的人物塑造和故事情節的設定與《孝經孔傳》《論語孔
氏注》《尚書孔傳》等孔注的緊密關聯,有理由相信孔注對日本古代文人及文學産生過
很大的影響,甚至决定了物語中優秀主人公"不待論而癒"的特徵。日本文人對孔注的
偏愛及在文學中的引用和化用,勢必會逐漸影響到普通大衆,並進一步擴大孔注的影
響。平安中期的貴族平國香有子叫平貞盛,雖然没有證據可以證明,但其名也許跟《孝
經孔傳序》中的"衰則移之以貞盛之教,淫則移之以貞固之風"有關。至於古代日本人
爲何如此偏愛孔注,還需做進一步研究。

(作者爲天津科技大學外國語學院教師,天津師範大學文學院博士後)

中國辭賦文學投射與
日本首賦《棗賦》的成立

張逸農

　　辭賦傳入日本的確切時間,由於相關文獻的缺乏,已經無從查考。成書於 720 年的《日本書紀》已提及辭賦,該書《持統紀》朱鳥元年(686)九月戊戌條稱當年謀反失敗被賜死的大津皇子(663—686)"及長辨有才學,尤愛文筆。詩賦之興,自大津始也"。大津皇子有詩一首見載於《懷風藻》中,但賦作却不見於世,令人無從斷定此處"詩賦"是否實指,抑或僅僅是連言之辭。但《日本書紀》的編撰者無疑相當地熟悉辭賦并積極地將其運用以潤色史傳行文。如《欽明紀》七年秋七月條"睍影高鳴,輕超母脊,就而買取,襲養兼年。及壯鴻驚龍翥,別輩越群,服御隨心,馳驟合度"與《雄略紀》九年秋七月條"其馬時濩略而龍翥,欻聳擢而鴻驚,異體峰生,殊相逸發"狀馬之神駿的語句皆多襲用自顔延之《赭白馬賦》。又如《雄略紀》二年冬十月條"凌重巘,赴長莽,未及移影,狄什七八。每獵大獲,鳥獸將盡,遂旋憩乎林泉,相羊乎藪澤,息行夫展車馬",寫田獵盛况又多借用張衡《西都賦》。而對於日本首部漢詩集《懷風藻》(751 年成書)而言,詩集名中的以"藻"喻詩文這一創想,最早見於陸機《文賦》李善注"藻,水草之有文者,故以喻文焉"①。

　　在收錄有 4—8 世紀間約 4 500 首長短和歌的《萬葉集》中,則直接出現了以賦爲題的長歌作品,即大伴家持與大伴池主唱和而作的通稱"越中五賦"②。中西進氏將包括"越中五賦"在内的萬葉長歌與辭賦相比較,指出二者在宮廷性、故事性、末尾的抒情、壯麗的辭句、咏物性和民間歌謠的再生等方面皆存在共性。其進而得出結論,長歌是以辭

---

　　①　《文選》卷一,上海,上海古籍出版社,1986 年,頁 4。
　　②　亦合稱"萬葉五賦",即大伴家持出任越中守時所作的敘事詩性長歌合稱"越中三賦"的卷 17·3985—3987"二上山賦"、卷 17·3991—3992"游覽布施水海賦"、卷 17·4000—4002"立山賦",及其同僚大伴池主和作的卷 17·3993—3994"敬和游覽布施水海賦"、卷 17·4003—4005"敬和立山賦"等二歌群。

賦爲規範而完成,長歌是"盛裝"的文學,是《文選》的世界。①

綜之,大約不晚於 7 世紀,日本文士就已經開始主要透過《文選》等作品,從舶來的中國辭賦文學中汲取養分并運用到自身的文學創作中去,乃至於在和文學領域内催生出萬葉長歌這一獨特而成熟的日本文學體裁。而在日本漢文學領域,正式的辭賦作品的面世則要等到見載於《經國集》中的藤原宇合(694—737)《棗賦》的出現。不論是如《懷風藻》那樣間接化用某些源出辭賦的辭藻、典故,還是如《日本書紀》那樣直接襲用某些辭賦句段以潤色表達,可以説其體現出來的對辭賦文學的把握和運用還停留在表層階段。那麽這一表層階段到正式成熟的日本辭賦成立乃至催生萬葉長歌這樣完整獨特文學體裁階段,其中是否存在一個過渡階段以容許日本文士對辭賦措辭、句式、技法等即謂賦法要素進行深入的體察認識和實踐嘗試呢? 亦即在藤原宇合《棗賦》成立之前,是否存在某些深受中國辭賦文學影響投射的"過渡性"作品? 限於眼見及日本上代文獻稀少等原因,筆者在耙梳日本辭賦成立"前史"的過程中,尤其注目於聖德太子(574—622)《伊豫温湯碑》及藤原宇合《常陸風土記》部分篇章。在此,本文試圖通過前二者分析觀察以管窺辭賦文學在日本文學尤其漢學中的影響投射,力圖揭示日本文士在創作實踐中完善對於辭賦文學的理解和運用的漸近過程,探究首賦《棗賦》的成立基礎及其性質。

一、聖德太子《伊豫温湯碑》中的辭賦投射

在傳世文獻之外的爲數不多的日本上代金石文獻中,筆者尤爲注意到的是聖德太子《伊豫温湯碑》(亦稱《伊豫湯岡碑》)這一碑文,其爲我們一窺日本辭賦"前史"時期辭賦的接受狀况提供了極佳的樣本。該碑文所勒刻之碑石今已蕩然無存,碑文又曾爲《伊豫國風土記》所收,但遺憾的是此書也早已散佚,幸賴於《釋日本紀》卷十四的引録而得以傳諸於世。碑文曰:

> 法興六年十月歲在丙辰,我法王大王與惠慈法師及葛城臣逍遥夷與村。正觀神井,嘆世妙驗,欲叙意,聊作碑文一首。

---

① 詳參見中西進《萬葉集の比較文學的研究》,東京,櫻風社,1963 年。部分中文摘譯見中西進著、王曉平譯《水邊的婚戀——萬葉集與中國文學》,成都,四川人民出版社,1995 年,頁 160—221。

惟夫日月照於上而不私，神井出於下無不給。萬機所以妙應，百姓所以潛扇。若乃照給無偏私，何異於壽國隨華臺而開合；沐神井而瘳疢，詎舛於落花池而化羽。窺望山嶽之岩嶁，反冀子平之能往。椿樹相廢而穹窿，實想五百之張蓋；臨朝啼鳥而戲哢，何曉亂音之聒耳。丹花卷葉而映照，玉菓彌葩以垂井。經過其下可優游，豈悟洪、灌霄庭。意與才拙，實慚七步。後之君子，幸無嗤笑也。①

序中的“法興六年”係法興寺（即奈良飛鳥寺）的私年號，該寺建於 591 年，因此法興六年應當爲推古四年（596）。“法王大王”即聖德太子，太子攜高麗僧人惠慈及近臣葛城氏游伊豫國道後溫泉（今日本愛媛縣松山市）見“神井”——溫泉而有所感發，遂創作了此碑文。該碑文經歷幾番輾轉謄抄，難免有了不少脫漏及魯魚之誤。如“詎舛於落花池而化羽”一句應當與“何異於壽國隨華臺而開合”對仗，因此其中顯然脫落了兩字，原句或當作“詎舛於□□落花池而化羽”。又如“反冀子平之能往”一句中的“子平”應當指《溫泉賦》的作者張衡，而張衡的字實際上是“平子”。如此種種，致使行文讀來不免使人感覺語義有些不可解，文意亦不甚連貫。儘管如此，從中依然班班可見作者試圖整齊排偶的苦心。碑文先是稱頌溫泉之功德如日月無私普照一般，遍惠及於百姓。既而以“壽國華臺”“□□花池”爲喻，以示溫泉無私診療疾病之神奇。“壽國”當係“天壽國”之省稱，一説爲阿彌陀佛之西方淨土，一説爲彌勒佛之兜帥淨土，時下以前一説爲最有力②。記載聖德太子薨後往生情狀的《天壽國曼陀羅繡帳銘》亦言聖德太子生前自稱“世間虛假，唯佛是真。玩味其法，謂我大王應生於天壽國之中”③。“□□”處因闕文無以明作者本來所指，不過觀該句句尾“化羽”一詞，闕文處應當是指某處道教仙境。可見作者在此處分別以佛、道聖地奇迹來比附溫泉之神妙之處。碑文又言溫泉雖然地處山嶽險境，但是仍然希冀作過《溫泉賦》的張衡也能到此一游。繼而以整齊的駢句鋪陳“神井”周圍的景致如何怡人，評價悠游此處如登道教仙境。“洪灌”當指著名道教神祇“蜀中三大神”之二的射洪神（陸使君）與灌口神（二郎神）之合稱。灌口神是漢魏以來，在蜀地擁有深厚民眾基礎的傳統主神。而射洪神則較爲不顯，其本名爲陸弼，一説爲蕭

① 田口卯吉編集、黑板勝美等校訂《釋日本紀》卷十四，收入《國史大系》第七卷，東京，雜誌經濟社，1898 年，頁698。標點爲筆者所加。
② 詳參見大橋一章《天壽國繡帳の研究》，東京，吉川弘文館，1995 年。
③ 同上書，頁 145。

梁時人,一説爲唐時人。二神皆與治水有關,或許正因此而爲作者所特筆提及①。"霄
庭"一詞不知何據,究其大意,應當指天庭。"洪、灌霄庭"合起來,當泛稱道教仙境無
疑,只是無由得知聖德太子以何種途徑獲知這兩位遠在蜀地的道教地方神祇。在彼時
的東亞世界中,知識與思想流通、受容、共用的深度和廣度,有時令今日的我們亦所不能
料及。末後,作者自謙文意才思遜色於七步成詩的曹植,幸望後來人毋加以嘲笑。

　　碑文中"神井出於下無不給""沐神井而寥疹"中的"神井"一語,應當是出自《文
選》張衡《溫泉賦》"觀溫泉,沐神井"。而溫泉這一題材也正是始於張衡。張衡之後,同
題的碑、賦作品能爲聖德太子見到的至少有:賦如除前述張衡《溫泉賦》之外還有晉人
傅咸的《神泉賦》(傅咸賦多用四字句,且更注重鋪陳溫泉本身情狀,與聖德太子碑的關
聯較爲淡薄,在此不作細緻分析),碑文如北周人王褒《溫湯碑》、庾信《溫湯碑》。先試
觀與《道後溫湯碑》體裁最近的王褒《溫湯碑》、庾信《溫湯碑》。王褒《溫湯碑》云:

　　　　原夫二儀開闢,雷風以之通響;五材運行,水火因而並用。炎上作苦,既麗純陽之
德;潤下作鹹,且協凝陰之度。至於遷陵熱溪,沉魚湧浪;炎洲燒地,穴鼠含煙。火井飛
泉,垂天遠扇。焦源沸水,衝流迸集。甘川浴日,跳波邁椒丘之野;湯谷揚濤,激水疾龍
門之箭。故以地伏流黃,神泉愈疾云云。其銘曰:

　　　　挺此溫谷,驪嶽之陰。白礜上徹,丹沙下沉。華清駐老,飛流瑩心。谷神不死,川
德愈深。②

　　王碑與聖德太子碑開篇類似,分別以"原夫""惟夫"這樣常見的辭賦發辭領起全
篇。有別於聖德太子以佛、道思想爲根底立意,王碑選擇以五行陰陽之説來解釋溫泉的
由來并褒揚溫泉協和陰陽之德。繼之,王碑又以"至於"等句來推進描寫溫泉氣熱水沸
景象;終章,以"故以"一句點出溫泉能以硫磺療病癒疾;末後,還附上"銘"以完整碑文
體制。當然,王碑對於發辭、送辭的純熟運用以及碑文體制的熟練把握,是年輕的聖德
太子所不能及的。

　　與王碑同見載於《藝文類聚》卷九的庾信《溫湯碑》則云:

---

　　　①　詳參見陳曄《宋代陸使君信仰研究——兼論蜀三大神合祀的區域祠神整合》,載《江西社會科學》,2016 年第 2
期,頁 116—124。
　　　②　《藝文類聚》,上海,上海古籍出版社,1965 年,頁 167。

咸池浴日,先應緑甲之圖;砥柱浮天,始受玄夷之命。仁則滌蕩埃氛,義則激揚清濁,勇則負山餘力,弱則鴻毛不勝。仲春則榆莢同流,三月則桃花共下。其色變者,流爲五雲之漿;其味美者,結爲三危之露。煙青於銅浦,色白於鉛溪。非神鼎而長沸,異龍池而獨湧。灑胃漰腸,興嬴起瘠。秦皇餘石,仍爲雁齒之階;漢武舊陶,即用魚鱗之瓦。山間湧水,實表忠誠;室内江流,彌彰純孝。豈若醴泉消疾,聞乎建武之朝;神水蠲痾,在乎咸康之世。嵩嶽三仙之館,不孤擅於天池;華陰百丈之泉,豈獨高於蓮井。①

較之前二碑,庾碑更熱衷於鋪陳和偶對。從"仁則""義則""勇則""弱則""仲春則""三月則"到"其色""其味",鋪陳紛呈且井然有序。同樣聖德太子也以"椿樹""啼鳥""丹花""玉菓"鋪陳景致,只是在句式整齊和音韻協調上較遜色於庾信。與聖德太子碑及王碑開篇顯揚溫泉之德皆不同的是,庾碑採用的是"曲終奏雅"式,於文末才點出溫泉"忠誠純孝"之德、"消疾蠲痾"之用。庾信素來以兼擅碑賦二體而著稱,這篇碑文也除了通篇不入韻之外,可謂與駢賦幾無差別。再來看溫泉題材的開源之作張衡《溫泉賦》:

陽春之月,百草萋萋。余在遠行,願望有懷。遂適驪山,觀溫泉,浴神井,風中巒,壯厥類之獨美,思在化之所原,嘉洪澤之普施,乃爲賦云:

覽中域之珍怪兮,無斯水之神靈,控湯谷於瀛洲,濯日月乎中營。蔭高山之北延,處幽屏以閑清。於是殊方跋涉,駿奔來臻。士女曄其鱗萃兮,紛雜遝其如煙。

亂曰:天地之德,莫若生兮。帝育蒸人,懿厥成兮。六氣淫錯,有疾癘兮。溫泉汩焉,以流穢兮。蠲除苛慝,服中正兮。熙哉帝載,保性命兮。②

相較之下,不難發現上述三通碑文在創作時,其各自的作者應當都已經反復咀嚼涵詠張衡賦無疑。具體到張衡碑與聖德太子碑的關聯而言,"日月照於上而不私,神井出於下無不給"當是受到"嘉洪澤之普施"的啟迪。"窺望山嶽之巖嶒,反冀子平之能往"更是聖德太子對同樣熱衷溫泉而不惜"殊方跋涉,駿奔來臻"的張衡發出跨越時空的友善邀請。"椿樹"以下至於"垂井"的景致鋪陳則像是對"蔭高山之北延,處幽屏以閑清"的展開。至於溫泉"消疾蠲痾"的大功用更是上述三碑一賦所一致津津樂道的。或許正

① 《藝文類聚》,上海,上海古籍出版社,1965年,頁167。
② 張震澤《張衡詩文集校注》,上海,上海古籍出版社,1986年,頁15—16。

是在王碑、庚碑乃至張衡賦的相形映照下,聖德太子在其碑文末尾特意略帶羞澀地謙稱"意與才拙,實慚七步。後之君子,幸無嗤笑也"。但不可否認的是,聖德太子勇於嘗試新體裁、新題材的勇氣和涵咏前人作品潛心吐納的苦心是顯然易見的。而且聖德太子以佛教思想立意彰顯溫泉平等惠及萬民衆生以及以佛、道聖境比附溫泉場所等等創作理路,不僅在王、庚二碑中,也是在歷來同題材碑、賦中所未曾見到的。這一點既是聖德太子深藴佛、道思維的體現,亦是其對溫泉題材創作的一處發創。

根據程章燦氏的歸納,碑文與辭賦至少在體用方面有著聯繫和類同:題材上都集中於寫人、記事、寫地三大項;風格上都以勸頌爲主;文學地位和功能上碑、賦并論成爲衡量文學實力的尺規①。實際上,在魏晉南北朝文學諸體裁中詩賦處於中樞地位,辭賦對於其他文體都具有極大的影響。或許正由於此,《文選》才將賦列於三十九種體裁之首。通過上述考察我們不難發現,無論是在發送辭、賦體句式的廣泛運用上,還是在意象鋪陳的手法上,甚至從内容立意上而言,《伊豫溫湯碑》與辭賦的關係都是極其密切的。從中可見聖德太子對於辭賦的體認和對於賦法、技巧的運用雖不免有些青澀與不自如,但是已經跨越了僅僅對辭賦作字句摘引、化用的表層階段。

二、藤原宇合其人與辭賦

《棗賦》與石上宅嗣(729—781)《小山賦》及賀陽豐年(751—815)和作《和石上卿小山賦》是現今僅存的三篇奈良時代的賦作,并收於平安前期完成的敕撰三集之一的《經國集》中。三賦在《經國集》中的原來排序爲:《小山賦一首》《和石上卿小山賦一首》《棗賦一首》,這一排序當是以《經國集》"人以爵分,文以類聚"的標準排列的。《經國集》目錄中記載石上宅嗣(729—781)官位爲"大納言贈從二位"(實際官位爲大納言正三位兼式部卿,死後贈正二位),而藤原宇合(694—737)的官位則爲"從三位勳二等行式部卿"(實際上,終官正三位參議式部卿兼大宰帥)。石上宅嗣《小山賦》及賀陽豐年和作《和石上卿小山賦》創作於石上宅嗣晚年、賀陽豐年二十歲前後,其時間大概在奈良末期的寶龜年間(770—781)。因此,若是以時間爲排序當爲:《棗賦》《小山賦》《和石上卿小山賦》。

《棗賦》的作者藤原宇合原名馬養(Umakai),身出名門藤原氏,係右大臣藤原不比

---

① 詳參見程章燦:《論"碑文似賦"》,載《東方叢刊》2008 年,第 1 期。

等之三子,後世"藤原四家"之一式家之祖。靈龜三年(717)以遣唐副使身份入唐,同行入唐的使團中名著於世的還有阿倍仲麻吕、吉備真備、玄昉等人。滯唐期間,大約是察覺到本名"馬養"并不雅馴,改名爲"宇合"(日語發音仍同)。養老二年(718)回國後歷官常陸國守、按察使、式部卿、參議、大宰帥等,於天平九年(737)八月平城京中疫病大行時病故,終年四十四歲。有詩一首見於《懷風藻》,和歌三首見於《萬葉集》。前述《常陸國風土記》成書於養老五年,正完成於其在常陸國守的任上,通常認爲該書成於宇合之手。該書《總記》中的一節如下:

> (前略)況復求鹽味魚,左山右海;植桑種麻,後野前原。所謂水陸之府藏,物産之膏腴。古人云常世之國,蓋疑此地。但以所有水田,上小中多。年遇霖雨,即聞苗子不登之辭;歲逢亢陽,唯見穀實豐稔之歡歟。①

"設""況復""所謂""但以"等發辭的運用較之前引聖德太子碑文,已臻於純熟,使得文章條理井然。對仗工整,出語自然,少有明顯的"和臭"色彩語病②。"霖雨""亢陽"等用典也天然妥帖。比之漢魏六朝都邑田園詩賦,雖然略顯質樸少文,但作者作爲一方父母官,體察地情關心民瘼之心意可見諸字裏行間。再看該書《茨城略記》中的一節:

> (前略)夫此地者,芳菲嘉辰,搖落涼候,命駕而向,乘舟以游。春則浦花千彩,秋是岸葉百色。聞歌鶯於野頭,覽儛鶴於渚干。社郎漁娘,逐濱洲以輻湊;商賈農夫,棹艀艖而往來。況乎三夏熱朝,九陽蒸夕,嘯友率僕,并坐濱田,騁望海中。濤氣稍扇,避暑者祛鬱陶之煩;岡陰徐傾,追涼者軫歡然之意。③

整段純用工整的駢句,以鋪陳高濱一地風景怡人、百民熙熙攘攘的景象。若是徑直將此段截出,再整齊各句韻脚,幾乎可以視作一篇《高濱賦》。再如《童子女松原》一節亦是如此,而且其在駢句從中間用騷體句爲文。尤其末句"茲宵於茲,樂莫之樂",前半句踏襲《詩經》"○○於茲"句法,後半句暗扣楚辭《九歌‧少司命》"悲莫悲兮生別離,樂

---

① 植垣節也等校注《風土記》,收入《新編日本古典文學全集》,東京,小學館,1997年,頁398。
② "歲逢亢陽,唯見穀實豐稔之歡歟"中的"亢陽"依曹植《告咎文》"亢陽害苗,暴風傷條"本指盛陽之氣,通常喻指旱災,與後半句"穀實豐稔之歡"矛盾。假若"歡"字本作"歎",則上下文意更爲融洽。
③ 植垣節也等校注《風土記》,頁398。

莫樂兮新相知",可謂頗得《詩》《騷》之風致。其文曰:

> (前略)於時,玉露杪候,金風之節。皎皎桂月照處,唳鶴之西洲;颯颯松飀吟處,渡雁之東岵。山寂寞兮岩泉舊,夜蕭條兮煙霜新。近山自覽黃葉散林之色,遥海唯聽蒼波激磧之聲。茲宵於兹,樂莫之樂。①

　　綜合上述從聖德太子《伊豫道後溫湯碑》到藤原宇合《常陸風土記》部分章節的考察,我們能夠至少可以發現:自飛鳥時代降至奈良初期,辭賦對日本漢文學的投射影響愈發鮮明,不僅僅止步於如《懷風藻》那樣,間接化用某些源出辭賦的辭藻、典故;更不限於如《日本書紀》那樣,直接襲用某些辭賦句段以潤色表達。而是如上述所舉作品中所體現出來的那樣,對於辭賦措辭、句式、技法等等即謂賦法要素的理解和運用逐漸趨於成熟和自如。從飛鳥時代到奈良前期,從聖德太子的青澀到藤原宇合的純熟,在這一時期内正是得益於聖德太子、藤原宇合以及某些業已湮没於歷史中的作者們的不懈鑽研和充分嘗試,成熟的辭賦才得以獲得充足的養分,得以在其前提和基礎上孕育而出。

三、《棗賦》的成立及其周邊

　　《棗賦》的具體創作時間不明,據松浦友久氏推測當在天平七年(735)四月至九年(737)八月間②。在此之前,以棗為題材的辭賦尚有晉人傅玄《棗賦》與陳後主《棗賦》,二者通過《初學記》的引文,皆能為宇合所能見到。其賦曰:

> 一天之下,八極之中。園池綿邈,林麓鬥[1]茸。奇木殊名而萬品,神葉[2]分區以千叢。持[3]西母之玉棗,麗成王之圭桐。何則卜深居而榮紫襟[4],移盤根以茂彤庭。冷地養之淳渥,稟天生之異靈。依金闕而播彩,隨玉管而流形。周本枝於百卉[5],植聲譽於千齡。爾其秋實抱丹心而泛色,春花含素質而飛馨。朝承周雨漢露,夕犯許月陳星。當晚節而愈美,帶凉風以莫零。石虎瞻而類角,李老頷而比瓶。投海傳繆公之遠慮,在篋開方朔之幽襟。難心釣名洛浦,牛頭味稱華林。斯誠皇恩廣被草木,聖化實及豚魚。

---

① 植垣節也等校注《風土記》,頁400。
② 詳參見松浦友久《藤原宇合の「棗賦」と素材源としての類書の利用について》,載《國文學研究》27,1963年。

何必秦松授乎封賞,周桑載乎經書。①

　　注記:[1]鬥,在此無意,似當爲"豐",恐因形近訛。豐茸,《集韵》"草盛貌"。[2]葉,三手文庫本作"草"。[3]持,三手文庫本作"特"。[4]襟,三手文庫本作"禁"。作"禁"是,紫禁即代稱宫禁。[5]"百卉"與"千齡",對仗不工,疑"卉"爲"世"。

　　從形制上來看,該賦通篇駢句全無漫句,只用發辭而不見送辭,駢句也皆爲單句對無一複句對,句式有四字句、六字句、七字句、八字句,以六字句爲主,可謂典型的駢賦。四字句中的"下—中"、六字句中的"棗—桐"、七字句中的"品—叢"、八字句中的"慮—襟",對句中尾字的平仄形式皆是仄起平收式,韵脚皆爲平聲字。四字句的緊句如"一天(平)之下(仄),八極(仄)之中(平)""圜池(平)綿邈(仄),林麓(仄)鬥茸(平)"中偶數字平仄對應尚整齊,六、七、八字句等長句之中則不拘平仄了。賦中韵脚依平水韵分別爲:中、茸、叢、桐(以上東韵,其中茸爲冬韵,東冬通押),庭、靈、形、齡、馨、星、零、瓶(以上青韵),襟、林(以上侵韵),魚、書(以上魚韵)。辭賦的用韵遠不如律詩、絶句嚴格,如東、冬韵這樣鄰韵通押也是允許的。該賦中凡韵脚轉換之處,如"何則卜深居而榮紫襟,移盤根以茂彤庭""斯誠皇恩廣被草木,聖化實及豚魚"等處,或以"何則""斯誠"等發辭(下劃綫處)領起;如"投海傳繆公之遠慮,在篋開方朔之幽襟"處或變調爲八字句。顯然作者試圖通過這些方式,謀求韵脚變更與文意展開上的協調。作者刻意爲文,力求形制上的工整之心迹可見一斑。

　　駢賦的開端可以追索至張衡的《歸田賦》,但張賦中尚不過句式整齊,駢句尚不多且對仗也不甚工整。逮及陸機《文賦》、潘岳《閒居賦》《笙賦》等,駢偶的範圍幾乎覆蓋全篇,整齊程度也更甚。因此祝堯《古賦辨體》卷五曰:

　　　　觀士衡輩《文賦》等作,已用俳體,(中略)流至潘岳,首尾絶俳,然猶可也。迨沈休文等出,四聲八病起,而俳體又入於律矣。(中略)徐、庾繼出,又復隔句對聯,以爲駢四儷六;簇事對偶,以爲博物洽聞。②

---

① 此處《棗賦》錄文吸收辻憲男、岩坪健《校本經國集》(二),《神户親和女子大學紀要》33,2000年,頁61—62之整理成果。注記爲筆者所加。

② 祝堯《古賦辨體》,文淵閣《四庫全書》本,頁779—780。

　　駢賦到了徐陵、庾信之時愈發工整細密,對仗益工,時而還諧和平仄但并不强求,用典也愈多,正所謂"以爲博物洽聞"。但徐、庾賦中的隔句對却較少見,反而是在當時的其他駢文中多見。如徐陵留存的唯一賦作《鴛鴦賦》中無一隔句對;即便是長大如庾信《哀江南賦》,除賦首第一段之外賦中的隔句對也不過數語,且也非典型的駢四儷六。能爲宇合直接借鑒的傅玄、陳後主兩賦,觀其見於《初學記》中的引文:

　　　　有蓬萊之嘉樹,植神州之膏壤。擢剛莖以排虛,誕幽根以滋長。北陰塞門,南臨三江。或布燕趙,或廣河東。既乃繁枝四合,豐茂蓊鬱,斐斐素華,離離朱實。脆若離雪,甘如含蜜。脆者宜新,當夏之珍。堅者宜幹,薦羞天人。有棗若瓜,出自海濱。全生益氣,服之如神。(晉傅玄《棗賦》)

　　　　芳園列幹,森梢繁羅;蕊餘莖少,葉暗枝多。復有奇樹,風間臨柯。深夜影來,未若丹心美實,絳質嘉枝。重針共暗,枝瓠同瑰;羞金盤於冰水,薦玉案於深杯。此歡心之未已,方夢腸而屢回。(陳後主《棗賦》)①

　　儘管從《初學記》引文中無法窺見傅玄、陳後主兩賦的全篇,但是兩相比對之下,依然可見宇合此賦中的形制上全用駢句全無漫句、只用發辭、僅單句對無一復句對、對句内平仄對應不嚴格等諸多特點,與六朝時期典型駢賦的特點耦合,其取法的對象也當是六朝以徐、庾爲代表的典型駢賦無疑。

　　用典方面,該賦自"奇木殊名而萬品,神葉分區以千叢"之後,幾乎句句用典,且其所用典故皆可見於《初學記》《藝文類聚》等類書。

　　"持西母之玉棗":

《漢武内傳》曰:七月七日,西王母當下,帝設玉門之棗。

《晉宫閣名》曰:華林園棗六十二株,王母棗十四株。(以上《藝文類聚》卷八十七·棗)

《尹喜内傳》曰:老子西游,省太真王母,共食玉文之棗,其實如瓶。

《廣志》曰:谷城紫棗,長二寸。西王母棗三月熟,在衆果之先。(以上《初學記》卷二十八·棗)

---

① 《初學記》,北京,中華書局,1962年,頁677。

"麗成王之圭桐"：

《呂氏春秋》曰：成王與唐叔虞燕居，援梧葉以翦珪以告曰："以此封汝。"虞喜，以告周公。周公請封虞。王曰："余與虞戲。"周公曰："臣聞之，天子無戲言。"於是遂封叔虞於晉。（《藝文類聚》卷八十七·棗）

南齊謝朓《游東堂咏桐詩》：孤桐北窗外，高枝百丈餘；葉生既阿那，葉落更扶疏。無葉復無實，何以贈離居；裁爲圭與璋，足可命參墟。（《初學記》卷二十八·桐）

"依金闕而播彩"：

《神異經》曰：東北大荒中有金闕，高百丈，上有明月珠，徑三丈，光照千里。（《藝文類聚》卷六十二·闕、《初學記》卷二十七·珠）

"隨玉管而流形"：

《異苑》曰：衡陽山九嶷，皆有舜廟。漢世零陵文學姓奚，於泠道縣舜祠下，得笙玉管，舜時西王母獻。（《藝文類聚》卷七十九·神）

應劭《風俗通》曰：章帝時，零陵太守舜祠下得笙、白玉管。（《初學記》十五·雅樂）

"周本枝於百卉"：

後漢崔駰《襪銘》曰：皇靈既祐，祉禄來臻，本枝百世，子子孫孫。（《藝文類聚》卷七十·襪）

後魏温子升《魏莊帝生皇太子赦詔》曰：有國三善，事屬元良。本枝百世，義鍾繼體。（《藝文類聚》卷十六·儲宫、《初學記》卷十·皇太子）

"植聲譽於千齡"：

程曉《與傅玄書》曰：文公咏周，孔父述殷，聲揚千載，業傳後嗣。（《初學記》卷二十一·文章）

"秋實抱丹心而泛色"：

陳後主《棗賦》：未若丹心美實，絳質嘉枝。（《初學記》卷二十八·棗）

"春花含素質而飛馨"：

宋劉義恭《感春賦》：草承澤而擢秀，花順氣而飛馨。（《初學記》卷三·春）

"朝承周雨漢露"：

"周雨"

《鹽鐵論》曰：周公太平之時，雨不破塊。旬而一雨，必以夜。（《藝文類聚》卷一·雨）

《西京雜記》曰：董仲舒曰："太平之時,雨不破塊,津莖潤葉而已。"(《初學記》卷二·雨)

"漢露"

《三輔故事》曰：漢武以銅作承露盤,高二十丈,七圍。上有仙人掌承露,和玉屑,欲以求仙也。

《漢武故事》曰：承甘露盤,仙人掌擎玉杯,爲取雲表之露。(以上《藝文類聚》卷九十八·甘露)

《漢武帝故事》曰：上作承露盤,仙人掌擎玉杯,以取雲表之露。(《初學記》卷二·露)

"石虎瞻而類角"：

陸翽《鄴中記》曰：石季龍園有羊角棗,三子一尺。(《藝文類聚》卷八十七·棗、《初學記》卷二十八·棗)

"李老翫而比瓶"：

《真人關令尹喜內傳》曰：尹喜共老子西游,省太真王母,共食玉門之棗,其實如瓶。(《藝文類聚》卷八十七·棗)

《尹喜內傳》曰：老子西游,省太真王母,共食玉文之棗,其實如瓶。(《初學記》卷二十八·棗)

"投海傳繆公之遠慮"：

《晏子》曰：昔者秦繆公乘龍理天下。以黃布裹蒸棗,至海而投其布,故水赤。蒸棗,故華而不實。(《藝文類聚》卷八十七·棗)

"在篋開方朔之幽襟"：

《東方朔傳》曰：武帝時,上林獻棗。上以枝擊未央前殿檻,呼朔曰："叱來叱來! 先生知此篋中何物?"朔曰："上林獻棗四十九枚。"上曰："何以知之?"朔曰："呼朔者,上也。以枝擊檻,兩木林也。曰朔來朔來者,棗也。叱叱者,四十九。"上大笑,賜帛十疋。(《藝文類聚》卷八十七·棗)

"雞心釣名洛浦,牛頭味稱華林"：

郭義恭《廣志》曰：棗有狗牙、雞心、牛頭、羊角、獼猴、細腰之名。(《初學記》卷二十八·棗)

梁簡文帝《賦棗詩》：風搖羊角樹,日映雞心枝,谷城逾石蜜,蓬嶽表仙儀。已聞安邑美,永茂玉門垂。

《晉宫閣名》曰：華林園,棗六十二株,王母棗十四株。(以上《藝文類聚》卷八十七·棗)

"秦松授乎封賞"：

《漢官儀》曰：秦始皇上封太山。逢疾風暴雨。賴得松樹。因復其道。封爲大夫松也。(《藝文類聚》卷八十八·松)

"周桑載乎經書"：

《白虎通》曰：成王之時,有三苗貫桑而生,同爲一穗。大幾盈車,長幾充箱。民有得而上之者,成王召周公而問之。曰:"三苗爲一穗,意天下其和爲一乎。"後果有越裳氏重譯而來矣。(《藝文類聚》卷九十八·祥瑞)

可見該賦通篇都在活用《初學記》《藝文類聚》中的典故以編綴行文。日本上代文學時期廣泛利用包括《藝文類聚》《初學記》在內,以及之前的《修文殿御覽》《北堂書鈔》等類書以潤色文章,這一點早爲論者所指摘①。一般而言,對《藝文類聚》的利用更爲廣泛。但僅就《棗賦》而言,如上所舉,顯然其借力於《初學記》之處較多。

至於該賦的創作動機,雖然未有賦序直觀交代,但我們仍然能够從行文中窺探一二。棗這一作物很早爲我國民衆所熟悉。據《藝文類聚》卷八十七·棗云"《神異經》曰'北方荒中,有棗林焉。(中略)子長六七寸,圍過其長,熟赤如朱,乾之不縮。氣味甘潤殊於常棗。食之,可以安軀益氣力'"②,又《初學記》卷二十八"棗第五"項亦云"《本草》曰'凡棗,九月采,日乾,補中益氣,久服神仙'"③,皆提到棗有益氣養生的效用。後又逐漸受到道教神仙思想的影響,發展出服食之可以袪病辟邪的傳説,如前引《藝文類聚》同處"《劉根別傳》曰'今年春當有病,可服棗核中仁二七枚。能常服之,百邪不復干也'"。但對於非棗類植物原生地的日本而言,棗却是從中國舶來的稀罕之物。因此,賦中所言之"棗"係"卜深居而榮紫襟(禁),移盤根以茂彤庭"且"依金闕而播彩,隨玉管而流形",其中"紫襟(禁)""金闕"表明此"棗"樹乃是生長在宮禁御苑之中。《續日本紀》神龜三年(726)九月十五日條言"内裏生玉來,敕令朝野道俗等作玉來詩賦",同月二十七日條又言"文人一百二十人上玉來詩賦,隨其等第,賜禄有差"。該條史料中的"玉來"究竟爲何物,一直以來爭訟莫定,小島憲之氏以爲即是"玉棗",且以爲宇合《棗賦》亦作

---

① 詳參見如小島憲之《上代日本文学と中国文学—出典論を中心とする比較文学的考察》,第一篇第四章"類書の利用",東京,塙書房,1988年。
② 《藝文類聚》,頁1485。
③ 《初學記》,頁677。

於此時。此説建立在"玉來"即"玉棗"假説之上,蘧然難以令人信服。考慮到宇合《棗賦》之前,現今尚未見其他賦作存世,該條史料中的"詩賦"恐怕僅僅是連言之辭,實際上可能只有"玉來"詩而并無"玉來"賦。

雖然如此,此條史料亦可佐證當時詩賦獻納已經是大和朝廷中確有之事。而賦中"周本枝於百卉(世),植聲譽於千齡"之句,表面讚頌棗樹樹齡綿長,内喻大和皇朝"本枝百世",皇胤昌盛,百代不衰,聲揚千載;"曲終奏雅"部分"斯誠皇恩廣被草木,聖化實及豚魚"中的"恩被草木""化及豚魚"更是歷來習見的頌聖套語。以上種種,都表明該賦應當是宇合於皇宫中棗樹結棗之時機,而創作出來以獻納宮廷的諷頌之作。甚至不排除這次獻納如神龜三年獻納"玉來"詩賦一樣是應宮廷要求的一次集體獻納。這一性質與前述中西氏所謂"辭賦的長歌"的性質是一脈承襲的,也表明在萬葉長歌逐漸衰頹的過程中辭賦接替萬葉長歌承擔起了"抒下情而通諷諭,或以宣上德而盡忠孝"[1]的頌聖教王政效用。以《棗賦》爲開端,日本辭賦文學開啟了逾千年歷史的歷程,其中的發展與流變以及中日辭賦文學間的交互與比較研究,筆者以爲值得學界予以深入的觀察與探究。

四、結　論

綜合上述對藤原宇合《棗賦》及其成立之前的日本辭賦"前史"的考察,可得出結論如下:

（1）最遲不晚於 7 世紀,日本文士就已經透過《文選》等舶來書籍接觸到辭賦文學。

（2）從聖德太子《伊豫温湯碑》到《常陸風土記》部分章節的過渡過程,表明日本文士在辭賦措辭、句式、技法等等即謂賦法要素的理解和運用趨於成熟和自如。

（3）《棗賦》的成立建立在取法以徐、庾爲代表的典型六朝駢賦、充分活用《初學記》等類書的基礎上,其性質是獻納日本宮廷的諷頌之作。

（作者爲天津師範大學文學院比較文學博士生）

---

[1]　《文選》,頁 3。

漢字在朝鮮半島的接受與變異

鐵　徽

　　漢字的起源距今已有六千多年的歷史,在相當長的歷史時期中,中國、朝鮮半島(包括今大韓民國及朝鮮民主主義人民共和國)、越南、日本等一些國家和地區,都將漢字作爲主要的書寫記録文字。二十世紀六十年代日本學界河野六郎提出了"漢字文化圈"這一術語,七十年代藤堂明保系統闡述了"漢字文化圈"的内涵,探討了漢字文化圈的形成及發展歷史①。

　　朝鮮半島作爲東亞漢字文化圈的重要成員,漢字自傳入朝鮮半島開始便承載了記録和傳承文化的重要使命。伴隨著中國物質文化向朝鮮半島的輸出,以漢字爲媒介的佛教、儒教等精神文化也源源不斷地流入朝鮮半島,物質、思想文化的傳播和普及使漢字在朝鮮半島的地位逐漸鞏固下來。

　　時至今日,漢字發展經歷了音、形、義的轉變,但其與生俱來的超地域性、超時代的表意特性,成爲朝鮮半島人民能够接受並使用漢字的主要原因。此外,中國和朝鮮半島親密的地緣關係,也是促進漢字可以在朝鮮半島生根發芽的重要原因之一。

　　朝鮮半島自檀君神話始,迄今已有兩千餘年的歷史,期間經歷了箕子朝鮮、衛滿朝鮮、新羅、百濟、高句麗、高麗、朝鮮等幾個朝代的更迭。此後,日本侵佔朝鮮半島,將其納入自己的殖民版圖,直至 1945 年朝鮮半島解放。

　　學界對朝鮮半島研究時所使用的"朝鮮"一詞,具有不同的釋義。首先,朝鮮是一個歷史名稱。據記載,商周之際已有。傳説周初武王將紂王的諸父、太師箕子封於朝鮮。漢初衛氏繼之,其南部爲三韓諸國,司馬遷《史記》即有《朝鮮列傳》。後分爲三國,又被新羅統一。經過後三國、高麗,於 1392 年李成桂繼之,再復"朝鮮"之國名,其後五百餘年,世稱李氏朝鮮。"朝鮮"又是一個地理概念,自明清至近、現代,"朝鮮半島"是一個

---

① 　馮天瑜《"漢字文化圈"芻議》,載《吉首大學學報(社會科學版)》,2004 年第 2 期,頁 2。

東亞政治、經濟、軍事、文化關係上的地域、地理概念。①

可以説，朝鮮半島的歷史亦可看作是一部漢字在朝鮮半島的傳播發展史，透過這些歷史，折射出漢字的發展概貌。本文以朝鮮半島更迭之序爲軸，梳理朝鮮半島各時期漢字東傳之特徵，兼述同一時期朝鮮半島文獻文集中的漢字使用狀況及特點。

一、古 朝 鮮 時 期

古朝鮮時期，即檀君神話至 1 世紀，是朝鮮半島的奴隸制社會時代，包括檀君朝鮮、箕子朝鮮、衛滿朝鮮、漢四郡和辰國②。這一時期是朝鮮半島文化的孕育期，也是漢字自中國的傳入期，也是漢字東傳的萌芽期。

由於地利之便，漢字最早傳入朝鮮半島，然而，漢字究竟是何時傳入朝鮮半島的？時至今日，學界仍没有一個確切的答案。大部分學者認爲，漢字是隨著箕子傳播至朝鮮半島的。據《尚書大傳》記載：“武王勝殷，繼公子禄父，釋箕子囚。箕子不忍周之釋，走之朝鮮。武王聞之，因以朝鮮封之。箕子既受周之封，不得無臣禮，故於十三紀來朝。”《史記》也有類似記載：“武王即克殷，訪問箕子。……乃封箕子於朝鮮而不臣也。”《漢書·地理志》中記載如下：“殷道衰，箕子去之朝鮮，教其民以禮義田蠶織作，樂浪朝鮮民犯禁八條。”

箕子，名胥餘，爲紂王諸父，商末官太師，封子爵，國於箕（今山西太谷東北），故稱箕子。根據上述中國古籍的記載，箕子應是殷商時期的王族，因不滿殷紂王無道而被囚禁。前 1066 年周武王滅殷，將箕子釋放。箕子遂率領 5 000 人東去朝鮮，在朝鮮建國，名曰箕氏朝鮮。朝鮮半島史書《三國史記》《三國遺事》中也能找到關於箕子朝鮮的記載。

雖然學界基本承認箕子朝鮮的史實，但就漢字隨箕子入朝鮮半島一説尚有不同觀點：一種觀點認爲漢字也是箕子在那時帶去朝鮮的，而另一種觀點則認爲箕子將漢字傳入朝鮮直説並無確切證據，不過是一種假設而已。然而，根據《朝鮮歷代史略》記載，箕子將中國詩書禮樂帶到了朝鮮：“箕子，殷之太師，即紂之諸父。周武王克商，箕子東

入朝鮮,武王因封之而不臣也。初,箕子東來,中國人隨之者五千,詩書禮樂,醫巫、陰陽、卜筮,百工、技藝,皆從之而來。……國號朝鮮,都平壤。"①顯然,文字作爲詩書的書寫載體,在朝鮮半島埋下了漢字發展的種子。此外,透過朝鮮文人學者筆下的描寫,也能追尋到箕子東封將文明帶入朝鮮半島的痕跡。朝鮮高麗時期著名詩人、文學評論家李奎報在《白雲小説》中寫道:"我東方,自殷太師東封,文獻始起。"故漢字東傳朝鮮半島當始於箕子朝鮮時期。

朝鮮半島有文字記載的準確時間,大致是前 2—3 世紀時的戰國時期。據《三國志·魏書東夷傳》可知:"陳勝等起,天下叛秦,燕、齊、趙民避地朝鮮數萬口。"這些避走之民將漢字及漢文化一起帶入朝鮮半島,平壤地區曾發現前 222 年製造的青銅器"秦戈",上面鑄有 20 多個秦篆字。除青銅器"秦戈"外,朝鮮半島還曾出土了大量中國戰國時代的貨幣——明刀錢。明刀錢是春秋戰國時期燕國使用的青銅貨幣,發現明刀錢的區域主要集中在朝鮮半島西北部的 6 個地區,大約有 4 694 枚。據《明刀錢銘文統計表》記載,這些明刀錢上的銘文漢字約有 3 021 個(重複計算),其中有"左"字 367 個,"右"字 360 個,"行"字 251 個,"匕(化)"字 1 個。物質生活所需的秦戈與明刀幣上的文字是漢字在朝鮮半島存在的有力證據。

除了秦戈與明刀幣,還有銅鍾上鍛鑄的漢字。大同江流域平壤附近還發現了前 41 年西漢元帝時期鑄造的"漢孝文廟銅鍾",銅鍾上鑄有文字:"孝文廟銅鍾容十升,重卅,永光三年六月造。"②

漢字東傳朝鮮半島後,改變了朝鮮半島民間文學的記錄方式,即將民間口頭文學以文字的方式記錄並流傳下來。古朝鮮時期的漢文代表作當屬《箜篌引》。《箜篌引》被譽爲是朝鮮半島最早的漢文學作品,最初以口碑文學的形式流傳於民間。關於《箜篌引》出現的時期,李德懋在《青莊館全書·耳目口心書》中寫道:"《箜篌引》,漢武帝時所作。……衛滿時,亦或爲四郡後時。"故事記叙了古朝鮮時期的艄公霍里子高,某天清晨到河邊擺渡,看見一個老漢拿著一個酒瓶,瘋瘋癲癲地下水渡河。老漢的妻子從後面追來,進行勸阻。但爲時已晚,老漢已墜河身亡。老漢的妻子十分悲痛,彈起箜篌,表達心中的哀情,悲痛地唱道:

公無渡河,公竟渡河!

① 董明《古代漢語漢字對外傳播史》,北京,中國大百科全書出版社,2002 年,頁 7。
② 楊昭全《韓國文化史》,頁 15。

墜河而死,當奈公何?

而後老漢的妻子也投河自盡。艄公霍里子高回到家,將這對老夫妻的悲慘故事告訴了妻子麗玉。麗玉深爲感動,爲老婦人的箜篌引譜以樂曲,即《箜篌引》。

漢武帝元封三年(前108)擊滅衛氏朝鮮,設立樂浪、臨屯、玄菟、真番郡,史稱漢四郡。漢四郡的建立加强了朝鮮半島同漢朝的聯繫,成爲傳播漢字和漢文化的重要區域。

漢字東傳朝鮮半島,經過一段時間的浸染,朝鮮半島的人民也開始借用漢字,這一時期的借用只是借用字音和字形。辰國的辰韓、馬韓、弁韓均借用了漢字的音,其中"辰韓"中的"辰"意爲"東方","馬韓"中的"馬"意爲"南邊","弁韓"中的"弁"意爲"光明",而"韓"意爲"大"。這是早期借用漢字的一種方式。

箕子朝鮮爲漢字東傳奠定了基礎,古朝鮮時期秦戈、明刀幣以及漢字文學作品的出現,爲朝鮮半島作爲東亞"漢字文化圈"成員國再添例證。

二、三 國 時 期

三國時期,即公元前後朝鮮半島進入高句麗、百濟、新羅三國鼎立時期。這一時期朝鮮半島文化初具規模、基本定型,是漢字發展期與朝鮮借字融合的萌芽期。

1. 新羅。新羅以金城(今韓國慶尚北道慶州)爲中心,前57年建國,660年聯合唐朝擊滅百濟,668年聯合唐朝擊滅高句麗,統一三國。新羅建國之初,國力微弱,語言文字發展落後於其他國家。據《梁書》記載新羅"與高驪相類,無文字,刻木爲信,言語待百濟而後通焉"。這一表述並不完全準確。韓國學者金允經認爲,"無文字,刻木爲信"指的是没有漢字,他認爲在漢字與韓文出現以前,朝鮮半島也有文字,如三皇内文、神志秘詞文、王文文、刻木文等。① 實際上,新羅人對於漢字的理解與使用,從新羅國名的命名上即可獲知一二。《三國史記·新羅本紀第四》寫道:智證麻立幹"四年冬上月,群臣上言,始祖創業以來,國名未定,或稱斯羅,或稱斯盧,或言新羅。臣等以爲,新者德業日新,羅者網羅四方之義,則其爲國號宜矣。又觀,自古有國家者,皆稱帝稱王、自我始祖立國,至今二十二世,但稱方言,未定尊號,今群臣一意,謹上尊號新羅國王,王從之"。545年,居柒夫等人奉命編撰《國史》。三國時期的新羅對漢字的使用尚處發展階段,至

---

① ［韓］金允經著《韓國文字及語學史》,首爾,東國文化社,1982年,頁46—50。

統一新羅時期達到巔峰。

2. 高句麗。高句麗前 37 年建國,亡於 668 年。高句麗在建國之初已經使用漢字著書立説,《三國史記》中記載:"國初始用文字,時有人記事一百卷,名曰《留記》。"600年,李文真奉命將《留記》改編爲五卷本史書《新集》。可以説,高句麗是三國時期漢字水準比較高的一個國家,漢字在高句麗的傳播主要有以下幾個特點:

(一)利用儒家經典傳播。據《三國史記》記載,高句麗時期儒家經典著作已經傳入朝鮮半島,高句麗曾在中央設立太學,在各地設立扃堂學習漢典。《舊唐書·東夷傳·高麗》記載"俗愛書籍,至於衡門廝養之家,各於街衢造大屋,謂之扃堂,子弟未婚之前,晝夜於此讀書習射"。所習之書以五經、三史、《三國志》《晉春秋》《玉篇》《字統》《字林》《文選》等。這些書籍均是用漢文寫成,學習過程中自然離不開漢字,從側面反映出漢字已經成爲高句麗的國家公用書寫工具,漢字使用已達到比較高的水準。

(二)通過佛教傳播。據《三國遺事》記載,高句麗小獸林王二年(372),"秦王苻堅遣使及浮屠順道,送佛經文",佛教正式由中國傳入朝鮮半島。佛教的傳入引起統治階層的注意,開始興建佛寺,弘揚佛教精神。高句麗時代的金銅佛像以"延嘉七年"銘金銅如來立像最爲著稱,背光後存有銘文:"延嘉七年歲在己未高麗國樂浪東寺主敬弟子僧演師徒卌人共造賢劫千佛第廿九回現歲比丘抾穎所供養。"

此外,作爲佛經的主要書寫文字——漢字,隨著佛教的傳入、佛經抄寫的普及而得到了廣泛地傳播。

(三)通過碑文記録漢字的使用。高句麗廣開土境平安好太王碑(簡稱好太王碑)是清朝末年出土於吉林省集安縣集安鎮,呈不規則方柱形,高 6.39 米。碑文自東南面開始,四面環刻,計 44 行 1 775 字。字體全部爲隸體漢字,由碑文可知,好太王碑是高句麗第 20 代王於 414 年爲其父建造的。碑文中第一部分叙述了高句麗的開國經過,第二部分是碑文主體,叙述了好太王的生平及拓地武功,第三部分是對守墓人的規定。好太王碑是研究高句麗時期漢字在朝鮮半島傳播的重要文字資料。《好太王碑》碑文節選(碑面一)[①]:

> 惟昔始祖鄒牟王之創基也,出自北夫餘天帝之子,母河伯女郎剖卵降世,生而有聖德。□□□□□命駕巡幸南下,路由夫餘奄利大水,王臨津言曰:"我是皇天之子,母河

伯女郎,鄒牟王,爲我連葭浮龜。"應聲即爲連葭浮龜,然後造渡。於沸流谷忽本西,城山上而建都焉。不樂世位,因遣黃龍來下迎王。王於忽本東岡,履龍首昇天。顧命世子儒留王,以道興治。大朱留王紹承基業。□至十七世孫國岡上廣開土境平安好太王,二九登祚,號爲永樂太王。恩澤洽於皇天,威武振被四海,掃除不□,庶寧其業,國富民殷,五穀豐熟。昊天不吊,卅有九,晏駕棄國。以甲寅年九月廿九日乙酉,遷就山陵。於是立碑,銘記勳績,以示後世焉。詞曰:

　　永樂五年,歲在乙未,王以碑麗不歸□人,躬率往討。過富山岜山至鹽水上,破其三部洛六七百營,牛馬群羊不可稱數。於是旋駕,因過襄平道,東來候城、力城、北豐。王備獵,遊觀土境,田獵而還。百殘、新羅,舊是屬民,由來朝貢;而倭以辛卯年來,渡海破百殘,□□新羅,以爲臣民。以六年丙申,王躬率水軍,討伐殘國。軍至窠南,攻取壹八城、白模盧城、各模盧城、幹氏利城、□□城、閣彌城、牟盧城、彌沙城、古舍蔦城、阿旦城、古利城、□利城,雜珍城、奧利城、勾牟城、古模耶羅城、須鄒城、□□城、分而能羅城、□城、於利城、農賣城、豆奴城、沸□□……

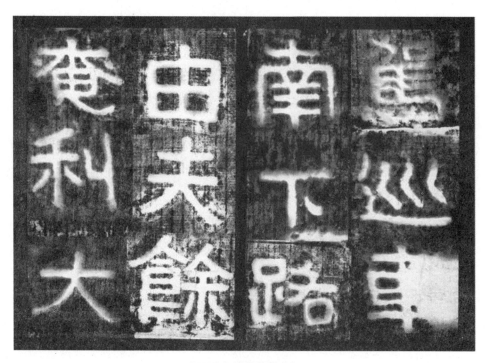

(1884 年潘祖蔭藏本)

　　此外,高句麗的金石文資料還有《冬壽墓地》(375 年)、《鎮墓北壁墨書》(408 年)、《中原高句麗碑文》(495 年)等。

（四）通過漢文作品傳播。高句麗人對漢字的應用已經比較成熟,這一點從漢文作品《黃鳥歌》中可見一斑。《黃鳥歌》是高句麗第二代王——琉璃王所作。相傳,前 17 年 10 月,琉璃王的王妃去世後,納"禾姬"與"雉姬"爲妾,雉姬是漢人。但二人不睦,時常爭鬥。一日,禾姬怒罵雉姬:"汝漢家婢妾,何無理之甚乎?"雉姬憤而出宮。琉璃王聞訊策馬急追,力勸雉姬回宮,遭拒。琉璃王十分無奈,下馬在樹下休息,忽然看見黃鳥飛集,於是寫下《黃鳥歌》:

翩翩黃鳥,雌雄相依。念我之獨,誰其與歸。

高句麗時期傳世的漢文作品還有定法師的《孤石》和乙支文德的《遺於仲文》,儘管作品的數量不多,但却能看出漢字在高句麗時期的使用已經非常純熟。

3. 百濟。前 18 年建國,亡於 660 年。《三國史記》近肖古王三十年(375)記載:"古記云,百濟開國已來,未有文字記事。至是,得博士高興,始有書記。然高興未嘗顯於他書,不知其何許人也。"相較於新羅和高句麗而言,百濟使用漢字的時間要晚於新羅和高句麗兩個國家,但是關於漢字在東亞範圍的傳播,百濟却有著不可磨滅的功勳,即王仁東渡日本。285 年,百濟人王仁赴日,將《論語》等中國儒家經典著作與儒學思想帶入日本。據《日本書記》記載:"王仁來之,則太子菟道稚郎子師之,習諸典籍於王仁,莫不能達。"儘管王仁東渡日本帶去了儒學和儒學典籍,但是百濟正式撰文却應是以《書記》爲發端。

由於書寫介質的變化,三國時期出現了木簡,從内容和用途來看,可以分爲食物標籤、貨物標籤、賬簿、文書、《論語》、咒符、習書、題簽軸等。1975 年韓國慶州雁鴨池出土了 69 枚刻有漢字的木簡,1991 年至 2009 年期間,韓國咸安郡城山山城木簡共出土新羅時期木簡 273 枚,其中帶有文字的木簡爲 210 枚。韓國官北裏、陵山裏、雙北裏、南宮池等地出土了大量百濟時期的木簡①。

（1）扶餘宮南池帶有漢字的木簡

□君□軍曰今教白有之心□（正面）

死(所)可依故背□三月□日間□（背面）

（2）戊寅年六月中　　　固淳夢三石　　　　佃麻那二石

止(上)夫石上四石　　比至二石上一石未二石

---

①　戴衛紅《韓國木簡研究》,桂林,廣西師範大學出版社,2017 年,頁 14、20—21。

佐官貸食記　　佃目之二石(上二石)未一石 習利一石五斗上一石未一(石)

(正面)

素麻一石五斗上石五斗未七斗(十?)半 佃首行一石三斗半上石未石甲　並十九石

今沽一石三斗半上一石未一石甲　　　　刀々邑佐三石與　　　　　　得十一石

(背面)

三國時期是漢字東傳的發展期,漢字隨著儒學典籍、佛經的傳入而廣泛傳播,而木簡上的文字則進一步説明漢字在朝鮮半島應用的廣泛性。這一時期朝鮮半島人民借用漢字表述自身的語言,語言的語序已悄然發生改變,爲統一新羅時期吏讀、鄉劄、口訣等韓式漢字的使用埋下伏筆。

三、統一新羅時期

統一新羅時期,即 668 年至 935 年,新羅統一朝鮮半島時期。這一時期朝鮮半島文化進入快速發展期,也是漢字東傳的快速發展期與借字融合的發展期,出現了誓記體、吏讀體與口訣體。

新羅於前 57 年建國,是三國時期最早建國的。然而,新羅與中國的交往却始於 381年,根據《太平御覽》記載,新羅首次同中國前秦建交,其使節是由高句麗使節引導而來。正是由於不斷地向中國學習,新羅國力迅速增強,於 660 年和 668 年分別擊滅百濟和高句麗,統一三國。統一後的新羅汲取唐朝先進的政治、經濟、文化,757 年將管轄內的州、郡、縣等地名都改爲漢文式稱謂,可見統治者對漢字漢文的重視。此外,漢字漢文成爲公用文字,凡貴族間往來信件、奏摺、外交公文、史書典籍等,均以漢字爲主要書寫文字。

新羅時期漢字能够在朝鮮半島迅速發展主要有兩個重要的傳播團體,一是佛教徒團體,一是遣唐留學生團體。

南北朝時期,新羅被優秀的漢文化吸引,派遣了大批佛教徒來華求法,其中不乏得道高僧,如圓光、圓安等。這些高僧回到新羅後,開壇講法,抄頌佛經,成爲傳播漢字文化的中堅力量。新羅統一時期帶有中國傳統文化特色的佛教已經成爲該時期的主流意識形態,如《新羅白紙墨書大方廣佛花嚴經》。這部經書是新羅景德王十四年(755)在白紙上所寫的"大方廣佛花嚴經"。寫經是唐朝實叉難陀 699 年的漢譯本《華嚴經》,包括第 1—10 卷和第 44—50,以及 2 張變相圖。寫經現藏於韓國湖岩美術館,被列爲國寶196 號。寫經第 10 卷和第 50 卷末有跋文。跋文經由皇龍寺緣起法師發現並公之於衆。

寫經記録了製經儀式順序、製作方法及參與製經者們的情況。這本寫經的内容被認爲是現存世界最古老的新譯《華嚴經》，因此而成爲佛教學和佛教文化研究中極其珍貴的經典資料。由於漢譯佛經時，正值則天武后字非常盛行之期，或多或少影響了譯經的文字使用，寫經也爲則天武后字的研究提供了文獻參考。新羅寫經中出現的則天武後字有“初”“年”“月”“日”“星”“正”“天”“地”“授”“證”“聖”“國”“人”等 13 種 512 個字。“無”“華”“所”“徧”“土”“爾”“彌”“處”“禮”等異體字也經常出現。這些異體字是考察 754 年統一新羅時代漢字字樣的唯一資料。這些字有的已經消失，有的至今仍在使用，但是能夠明確知道其生成年代和最後出現的時期①。

　　唐朝時期，新羅與唐朝交往密切，政治、經濟、文化等領域交往頻繁。統治者爲了增強國力，派遣留學生赴唐學習先進的漢字漢文化知識。新羅赴唐留學生一般有兩項任務，一是採購中國書籍，一是學習文化知識。學成歸國的新羅學者中包括著名的漢詩家崔致遠等，他們回到新羅後，著書立説，將新文化帶回新羅。新羅統治者甚至將所學中國典籍的多寡與學業成績的優劣作爲選拔官員的標準，從而極大地提高了漢字及漢文化在朝鮮半島的傳播。

　　儘管漢字與漢文化滲透到了生活的各個方面，但都是書面語體的記叙，與生活中的口語表達仍有很大區别。這就使得朝鮮半島人民在使用漢字時，或者使用純粹的漢字書寫方式與漢語表達習慣，或者完全使用韓式表達，二者利弊兼半。因此利用漢字的表音功能，結合朝鮮語的表達方式，緩解言文二次元的矛盾，成爲最佳選擇。有鑒於此，出現了吏讀、鄉剳、口訣等韓式漢字的興起與應用。

　　1. 壬申誓記石。1940 年 5 月，韓國慶州郡見谷面金尺里石丈寺遺址出土一方碑石，其確切年代已不可考，據碑文中“壬申年”一詞推斷，該碑石大約作於新羅真興王十二年（552）或真平王三十四年（612），因此學界多稱之爲《壬申誓記石》②，其碑文如下：

　　　壬申年六月十六日二人並誓記天前誓今自三年以後忠道執持過失無誓若此事失天大罪得誓若國不安大亂世可容行誓之又别先辛未年七月廿二日大誓詩尚書禮傳論得誓三年

　　漢字是中國的通用文字，朝鮮半島人民利用漢字表達本國語言時，亦有諸多不便，

無法達到言文一致。《壬申誓記石》的碑文内容是用按照韓國語的語序排列漢字,將其還原爲漢語語序重構碑文:

　　　　壬申年六月十六日,二人並記誓。誓(於)天前,自今三年以後,執持忠道,誓無過失。若失此事,誓得大罪(於)天。若國不安大亂世,誓之可容行。又別先辛未年七月廿二日大誓,誓三年得論《詩》《尚書》《禮》《傳》。

2. 吏讀。爲了解決這個問題,他們在使用漢文的過程中創造了一種借用漢字音義來標記朝鮮語的書面形式,叫做"吏讀"(亦稱"吏道""吏頭""吏吐""吏套")。"吏讀"的産生是由高句麗向新羅傳播的,借鑒了音譯梵語佛經的經驗,最早主要用來標記專有名詞,如人名"弗矩内"(義:赫居世)、"居柒夫"(義:荒宗)、國名"徐伐"(義:京城)等,這是"吏讀"的萌芽。"吏讀"最突出的一個標誌就是組詞成句時服從韓國語的詞序。漢語是孤立語,其語序特徵以 SVO 式爲主。韓國語是黏著語,其語序特徵以 SOV 式爲主。吏讀文是用漢字標記韓國語音的標音文字。

3. 鄉劄。利用漢字音義來完整地標記古代朝鮮語口語的一種形態,主要用於標記民間歌謠。現存的"鄉劄"文獻共有二十五首,主要是《三國遺事》中的 "新羅鄉歌"十四首,即《彗星歌》《薯童謡》《風謡》《兜率歌》《獻花歌》《處容歌》《遇賊歌》《安民歌》《祭亡妹歌》《贊耆婆郎歌》《慕竹旨郎歌》《千手大悲歌》《願往生歌》《怨歌》和高麗初期僧人均如所作的十一首。

試以《處容歌》爲例,是新羅時期著名的 8 句體鄉歌,其内容如下:

　　　　東京明期月良
　　　　夜入伊遊行如可
　　　　入良沙寢矣見昆
　　　　脚烏伊四是良羅
　　　　二兮隱吾下於叱古
　　　　二兮隱誰支下焉古
　　　　本矣吾下是如馬於隱
　　　　奪叱良乙何如爲理古

"鄉歌"的特點是除了個別進入口語的漢字實詞外,其他都是口語中常用的固有詞,詞序按朝鮮語的習慣,實詞之後附有特定的漢字表示語法成分。

4. 口訣。口訣實爲"語助",盛行於八世紀以後,主要用來表示語法意義的附加成分。這些口訣成分一般用在漢文的句讀或段落之間,用以表示句子前後之間的語法關係。口訣成分沒有實際意義,即使被刪掉,也不會影響句子中漢語成分的語義判斷。由於表示語法成分的漢字量比較固定,且數量較少,因此後期僅用這些漢字的偏旁或某些筆劃來表示語法成分,近似於日本的假名。

統一新羅時期是漢字在朝鮮半島發展的一個里程碑,一方面漢字已經成爲韓民族文化不可分割的部分,另一方面,統一新羅人尋找到了漢字和本民族文字融合的最佳方式,爲漢字在朝鮮半島的持續發展奠定了重要的基礎。

四、高 麗 時 期

高麗時期,即 918—1392 年的高麗王朝時期。這一時期朝鮮半島文化繼續快速發展,雕版印刷和活字印刷的出現,促進了漢字在半島的傳播速度,吏讀與口訣體日臻完善。

918 年,王建創建高麗,至 936 年,"平定三韓",最終統一朝鮮半島。958 年,高麗王朝開始實行科舉取士制度,規定備考之人需誦律詩四韻一百首,並且能夠通小學、五聲字韻,方可赴試。科舉制度自高麗王朝至朝鮮王朝末期,是統治者選拔人才的主要制度,加之程朱理學的傳入,朝鮮半島湧現出大批精通中文、熟悉中國典籍的高素質人才。這些無疑爲漢字及漢文化在朝鮮半島的長期存在、發展提供了充分條件。

除了仿效唐朝的科舉取士制度,高麗王朝還引進了中國的印刷術,包括雕版印刷和活字印刷等。雕版印刷的漢字作品最爲著名的當屬《大藏經》。《大藏經》簡稱藏經、佛藏,始於印度,最初爲梵語,漢譯抄本始於隋朝,稱"一切經"。1011 年,高麗顯宗下令雕刻版佛經《大藏經》,後高麗名僧義天曾組織雕刻《續大藏經》,這些《大藏經》《續大藏經》曾在蒙軍入侵朝鮮半島時被毀。1236 年,高麗高宗下令再次雕刻藏經。此次編寫的藏經依據了宋本、舊宋本、國前本、國後本、北本、契丹本等,歷時十六年,共刊刻 6 500餘卷,後又刊印宗鏡錄、金剛三昧論等,總計 6 791 卷。這部書板現藏於韓國慶尚南道陝川郡海印寺經版閣,約有 86 668 片(兩面刻板),162 890 頁,合計 2 600 萬字,俗稱"八萬大藏經",亦稱"高麗大藏經",是世界上現存最完全的漢譯版本。此外高麗時期金屬活字印刷也有了很大的進步,典型文本是《白雲和尚抄録佛祖直指身體節要》(簡稱《直指》),被譽爲是現存世界最古老的金屬活字印本。

印刷術的引進大大提升了朝鮮半島書籍的刊刻及出版,一些問世不久或剛剛問世的宋朝文人作品,也很快傳播到高麗。甚至一些原本屬於中國的書籍,在中國散失後,却在高麗完整無損的保存著,爲後世研究朝鮮半島漢字文化提供了有力依據。

五、朝 鮮 時 期

朝鮮時期,即 1392—1910 年,朝鮮李氏王朝統一半島時期。這一時期出現了《訓民正音》,根據韓文的創制,可以分爲前漢字時期(1392—1444)和後漢字時期(1444—1919)。這一時期是漢字東傳的轉折期,漢字東傳的高潮期與韓文的發展期。

朝鮮王朝是朝鮮半島最後一個封建王朝,始於 1392 年。朝鮮王朝的統治者將"事大慕華"定爲基本國策,在這一歷史背景下,漢字不僅是記録工具,也成爲了統治階層對外交流,對內統治的文化利器,逐漸成爲朝鮮人民日常生活中不可或缺的交際工具,漢字及漢文化的發展在朝鮮半島達到了頂峰,主要有以下幾個方面:

1. 朝鮮時代以木板印刷、木活字印刷和金屬活字印刷爲主。木板印刷本代表性文獻有官刻本《新增東國輿地勝覽》《禮記集説大全》《楞嚴經諺解》,私刻本《三峰集》,寺院本《地藏菩薩本願經》,書院刻本《家禮考證》《大學章句補遺》和坊刻本《考事撮要》等。木活字本以《開國原從功臣録券》(1397)爲最早,典型的木活字本有《東國正韻》(1447 年本)、《洪武正韻》(1455 年本)等。① 與官刻本、寺院刻本、書院刻本和私家刻本不同,以適應市場需求、節約成本爲主要目的坊刻本中貯存了大量的俗字資料,如將"墓""幕""暮""夢"中的上半部替換成"人"②等。

2. 朝鮮時代寫本盛行。朝鮮半島的古文獻大致可以分爲寫本、板刻本和活字本。寫本具有唯一性、保守性和變移性的特點③。內容上有獨創的著述、編輯節録、書畫合作、時事、日記、祭文等,其中漢文小説寫本發展迅速。從朝鮮時代初期開始,以金時習的《金鼇新話》爲發端,開啓了朝鮮半島漢文小説創作之門,此後長達數百年間湧現出了

---

① 吕浩《韓國漢义占文獻異形字研究》,上海,上海人民出版社,2013 年,頁 29—30。
② 河永三《韓國朝鮮後期坊刻本俗字研究——以〈論語集注〉〈孟子集注〉爲例》,載《殷都學刊》,2010 年第 2 期,頁 79—84。
③ 柳鐸一《韓國文獻學研究》,首爾,亞細亞文化社,1989 年,頁 9—13。

大量漢文小説作品。小説作品的興盛離不開市民階層的擴大及庶民意識的成長。爲了滿足大衆對小説的需求,小説的發展模式經歷了寫本→坊刻本(板刻本)→活字本等幾個階段。其中抄寫本在傳抄過程中出現了轉寫本。寫本作業過程中因便利和高效的利益驅使,使得抄寫者在抄寫過程往往省略或簡寫筆劃,形成俗字。這些俗字的類型頗多,如部件缺省、部件替換等,亦有部分韓式漢字,如"娚"。"娚"字是朝鮮漢文小説中的常見字,《書永篇》云:"女之男兄弟稱娚。"這一類字可稱爲"國音字",即借音不借義。因草書書寫導致的俗字也是寫本俗字的一個主要原因。①

朝鮮時期是漢字在朝鮮半島傳播的一個關鍵時期,這一時期出現了直接影響漢字發展的一個重要事件——韓文訓民正音的創制。

朝鮮半島曾長期處於言文二致的局面,"吏讀""口訣""鄉劄"等標記方式的出現,也未能緩解漢字忽而表音、忽而表意所帶來的困擾。有鑒於此,朝鮮王朝第四代王李祹(1419—1450 在位)組織集賢殿學者鄭麟趾、成三問、申叔舟等人,編寫了《訓民正音》(1444),也稱"諺文"。值得注意的是,朝鮮學者創制的諺文其形體與拼合方式都直接或間接得受到了漢字的影響。著名學者周有光指出:諺文是通俗文字的意思,它可以說是音素合稱的音節文字。"諺文字母在無意中受了漢字筆劃元素的影響。諺文疊成方塊字,跟漢字匹配,這是明顯的漢字影響。"②"訓民正音"共二十八個字母,字形仿照古篆而制,分爲初聲、中聲和終聲,拼合後成字。訓民正音的創制,改變了朝鮮半島言文二次元的局面,有利於普通民衆學習文化知識。不過,"訓民正音"出現後,並沒有立刻成爲官方文字,在此後相當長一段時間裏,上層社會仍以漢字爲主要書寫文字,而民間則開始使用諺文,這種漢字由社會底層向高層的逆序傳播,導致了朝鮮時代字書的盛行。如崔世珍《訓蒙字會》、崔南善《新字典》等。

朝鮮王朝時期是朝鮮半島封建文明的巔峰時期,無論是漢字還是漢文化的發展都是前所未有的。高麗末期至朝鮮初期,朝鮮半島出現了漢語教科書——《老乞大》《朴通事》等,學習這些漢語教材的一個主要方法是仿寫,學生通過仿寫的訓練,大大提高了漢字書寫能力。

朝鮮王朝是朝鮮半島文化有封建文化邁向近代文明的一個轉折時期,同時期由清朝學者翻譯的西方著作,逐漸傳入朝鮮半島,如利瑪竇《乾坤體義》,利瑪竇、徐光啟漢譯

---

① 王曉平《朝鮮李朝漢文小説寫本俗字研究》,載《上海師範大學學報(哲學社會科學版)》,2013 年第 2 期,頁66—75。

② 周有光《世界文字發展史》,上海,上海教育出版社,1997 年,頁 130。

《幾何原本》,南懷仁《坤輿圖説》等,漢譯西學書籍的引入,幫助朝鮮半島走向近代文明。

六、日本殖民時期

日本殖民時期,即 1910—1945 年,日本佔領朝鮮半島時期。這一時期的主要特點是傳統文化衰落,新文化興起時期,也是漢字在朝鮮半島傳播的衰落期與韓文的快速發展期。

朝鮮半島近代文化啟蒙者,國文運動先驅周時經提出:"要保衞自己國家,富强自己國家途徑在於獎勵國性;獎勵國性的重要途徑在於崇用自己國家的語文。"①在周時經的號召下,朝鮮半島朝鮮語著作陸續問世,朝鮮語學迅速發展。然而這一主張却成爲後期朝鮮半島語言文字政策糾紛的導火索,將半島陷入長達數十年的漢字與韓字紛争之中。

1910 年日本侵佔朝鮮半島後,於 1911 年下令以日語爲官方語言,禁止使用朝鮮語,此後長達十年的時間裏,日本殖民者採用關閉學校、制定日語爲"國語"等政策,同化朝鮮人民。後期甚至强迫朝鮮人改成日本姓氏。在這些殖民體制和政策的實施下,朝鮮半島的漢字及漢語教育受到前所未有的重創。

七、獨 立 時 期

獨立時期,即 1945 年至今,朝鮮半島脱離日本的殖民統治,正式分爲南方的大韓民國(Republic of Korea)和北方的朝鮮民主主義人民共和國(Democratic People's Republic of Korea)。獨立後,1948 年,朝鮮民主主義人民共和國基本採用純韓文書寫方式,廢除漢字。後因對大韓民國的政治需要,才再次開始使用漢字。

大韓民國獨立後,漢字在韓國的發展幾經沉浮,曾幾次陷入被廢止的境地,最後又絶地重生般恢復使用。只是現在韓國所使用的漢字,多以教育漢字爲主。沿用漢字和諺文的混合體,減少了教育漢字的使用數量。但是實際使用過秤中,漢字仍覆蓋了韓國生活的方方面面。如,韓國正規的法律文書中,一般會標記漢字姓名,以避免同音造成

---

① 楊昭全《韓國文化史》,頁 231。

的歧義。街邊廣告的牌匾上也會使用漢字來招攬中國顧客,如"면세점"(免稅店)、"명동"(明洞)等,有的直接在產品包裝上使用漢字,如"高麗紅參"。一些大型企業把漢字書寫與漢語口語表達作爲企業招聘的一個條件,尤其青睞"精通漢語者"。爲了培養適合國内市場需要的漢字漢語人才,韓國高校紛紛開設中文或漢語專業,甚至將會漢語作爲特招的條件。

2005 年,首爾市長李明博宣佈將韓國首都"Seoul"的漢字名稱由"漢城"改爲"首爾"。歷史上,Seoul 曾有不同的稱呼,統一新羅時期稱爲"漢陽",高麗時期經歷了三次改變,分別是 983 年改爲"楊州"、1067 年改爲"南京"、1167 年再次改回"漢陽",直到 1395 年朝鮮王朝建都方才稱爲"漢城"。日本侵佔朝鮮半島時期將首都"漢城"貶稱爲"京城",直至 1945 年朝鮮半島獨立才改成韓文"서울"(Sewul),漢譯爲"漢城"。然而,"漢城"與"서울"既非音译,也非意译,很多韓國學者提出改名。最終,2005 年正式採用音譯法,改爲"首爾"。

2016 年,憲法法院舉行公開辯論會,討論韓國《國語基本法》中使用純韓文這項規定是否違憲。基本法中規定,爲了符合語言文字規範,國家機關和政府部門所發的公文必須使用純韓文,只有在制定總統令時,可以附加括弧備註漢字或其他外國文字。對於條款中"國語"一詞的界定,韓國語文政策正常化促進委員會認爲,考慮到歷史沿襲問題,漢字也應當被看作是國文的一部分。使用純韓文的規定,與憲法規定的國家義務中"致力於繼承發展傳統文化和弘揚民族文化"不符。

漢字在朝鮮半島的傳播與發展根深蒂固,深深植入朝鮮半島的民族文化當中。今天我們再次回顧漢字的傳播,不應帶有狹隘的民族主義觀,應當認識到漢字曾在朝鮮半島開出的文明之花。

(作者爲浙江財經大學人文與傳播學院講師,天津師範大學文學院博士後)

"東北亞漢文寫本研究的過去與未來學術研討會暨第五屆寫本論壇"會議綜述

朱利華　董　璐

2019 年 9 月 7—8 日,由西安外國語大學教育部東北亞研究中心、西安外國語大學日本文化經濟學院主辦,天津師範大學國際中國文學研究中心協辦的"東北亞漢文寫本研究的過去與未來學術研討會暨第五屆寫本論壇"在西安外國語大學召開。來自日本京都大學、南山大學、佛教大學、帝塚山學院大學、中國社會科學院、天津師範大學、北京第二外國語學院、西華師範大學、四川外國語大學、河南師範大學、河南科技大學、西北大學、西安外國語大學、延安大學等高校和科研機構的學者,以及中華書局、上海古籍出版社、上海辭書出版社的編輯代表參加了此次研討會。與會者就中日寫本研究、中日寫本整理校勘、中日文化交流等話題展開熱烈而充分的研討。

在 9 月 7 日上午的開幕式上,西安外國語大學日本文化經濟學院院長毋育新、天津師範大學國際中國文學研究中心主任王曉平、中華書局責任編輯葛洪春、京都大學研究生院人間環境學科教授道阪昭廣分別代表主辦方和嘉賓致辭,會議在熱烈的氣氛中拉開序幕。現將本次會議提交論文簡要介紹如下:

一、中日寫本研究

作爲本次會議的主要議題,中日寫本研究主要涉及寫本學研究、寫本個案研究和寫本異文研究。伏俊璉《寫本學對中國早期文獻研究的意義》一文,從寫本學的角度考察中國早期文獻。首先對寫本時代進行了界定,對寫本學的產生和發展現狀進行介紹。其次論述我國文字的產生和用途,結合早期典籍對文字的結集以及具體結集方式和特點展開論述,並結合具體例證說明寫本具有整體性和個體性兩個特點,還對寫本研究的發展前景進行了展望。

楊寶玉《古代寫本中誤書或被塗改文句的識讀與利用——以法藏敦煌文書 P. 3633 爲例》一文,以法國國家圖書館的 P. 3633 爲例,對校錄該寫本過程中形成的經驗教訓進行歸納總結,並以此爲例具體探討古代寫本中誤書或被塗改文句的識讀與利用問題。所論涉及雙面寫本與卷紙正背關係推斷、寫本中的特殊符號與他處補書文句應補入位置推論、被塗改文句與相關文獻創作時間考證、寫本書寫狀況與同寫本所書不同文獻關係及其抄集目的推測等,亦就相關論題在古代寫本研究中具有的參考意義進行了討論。朱利華《敦煌詩歌寫本與儀式:文人詩歌的實用化——以 P. 4994+S. 2049 拼合卷爲中心》,通過對敦煌寫本 P. 4994+S. 2049 拼合卷的個案研究,説明將寫本作爲一個整體進行考察,能够揭示隱藏在詩文背後的應用情境,以及這一情境之中所賦予詩文的新内涵。

梁曉虹《天理本、六地藏寺本〈大般若經音義〉之比較研究——以訛俗字爲中心》一文,對同屬"無窮會本系"《大般若經音義》中的天理本與六地藏寺本進行比較研究,比較内容以訛俗字爲中心。得出的結論是:儘管看起來六地藏寺本訛俗現象更爲嚴重,但却呈現出當時漢字書寫的一些特色,這也應該是域外漢字研究的一個重要方面。董璐《岩崎文庫藏〈新編江湖風月集略注〉天正舊鈔本異文研究》,將岩崎文庫藏《新編江湖風月集略注》天正舊鈔本與國文學資料館藏寬永七年本、京都大學藏本校勘比對,發現岩崎本中存在不少異文,主要包含異體字形、一字多形、連字號誤讀、形近而訛、版本差異、俗字異文等幾類,文中結合具體例證分别進行了論證。

高兵兵《關於日本國寶〈翰苑〉唐抄本殘卷〈蕃夷部·倭國〉段》一文,對藏於日本九州福岡縣太宰府天滿宮的《翰苑》唐抄本一卷(蕃夷部)進行了考察,對各本所載該書卷數及作者情況進行介紹,然後以"倭國"段爲例,詳細列舉了其内容構成,並對該段文字進行翻錄及句讀、校訂,進而指出其文本特點以及研究價值。孫士超《金澤文庫本〈本朝續文粹〉及其整理研究》,對《本朝續文粹》的版本進行了重新梳理,並對金澤文庫本《本朝續文粹》進行了"底本式"校勘整理,在整理工作基礎上,對《本朝續文粹》的版本特徵以及進一步整理的範式和原則等問題進行了説明。

二、中日寫本整理校勘

寫本具有極高的文獻價值,但由於寫本殘損或傳抄過程中產生的種種訛誤,需對文本精心整理和校勘,方能使其發揮應有的價值。道阪昭廣《正倉院藏王勃詩序校證

(下)》一文,在已發表論文《正倉院藏〈王勃詩序〉校注(上)》的基礎上,繼續對正倉院藏王勃詩序與中國各本進行校注。不僅詳細比對各本差異,還指出造成差異的原因,並考察差異所包含的意義。

劉芳亮《袁傳璋〈《唐張守節史記正義佚存》手稿之文獻價值〉補正——兼論關於〈史記正義〉佚文的三點認識》一文,對袁傳璋《〈唐張守節史記正義佚存〉手稿之文獻價值》一文進行了補正。並從《佚存》本佚文與《考證》本佚文的關係、瀧川所輯佚文的來源以及如何重新整理《正義》佚文這三個方面闡述了對於《正義》佚文的認識。

吉原浩人《〈往生拾因〉院政期古寫本鎌倉期版本訓讀的各類問題》一文,首先對東大寺永觀撰著的《往生拾因》的版本流傳情況作了概述,然後介紹了院政期古寫本、鎌倉期版本的書志情況,分析了寫本和版本中涉及的日語訓讀問題、漢文和習問題,認爲永觀的《往生拾因》在文體和漢文創作方面受到當時貴族文人"駢儷文"及時代環境的影響,和習問題在所難免。但該書對天台宗典籍的利用和挖掘却是值得進一步延展的課題。

于永梅《〈本朝文粹〉校訂本存在的問題》一文,對新大系本與土井本兩種《本朝文粹》校注本在釋録與校注中存在的問題進行考證,指出二者都有釋録不準確之處以及由於誤讀而導致誤採用其他寫本用字的情況。本文比勘其文字、篇籍的異同,糾正其訛誤,力求接近原文真相,爲論證域外漢文文獻對於漢字漢語、典故以及校勘研究提供新的思考空間。

王曉平《〈扶桑集〉彰考館本紕繆試解》一文,以 1985 年由福岡棹歌書房出版的田阪順子所校《扶桑集》爲中心,參照群本、詩紀本、田阪本、本間本等諸本,探討《扶桑集》彰考館本中的筆誤字。該文首先肯定了《扶桑集》彰考館本對於今人解讀 9 世紀中日文學交流的文獻價值,然後于彰本原文後列舉出可能是誤字的字,逐一進行解讀。

三、中日文化交流

域外漢籍和相關文獻的研究和整理,往往伴隨著中日文化的交流。天津師範大學石祥《域外漢籍研究的學術進路與中外學術交流史：一些典型案例的回看》一文,從域外漢籍研究的學理思路之轉變與中外學術交流的互動關聯這一角度,結合大量具體案例,對清初至 1949 年之後的域外漢籍研究與學術交流史進行了梳理,並對每一時期學術交流的特點進行了精準的概括。王維坤《從古文書的則天造字"圀"字來看吉備真備家族對古代中日文化交流所做出的貢獻》一文,首先根據有關文獻記載和唐代碑石、墓誌、文書等出土資料,將則天造字分爲五期。接著列舉日本存在的則天造字的文物資料,結合相關史料記載考證則天造字流傳到日本的情況,又根據韓國發現的則天造字文物資料,説明古代朝鮮半島在中日文化交流的過程中的媒介作用。本文從考古學角度論證古代中日文化交流,具有較强説服力。

張忠鋒《〈萬葉集〉與長安文化》一文,選取《萬葉集》中的具體作品與中國古典詩歌進行對比,説明《萬葉集》深受中國文化影響。在此基礎上,從作品論和作家論兩個角度進行思考,進一步明確了"長安文化"對《萬葉集》的影響。馬駿《日本新年號"令和"考》一文,對"令和"一詞的出典進行考察,以作爲典據來源的《萬葉集》卷五《梅花歌序》爲資料,仔細梳理學術界有關該歌序的觀點,藉以彰顯其與中國六朝和初唐詩文的淵源關係,突顯其在和歌文學發展史上的非凡意義。在此基礎上,認爲"令和"具有鮮明的日本漢字特徵,在語音效果、組詞關係甚至採擷方式上都具有强烈的排他性,體現出濃郁的"和習"特質。佛教大學今井友子《百咏和歌二百十六番歌——王子喬の簫の笛について——》,通過對《百咏和歌》第 260 首中王子喬簫笛意象的分析考證,闡明了日本合格創作對《李嶠雜咏詩》中咏簫詩的借鑒,認爲"簫"和"笙"是兩種形態、演奏方法和顏色各不相同的樂器。

中日學者之間的交遊也是中日文化交流的重要内容。四川外國語大學陳可冉《加藤明友與江户前期文壇》一文,指出加藤家舊藏寫本《錦囊全集》《東海集》對加藤明友的詩文得以完整傳世具有收存之功,詩文所涉與友人酬贈唱和之作及所聽聞、寓目的文壇佳作等内容,爲後世留存了大量研究江户前期文壇的珍貴史料。本文還論述了加藤明友與流寓東瀛五十餘年的明末遺民陳元贇之間的交遊,説明文壇交遊與書籍出版的緊密關聯。張逸農《安東守約與朱舜水的交遊——以安東守約〈感舊賦并序〉爲中心》一文,以安東守約《感舊賦并序》爲中心,通過安東守約與朱舜水之間的書劄往來,考察了二人的交遊情況,也再現了當時中日文化的往來和交流。彭佳紅《日本學者一海知義的遺稿:陶淵明與"死"》一文,對研究中國古典文學的日本著名學者一海知義的遺稿《陶淵明と「死」》進行了内容分析,爲我們呈現一海知義超越時空和陶淵明"對話"的心聲。

三場研討會之外,本次會議還安排了由施建軍教授主講的"基於古典文獻資料庫的漢日詞彙語義變遷考察初探"學術沙龍,爲寫本研究提供了技術支持,引起在座學者極大的興趣。在自由討論環節,專家學者就漢字在寫本學中的地位、影響和接受等問題展開充分的討論，特別對則天造字、唐代寫本與日本寫抄本文化之間的互動問題展開深入的討論，大家暢所欲言，氣氛熱烈。

在大會總結發言中，王曉平教授特別指出現階段寫本學研究已經形成了以寫本物質形態、寫本文獻學、寫本書體和寫本學術史爲四大支柱的較爲完整的學術體系，隨著研究的進一步深入和研究隊伍的日益壯大，有必要在全球視野框架下重新對寫本學的相關理論和基本概念作出全面而準確的定義。王曉平教授進一步提出，現階段亦可嘗試舉辦青年學者寫本學入門研修班，加大對從事寫本學青年學者的培養和支持力度，以此爲基礎，出版社等機構可組織相關領域專家學者系統譯介國外寫本學相關著作和研究成果，有望在不久的將來，我們能夠編寫一部"寫本學大辭典"，惠及更多學人。

本次會議是以王曉平教授爲首席專家的國家社科基金重大項目"日本漢文古寫本整理與研究"課題組主辦的第五次寫本論壇。中日學者以寫本會友，對共同推動寫本研究和中日文化交流具有十分積極的意義。

編　後　記

2019年9月，在西安外國語大學召開了由該校教育部東北亞研究中心、該校日本文化經濟學院主辦，天津師範大學國際中國文學研究中心協辦的"東北亞漢文寫本研究的過去與未來學術研討會暨第五屆寫本論壇。在各方支持下，會議開得很成功。國家社科基金重大項目"日本漢文古寫本整理與研究"立項以來，得到天津師範大學文學院、北京對外經貿大學《日語學習與研究》編輯部、浙江工商大學東方語言文化學院等單位的鼎力相助，已先後舉辦五次國際寫本學論壇，全力推進漢文寫本研究。

漢文寫本的跨文化研究，需要我們一邊積累，一邊創新；一邊拿來，一邊貽贈；一邊深耕，一邊拓土，衷心期待更多的中外朋友來和我們一起坐冷板凳，但我們也很清楚，這樣一項需要不同文化學術文化背景的研究，失誤、失當、失語等都會相伴而生。我們所能做的只是在條件允許的情況下，把我們的事情做得好一點，再好一點。

中國文學在域外的傳播與研究、漢學或中國學、中外文學交流史研究、亞洲漢文學等，這些從20世紀80年代以來我們一直寂寞地苦苦摸索的一些領域，進入21世紀以來逐漸熱絡起來，出現了扎推的題目，這自然令我們興奮。不過，學術不是雞湯，不是八卦，不是感言，也不是標籤，學術終究就是學術。打破定式，深入開掘、少做同質性的低級重複，才能真正推進學術的進步。如果只有表面文章，學問深入不進去，不管多麼熱鬧也於事無補，反而會壞了這門學問的名聲。大風刮過來的，也會很快被大風刮走。這些領域的研究，除了對本國文化的理解之外，還需要對相關的別種文化深鑽進去，快跳出來，真說出來。我們想做的，就是朝著這個目標一直走下去。

2019年6月，天津師範大學跨文化與世界文學研究院成立。該研究院兼具人才培養與科學研究的職能，實行首席專家制團隊管理模式，擁有獨立編制及專屬辦公空間。跨文化與世界文學研究院的基礎是原天津師範大學中文系比較文學與比較文化研究所、中外文學交流研究所。天津師範大學協同相關語種、不同專業的老、中、青人才，採用專職、兼職、跨職等形式，結合海外特聘教授，以研究團隊爲中心，打造國際性、年輕化、梯隊完備的"跨文化與世界文學研究院"學術平臺。

　　天津師範大學比較文學與世界文學學科與中國比較文學共同成長,是國内首批獲得比較文學與世界文學碩士學位授予權的院校之一。該學科是天津師範大學中國語言文學學科的龍頭和品牌,2003 年獲批比較文學與世界文學博士學位二級學科授予權,2006 年獲批天津市重點學科。近年來,天津師範大學比較文學與世界文學學科在科學研究方面取得了諸多標誌性成果。

　　吴雲先生是一位有國際眼光的古代文學研究者。在生命的最後階段,仍然没有放下手中的筆。他在研究中,不僅繼承了傳統的考據學和文獻學方法,而且視野廣闊,注意隨時關注新材料,吸取來自域外的新成果,致力於國際學術交流。他一貫提倡獨立思考,反對盲從與奴隸主義,不尚空談,所以他的很多著作走出了國門,在國外不少圖書館都有收藏。中國學術加入到世界學術對話的大舞臺,最終畢竟要靠成果本身的"含金量"。我們紀念吴雲先生的最好方式,就是讓我們的"桃子"結得更大、更甜、更有魅力。

　　今後,國際中國文學研究中心、《國際中國文學研究》將一如既往,堅持我們的學術追求。魯迅先生説得好:"我們從古以來,就有埋頭苦幹的人,有拼命硬幹的人,有爲民請命的人,有捨身求法的人……雖是等於爲帝王將相作家譜的所謂'正史',也往往掩不住他們的光耀,這就是中國的脊梁。"如果我們不能做得更多,那麽就做一個埋頭苦幹的人吧。埋頭讀好我們的書,做好我們的文章,埋頭爲中外文學研究做一點實事。

圖書在版編目（CIP）數據

國際中國文學研究叢刊. 第九集／王曉平主編. ——
上海：上海古籍出版社，2021.5
ISBN 978－7－5325－9999－8

Ⅰ.①國… Ⅱ.①王… Ⅲ.①中國文學—文學研究—
叢刊 Ⅳ.①I206－55

中國版本圖書館 CIP 數據核字（2021）第 086675 號

國際中國文學研究叢刊

第九集·東北亞漢文寫本研究的過去與未來
王曉平 主編
郝 嵐 鮑國華 石 祥 副主編
上海古籍出版社出版發行
（上海瑞金二路 272 號 郵政編碼 200020）
（1）網址：www.guji.com.cn
（2）E-mail：guji1@guji.com.cn
（3）易文網網址：www.ewen.co
啓東市人民印刷有限公司印刷
開本 787×1092 1/16 印張 20.25 插頁 5 字數 360,000
2021 年 5 月第 1 版 2021 年 5 月第 1 次印刷
ISBN 978－7－5325－9999－8
Ⅰ·3569 定價：88.00 元
如有質量問題,請與承印公司聯繫